KB265779

한위진남북조시사

한위진남북조시사

漢魏晉南北朝詩史

거샤오인(葛曉音) 저
강 필 임(姜必任) 역

역락

이 ≪한위진남북조시사≫(원제 : ≪팔대시사(八代詩史)≫)는 나의 첫 번째 학술 저서로서, 탈고한 지 이미 이십일 년이 지났다. 이 이십여 년 동안, 한위육조문학 연구에는 비약적인 발전이 있었다. 지난날을 회고하며, 이 책이 아직도 재판을 할 만한 가치가 있는지 생각해 본다. 돌이켜 보면, 1982년 훠쏭린(霍松林) 선생이 뤄쫑치앙(羅宗強) 선생한테 ≪당시소사(唐詩小史)≫를 써 줄 것을 요청했고, 나의 지도교수인 천이신(陳貽焮) 선생에게 ≪한위진남북조시사≫를 써줄 것을 요청했는데, 천 선생은 이 일을 나에게 넘겼다. 나는 부끄럽고 황송한 마음으로 꼬박 삼 년을 썼는데, 출판 규정의 범위 내에서, 5, 60년대 문학사 저술의 사유방식과 패턴에서 조금 벗어나, 각 시대 시가의 발전 원인과 예술 풍모 등을 논하는 동시에 새로운 발견이나 새로운 견해를 얻을 수 있기를 희망했다. 비록 3년이라는 시간은 이 시기의 시가사(詩歌史)를 전면적으로 연구하기에는 매우 부족한 시간이어서, 굵은 선으로 간단한 윤곽을 그린 것에 불과하다. 그러나 '문혁'이 막 끝난 80년대 초인 그 당시에, 이 책에서 제기한 많은 관점들은 그래도 비교적 새로운 의미가 있었고, 비교적 큰 영향을 미쳤다. 이 책이 출판된 후, 위관잉(余冠英) 선생, 왕야오(王瑤) 선생, 차오따오헝(曹道衡) 선생, 우윈(吳雲) 선생 등 대선배학자들의 칭찬과 긍정적인 평가를 받았다. 나의 스승이신 천이신 선생은 또 열정을 가득 담아 나에게 서평식(書評式)의 장서(長序)를 써 주셨다. 이 책과 책 속의 일부 내용을 중심으로 쓴 논문으로 중요한 부문의 상들을 받기도 했다. 20세기 한위육조문학 연구와 관련한 종합성 저술 가운데, 이 책이 얻은 호평도 상당한 편폭에 달한다. 내가 지금 다시 보아도, 기본적인 논점은 대체적으로 역사적 사실에 부합하며, 시효가 지나지는 않았다고 생각한다. 게다가 당시 출판계약 시의 요구조건이 일반 독자들의 수준에 부합하고, 편폭은 이삼십 만자를 넘지 않으며 대학생이 참고하기에 적합해야 한다는 것이었다. 그래서 중화서국(中華書局) 꾸칭(顧靑) 선생이 이 책의 재판을 제의해왔을 때, 나는 흔쾌히 그 뜻을 받아들일 수 있었다.

이 책이 재판되어야 하는 데는 또 다른 하나의 이유가 있다. ≪한위진남북조시사≫는 출판의 품질이 가장 떨어지고 나를 가장 속상하게 했던 책이다. 이 책은 원래 산시인민출판사(陝西人民出版社)에서 휘(霍) 선생에게 원고를 의뢰했던 깃이어시, 출판에는 문제가 있을 수 없었다. 그러나 후일 예상치도 못했던 좌절을 만났다. 나는 이미 근 이십 년이나 지난 일인데 이 곡절을 낱낱이 밝힐 필요가 있을까 하고 고민도 했지만, 이 지난 일들이 80년대 출판난(出版難)의 역사를 보여주고, 앞으로의 출판업에 본보기가 될 수도 있으므로, 간단하게 적고자 한다. 1985년 원고 제출 후, 출판사 편집 담당자의 교정 원고를 받았다. 많은 글자를 아주 과감하게 교정해버렸는데, 제일 기억에 남는 것이 '本傳(본전)'을 '木傳(목전)'으로 바꿔버리고 옆에다 "목전이라니! 무슨 본전!(木傳! 什麼本傳!)"라는 비평까지 적어두었던 것이다. 정말 아연실색했다. 그 당시 나는 산후조리를 하고 있던 터라, 모든 문장을 자세하게 볼 수가 없어서, 부득이 이렇게 크게 잘못된 교정문자들만 다급하게 고쳐서 다시 보냈다. 다음엔 또 출판의 사전주문 문제가 나를 골치 아프게 했다. 원고는 한참이나 인쇄에 들어가지 못했는데, 출판사에서는 사전주문이 삼천 부를 채우지 못하면 손해를 입게 되므로 출판에 들어갈 수가 없으니, 내가 직접 사전주문 문제를 해결해야 한다고 했다. 그 시절에는 많은 출판사에 이런 규정들이 있었으므로 수긍할 수는 있었다. 다행히 학계의 친구들이 도와줘서,

겨우겨우 삼천 여 권의 사전주문을 맞출 수 있었는데, 신양사범학원(信陽師範學院)의 짱따신(張大新) 선생이 혼자서 팔백 권을 해결해 주기도 했다. 하지만 주문서가 출판사 발행과에 보내졌는데도 감감무소식일 줄이야. 다시 재촉 서신을 보내니 잃어버렸다며 다시 사전주문을 받아오라고 했다. 두 번째도 역시 학계 친구들의 도움을 받아서 근 사천 권의 사전주문을 받을 수 있었으며, 휘 선생님까지 나를 위해 교섭에 나서고 나서야 겨우겨우 인쇄에 들어갈 수 있었다. 그때가 이미 1989년이었다. 이제 교정쇄를 보았는지 안 보았는지도 기억이 가물가물하지만, 책을 받아 든 후 틀린 글자 빠진 글자가 너무 많아 아주 상심했던 것은 기억난다. 그리고 출판사는 인쇄 부수가 너무 적다는 이유로 원고비를 지불하지 않았다. 또 신문출판사(新聞出版社) 양무쯔(楊牧之) 선생이 따져 묻자, 나에게 책 오백 권을 부쳐주며 직접 팔아서 원고비로 대신하라고 했다. 나는 당연히 장사를 할 줄도 모르므로, 대부분을 문학사 기초과목을 수강하는 학부생들에게 교재로 주었다. 이 책의 판로가 어떠했을지는 가히 짐작할 수 있다. 이십 년 동안, 학계의 친구들이 ≪한위진남북조시사≫를 살 수가 없다는 말을 자주 해왔었다. 우원 선생은 ≪한위육조문학연구종술(漢魏六朝文學硏究宗述)≫을 쓰면서, 책을 좀 각 대학 도서관에 보내라고 나에게 건의를 하기도 했었는데, 모두들 이 책을 볼 수가 없었기 때문이다. 나는 비록 우 선생의 호의에는 정말로 감사하나, 책의 교열 착오가 셀 수도 없이 많아서 하나 하나 교정할 마음이 내키지 않았다. 그러다보니 지금도 백여 권의 ≪한위진남북조시사≫가 아직도 내 침대 밑에 깔려있다.

　작년 한 대형 출판사에서 이 책의 재판 의향을 전해와, 나는 시간을 내서 이 책을 통독하며 두드러진 착오를 수정했었다. 나중에 이 일이 수포로 돌아가면서 나도 원고 교정을 더 이상 진행하지 않았다. 꾸칭 선생이 이 소식을 듣고 전화를 걸어오면서, 중화서국에서의 재판이 신속하게 결정되었다. 나는 홍콩에 있기 때문에 재교정을 볼 틈이 없었고, 가족에게 부탁해서 서가에서 잠자고 있던 '수정본'을 우선 출판사에 보내도록 했다. 최근 꾸칭 선생의 전화를 받고서, 중화서국 편집자가 이 책을 심의할 때도 많은 틀린 글자를 찾아내었고, 수량도 내가 수정한 것과 비슷함을 알 수 있었다. 송구하기도 하고, 감격스럽기도 해서, 초판 당시의 옛 일이 떠오르지 않을 수 없었다. 중화서국이 최근 몇 년간 상당한 어려움에 처해 있으면서도, 자발적으로 이 책의 재판을 제의해 주었고, 편집자의 심의 또한 빈틈없고 섬세했으며 강한 책임감을 보여주어서, 나의 감사함은 말로 다 표현하기 어려울 정도이다. 동시에 중화서국과 같은 출판사가 있으니 중국의 학술계에 희망이 있다는 것도 깊이 느낀다.

초판의 내용을 수정해야 하는가 하는 문제에 대해 나도 고민을 했었지만, 최종적으로는 기본적으로 원래의 모습을 유지하고 바꾸지 않기로 결정했다. 비록 이 시기의 시가사에 대해, 나는 후일 다양한 각도로 연구를 했고, 많은 새로운 인식들이 생겼다. 그러나 대폭의 수정을 하려면, 필수적으로 책 전체의 구성을 철저하게 조정해야 하는데, 그것은 다른 저서의 몫이어야 한다. 이 밖에 80년대에는 고전문학 논저에서 인용문의 판본이나 페이지 등을 밝힐 필요가 없었는데, 이것이 비록 현재의 학술계 규범에는 맞지 않지만, 전대의 학자들은 대체로 그런 방식을 따라서 이미 통례가 된 것이었다. 그래서 이번 재판에서는 틀린 글자와 인용문에 대한 교정 외에는, 원서의 논술상의 착오를 일부 바로잡고 주요 인용서 목록을 추가했을 뿐이다.

이 책이 순조롭게 재판될 수 있었던 것은, 전적으로 중화서국 꾸칭 선생과 편집담당 뤄화퉁(羅華彤) 선생의 노력에 힘입은 것이며, 이 글을 통해 진심으로 감사를 표하는 바이다.

2007년 1월
거샤오인(葛曉音)

처음 샤오인(曉音)이 이 책의 저술을 구상하면서 나에게, 일반적인 저술에 만족하지 않고, 체계적인 독서를 통해 1차 자료를 최대한 파악하고 새로운 관점과 깊이를 갖추어, 비교적 분량이 있는 단일 장르의 단대(斷代) 문학사를 열심히 써내겠다고 말했던 것을 기억한다. 나는 그 말을 듣고 깊이 찬성하며, 스스로 선택한, 그다지 순탄하지 않은 길을 오로지 앞만 바라보고 나간다면, 설사 다소 힘들어도 충분히 가치가 있다고 그녀를 격려했다. 그녀는 그렇게 시작을 했고, 과연 새로운 성과를 얻어냈다. 그녀는 가끔 나를 찾아와서는, 언제나 흥미진진하게, 자신이 최근에 독서를 통해 깨달은 것과 저술을 통해 얻은 경험을 이야기했다. 그녀가 써내는 대로 읽어 가다보니, 마침내 이 책의 원고를 전부 읽게 되었다. 정말로 그녀로 인해 즐거웠다. 책 속에는 크고 작은 발견과 독창적 견해가 정말로 적지 않다. 예를 들면, 한악부 <평릉동(平陵東)>은 의공(義公)이 협박과 약탈로 인해 가산을 탕진하게 된 불행한 운명을 쓴 것인데, 시의(詩意)가 줄곧 정확하게 풀이되지 않았었다. 저자는 사료에 근거하여, 이 시에서 의공을 협박한 자에 대해 두 가지 새로운 견해를 제시했다. 하나는 호족의 빈객일 가능성이다. ≪한서(漢書)≫에 한대 군국(郡國)과 장안은 "종실이 멋대로 횡행하고, 빈객들이 도적이 되어 날뛰어서(宗族橫恣, 賓客犯爲盜賊)", "군의 아전 이하는 모두 두려워서 피했으니, 감히 그들을 거스르지 못했으며(自郡吏以下皆畏避之, 莫敢與牾)", 적들이 대갓집으로 숨어들어 버리면, "아전이 감히 쫓을 수 없었다(吏不敢追)." 이것이 바로 그 하나의 근거다. 의공을 약탈한 자를 관리로 볼 수도 있다. 저자는 더욱 진일보

하여, <후한서·우후전(虞詡傳)>에 "이때 장리나 이천석 관리들은 죄를 지은 백성들을 돈을 받고 풀어주었는데, 이를 '의전'이라 불렀다(是時長吏二千石聽百姓謫罰者輸贖, 號稱義錢)"는 등의 구체적 논증을 더했다. 이 두 가지 해석은 이 작품을 깊이 이해하는 데 도움을 주므로 의미가 크다. 좌연년(左延年)의 <진여휴행(秦女休行)>은 부친의 원수를 갚은 조아친(趙娥親)의 이야기를 토대로 창작한 것으로 알려져 왔다. 저자는 신사료의 발굴을 통해, 한 진류군(陳留郡) 외황현(外黃縣)의 구옥(緱玉)이 아버지를 죽인 원수를 직접 칼로 찌른 사건이 좌연년의 시에 쓰인 이야기와 유사하다고 본다. 북조 민가의 수집과 보존 상황에 대해서는 지금까지 제대로 알려지지 않았었다. 저자는 고증과 분석을 통해, 북위 효문제 시기에도 채시(采詩) 제도가 있었으며, <양고각횡취곡(梁鼓角橫吹曲)>의 보존과 전래도 이와 관련 있다고 제시했다. 이것은 모두 중시할 만한 가치가 있는 새로운 발견이다.

이와 같은 고증과 발견도 물론 중요하지만, 가장 중요한 것은 본 저술이 중대한 문제에 대해 근거를 제시하며 종합적인 연구를 진행했다는 점이다. 한악부를 예로 들자면, 저자는 작품을 열독하며, 한악부민가 가운데 사회문제를 반영한 서사시에는 가정을 제재로 한 것이 많으며, 주인공은 고아나 과부, 병자, 병졸이나 유민 등이 많고, 종종 지방관에 대한 풍자와 찬미의 내용도 포함되어 있다는 것을 발견했다. 후일 대량의 사료에 대한 종합적 분석을 통해, 그것이 주로 한대의 채시가 풍속을 관찰하고 시정을 살피기 위한 목적을 확실히 갖고 있었고, 그 구체적인 활동은 홀아비나 과부, 고아, 의지할 곳 없는 노인 등에 대한 보살핌과 지방관의 치적에 대한 관찰 이 두 가지 항목이 기본이었기 때문이며, 동시에 한대의 생산소유제와 윤리 관념의 변화와도 관련이 있음을 밝혔다. 이 외에 한악부민가의 발전 원인과 표현 예술에 대해서도 다음과 같은 아주 중요한 두 가지 관점을 제시했다. (1) 옛 일가(逸歌)를 통해, 주대(周代)에서 한대(漢代) 사이에는 객관적인 내용을 담은 잠명(箴銘), 격언(格言), 요언(謠諺) 등이 대량으로 존재했음을 알 수 있다. 그들은 대부분 간단하면서 추상적인 언어로, 인생의 책임과 생활의 지혜를 종결해내거나, 생활, 정치, 도덕과 관련한 사회 공통적 교훈과 훈계를 제시한 작품들이다. 한악부에도 인생의 경험을 종합해내는 것이 주된 내용인 시가가 많은데, 바로 이러한 잠명과 요언 등에서 발전해 온 것이다. (2) 악부 유선시(遊仙詩)는 한대의 화상석(畵像石)과 마찬가지로, 예술적 표현이 대부분 아주 천진하다. 이들 시가에는 신과 인간, 새와 짐승이 뒤섞여있는데, 그 선경(仙境)은 바로 인간 세상에서의 태산(泰山)이고 화산(華山)이다. 거기에 묘사된 것이 비록 비현실적 세계이기는 하나, 낭만과 환상 속에서도 극사실적인 내용이 넘쳐난다. 그 이유는 시 속의 선경 묘사가 한 무제가 건설한 궁궐과 제단을 기초로 했기 때문이며, 동시에 한대인들이 신화 세계를 현실 세계와 마찬가지로 정말로 믿을 만한 세계로 인식했던 심리와도 관계있다.

건안(建安) 시가와 당시 시대적 사조와의 관계에 대한 연구는 기존의 연구에서 취약했던 부분이다. 이 책은 건안문인들의 인생관, 도덕관, 학술사상 등의 변화를 종합적으로 고찰했고, 다음과 같은 내용을 제시했다. 사상을 통제하고 개성을 속박하던 유가 경학과 위선적인 도덕률을 타파하고, 명실상부함과 소박함, 자연 숭상, 사람의 감정에 대한 통달 및 인생의 궁극적 정신적 가치를 모색하는 것이 건안시대의 기본 정신이다. 이것은 건안 문인들로 하여금 아송(雅頌)을 정성(正聲)으로 인식했던 유가적 관념을 타파하고, 악부신성(樂府新聲)을 중시하도록 했으며, 이를 토대로 건안시가가 제재, 내용, 예술, 풍격 등에서 일련의 변화를 이끌어내도록 촉진했다. 저자는 또 건안정신에 대한 이해를 바탕으로, 건안풍골이 위진(魏晉)의 진보적 작가들에게 각각 다르게 표현된 양상을 분석했다. 입공(立功)의 이상과 불후의 명성에 대한 구가는 이상과 현실 사이의 모순 속에서 시대상과 사회상을 반영해낼 수 있었는데, 이것이 바로 건안풍골(建安風骨)이며, 또 한위육조 진보문인시를 관통하는 맥락이었음을 밝혔다.

정시(正始) 시기의 어두운 현실과 위진풍골(魏晉風骨)과의 관계를 논술할 때, 저자는 사학계의 기존의 연구성과를 수용하고 더욱 발전시켜, 정시 문인과 건안 문인의 인생관의 차이점을 깊이 분석했으며, 이를 바탕으로 정시시가의 기본적 특징을 개괄해냈다. 서진(西晉) 문학은 중유적(重儒的) 중현적(重玄的)인 당시의 학술 분위기 하에서도, 여전히 아송(雅頌)을 정성(正聲)으로 여기는 유가적 관념의 영향을 받아, 전아함, 광박함, 심오함, 정교한 아름다움이 그 주요 풍격이었다. 이러한 문학사조의 영향으로, 진시(晉詩)에는 전아한 4언이 시단을 풍미하고 5언이 아화(雅化)되는 현상이 출현했음도 논술했다.

이상의 예들은 모두 논리와 근거를 갖춘 독창적 견해이다.

현언시(玄言詩)에 대해서도 새로운 견해를 제시했다. 저자는 현언시가 정시 시기에 시작되었지만, 서진 초기 현풍(玄風)이 흥성하던 시기에는 크게 유행하지 못했던 현상의 주요원인에 대해서, 진초 문인들의 상현(尚玄) 풍조가 주로 행위적 방면에 집중되었고, 현리에 대한 탐구는 추구하지 않았으며, 게다가 현풍의 영수들이 모두 시부(詩賦) 등의 문학창작에 정통하지 않았던 것에 기인한다고 여겼다. 현언시는 영가(永嘉) 연간부터 동진(東晉) 시기에 크게 흥성했는데, 이것은 동진 불교가 아직 현학에 기대어야만 그 의리(義理)를 널리 알릴 수 있는 단계에 머물러 있었기 때문이고, 그래서 당시에는 담객(談客)의 풍채가 농후한 명승들이 출현했었다. 그들은 노장에 주석을 하고 현담(玄談)을 빌어 불교의 교리를 밝히면서, 동진 현학가로 하여금 서진 사인들이 죽림칠현(竹林七賢)을 모방하며 그 행적에만 현혹되고 근본은 탐색하지 않았던 것을 비판하게 만들었다. 이러한 명사와 명승들의 청담적 여운(餘韻)이 시로 엮어져 나온 것이 자연히 현언시가 되었다. 이 시기의 현언시는 정시 현언시와 일맥상통하는데, 다른 점은 탐색 대상이 현리화(玄理化)된 불리(佛理)라는 점이다. 유송(劉宋) 이후, 불교는 점차 현학에서 벗어나 독립하면서, 불교적 의리 연구에서 공덕을 통해 복을 기구하는 쪽으로 바뀌었다. 게다가 동진 시기처럼 현리와 문학에 모두 정통한 명승이 드물었을 뿐만 아니라, 송제(宋齊) 이후 문학과 현학이 길을 달리함에 따라, 철학과 현학의 경계를 모호하게 했던 현언시는 점차 물러나게 되었다. 이것은 모두 진지한 탐구를 통해 얻어낸 새로운 관점들로서, 주의할만한 내용들이다.

본서 전체를 통독하게 되면, 이 책의 대표적 특징이 정치, 사회, 학술, 문화 등의 발전 배경을 결합시켜, 각 시기 문학사조의 기본적 특징을 논술하고, 각 시기 시가의 제재, 내용, 형식, 풍격 등의 변화의 원인을 분석하는데 뛰어났음을 쉽게 알 수 있다.

또 다른 대표적 특징은 각 시대 시가의 계승과 발전 관계 및 그 후세에 대한 영향에 주의하여, 한, 위, 진, 송, 제, 양, 진, 수 등 여덟 조대의 시사(詩史)에 있었던 몇 차례의 비교적 큰 변혁에 대해 깊이 있는 분석을 전개했고, 자신의 견해를 제시하여, 전통적 관점을 다소 뛰어넘었다는 점이다. 예를 들어 기존의 연구자들은 제량(齊梁) 문풍에 대해 대체로 비판적 태도를 보이며, 기껏해야 이 시기가 문학형식이나 표현예술면에서 얻어낸 성과에 대해서만 인정했다. 이 책의 저자는 제량문인들이 시가발전사에 언급될 만한 공적을 남겼다고 보았다. 그것은 주로 다음 두 방면으로 정리된다. (1) 그들은 진송(晉宋) 시가가 부자연스럽고 생기 없는 극단적 경계를 가고 있을 때, 악부와 고시, 남북조 악부민가에 대한 학습을 통해, 당시 구어 속에서 새로운 언어를 제련해내야만 시가에 새로운 생명을 부여할 수 있다는 이치를 알아내고, 유창하고 자연스러운 시풍을 열심히 제창하여, 시가의 난삽한데서 쉬운 방향으로, 깊은데서 얕은 곳으로, 고체시에서 근체시로의 변혁을 완성해 냈다. (2) 그들은 진송시가 지나치게 전아하고 감정에는 침잠하지 않았던 병폐를 비평하고, 문학의 성정(性情) 음영적 특징을 강조했으며, 이론상 문필지변(文筆之辨)과 같은 중대한 문제를 제기했고, 창작상 일상생활에서의 느낌이나 정서를 표현하는데 더욱 치중했다. 감정의 표현을 중시했기 때문에, 과거 진송 시기에는 자연경물에 대한 순객관적 묘사에만 치중했던 산수시가, 제량 시기에 와서는 사람의 감정과 결합하기 시작했다. 일상생활의 시화(詩化)는 사람과 대자연의 조화가 중국 고전시가의 기본적 심미특징의 하나가 될 수 있게 했다. 저자는 이와 같이 제량문인들의 언어와 풍격 방면의 혁신과 문학에 대한 인식을 서로 연결시켜 고찰함으로써, 문필지변의 배경을 명확하게 밝혀냈으며, 아울러 이것이 중국 시가사상 첫 번째 문학 관념의 자각적 혁신이었음을 주장했다. 이러한 연구 성과는 전통적 관점에 대한 커다란 발전임은 의심할 바 없다.

이와 동시에 필자는, 한대 유가시교설의 미자풍유(美刺諷諭) 관념이 서진에 와서는 송미(頌美) 위주의 관념으로 바뀌어, 원망과 풍자적 내용이 이미 배척되었음을 밝혔다. 이러한 관념은 송, 제, 양, 진 등 몇 조대를 거치며 점점 공고해졌다. 때문에 남북조 정통 문인들은 육경을 근본으로 하는 시교설(詩敎說)을 내세우며, 제량의 기미(綺靡)한 문풍을 반대했다. 이 것은 어떠한 실천적 의미가 없었을 뿐만 아니라, 오히려 문학 자체의 특징에 대한 정확한 인식까지 방해할 수밖에 없었고, 동시에 건안에서 제량 시기까지의 시가의 정화(精華)와 찌꺼기를 섞어버린 결과를 낳았다. 이러한 관점 역시 저자가 문학이론이 창작에 일으킨 영향을 검증한 후 얻어낸 새로운 평가이다.

북조 시가의 발전에 대한 논술에서, 저자는 사람들이 주의하지 않던 많은 원시자료에서 남북 문풍 교류의 흔적을 찾아냈고, 명확한 발전단계를 구분해냈으며, 남북 문풍의 융합은 남조 문학이 북방의 생활 토양에 뿌리를 내린 결과이고, 한위와 육조 문학이 서로 결합한 산물임을 밝혔다. 수대(隋代) 시가의 과도적 상태에 대해서, 일반 논저들은 제량 여풍(餘風)의 영향만을 언급한다. 이 책의 저자는 이 시기 시풍이 엄아(淹雅)하고 청정(淸正)하게 바뀐 것이 더욱 중요한 경향이라고 보았다. 동시에 수시의 '몽기(蒙氣)'와 대다수의 작자가 융합에 얽매여서 창조적 변화에는 어려웠던 점이 바로 이 과도적 시기의 기본적 특징임도 제시했다. 이것은 모두 시사하는 바가 큰 견해들이다.

좋은 문학사는 문학 발전 규율에 대한 탐색 외에도, 중요 작가에 대해서도 깊이 있는 연구를 진행해야 한다. 이 책은 이 방면에도 만족스러운 성과를 얻어냈다. 예를 들면, 완적(阮籍)의 미학사상과 그 시가 풍격과의 관계를 논했고, 혜강(嵇康)과 곽박(郭璞)이 현언시의 원조(遠祖)와 근종(近宗)임을 논했고, 도연명(陶淵明)의 인생 여정과 그 시대, 그의 관직 진출과 입공(立功)의 사상, 그의 귀은(歸隱)과 인생의 진리에 대한 의식적 탐색과의 관계를 논했으며, 특히 도화원(桃花源) 이상을 낳은 사상적 기초에 대해서도 논했다. 이 모든 논술들은 모두 깊이 있고 자세하며 변증법적 관점을 갖는다.

기존의 포조 사상에 대한 논술은 문벌제도에 대한 그의 불만에 치중되었었다. 이 책은 포조(鮑照)가 일찍이 중서사인(中書舍人)이라는 요직에 올랐던 경력과 연계하여, 유송 시기에 양진(兩晉)의 구사족들이 일정한 억압을 받게 된 구체적 배경을 분석했다. 또 포조는 그 시대에 대해 환상을 갖고 있었지만, 그가 벼슬길에서 만난 장애물은 문벌사족제도 뿐만 아니라, 그 자신이 정치적 풍랑에 대한 두려움과 관직 세계의 더러움에 대한 증오를 갖고 있었기 때문임을 밝혔는데, 이는 아주 정확한 분석이다. 이 밖에 포조가 변새시(邊塞詩)의 발전에 이루어낸 공헌에 대한 논술 역시 식견이 높다.

사령운(謝靈運) 시의 현리적 담론 부분은 기존 연구에서는 군더더기로 인식해 왔지만, 이 책의 저자는 사령운이 현언을 서정과 언지(言志)의 수단으로 바꾼 것은 산수시에서의 일종의 창조이며, 감정이 전혀 표현되지 않았던 현언시에 대한 일종의 혁신이라고 인식했다. 동시에 사령운 시의 명확하고 자연스러운 구절에 근거하여, 그가 의식적으로 간결하고 쉬운 방향으로의 시가적 발전을 추구했다고 밝혔는데, 참고적 가치가 크다.

또 유신(庾信)의 '노성(老成)'에 대한 논술에서, 저자는 그것이 물론 그의 후기의 심경과 관련이 있지만, 그가 예술적 표현에서 의식적으로 한위진 송 시가의 특징을 이용해 제량의 부박(浮薄)함을 교정하려고 한 것과도 관련 있다고 보았다. 즉 졸(拙) 속에 수(秀)를 끼워 넣고, 삽(澁)으로 활(滑)을 다스리고, 생(生) 속에 숙(熟)을 끼워 넣고, 심후(深厚)함으로 천이(淺易)함을 다스리고, 박대(博大)로 단일(單一)을 다스리고, 경사(經史)의 고어(古語)나 질박한 언어, 속어를 시에 투입하고, 전고를 일상생활의 정경 표현에 사용하고, 우연성이 있는 짧은 순간을 포착했으며, 공졸(工拙)을 따지지 않아 친밀감이 느껴지며, 영회시(詠懷詩)와 응수시(應酬詩)를 서로 결합했고, 대구와 전고를 대량으로 운용하여 복잡한 사상이나 감정을 솔직하게 혹은 완곡하게 표현하여 정교하고 심오하며 원숙한 풍격을 형성했다고 제시했다. 이것이 바로 그가 예술적으로 '노성'의 경지에 도달했다는 표지이며, 두보만이 그 훌륭함을 찾아낼 수 있었던 이유이기도 하다. 이 장(章)에서는 또 유신이 당대(唐代) 시인 특히 두보(杜甫), 이하(李賀), 이상은(李商隱)에게 미친 영향에 대해 세밀한 분석을 진행했는데, 저자의 섬세한 감상력을 볼 수 있다.

　제량 시인들은 숫자는 많으나 성취는 높지 않아서, 일반 문학사 논저에서는 사조(謝朓), 하손(何遜), 오균(吳均), 음갱(陰鏗) 등 소수의 작가들만 언급하고, 나머지는 언급하지 않는다. 이 책은 시사(詩史)에 일정한 영향이 있는 작가, 즉 왕융(王融), 심약(沈約), 범운(范雲), 소연(蕭衍), 소강(蕭綱), 서릉(徐陵), 심지어 진 후주(後主), 수 양제(煬帝) 등에 대해서도 관심을 기울여, 각각의 중요한 예술적 특징을 부각시켰고, 그들이 시가 발전에 일으킨 공적과 과오를 논술했다. 동시에 예술적으로 특색 있는 많은 이름 없는 작가들의 우수한 작품과 우수 구절 등에 대해서도 최대한 평가를 했다. 이렇게, 이 책을 통해 한 시대 시가의 총체적 면모와 총체적 추세를 포괄적이고 완전하게 알 수 있었으며, 소수 대작가의 두드러진 성취와 전체 시대의 예술적 수준의 발전이 밀접하게 관련 있음을 비교적 명확하게 알 수 있었다.

　이 책은 작품의 예술적 분석을 아주 중시했으며, 그 기초 위에 팔대 시가의 표현 예술 발전에 있어서의 맥락을 명확하게 그려내고자 했고, 각 시대의 공통적 예술 특색 및 전후의 계승관계를 연구 분석해냈다. 예를 들면 한악부 서사시와 <고시19수>의 예술적 특징은 모두 오언시의 예술 발전의 각도에서 관찰할 수 있다. 건안, 정시 시기의 시가예술에 대한 논술은 문인시의 민가에 대한 가공과 발전, 비흥 수법상의 발전에 집중했다. 그 가운데 한악부 <고아행(孤兒行)>, <전성남(戰城南)>, <보출하문행(步出夏門行)>, <공작동남비(孔雀東南飛)>, 채염(蔡琰)의 <비분시(悲憤詩)>, 조식(曹植)의 <명도편(名都篇)>, <백마편(白馬篇)>, <야전황작행(野田黃雀行)>, 진림(陳琳)의 <음마장성굴행(飮馬長城窟行)> 등은 명편의 예술분석을 통해, 작가의 의도를 알 수 있었으며, 어떤 작품은 건안의 역사 및 다른 작품과의 연결을 통해 시의를 깊이 있게 밝혀낼 수 있었다. 서진의 시에서, 육기(陸機)의 <의명월하교교(擬明月何皎皎)>, 반악(潘岳)의 <도망시

(悼亡詩)>, 좌사(左思)의 <영사(詠史)>, 유곤(劉琨)의 <부풍가(扶風歌)>, 동진 도연명의 많은 시편 등등의 예술 분석에도 새로운 내용이 많다. 또 제, 양, 진 시가의 전후 계승관계에 대한 논술에서는, 삼대가 추구했던 청려(淸麗)함, 천이(淺易)함, 새로운 기교(新巧) 등에 일정한 연속성이 있음에 주의했을 뿐만 아니라, 제대(齊代), 제량 교체기, 양 대동(大同) 연간 이후부터 진대까지의 몇몇 단계의 다양한 변화를 포착해냈고, 제량에서 진수(陳隋)에 이르면서 점차 진송 시기의 고의(古意)에서 벗어나 부박(浮薄)하고 염려(艶麗)한 변려화 추세가 가속되었음을 상세히 밝혀냈다. 깊이 들어가서 얕게 나오면서 학술성이 풍부하게, 이렇게 예술을 이야기 하는 것은 정말로 쉽지 않은 일이다.

샤오인은 나에게 ≪한위진남북조시사≫의 서문을 부탁했고, 나는 책의 완성을 축하하며 흔쾌히 붓을 들었다. 주요 내용만 거론하며 신진학자의 새 저술을 간략하게 소개한 것에 불과하다. 전문가들의 가르침을 바란다!

1985년 5월 4일
경춘원(鏡春園)에서
천이신(陳貽焮)

　　《八代诗史》是我完成于1985年的旧作，　1989年由陕西人民出版社出版后，虽然在学术界颇受好评，但是因为编辑、校对、出版水平的局限，书中错字和失误极多，而且发行量也极少，始终是我的一块心病。2007年承中华书局重新出版修订本，绝大部分错误都得以改正。最近又承姜必任君翻译成韩文，在亦乐出版社出版，令此书有了更多的读者，使我深感欣慰。

　　上世纪八十年代是中国改革开放的初期，思想的解放，促使学界对过去已有定评的文学史重新审视。关于八代诗史的研究，也藉以获得了一系列较前人更为深入的认识。这些新的认识经过二十多年的时间检验，仍然为学界所认可。这或许是今天还可以重版并翻译成他国文字的基本理由吧？

　　译者姜必任君十多年前随我在北大攻读博士研究生，以顽强的毅力在三年内完成关于北朝文学研究的博士论文，得到中国研究南北朝文学的著名前辈学者曹道衡先生的称赏。其中部分内容改写成论文，在中国古代文学研究的最高级刊物《文学遗产》上发表，还获得了优秀论文奖的殊荣，这在中国学者里也是至为难得的。她归国以后多年任教于大学中文系，近年来又担任大学中文系主任的职务，在繁忙的公务和研究教学工作之余，她竟然还能抽出时间来翻译我这本旧作。身为昔日的老师，所受到的感动是难以言表的。

　　韩国是深受儒家文化熏陶的礼仪之邦，亦乐出版社在学术著作不易销售的今天，仍然慷慨应承出版此书，足见其支持学术的古道热肠。如果这本小书对于喜爱中国诗歌和文化的韩国读者有所裨益，也就不负必任君和出版社的一番苦心了。

　　≪한위진남북조시사≫는 1985년에 완성된 옛 저작이다. 1989년 산시(陝西)인민출판사에서 출판된 후, 비록 학술계에서는 커다란 호평을 받았으나, 편집과 교정, 출판수준의 한계로 인해, 오자와 착오가 아주 많았고, 발행부수까지 아주 적어서, 줄곧 내 마음의 짐이 되어 왔었다. 2007년 중화서국에서 수정본을 다시 출간하면서 대부분의 착오가 수정될 수 있었다. 최근에는 또 강필임 군이 한국어로 번역하여 도서출판 역락에서 출간됨으로써 더 많은 독자를 갖게 되어서 기쁘고 위안이 된다.

　　지난 세기 80년대는 중국의 개혁개방 초기였다. 사상의 해방으로 학술계도 과거의 정평이 있는 문학사에 대해 재평가를 하게 되었다. 팔대시사 연구 역시 이에 힘입어 전대의 학자보다 더욱 깊이 있는 인식을 얻을 수 있었다. 이러한 새로운 인식들은 이십여 년의 시간적 검증을 거치고도, 여전히 학술계의 인정을 받고 있다. 이것이 어쩌면 지금도 재판이 되고 또 다른 언어로 번역될 수 있었던 기본 이유가 아닐까?

　　역자 강필임 군은 10여 년 전 나의 베이징대학교 박사과정 학생이었는데, 강인한 의지로 삼년 만에 북조문학을 연구한 박사논문을 완성하였고, 중국에서 남북조문학 연구에 있어서 저명한 선배 학자인 차오따오형(曹道衡) 선생의 칭찬을 받았다. 그 중 일부 내용은 중국고대문학 연구의 최고급 학술지인 ≪문학유산(文學遺産)≫에 발표되었고, 우수논문상의 영광까지 얻었다. 이것은 중국학자들도 아주 어려운 일이다. 그녀는 귀국 후 대학 중국학과에서 교편을 잡고 있는데, 최근에는 학과장까지 맡아 업무와 연구, 교학 등으로 바쁜 가운데 또 짬을 내어 이 책을 번역해냈다. 옛 선생으로서, 감동은 말로 다 표현할 수가 없다.

　한국은 유가문화의 영향을 크게 받은 예의지국이며, 도서출판 역락은 학술서가 잘 팔리지 않는 요즘에 이 책의 출판을 기꺼이 맡아주었으니, 학술발전을 지원하고자 하는 소박한 열정을 충분히 알 수 있다. 만약 보잘 것 없는 이 책이 중국의 시가와 문화를 좋아하는 한국독자들에게 조금이라도 도움이 된다면, 필임 군과 출판사의 고심이 헛되지 않을 것이라고 생각한다.

차례

제1장 | 양한 시가의 원류

제1절 한악부민가

1. 악부(樂府)에 관하여

중국 고전시가의 원류는 멀고도 길다. ≪시경(詩經)≫, <초사(楚辭)>에서부터 현실을 반영하고 이상을 구가하며 민간문학에서 영양분을 흡수하는 좋은 전통이 확립되었다. 그러나 진한(秦漢) 시기에는 '풍소(風騷)'의 기본정신이 문학에 중요한 영향을 주지 못했다. '시삼백(詩三百)'은 춘추시대 사대부에 의해 단장취의(斷章取義) 식으로 외교사령에 운용되거나, 한대 유가에 의해 산산이 부서져 봉건적 교조로 곡해되면서 일찌감치 경전화 되었다. 굴원(屈原), 송옥(宋玉)의 <초사>는 가의(賈誼)에 의해 소체부(騷體賦)로 진화되었고, 다시 매승(枚乘), 사마상여(司馬相如)에 의해 아주 과장적인 대부(大賦)로 발전하면서, 시가적 성질이 완전히 바뀌었다. ≪시경≫에 의해 창조된 4언체나 <초사>에서 발전된 의소체(擬騷體)는 일반 귀족문인에 의해 사상적으로나 예술적으로 모두 경직되었다. 이때 양한의 악부민가가 나와 신선한 내용과 자유로운 형식으로 시가의 발전에 새로운 미래를 예시했다.

소위 '악부'란 원래는 음악기관의 명칭이었는데, 훗날 악부에서 채집, 창작된 악가(樂歌)까지도 지칭하면서 시체(詩體)의 명칭이 되었다. 위진(魏晉)에서 당대(唐代)까지의, 음악에 맞출 수 있는 모든 시가 및 문인의 악부 고제(古題) 모의작을 악부라 할 수 있다. 송인(宋人) 곽무천(郭茂倩)은 ≪악부시집(樂府詩集)≫에서 한당(漢唐) 간의 악부시를 음악과 용도에 따라 다음과 같은 12분류로 나누었다. (1) 교묘가사(郊廟歌辭) (2) 연사가사(燕射歌辭) (3) 고취곡사(鼓吹曲辭) (4) 횡취곡사(橫吹曲辭) (5) 상화가사(相和歌辭) (6) 청상곡사(淸商曲辭) (7) 무곡가사(舞曲歌辭) (8) 금곡가사(琴曲歌辭) (9) 잡곡가사(雜曲歌辭) (10) 근대곡사(近代曲辭) (11) 잡가요사(雜歌謠辭) (12) 신악부사(新樂府辭)이다. 그 중 잡가요사는 도가(徒歌), 요참(謠讖), 언어(諺語)이고, 신악부사는 내용에 따라 제목을 새로 지은 악부 모의작이어서, 모두 음악과 무관하다. 송(宋) 원(元) 이후, 사(詞), 산곡(散曲), 극곡(劇曲)이 음악에 맞춰 연주된다는 이유로 악부라고 불리기도 했지만, 이미 원래의 악부 의미는 아니다.

악부라는 명칭은 한대 초기에 처음 보이는데, 혜제(惠帝) 때 설치한 악부령(樂府令)이라는 관직이었다. 한 무제(武帝) 때는 악부서(樂府署)를 설립하여 태악서(太樂署)와 함께 속악(俗樂)과 아악(雅樂)을 분담케 했다. 악부의 임무는 주로 어용문인에게 시부(詩賦)를 짓게 하거나, 민간에서 가요를 채집하여 제례, 행차, 조회, 연회 등에 사용하는 것인데, 동시에 "풍속을 관찰하여, 민심의 얇고 두터움을 알 수 있었다(亦可以觀風俗, 知薄厚)." "조와 대 지역의 노래, 진과 초 지역의 민요 등이 있었는데, 모두 슬프거나 기쁜 감정이 일어, 사건에 따라 노래한 것이며(於是有趙代之謳, 秦楚之風, 皆感於哀樂, 緣事而發)",[1] 조정이나 하급관리, 백성들 사이에서 유행했고, 성제(成

---

1) <漢書·藝文志>.

帝) 때에 특히 성했다. 후일 음악을 좋아하지 않았던 한 애제(哀帝)가 속악을 정(鄭)·위(衛)의 음탕한 노래(淫聲)로 여겨 악부령(樂府令)을 해체했다. 그러나 관련 기록을 통해서, 동한에도 채시(采詩) 제도가 아주 중시되었음을 알 수 있다. 통치자는 사자(使者)를 파견하여 미복을 하고 다니며 민가와 민요를 채집하게 했고, 그 "민간 가요의 내용(謠言單辭)"으로 각 지방관의 치적과 민간의 교화 상태를 살핌으로써, 악부의 채시를 "인재를 뽑고 풍속을 관찰하는(擧賢觀風)" 중요 수단으로 삼았다.

한대의 악부시로는 교묘가사, 고취곡사, 상화가사, 무곡가사, 잡곡가사 등 다섯 종류가 있다. 교묘가사는 귀족문인이 지은 것으로, 내용은 모두 제사를 올려 신령에게 복을 구하거나, 사계절의 순조로운 운행과 사회의 안정을 기원하고, 백성의 번창과 영원한 길상을 축원하는 것인데, 어휘는 심오하고 전아하여 부송(賦頌)과 유사하다. 한대의 악부민가는 주로 고취곡사, 상화가사, 잡곡가사 등에 보존되어 있다. 고취곡사는 단소요고(短簫鐃鼓)를 사용하는 군악으로, 지금 전해지는 <한요가18수(漢鐃歌十八首)>는 서한 때의 작품이다. 문자는 대부분 질졸(質拙)하고 난해한데, 그 중 해독이 가능한 작품은 아주 소박하고 평이하다. 전쟁과 관련이 있는 작품은 일부에 불과하고, 나머지는 그리움과 이별을 노래하거나, 황제의 출행이나 주변 오랑캐의 제압을 가영하거나, 자유롭게 노니는 신선에 대한 묘사 등 다양하다. 한악부 중 단 두 수에 불과한 연가(戀歌)도 여기에 속해 있다. '상화(相和)'는 '관현악기 연주를 서로 주고받거나(絲竹相和)' 혹은 '노래를 부르며 서로 주고받는(人聲相和)' 방식을 말하는데, 가사는 모두 한대 여항(閭巷)의 노래이다. 잡곡가사는 가락이 없어진 노래 가사를 잡다하게 모은 것인데, 연대가 비교적 늦고, 문인의 서정(抒情) 언지(言志)나, 연회, 행역과 관련된 작품도 많이 섞여있다. 악부시는 민간에서 채집된 것이 대부분이지만, 궁정문인이나 부유한 관리들이 지은 작품도 있어서 사상적 경향이 비교적 복잡하기 때문에, 그 창작 배경이나 제재의 출처 등과 관련지어 구체적인 분석을 진행해야 한다.

2. 사회생활의 실록

한대의 채시는 풍속을 관찰하고 현실 정치를 살피기 위한 목적이 있었기 때문에, 사회문제를 직접적으로 폭로한 많은 우수한 민가들이 자연스럽게 악부에 채집되었다. 이 민가들의 내용은 대부분 지방관에 대한 풍자 혹은 찬미, 가정문제, 또는 고아, 병자, 홀아비, 유랑민, 병졸 등의 고통스러운 생활 등 몇몇 방면에 집중되어 있다. 한악부는 현실 반영이라는 측면에서 무엇보다 사회의식의 변화를 나타낸다. 토지가 종손(宗孫) 소유가 되는 서주의 종족제도 하에서는, 토지 및 토지에서 일하는 농노는 모두 천자나 제후, 경대부 등 영주계층의 소유였다. 농노들은 관리의 통솔 하에 대규모의 집체적 경작을 했고, 남는 시간에도 영주를 위해 각종 노역을 해야 했으며, 신체적 자유가 없었다. 이러한 생산방식은 자연스럽게 주대의 사회의식에서 가족 관념이 희박하게 했고, 따라서 《시경》에는 가족관계를 노래한 시가가 비교적 적다. 춘추전국 이후, 토지의 종손소유제가 점차 가장(家長)소유제로 대체되면서, 주요 사회계층은 대량의 토지를 소유한 지주계층과 점유 토지가 적거나 없는 농민계층으로 바뀌었다. 이러한 변화는 양한 시기에 이미 초보적으로 완성되었다. 비록 노비나 농노와 유사한, 대지주에게 노동을 제공하며 살아가는 계층이 여전히 상당히 많았지만, 양한 사회를 구성하는 주요 계층은 지주와 대립적이면서 인구의 대다수를 차지하는 소생산자 즉 가정 단위 노동에 종사하는 농민이었다. 생산방식의 커다란 변화는 필연적으로 사회사상과 의식의 변화를 불러온다. 피지배계층들에게는 가정생활에서의 현실이 사회적 모순과 계층적 압박을 느끼는 가장 민감한 신경이 될 수밖에 없는데, 따라서 한대 민가에는 가정문제를 관찰한 내용이 ≪시경≫보다 뚜렷하게 증가했다. 이런 종류의 시가 악부에 대량으로 채집된 것은 악부의 채시표준과도 관련 있다. 한 무제가 백가(百家)를 배척하고 유가만 받들면서, 진대(秦代)에는 중시되지 않던 ≪대학(大學)≫, ≪중용(中庸)≫이 이때에 와서 경전으로 받들어졌는데, 소위 "그 나라를 다스리려는 자는 먼저 그 가정을 잘 이끌고(欲治其國者, 先齊其家)", "윗사람이 노인을 공경하면 민간에서 효성스러운 마음이 일고, 윗사람이 연장자를 잘 모시면 민간에서 공경스러운 마음이 일고, 윗사람이 외로운 사람을 긍휼히 여기면 민간에서는 배반하지 않는다(上老老而民興孝, 上長長而民興弟, 上恤孤而民不倍)"는 관점이 한대 통치사상의 핵심이 되었다. 지방관의 직책도 "형벌을 살피고, 원통하거나 가혹한 일을 다스리고, 홀아비나 과부를 구휼하고, 고아나 병약자를 불쌍히 여겨 구제하는 것(詳刑辟, 理冤虐, 恤鰥寡, 矜孤弱)"[2]으로 규정되었다. 더불어 오랜 전쟁과 호족(豪族)들의 토지겸병으로 많은 병졸과 백성들이 유민이 되어 떠돌아다니는 심각한 사회문제가 발생하자, 양한 통치자들은 어쩔 수 없이 여러 차례 조서를 내려, 유민을 정착시키고, 죽어 묻히지도 못하고 들판을 굴러다니는 시체를 묻어주도록 하고, "노인, 홀아비, 과부, 고아, 자식 없는 자, 가난한 자, 실직자(存問耆老鰥寡孤獨乏困失職之民)" 및 "가족이 없어 혼자 살아 갈 수 없는 자(無家屬不能自存者)", "자식이 있어도 부양을 할 수 없는 자(有子不能養食者)" 등을 찾아가 안부를 묻도록 했다. 이러한 조치들은 계층 간 갈등을 완화하려는 임시변통이자, 통치자가 어진 정치를 표방하며 교화를 실시할 수 있는 구실이 되기도 했다. 따라서 풍속을 관찰하고 살피는 악부의 기본 내용 역시 홀아비, 과

---

2) 明帝 <日食下三公制>, 章帝 <蝗災罪己詔> 등 참고.

부, 고아, 자식 없는 자 등에 대한 보살핌과 지방관의 치적 관찰이라는 두 가지 사항이 중심이 되었는데, 즉 한대 통치계층의 수요에 부합했던 것이다.

<부병행(婦病行)>, <고아행(孤兒行)>, <동문행(東門行)>은 한악부민가에서 가장 감동적인 명편이다. 이 작품들은 한대 가정의 비참한 장면들을 구체적이고 선명하게 그려내며, 감내할 수 없는 빈곤과 억압으로 인한 비통한 외침을 터트렸다. <부병행>은 한 가난한 남자가 병든 아내가 죽은 후 고아들을 양육할 수 없는 고통을 묘사했다.

婦病連年累歲	아낙이 병이 들어 여러 해 앓다가
傳呼丈人前	남편을 불러 놓고
一言當言	당부를 하려는데
未及得言	할 말을 채 하기도 전에
不知淚下一何翩翩	어느 새 눈물이 하염없이 흘러내리네.
屬累君兩三孤子	"당신에게 이 애들을 잘 부탁합니다.
莫我兒飢且寒	아이들이 배곯거나 헐벗게 하지 마시고
有過愼莫苴笞	잘못이 있어도 부디 때리지 마세요.
行當折搖	내가 이제 눈을 감더라도
思復念之	이것만은 명심해주세요."
亂曰 : 抱時無衣	난 : 안아보니 옷도 제대로 갖추지 못했고
襦復無裡	저고리도 홑옷이구나.
閉門塞牖	문을 걸고 창문을 닫고서
舍孤兒到市	아이들 남겨두고 시장으로 나서네.
道逢親交	도중에 친한 친구를 만났는데
泣坐不能起	흐느끼며 일어서질 못하네.
從乞求與孤買餌	애들에게 먹일 것 좀 사달라고 애원하며
對交啼泣	친구를 마주하고 소리 내어 우는데
淚不可止	눈물이 멈추지를 않는구나.
我欲不傷悲不能已	"나도 슬픔을 참을 수가 없구나."하며

探懷中錢持授交	품속에서 돈을 찾아 쥐어주네.
入門見孤兒	집안 문을 들어서는데
啼索其母抱	고아들이 울며 어미를 찾으니
徘徊空舍中	아이를 안고 빈 집을 배회한다.
行復爾耳	"이 아이들도 제 어미들처럼 되겠구나!
棄置勿復道	아서라, 더는 말하지 말자."

시는 두 부분으로 나누어 가슴 아픈 두 개의 화면을 서로 대조했다. 부인의 병과 그 사망 후의 과정에 대한 묘사는 생략하고, 병든 아내가 임종 시에 남편에게 아이들을 잘 보살펴달라고 하는 유언과 그것을 실현할 수 없는 남편의 현실적 모순을 집중적으로 강조하면서, 남편의 고난과 궁핍, 입을 것도 먹을 것도 없는 고아의 처참한 상황을 부각했다. 시에 묘사된 것은 비록 한 집안의 특수한 현실이지만, 민생의 고통과 부부나 부모자식도 서로를 지켜줄 수 없는 사회적 현실을 깊이 있게 개괄했다. <고아행>에 묘사된 것은 형과 형수의 학대를 받는 고아의 운명이다.

孤兒生	고아가 태어났는데
孤子遇生	고아가 만나는 인생은
命獨當苦	운명이 유독 고생스럽구나.
父母在時	부모가 계실 때는
乘堅車	좋은 수레에 올라
駕駟馬	네 필 말을 몰았었지.
父母已去	부모가 세상을 떠난 후
兄嫂令我行賈	형과 형수는 나에게 행상을 시켰네.
南到九江	남으로는 구강 땅까지
東到齊與魯	동으로는 제로 땅을 오가다가
臘月來歸	섣달이 되어 돌아와도
不敢自言苦	감히 힘들다 말할 수 없었네.
頭多蟣虱	머리에는 서캐와 이가 가득하고

面目多塵	얼굴에는 온통 먼지투성이.
大兄言辦飯	큰형은 밥을 시키고
大嫂言視馬	형수는 말을 돌보라고 하네.
上高堂	대청에 올라가 일하다
行取殿下堂	바로 또 대청 아래에서 일하니
孤兒淚下如雨	고아의 눈물이 비처럼 흐른다.
使我朝行汲	아침에 내게 물을 길어오라 시키면
暮得水來歸	저녁이 되야 길어 올 수 있네.
手爲錯	손은 갈라지고
足下無菲	발에는 짚신도 없어
愴愴履霜	차갑게 서리 길을 밟아 오는데
中多蒺藜	거기에는 가시도 많다네.
拔斷蒺藜	부러진 가시를 뽑는데
腸肉中	창자 가득
愴欲悲	슬픔이 북받친다.
淚下渫渫	눈물이 주르륵
清涕纍纍	콧물이 줄줄.
冬無複襦	겨울에는 겹저고리 없고
夏無單衣	여름에는 홑옷도 없다네.
居生不樂	살아도 즐겁지 않으니
不如早去	일찌감치 세상 하직하고
下從地下黃泉	지하 황천에 가느니만 못하리라.
春氣動	봄기운이 일고
草萌芽	새싹이 돋으면
三月蠶桑	삼월에는 양잠을 하고
六月收瓜	유월에는 오이를 수확한다네.
將是瓜車	오이 수레를 밀며
來到還家	집으로 돌아가다가
瓜車反覆	오이수레가 뒤집어졌다네.
助我者少	나를 도와주는 사람은 없는데
啗瓜者多	오이를 주워 먹는 이는 많구나.

願還我蔕	"오이꼭지라도 돌려주세요!
兄與嫂嚴	형과 형수가 엄격하여
獨且急歸	빨리 돌아가야 하며
當興校計	분명히 수를 셀 겁니다!"
亂曰 : 里中一何譊譊	난 : 마을은 어찌 이리 시끄러운가!
願欲寄尺書	편지를 부쳐서
將與地下父母	지하의 부모에게 전하고 싶구나
兄嫂難與久居	형과 형수와는 더는 같이 살기 힘들다고.

형에게 기만을 당한 동생의 이야기는 <상류전행(上留田行)>이라는 작품에도 반영되어 있으므로, 이 문제가 보편성을 갖고 있음을 보여준다. 하지만 이 시의 중요한 의의는 여기에 그치지 않는다. 왕포(王褒)의 <동약(僮約)>과 <고아행>을 서로 비교해 보면, 내용은 아주 유사한데 표현 각도만 달라, 하나는 번다하고 하나는 간략할 뿐임을 쉽게 알 수 있다. <동약>은 "노비가 담당할 갖가지 일(奴當從百役)"을 규정했는데, 파종부터 수확까지의 한 해 농사와, 밥 짓기 땔감 하기 등 매일의 일상적 잡역 및 멀리 물건을 내다 파는 등의 잡다한 부역까지 모두 노비 혼자서 도맡아야 한다. 게다가 "술을 마셔서도 안 되고(不得傾盂復斗)", "이웃과 다투어도(與隣里爭鬪)" 안된다고 하자, 노비는 다 듣고 나서 눈물을 마구 흘리며, "일찌감치 죽어 흙으로 돌아가는 것만 못하다(不如早歸黃土陌)"고 한다. 이 서사문은 대부(大賦)의 포서법(鋪敍法)을 사용하여 약간의 과장이 있을 수도 있으나, 노비가 해야 했던 온갖 노동이나 차라리 일찍 죽어버리고 싶다는 심정은 <고아행>에 묘사된 것과 완전히 일치한다. 그러므로 이 시에서 폭로한 것은 형과 형수가 동생을 기만했다는 단순한 문제에 그치는 것이 아니라, 실제로는 한대 노비들의 비참한 운명을 반영한 것이다. 비록 채시자에 의해 약자에 대한 동정이라는 각도에서 악부에 포함되었

지만, 민가 자체가 표현해내는 사회적 내용의 깊이는 채시의 기준으로 제한될 수 있는 것이 아니다. 예술적인 면에서, <고아행>은 <동약>처럼 처음부터 끝까지, 마치 금전출납구 기록하듯, 노비의 모든 노동을 나열하지는 않고, 고아가 행상을 하며 겪은 고생과 물을 길을 때 쩍쩍 갈라진 발, 오이 수레가 뒤집어져서 이웃들에게 당한 일 등 세 가지만을 세세하게 묘사했는데, 하지만 고아가 일 년 사계절 동안 감당해내야 했던 온갖 잡역이 다 나타나있다. 또 괴로움을 토로할 곳도 없는 그의 심정을 통해, 그에 대한 인격적, 육체적, 정신적 학대를 표현해냈다. 심덕잠(沈德潛)은 이 시가 "아주 소소하면서도, 아주 예스럽고 깊이 있으며, 끊어질 듯 이어지며 전개되면서 기복도 자연스러운, 눈물과 피로 엮어진 작품(極瑣碎, 極古奧, 斷續無端, 起落無迹, 淚痕血點, 結掇而成)"3)이라는 평가로 이 시의 기본 특징을 설명했다. <동문행>은 사람들이 참다못해 반항을 하게 되는 정신을 표현하여 특히 주목할 만하다.

出東門	동문을 나서고 나면
不顧歸	돌아올 엄두를 못 내리라.
來入門	집 안으로 들어서니
悵欲悲	슬프고 비통하구나.
盎中無斗米儲	쌀독에는 남아있는 쌀도 없고
還視架上無懸衣	시렁에는 걸려있는 옷이 없구나.
拔劍東門去	칼을 들고 동문으로 나가려 하니
舍中兒母牽衣啼	집 안 애 엄마가 옷을 잡고 울부짖으며
他家但願富貴	"다른 집은 부귀영화를 바란다지만
賤妾與君共餔糜	저는 당신과 죽을 먹고 살아도 좋아요.
上用倉浪天故	위로는 푸른 하늘이 계시고
下當用此黃口兒	아래로는 이 애들을 봐서라도

---

3) ≪古詩源≫.

今非   지금 이러시면 안 됩니다.”
咄行   “비켜요! 가야하오!
吾去爲遲   지금도 늦었소!
白髮時下難久居 흰 머리도 수시로 떨어지니 더는 못 참겠소.”

　이 시는 주인공이 반란을 결정할 당시의 극도의 심리적 갈등을 표현했다. 나갔다 들어오고, 들어왔다 다시 나가는 그의 행동과 부부 간의 몇 마디 대화를 통해, 망설임에서 결정까지의 사상적 갈등 과정을 표현하면서, 사람들이 “법을 어기고 난을 일으키는 것(犯敎作亂)”이 실은 어쩔 수 없는 절박한 상황에서 나온 것임을 설명한다. 문자는 질박하고 간결하며, 겁 많고 유순한 아내의 성격과 분개하고 조급한 남편의 기색이 눈에 보일 듯 생동적이다. 이 시가 악부에 포함된 원래 의도는, 통치자들에게 “궁핍하고 먹고 살 방도가 없는 사람(乏困失職之民)”들이 극단적으로 거칠어질 수 있음을 권계하기 위한 것이었고, 그래서 악부에 속한 후에는 사람들에게 절대로 반란을 일으키지 말 것을 권계하는 설교조로 바뀌었다.

　한악부민가의 또 다른 주요 주제는 빈번한 전쟁과 부역에 대한 성토이다. <음마장성굴행(飮馬長城窟行)>은 남편을 부역 보낸 아내의 각도에서, 조세와 부역의 부담이 백성들에게 주는 고통을 표현했다. <전성남(戰城南)>은 죽은 자의 목소리로 전쟁으로 인한 끝없는 재앙을 폭로했다.

戰城南   성 남쪽에서도 싸우고
死郭北   성 북쪽에서도 죽어 가는데
野死不葬烏可食 죽어 묻히지도 못하고 까마귀 먹이가 되네.
爲我謂烏   나를 위해 까마귀에게 말하노니
且爲客豪   “잠시 타향에서 죽은 객을 위해 호곡해주게.
野死諒不葬   들에서 죽어 묻히지 못할 것 확실하니

腐肉安能去子逃	썩은 육신이 너희들을 어찌 피하랴?"
水深激激	강물은 깊어 출렁출렁
蒲葦冥冥	갈대숲 우거져 어둑어둑.
梟騎戰鬥死	용맹한 병사는 전쟁터에서 죽고
駑馬徘徊鳴	둔마만 주위를 배회하며 우짖는다.
梁築室	다리를 공사하고 있으니
何以南	어찌 남으로 오갈 수 있겠는가!
何以北	어찌 북으로 오갈 수 있겠는가!
禾黍不穫君何食	수확할 자 없는데 임금인들 드실 게 있을까?
願爲忠臣安可得	이 몸 충신 되려 한들 어찌 가능하리?
思子良臣	그대들 순국한 장병들 생각하니
良臣誠可思	그대들 참으로 높이 기릴 만하구나.
朝行出攻	아침에 전쟁터로 출정했건만
暮不夜歸	저녁이 되어도 돌아오지 않았으니.

한대는 굶주려 죽은 백성이나 전쟁터에서 죽은 병사들이 "죽어도 묻히지 못해, 개 돼지에게 먹히는(死又不葬, 爲犬猪所食)" 현상이 아주 일반적이었다. 이 시는 비록 서한 시기에 지어졌지만 동한에도 마찬가지였다. 그 예로, 질제(質帝), 환제(桓帝) 시대의 최고통치자들은 연속적으로 조서를 내어, 타향에서 떠돌다 죽거나 혹은 전쟁터에서 죽어 뒹구는 시신들을 거두어 묻어주게 했다.4) 이와 같은 심각한 현실이 이 시에서는 사자(死者)와 까마귀와의 대화로 엮어졌고, 그 서사 부분에 이어 개탄과 의론이 전개되었는데, 참혹한 현실을 낭만적이면서 독특한 상상 속에 고발하고, 침통한 심정을 해학적이고 활달한 어조 속에 담아내어, "비록 비장하지만 성음의 느낌은 감기는 듯해서(所詠雖悲壯而聲情繚繞)", 감동이 특히 깊다.

생시에는 돌아갈 집이 없고 죽어서는 무덤도 없는 처지는, 오랜 세월

---

4) ＜東漢會要 · 瘞遺骸＞.

전쟁터를 전전한 전사뿐만 아니라, 호족 지주들에게 땅을 뺏긴 많은 유민들도 마찬가지다. 예를 들어 <염가행(艶歌行)>은 "형제 두세 명이, 타향에서 떠도는(兄弟兩三人, 流宕在他縣)" 불행한 운명을 표현했는데, 아주 섬세하고 감동적이다. 이들 고향을 등진 유민들은 정상적인 화목한 가정생활을 누릴 수 없을 뿐 아니라, 마음 착한 어떤 부인이 그들의 옷을 꿰매주는 것조차도 그 남편의 시기와 의심을 받아야 했다. 만약 이 시가 그 남편이 "몸을 비스듬히 기대어 서북쪽을 바라보는(斜柯西北眄)" 동작과 시선을 통해 떠도는 유민들의 상처받은 영혼을 미묘하게 그려냈다면, <비가(悲歌)>는 고향을 그리는 나그네의 슬픈 마음을 직접적이면서 강렬하게 쏟아냈다.

悲歌可以當泣	슬프게 노래하며 울음을 대신하고
遠望可以當歸	멀리 바라보며 귀향을 대신한다.
思念故鄉	고향을 그리는 마음
鬱鬱纍纍	그립고 그리워 쌓이고 쌓인다.
欲歸家無人	돌아가려 해도 집에는 반겨줄 이 없고
欲渡河無船	건너려 해도 강에는 타고 건널 배가 없구나.
心思不能言	마음 속 슬픔 말로 다 할 수 없으니
腸中車輪轉	창자 속에서 수레바퀴처럼 돌고 돈다.

수레바퀴로 근심에 싸인 창자를 비유했는데 상상이 신선하면서 소박하고, 강개하고 비장한 토로를 통해 나그네의 간절한 심정을 드러냈는데, 근심걱정이 잘 표현되었다.

지방관의 행정능력을 감찰하는 것이 한대 채시의 중요한 목적이어서, 악부에도 지방관을 풍자하거나 찬미하는 시편들이 포함되었다. <안문태수행(雁門太守行)>은 낙양령(洛陽令) 왕환(王煥)을 가영한 작품인데, 왕환의 사적이 아주 완성도 있게 서술되어 마치 압운한 덕정비(德政碑)를 보는 듯하다. 반면 <평릉동(平陵東)>, <맥상상(陌上桑)>은 부조리한 관리를 깊게 파헤친 풍자시다. <평릉동>은 협박과 강탈로 인해 가산을 탕진하게 된 의공(義公)의 불행한 운명을 그려냈다.

平陵東	평릉의 동쪽은
松柏桐	송백과 오동이 우거진 곳
不知何人劫義公	누군지 모를 이가 의공을 잡아갔다.
劫義公	의공을 잡아가
在高堂下	높은 대청에 두고는
交錢百萬兩走馬	돈 백만 냥과 말 두필을 주어야 풀어준단다.
兩走馬	말 두필 내주기
亦誠難	또한 진실로 어려운데
顧見追吏心中惻	쫓아오던 관리 보니 마음속이 쓰리구나.
心中惻	마음속이 쓰리니
血出漉	피가 빠져나가는 듯
歸告我家賣黃犢	집에 가 누런 송아지 팔자고 하는 수밖에.

한대의 사회 상황을 보면, 이 시에서 의공을 약탈한 자는 두 가지로 해석할 수 있다. 하나는 호족 권문세가의 빈객일 가능성이다. <한서·조광한전(趙廣漢傳)>, <엄연년전(嚴延年傳)> 및 ≪전한문(全漢文)≫ 중 공승흥(公乘興)의 <상서송왕존치경조공효일저(上書訟王尊治京兆功效日著)> 등의 사료에 의하면, 한대 군국(郡國)과 장안은 "종실이 멋대로 횡행하고, 빈객들은 도적이 되어 날뛰어서(宗族橫恣, 賓客犯爲盜賊)", "군의 아전 이하는 모두 두려워서 피했으니, 감히 그들을 거스르지 못했으며(自郡吏以下皆畏避之, 莫敢與牾)", 도적질이 발각되면 세가의 저택으로 숨어버려, "아전들이 감히 쫓을 수 없었고(吏不敢追)", "길에서 활을 늘려 화살을 쏜 후에, 멋대로 행했다(道路張弓拔矢, 然後敢行)". 이 시에서의 의공은 아마도 이들 빈객들에 의해

권문세가로 끌려간 것이고, 풀어주는 조건으로 백만 냥과 명마 두 필을 내도록 협박 받았던 것일 수 있다. 의공은 협박을 받아도 관가에서 권문세가에 숨어있는 도적을 잡아주길 기대할 수 없었고, 그래서 쫓아오던 아전을 보고는 마음이 더욱 쓰렸으며, 하는 수 없이 집으로 돌아가 송아지를 팔아 몸값을 지불할 수밖에 없었다. 다른 하나의 해석은 의공을 협박한 자가 관리일 가능성이다. <후한서·우후전(虞詡傳)>에 의하면, "이때 장리나 이천 석 관리들은 죄를 지은 백성들에게 돈을 받고 풀어주었는데, 이를 의전이라고 불렀으며, 가난한 사람들에게 맡겼다가 수령들이 거두어들였다(是時長吏二千石聽百姓謫罰者輸贖, 號稱義錢, 托爲貧人儲, 而守令因以聚斂)." 우후는 상소를 올려 "원년 이래로, 가난한 백성들이 말하기를, 장리들 중에 백만 냥 이상을 수취한 자가 끊이지 않는다(元年以來, 貧百姓章言長吏受取百萬以上者, 匈匈不絶)"고 했다. 그러면 시 속의 의공은 관리들에 의해 유죄로 판정된 백성이며, 쫓아 온 관리에게 붙잡혀 죄 값으로 의전 백만 냥을 내라는 "협박을 받았으며(劫以威勢)", '의공'이라는 명칭도 여기에서 유래한 것일 수 있다. 이 시는 사건의 핵심부분만을 간략하게 서술했는데, 심지어 "누군지 모르는 이(不知何人)"라는 몇 글자로 약탈자의 진실한 신분을 감춤으로써, 기본적으로 정해진 이야기 속에서 더 많은 연상이 가능하게 했다. 뿐만 아니라 하나의 사건으로 전체 한대 호족 지주들의 불법적 횡행과 관리들의 부조리와 부패를 알 수 있게 함으로써, 편폭은 짧지만 높은 개괄력을 지닌다. 이 작품처럼 태수를 폭로 대상으로 했던 <맥상상>은 활발하고 해학적인 느낌으로 서정적 희극을 연출해냈다.

日出東南隅	태양이 동남쪽에서 떠올라
照我秦氏樓	우리 진 씨 댁을 비추네.
秦氏有好女	진 씨 댁에 참한 따님이 계시니
自名爲羅敷	이름을 나부라 한다네.

羅敷喜蠶桑	나부아씨 뽕따고 누에치는 일을 잘 하시니
採桑城南隅	성 남쪽에서 뽕을 따신다네.
青絲爲籠係	푸른 실로 뽕 바구니를 감았고
桂枝爲籠鉤	계수나무 가지로 바구니 고리를 삼았네.
頭上倭墮髻	머리는 한쪽으로 틀어 올렸고
耳中明月珠	귀에는 명월주를 다셨지.
緗綺爲下裙	연노랑 비단으로 치마를 만들었고
紫綺爲上襦	자주빛 비단으로 윗저고리 만들었네.
行者見羅敷	행인들이 나부아씨를 보면
下擔捋髭鬚	짐을 내리고 수염을 쓰다듬고
少年見羅敷	소년이 나부아씨를 보면
脫帽著帩頭	모자를 벗고 망건을 매만진다네.
耕者忘其犁	밭 갈던 이는 쟁기를 손에서 놓고
鋤者忘其鋤	김매던 이는 호미를 잊곤 하여
來歸相怒怨	집으로 돌아와 화를 내니
但坐觀羅敷	나부만 바라보다가 돌아왔기 때문이라오.
使君從南來	태수가 남쪽에서 행차하다가
五馬立踟躕	나부를 보자 수레 멈추고 배회하네.
使君遣吏往	태수께서 아전을 보내어
問是誰家姝	뉘댁 아가씨냐고 물으매
秦氏有好女	"진 씨 댁 예쁜 딸이고
自名爲羅敷	이름은 나부라 한답니다."
羅敷年幾何	"나부는 나이가 몇 살인고?"
二十尚不足	"스물은 채 되지 않았으나
十五頗有餘	열다섯은 족히 넘었지요."
使君謝羅敷	태수가 나부에게 묻기를
寧可共載不	"함께 수레를 타지 않겠는가?"
羅敷前置辭	나부가 앞으로 나가 아뢰기를
使君一何愚	"태수께서는 어찌 그리 생각이 없으신지요.
使君自有婦	태수께는 부인이 계시고

羅敷自有夫   제게는 남편이 있습니다.”

東方千餘騎   “동방에 천 여 기병 중에
夫婿居上頭   제 남편이 맨 앞에 있지요.
何用識夫婿   무엇으로 남편을 알아보냐 하면
白馬從驪駒   백마가 검은 말들을 이끌고
靑絲繫馬尾   푸른 실로 말꼬리를 장식하고
黃金絡馬頭   황금으로 굴레를 씌웠으며
腰中鹿盧劍   허리에 찬 녹노검은
可直千萬餘   천만 금이 넘지요.
十五府小史   열다섯에 태수부 말단관리
二十朝大夫   스물에 조정 대부
三十侍中郞   삼십에 시중랑
四十專城居   사십에는 성주랍니다.
爲人潔白皙   생김새는 깨끗하고
鬑鬑頗有鬚   휘날리는 수염을 길렀고
盈盈公府步   의젓한 양반걸음으로
冉冉府中趨   관가를 부지런히 오가지요.
坐中數千人   좌중 수천 명이
皆言夫婿殊   모두들 남편이 대단하다고 한답니다.”

시의 전반부는 여주인공인 나부의 절세 미모를 찬미했다. “태양이 동남쪽에서 떠올라, 우리 진 씨 댁을 비추네”는 아름다운 용모가 찬란한 아침 햇살 아래 빛나고 있음을 표현한 것인데, 나부의 등장은 신선한 아침공기와 반짝이는 햇살과 같이 선명한 인상을 남긴다. 이어 그녀가 푸른 실과 계수나무 가지로 엮은 뽕 바구니를 어깨에 메었고, 연노랑과 자주빛 비단으로 만든 치마와 저고리를 입었음을 묘사했는데, 부드러운 초록이 넘치는 뽕밭에 소박함과 자연스러움, 청춘의 활기 등이 느껴진다. 이어서 간접묘사법을 사용했는데, 나부의 아름다움이 주변의 구경꾼에게 미친 영향을 통해 그녀의 아름다움을 부각시켰다. 너도나도 나부를 쳐다보느라 농사일을 망쳤는데, 이렇게 출중한 미녀는 농촌을 순행하며 농사를 권장하던 태수의 주의를 자연스럽게 끌게 된다. 그래서 시의 후반부에서는 나부와 태수의 기지가 서로 엇갈리는 장면이 전개된다. 당당하게 자신의 인격과 존엄을 지키기 위해, 나부는 남편의 권세를 과장하는 방법을 통해, 태수의 부당한 엄포를 눌렀고 태수의 어리석음을 대담하게 비웃었다. 이러한 투쟁방식은 물론 일정한 환상적 색채와 낭만적 정서를 갖고 있지만, 태수의 마을 순행이 "민간의 풍속을 관찰하기(觀覽民俗)" 위한 것이므로, 설사 흑심을 보였다 해도 표면상 예의를 갖추어야 하므로, 지나치게 상식을 벗어난 행동을 할 수 없다. 그래서 나부의 행동은 민가적 과장이기도 하면서 현실적 배경을 갖추어, 당시의 특수한 상황에 아주 부합한다. 나부는 남편이 단계 단계 승진해 온 과정을 하나하나 열거하고, 그가 자자한 명성과 문무를 완벽하게 겸비했음을 자랑하고, 심지어 깨끗하고 수염 많은 외모의 특징까지 자세하게 묘사해냈는데, 이렇게 묘사가 자세하고 진실할수록 태수는 그 남편의 존재를 점점 확신하게 된다. 주변 구경꾼들의 입장에서는 허구가 생생하고 그럴듯할수록 나부의 기지와 총명함을 느끼게 되므로, 강렬한 희극(喜劇)적 효과를 일으키게 된다. 전체 시가 "모두들 남편이 대단하다고 한답니다"라며 갑자기 끝을 맺음으로써, 쓸데없이 결말을 부연할 필요가 없어졌을 뿐아니라, 태수에 대한 나부의 멸시를 속 시원하게 드러냈다. 한대의 사대부들은 민간의 여자는 원래 마음대로 희롱해도 된다고 여겼다. 또 매승(枚乘)의 <양왕토원부(梁王菟園賦)>에 의하면, 뽕잎 따는 아낙들도 지나는 사람을 유혹했는데, 심지어 "뽕잎이 시들고 누에가 굶어죽는데도, 사람들 쳐다보느라 정신이 없고(桑萎蠶飢, 中人望奈何)" "멋있는 사람을 쳐다보느라 집에도 돌아가지 않았다(見嘉客兮不能歸)." 상대적으로 민가인 <맥상상> 속 나부의 인물

형상이 지닌 고귀함이 두드러진다.

한대의 동요 중에는 황실이나 외척, 또는 권귀들을 겨누어 시사적 문제를 직접적으로 비난한 작품이 많은데, <위황후가(衛皇后歌)>, <영천가(潁川歌)>, <오후가(五侯歌)>, <범사운가(范史雲歌)>, <환영시동요(桓靈時童謠)>, <환제시동요(桓帝時童謠)> 등이 그것이다. 그러나 악부에는 유사한 내용이 <계명(鷄鳴)> 1수에 불과하다. 이 시는 변화 있으면서 감성적인 비흥을 운용하여, 한대 상층 사회 권력 투쟁의 특징을 소박하면서 직관적으로 개괄했다. 귀족계층의 뜨거운 권세와 무상한 권력 및 불행이 닥친 후 형제끼리 궁지로 모는 추악한 행태를 풍자하여, "형제 네댓 명이, 모두 시중랑으로 출세를 했지. 닷새 만에 휴일이 되어 집에 오면, 행차를 보려는 구경꾼이 길을 메웠네. 말 머리에 묶여진 황금 고삐는, 번쩍번쩍 어찌나 휘황하던지. 복숭아나무가 우물가에서 자라고, 자두나무가 복숭아나무 옆에서 자랐네. 좀벌레가 복숭아나무 뿌리를 갉아먹었는데, 자두나무가 대신하여 말라죽었다네. 나무들은 대신하여 죽기도 하건만, 형제들은 서로를 생각지 않더라(兄弟四五人, 皆爲侍中郞. 五日一時來, 觀者滿路傍. 黃金絡馬頭, 潁潁何煌煌. 桃生露井上, 李樹生桃傍. 蟲來齧桃根, 李樹代桃殭. 樹木身相代, 兄弟還相忘)"고 했다. 비록 내용이 다소 명확하지는 않지만 일정한 인식 가치가 있다. <장안유협사행(長安有狹斜行)>, <상봉행(相逢行)>도 부귀한 이들의 갖가지 풍요로움을 열거했는데, 내용은 <계명>과 유사하다. 이런 시들은 객관적으로 통치계층의 호화롭고 사치스러우며 무위도식하는 생활을 반영했을 뿐 풍자적 의미가 없어서, 그저 악공들이 귀족들의 오락을 위해 지은 송축가사(頌祝歌辭)일 뿐이다. 이러한 찬미 가사 중에 비교적 의미가 있는 것으로 <농서행(隴西行)>을 들 수 있다. "훌륭한 부인이 손님을 맞이하는데, 안색이 참으로 반기는구나. 허리 펴 인사하고 다시 무릎 꿇어 절하며, 손님이 평안한지를 묻는다네. 손님께 북당으로 오르라

청하고, 손님을 방석에 앉게 하네. … 배웅도 멀리 가지 않으니, 대문 문지방을 넘지 않는구나. 아내로는 이런 사람을 얻어야 하니, 제나라 미인도 이만 못하리라. 건강한 여인이 가정을 이끌 때는, 대장부보다도 나으리라(好婦出迎客, 顔色正敷愉. 伸腰再拜跪, 問客平安不. 請客北堂上, 坐客氈氍㲪. … 送客亦不遠, 足不過門樞. 取婦得如此, 齊姜亦不如. 健婦持門戶, 一勝一丈夫)"이다. 이 시는 가정을 잘 꾸려가는 건강한 아낙을 칭송했다. 전체적으로 그녀가 손님을 응대하는 자세한 과정을 차례차례 서술하면서, 그녀가 섬세하고 능력 있으며, 몸가짐이 대범하고, 예의범절을 면밀하게 지키면서도 절제할 줄 안다는 것을 보여주었다. 어조는 해학적이고 재미있다. 한대 시에서 이렇게 가정의 홍성을 송축한 시가가 등장했다는 것은 한대의 사회적 의식 속에 가정 관념이 비교적 농후했다는 사실을 반영한다.

　　<시경·국풍>에 비하여, 한악부에는 애정 관련 작품이 아주 적다. <한서·예문지>에 무제(武帝), 성제(成帝) 시기에 정성(鄭聲)이 특히 성행했다는 기록을 보면, 서한 악부에는 연정가가 적지 않았을 것으로 보이는데, <한요가18수> 중의 <상야(上邪)>, <유소사(有所思)>가 그 증거이다. 서한 말년 애제(哀帝)가 정위지음(鄭衛之音)을 추려내고 동한에 경학이 크게 일어났던 것이, 한악부에 연정가가 거의 남지 않게 된 이유로 보인다. <상야>는 열렬하고 분방한 연정가다.

上邪	하늘이시여!
我欲與君相知	저는 내 임과 서로 사랑하오니
長命無絶衰	변치 않고 영원하게 해 주세요.
山無陵	산에 봉우리가 닳아 없어지고
江水爲竭	강에 물이 다 말라 버리고
冬雷震震夏雨雪	겨울에 우레가 진동하고 여름에 눈이 오며
天地合	하늘과 땅이 하나로 붙어버리면
乃敢與君絶	비로소 내 임과 헤어지겠나이다.

주인공은 마치 격한 물줄기가 한꺼번에 터져 흘러가듯 감정이 분출되어, 일어날 수 없는 비정상적인 자연현상 다섯 가지를 절교의 선결 조건으로 비유했다. 간절한 기도로 맹세를 했는데, 반복과 중첩을 사용했지만 인위적 나열이라는 느낌이 없고, 아주 함축적이고 신선하며 재치 있다. <유소사>는 연인의 배신을 책망했는데, 서사를 빌어 진실하면서 고통스러운 격정을 표현했다.

有所思	그리운 내 임은
乃在大海南	큰 바다 너머 남쪽에 계시지.
何用問遺君	무엇으로 내 마음을 그대에게 전할까?
雙珠玳瑁簪	구슬 달린 대모장식 비녀
用玉紹繚之	옥으로 휘감아 보내리라.
聞君有他心	그대가 마음이 변했다 하니
拉雜摧燒之	그것을 부러뜨려 태워버렸네.
摧燒之	그것을 태워서는
當風揚其灰	바람에 그 재를 날려버렸네.
從今以往	지금부터는
勿復相思	다시는 그대를 그리워하지 않으리.
相思與君絶	그리운 그대와 영원히 이별하리라!
雞鳴狗吠	닭이 울고 개가 짖으면
兄嫂當知之	오빠와 올케도 당연히 알게 되겠지.
妃呼豨	아아!
秋風肅肅晨風颸	가을바람 쏴쏴 새벽바람 세차네.
東方須臾高知之	동녘이 금방 밝아오면 알게 되리라.

이 시는 하룻밤 만에 여주인공의 감정이 돌변하는 과정을 그렸다. 우선 정교한 대모잠을 클로즈업하여, 여주인공이 비녀를 선물로 보내려 했던 정중한 마음과 남자가 배신했다는 것을 알고서 비녀를 태워 재를 날

려 보내겠다는 단호한 심정을 대조시켰는데, 주인공의 맹목적이던 감정이 식어서 가슴 가득 원한이 쌓이게 되는 극렬한 변화를, 극적인 성격이 강한 두 가지 동작을 통해 드러냈다. 한악부 가운데 봉건예교에 얽매이지 않고 자유로운 연애를 꿈꾸는 젊은이들의 연정가는 이 두 수에 불과하다. 그 밖의 남녀의 감정을 노래한 시가는 대부분 부부가 중심인데, 비록 이 두 수의 연정가만큼 열정적인 감정을 표현하지는 않았지만, 애정이 변치 않고 진실하기를 바라는 아름다운 이상을 표현했다. 이것은 사실은 한대의 남자들이 마음대로 아내를 내쫓았던 사회적 문제를 반영한 것이기도 하다. <백두음(白頭吟)>은 여러 여자에게 정을 주는 남편에 대한 여성의 거절의사를 표현했다. 이전에는 탁문군(卓文君)의 작품이라고 여기기도 했으나, 이 작품이 정련되고 성숙한 오언시체란 점에서 동한 후기의 작품으로 봐야 할 것이다. 이 시는 사상적으로는 ≪시경≫의 <곡풍(谷風)>이나 <맹(氓)>과 일맥상통하는 부분이 있으나, 예술적으로는 비흥과 상징이 감정적 직술과 서로 교차되었으며, 쌍관어가 사용되어 운율감과 정취를 지녔다. 예를 들면, "산위의 눈(山上雪)"과 "구름 속 달(雲間月)"로 사랑의 순결함과 광명을 비유했는데, 한편으로는 여인의 순수하고 진실한 마음을 표현한 것이기도 하다. 또 "이리저리 해자 변을 배회하려니, 물은 동으로 흘러가면 그만이지요(躞蹀御溝上, 溝水東西流)"는 이별의 장소를 표현한 것인데, 애정은 동으로 흘러가는 물과 같아서 한 번 가면 돌아오지 않음을 상징하기도 한다. "대나무 낚싯대는 얼마나 하늘거렸고, 물고기 꼬리는 얼마나 윤택했던가요?(竹竿何嫋嫋, 魚尾何徙徙)"는 남녀가 사이가 좋을 때의 신선하고 활기차며 부드럽고 달콤한 감정을 비유하면서도, 남자가 처음에 돈을 미끼로 여자를 꾀었음을 암묵적으로 풍자하기도 한다. 다중적 의미를 지닌 비흥이 솔직한 감정표현 속에서 완곡한 운치를 갖게 하면서, "마음이 한결같은 사람을 만나, 백발이 되어도 서로 헤어지지 않기를(願得一心人, 白頭不相離)” 바라는 속마음을 간절하게 털어놓았다. <염가하상행(艶歌何嘗行)>은 병이 들어 함께 날아갈 수 없는 흰 고니 한 쌍을 통해 암수가 이별할 때의 고통을 토로하면서, 부부가 돈독한 감정을 유지하며 생사를 함께 하고자 하는 간절한 염원을 표현했다.

한악부민가에서 <강남>이라는 소시(小詩)를 특히 주의할 필요가 있다.

江南可採蓮	강남은 연밥을 따기 좋구나
蓮葉何田田	연잎은 어찌나 싱싱하던지.
魚戲蓮葉間	물고기가 연잎 사이에서 헤엄치네
魚戲蓮葉東	물고기가 연잎 동쪽으로 헤엄치네
魚戲蓮葉西	물고기가 연잎 서쪽으로 헤엄치네
魚戲蓮葉南	물고기가 연잎 남쪽으로 헤엄치네
魚戲蓮葉北	물고기가 연잎 북쪽으로 헤엄치네.

시는 강남의 노동자들이 연밥을 딸 때의 유쾌한 정경을 노래했는데, 서툴고 유치하면서도 활기차고 생동감 있다. 반복적 리듬 속에서, 물고기가 연잎의 사방을 이리저리 헤엄쳐 다니는 동태와 연밥을 따는 사람들이 물고기의 놀이를 바라보는 즐거움이 느껴지는 듯하다.

결론적으로, 한대 통치자들의 채시에는 정치적 목적이 있었지만, 악부민가의 정화(精華)를 숨기지는 못했다. 이 작품들은 민간에서 직접 유래한 노래이자, 그들의 희노애락을 노래한 양한 사회생활의 실록이다.

3. 인생 문제에 대한 탐색

한악부에는 인생문제를 탐색한 시가가 상당수 있는데, 그 중에는 인생 경험에 대한 총괄, 짧은 수명에 대한 탄식, 장생(長生)에 대한 환상 등이 있으며, 각 계층의 다양한 인생관이 반영되어 있다.

인생 경험을 총괄한 시가들은 주로 잠명(箴銘), 요언(謠諺)에서 발전되어 온 것이다. 주대(周代) 이후로, 각종 기물에 새겨진 잠명과 격언, 제자서(諸子書)나 사서(史書)에 산견되는 요언(謠言)과 고가(古歌) 등이 아주 많았는데, 내용은 모두 공동적 사회생활이나 정치, 도덕과 관련된 교훈이나 훈계다. 한악부에는 전체가 교훈과 권계(勸戒)로 구성된 시가가 적지 않다. <오생(烏生)>은 각종 조류나 짐승들이 해를 피하지 못하고 사람들에게 잡혀먹는 것을 통해, "사람들은 각각의 수명을 타고난다(人民生各各有壽命)"는 이치를 설명하는데, 이는 소극적 각도로 인생을 이해한 것이다. 사람들이 사회나 자연계의 법칙을 채 파악하지 못한 상태에서, 각종의 예상치 못했던 재난을 만나면 그저 "화복은 원래 미리 정해진 것이 없다(禍福無行)"고 탄식할 수밖에 없는 경우도 있다. 그러나 악부에는 인생경험을 긍정적으로 총괄해 내고, 소박하고 간명하게 인생철학을 담아낸 작품이 적지 않다. <맹호행(猛虎行)>은 "굶주려도 맹호를 좇아가 잡아먹지는 않으며, 저물어도 참새를 따라가 잠자지는 않는다(飢不從猛虎食, 暮不從野雀栖)"와 같은 비유로 신중한 처신을 권했고, <절양류행(折楊柳行)>은 각종의 역사적 흥망성쇠에서 얻은 교훈을 열거하며, "아무 말 없이 위법을 저질러도, 그 벌은 저지른 대로 받으리라(默默施行違, 厥罰隨事來)"는 이치를 설명했다. <고어과하립(枯魚過河泣)>은 건어를 교훈 삼아, 사람들에게 출입에 신중하고 뜻밖의 재앙에 대비할 것을 권계했는데, 기상천외한 우언시(寓言詩)다.

枯魚過河泣	건어가 강을 건너며 우니
何時悔復及	후회한들 이미 늦었구나!
作書與魴鱮	방어와 연어에게 편지를 보내
相教愼出入	출입에 신중하라고 경계하네.

<장가행(長歌行)>은 마당의 해바라기에서 시흥을 일으켜, 만물의 사시 사철의 성쇠 변화를 통해, 세월은 흘러가면 되돌아오지 않는 강물과 같음을 연상시키며, 사람마다 시간을 아껴 발전을 위해 노력해야 한다는 천고의 진리를 귀납해낸 좋은 경구다.

靑靑園中葵	파릇파릇한 뜨락 해바라기에
朝露待日晞	아침 이슬은 해가 뜨면 마른다.
陽春布德澤	따뜻한 봄이 은택을 베풀어
萬物生光輝	만물에 생기가 감돌건만
常恐秋節至	언제나 가을이 올까 두려우니
焜黃華葉衰	꽃잎이 누렇게 쇠락하리라.
百川東到海	강물은 동으로 흘러 바다로 가면
何時復西歸	언제나 다시 서쪽으로 돌아오는가?
少壯不努力	젊을 때 노력을 하지 않으면
老大徒傷悲	늙어서 부질없이 슬퍼하리라.

이상의 시들은 자연스럽고 소박한 관점으로 어떤 사회적 현상과 인류 생활을 설명함으로써, 그 가운데 내재된 본질적 의미를 인식하게 하는 데, 지금까지도 깊은 성찰을 하게 한다.

한악부에는 신선을 찾고 불사약을 캐며 장생을 구하거나, 혹은 인생무상, 시간 놓치지 않고 즐기기(及時行樂) 등과 같은 사상을 솔직하게 전달하는 시도 있는데, 주로 통치계층의 향락주의적 인생관을 반영한다. 양한 사회는 경제적 번영을 이루어 물질적으로는 선진 시대보다 아주 풍요로웠다. 통치계층은 극도의 사치와 욕망을 추구했는데, <후한서·중장통전(仲長統傳)>에 묘사된 것이 그 예다. "정전의 변화로 귀족들의 재산이 늘고, 저택들이 주군에 즐비하고, 논밭은 사방에 이어졌다(井田之變, 豪人貨殖, 館舍布於州郡, 田畝連於方國)."5) "… 귀족들의 집은 건물이 수백 채가 연달았고, 비옥한 땅이 들판에 가득했으며, 노비가 수천의 무리를 이루었고, 그들이 갖가지 일에 끼어들자, 배와 수레를 끈 장사꾼들이 사방에서 모여들었는데, 살지 않으면서 베만 쌓아둔 집이 도성에 가득했으며, 금은보화는 너른 집에도 다 쌓을 수 없었고, 소 말 양 돼지 등의 가축을 키울 장소가 없었으며, 아름답고 예쁜 여자들이 화려한 방에 가득하고, 가기(歌伎)와 악공이 깊은 방에 벌여있었다(… 豪人之室, 連棟數百, 膏田滿野, 奴婢千群, 徒附萬計, 船車賈販, 周於四方, 廢居積貯, 滿於都城, 琦賂寶貨, 巨室不能容, 馬牛羊豕, 山谷不能受, 妖童美妾塡乎綺室, 倡謳伎樂列乎深堂).”6) 부호들이 사치를 추구하면서, 도가적 양생 사상과 후장(厚葬) 풍조도 매우 성행했는데, 이는 생시뿐만 아니라 사후에도 영원히 물질적 향유를 지속하고자 하는 통치계층의 소망이 반영된 것이다. 양한의 신선방술(神仙方術)은 바로 상층 사회의 이와 같은 심리에 맞추어 발생된 것이다. 한대는 원래부터 초(楚) 지방의 풍속을 이어받아 제사를 중시했는데, 무제가 즉위한 후에는 귀신에 대한 제사를 더욱 신봉했다. 신선과 방사(方士)를 믿어 여러 차례 바다로 사람을 보내 신선을 찾아오라고 했으며, 장안에는 신선을 모신 궁관(宮館)을 많이 건설하고, 황제(黃帝)의 봉선(封禪)을 모방하여 태산(泰山) 화산(華山) 등 오악(五嶽)에 호화로운 사당을 세웠다. 서한의 구선(求仙) 행위는 신선의 자취를 찾아 방사를 보내거나 불사약을 캐는 행위가 중심이었는데, 동한에는 신선으로 자처하거나 도술을 익힌 방사가 많이 출현하여, 연단술(煉丹術) 양생법(養生法) 등 수명을 늘리기 위한 방법을 알려주면서 사람들의 믿음을 얻었다. 한악부에는 구선(求仙)이나 불사약 채취를 묘사한 시가가 많은데, 주로 제왕이나 귀족들의 오락적 수요에서 발생한 것이어서, 한대 사회의식의 낙후된 일면을 반영한다. 주의할 것은, 이러한 유선시가 대부

----

5) 仲長統 〈損益篇〉.
6) 仲長統 〈理亂篇〉.

분 예술적으로 매우 자연스럽게 표현되었다는 점인데, 사실적인 서사수
법을 통해 낭만적인 환상을 표현했다. 시 속의 선경(仙境) 묘사는 무제 때
건설된 궁전이나 제단을 바탕으로 했기 때문에, 마치 현실세계처럼 사실
적으로 쓰여 몽롱하고 환상적인 느낌은 거의 없다. <한요가18수> 중의
<상릉(上陵)>에서 신선은 화려한 배에 앉아 창해의 온갖 새들의 호위를
받으며, 영지수레와 용마를 타고 산림과 사해를 두루 다니다가, 감로(甘
露) 2년 말에는 동지(銅池)로 가서 영지이슬을 마신다. 이러한 환경묘사는
건장궁(建章宮)의 연못에 있던 선산(仙山)인 봉래(蓬萊), 방장(方丈), 영주(瀛洲)
등의 건축물에 기초한 것이다. <장가행(長歌行)> 중 <선인기백록(仙人騎白
鹿)> 시는 흰 사슴을 탄 신선이 주인공을 인도하여 화산에 올라 영지를
캐고 선약을 바친다는 이야기인데, <상릉>처럼 시간과 지점이 모두 현
실적 근거를 갖고 있다. 유사한 시가로는 <동도행(董逃行)>, <왕자교(王子
喬)> 등이 있다. 이 유선(遊仙) 가사들 가운데 가장 뛰어난 것은 <보출하
문행(步出夏門行)> 이다.

邪徑過空盧	지름길 지나 빈 초가에 가면
好人常獨居	좋은 사람이 늘 혼자 살고 있지.
卒得神仙道	마침내 신선의 도술을 얻어
上與天相扶	위로는 하늘과 함께 할 수 있었네.
過謁王父母	동왕부(東王父)와 서왕모를 배알한 곳
乃在泰山隅	바로 태산의 한 자락.
離天四五里	하늘에서 사오 리 떨어진 곳
道逢赤松俱	길가에서 적송자를 만났구나.
攬轡爲我禦	고삐 잡고 나를 위해 수레를 몰아
將吾上天遊	나를 데리고 하늘에 올라 노닐었네.
天上何所有	하늘에는 무엇이 있는가?
歷歷種白榆	뚜렷하게 하얀 느릅나무가 심어져 있고

桂樹夾道生　　　　계수나무는 양쪽 길가에서 자라고

靑龍對伏趺　　　　청룡이 마주 엎드려 있다네.

　진조명(陳祚明)은 이 시를 평하여 "'하늘과 함께 할 수 있었네'라는 표현은 뛰어나다. 동왕부와 서왕모가 여전히 태산에 있다니, 황당하고 우습다. 하늘을 어떻게 거리를 계산할 수 있어서 4, 5리라고 했을까만, 너무 가까워 보인다. 아주 황당한 말로 정말로 사실인 것처럼 써내서 뛰어난 것이다(與天相夫語奇. 東父西母乃在泰山, 荒唐可笑. 天何可以里計, 乃言四五里, 見極近. 最荒唐語寫若最眞確, 故佳)"라고[7] 했다. 이 시가 황당한 환상을 이렇게 현실처럼 명확하게 써낼 수 있었던 것은 시에 묘사된 환경(幻景)이 감천태치(甘泉泰畤)와 화음집령궁(華陰集靈宮)을 원형으로 한 것이기 때문이다. <한서·교사지(郊祀志)> 및 유흠(劉歆)의 <감천궁부(甘泉宮賦)>, 환담(桓譚)의 <선부(仙賦)> 등의 묘사에 의하면, 이 궁은 "높은 산을 지붕으로 이고 있는데(冠高山而爲居)", 무제가 신선인 왕자교나 적송자를 불러 모으기 위해 건설한 것이며, 신령을 맞이하는 선도(仙道)가 있고,[8] 양측에는 "계수나무가 섞여 줄을 이루고(桂木雜而成行)" 있으며, 용마나 붉은 말 등의 장식이 있었다. 한악부에서 선경(仙境)은 대부분 태산이나 화산에 위치하고, 사람이 죽으면 "이름을 태산록에 올린다(名系泰山錄)"라고 여겼는데, 이는 신선을 초대하고 받들던 궁사(宮祀)가 이 두 곳에서 가장 성행했기 때문이다. 한대인들의 인식 속에서 신선이나 선경은 결코 공허한 환영(幻影)이 아니고, 현실생활 속에서 접촉할 수 있는 형상이었다. 이러한 시가는 미신사상의 산물이기는 하나, 사람들이 우주자연의 법칙을 인식하기 이전 단계에 출현했기 때문에, 자연스럽고 유치하면서도 소박한 예술적 매력을

---

7) ≪采菽堂古詩選≫.

8) 桓譚 <仙賦>에 의하면, 華陰 集靈宮은 華山에 있는데, "武帝所造, 欲以懷集仙人王喬赤松子", "仙道旣成, 神靈所迎, 乃驂駕靑龍赤螣", "集於膠葛之宇, 太山之臺, 馳白鹿而從麒麟."

잃지 않았다.

신선설이 지닌 허망함은 아주 쉽게 부정된다. 사람들은 장생이 불가능함을 알고는 바로 우주의 유구함과 인간 수명의 짧음에 대해 탄식하기 시작했다. 당시는 불교사상이 아직 사회 전반에 전파되기 전이어서 한대인들은 내세 관념이 없었을 뿐 아니라, 형신(形神) 문제에 대한 탐색 역시 위진 시대와 같이 현허(玄虛)한 철리적 사변으로는 아직 발전하지 못했다. 그래서 인생에 대한 사유는 현실적 향유를 중시할 뿐 정신적 의미를 중시하지 않았다. 시간 놓치지 말고 즐기자는 급시행락(及時行樂) 사상은 바로 이렇게 탄생된 것이다. 특히 동한의 환제(桓帝), 영제(靈帝) 시대 이후에는 정치적 혼란과 사회적 동란으로 인해, 인생의 짧음이나 좋은 시절은 영원하지 않다는 탄식을 담은 애가(哀歌)가 더욱 많아졌다. 응소(應劭)의 ≪풍속통(風俗通)≫에 의하면, "영제 때, 장례나 출정, 빈객 초대, 혼례와 같은 일이 있으면, 모두 '괴뢰'를 연출했고, 술에 취한 후에는 만가를 불렀다. 괴뢰 연출이나 장례 음악, 만가 연주 시에는 줄을 잡고 서로 짝을 맞추어 화창했다. 하늘에서 이를 경계한다면, 온 나라에서 인간은 수명이 짧아 빨리 죽음을 노래하니, 부귀하고 향락을 즐기던 많은 이들은 모두 죽었을 것이다(靈帝時, 哀師賓婚嘉會, 皆作傀儡, 酒酣之後, 續以挽歌. 傀儡, 喪歌之樂, 挽歌執紼相偶和之者. 天戒若曰, 國歌當急殄悴, 諸貴樂皆死亡也)." 한 왕조의 통치 질서가 붕괴되기 직전, 귀족들은 "즐길 시간 얼마 되지 않고, 그 때를 만나기도 쉽지 않으며(爲樂未幾時, 遭時嶮巇)", "화도 복도 눈에 보이는 형체가 없다(禍福無形)"는 것을 예감했는데, 설령 경사스러운 때라 해도 반드시 죽음과 눈앞의 향락을 서로 대비시키면서, 사람들에게 "얼마를 살든, 마땅히 즐겨야 한다(居代幾時, 爲當歡樂)"(＜滿歌行＞)고 일깨웠다. ＜서문행(西門行)＞, ＜해로가(薤露歌)＞, ＜호리곡(蒿里曲)＞, ＜선재행(善哉行)＞, ＜원시행(怨詩行)＞ 등에서 반복적으로 탄식한, "인생살이 백 년도 채 되지 않는데, 언제나 천 년의 근심을 품고 있네(人生不滿百, 常懷千歲憂)”, “마땅히 마음 속 감정대로 하고, 마음이 내키는 대로 즐긴다(當須蕩中情, 遊心恣所欲)”라는 탄식은 확실히 귀족 계층의 인생관이 반영된 것이다. 이와 유사한 주제는 ≪시경≫에서는 아주 드물다. <당풍(唐風)>의 <실솔(蟋蟀)>과 <산유추(山有樞)> 등에서만 “지금 우리가 즐기지 않으면, 세월은 덧없이 지나가리라(今我不樂, 日月其邁)”나, “장차 마음껏 즐기며, 하루 종일을 보내리라, 그러다가 죽어버리면, 다른 사람이 그대 집을 차지하리라(且以喜樂, 且以永日, 宛其死矣, 他人入室)”라는 탄식이 보일 뿐이다. 또 “즐김을 좋아하되 지나치지 않을 것(好樂無荒)”을 주장해서, 한악부 작품들이 절제 없는 즐김을 고취했던 것과 다르다. 이러한 인생 탄식은 비록 후대에는 일상적 상투어가 되었고, 또 한대에 있어서도 역시 발전적인 사회의식은 아니었지만, 시가사에서는 어쨌든 첫 등장이다. 그래서 “한평생이라 한들 얼마나 되는가, 바람이 등불에 불 듯 순식간인 것을(百年來幾時, 奄若風吹燭)” 등과 같은 일부 싯구는 여전히 신선하면서 소박한 예술적 호소력을 깄는다.

한대 악부민가가 비록 ≪시경≫의 직접적 영향 하에서 탄생된 것은 아니지만, 사회생활이나 사람들의 사상 감정을 깊이 있고 광범위하게 반영해 낸 기본적 정신은 ≪시경≫과 일맥상통하는데, 모두 민간문학에 뿌리를 둔 것이다. 이러한 현실주의적 정신은 한악부민가의 출현으로 하나의 전통을 형성했는데, 이후 건안문인들이 악부의 고제(古題)를 빌어 시사(時事)를 표현하고, 두보와 백거이가 내용에 따라 제목을 붙인(卽事名篇) 신제악부(新題樂府)를 창작하기까지, 시종 “슬프거나 기쁜 감정이 일어, 사건에 따라 노래하는 것(感於哀樂, 緣事而發)”이라는 주제로 일관할 수 있었던 것은 한악부에 그 공을 돌리지 않을 수 없다.

한악부민가는 여항 가요에서 나와 소박하고 꾸밈없으면서, 상상은 낭만적이고 독특하면서도 천진하고 졸박하여, “질박하되 속되지 않고, 얕으면서도 깊을 수 있고, 가까우면서 원대할 수 있었다(質而不俚, 淺而能深, 近而能遠)."9) 형식상으로, 서한에는 잡언과 3언 4언이 많고, 동한에 이르러 구식이 점차 정돈되면서 5언시가 기본적으로 성숙했는데, 이로써 중국고 전시가의 중요한 형식인 잡언과 5언체의 직접적인 시초가 열리게 되었다.

한악부는 서사시가 주요 형식이면서도 이야기의 완전성을 추구하지는 않아, 사건과 관련된 광범위한 배경은 전개하지 않고, 단지 생활 속의 어떤 하나의 장면이나 사건 발생과정에서의 하나의 정절이나 단면만 취하고, 인물의 언어나 행동 및 생활과 관련한 세부사항에 대해서는 간략하게 묘사했다. 이는 작자가 어떤 구체적 사건에 대한 집중적 묘사를 통해 자신의 정감을 표현하거나 혹은 어떤 이치를 설명하는데 유리한 방식이며, 그 작품은 형식상 서사지만 기조는 서정이다. 한악부 중의 서정시는 종종 감정을 직접적으로 표현하거나 반복적으로 토로하고 중첩적으로 나열하는데, 때로는 비흥과 상징을 함께 사용하여 감정적 색채가 아주 강하기도 하고, 동시에 서사적 정취를 갖는 경우도 있다. 이러한 특징은 중국 고전 시가사에서 표현방식의 형성에 커다란 영향을 미쳤다.

제2절 **양한 문인시**

잡언시와 5언시는 한악부에서 초보적으로 형성된 후, 문인들의 관심과 모방을 불러일으켰다. 특히 5언시는 비흥수법을 통해 감정과 의지를 서술하던 ≪시경≫과 <초사>의 전통을 계승하고, 악부민가의 언어 풍격과 표현 예술을 흡수하여 문인의 손에서 아주 빠르게 성숙하면서, 4언

---

9) ≪詩藪≫.

시와 소체시(騷體詩)의 정통적 지위를 대신하고 중국고전시가의 주요 형식
이 되었다.

1. 서한시(西漢詩)

　서한의 유명 문인시는 수량이 매우 적고, 전해지는 작품들도 거의 아
송식(雅頌式)의 4언체나 의소체(擬騷體)다. 내용은 풍간(諷諫)이나 자신에 대
한 자책의 범위를 벗어나지 않는데, 혹은 조상의 덕을 서술하거나 혹은
자손을 훈계하면서 교훈적 내용을 담고 있는 것이 많아서 정치교과시(政
治教科詩)에 가깝다. 오히려 한 고조(高祖)와 한 무제(武帝)가 지은 소수의 시
가가 개국 군주의 포부나 인생에서의 감상을 직접적으로 서술했는데, 일
반 문인시로 비교될 수 있는 것은 아니다. 한 고조의 <대풍가(大風歌)>를
보자.

大風起兮雲飛揚　　큰 바람이 일어나니 구름이 흩어지는구나.
威加海內兮歸故鄉　　천하에 위엄을 떨치고 고향으로 돌아왔도다.
安得猛士兮守四方　　어찌하면 용맹한 인물을 얻어 나라를 지킬까!

　한 고조 유방(劉邦)은 영포(英布)의 반란을 평정한 후 고향 패현(沛縣)을
지나다가, 고향의 어른들에게 연회를 열어주고 축을 치며 노래했는데,
공을 이루고 귀향할 때의 호기로운 마음과 왕조를 세워 지켜 나가겠다
는 포부를 노래했다. 이 노래는 전체 3구에 세 가지 내용이 각각 독립적
으로 표현되었는데, 매 구마다 당당한 위세와 천하를 통일한 비범한 기
백이 담겨 있다. 한 무제의 <추풍사(秋風辭)>는 그가 분음(汾陰)에서 제사
를 지내고 신하들과 분하(汾河)에 배를 띄우고 노닐며 지었다.

秋風起兮白雲飛	가을바람 불고 흰 구름 나는데
草木黃落兮雁南歸	초목은 누렇게 지고 기러기 남으로 돌아간다.
蘭有秀兮菊有芳	난초에 꽃이 피고 국화꽃 향기로우니
懷佳人兮不能忘	좋은 임이 그리워 잊을 수가 없구나.
泛樓船兮濟汾河	누선을 띄워서 분하를 건너는데
橫中流兮揚素波	강물 가로지르니 하얀 물결이 인다.
簫鼓鳴兮發櫂歌	퉁소 불고 북을 치며 뱃노래 부르는데
歡樂極兮哀情多	즐거움 다하니 슬픈 감정이 많아진다.
少壯幾時兮奈老何	젊은 시절은 얼마나 되고 늙어감은 또 어이 하리!

시는 가을 풍경에서 시흥을 일으켜, 그리움으로 인한 슬픔과 늙음으로 인한 슬픔 등의 심정을 표현했다. 무제는 일생동안 제사를 숭상하고 신선을 믿었던 인물인데, 이 시에서의 즐거움이 극에 달하면 슬픔이 오고 젊은 시절은 얼마 되지 않는다는 탄식은, 그가 공적을 세운 후 즐거움을 영원히 향유하고 싶은 희망에 대한 갈구를 표현한 것이다. 전체 시가가 감정기조가 처량하고 가을 기운이 넘쳐나서, 송옥(宋玉)의 <구변(九辯)> 이후 첫 번째 비추시(悲秋詩)다.

서한에는 또 백량시(柏梁詩)가 있다. 무제가 백량대(柏梁臺)에서 신하들과 지은 연구(聯句)라고 전해지는데, 각각 1구씩 자신의 몫을 노래했으며, 전체가 7언 이다. 문자는 비교적 통속적인데, 해학적이고 조소적인 어휘도 많이 섞여있다. 이 시를 위작이라고 보는 이도 있으나, 7언 요언(謠諺)이 전국시대에 이미 출현했으므로, 서한의 궁정에서 이 형식을 이용해 놀이를 하며 즐겼을 가능성이 전혀 없는 것은 아니다. 후일 구마다 압운한 7언시를 백량체(柏梁體)라고 부른다.

2. 동한 문인 오언시의 형성

일찍이 4언시가 성행하던 시대에도, ≪시경≫에는 이미 5언 시구가 출현했다. 춘추 말엽 초나라의 <유자가(孺子歌)>10)에 등장한 5언 구식은 소체(騷體)에 필수적인 어기조사 '혜(兮)'자를 사용했는데, 진대(秦代)의 <장성가(長城歌)>에 와서는 이미 독립적으로 5언체가 되었다. 서한의 가요와 언어(諺語)는 비록 3언, 4언, 잡언이 여전히 많지만, 완전하게 두 구마다 운을 사용한 5언 가요도 소수 등장했다. <한서·공우전(貢禹傳)>에 기록된 무제 때의 속어를 예로 들 수 있다. 즉 "어떻게 효도와 공경을 하나? 재물을 쌓고 영예로움을 얻는 것. 어떻게 예절과 의리를 지키나? 역사와 경서를 익혀 벼슬길에 오르는 것. 어떻게 몸가짐을 신중히 행하나? 용감하게 나아가 관직에 임하는 것(何以孝弟爲, 財多而光榮. 何以禮義爲, 史書而仕宦. 何以謹愼爲, 勇猛而臨官)" 이다. 또 성제(成帝) 때 <윤상가(尹賞歌)>나 <성제시동요(成帝時童謠)> "지름길이 좋은 밭을 망치듯, 참언은 착한 사람을 괴롭힌다. 계수나무에 꽃이 피어도 열매가 맺지 않으니, 참새가 그 꼭대기에 둥지를 틀었구나. 옛날에는 사람들이 부러워했으나, 지금은 사람들이 불쌍해 한다네(邪徑敗良田, 讒口害善人. 桂樹華不實, 黃雀巢其巓. 故爲人所羨, 今爲人所憐)" 등도 등장했다. 그러나 속어나 요언은 그저 압운한 어구로 어떤 일상적 이치나 사회적 현상을 설명하는 것이므로, 가시(歌詩)와는 어쨌든 다르다. 한 무제가 악부를 처음 세웠을 때 오언 민가는 아직 성숙하지 않았다. <한요가18수> 가운데, <상릉>이 5언을 중심으로 3언, 6언, 7언이 섞여있는 것을 제외하고, 나머지는 모두 잡언이다. 완전한 5언 동요가 성제 때 처음 출현했다면, 한악부 중의 성숙한 5언시는 아무리 일러도 성제 이후에 탄생하게 된다. 또 5언시가 문인들의 주의를 끌어 모방작이

---

10) <孺子歌> : "滄浪之水淸兮, 可以濯我纓, 滄浪之水濁兮, 可以濯我足."

나오기까지는 당연히 더 많은 시간이 필요했다. 그래서 유협(劉勰)이 "성제 시대에 당시의 시가를 정리하여 삼백여 편을 모았는데, 조야의 시편을 다 모았다고는 하나, 시인들이 남긴 작품에는 오언시가 보이지 않는다(成帝品錄, 三百餘篇, 朝章國采, 亦云周備, 而辭人遺翰莫見五言)"고[11] 한 것이다. 이로써 서한의 매승(枚乘), 이릉(李陵), 소무(蘇武) 등이 지었다고 전해지는 오언시는 모두 믿기 어렵게 된다.

현존하는 가장 이른 문인 오언시는 동한 반고(班固)의 <영사(詠史)>다. 이 시는 부친을 구하는 내용으로 "감탄지사(感歎之詞)"를 이끌어냈는데, 이름은 영사지만 실제로는 서사와 마찬가지고, 문자도 질박하면서 대구가 없으므로 악부서사시의 영향을 받았음이 확실하다. 동한의 초기 문인시는 비교적 엄숙하고 장중한 내용을 담았는데, 여전히 4언과 소체를 많이 사용했다. 부의(傅毅)의 <적지시(迪志詩)>, 반고의 <교사영지가(郊祀靈芝歌)>, <동도부시(東都賦詩)> 5수, 최인(崔駰)의 <안봉후시(安封侯詩)>, 장형(張衡)의 <원편(怨篇)>, 진가(秦嘉)의 <술혼시(述昏詩)> 등이 있다. 5언으로는 부부 간의 정을 표현한 것이 많다. 장형의 <동성가(同聲歌)>는 초야를 맞는 신부의 심리를 표현했는데 아주 진지하다. 진가의 <군에 머물며 아내에게 보내다(留郡贈婦詩)>는 아내에 대한 무한한 그리움을 표현하여, "긴긴 밤 잠을 이룰 수 없어, 베개 베고 홀로 뒤척인다오. 근심이 고리를 돌 듯 이어지니, 마음 속 그대 생각 떨칠 수가 없구려(長夜不能眠, 伏枕獨展轉. 憂來如循環. 匪席不可卷)", "출발할 제 슬픔 가득 밀려오더니, 말을 몰아가면서도 계속 망설여지는 구려. 구름은 높은 산에 피어오르고, 슬픈 바람은 깊은 계곡에 휘몰아친다오(臨路懷惆悵. 中駕正踟躕. 浮雲起高山. 悲風激深谷)"라 했는데, 깊은 여운을 남긴다. 송시화(頌詩化)된 4언과 부화(賦化)된 소체

---

11) <文心雕龍・明詩>.

는 점잖은 내용을 표현하는 형식으로 인식되었고, 5언은 민간의 길거리에서 시작된 노래였기 때문에 비교적 마음대로 개인적 감정을 솔직하게 표현할 수 있었다. 이것이 한대의 5언 고시가 먼 길을 떠난 유자(遊子)나 그 임을 기다리는 여인(思婦)들이 이별의 정한과 그리움을 많이 표현할 수 있었던 원인의 하나이다.

대략 동한 안제(安帝), 순제(順帝) 시기 이후, 기명 혹은 무기명의 문인 오언 고시가 대량으로 출현하기 시작했는데, 이 작품들은 악부민가의 언어풍격과 표현수법을 학습하여 예술적으로 더욱 성숙되었다. 그 중 민가의 영향을 받았음이 가장 뚜렷한 작품이 신연년(辛延年)의 〈우림랑(羽林郞)〉과 송자후(宋子侯)의 〈동교요(董嬌饒)〉이다. 〈우림랑〉의 주제는 〈맥상상〉과 유사한데, 모두 민간의 여자가 나쁜 세력에 대담하게 반항하는 투쟁의식을 노래한 것이다.

昔有霍家姝	옛날 곽광 집안의 노비
姓馮名子都	성은 풍이요 이름은 자도라 하는데
依倚將軍勢	대장군의 세력을 내세우면서
調笑酒家胡	주막의 호희(胡姬)를 희롱했다네.
胡姬年十五	이국의 아가씨는 열다섯 살
春日獨當壚	따뜻한 봄날 홀로 술집을 지키고 있는데
長裾加理帶	긴 옷자락에 연리 무늬 허리띠
廣袖合歡襦	넓은 소매에 합환 무늬 저고리.
頭上藍田玉	머리는 남전의 옥으로 꾸몄고
耳後大秦珠	귀에는 로마의 구슬을 달았다네.
兩鬟何窈窕	양 갈래 쪽진 머리 어찌나 아름다운지!
一世良所無	온 세상에 다시는 없으리라.
一鬟五百萬	한 갈래도 오백만 냥 가치
兩鬟千萬餘	두 갈래를 합치면 천만 냥이 넘으리라.
不意金吾子	"뜻밖에도 금오 선생이

娉婷過我廬　　번지르르 하게 우리 주막에 들렀지요.
銀鞍何煜爚　　은 안장은 어찌나 번쩍거리는지!
翠蓋空踟躕　　푸른 수레가 부질없이 머뭇거렸죠.
就我求清酒　　나에게 와서 술을 달라 하기에
絲繩提玉壺　　끈 달린 옥 술병에 담아 주었지요.
就我求珍肴　　나에게 와서 맛있는 요리를 달라 하기에
金盤膾鯉魚　　금 쟁반에 잉어회를 담아 주었지요.
貽我青銅鏡　　나에게 청동 거울 선사하면서
結我紅羅裾　　나의 붉은 능라 옷자락에 매달라 했지요.
不惜紅羅裂　　붉은 능라 찢어져도 아깝지 않으나
何論輕賤軀　　미천한 제게 어찌 그런 말씀을 하시는지요!
男兒愛後婦　　남자는 새 부인 맞기를 좋아한다지만
女子重前夫　　여자는 첫 남편을 중시한답니다.
人生有新故　　인생에 새 만남과 오랜 만남이 있지만
貴賤不相踰　　귀함과 천함은 넘을 수 없다오.
多謝金吾子　　금오 선생께 정중히 말씀드리오니
私愛徒區區　　나에 대한 애정은 구차할 뿐이라오.”

　　이 시는 비록 <맥상상>을 모방한 흔적이 있지만, 두 여주인공이 각자의 신분과 환경에 맞는 투쟁방식을 채택함으로써, 각각 성격이 다른 두 하층 부녀자의 형상을 만들어냈다. <맥상상>에서는 태수가 관직의 힘을 빌어 나부를 유혹하려 하자, 나부는 그 태수가 썼던 방식으로 다시 대응하는데, 태수보다 더욱 권세 있는 남편이 있음을 꾸며내서, 백성을 괴롭히는 지방관을 기지 있게 놀려먹는다. 이러한 투쟁방식은 비록 민가적 과장에 해당하지만, 태수가 고을을 다니며 '민간의 풍속을 살핀다'는 교화적 질서와도 맞아야한다는 특수한 현실적 상황과도 잘 부합된다. <우림랑>에 등장하는 권세가의 노비는 서한 대장군 곽광(霍光)의 가노(家奴)나 동한의 금위대장 두경(竇景)의 종 같은 인물로, 남의 이름을 사칭하며 사기를 치고 법을 어기며 난폭했다. 그에 반해 호희(胡姬)는 나이 어린 이민족 여자이며, 장사꾼이라는 미천한 지위에서 혼자 술집을 열어, 신체적 안전이 전혀 보장되지 않는 상황이다. 그렇기 때문에 그녀가 대갓집 노비의 모욕을 거절하는 태도는 더욱 기개가 있으며, 어기 역시 완곡해서 적절하다. 이 시는 가격을 매기는 방법으로 호희의 아름다움을 극도로 과장했는데, 언어가 다소 통속적이기는 하지만 술파는 여주인을 표현하는 데는 적합하다. 호희의 미모가 천금의 가치에 달한다 해도 그의 미덕은 금전이나 권세에 의해 더럽혀질 수 없다는 생각이 들게 한다.

<동교요(董嬌饒)>는 여자가 꽃을 꺾는 일을 계기로 꽃과 여자가 서로를 책망하는 문답을 이끌어 내고, 사람이 꽃만 못하며 젊은 시절은 다시 오지 않는다는 탄식으로 이어지는데, 꽃을 꺾는 전체 과정과 생동적인 대화가 완전한 비흥을 만들어냈다. 이를 통해 문인들이 악부를 학습하면서, 서사시가 점차 서정시로 바뀌어 가는 과도기적 흔적을 볼 수 있다. <우림랑>, <동교요> 두 작품은 수사가 온려(溫麗)하고 대구가 단정한데, 화려하지 않고 질박한 한악부에 대해 언어적인 가공을 거친 결과임이 확실하다.

한말 영제(靈帝) 때에 이르러, 채옹(蔡邕), 역염(酈炎), 조일(趙壹) 등이 오언시로 뜻을 표현하기 시작했다. 채옹의 <취조(翠鳥)>는 취조가 우인(虞人)의 덫에서 빠져나와 군자의 마당으로 피신한 일을 노래했는데, 시인이 현실적 속박에서 도망쳐 나왔을 때의 다행스러웠던 마음을 비유했다. 역염의 <현지(見志)>시 2수는 서한 이래로 문인들이 4언시나 소체시에서 표현했었던 궁달(窮達)에 대한 탄식을 오언의 형식으로 표현해 낸 것인데, 오언시가 발전하는 중요한 계기가 되었다. 제1수는 "구름을 넘나드는 나의 날개를 펼치고, 천리를 내닫는 이 다리를 떨치리라(舒吾凌霄羽, 奮此千里足)"와 같이 원대한 포부를 표현하면서, "부귀하면 이름을 올리지만, 빈

천하면 이름을 올릴 수 없네(富貴有人籍, 貧賤無人錄)”와 같은 숙명론 사상을 나타냈다. 제2수는 영지와 난초에 스스로를 비유하고, 공자와 가의(賈誼)가 임용되지 않았던 사실을 열거하며, “문채와 바탕이 귀하다 해도, 때를 만나야 좋게 쓰이는 것(文質道所貴, 遭時用有嘉)”이라고 탄식을 했다. 궁달은 운명에서 정해진 것이라는 앞 시의 감개와 연결시켜보면, 이 시는 작자가 가슴 가득 포부를 지니고도 때를 만나지 못해서 생기는 울분을 표현한 작품임을 쉽게 알 수 있다. 조일의 <질사시(疾邪詩)> 2수는 권력가에게 열심히 아부하면서 물질만을 쫓고 정신은 가벼이 여기는 세상 사람들을 풍자했는데, 아주 깊이 있고 격렬하다. 즉 “바람 부는 대로 풀이 흔들리듯, 돈 있고 권세 있는 사람을 너도나도 어질다 하지. 글과 책을 배부를 만큼 읽었다 한들, 돈 한 자루만도 못하구나(順風激靡草, 富貴者稱賢. 文籍雖滿腹, 不如一囊錢)”(제1), “세력가들은 잘되는 일도 많아, 침을 내뱉어도 절로 진주로 변한다네. 갈옷 입은 자는 옥 같은 덕이 있어도, 난초와 혜초가 건초로 변하는 것과 같으리라(勢家多所宜, 咳唾自成珠. 被褐懷金玉, 蘭蕙化爲蒭)”(제2) 등이다. 이렇게 세상에 대한 분노로 인한 불평지명(不平之鳴), 사물에 빗대어 뜻을 비유하는 흥기지작(興寄之作)은 위진 시기 완적의 <영회시(詠懷詩)>와 좌사의 <영사시(詠史詩)>의 시초를 열었을 뿐만 아니라, 이천 년 동안 문인시에서 지속적으로 가영되어 온 대주제를 확립시켰다. 조일의 <질사시>나 역염의 <현지>시 등과 유사한 5언 술지시(述志詩)는 한말에는 아주 적었지만, 그들의 출현으로 5언시는 이미 언정지작(言情之作)에서 서지지작(敍志之作)으로 발전했고, 문인들에게 4언시나 소체시와 같이 엄숙한 내용을 표현할 수 있는 중요한 형식으로 인정되었음을 나타낸다.

3. 소·이 시

≪소명문선(昭明文選)≫에 소무(蘇武)의 작품으로 수록된 5언시 4수와 이릉(李陵)의 작품으로 수록된 5언시 3수를 일반적으로 '소(蘇)·이(李)시'라 한다. 이밖에도 ≪고문원(古文苑)≫과 ≪예문류취(藝文類聚)≫에 이릉의 <별시(別詩)> 8수와 소무의 <이릉 시에 답하다(答李陵詩)> 1수가 수록되어 있고, ≪초학기(初學記)≫에도 소무의 <이릉과 이별하며(別李陵)> 1수가 수록되어 있는데, 이 10수를 명대(明代) 인들은 '의소이시(擬蘇李詩)'라고 명명했다. 이 시들은 모두 무명씨의 5언 고시다. 소·이 시가 동한의 작품이라는 것이 현재 학계의 공론이다. 그러나 이 작품들이 후인들에 의해 소무와 이릉의 송별시로 해석된 것도 타당성이 전혀 없지는 않다. 7수의 시가 모두 송별을 내용으로 하고 있기 때문이다. 자세히 보면, 떠나는 사람과 보내는 사람의 증답시인 듯하다. 동한 시기에 이미 시가를 지어 증답하는 풍조가 있었는데, 환린(桓麟)의 <손님에게 답하다(答客詩)>와 <객이 환린에게 주다(客示桓麟詩)>, 응형(應亨)의 <사왕 관에게 주다(贈四王冠詩)>, 채옹의 <원식에게 답하다(答元式詩)>와 <복원사에게 답하다(答卜元嗣詩)> 등등이 선후로 증답한 예다. 이 답시들은 증시와 구수(句數)가 다르고 심지어 시체도 일치할 필요가 없으며, 의미상으로 호응하기만 하면 된다. 예를 들면 진가(秦嘉)의 <아내에게(贈婦詩)>는 1수는 4언 이고 3수는 5언 인데, 서숙(徐淑)의 답시는 소체(騷體)다. 한대에 증답시는 정형화된 격식이 아직 형성되지 않았으므로, 소·이시도 무명씨의 송별증답시일 가능성이 있음을 알 수 있다.

소무의 시 4수의 풍격은 이릉의 3수에 비해 다소 졸박하고 번다해 보이는데, 아마도 시대가 더 이른 듯하다. 이 4수의 시 가운데, 제1수와 제3수는 격식이 동일하고, 제2수와 제4수는 장법이 유사한데, 모두 이별을 앞두고 서로 위로하며 격려하는 내용이다. 제2수가 가장 감동적이다.

結髮爲夫妻	머리 올려 부부가 되고
恩愛兩不疑	사랑을 서로 의심하지 않았네.
歡娛在今夕	기쁘고 즐거운 때는 바로 오늘밤
燕婉及良時	이 좋은 때를 즐겨야 하리라.
征夫懷往路	출정할 사람은 갈 길 걱정에
起視夜何其	일어나 밤 시간을 가늠해 본다네.
參辰皆已沒	삼성과 진성도 모두 졌으니
去去從此辭	이제 그대와 작별하고 가고 또 가야하리.
行役在戰場	전쟁터에서 군역살이를 해야 하는 몸
相見未有期	다시 만날 날을 기약할 수 없구나.
握手一長歎	손잡고 한 차례 긴 탄식을 하니
淚爲生別滋	생이별 앞두고 눈물이 흘러넘치네.
努力愛春華	부디 애써서 청춘을 아끼며 살고
莫忘歡樂時	기쁘고 즐거웠던 때를 잊지 말기를.
生當復來歸	살았다면 당연히 다시 돌아올 것이요
死當長相思	죽어서도 당연히 늘 그대 그리리라.

부부가 긴 이별을 하는데, 전쟁터로 떠나는 남편의 당부는 아내에 대한 걱정이 전부다. 바라는 것은 오직 아내가 젊은 시절을 소중하게 여기는 것이고, 기구하는 것도 오직 오늘의 사랑을 기억해주는 것뿐이다. 전체 시가의 내용과 감정이 굴곡 없이 고르게 잘 연결되어, 감정의 토로가 여유 있고 완곡하며 진지한데, 이것이 독자를 더욱 슬프게 만든다. 나머지 3수의 특징은 "중복이 심한 것(一篇重複之甚)"12)인데, 즉 동의반복(同義反復)의 방식으로 무한한 감정을 표현했다. 예를 들면, 제1수는 형제 간 이별의 슬픔을 서술했다. 먼저 골육을 나눈 형제를 세상길을 함께 가는 행

---

12) ≪滄浪詩話≫.

인으로 비유하며 한 단계 한 단계씩 전개해나가고, 이어 "옛날에는 원앙처럼 함께 했지만, 지금은 삼성과 진성이 되었네. 옛날에는 언제나 가까이 있었는데, 이제 오랑캐 땅과 중국 땅처럼 멀구나(昔爲鴛與鴦, 今爲參與辰. 昔者常相近, 邈若胡與秦)"와 같은 비유를 이용해, 한 구씩 띄어서 대구를 이루며 반복적으로 서술했는데, 단계별 의미의 전환이 두 번씩 중복되었다. 제3수는 친구 간의 이별을 서술했다. 첫 6구에서 황곡(黃鵠)의 높은 비상과 호마(胡馬)의 무리 이탈을 통해 "하물며 함께 날던 쌍룡마저도, 날개 펼치고 헤어질 때가 되었구나(何況雙龍飛, 羽翼臨當乖)"라는 내용을 이끌어냈는데, 제1수의 앞 6구와 같은 기법으로서 모두 비유 속의 비유다. 이어서 슬픈 현가(弦歌)를 반복적으로 서술했다. 즉 "다행히 현가가 있어, 마음속 회포를 풀어낼 수 있구나. <유자음> 연주를 청하였는데, 쓸쓸한 곡조 어찌나 슬프던지? 관현악기로 맑은 소리 연주해내니, 강개함에 슬픔이 흘러넘치네. 긴 노래가 바야흐로 격렬해지니, 마음이 슬퍼 찢어지는구나. <청상곡>을 타보려 하지만, 그대 돌아오지 못할까 염려스럽구나. 고개를 숙여도 들어도 마음이 아프니, 흐르는 눈물도 닦을 수가 없다(幸有弦歌曲, 可以喻中懷. 請爲遊子吟, 泠泠一何悲. 絲竹厲淸聲, 慷慨有餘哀. 長歌正激烈, 中心愴以摧. 欲展淸商曲, 念子不能歸. 俯仰內傷心, 淚下不可揮)"이다. 담담하고 서글픈 읊조림이 쓰라린 애달픔으로 바뀌고, 다시 격렬하고 비통한 탄식으로 바뀜에 따라, 평화롭던 감정 역시 강개해지더니 갈수록 격앙되고 고조된다. 이러한 중복은 이 시들이 모두 음악에 맞추어 노래로 불리던 사실과 관련 있는 듯하다. 한대는 5언시 7언시의 초기 단계여서 중첩과 반복이 많이 사용되었는데, 일부 작품은 예술적으로 훈련되지 않았기 때문이다. 예를 들면, 왕일(王逸)의 <금사초가(琴思楚歌)>는 이제 막 '혜(兮)'자를 떼어낸 7언체로, 전편이 처음부터 끝까지 그저 세월의 흐름을 탄식할 뿐인데, 소체의 적층적 묘사를 간결한 싯구로 압축해야 한다는 것조차 알지 못했다. 이밖에도 이 시에서는 격구대(隔句對)를 많이 사용하여 반복적 서술을 여러 차례 전개했는데, <성제시동요(成帝時童謠)>인 <사경패량전(邪徑敗良田)>의 격구대의 특징과 결부시켜 보면, 소무 시의 반복이 조기 민가에서 유래했음을 알 수 있다.

이릉의 시 3수는 소무 시보다 편폭이 짧을 뿐 아니라, 표현도 비교적 정련되고 변화무쌍하다. 다음은 제1수다.

良時不再至	좋은 시절은 다시 오지 않나니
離別在須臾	잠깐 사이에 또 다시 이별이구나.
屛營衢路側	갈림길에서 어물어물 머뭇거리고
執手野踟躕	손 맞잡고 들판에서 주저하네.
仰視浮雲馳	올려다보니 구름이 치달아
奄忽互相逾	재빠르게 서로를 앞지르는구나.
風波一失所	풍파에 휩쓸려 자리를 잃고
各在天一隅	각각 하늘 끝에서 살아가겠지.
長當從此別	이제 긴 이별 앞에 두고
且複立斯須	또 다시 우두커니 멈춰 서 있네.
欲因晨風發	새벽바람 일 때 출발하려니
送子以賤軀	천한 이 몸이 그대를 배웅한다.

이 시는 이별할 때 이제는 정말 떠나야 하는 가장 괴로운 그 순간을 집중적으로 표현했는데, 당사자들이 머뭇거리는 정태를 통해 이별을 아쉬워하는 심정을 드러냈고, 하늘에 흐르는 구름을 통해 앞으로는 서로 다른 하늘 아래에서 각자 살아야 한다는 긴 이별을 연상시킨다. 잠시의 머뭇거림은 멀리 떠날 나그네를 머물게 할 수는 없지만, 촌각이나마 늦출 수는 있다. 소무의 시가 주로 위로와 격려의 내용을 중첩하여 생이별이나 사별의 슬픔을 반복적으로 토로했다면, 이릉의 시는 소박하고 진실

한 정경교융(情景交融)의 장면으로 차마 헤어지기 어려운 감정을 표현했다. 왕세정(王世貞)은 "이소경(이릉)의 세 편은 맑고 부드럽고 음조도 적합하며, 원망하지만 분노하지 않는다. 소자경(소무)은 다소 산만하고 장황한 듯하나, 표현 방식은 동일하다(李少卿三章, 淸和調適, 怨而不怒. 子卿稍似錯雜, 但其旨法亦魯衛也)"고[13] 했다. 예술적으로 보면 이릉의 시가 소무의 시보다 더욱 성숙하므로, 시대가 조금 늦은 것이 확실한데 그리 큰 차이는 없다. 소·이 시는 비록 번다함과 간결함에서 다소 차이가 있지만, 서로 다른 방식으로 순환 반복 또는 "공허함 속에 의상을 기탁하는(轉意象於虛圓之中)" 예술적 효과를 거두어, "긴 여운과 언어미를 느낄 수 있다(故覺其味之長, 而言之美也)."[14]

4. 〈고시19수(古詩十九首)〉

동한의 문인 오언시는 작가가 전해시는 작품은 아주 적고 대부분이 작가명이 전해지지 않는데, 진송(晋宋) 이전에는 이를 고시(古詩)라고 불렀다. ≪소명문선≫에 수록된 〈고시19수〉는 이러한 무명씨 고시의 대표작이다. 서릉의 ≪옥대신영≫에서는 이 중 9수를 매승(枚乘)의 작품으로, ≪문심조룡≫에서는 이 중의 〈염염고생죽(冉冉孤生竹)〉을 부의(傅毅)의 작품으로 보았는데, 이 추측들은 믿기가 어렵다. 〈고시19수〉는 한 사람 한 시대의 작품은 아니지만, 내용이나 느낌은 대체로 비슷하다. 이 작품의 탄생시대는 대략 동한 순제(順帝) 말에서 헌제(獻帝) 사이라는 것이 이미 정론이다.

〈고시19수〉의 내용은 크게 두 가지로 나눌 수 있다. 하나는 나그네

---

13) ≪藝苑厄言≫.
14) ≪詩鏡總論≫.

의 향수나 규방 여인의 이별의 슬픔을 표현한 작품이다. <행행중행행(行行重行行)>, <청청하반초(靑靑河畔草)>, <섭강채부용(涉江採芙蓉)>, <염염고생죽(冉冉孤生竹)>, <정중유기수(庭中有奇樹)>, <초초견우성(迢迢牽牛星)>, <늠름세운모(凜凜歲云暮)>, <맹동한기지(孟冬寒氣至)>, <객종원방래(客從遠方來)>, <명월하교교(明月何皎皎)> 등이 해당한다. 하나는 인생무상이나 인정세태의 변화를 탄식한 작품들이다. <청청릉상백(靑靑陵上柏)>, <금일량연회(今日良宴會)>, <명월교야광(明月皎夜光)>, <회거가언매(回車駕言邁)>, <동성고차장(東城高且長)>, <구거상동문(驅車上東門)>, <생년불만백(生年不滿百)>, <서북유고루(西北有高樓)> 등이 해당한다.

한대의 고시가 전쟁터 혹은 타향을 떠도는 남자들의 향수를 표현한 데에는 다양한 배경이 있다. 동한 장제(章帝), 화제(和帝) 이후, 사회가 점차 불안해지고, 해마다 계속되는 전쟁에 재앙과 흉년까지 겹치자, 많은 농민들이 토지를 잃고 외지로 나가 살 방도를 찾게 되었다. 수많은 남자들이 고향에서 떠밀려 나고 전쟁터에서 죽어가자, 그들의 시체를 거두어 묻어 주는 것이 심각한 사회문제가 될 정도였다. 질제(質帝) 때 양태후(梁太后)가 <우한조(憂旱詔)>에서 "전쟁이 해마다 이어져, 죽고 뿔뿔이 흩어졌는데, 죽은 시체는 사지도 추리지 못하거나, 관에 담지도 못했다(又兵役連年, 死亡流離, 或支骸不斂, 或停棺莫收)"고 언급한 그대로다. 이를 위해 질제 본초(本初) 원년(146년), 환제 건화(建和) 3년(149년), 영수(永壽) 원년(155년) 등 여러 차례 조서를 내려, 유랑이나 전쟁 중에 객사한 시신을 거두어 묻어 줄 것을 명하기도 했다.15) 유민이나 전쟁터의 병졸들이 죽어도 무덤이 없었을 뿐 아니라, 타지에서 벼슬살이 하던 사인이나 노역을 하던 중하층 관리도 종종 행려 중에 죽어 고향으로 돌아가지 못했다. 한말에는 타

---

15) <東漢會要・瘞遺骸> 참고.

향에서 벼슬살이하는 경우가 아주 많았다. 당시 중소 지주계층이 벼슬길에 진입하는 방식은 일반적으로 관청의 임명, 군국(郡國)의 천거 등이었으며, 혹은 그 지역의 속리(屬吏)로 있다가 승진하는 경우도 있었다. 조정의 공경(公卿)들은 해마다 인재의 임명이나 천거를 할 수 있었기 때문에, 많은 사인(私人)집단을 형성했다. 사인들은 벼슬길에 나가려면, 반드시 광범위하게 "부자나 권귀들과 교유하고 그 집을 들락거려야(交游趨富貴之門)" 했다.16) 그들은 "부모형제와 이별하고, 고향을 떠나서(離其父兄, 去其邑里)", "인재 추천을 가로채거나, 영예나 은총을 빼앗는 일이 셀 수도 없었다(竊選擧, 盜榮寵者, 不可勝數)." 환제, 영제 시대에는 특히 심해서, 각급 관서는 "관모를 쓴 사람들이 문을 메웠고, 유자(儒者)의 복장을 한 사람들로 길이 막힐 정도여서, 배가 고파도 먹을 시간이 없고, 피곤해도 쉴 수가 없었다(冠盖塡門, 儒服塞道, 飢不暇餐, 倦不獲已)." 타향으로 벼슬길 가는 사람은 "혹은 타향에서 죽거나, 혹은 장년이 되어도 고향으로 돌아오지 못했다. 부모는 쓸쓸한 그리움을 가슴에 품었고, 아내는 남편을 떠나보낸 슬픔을 지녔으며, 친척들과 멀리 떨어졌고, 규방 여인은 이별을 해야 했다(或身殁於他邦, 或長幼而不歸. 父母懷勞獨之思, 室人抱東山之哀, 親戚隔絶, 閨門分離)."17) 설사 거주지의 군(郡)에서 벼슬을 하더라도 수시로 출장을 가야 했다.18) 안제(安帝) 원초(元初) 2년(115년)에도 관리를 파견하여, 도성에서 객사를 했으나 가솔이 없는 시신을 거두어 묻어주도록 했는데, 죽은 자는 주로 이들 타지에서 온 관리나 출장 중인 사인들이었다. <고시19수>의 나그네는 대부분 이러한 인물들을 가리킨다. 그러나 그들은 명리를 쫓아 세상을 내

---

16) 仲長統 <昌言>.

17) 徐干 <中論·譴交>.

18) 예를 들면 秦嘉가 황문랑에 제수되어 낙양으로 가면서 병이 나 친정에 가 있는 아내에게 보낸 시를 보면 마치 사별을 하는 듯하다(<與妻徐淑書> : "不能養志, 當給郡使. … 趨走風塵, 非志所慕, 慘慘少樂"). 후일 과연 津鄕亭에서 병사했다.

달렸던 사람들이어서, 외지로 떠돌 수밖에 없었던 농민이나 병졸들과는 어쨌든 조금 다르다. 그래서 문인의 오언 고시는 대부분 규방 아낙의 독수공방으로 인한 탄식을 표현하거나 나그네의 고향에 대한 그리움을 표현했다.

한악부와 마찬가지로, <고시19수>에도 인생의 감개를 표현한 작품이 많다. 그러나 고시의 작자들은 인생의 의미에 대한 인식이 더욱 복잡하다. 이 시에는 인생에 대한 회의 등과 같은 부정적 정서를 드러내기도 했는데, 이는 이 사인들이 세파에 지치고 안정된 생활을 하지 못한 것과 직접적인 관련이 있다. 즉 <거자일이소(去者日以疏)>의 주인공은 무덤가를 지날 때 "옛 무덤은 갈아엎어 밭을 만들었고, 송백은 잘려져서 땔감이 되었네(古墓犁爲田, 松柏摧爲薪)"라고 인생의 허망함을 연상했는데, 이 시에 표현된 무한한 애상은 자신의 "마음은 고향 마을로 돌아가건만, 귀향을 하려 해도 가는 길을 알 수 없는(思還故里閭, 欲歸道無因)" 유랑 인생에서 말미암은 것이다. 일부 고시는 방탕하고 향락적인 퇴폐사상을 솔직하게 나타내기도 했다. <생년불만백(生年不滿百)>, <구거상동문(驅車上東門)> 등의 시는 "단약 먹고 신선이 되고자 하지만, 많은 사람이 단약에 의해 잘못되는(服食求神仙, 多爲藥所誤)" 당시 사람들의 우매함을 풍자했는데, 비록 맹목적으로 신선을 믿고 장생을 추구하는 사상보다는 가치가 있지만, "인생은 잠시 왔다 가는 것으로, 수명이 금석처럼 견고하지는 않은(人生忽如寄, 壽無金石固)" 자연의 법칙에 대해서는 정신적 의지처를 찾지 못했다. 그리하여 퇴폐적이고 향락적인 사상이 생겨 "번민 씻고 호탕하게 뜻을 펼쳐야지, 어찌하여 스스로 얽어매는가?(蕩滌放情志, 何爲自結束)"(<東城高且長>)라고 고취하거나, "즐거움은 응당 그때그때 즐겨야지, 어찌 다음을 기다릴 수 있나(爲樂當及時, 何能待來玆)"라 했고, 심지어 "낮은 짧고 밤은 길어 아쉬운데, 어떻게 촛불 들고 밤새 놀지 않으랴(晝短苦夜長, 何不秉燭遊)"

(<生年不滿百>)와 같은 무절제한 환락을 제창했는데, 역시 통치계층 사이에 보편화된 향락주의적 인생관을 반영한다. 그러나 <고시19수> 중 일부 작품은 명리를 추구하는 세상 사람들의 용속함과 비천함에 대해 신랄한 풍자를 하기도 했다. 예를 들면 <금일량연회>는 허위적으로 "아름다운 덕을 갖춘(令德)" 사람이 부르는 '아첨의 소리(高言)'와 '듣기 좋은 노래(妙曲)'에 담긴 속마음은 권세와 부귀를 도모하는 것에 불과함을, "인생이란 이 세상에 잠시 머무는 것이어서, 순식간에 스쳐감이 폭풍 속의 티끌 같구나. 어찌하여 준마에 채찍질하여, 출세의 요로를 선점하지 않고 있나? 곤궁과 비천함을 고수하지 마시게나, 곤경에 빠져 오래도록 고생할 터이니(人生寄一世, 奄忽若飆塵. 何不策高足, 先据要路津. 無爲守窮賤, 轗軻長苦辛)"라고 폭로했다. <청청릉상백(靑靑陵上柏)>은 인생무상이라는 각도에서, 가난한 선비가 "한 말 술로 서로 즐기는 것(斗酒相娛樂)"과 낙양의 왕후장상들이 "아주 화려한 연회로 마음을 즐겁게 하는 것(極宴娛心意)"은 마음껏 즐기기 위한 시로 다른 방식에 불과하다고 여긴다. 한악부 <만가행(滿歌行)>의 "궁달은 하늘의 일, 지혜로운 자는 근심하지 않고, 일을 많이 하면 근심이 적어진다. 가난에 구애받지 않고 도를 즐기며, 저 장주를 스승으로 삼는다(窮達天爲, 智者不愁, 多爲少憂. 安貧樂道, 師彼莊周)", "재물을 탐하고 쓰기를 아까워하면, 얼마나 어리석은가(貪財惜費, 此一何愚)", "마땅히 즐겨서, 마음을 즐겁게 해야 한다(爲當歡樂, 心得所喜)"는 것과 연결시켜 보면, 이것은 실의한 문인이 장주(莊周)의 철학을 빌어 인생의 고뇌를 벗어나려고 한 또 다른 방식의 적의(適意)적 행락관이기는 해도, 안빈낙도 사상은 사치와 욕망에 충실한 권세가들의 향락적 생활에 대한 일정한 비판적 의미를 지닌다. <회거가언매(回車駕言邁)>는 장생은 불가능하고 향락 역시 유한하지만, 명예로운 이름만은 후세에 전해질 수 있다고 여긴다. 즉 "흥망성쇠는 각각 때가 있는 법인데, 입신양명은 참으로 늦기만 하구나.

… 갑자기 만물 따라 죽어갈 몸, 영예로운 이름만을 보배로 삼으리(盛衰各有時, 立身苦不早. … 奄忽隨物化, 榮名以爲寶)”라 했는데, 여기서의 명예로운 이름은 비록 후일 영원한 인생의 가치를 적극적으로 추구했던 건안문인들의 정신과는 다소 차이가 있지만, 인생에 대한 사색이 이제 물질적 향유에서 정신적 가치로 바뀌었다는 점에서 주의할 만하다.

종합적으로, <고시19수>에 표현된 인생관은 소극적이고 퇴폐적이며 애상적 정서가 비교적 농후하지만, 사이사이에 궁달은 운명에 의해 결정된다는 감개나 쉽게 변하는 세태에 대한 원망과 탄식이 끼워져 있다. 이것은 동한 후기에 문인들이 권세를 쫓고 명리를 경쟁했던 사회적 분위기의 반영이다. 일반 사인들의 정신 상태는 장형(張衡)이 말한 것처럼 “관직에 오른 자는 기회를 타서 높이 오르고, 실의한 자는 깊이 숨으며, 곤경에 처할 경우, 짝을 지어 도망가는 것을 다행으로 여겼다(及津者風攄, 失途者幽僻, 遭遇難要, 趣偶爲幸)”(<應閑文>). 그들은 벼슬을 유지하는 것을 영광으로 여겼고,19) “벼슬과 녹봉을 잃는 것(亡官失祿)”20)을 부끄러움으로 여겼다. 친구가 추천해주지 않는다고 원망하고, 인생의 지음을 만나지 못해 개탄하는 것 모두 궁달에 대한 탄식이라는 핵심 주제와 관련된다. 고시 작가들의 인생 목표가 이렇게 세속적이고 또 이렇게 솔직한 것은 후대 문인시에서는 보기 드문 점이다. 한악부에서 <고시19수>까지의 발전 과정은 한대인들의 인생에 대한 사고가 대체로 이와 같은 세 단계 — 즉 장생에 대한 환상과 안락에 대한 안정적 추구 → 인생무상, 급시행락(及時行樂)의 추구 → 즐거움은 영원하지 않고, 영예로운 이름을 남기는 것이 가치 있다 — 의 인식 변화를 거쳐 왔음을 뚜렷하게 보여준다. 이러한 내용은 비록 소극적이기는 하나, 인생의 의미에 대한 고대인들의 최초의

---

19) 韋玄成 <自劾詩> 참고.
20) 王逸 <琴思楚歌>.

탐색이다. 그 중 소수 작품에서 물질적 향유를 탐닉하는 보편적인 사회 풍조를 무시하고, 안빈낙도하며 뜻을 지키고 영원히 남길 명성을 추구하기 시작했는데, 이것은 정신적으로 영원한 이상을 추구했던 건안문인들이 등장하기 이전의 필수적인 단계이다.

<고시19수>는 예술적으로 한대 서정시의 최고의 성취를 보여준다. 이 조시(組詩)의 출현은 지나치게 질박했던 서사체 악부민가를 우미하고 부드러운 서정시로 바뀌게 했으며, 동시에 ≪시경≫, <초사>의 서정 언지(言志)적 비흥 전통이 오언시에서 발전하면서 새로운 생명력을 얻게 했다.

고시는 이제 막 민가에서 문인시로 진입하는 단계에 있었기 때문에, 인생에 대한 관점이 비록 소극적이기는 하지만 순진함을 여전히 잃지 않았고, 정서는 슬프면서도 소박하고 진지하다. 예술적으로는 민가의 단도직입적이면서 솔직하고 자연스러운 서정적 풍격을 그대로 추구했기 때문에, 섬세함이나 은밀함을 추구하는 기교가 쓰이지 않았을 뿐 아니라, 자구를 꾸미고 다듬는 등의 수사 또한 없다. 이 시들은 악부민가의 질박하고 평이한 구어, ≪시경≫의 반복과 중첩, <초사>의 비흥수법을 한데 섞어, 자구는 평이한데 의미는 심원하면서 자연스럽게 융화된 예술적 특색을 형성하여, 후대 문인들이 지속적으로 추구했던 완곡하고 의미 깊은 느낌을 갖게 했다.

악부서사시는 서사적 전개에 있어서 상세함을 추구하지 않는 경우가 많지만, 고시는 그 의미가 깊은 데, 이는 언정(言情)에 최대한 힘썼기 때문이다. <명월하교교(明月何皎皎)>시는, 남편을 멀리 보낸 여인이 침상에 비치는 밝은 달빛을 보고 빈 규방에서 느끼는 수심을 써냈는데, 그녀가 방안을 배회하고 집 밖을 서성거리는 근심어린 정태를 반복적으로 묘사하면서, 남편이 "나그넷길이 비록 즐겁다 하나, 일찍 돌아옴만 못하리라(客行雖云樂, 不如早旋歸)"는 추측을 삽입했고, 마지막에는 또 그녀가 간절한 열망이 생겨 방으로 돌아와 눈물짓는 상황을 반복하며 그리움의 고통을 쏟아냄으로써, "여운을 길게 남긴다(收得盡而不盡)."21) 이것은 한악부 <고가(古歌)>에서 "가을바람 소슬하니 시름겨워 죽을 듯한데(秋風蕭蕭愁煞人)", "나가도 시름이요, 들어와도 시름이네(出亦愁, 入亦愁)"라고 반복적으로 토로했던 것처럼, 반복적으로 강조하면서 남김없이 다 드러내도 그 내용이 무한히 함축적인 것은 감정 자체가 갖고 있는 호소력 때문이다. 또 <행행중행행(行行重行行)>을 보자.

行行重行行	가고 가고 또다시 가고 가서
與君生別離	내 임과 살아서 이별하였네.
相去萬餘里	서로가 만여 리 밖에 떨어져
各在天一涯	각자 저 하늘 끝에서 살아가리라.
道路阻且長	길은 험하고도 아득히 먼데
會面安可知	만날 날을 어떻게 알 수 있으리오?
胡馬依北風	오랑캐 말은 북풍에 몸을 맡기고
越鳥巢南枝	월나라 새는 남쪽 가지에 둥지를 틀지.
相去日已遠	서로 헤어져 나날이 멀어져가니
衣帶日已緩	허리띠는 하루하루 헐거워지네.
浮雲蔽白日	구름이 태양을 가리고 있어
遊子不顧返	떠난 사람이 돌아올 생각을 않는구나.
思君令人老	임 그리워 이 몸은 늙어가는데
歲月忽已晚	해는 홀연히 어느 새 저물어가네.
棄捐勿複道	아서라 더 이상 말하지 말자
努力加餐飯	열심히 식사나 챙기리라.

　이 시는 남편에 대한 아내의 깊은 그리움을 아주 곡진하게 표현했다. 먼저 두 사람이 아득히 멀리 떨어져 있음을 나타냈고, 이어서 길의 험난

---

21) 張玉谷 ≪古詩賞析≫.

함을 표현했으며, 더 나아가 오랑캐 말과 월지방 새를 비유하여 새나 짐승도 고향을 그리워하는데 어찌 사람이 돌아올 날이 영원히 없겠냐고 강조한다. 나그네는 먼 길을 떠나 갈수록 멀어가고, 기다리는 아낙은 흐르는 세월 속에 임을 그리며 점점 늙어간다. 전체 시가의 반복적 중첩적 토로는 첫 구의 '행행중행행(行行重行行)'의 반복적 리듬과 서로 호응하는데, 그러한 반복적 영탄 속에서 두 사람의 끝없는 그리움을 쏟아냈다. <서북유고루(西北有高樓)>는 실의한 사람이 높은 누각에서 바람따라 들려오는 현가(弦歌)를 귀 기울여 듣는 상황을 통해, 노래를 듣는 사람과 부르는 사람이 서로 지음(知音)이 없는 아쉬움에 대해 공감을 표현했다.

西北有高樓	서북쪽에 높은 누각이 있는데
上與浮雲齊	높기는 하늘의 구름과 나란하다네.
交疏結綺窓	아로새긴 창은 고운 비단 수놓은 듯
阿閣三重階	높이 뻗은 처마에 삼층 계단 높구나.
上有弦歌聲	그 위에서 현악기 소리 울려 퍼지니
音響一何悲	그 소리가 어찌나 슬프던지!
誰能爲此曲	그 누가 이런 곡을 만들 수 있는가!
無乃杞梁妻	다름 아닌 기량의 처였다네.
淸商隨風發	청상곡조 바람결 따라 퍼지니
中曲正徘徊	음악 소리 속에서 서성거린다네.
一彈再三歎	한 번 연주에 또 세 번 탄식하니
慷慨有餘哀	강개한 곡조 속에 슬픔이 넘치는구나.
不惜歌者苦	노래하는 자의 괴로움은 안타깝지 않지만
但傷知音稀	그 지음이 없어 슬프구나.
願爲雙鴻鵠	원컨대 한 쌍의 홍곡이 되어
奮翅起高飛	나래 떨치며 높이 날고 싶어라.

반복 순환하는 구법과 한 번 연주에 세 번 탄식하는(一彈三歎) 현가(弦歌)

가 교차하여 만들어내는 반복적 선율이, 노래를 듣는 이의 흔들리는 그림자 주위를 맴돌며 여운이 오래 이어진다. 이러한 반복적인 서정방식은 사실은 <국풍>의 장구 중첩과 첩운, 일창삼탄(一唱三歎)의 특징이 5언시 형식 속에 재현된 것이다.

<고시19수>는 첩자(疊字)를 잘 이용했던 ≪시경≫의 표현예술을 창조적으로 흡수했다. ≪시경≫은 4언체인데, 첩자는 주로 후반구에 사용되어 딱딱한 구식을 생동적으로 바꾸어 놓았다. 예를 들면, <위풍(衛風)·석인(碩人)>의 "강물이 넘실넘실, 북으로 흘러 출렁출렁, 던진 그물이 잠박잠박, 상어와 다랑어 파닥파닥, 갈대와 억새 더북더북, 단장한 여인은 곱디곱네(河水洋洋, 北流活活, 施罛濊濊, 鱣鮪發發, 葭菼揭揭, 庶姜孽孽)"는 "반복해도 질리지 않으며, 심오하면서도 어수선하지 않다(復而不厭, 賾而不亂)"고[22] 할 수 있다. 오언 고시에서는 첩자를 전반구에 두었는데, 매 구의 음절이 더욱 길어지기 때문에 나머지 글자까지도 더욱 정교하고 조화로워지며, 소리, 색채, 형상, 몸짓 등에 대한 묘사도 의미와 느낌이 깊어져서, 고시에 여유 있으면서 "표현은 완곡하고 의미는 은근한(詞婉意微)" 느낌을 보탰다. 예를 들면 고시 "파릇파릇 강가에 자란 풀, 울울창창 뜨락의 버드나무. 가량가량 누각 위의 여인, 희고희게 창가에 서있네. 곱디곱게 화사한 화장을 하고, 늘씬늘씬 하얀 손을 드러내었구나(青青河畔草, 鬱鬱園中柳. 盈盈樓上女, 皎皎當窗牖. 娥娥紅粉妝, 纖纖出素手)"는 6개의 첩자를 연속적으로 사용했다. 첩자 자체의 리듬감과 형상성을 빌어, 파릇한 풀과 마당의 버들에 짙어진 봄빛, 누각에 오른 여자의 붉은 화장과 하얀 피부를 두각시켰는데, 이 세 가지 색채의 뚜렷한 대비는 독수공방하며 청춘을 허망하게 보내는 쓸쓸함과 슬픔을 더욱 두드러지게 한다. <초초견우성(迢迢牽牛星)>

---

22) 顧炎武 ≪日知錄≫.

은 <고시19수> 중 가장 아름답게 쓰인 수작이다.

迢迢牽牛星	아득아득 견우성
皎皎河漢女	밝고밝은 은하수 직녀성.
纖纖擢素手	늘씬늘씬 흰 손으로
札札弄機杼	찰칵찰칵 베를 짠다네.
終日不成章	온종일 임 생각에 무늬도 못 넣고
泣涕零如雨	흐느끼는 눈물 비 오듯 쏟네.
河漢淸且淺	은하수는 맑고도 얕은데
相去複幾許	떨어진 거리는 또 얼마나 되는가?
盈盈一水間	찰랑찰랑 물 하나를 사이에 두고
脈脈不得語	머뭇머뭇 말도 주고받지 못 하네.

이 시는 <시경·소아(小雅)·대동(大東)>의 가사를 응용하여 견우직녀의 전설을 노래했는데, 선경(仙境)을 인간화 현실화 했던 악부민가의 순진한 상상을 모방히여, 탄식하디가도 부드럽게 진술하면시 징경교융(情景交融)의 아름다운 의경을 만들어냈다. 늘씬늘씬한 손, 찰칵찰칵하는 베틀, 찰랑찰랑하는 물소리 등등의 첩자를 성색(聲色)이 드러나도록 사용하여 활기 있고 생생하며, 종일 베를 짜는 직녀의 정태와 맑은 은하의 흐름에 진실감이 가득 담기도록 했다. 견우성의 아득함과 두 별이 서로 바라볼 뿐 말도 주고받지 못한다는 표현은 또 이 사실적인 선경이 얼마나 먼가를 느끼게 하는데, 실제로 은하는 "찾으면 끝이 보여도 가까이 하기엔 아주 멀어서(尋之有端而卽之殊遠)",23) 비록 맑고 얕다 해도 바라볼 뿐 가까이 갈 수는 없는 것처럼, 직녀가 비록 날마다 베틀소리를 낸다 해도 영원히 베를 짜낼 수는 없을 것이다. 이렇게 실경(實境)과 환경(幻境)을 아주 자연스럽게 융합해 낸 시편은 후일 이백이 "맑은 냇물에 손을 담그고, 잘못

---

23) ≪朵菽堂古詩選≫.

하여 직녀의 베틀에 올랐네(擧手弄淸淺, 誤攀織女機)”(<遊泰山> 제6)라고 비슷하게 해냈을 뿐이다. 그러나 그 자연스러움은 계승할 수 있었지만 고시의 완곡하면서 깊은 정운(情韻)은 결국 담지 못했는데, 그 원인은 고시의 이러한 정교한 첩자가 “빈 것은 채우고, 굽은 것은 펴지게(虛者實之, 紆者直之)”해서,24) 우미하고 완곡하며 아주 함축적인 예술적 효과를 만들어냈기 때문이다.

한악부민가는 서사가 뛰어나고 비흥은 다소 적어, “대부분이 마음속에 드는 실제 감정을 그대로 토로한 것이었는데, <고시19수>에 와서는 <국풍(國風)>, <초사>의 수법을 새롭게 사용하여, ‘사물에 기탁하여 감정을 표현하기(附物切情)’에 힘써서, 오랑캐 말(胡馬)이나 월 지방 새(越鳥), 계곡의 송백(松柏)이나 바위, 강가의 부용(江芙), 연못가의 난초(澤蘭), 외로운 대나무(孤竹), 여라(女蘿) 등에 자유롭게 흥을 기댐으로써 우미함을 더했다.”25) <고시19수>는 비흥을 많이 사용했을 뿐만 아니라, ≪시경≫, <이소>의 의경을 응용하고, 상응하는 경물묘사를 융합함으로써 비흥수법의 표현력을 크게 확대 발전시켰다.

≪시경≫은 비흥형상과 원관념의 관계가 아주 자연스럽지만, <초사>의 비흥형상은 명확한 상징의를 갖는 경우가 많다. 고시는 양자의 장점을 모두 취하여 비흥을 더욱 변화무쌍하게 만들었다. 어떤 작품은 가을이 깊어가며 초목이 시들고 이슬이 서리로 맺히는 등의 경물에서 시흥을 일으켜, 사계의 변화나 세월의 빠름에 대한 탄식을 서술했는데, 경물 속에 비유를 담았고, 흥(興) 속에 비유를 기탁했다. 그 예가 <명월교야광(明月皎夜光)> 이다.

---

24) ≪詩境總論≫.
25) 梁啓超 ≪中國之美文及其歷史≫.

明月皎夜光	밝은 달은 한밤중에 반짝이고
促織鳴東壁	귀뚜라미는 동쪽 벽에서 울어대누나.
玉衡指孟冬	옥형은 초겨울을 가리키는데
衆星何曆曆	별들은 어찌나 반짝이는지.
白露沾野草	흰 이슬이 들풀을 적시니
時節忽複易	계절은 또 홀연 바뀌는구나.
秋蟬鳴樹間	가을 매미는 숲에서 우는데
玄鳥逝安適	현조는 어디로 가려는 걸까?
昔我同門友	옛날 함께 공부한 나의 벗들은
高擧振六翮	높이 날아 날개 펄럭인다네.
不念攜手好	손잡고 놀던 우정 생각지 않고
棄我如遺跡	헌신짝 팽개치듯 나를 버렸지.
南箕北有斗	남에는 남기성 북에는 북두성
牽牛不負軛	이름만 견우성이지 멍에 매지 못한다네.
良無盤石固	진실로 반석 같은 견고함 없으니
虛名複何益	헛된 이름이 무슨 소용 있으랴!

이 시는 경치와 기후의 변화를 통해 세태의 염량(炎凉)을 연상시키면서, 옛 친구가 출세한 후에 서로 끌어주지 않음을 원망했다. 가을 밤 별이 가득한 하늘로 멀리 날아가는 현조(玄鳥)는 높이 출세한 벗을 생각하게 되는데, 계절의 변화와 인정세태의 염량이 아주 상응하여, 시인의 심경이 눈앞의 경치에 의하여 외면화 된다. 그래서 결미에서는 <시경·소아·대동>의 시의(詩意)를 응용하여, 쌀을 까불 수 없는 남기성(南箕星)과 술을 따를 수 없는 북두성(北斗星)을 통해, 헛된 명성에 대한 원망과 탄식을 이끌어내면서 친구의 부질없는 명성을 비유했는데, 실경 속에 흥을 기탁함으로써 효과가 극대화 되었다. 이 밖에 <염염고생죽(冉冉孤生竹)>에서는 "서글퍼라! 저 혜초와 난초여, 꽃봉오리에 반짝반짝 빛이 나누나. 계절 지나 아무도 꺾지 않으면, 가을 풀 따라서 시들어 가리라(傷彼蘭蕙花,

含英揚光輝. 過時而不采, 將隨秋草萎)”라는 비유를 통하여, 늙음을 아쉬워하는 미인의 심정을 기탁했다. <섭강채부용(涉江采芙蓉)>시는 <초혼(招魂)>의 “언덕의 난초가 오솔길을 덮어 점차 이 길을 덮네(皐蘭被徑兮斯路漸)”의 내용을 흥의 기법으로 바꾸어, 고향을 그리는 나그네의 근심과 슬픔을 표현했는데, <초사>의 비흥이나 의경을 응용했기 때문에 시의가 우미하면서 운치가 가득하다. 원래 표현력이 풍부했던 ≪시경≫, <초사>의 수법이 이렇게 새롭게 태어날 수 있었다.

고시 가운데 일부 작품은 서사시의 영향을 받거나 혹은 서사체에서 변화된 작품인데, 종종 하나의 상황 혹은 생활 속의 장면을 통해 감정을 풀어냈기 때문에 서사적 느낌을 갖고 있다. <맹동한기지(孟冬寒氣至)>, <객종원방래(客從遠方來)> 두 수는 <음마장성굴행(飲馬長城窟行)>의 “손님이 멀리서 와서, 쌍잉어 모양 편지를 전해준다(客從遠方來, 遺我雙鯉魚)”는 정절을 직접적으로 수용하여, 여주인공이 남편의 서신을 가슴속에 오래 품고 있어서 삼 년 동안 글자의 흔적이 없어지지 않았다거나, 임이 원앙금침에 그리움을 기탁하며 잊지 않고 그리워하고 있음을 표현했는데, 모두 이야기의 상황을 유지함과 동시에 서정적 성분을 강화했다. <늠름세운모(凜凜歲云暮)>시 역시 서사방식으로 감정을 서술한 작품인데, 그 묘사의 세밀함은 고시에서는 보기 드물다.

凜凜歲云暮	추위 속에 한 해가 저물고
螻蛄夕鳴悲	땅강아지는 저녁 무렵 슬피 운다.
涼風率已厲	찬바람 세차고 사나운데
遊子寒無衣	나그네는 추위에도 입을 옷이 없겠구나.
錦衾遺洛浦	비단 금침을 낙수 여신께 주니
同袍與我違	한 이불 덮는 것도 나와는 멀어졌구나.
獨宿累長夜	독수공방 긴 긴 밤이 거듭 되다가

夢想見容輝　　꿈속에서 환한 얼굴을 보았다네.
良人惟古歡　　우리 임은 옛날 정인 생각하시며
枉駕惠前綏　　수레 몰고 와 손잡이를 내려주셨네.
願得常巧笑　　이제는 언제나 예쁜 미소로
攜手同車歸　　손잡고 함께 돌아가길 원했는데
旣來不須臾　　오신 지 얼마 지나지 않아
又不處重闈　　몸은 벌써 규방을 떠나셨다네.
亮無晨風翼　　진실로 새매의 날개도 없으니
焉能淩風飛　　어찌 바람타고 따라 갈 수 있으랴!
眄睞以適意　　돌아보면 혹시나 마음 풀릴까
引領遙相睎　　목을 빼고 저 멀리 바라본다네.
徙倚懷感傷　　발걸음 서성이며 슬픔에 젖어
垂涕沾雙扉　　눈물이 사립문 두 짝을 적시는구나.

　여주인공은 먼저 해가 저물고 날씨가 추워지자 집 떠난 나그네에게 겨울옷이 없음을 생각하고, 이어 오랫동안 밖으로 떠돌며 돌아오지 않는 남편에 대한 원망과 의심을 이끌어냈다. 몇 날 밤 잠을 못 들다가, 홀연 남편이 돌아와 신부의 수레를 모는 꿈을 꾸며 신혼시절의 달콤함을 다시 느끼게 된다. 그러나 즐거움도 잠시, 꿈은 바람 따라 날아가 버렸다. 이때 문에 기대어 멀리 바라보는 장면은 극도의 무료함을 표현한 것인데, 자신도 모르게 슬픈 눈물이 흘러 사립문을 적신 것이다. 전체 시가 감정을 간절하게 표현하여 쉽게 헤어나기 힘들다. 특히 몽경의 순간적 변화와 그곳에 빠져드는 여인의 모습은 매우 생동적이고 핍진하여, 감정 표현이 이미 극치에 달한 결미에까지 감정적 여운을 무한히 더해준다. 이 시를 통해 고시가 이미 심리묘사와 서사, 서정을 하나로 융합했음을 알 수 있는데, 이것은 서사가 소박하고 단순했던 악부민가를 비교적 복잡한 정경도 묘사해낼 수 있는 수준으로 그 예술성을 향상시킨 것이다.

5. 한대의 기타 고시

<고시19수> 외에 ≪문선≫, ≪옥대신영≫에 산견되는 고시도 적지 않다. 전통적 분류에 의하면 악부와 고시는 "서로 다른 두 형식(較然兩體)"으로, "수사나 서사는 악부가 뛰어나고(措詞敍事, 樂府爲長)",[26] 서정 언지는 고시가 뛰어나다. 그러나 <상산채미무(上山采蘼蕪)>, <십오종군정(十五從軍征)>은 사회적 현실을 깊이 있게 폭로한 우수한 서사시다. <상산채미무>는 ≪태평어람≫에는 '고악부'로 수록되어 있고, <십오종군정>도 양대(梁代)에는 <자류마가(紫騮馬歌)> 악곡에 맞추어 노래 불렀으므로, 악부와 고시의 경계가 아주 명확했던 것은 아님을 알 수 있다. 전자는 버림받은 아낙이 길에서 옛 남편을 만나 나누는 대화를 통해, 한대에 가정과 사회에서 부녀자들의 지위가 낮았음을 보여준다.

上山采蘼蕪	산에 올라 약초를 캐고
下山逢故夫	산에서 내려오다 옛 남편을 만났네.
長跪問故夫	무릎 꿇고 옛 남편에게 묻기를
新人複何如	"새사람은 어떠한지요?"
新人雖言好	"새사람 비록 좋다고들 하나
未若故人姝	옛 사람만 못하지.
顔色類相似	생긴 것은 비슷하나
手爪不相如	솜씨가 못하다네."
新人從門入	"새사람이 대문으로 들어올 때
故人從閤去	옛 사람은 쪽문으로 나왔지요"
新人工織縑	"새사람은 값싼 노란 비단을 짜는데
故人工織素	옛 사람은 비싼 흰 비단을 짰었지.
織縑日一匹	노란 비단 하루에 넉 장(丈)을 짜는데
織素五丈餘	흰 비단을 다섯 장 넘게 짰었다네.

---

26) ≪古詩源≫.

<table>
<tr><td>將縑來比素</td><td>노란 비단과 흰 비단을 비교해보니</td></tr>
<tr><td>新人不如故</td><td>새사람이 옛 사람보다 못하다네."</td></tr>
</table>

한악부에도 버림받은 부인을 동정하는 작품이 몇 수 있지만, 대부분이 남자의 배신을 책망하고 영원히 이별하겠다는 마음을 표현했다. 그런데 이 시는 남편이 전처를 그리워하는 심리를 깊이 파헤쳤는데, 그것이 전처의 길쌈 능력 때문임을 밝히면서, 그의 비천하고 염치없는 파렴치함을 날카롭게 폭로했고, 새사람이든 옛 사람이든 부녀자는 그저 남자의 노리개이자 베 짜는 노동력에 불과함을 설명했다. 이것은 남자들이 젊은 여자는 좋아하고 늙은 여자는 싫어하는 사회적 원인을 근본적으로 밝힌 것이다.

<십오종군정>은 평생 군대에서 부역을 했던 노병이 퇴역을 하고 돌아왔을 때의 비참한 정경을 묘사했다.

<table>
<tr><td>十五從軍征</td><td>열다섯에 입대하여 출정을 하고</td></tr>
<tr><td>八十始得歸</td><td>여든에 비로소 집으로 돌아왔네.</td></tr>
<tr><td>道逢鄕里人</td><td>길에서 고향사람을 만나 묻기를</td></tr>
<tr><td>家中有阿誰</td><td>"집에 누가 있소?"</td></tr>
<tr><td>遙看是君家</td><td>"멀리 보이는 것이 그대 집인데</td></tr>
<tr><td>松柏塚纍纍</td><td>소나무 잣나무 사이로 무덤이 빽빽하다오."</td></tr>
<tr><td>兎從狗竇入</td><td>토끼가 개구멍을 들락거리고</td></tr>
<tr><td>雉從樑上飛</td><td>꿩이 들보 위에서 날아다니네.</td></tr>
<tr><td>中庭生旅穀</td><td>마당에는 들곡식이 자라고</td></tr>
<tr><td>井上生旅葵</td><td>우물가에는 아욱이 자랐네.</td></tr>
<tr><td>烹穀持作飯</td><td>들곡식 익혀 밥을 짓고</td></tr>
<tr><td>採葵持作羹</td><td>아욱은 캐어 국을 끓였네.</td></tr>
<tr><td>羹飯一時熟</td><td>밥과 국은 금방 익었건만</td></tr>
<tr><td>不知貽阿誰</td><td>누구에게 줄 수 있으리오?</td></tr>
</table>

出門東向望　　　문을 나서 동쪽을 바라보는데
淚落霑我衣　　　눈물이 흘러 옷을 적신다.

　첫 두 구는 '열다섯'과 '여든'이라는 두 숫자의 대비를 통해, 성인이 되기도 전에 출정하여 죽을 때가 다 되어 돌아왔음을 강조하면서, 병역으로 인해 인생을 다 소진해 버린 노병의 비참한 운명을 간결하게 개괄했다. 이어서 죽음이 멀지 않은 나이가 되어 돌아왔는데, 가족과의 만남이라는 최후의 갈망조차도 현실에 의해 부서졌을 때의 가슴 아프고 처참한 심정을 써냈다. 더욱 슬픈 것은 그가 자신의 가족이 참혹하게 불행해졌음을 알고도, 뜻밖에 황폐한 마당의 채소와 곡식으로 밥을 지어 누군가와 함께 먹으려고 생각했다는 것인데, 이처럼 사람들의 따뜻한 온정을 갈구하는 가련한 바람이 극단적 고독감과 처량감을 더욱 부각시켜, 그로 인해 눈물을 흘리지 않을 수 없게 된다. 다른 한 편으로, 이러한 노병의 운명은 그가 장정으로 뽑혀가서 오랫동안 돌아오지 못했기 때문에 논밭이 황폐해지고 가족은 죽고 불행해진 것이라는 당연한 사실을 지적해 낸다. 그리고 이 모든 것은 통치자들이 일으킨 오랜 전쟁과 불합리한 병역제도가 백성들에게 해를 끼친 커다란 죄악이 된 것이라고 그 원인을 돌린다.

　한대의 다른 무명씨의 고시로 〈난약생춘양(蘭若生春陽)〉, 〈신수란혜파(新樹蘭蕙葩)〉 등도 있는데, 이 두 수는 〈섭강채부용(涉江採芙蓉)〉, 〈정중유기수(庭中有奇樹)〉와 내용이나 표현예술이 아주 유사하다. 그러나 "지난날의 애정 그리운데, 진정으로 사계절의 변화를 느끼네(願言追昔愛, 情款感四時)", "짙은 향기는 쉽게 사라지고, 무성한 꽃은 시들어 버리니(馨香易消歇, 繁華令枯槁)" 등의 시구는 단지 애정을 표현한 것이 아니라, 더욱 중요한 것은 미인과 방초를 빌어 젊은 시절의 짧음과 세월이 나를 기다려 주지 않고 흘러감, 인정의 후함과 박함, 세태의 염량 등의 감개를 기탁한 것이다. 풍격상 이 두 수와 유사한 <귤유수화실(橘柚垂華實)>은 귤과 유자의 아름다움에 대한 칭송을 통해, 빠르게 임용되었으면 하는 바람과 늙음을 탄식하지 말자는 바람을 써냄으로써, 서정주인공이 작자의 자아 형상으로 변했는데, 대언체(代言體)를 많이 운용했던 <고시19수> 중의 서정시에 비해 진일보한 것으로, 상당히 성숙된 탁물기흥(托物寄興)의 시가가 이미 형성된 것이다. 다른 한 수 <보출성동문(步出城東門)>은 벗에 대한 깊은 그리움 속에 고향에 대한 그리움을 기탁해서 새로움이 돋보인다.

步出城東門	걸어서 성 동문을 나가
遙望江南路	멀리 강남 길을 바라본다.
前日風雪中	그 옛날 눈보라가 몰아칠 때
故人從此去	벗은 이 길로 떠나갔지.
我欲渡河水	내가 강을 건너고 싶어도
河水深無梁	강물은 깊은데 다리가 없구나.
願爲雙黃鵠	원컨대 한 쌍의 고니가 되어
高飛還故鄉	높이 날아 고향으로 가고파.

한대의 송별시는 이별하는 순간의 헤어지기 힘든 심정을 많이 표현했는데, 이 시는 서정주인공이 떠난 후 애초에 송별했던 곳에 다시 와서 벗이 눈보라 속에서 떠나갈 때의 정경을 추억한다. 시는 성 동문 밖 강남으로 통하는 기로에서 시흥을 일으켰고, 시인의 마음은 눈보라 속의 족적을 따라 강물이라는 장애물을 건너 고향으로 날아갔는데, 감정이 깊이 있게 쓰였다. 이상을 통해, 현존하는 한대의 고시는 비록 수량은 많지 않지만 대체로 느낌이 유사하고, 그러면서도 점차 정교해지는 발전 궤적을 그대로 보여주고 있으며, 다양한 표현예술의 시초를 열었음을 알

수 있다.

만약 서사가 장점인 한악부민가가 중국 시가의 잡언체 오언체의 시작을 열었다면, 고시는 ≪시경≫, <초사>의 서정적 전통을 계승하고 그 표현예술을 혁신했으며, 그것을 기초로 서사체에서 서정체로의 오언시의 변화를 완성했고, 문인 오언시의 기초를 초보적으로 닦았다고 할 수 있다. 한대 오언 고시는 민가 모방의 단계를 아직 벗어나지 못했고, 이후 건안(建安), 정시(正始) 등 몇 대 문인의 노력을 거치고 나서야 완전한 문인시로 발전할 수 있었는데, 바로 그렇기 때문에 그 독특한 예술적 매력을 더 잘 드러낼 수 있었다.

제2장 │ 건안풍골(建安風骨)

제1절 찬란한 건안 문단

건안시대에는 전장에서는 군웅(群雄)들이 대치하며 중원의 쟁탈을 다투었고, 문단에서는 인재들이 구름처럼 일어나 작가들이 배출되었다. 시인들은 시대적 호기(豪氣)를 지니고 ≪시경≫, <초사>, 한악부의 우수한 전통을 계승하여, "강개함은 의기에 맡기고, 활달하고 거침없이 재능을 전개시키며(慷慨以任氣, 磊落以使才)", 사회적 혼란과 민생의 질고를 반영하고, 나라를 위해 공을 세우겠다는 인생 이상을 표현하여, 중국 고전시가를 새로운 정상으로 밀어 올렸다.

건안(196~219)은 동한 헌제(獻帝)의 연호다. 문학사에서 말하는 건안시대는 일반적으로 황건적의 봉기에서부터 위 명제(明帝) 경초(景初) 말년까지의 오십여 년이다. 동한 말년, 외척과 환관이 정권을 휘둘러, 정치는 갈수록 부패하고 계층 간의 갈등은 날로 격화되다가, 결국 전국적으로 황건적의 난이 일어났다. 각지의 지주들은 동한 왕조와 연합하여 농민기의를 진압하면서 무장병력을 크게 키워, 너도나도 할거하면서 혼전을 벌였고, 사회적 생산 기초를 심각하게 파괴해서 백성들에게 깊은 재앙을 안겨주었다. 장안, 낙양의 궁성마저 불에 타버려 사방 천 리에는 인가가 없는 지경이 되었다. 전쟁으로 인한 재난과 굶주림, 전염병 등이 온 나라에 만연하자, "사람들이 서로 잡아먹고, 백골이 쌓였으며, 해골과 시체 썩는 냄새가 길에 진동하는(人相食啖, 白骨盈積, 殘骸余肉臭穢道路)"[27] 참상까지 출현했다. 십몇 년 간의 쟁탈과 겸병을 거쳐, 건안 13년 적벽대전 이후, 위(魏), 촉(蜀), 오(吳) 삼국 정립이라는 국면이 형성되었다. 북방은 조위(曹魏) 집단의 통치 하에, 유랑민을 받아들이고 둔전제를 시행하여 생산력을 회복하는 등 발전적인 조치를 실행하면서, 사회질서가 점차 갖추어졌다. 조조(曹操)는 북방을 통일하는 과정에도 많은 문인들을 자신의 주위에 불러 모았다. 그들은 모두 일정한 포부를 지니고 조 씨 정권에 기대어 커다란 업적을 이루고자 했던 인물들로, 조조 부자를 핵심으로 하여 업하(鄴下) 문인집단을 형성했다. 이 작가들 가운데, 후대에 가장 알려진 인물은 조조와 그의 아들 조비(曹丕)와 조식(曹植), 왕찬(王粲), 진림(陳琳) 등의 건안칠자(建安七子) 및 여류 시인 채염(蔡琰) 이다. 문인늘은 대재난과 혼란을 경험한 후, 비교적 안정적인 생활환경과 문학창작에 종사할 조건이 만들어지자, 자신들이 목도한 전쟁의 상처와 오랜 삶의 경험을 쏟아낼 수밖에 없었다. 건안시가는 바로 이와 같이, 사회적으로 분열과 동요에서 상대적으로 안정되어 가던 특수한 역사적 시기의 산물이라고 할 수 있다.

사회의 급격한 변동 속에, 건안 문인의 인생관에 커다란 변화가 생겼다. 전쟁과 역병이 수시로 사람의 생명을 앗아가자(유명한 건안칠자는 대부분 건안 후기에 전염병으로 사망했다), 시체가 "아침이슬 보다 먼저 골짜기를 메우고, 무덤의 흙이 마르기도 전에 존재와 이름이 사라져 버리는 것(先朝露塡溝壑, 墳土未乾而身名并滅)"[28]에 대한 두려움이 생겨났다. 건안문인과 동

---

27) <晉書·食貨志>.
28) 曹植 <求自試表>.

한문인들이 인생을 고민했다는 점은 같지만, 그 고민에는 건강함과 퇴폐함이라는 근본적인 차이가 있다. 그들은 허무맹랑한 포부나 방탕한 놀이, 시간 놓치지 말고 즐기자는 급시행락(及時行樂)적인 인생관을 경시했으며, 영원한 정신적 가치를 적극적으로 추구했다. 서간(徐幹)은 "그래서 사공인 영천의 순상은 이에 대해 논하면서, 옛사람들은 죽어도 썩지 않고 영원한 것 가운데 가장 높은 것이 입덕이고, 그 다음이 입공이며, 그 다음은 입언이라고 한다고 했다. 몸은 죽어도 그 도는 여전히 남아있으므로, 썩지 않고 영원하다고 하는 것이다. … 장수를 하는 것과 못하는 것의 차이는 그저 수십 년에 지나지 않으나, 덕과 의가 서느냐 못 서느냐는 차이가 수천 년에 이르는데, 어찌 나란히 이야기 할 수 있겠는가?(故司空穎川荀爽論之, 以爲古人有言, 死而不朽, 謂太上有立德, 其次有立功, 其次有立言. 其身殆矣, 其道猶存, 故謂之不朽. … 壽與不壽, 不過數十歲, 德義立與不立, 差數千歲, 豈可同日言也哉)"라고29) 했다. 이 삼불후(三不朽) 사상은 건안문인의 모든 시문을 관통한다. 비록 그들이 공훈을 세우고 업적을 이루고자 한 것은 주로 역사에 이름을 내걸겠다는 동기에서 나온 것이지만, 결코 동한 문인들이 "출세의 요로를 차지하고(高据要路津)", "영예로운 이름을 귀하게 여겼던 것(榮名以爲寶)"과 동일하게 이야기 할 수는 없다. 이러한 불후의 공적은 중원을 통일하고 태평성대를 다시 이루겠다는 원대한 이상과, 부지런히 공훈을 세우고 백성을 긍휼히 여겨 세상 사람을 구제하겠다는 현실적 내용을 담고 있다. 그리하여 그들은 인생의 짧음에 대한 고민을 활발하고 진취적인 역량으로 바꿀 수 있었고, 현실 생활에서의 갈등에 대해 건전한 심리상태와 명석한 태도를 유지할 수 있었다. 백골이 뒹구는 폐허 속에서 나온 것은 병들어 신음하는 슬픈 읊조림이 아니라 강개한 노래였다. "세월이 흘러가는 것은 슬프지 않지만, 여전히 혼란스러운 세상(不戚年往,

---

29) ＜中論・夭壽＞.

世猶不治)”에 대한 당찬 포부, “시대를 사랑하며 앞으로 나아가(愛時進趣)” 이상을 추구하는 적극적인 태도는 건안시가로 하여금 오랫동안 인생 영탄가 가운데 커다란 울림소리가 되게 했다.

군웅(群雄)이 정권을 다투는 형세는 조위 집단으로 하여금 인재를 널리 초빙하고 통치계층 내부의 관계를 다시 조정해야만 통일의 대업을 완성할 수 있다는 확신을 갖게 만들었다. 한대의 인재 선발은 덕행과 절조(節操)를 중시했고 각 지방의 평의(評議)를 기준으로 했는데, 평의는 종족이나 향리의 몇몇 명사(名士)들에 의해 주도되었다. 이에 따라 동한 초기부터 점차 소위 ‘의관망족(衣冠望族)’이 형성되었다. 그들은 청의(淸議)를 주도하며 인물을 평가하면서, 교유를 표방하고 서로를 알리며 명성과 관직을 구하는 것이 시대적 풍조가 되었고, 결국 환관에 대항하는 정치집단을 결성하였다. 명사집단은 동한의 환관 전횡에 대한 투쟁에 적극적인 작용을 했지만, 그들 자신이 명리를 위해 결성된 집단이었기 때문에, 명성을 위해서는 허위적인 행위조차도 마다하지 않았다. 조조는 환관 조능(曹騰)의 손자였기 때문에, 정치적으로는 본질적으로 명사집단과 적대적이었고, 사회적 지위로도 의관망족에게 멸시 당했다. 그가 전쟁을 치르고 건국을 할 때 필요했던 것은 바로 충분히 “천하의 세력 판도를 가늠하고, 적의 상황에 맞게 대응하여 시대적 승세를 제압(揣摩天下之勢, 應敵設變, 以制一時之勝)” 할 수 있는 인재였고, 허위적인 도덕은 아무 필요가 없었다. 그가 정치권력의 회복을 위해 노력할 때, 명문 대족들의 정치적 간섭은 분열을 초래할 수 있는 중요한 위험이 되었다. 명문 대족을 제압하기 위해서 조조는 명법지술(名法之術)을 채용, 인재 선발은 반드시 명실상부해야 함을 강조했는데, 네 차례나 명을 내려 “다스림에는 덕행을 높이 받들고, 어떤 일에 있어서는 재능을 높이 받들도록(治平尙德行, 有事尙功能)”30) 선포했다. 중재경덕(重才輕德)을 인재선발의 기준으로 하여, 심지어 “모욕스러운 지탄을 받아도 웃으며 행하고, 어질거나 효성스럽지 않더라도 치국과 용병의 방도가 있는 자(負汚辱之名, 見笑之行, 或不仁不孝而有治國用兵之術者)”는 모두 “내쫓지 못하게(勿有所遺)”[31] 했다. 동시에 붕당을 파괴했고 허위를 배척했으며, 덕행을 표방한 명사들의 허황된 풍조를 심하게 억압했는데, 이는 동한 이후 오랫동안 사상을 통제하고 개성을 속박해왔던 유가의 경학과 위도덕(僞道德)에 커다란 충격을 안겨 주었다.

중재경덕(重才輕德)적 인재선발 기준과 동시에 등장한 것이, 인정을 잘 알고 개성을 중시하는 사상이다. “위 무제가 법술을 좋아하자 세상에서는 형벌의 명실상부함을 따지는 형명학이 중시되었고, 위 문제가 통달을 받들자 세상에서는 절조를 지키는 것을 가벼이 여겼다(魏武好法術而天下重刑名, 魏文慕通達而天下賤守節).”[32] 재행(才行) 또는 명실(名實) 관계에 대한 연구가 건안 학술의 주요 명제가 되어, 재능과 지식을 중시하고 허위적인 도덕을 경시하며 인정에 능통할 것을 제창했고, 명실상부한 사조 및 그 유행을 추구했다. 서간은 <중론(中論)>에서 “성인들은 재능과 지략을 가져 능히 공적을 이루어 세상에 도움이 되는 것을 귀하게 여겼고(聖人貴才智之特能立功立事, 益於世矣)”, “상산사호의 행적이 비록 아름답다 한들, 사내들이 처한 현실적인 괴로움에 무슨 도움이 되겠으며(四皓雖美行而何益夫倒懸)”,[33] 그 “세상 사람을 속이고 헛된 이름을 탐하는 무리들이(惑世盜名之徒)” “거짓으로 만들어진 명분으로 이끄는 것(誘以僞成之名)”은 그저 “그 본성을 잃는 것(喪其故性)”이라[34] 했다. 유소(劉邵)는 ≪인물지(人物誌)≫에서 “중용이란 성인의 덕목이며(中庸也者, 聖人之目也)”, “무릇 사람의 자질은 중화가 가

---

30) <庚申令>.
31) <擧賢勿拘品行令>.
32) <晉書・傅玄傳>.
33) <中論・智行>.
34) <中論・考僞>.

장 중요하고(凡人之質量, 中和最貴)”,35) 만약 “행동과 명성만 믿는다면 내면의 진실함을 놓칠 수 있고(隨行信名, 則失其中情)”, “내면이 진실한 사람은 그 이름이 실제에 부합하지 않아도, 쓰면 본받을 것이 있다(中情之人, 名不副實, 用之有效)”고36) 여겼다. 실용을 추구하고 허위를 반대함과 동시에, 건안인들은 중용 정신을 보편적으로 숭상하여 ‘중화(中和)’를 가장 중시했는데, 이것은 내면이 진실한 사람은 기행(奇行)과 허명(虛名)을 추구하지 않을 뿐만 아니라 실제적 효용을 지닌 능력이 있기 때문이다. 일찍이 진(秦)이 통일을 이루고 얼마 되지 않아 중용학설이 출현했었다. 공자의 충서(忠恕) 사상과 맹자가 제창한 ‘성(誠)’을 결합하여, ‘성’을 사람의 천부적인 도덕이라고 선전하면서 한쪽에 치우친 행위를 부정했었는데, 한 왕조가 고급 철학으로 받아들이지 않았었다. 동한은 명교(名教)로 천하를 다스렸고, 사인들은 명성과 영예를 쟁취하기 위해 줄곧 “명성을 쌓으려 애쓰며(激勵名行)” 허위적인 것을 만들어냈는데, 심지어 인정에서 벗어나고 본성에 위배되는 수준에까지 이르렀다.37) 한말의 대농란을 거치며 경학과 명교가 이미 통치계층의 수요에 맞지 않게 되자, 조위집단은 유가적 경학 밖에서 적합한 정치 이론을 찾았을 뿐 아니라, 동시에 원시 유가 경전 속에서도 새로운 발굴을 시도했다. 이에 ‘성’을 핵심으로 하는 중용설이 허위에 반대하는 사상적 무기로서 조위집단 사람들에 의해 다시 채용되었던 것이다. 건안인들이 숭상한 중용이란 참됨을 강조하고 인정에 통달하는 것 등의 내면적 의미를 중점적으로 천명한 것이었다. 승상 연화흡(掾和洽)이 조조에게 “가르침을 세우고 풍속을 관찰하며 중용을 지키는 것을

---

35) <中論 · 九征>.

36) <中論 · 效難>.

37) 예를 들면 趙宣이 부모상을 치르고 墓道에서 기거하며 20여 년 동안 예를 지켜 효성으로 이름이 알려졌는데, 나중에 묘도에서 다섯 명의 아이를 낳고 살았다는 것이 밝혀져, 세상을 속인 죄로 처벌을 받기도 했다.

귀하게 여기십시오. … 옛날의 큰 가르침이란 인정에 통달하는데 힘쓰는 것이었습니다. 사람들의 인정에 위배되는 행위는 거짓을 감춘 것입니다(夫立敎觀俗, 貴處中庸, … 古之大敎, 務在通人情而已. 凡激詭之行, 則容隱僞矣)"라고[38] 한 것이 그 예다. 유소가 말한 중화 역시 "바탕이 본래 바르고 담박하며, 마음은 깊고 겉은 활달하며(質素平淡, 中睿外朗)", "거동이 바르고 몸가짐이 곧은(儀定容直)"[39] 성정을 말한다. 결론적으로, 형명학(形名學), 중용론(中庸論)의 핵심 내용은 허위적 명성을 부정하고 사람의 본성을 회복하며, 소박함과 자연을 숭상하고 인정에 통달할 것을 추구하는 것으로 귀결된다. 현실에서의 정치적 수요가 학술 사상의 해방을 촉진시켰고, 의식형태의 변화가 건안문인들로 하여금 보편적으로 진실한 성정 표현을 추구하게 함으로써, 인생의 참된 가치를 추구하는 건안시가의 공통적 정신이 형성되었음을 알 수 있다.

건안문인들의 문예관 역시 인생의 영원한 가치 추구, 개성 중시, 인정에 대한 통찰이라는 시대적 정신을 체현했다. 문학의 본질적 가치가 더욱 중시되었고, 또 경학의 부용적 지위에서 벗어나 입신양명과 불후의 명성을 추구할 수 있는 독립적 사업으로 바뀌었다. 조비는 <전론(典論)·논문(論文)>에서 유명한 논점을 제기했다. "대체로 문장은 나라를 경영하는 위대한 일이며, 영원히 썩지 않는 성대한 일이다. 사람의 수명은 일정한 때가 되면 끝나게 되고, 세상의 영화와 즐거움은 그저 그 한 몸에 그치게 된다. 이 두 가지는 반드시 다다르는 기한이 있으므로, 문장의 무궁한 생명력과 같지 못하다. 이러한 까닭에 옛날의 작가들은 붓과 먹에다 자신을 기탁하고, 마음을 죽간과 서적에다 드러내어, 훌륭한 사관의 글을 빌리지 않고도 또 날듯이 치달리는 권세에 몸을 맡기지 않고도,

---

38) ≪資治通鑑≫ 卷66.
39) <人物志·九征>.

그 명성이 스스로 후세에 전하여졌다(蓋文章經國之大業, 不朽之盛事. 年壽有時而盡, 榮樂止乎其身. 二者必至之常期, 未若文章之無窮. 是以古之作者, 寄身於翰墨, 見意於篇籍, 不假良史之辭, 不托飛馳之勢, 而聲名自傳於後)." 여기서 말하는 문장은 주로 학술적 저작을 지칭하는데, 시부(詩賦) 류의 문학작품도 포괄한다. 소위 날 듯이 치달리는 권세에 몸을 맡기지 않는 것이란, "자신을 굽혀 권세를 받들어(傾身以事勢)" 얻어진 거짓 명성에 반대하고, 문장으로 진정한 불후의 명성을 얻어야 한다는 것이다. 조식은 평생 핍박을 받으면서도 공훈을 세우기를 갈망했던 인물인데, 비록 수시로 "그저 붓과 먹으로 공적을 삼고, 사부로 군자가 될(徒以翰墨爲勳績, 辭賦爲君子)"40) 수 없는 답답한 심정을 표현했지만, 그 역시 문장이 독립적이고 불후한 가치가 있음을 인정하여 "가느다란 붓을 휘둘러, 문채로 아름다운 명성을 남기리라(聘我徑寸翰, 流藻垂華芬)"(<해로(薤露)>)고 했다. 이러한 관념의 확립은 건안이 이미 '문학 자각의 시대'로 들어섰음을 의미한다.

문장의 불후한 가치를 인식힘과 동시에, 건안문인들은 문장은 마땅히 사람마다 다른 개성적 기질을 표현해야 한다고 인식했다. 한말 청의는 이미 기(氣)의 청탁을 인물 평가의 중요한 표준으로 삼았는데, 조비는 이 이론을 문학비평에 대입하여, 개인의 창작에서의 독창성이 서로 다른 문장 풍격으로 표현된다고 보고, "문장은 기를 본질로 삼는데, 기의 청탁에 따라 독특한 문체가 생기며, 이는 힘으로 억지로 이를 수 있는 것은 아니다(文以氣爲主, 氣之淸濁有體, 不可力强而致)"고41) 했다. 이러한 논점은 우선 문인의 재성(才性)에 대한 존중이 기초가 된다. 업하 문인들은 이미 양한의 사부가(辭賦家)들처럼 '광대로써 길러진(倡優蓄之)' 것이 아니라, 조씨 형제와 "수레를 이어 달리며 행차하거나, 자리를 나란히 하고 앉아(行則連輿,

---

40) <與楊德祖書>.
41) <典論・論文>.

止則接席)” 시문을 논하고 득실을 탐구했다. 조비도 문인 개개인의 개성적 특징에 대한 깊은 이해를 바탕으로, 건안칠자의 문장의 장단점을 적확하게 분석했으며, 문인들끼리 서로 낮추어 보는 시대적 풍조를 비판했다. 이는 시가 창작 풍조를 크게 일으켜 다양한 예술 풍격의 발전을 촉진시켰다.

문학으로 자아를 표현하고 개성을 반영해야 한다는 이러한 의식적 각성에 따라, 문예의 내용과 작용에 대한 건안문인들의 인식은 양한 유생들의 그것을 뛰어넘었다. <시대서(詩大序)>에 의하면, 시의 작용은 “부부의 도를 세우고, 효성과 공경을 이루며, 인륜을 돈후하게 하고, 교화를 찬미하고, 풍속을 바꾸는 것(經夫婦, 成孝敬, 厚人倫, 美敎化, 移風俗)”이므로, 서정이나 언지는 이러한 예의적 구속에 따라야 한다. <예기·악기> 역시 “예는 백성들의 마음을 절제시키고, 악은 백성의 소리를 조화롭게 한다(禮節民心, 樂和民聲)”는 대의를 매우 강조하고, “편안하면 음악은 즐겁고(安以樂)”, “원망하면 음악은 분노한다(怨以怒)”고 여겨, 음악을 나라의 흥망성쇠의 문제에까지 연결시켰다. 한 무제가 처음 악부를 설치할 때는, “조상을 빛나게 알리거나 바른 덕을 높이 받들어 서술하는 것을 우선으로 삼지 않았고, 다만 제사를 자주 지내며 그 상서로움을 드러냈을 뿐이며, 상과 주의 아송체는 빠졌었다(不以光揚祖考崇述正德爲先, 但多祭祀見事及其祥瑞而已, 商周雅頌之體闕焉).”42) 후일 애제가 악부를 폐지한 것은 그것이 “정위지성(鄭衛之聲)”을 많이 담고 있었기 때문이다. 그래서 유가적 관점에 따라 악부는 공덕을 찬술하고 조상의 성덕을 가영하는 것을 우선으로 삼아야만 했다. 동한 명제는 음악을 사품(四品) 즉 태여악(太予樂), 아송악(雅頌樂), 황문고취(黃門鼓吹), 단소요가(短簫鐃歌) 등으로 나누고 그러한 사상을 실천

---

42) <宋書·樂志>.

했다. 그런데 한악부를 통해 주로 풍속을 관찰하고자 했지만, "원망하여 분노하는(怨以怒)" 골목길 가요도 많이 악부에 채집되었다. 조조가 북방을 통일한 후, 위 악부에는 두 가지 변화가 나타났다. 하나는 고취악의 아화(雅化)이고, 하나는 청상악(淸商樂)의 흥성이다. 조조는 형주(荊州)를 평정하며 아악랑 두기(杜夔)를 얻었는데, 그로 하여금 "선대의 옛 음악을 회복하도록(韶復先代古樂)" 했다. 왕찬도 <유아무가(兪兒舞歌)>, <태묘송(太墓頌)> 등의 송시(訟詩)를 지었다. 무습(繆襲)은 원래 대부분이 민가였던 <한요가 18수>를 조조가 군사를 일으켜 왕조를 세운 사실을 칭송하는 사시(史詩)로 개작했다. 이 조시(組詩)는 비록 서사는 비교적 질박하고 간명하지만, 생동적이고 활기 있던 고취곡을 경직화시키기 시작하여, 이후에는 공덕을 찬양하는 궁정문학으로 바뀌었다. 이것은 조위 정권이 정치를 안정시키기 위해서는 여전히 예악제도가 필요했고, 따라서 악부 가운데 아송체(雅頌體)를 발전시켰음을 설명한다. 다른 방면으로, 조씨 부자는 청상악을 특히 애호하여, 태여악과 황문고취 외에 청상악서라는 전문 관정을 설치하였다. 조조는 업성(鄴城)에 동작대(銅雀臺)를 세우고, 직접 만든 가사에 관현 연주를 더해 가무예인(歌舞藝人)들에게 공연하게 했는데, 이후 청상악은 여악기(女樂伎)를 많이 쓰게 된다.[43] 청상악은 원래 한악부 상화삼조(相和三調)의 가사에서 기원한 것으로, 본래는 한대에 길거리에서 불리던 노래이며, 당시에는 신성(新聲)이라고 불렸다. 현존하는 위 청상악부 가사는 대체로 한악부 고시의 유선(遊仙), 군역(軍役), 타향을 떠도는 나그네(遊子) 또는 그를 그리워하는 아내(思婦) 등 몇 가지 제재를 계승하여, 시대적 동란을 반영하거나 인생에 대한 비탄, 나라를 위해 공을 세우고자 하는 웅지, 이별의 슬픔 등을 표현했는데, 조예(曹睿)의 술조시(述祖詩) 몇 수를

---

43) 王運熙 <淸商考略> 참고.

제외하고는 감정적 기조가 슬픔과 원망, 처량함이 대부분이다. 그래서 정통 유가들에게는 대아(大雅)에 맞지 않는 '정위지음(鄭衛之音)'으로 인식되었다. 제량의 유협(劉勰)조차도 "위나라의 세 황제는 시원스러운 기상과 화려한 재능으로, 가사와 악곡을 안배하여 음절이 아름답고 조화롭게 만들었다. 무제의 <북상> 등의 곡과 문제의 <추풍> 등의 곡은 연회의 모습을 서술하기도 하고, 때로는 병사의 출정을 슬퍼하기도 했는데, 그 내용이 방탕함에서 벗어나지 않고, 수사도 비애의 상념에서 벗어나지 않는다. 비록 이것이 삼조(三調)의 정성(正聲)을 계승한 것이기는 하나, 고대의 소하악(韶夏樂)을 기준으로 보면, 정성(鄭聲)에 해당한다(至於魏之三祖, 氣爽才麗, 宰割辭調, 音靡節平. 觀其北上衆引, 秋風列篇, 或述酣宴, 或傷羈戍, 志不出於滔蕩, 辭不離於哀思, 隨三調之正聲, 實韶夏之鄭曲也)"고[44] 여겼다. 유가적 관점에서 노래는 인심으로 이어지기 때문에, 슬픈 노래나 연회를 표현한 작품들은, 비록 청상삼조(淸商三調) 가운데서는 교화를 손상한다고 할 수는 없더라도, 모두 원망하는 내용과 방탕한 가사에 해당하기 때문에, 공덕을 찬양하던 고대의 소하악(韶夏樂)과 비교하면, 상대적으로 정위지음(鄭衛之音)이므로, 악부에 포함시키기에는 적합하지 않았다. 건안문인들은 길거리에서 불리던 '신성(新聲)'을 풍아(風雅)나 소하악과 동일선 상에 놓고 언급했다. 조식은 "길거리에서 이야기하는 하찮은 이야기도 반드시 채택할 만한 것이 있으며, 수레끌채를 치며 부르는 민간의 노래 소리도 풍아에 상응하는 것이 있다(夫街談巷說, 必有可采, 擊轅之歌, 有應風雅)"고[45] 명확하게 제기했다. 조비도 비가(悲歌)나 신성은 마음속 소리를 토로하고 사람의 마음을 감동시킬 수 있다고 여겨, "슬픈 현이 새로운 노래를 연주하고, 긴 피리는 맑은 소리를 토해낸다. 가락과 노래가 사람 마음을 감동시켜, 참석한 사람

---

44) <文心雕龍·樂府>.
45) <與楊德祖書>.

들이 모두 즐거워한다(悲弦激新聲, 長笛吐淸氣. 弦歌感人腸, 四坐皆歡悅)”(<善哉行>)
고 했다. 그는 미녀의 가무는 “요순시대 음악을 망라하고, 정위음악을
다 포함(網羅韶濩, 囊括鄭衛)”할 수 있다고 칭찬하면서, 아악과 속악을 구분
없이 말했을 뿐만 아니라, 여악기(女樂伎)의 감동력을 “위로는 위대한 신
령이 갈피를 잡지 못하게 하고, 아래로는 만물을 변화시키고(上亂靈祇, 下變
庶物)”, “빗대어 깨우치게 하고 교화시키며(諷諭敎化)”, “위대한 업적을 미
화할 수 있는(潤色鴻業)”46) 수준에 이른다고 과장하기도 했다. 그래서 황
초 연간, 시옥(柴玉)과 좌연년(左延年)은 “새로운 음악으로 총애를 입을(因新
聲被寵)”47) 수 있었다. 조조의 처제인 변란(卞蘭)은 심지어 궁내의 “월 지
방 여악은 금을 연주하고, 초 지방 미녀는 맑은 노래를 부르는(越女撫琴,
楚媛淸謳)” 가무 장면을, 풍속을 되돌리고 허위를 물리치는 것과 연결시켜,
“음악과 유희를 맘껏 다하고, 노닐고 유람하는 것을 즐기며, 승광전에
오르고, 화려한 휘장 안에도 드네. 옛 것을 논하고, 풍속을 되돌리며, 허
위적인 것을 물리지고, 논후하고 순박한 것을 취하며, 어짊을 귀하게 여
기고, 주옥같은 재물은 천하게 여긴다네. 어찌 반드시 세상에 나아가 어
짊을 베푸는 것만이, 임금의 바램이겠는가(樂載閦, 遊觀足. 登承光, 坐華幄. 論稽
古, 反流俗. 退虛僞, 進敦朴. 寶賢良, 賤珠玉. 豈必世而後仁, 在時主之所欲)”라며,48) 마음
과 욕망을 따르는 음악과 유희가 천성의 표현이자 허위적인 인의에 반
대하는 일종의 표현이라고 여겼다. 그래서 삼조(三曹)의 청상신성 애호는
비록 오락적이고 감정에 충실했던 경향이 없지는 않지만, 성정을 충실히
따르고 진실을 강조했던 시대적 정신과 일치한다. “가슴 속 감정을 표현
함에 오로지 진실함을 추구하던(敍胸情則唯求誠慤)”49) 건안시가의 특징도

---

46) <答繁欽書>.
47) <晉書·樂志>.
48) <許昌宮賦>.
49) 黃侃 ≪詩品講疎≫.

이러한 문예관이 창작에서 실천된 것이다.

건안시인들이 민가를 애호하여 그 시가 "여항 가요적 본질(里閭歌謠之質)"을 여전히 벗어나지 못했지만, 이미 "감정으로 외면적 수식을 엮어내고, 외면적 수식으로 본래의 바탕을 덮는(以情緯文, 以文被質)" 문인시로 바뀌었다. 이러한 변화는 당연히 건안문인들의 문질관계에 대한 자각적 인식과 관련 있다. 완우(阮瑀), 응창(應瑒)의 <문질론(文質論)>은 반허위적 각도에서, "외면적 수식은 공허하고 내면적 바탕이 실질적인 것(文虛質實)"이므로 그에 맞는 실천을 해야 함을 제기한 것이다. 서간은 <중론·예기(藝紀)>에서 "중화와 평직은 예의 열매(中和平直, 藝之實也)"라고 여겼는데, 여기서의 예는 육예(六藝)를 보편적으로 지칭하며, 거기에는 시도 포함된다. 이 의견들은 정치적 견해이기도 하고 문장에 대한 견해이기도 하다. 조비의 건안칠자의 풍격에 대한 평론은 문질겸비(文質兼備)의 원칙에 바탕을 두고, 장중하면서도 세밀하고, 감추어진 듯하면서 드러나며, 문장의 기세가 뛰어나고 교묘하면서, 문장의 수사와 논리가 서로 균형 있을 것을 요구한 것이다. 또 "시와 부는 화려해야 한다(詩賦欲麗)"는 것이 다른 문체와 구별되는 주요 특징이라고 인식했다. 그래서 유정(劉楨)은 조비에게 "군후께서는 의지가 어찌나 굳건하신지, 문아함은 종횡으로 날아다닙니다(君侯多壯思, 文雅縱橫飛)"(<贈五官中郎將> 제4)고 하며, 조비의 이론과 창작의 기본정신이 굳건한 의지와 문채의 겸비임을 찬미한 것이다. 건안문인들은 문학의 형식적 특징에 대한 초보적 인식을 문채와 화려함의 추구로 실천해냈으나, 후일 양진남조(兩晉南朝)의 문인들이 편파적으로 발전시킴으로써, 후세 일부 문인들이 형식주의 문풍의 기원에 대한 죄과를 건안에 돌리는 결과를 초래하기도 했다. 이러한 비판은 건안문인들이 문질병중(文質并重)을 강조했던 노력을 무시하는 것이며, "마음속의 생각을 서술하고 일을 표현함에 있어서, 섬밀한 기교를 추구하지 않았고, 수사를 구사하여 사물의 형상을 그려내는 데는, 오로지 명석한 능력을 취했던(造懷指事, 不求纖密之巧, 驅辭逐貌, 唯取昭晰之能)"50) 건안시의 특징을 부정한 것이어서 공정하다고 볼 수 없다.

건안은 동한을 계승하여, 시가 중 일부는 제재와 주제 모두 한대 시를 답습하기도 했다. 유선, 유자(遊子), 사부(思婦) 등의 내용은 건안시에서도 비중이 높을 뿐 아니라 표현방식까지도 한악부와 대체로 유사하다. 위대의 악부에 유선시가 많은 것은 당시 도교의 흥성과 관계가 있다. 조씨 부자는 신선설을 반신반의 하며 확실한 주관을 갖지 못해, 시가 내용도 비교적 복잡하다. 그 중 일부 작품은 신선설의 허망함을 반박하면서 건강하고 통달한 인생관을 표현하여, 정신적으로 뚜렷한 변화를 보이고 있다. 유자사부시는 비록 전통적 제재이기는 하나 새로운 시대적 내용을 담았다. 시 속의 홀아비나 정인(征人)은 군벌 혼전 속에 종군하던 하급관리들이 대부분이고, 타지로 발령이 난 선비들은 더 이상 등장하지 않는다. 조비, 조식 등은 유자시(遊子詩)를 빌어 정처 없는 인생에 대한 느낌을 표현하거나 혹은 개인의 불행한 조우를 비유했다. 이 밖에, 건안문인들은 대부분 군대를 따라 출정했던 실제 경험이 있었기 때문에, 악부에 변새나 유협(遊俠) 등의 제재를 빌어 공을 세우겠다는 의지를 서술한 내용이 새롭게 출현했다. 고시의 제재도 크게 확대되었다. 사방으로 원정을 떠나는 군대의 기세와 위엄, 바람을 맞고 비에 젖는 행군생활 등은 종종 조씨의 통일 위업을 노래하는 찬미가사와 서로 교차되기도 한다. 건안 후기 조씨 정권이 안정된 후, 조비 형제들은 종종 여러 문인들과 산수를 유람하고 말을 타며 활을 쏘고 연회를 즐기며 시가를 창화했는데, "풍월을 사랑하고, 연못과 동산에서 노닐면서, 은혜와 영광을 서술하고, 연회

---

50) 〈文心雕龍·明詩〉.

를 읊는(憐風月, 狎池苑, 述恩榮, 敍酣宴)" 것을 제재로 인생에 대한 감상을 서술했다. 그 가운데에는 원림(園林)과 궁실(宮室)에 대한 묘사가 상당한 비중을 차지하는데, 이로써 경치에 대한 음영(吟詠)이 극히 적었던 ≪시경≫이나 한대 시가의 전통에서 벗어나, 시가 속에 경물묘사가 크게 증가하게 되었다.

　건안 악부는 고제(古題)를 빌어 현실을 표현하거나, 현실생활을 토대로 새로운 제목을 창조했고, 서사시 역시 발전이 있었지만 악부로 감정을 서술한 것이 더욱 많았다. 이것은 서사 위주의 악부와 서정 위주의 고시가 점차 유사해지면서 차이가 점차 축소되도록 했다. 건안시인들은 ≪시경≫, <초사>, 고시의 비흥수법을 발전시키고, 서사시의 표현수법을 흡수했으며, 비상(比象)과 흥상(興象)을 통해 완벽한 의경이나 이야기를 구성해내어 우의(寓意)를 설명하고 감개를 기탁해냈으며, 부(賦)의 기법으로 비유적 의미를 기탁하거나(以賦寓比), 비유를 활용한 부의 기법(化比爲賦) 등의 구상방식을 창조해내어, 중국 고전시가의 표현예술을 풍부하게 했다. 그들은 4언체, 소체(騷體) 등 옛 시가 형식을 이용하여 많은 창조를 이루어냈다. 4언은 비록 아윤(雅潤)을 기본으로 하지만, 언어가 생동적이고 자연스러운 작품도 적지 않아서 이미 경직화되었던 4언체를 다시 부활시켰다. 5언시는 건안시인들에 의해 더욱 성숙하여 "오언시의 도약(五言騰踊)" 국면을 형성했다. 중국 최초의 완전한 7언시 두 수 역시 이 시기에 출현했다. 시가의 편폭은 한악부에 비해 보편적으로 길어졌고, 음률, 대구, 수사 등 예술적 기교 모두 뚜렷한 발전이 있었다.

　결론적으로, "세상에 난리가 거듭되어, 풍속이 쇠하고 원망하는(世積亂離, 風衰俗怨)" 시대적 특징과, 본성에 충실하고 의기가 드높은 건안문인들의 정신적 풍모는, 강개하고 기개가 넘치며 비애와 쓸쓸함이 가득한 건안풍골(建安風骨)을 형성했다. 직접적 감정표현과 질박하고 강건한 서정적 풍격이, 비유나 화려하고 풍부한 수사 등의 표현예술과 서로 결합하여, "풍조는 고아하고 골기는 씩씩한(風調高雅, 格力遒壯)" 건안시의 기본 특징을 구성했다. 문질빈빈(文質彬彬)한 건안시의 대성황은 양한 사백년 동안 빛을 보지 못했던 시단의 국면을 타파했고, 중국 시가사상 첫 번째 황금시대를 맞이했다. 비록 정통시론의 영향으로 건안문학에 대한 평가가 엇갈리기도 하지만, 건안시인들은 악부 고제 혹은 신제(新題)에 대한 창조를 통해, 현실생활을 반영하고 인생의 의미를 탐색했으며, 비흥을 이용해 입공(立功)과 제세(濟世)의 이상을 표현함으로써 후대 문인들에게 좋은 전통을 남겨주었다. 완적(阮籍), 좌사(左思), 도잠(陶潛), 포조(鮑照) 등의 양진(兩晉) 남조 시인들이 걸출한 성취를 얻을 수 있었던 것은 건안정신을 계승했기 때문이며, 성당시가의 번영은 진자앙(陳子昻), 이백(李白) 등이 건안풍골을 내세워 시가의 혁신을 위한 노력을 전개했던 것과 직접적으로 관계가 있다. 건안 시가가 미친 긍정적인 영향은 중요하면서도 아주 심원하다.

제2절 풍소(風騷)를 이끈 조씨(曹氏) 부자

조 씨 부자는 건안 시단의 핵심인물이다. 조조는 웅혼한 기상으로 당당하게 시가를 음영했으며, 조비는 맑고 완곡한 감정 기조로 특별한 운치를 지닌 작품을 지었다. 조식은 재능과 사고가 뛰어나 당시에 독보적이었다. 이 세 사람은 인생 경험이나 개성이 달라 시풍도 각각 다르지만, 모두 건안시가의 발전을 위해 중대한 공헌을 해냈다.

▌조조(曹操)

조조(155~220)는 자가 맹덕(孟德), 패국(沛國) 초(譙, 현 안휘성 亳州) 사람으로, 걸출한 군사가면서 정치가다. 그의 부친 조숭(曹嵩)은 환관 조등(曹騰)의 양자로서, 집안은 대족(大族)이기는 하나 명문가는 아니었다. 조조는 20세에 효렴(孝廉)에 선발되면서, 지방관으로 나아가 정치적 업적을 이루고 뛰어닌 명예를 얻고자 했다. 나중에 제남상(濟南相)으로 있을 때, 호족 세력을 제압하고 위법(違法) 관리를 면직시키라는 상소를 올려, 힘있는 환관들의 미움을 받았다. 사직 후 발분하여 독서에 열중했다. 동탁(董卓)의 난이 일어나자, 조조는 의병을 조직하여 토벌에 참여하면서 자신의 역량을 키웠고, 후에 연주목(兗州牧)으로 있을 때는 황건적의 기의를 진압했다. 건안 원년(196년), 그는 헌제를 모시고 허창(許昌)으로 천도했는데, 이때부터 천자를 끼고 제후를 호령하는 일인자로서, 군벌 혼전으로 어지러워진 국면을 수습하고 조위 정권을 건립하는 등 전국 통일을 위한 기초를 다졌다. 동시에 둔전제를 시행하고, 힘 있는 호족들의 겸병을 억제하고, 오직 재능에 따라 인재를 뽑음으로써 가세나 문벌의 한계를 타파했는데, 이는 모두 사회를 안정시키고 경제를 회복시키는데 긍정적 작용을 했다.

조조는 밖으로는 무력 공격을 제압하고 안으로는 문학을 일으켰는데, 본인 역시 뛰어난 문학가였다. 그는 정치적 지위를 이용하여 전국의 문사들을 불러 모아 찬란한 건안문학의 새 국면을 열었다. 그 자신도 적군의 병사와 군마가 날뛰는 상황 속에서도 창을 내려놓고 말을 쉬며 시를 지어 음영을 했는데, 웅건한 기질을 지닌 풍골로 건안문인들의 본보기가 되었다. 건안문풍이 통달(通達)을 숭상한 것은 실은 조조가 개척한 풍조다. 그가 일생동안 지은 조령(詔令), 서(書), 표(表) 등의 문장이 모두 140여 편이 현존하는데, 간결하고 소박한 문체, 청준(淸峻)하고 통탈(通脫)한 풍격, 적확한 언어 등이 특징적이다. 심지어 조령문장에도 필생의 의지를 아무 거리낌 없이 담으며, "온 나라 안에 부모 없는 고아가 없게 하겠다며, 몇 사람이나 황제나 왕으로 자청하는지 모르겠다(設使國家無有孤, 不知當幾人稱帝, 幾人稱王)"고[51] 대담하게 밝히기도 했다. 조조의 시가는 그의 인품과 문풍처럼 본심을 솔직하게 털어놓았는데, 솔직하고 기백 있는 뚜렷한 개성, 일세를 풍미하던 호매하고 강건한 기개 등이 표현되었다.

조조의 시는 24수가 현존하는데 모두 악부다. 그중 일부는 고인에 대한 평가를 통해 정치 혁신에 대한 이상을 표현했다. 그는 "하늘과 땅 사이에서, 사람이 제일 귀하다(天地間, 人爲貴)"는 사상에 기초하여, "임금을 위해 백성을 부려, 부역을 시키고 세금을 거두는 것(勞民爲君, 役賦其力)"(<도관산(度關山)>)을 반대하고, "왕이 되는 자는 어질고 사리에 밝아야 하며, 재상이나 근신(近臣)은 모두 어질고 착해야 한다(王者賢且明, 宰相股肱皆賢良)"는 통치 이론을 통해, "백성들이 다툼이 없고(民無所爭訟)", "모두 예의와 겸양을 알고(咸禮讓)", "관리가 백성들의 문간에서 호통치지 않는(吏不呼門)" "태평시절(太平時)"(<대주(對酒)>)이 출현하기를 희망했다. 조조는 비록 허위적인 명교를 날카롭게 공격했지만, 유가를 완전히 배척하지는 않았다. 그의 이러한 정치 강령은 원시 유학 특히 맹자의 민본설(民本說)을 중심으로, 범법자는 "경중에 따라 형을 정한다(輕重隨其刑)"는 법가 사상과, 묵가의 '겸애(兼愛)', '상동(尙同)' 등의 사상을 함께 취한 것인데, 왕도(王道)와 패도(覇道)를 결합하여 조성된 등급제도 하에서 어진 정치를 실현하고자 한 것이다. 이러한 정치사론시(政治史論詩)는 양한 시기에는 4언체나 소체 등에 많이 등장했는데, 조조가 그 형식을 악부로 옮긴 것이다. 이는 정치적 교화를 위해 악장을 이용하려는 의도가 두드러지며, 문자는 비록

---

51) <讓縣自明本志令>.

질박하고 고직(古直)하지만 모두 의론적 형식이어서 무미건조해질 수밖에 없었다.

불안한 시대의 풍운아인 조조는 원대한 시각으로 군사적 정치적 투쟁의 경험을 결합하여, 시가를 이용해 사회적 변란의 어떤 본질적 현상을 깊이 있게 개괄하는데 뛰어났을 뿐만 아니라 백성들의 고통에 대해서도 동정을 보였다. <해로(薤露)>, <호리(蒿里)>는 악부고제에 시사(時事)를 담아낸 유명한 대표작이다. 이 두 악부는 원래 한대에 장례 때 부르던 만가(輓歌)였다. 시인은 이를 이용해 한말 동탁의 난을 전후한 어둡고 혼란스러운 역사를 기록했는데, 시대를 걱정하고 변란을 근심하는 마음은 은연중에 악부 고제(古題)의 원래 내용과도 일치한다. <해로>는 영제(靈帝)가 하진(何進)을 임용하여 환관 살해를 도모했으나, 지략이나 사려가 깊지 못해 오히려 동탁(董卓)의 전횡을 초래했던 사실을 평가 서술하고, 동탁이 서경으로 천도한 죄행에 대해 격노하고 질책했으며, 폐허가 된 낙양에 대한 깊은 슬픔을 기탁했다. <호리>는 <해로>를 그대로 계승하여, 군웅들이 기병하여 동탁을 토벌하려했지만, 각각 사심이 있어 움직이지 않다가 서로 혼전을 일으켜, 원소(袁紹)가 옥새를 새겨 유주목(幽州牧) 유우(劉虞)를 옹립했는데 원술(袁術)이 결국 공개적으로 황제로 자칭했음을 자세하게 서술했다. 결말은 군벌들이 세력을 다투다 야기한 사회적 참상을 침통하게 묘사하여, "갑옷엔 서캐와 이가 생기고, 수만의 백성들은 사망에 이르니, 백골은 들판에 널려 있고, 천 리에 닭 우는 소리 들리지 않는다. 백성은 백에 하나 겨우 살아남았으니, 이를 생각하면 애간장이 끊어진다(鎧甲生蟣蝨, 萬姓以死亡. 白骨露於野, 千里無雞鳴. 生民百遺一, 念之斷人腸)"라 했다. 이 시는 웅혼(雄渾)하고 고원(高遠)한 기세로 시작하여, 슬프고 침울한 정조로 끝을 맺었다. 사건의 서술이 실록이라 부를 만하며, 역사에서는 사람의 마음을 꿰뚫었다고 평가받는데, 군웅을 내려다보는 차가운 시선

속에 세상을 구제하겠다는 열망이 담겨있다.

조조는 군대를 이끌고 전쟁터에서 30년을 보냈기 때문에, 행군의 고통에 대해서도 많은 경험이 있다. <고한행(苦寒行)>과 <각동서문행(卻東西門行)>은 서로 다른 각도에서 전쟁의 고통을 서술한 자매편이다. <고한행>은 행군 시에 주위의 높은 산과 험한 길, 굶주림과 추위가 교차하는 괴로운 정경 등을 아주 다양하게 묘사하면서, 총지휘관으로서 시인에게 수시로 드는 행군에 대한 망설임과 진퇴양난의 심정을 드러냈다.

北上太行山	북쪽으로 태항산에 오르니
艱哉何巍巍	험하구나! 어찌 그리 높은가!
羊腸阪詰屈	양장판처럼 구불구불하여
車輪爲之摧	수레바퀴조차 부서진다.
樹木何蕭瑟	수목은 어찌 그리 소슬한가!
北風聲正悲	북풍 소리 참으로 슬프도다.
熊羆對我蹲	큰 곰이 나를 막고 웅크리고 있고
虎豹夾路蹄	호랑이는 길가에서 날뛴다.
溪谷少人民	계곡에는 인적도 드문데
雪落何霏霏	눈발은 어찌 그리 자욱하던지!
延頸長歎息	고개 들어 바라보니 긴 탄식이 일고
遠行多所懷	먼 행군에는 소회도 많구나.
我心何怫鬱	내 마음 하도 답답하여
思欲一東歸	마음은 동으로 돌아가고 싶지만
水深橋梁絶	물은 깊은데 다리가 끊어졌으니
中路正徘徊	중도에서 배회할 밖에.
迷惑失故路	헤매다가 옛 길을 잃어버려
薄暮無宿棲	어스름 속에 잠 잘 곳도 없어라.
行行日已遠	가고 가니 해는 이미 멀어졌고
人馬同時饑	사람과 말 모두 굶주렸으니
擔囊行取薪	행낭을 지고가 땔감을 구해와

斧冰持作糜　　　얼음을 깨서 죽을 끓이네.
悲彼東山詩　　　슬프구나! 저 <동산> 시여!
悠悠使我哀　　　한없이 나를 애달프게 하누나.

　　시는 북으로 태항산을 오를 때의 이런저런 고통을 썼다. 전반수는 길은 험한데 수레는 망가지고, 계곡에는 인적은 없고 곰과 호랑이 울음소리만 들리며, 세찬 눈이 몰아치는 황량하고 추운 경치를 묘사했다. 후반수는 경치를 마주할 때 드는 감흥과 탄식에 서사를 추가했는데, 진퇴양난의 상황에 처해 있을 때의 답답한 심정을 솔직하게 토로했다. 물은 깊은데 다리는 끊어졌고, 길을 잃고 배회하다 사람도 말도 굶주리고 지쳤건만 쉴 곳도 없는 고난스런 상황과, 마지막에는 얼음을 깨서 음식을 장만하는 생활 속 작은 소재를 통해, 고통스러운 배고픔에 추위까지 더해진 상황을 자연스럽게 전개했다. 경계가 원대하고 느낌은 진실되며, 성음의 느낌은 비장하며 쓸쓸하고, 문체는 침울하고 기복이 있어, 더욱 소박하고 감동적으로 느껴진다. 그 가운데, "큰 곰이 나를 막고 웅크리고 있고, 호랑이는 길가에서 날뛴다" 두 구는 다소 과장적인 민요조로 엄동설한 황량한 산 속의 적막하고 공포스러운 분위기를 부각시켜 신선감을 더했는데, 후일 두보의 <북정(北征)>에 "맹호가 내 앞에 서서, 울창한 골짜기가 갈라질 듯 울부짖네(猛虎立我前, 蒼崖吼時裂)"와 <석감(石龕)>의 "큰 곰이 동쪽에서 으르렁 거리고, 호랑이와 표범이 서쪽에서 표효하네(熊羆咆我東, 虎豹號我西)"는 모두 여기서 변화된 것이다. <각동서문행(卻東西門行)>은 이리 저리 떠도는 정부(征夫)의 운명에서 출발하여, 해마다 이어지는 정벌 전쟁으로 인해 장병들이 겪는 고통스러운 생활을 반영했다. 시는 하늘의 기러기 행렬에서 시흥을 일으켰는데, 상반된 비유가 특징적이다. 기러기는 수만 리를 날아도, 겨울에는 남쪽으로 봄에는 북쪽으로 마음대로 되돌아갈 수 있다. 하지만 논에서 이리저리 뒹구는 쑥은 옛 뿌리에서 한 번 떨어져 나가면 영원히 다시 합류할 수 없다. 두 비흥이 각각 상반된 각도에서 긴밀한 관련성을 갖는데, 비록 기러기와 뒹구는 쑥에 부여된 구체적인 우의는 명확히 밝히지 않고 그저 눈앞의 실경을 취해 비유를 했지만, 부역으로 징집된 남자의 돌아갈 희망이 없는 운명이 형상적으로 묘사되었다. 그리고 이어서 "병마는 안장을 풀지 않고, 갑옷을 곁에서 떼지 않는다(戎馬不解鞍, 鎧甲不離傍)"라는 두 구를 더해 조금 더 구체화하면서, 허구를 사실로 귀납해냈다. 마지막의 "신령스러운 용은 깊은 샘에 숨어있고, 맹수는 높은 산언덕에서 거니네. 여우도 죽을 때는 고향언덕 쪽으로 머리를 둔다 하거늘, 고향을 어찌 잊을 수 있으리오(神龍藏深泉, 猛獸步高岡. 狐死歸首丘, 故鄉安可忘)" 단락은 서로 관련이 없는 세 가지 비유 형상을 통해, 사물은 각각의 위치가 있음을 설명하고, 이어서 "(마지막) 한 구로 갑자기 거두어들이는 방식(一句拍合陡收)"으로 전사는 죽어도 고향을 잊을 수 없다는 주지를 드러냈는데, "필세가 능려하고(筆勢凌厲)"[52] 침통하다. 이 시는 한대 고시의 비흥을 악부에 사용했는데, 나아가 비흥 간의 층차가 복잡하고 비유형상에 대한 묘사도 아주 구체적이어서, 거의 전체 시의 의경의 일부분으로 융화되었다. 이러한 창조적 변화는 후일 조식의 시에서 다시 장족의 발전을 한다.

건안문인들이 보편적으로 고민했던 인생문제는 조조 시에서는 수명의 유한함과 웅지의 무한함 간의 모순으로 집중되어 표현된다. <보출하문행>, <단가행>, <추호행>은 서로 다른 각도에서 우주의 영원함을 노래하고 인생의 의미를 탐색하며, 시간 아껴 공을 세우려는 적극적이고 진취적인 사상을 표현했다. <보출하문행>은 조조가 북쪽의 원씨(袁氏)

---

52) 張玉谷 ≪古詩賞析≫.

집단을 정벌하고 개선하는 도중에 지은 것이다. 제1장 <관창해(觀滄海)>
는 갈석산(碣石山)에 올라 바라본 대해에 대한 소감을 쓴 것이다.

東臨碣石	동으로 갈석산에 올라
以觀滄海	푸른 바다를 바라본다.
水何澹澹	물은 어찌나 출렁거리는지!
山島竦峙	산은 심처럼 우뚝 솟았구나.
樹木叢生	수목은 울창하고
百草豐茂	잡초도 무성한데.
秋風蕭瑟	가을바람이 소슬하니
洪波湧起	큰 파도가 솟구친다.
日月之行	해와 달의 운행이
若出其中	여기서 시작되는 듯 하고
星漢燦爛	별빛의 찬란함도
若出其裏	이 속에서 나오는 듯하다.
幸甚至哉	참으로 다행이구나!
歌以詠志	노래로 내 마음을 펼칠 수 있으니.

　시인은 태허 속에서 붓을 든 듯, 우뚝 솟은 바닷가 산과 출렁거리는
큰 파도는 그저 윤곽만 그려냈다. 빽빽하고 울창한 초목은 대자연의 무
한한 생기를 내뿜고, 가을바람이 말아 올린 파도는 사시사철의 교체라는
소식을 전해오는데, 이를 통해 시인은 일월성신(日月星辰)을 포용하는 대
해의 도량을 근거도 없이 상상해낸다. 시 전편에 넘치는 기세가 담박한
의경 속에 담겨서, 우주를 삼키듯 한 대정치가의 기개와 대해와 같이 넓
은 포부가 펼쳐졌다.

　제4장 <귀수수(龜雖壽)>는 한대의 격언체를 사용하여, 늙어도 열정과
패기는 식지 않는 적극적이고 진취적인 정신을 표현했다.

神龜雖壽	신령스런 거북이 비록 오래 산다고 하나
猶有竟時	그 또한 죽을 때가 있지.
騰蛇乘霧	등사가 안개 타고 오를 수 있다 하나
終爲土灰	결국에는 흙과 재가 되겠지.
老驥伏櫪	늙은 천리마가 말구유에 엎드려 있어도
志在千里	뜻은 천 리 밖에 있고
烈士暮年	열사는 노년이 되어도
壯心不已	웅대한 마음은 시들지 않는다네.
盈縮之期	수명의 길고 짧음은
不但在天	그저 하늘에 달린 것이 아니니
養怡之福	마음에 평화로움을 길러내면
可得永年	영원한 세월을 얻을 수 있다네.
幸甚至哉	참으로 다행이어라
歌以詠志	노래로 내 마음을 펼칠 수 있으니.

시에서는 일련의 비유를 연속적으로 사용했는데, 장수를 상징하는 신물(神物)도 결국은 죽을 때가 있다는 것을 통해, 늙은 지사(志士)는 유한한 수명일지라도 불후의 공적을 세우겠다는 웅지와 포부를 부각했다. 신령한 거북이(神龜)와 등사(騰蛇)는 비록 오래 살지만 이루어내는 것이 없고, 사후에는 그 정신도 형체와 함께 연기처럼 사라진다. 하지만 지사는 스스로 잘 양생하면 천명에 맞설 수 있으며, 정신과 지기(志氣)를 오랫동안 세상에 머물게 할 수 있는데, 이것이 진정한 장생이다! 이 시는 교훈적인 내용을 담아 긴 여운을 지니는데, 천명을 이기겠다는 영웅적 기개는 "썩은 유학자를 놀라게(使腐儒吐舌)" 할 만하다. 진대(晉代)의 왕돈(王敦)은 술을 마시면 항상 절(節)을 치며 "늙은 천리마가 말구유에 엎드려 있어도(老驥伏櫪)" 4구를 음송했는데, 술 주전자를 모두 쳐서 부수었다고 전해진다. 이렇게 강렬한 감동은 바로 시인의 자강불식(自强不息)의 정신에서 나온 것이다.

　　<단가행> 역시 생명은 쉽게 끝난다는 고민과 시간 아껴 공적을 세우겠다는 심정을 표현한 작품인데, 호매하고 웅건했던 <보출하문행>과는 달리, 마음 속 깊은 곳에서 흘러나온 강개하고 처량한 깊은 읊조림이다.

對酒當歌	술 마시고 노래 부르세
人生幾何	인생살이 얼마나 되랴?
譬如朝露	아침이슬처럼 짧은데
去日苦多	이미 한 세월 흘러가버렸구나.
慨當以慷	한스럽고 강개하니
幽思難忘	근심은 떨쳐버릴 수 없네.
何以解憂	무슨 수로 풀어버리랴
唯有杜康	그저 술 밖에 없으리.
青青子衿	푸르고 푸른 그대들 옷깃
悠悠我心	오랫동안 내 마음에 있네.
但爲君故	그저 그대들을 걱정하며
沈吟至今	지금까지 깊이 읊조리네.
呦呦鹿鳴	사슴은 소리 내어 울며
食野之蘋	벗을 불러 들판의 풀을 먹네.
我有嘉賓	나도 귀빈들 맞이하여
鼓瑟吹笙	슬을 타고 생을 부네.
明明如月	밝고 밝은 저 달을
何時可輟	멈추게 할 수 없듯이
憂從中來	마음에서 나오는 근심은
不可斷絕	끊을 수가 없구나.
越陌度阡	먼 길을 온 그대들
枉用相存	왕림하여 안부를 물어주고
契闊談宴	마음 맞아 담소하며 잔치 벌이니
心念舊恩	마음은 옛 친구를 만난 듯하오.
月明星稀	달 밝고 별 드문 밤
烏鵲南飛	까막까치 남으로 날아올라

繞樹三匝　　　　　나무 주위를 빙빙 도니
何枝可依　　　　　어느 가지에 앉아 쉴 수 있을까?
山不厭高　　　　　산은 높은 것을 마다않고
海不厭深　　　　　바다는 깊은 것을 마다않지.
周公吐哺　　　　　주공이 인재를 소중히 여기자
天下歸心　　　　　천하의 인심이 모두 귀의했다네.

이 시는 연회에 사용된 가사다. 시인은 우수한 인재들이 돌아와 함께 대업을 도모하길 바라는 간절한 마음을 은근하면서도 감동적으로 토로했는데, 내면에 대한 자연스러운 독백같기도 하고, 가득 메운 손님들을 향한 간절함의 토로인 듯도 하다. 강개하고 침울한 노래 속에, 인생의 짧음에 대한 호탕한 탄식, 공적을 이루지 못한 우울, 옛 벗들과 함께 할 때의 뜨거운 감개 및 천하의 인심을 다 얻겠다는 굳은 신념 등이 교차해 있다. 생각과 감정이 끊어질 듯 연결되고, 오르내리는 절주가 반복되며, 앞의 슬픔이 그대로 인데 뒷 감상이 다시 일어나는 등 변화와 기복이 끝없이 순환한다. 동시에 비흥과 전고가 맞물려 교차하며 서정, 경물묘사 등과 하나로 융합되었다. "푸르고 푸른 그대들 옷깃" 부분과 "사슴은 소리 내어 울며" 두 부분은 ≪시경≫의 <정풍(鄭風)·자금(子衿)>과 <소아·녹명(鹿鳴)>의 구를 이용하여, 인재에 대한 간절함과 예로써 그들을 대우하겠다는 마음을 은연중에 기탁했는데, 이는 또 현재 손님들과 슬(瑟)과 생(笙)이 연주되는 연회를 함께 즐기는 눈앞의 정경과도 부합한다. 밝은 달과 별 아래에서 나무를 빙빙 도는 까막까치는 밤 연회에서 우연히 본 것이지만, 군웅이 서로 다투는데 세상의 인재들은 아직 귀의처를 정하지 않은 상황에서, 공적의 성취여부는 오로지 주공(周公)과 같이 인재를 중시하고 인심을 얻는데 있다는 생각을 떠올리게 한다. 전체 시는 4단락으로 구성되며, ≪시경≫의 일창삼탄(一唱三歎)이나 중첩 반복 등의 장법을 수용했는데, 깊은 사전 구상 없이 마음에 이는 감흥을 따라 자연스럽게 흘러간 것이지만, 서로 간의 관계가 조화로워 어울리지 않는 것이 없다. 이 시와 <보출하문행>은 모두 4언 인데, 시인은 산문식의 활달하고 대담한 구법과, 오언시의 소박하고 자연스러운 정취를 이용하여 아송체의 딱딱한 구조를 깨뜨렸다. 이것은 4언체의 표현력을 풍부하게 했는데, 언어풍격에서 구법의 구성까지 모두 내용의 변화에 적응할 수 있게 했다.

<추호행(秋胡行)>은 유선적 내용으로 구성된 2수의 시다. 조조는 신선설에 대해 비교적 복잡한 태도를 보였다. 그는 생명이 "끝이 없는 것이 없는(莫不有終期)"(<정열(精列)>) 것은 불가항력적인 자연규칙임을 잘 알아서, "신선에게 속는(見欺神仙)" 세상 사람들을 비웃기까지 한다. 그러나 또 방사들을 불러들여 심신을 수양하고, "남산처럼 오래 살며, 신선과 함께 멀리 노니는(壽如南山, 與神人共遠遊)" 환상을 갖기도 했다. <기출창(氣出唱)> 3수와 <맥상상>은 내용에서 표현방식까지 모두 한악부 유선시를 모방했는데, 그의 사상의 황당한 일면을 반영한다. <추호행>은 의악부(擬樂府) 유선시의 오랜 틀을 벗어났다. 제1 <신상산관산(晨上散關山)>은 진실하고 사실적인 한악부 서사의 장점을 살려, 그가 산에 오르다 신선을 만났으나 "망설이며 결정을 못하다(沈吟不決)"가 승천의 기회를 잃어버렸다는 고사를 통해, 유선적 환경(幻境)과 도중에 험난한 장애를 만난다는 현실성을 하나로 결합했는데, 험난한 곳을 오르는 인생길에서 나아갈 수도 물러날 수도 없는 시인의 내면적 갈등을 형상적으로 표현했다. 이를 통해 악부 유선시가 서사에서 서정으로 바뀌는 과도기적 흔적을 볼 수 있다. 제2 <원등태화산(願登泰華山)>은 의론과 서정을 섞어서, 우주는 영원한데 인생은 짧으니, 오로지 천하를 통일하고 인의를 널리 펼치며 예악을 제정하는 것만이 명예로운 이름을 남길 수 있다는 감개와 탄식을 표

현했다. 비록 "세월이 흘러가는 것은 슬프지 않지만, 세상이 혼란스러워 걱정(不戚年往, 世憂不治)"이라는 커다란 노래 속에, 때로는 "시대를 사랑하며 앞으로 나아가도, 장차 누구에게 은혜를 베푸랴(愛時進趣, 將以惠誰)"라는 탄식도 들어있지만, 최종적으로는 "이리저리 방탕하게 노는(泛泛放逸)" 소극적 의식을 부정했다. 이 두 수는 모두 내면의 고민을 반복적이면서 변화 있게 토로한 후, 초월적이면서 적극적인 태도로 내면의 갈등을 극복했으며, 이를 통해 시 속의 건강한 인생관이 유선이라는 환상(幻想)적 경계 속에서 신선한 광채를 뿜어내게 했다.

전인들은 조조의 시가 "마치 유연 땅의 노장수처럼, 기운이 침웅하다(如幽燕老將, 氣韻沈雄)"[53]고 했다. 이는 조조의 인품과 시풍의 관계를 아주 정확하게 개괄한 평가이다. 그의 시가는 제목에서 형식까지 거의 모두 한대 시의 전통 형식을 답습했지만, 자연스러운 언어와 웅매한 기개로 현실을 그려내거나 웅지를 드러냈으며, 악부민가를 학습하고 개조하는 동시에 이미 경직화된 4언체를 본연의 자연스럽고 생동적인 면모로 회복했고, 나아가 새로운 내용을 담기에도 적합한 신형식으로 발전시켰다. 이러한 창조적 정신은 후대 시인에게 상당한 계시적 작용을 했다.

▌조비(曹조)

조비(187~226)는 자가 자환(子桓), 조조의 둘째 아들이다. 건안 16년(211년) 오관중랑장(五官中郎將), 부승상(副丞相)에 봉해졌고, 22년(217년)에는 위(魏) 태자에 봉해졌다. 이 시기에 그는 종군하여 출정했던 때를 제외하고는 대부분 수도를 지키고 있었기 때문에, 비교적 안정적인 환경 속에서

---

53) ≪敖陶孫詩評≫.

형제나 문인들과 산천을 유람하고 시를 짓거나 감상할 수 있었다. 건안 25년(220년), 조조에 이어 위왕(魏王)에 오르고, 한 헌제(獻帝)를 폐하여 스스로 위 황제에 올랐으며 연호를 황초(黃初)로 바꾸었다. 조비는 7년간 제위에 있으면서, 환관과 외척을 억압하고, 형벌을 감량하고 세금을 낮추었으며, 과도한 제사를 금하고 검소함을 숭상하며, 빈민들에게 진대법을 실시하는 등 비교적 발전적인 정책을 시행하기는 했지만, 정치적 재능이나 군사적 업적면에서는 부친에 아주 못 미친다. 그는 재능만으로 인재를 선발하는 정책(唯才是擧)이나 호족 억압과 같은 조조의 진보적 정책을 버리고, 사족과 타협하면서, 진군(陳群)이 제정한 '구품관인법(九品官人法)'을 채택함으로써, 인재 선발을 위해 한말에 시행되었던 개인적 평의(評議)를 정부의 공식적 품계로 바꾸었다. 그는 "관대함과 어짊을 베풀고 무위지치(無爲之治)를 추구하며, 덕으로 백성을 교화시키고자 하는(寬仁玄默, 務欲以德化民)" 한 무제의 정책을 모방했지만, 사실은 유가 사상과 황노(黃老) 사상을 조합하여 정치의 기본 도리로 삼은 것이었다. 그 자신은 또 고요한 자연을 애호하여, 서진 부현도 "위 문제는 통달을 원했다(魏文慕通達)"고 했는데, 이후 "허무하고 허황된 의론이 조야에 성행했다(虛無放誕之論盈於朝野)."[54] 위 정시(正始) 연간에는, "하안이 하후현, 순찬, 왕필의 무리들과 경쟁적으로 청담을 벌이고 허무를 숭상했다. … 이에 세상의 사대부들이 다투어 모방하면서 마침내 풍조를 이루었다(何晏與夏侯玄荀粲王弼之徒, 競爲淸談, 祖尙虛無. … 由是天下士大夫爭慕效之, 遂成風流)."[55] 그러므로 위진 풍류의 기원은 사실은 조비의 자연 숭상에서 찾아야 한다. 역사적 기록에 의하면, 그는 왕찬(王粲)이 생전에 나귀 울음소리를 좋아했기 때문에, 많은 문사들을 이끌고 왕찬의 묘 앞에 가서 나귀 울음소리를 흉내내며 그에

---

54) ＜晉書·傅玄傳＞.
55) ≪資治通鑑≫ 권75.

게 장례를 치뤄 주었다고 한다. 조비가 성격이 광달하고 예법에 구속받지 않았음을 알 수 있다. 정치가로서 그는 권모술수에 능한 면이 있지만, 문학가로서는 감정을 중시한 면이 있다. 그는 주변의 속료를 친구처럼 대하며, 그들의 성격, 업적, 문학적 재능 등에 대해 아주 깊이 알고 있었다. 그가 지은 <전론·논문>, <오질에게 주는 편지(與吳質書)> 등은 사람을 평하고 문장을 논하거나, 혹은 죽은 친구를 애도하는 내용인데, 아주 진지하고 감동적으로 쓰여졌다. 그의 시부도 이별의 슬픔을 표현한 작품이 많은데, 풍격은 맑고 온화하고 현원(玄遠)하며, 정서나 언어가 슬프고 완곡한데, 이는 확실히 그의 기질이나 기호와 직접적으로 관련이 있다.

조비의 시는 대부분이 악부이며, 행역길 나그네의 향수나 남겨진 아낙의 원망, 이별의 슬픔 등이 대부분이다. 일부 시는 "도탄에 빠진 백성을 구제하겠다(救民塗炭)"는 포부를 표현하여 사회적 현실을 반영하기도 했다. 예를 들면 5언의 <여양에서 짓다(黎陽作)>는 진흙탕에서의 행군의 고통을 썼고, 6인의 <여앙에서 짓나>는 전란으로 인해 무너지고 황폐해진 옛 저택의 참혹한 광경을 묘사했다. 또 <청하에서 선부가 아내와 이별하는 것을 보다(於淸河見挽船士與妻別)>는 선부가 아내와 헤어지는 괴로움을 쏟아냈고,56) <상류전행(上留田行)>은 빈부 차이를 천명으로 여기는 소극적 의식을 표현했지만, "부자는 쌀밥과 기장밥을 먹고(富人食稻與粱)", "가난한 자는 술지게미와 쌀겨를 먹는(貧子食糟與糠)" 비합리적인 사회현상을 폭로하기도 했다. 그러나 조비는 오랫동안 귀공자와 황태자 생활을 했고, 조조가 기초를 닦아 얻어낸 강산을 그대로 이어받았으며, 도가의 자연 순응적 사상의 영향을 깊이 받았기 때문에, 왕조를 연 조조와 같은

---

56) 이 시는 ≪玉臺新詠≫에는 조비의 작으로 기록되어 있으나, ≪藝文類聚≫에는 서간의 작품으로 기록되어 있고, 그래서 逯欽立(≪先秦漢魏晉南北朝詩≫ 편찬자)도 서간의 작품으로 분류했다. 그러나 ≪옥대신영≫이 ≪예문류취≫보다 편찬 시대가 앞서고 기록상의 착오도 거의 없으므로, 조비의 작품으로 보여진다.

영웅적 기백이 없었을 뿐 아니라, 조식처럼 억압으로 인한 심리적 고통도 없었다. 따라서 그의 시에는 나라를 위해 공적을 세우겠다는 웅지를 표현한 작품은 매우 드물고, 종종 비관적이고 미망한 심정으로 인생의 의미를 탐색하거나, 임자연(任自然)적 철학을 빌어 해탈을 얻으려고 애썼다. <대장상호행(大墻上蒿行)>에서 반복적으로 자문하기를, "사람이 나서 하늘과 땅 사이에 사는데, 빠르기는 날던 새가 마른 가지에 깃드는 듯하구나. 내가 지금 은거한다 한들 또 무엇 하겠는가?(人生居天壤間, 忽如飛鳥棲枯枝, 我今隱約欲何爲)"고 했다. 그는 도가적 양생술과 궁정 생활, 여악기(女樂伎)들 속에서 자신을 마취하고 싶었지만, 결국 슬프고 괴로운 심정 속에서 헤어나올 수 없었다. <조간행(釣竿行)>은 방관자적 시각으로 세상 사람들의 욕망을 바라보며, "동쪽으로 황하와 제수를 건너며, 멀리 대해의 끝을 바라본다. 낚싯대는 얼마나 하늘거렸고, 물고기꼬리는 얼마나 매끈했는가. 그저 인생길 가는 것이 좋은 것, 기름진 음식인들 무엇하겠는가?(東越河濟水, 遙望大海涯. 釣竿何珊珊, 魚尾何簁簁. 行路之好者, 芳餌欲何爲)"라 했다. 시는 결국 인생에 대한 커다란 물음을 하나 남겼는데, 시풍은 민가처럼 활발하고 청신하지만, 진세를 초월하고자 하는 청기(淸氣)가 배어나온다. 그래서 왕부지(王夫之)는 이 시가 "맑은 바람 좋은 달빛같아, 인간 세상의 더러운 기운이, 물에 일고 씻듯이 모두 사라졌다(冷風善月, 人世陵囂之氣, 淘汰俱盡)"고57) 했다.

　조비의 유자시(遊子詩)는 전통적 제재를 빌어 정처 없는 인생의 감회를 기탁한 것이 대부분 이다. <선재행(善哉行)> 중 <상산채미(上山采薇)>시는 부역길의 나그네가 느끼는 황량함과 처량함을 인생길에서의 고난과 함께 융합시켜, "인생은 잠시 왔다 가는(人生如寄)" "나그네길 같다(有如客遊)"

---

57) ≪船山古詩評選≫.

는 탄식으로 표현했다. <잡시> 제2는 이러한 내용의 대표작이라 할 수
있다.

西北有浮雲	서북쪽 하늘에 떠다니는 구름
亭亭如車蓋	높기가 수레 덮개 같은데
惜哉時不遇	안타깝다 때를 만나지 못하더니
適與飄風會	마침내 폭풍과 마주쳤구나.
吹我東南行	나를 동남쪽으로 날려 보내니
行行至吳會	멀리멀리 오군과 회계에 이르렀구나.
吳會非我鄉	오군과 회계는 내 고향이 아니거늘
安得久留滯	어찌 오래 머물 수 있겠나!
棄置勿復陳	그만두자 더 이상 말을 말자
客子常畏人	나그네는 늘 사람이 두려운 법.

전인들은 이 시를 말할 때, '오회(吳會)' 두 자를 두고 쟁론이 끊이지
않았는데, 조조가 오를 침략했을 때 지은 작품이라 하기도 하고, 혹은
위 무제가 태자를 바꾸려고 할 때 지은 시라고도 하는데, 실제적 근거
없는 해석을 위한 해석이다. 시의 내용은 그저 인생에서 자신의 운명을
마음대로 할 수 없을 때의 감상을 써낸 것에 불과하다. '오회'는 단지 멀
리 떠도는 것을 극단적으로 표현했을 뿐이다. 시는 하늘에 떠있는 구름
에서 감흥을 받아, 그 구름을 비유로 삼았는데, 시문의 기세가 "바람이
휘돌아 구름을 합하고, 하늘을 휘감아 멀리 불어 날아가는(風回雲合, 繚空吹
遠)" 것58) 같다. 이릉의 시 <앙시부운치(仰視浮雲馳)>와 대조하면, 이 시의
비흥수법이 이미 한대 시보다 크게 발전했음을 알 수 있다. 바람 따라
떠돌며 자신을 지탱할 힘도 없는 구름은 나그네의 운명에 대한 묘사이
고, 그가 떠돌아다닌 자취는 또 나그네 같은 우리네 인생과 같음을 은연

---

58) ≪船山古詩評選≫.

중에 담고 있다. 이렇게 구름으로 나그네를 명확하게 비유해 냄으로써, 구름과 나그네를 호응시켰던 '이릉 시'의 알 듯 모를 듯 한 운치는 쉽게 없어져버렸지만, 이 작품은 전편의 의경을 구름으로 구성하여 사유의 흔적을 모호하게 만들었고, 시 속의 중첩적 어휘가 생동적이어서 <고시19수>의 느낌이 줄어들지는 않았다.

　과부나 버림받은 아내 혹은 멀리 떠난 남편을 기다리는 아내에 대해 깊은 동정을 표하며, 때로는 그녀들을 대신해 원망하고 상심하는 것 역시 조비 시가의 중요 내용이다. 이 시들은 변고 많은 인생살이, 죽은 친지나 벗 등으로 인한 애상과 허전함 등을 깊이 있게 기탁한 것인데, 전통적 제재를 빌어 난리가 거듭되고 풍속은 쇠퇴하여 원망이 넘치는 시대적 분위기를 표현해냈다. 특히 <연가행(燕歌行)> 2수는 완벽한 7언체를 창조적으로 운용하여, 정부(征夫)를 둔 부인의 감정을 대신 표현해냄으로써, 이 제재가 예술적 표현에 있어서 새로운 경지에 오를 수 있도록 했다. 제1은 오랫동안 음송되어 온 명편이다.

秋風蕭瑟天氣涼	가을바람 소슬하고 날씨는 찬데
草木搖落露爲霜	초목은 흔들려 떨어지고 이슬은 서리로 맺혔군요.
群燕辭歸雁南翔	제비도 기러기도 남으로 날아가는데
念君客遊多思腸	객지를 떠도는 그대 생각에 애간장 끊어집니다.
慊慊思歸戀故鄕	근심스레 돌아가고파 고향을 그리실 텐데
君何淹留寄他方	어찌하여 오래도록 타향에 계시나요?
賤妾煢煢守空房	천첩은 외롭게 빈 방 지키며
憂來思君不敢忘	근심스레 그대 생각 잊지 못하여
不覺淚下沾衣裳	저도 모르게 눈물이 옷을 적십니다.
援琴鳴弦發淸商	금으로 현을 뜯으며 청상곡 연주하는데
短歌微吟不能長	짧은 노래 낮은 읊조림도 길게 이을 수 없군요.
明月皎皎照我床	밝은 달이 환하게 제 침상을 비추고

星漢西流夜未央　　　은하수는 서쪽으로 흘러 밤이 깊어 갑니다.
牽牛織女遙相望　　　견우 직녀 아득히 서로를 바라보는데
爾獨何辜限河梁　　　그대들은 어찌하여 은하수에 막혀있는가요?

　이 시는 깊은 가을밤의 처량한 경계를 결합하여, 슬픔에 휩싸인 여인의 심리를 섬세하고 완곡하게 그려냈다. "가을바람 소슬하고 날씨는 찬데" 2구는 송옥의 <구변(九辯)> "슬프구나! 가을의 기운이여, 바람이 소슬하니 초목은 흔들려 떨어져 시들어 가는구나(悲哉秋之爲氣也, 蕭瑟兮草木搖落而變衰)"의 의경을 운용했는데, 누구든 할 줄 아는 구어를 이용해, 가을바람이 불면 누구든 느끼게 되는 공통적 느낌을 개괄해냈다. 여주인공은 서리가 날리고 나뭇잎이 떨어지고 제비가 남으로 날아가는 등의 풍경 변화를 통해, 타향으로 떠나 돌아오지 않는 정인(征人)을 떠올린다. 먼저 나그네의 입장을 구상하여, 나그네가 타향에서 가을을 맞으면 반드시 고향을 그리워하게 되리라고 추측한 후, 독수공방하는 자신의 근심과 고민을 언급했는데, 그리움을 참고 감추듯 표현해내어, 겸손하면서 온화하고 슬프면서도 완곡하다. 거문고를 만지며 낮게 읊조리는 것은 스스로 우수를 푸는 것이자, 또 그것을 빌어 감정을 전하는 것이기도 하다. 조비가 <청하작(淸河作)>에서 "슬픈 연주 소리 여운이 남아, 그 소리에 그대를 생각합니다. 쓸쓸하고 서글퍼 상심하니, 상심한 마음으로 무엇을 생각할 수 있으리오(悲響有餘音, 音聲入君懷. 凄愴傷人心, 心傷安所念)"라고 한 것과 같은 뜻이지만, 마음속에서 이내 좌절하여 노래로 슬픔을 전달하는 것조차 불가능해지자, 오직 달과 별을 우러러 보며 견우 직녀를 빌어 한을 기탁할 뿐이다. 마지막 4구는 밝은 달빛, 서쪽으로 흐르는 별빛 등의 풍경을 통해, 밤새 잠 못 드는 사부의 마음을 드러냈다. 견우 직녀가 멀리서 서로 바라보는 것은 눈에 보이는 경치이자, 사부와 유자가 서로 떨어져 있는 상황에 대한 비유이기도 한데, 죄도 없이 서로 떨어져 있게 된 견우와 직녀에 대한 동정을 빌어, 헤어져 사는 이들의 원망과 슬픔을 자세히 설명한 것으로, 의미가 깊이 있다. "두 상황이 흡사하여 두 배의 효과를 거두었으며 붓으로 이를 그려냈다(彼己恰己雙收, 用筆入化)."59) 이 시는 구마다 압운을 하는 백량체(柏梁體)를 모방하여 절주가 단조롭지만 구성지게 늘어지고, 감정은 변화가 많으면서도 단숨에 펼쳐졌다 거두어진다. 문자는 맑고 아름다우며, 격조는 혼후하고 자연스럽다. 이 작품은 중국 시가사에 최초로 출현한 완벽한 7언시일 뿐 아니라, 첩운 가행체(歌行體)의 시조(始祖)인데, 후세에 사부시(思婦詩)가 7언 가행체를 많이 사용했던 것도 조비의 이 성공적인 창조로 인한 것이라 할 수 있다.

조비의 시가 창작은 민가화 경향이 특히 뚜렷하다. 그는 여러 가요 체제를 모방하는데 뛰어나, 각종 새로운 시가 형식을 대담하게 시험했다. 4언 5언 7언 외에도, <여양작>에 6언을 사용한 것 역시 새 형식이며, <맥상상>을 3·3·7구식을 중심으로 지은 것도 가요에 그 기원을 둔다. <대장상호행(大墻上蒿行)>은 364자에 달하는 장편 잡언인데, 가장 짧은 구는 3언, 긴 것은 13언이나 된다. 왕부지는 이 시를 평하여, "긴 구절이나 장편은 이 작품이 개산조이며, 포조와 이백이 이 풍조를 따름으로써, 마침내 악부에 있어서는 사자와 코끼리가 되었다(長句長篇, 斯爲開山第一祖, 鮑照李白領此宗風, 遂爲樂府獅象)"고60) 했다. 조비 시의 언어는 통속적이고 질박해서, 종영(鍾嶸)은 ≪시품(詩品)≫에서 그의 시를 "모두 거칠며 질박하여 마치 짝을 이루어 대화하는 듯하다(率皆鄙質如偶語)"고 했는데, 실제로 이러한 구어적 특징은 오히려 그의 시가가 지닌 조화롭고 부드러우며 맑고 신선한 정감에 자연스러운 느낌을 더해준다. 조비는 자신의 본

---

59) 張玉谷 ≪古詩賞析≫.
60) ≪船山古詩評選≫.

성에 맞았기 때문에 <고시19수>의 영향을 더욱 많이 수용했는데, 따라서 건안시인의 강개임기(慷慨任氣)한 풍조 속에서 홀로 청신하고 완약(婉弱)한 풍격으로 일파를 열 수 있었다. 그의 시가체제나 표현예술에 대한 탐색은 시가의 형식적 발전에 있어서 간과할 수 없는 의미를 지닌다.

▌조식(曹植)

조식(192~232)은 자가 자건(子建), 조조의 넷째 아들이다. 어려서부터 총명하여 열 살 때 이미 시문과 사부 수십 만 자를 송독했으며, 민간문학을 애호하여 몇 천 자의 배우소설(俳優小說)을 암송하는 등, 조씨 형제들 중에서 재능이 가장 뛰어났다. 조조는 처음에는 그를 '큰일을 도모하는 데 가장 적합한(最可定大事)' 인물로 여겨 태자로 책봉할 생각을 갖고 있었다. 나중에 그의 방임과 조비 집단의 권력적 대응이 뛰어나, 결국 조비가 태자가 되었다. 건안 25년(220년) 제위(帝位)에 오른 조비는, 조식에 대해 언제나 의심을 품고 일련의 박해를 가했다. 먼저 조식의 인맥인 정의(丁儀, 정이(丁廙) 형제를 죽이고, 그의 봉지(封地)를 여러 차례 바꾸어가면서 감시를 했다. 조비가 죽고 그의 아들 조예(曹睿)가 즉위한 후에도, 조식에 대한 박해는 여전히 갈수록 심해졌다. 조비 부자의 2대에 걸친 압박 속에, 조식은 11년 동안 여섯 번이나 작위가 바뀌어야 했다. 옮겨가는 봉지는 모두 가난하고 척박한 땅이었고, 신변의 부곡들은 모두 노약자나 상해군인들이었다. 겉으로는 제후국 왕(侯王)이었으나 실제로는 연금 상태의 죄수여서, 정치에 참여할 권리도 없었을 뿐 아니라, 친구나 형제와 마음대로 왕래할 자유도 없었다. 결국 우울함 속에 40세의 짧은 생을 마쳤다. 최후의 봉호(封號)가 진왕(陳王)이고 사후의 시호가 사(思)였기 때문에 후인들은 진사왕(陳思王)이라고 부른다.

황초 연간을 전후한 조식의 생활환경 변화는 그의 시문 창작에 확연하게 다른 두 가지 풍격을 형성했다. 그는 난세에 태어나 군대에서 자랐고, 조조의 영향 하에 젊은 시절부터 "죽을힘을 다하여 나라를 받들고, 백성들에게 은혜를 베풀어, 영원한 업적을 세우며, 금석과 같이 견고한 공적을 남기겠다(戮力上國, 流惠下民, 建永世之業, 流金石之功)"는 웅지를 세웠었다. 세상 사람들이 방탕한 생각과 절제 없는 놀이로 향락적 생활을 쫓는 것을 멸시하며, "뜻있는 선비들이 대대로 전해질 대업을 위해 힘쓸 때, 소인 또한 한가하지 않았으며, 잠시 밤에 나가 거닐며, 궁궐의 망루 주변을 산책했습니다(志士營世業, 小人亦不閑. 聊且夜行遊, 遊彼雙闕間)"(〈贈徐幹〉)고 했다. 또 역대 성군과 현신(賢臣)에 대한 찬사와 함께, "공을 세우고 백성을 구휼했던(勤功恤民)" 탕(湯)과 대우(大禹)의 희생정신이나, 성군의 치세를 바라는 사회적 이상을 여러 차례 가영하기도 했었다. 국가의 중대한 정치적 군사적 문제에 대해 종종 많은 의론을 펼치고 정책을 건의하기도 했는데, 이는 그의 입공(立功)의 구체적 목표가 정치적 업적의 수립이었음을 설명한다. 그는 목표가 원대했고 재능이 넘쳐났기 때문에, 조조의 비호 하에 구속 없이 방임적이고 자신감 넘치는 개성을 키웠다. 원대한 포부와 풍류를 즐기는 성품은 그의 전기 시에서 호방하며 준일한 소년의 의기를 만들어냈다.

정치적 경쟁에서 실패한 후에도, 조식은 시종 자신의 목표를 포기하지 않았다. 그는 후기 시문에서 주공(周公)의 보좌인으로서의 업적 및 "자장이 제후국을 양보했던(子藏讓千乘)" 현명함을 계속 칭송했는데, 물론 황제에게 진심을 보여 의심을 풀고, 조비 부자와 "일문삼성(一門三聖)"이 되어 후세에 이름을 알리고자 함을 표현한 것이지만, 천하는 본래 자신이 양보한 것이므로 이치상 당연히 "현성보부(賢聖保傅)"로 임명되어야 한다는 깊은 뜻도 은연중에 담고 있다. 그는 한편으로는 핏줄의 정을 들어 간절하게 조비 부자를 감동시키면서, 한편으로는 '공경'과 '굴욕'적 태도로 자신을 보존하고자 했다. 그러나 '만승의 제후를 위협하는(威懾萬乘)' 협객이나 열사를 꿈꾸든, 아니면 오(吳) 정벌군을 이끄는 장수가 되겠다고 요청하든, 모두 있는 힘을 다해 족쇄를 풀어내고 박해 세력에 굴복하지 않겠다는 그의 강직한 성격 및 집착적으로 이상을 추구하며 운명에 대항하는 완고한 정신을 나타낸다. 이것은 그의 후기 시가에 슬픔과 분노, 원망의 기조를 형성했다.

조식의 현존 시가는 90여 수인데, 고시와 악부가 반반이다. 시대를 기록하고 난리를 슬퍼한 작품이 많지는 않지만, 모두 진지하고 감동적이다. 조기의 작품 <응 씨를 배웅하며(送應氏詩)>는 황폐하고 부서진 낙양의 정경을 서술하여, "낙양성은 어찌 이리 적막한가, 궁실들이 모두 다 불타버렸구나. 담장들은 모두 부서지고, 가시나무들은 하늘만큼 자랐구나. 옛날 노인들은 보이지 않고, 그저 낯선 소년들만 보인다. 발을 내딛으려 해도 길이 없어졌고, 황폐해진 전답은 이제 농사도 지을 수 없다(洛陽何寂寞, 宮室盡燒焚. 垣牆皆頓擗, 荊棘上參天. 不見舊耆老, 但睹新少年. 側足無行徑, 荒疇不複田)"고 했는데, 소박한 감정과 표현으로 인간사 흥망성쇠에 대한 무한한 슬픔과 괴로움을 나타냈다. <정의에게 주다(贈丁儀)> 시는 비록 조비의 배척을 받은 정의를 위로하고자 쓴 시지만, 오랫동안 비가 내려 "곡식들이 논밭에서 죽어 버렸으니, 농부들이 무엇을 거두겠는가(黍稷委疇隴, 農夫安所獲)"와 같은 상황에 대해 연민을 표하고 있다. 조식은 후기로 갈수록, 잦은 이동으로 인해, 사회적 현실에 대한 인식이 전기보다 더욱 깊어졌다. 예를 들면, <태산양보행(泰山梁甫行)>에는 바닷가 백성들의 지독한 가난과 고통스러운 생활에 대해 썼는데, 바로 그가 "거처를 여섯 번이나 옮겼는데, 가는 곳마다 땅이 척박했던(居實六遷, 連偶瘠土)" 경험 속에서 본 장면이다.

<table>
<tr><td>八方各異氣</td><td>팔방 각지가 풍속이 다르고</td></tr>
<tr><td>千里殊風雨</td><td>천 리 마다 날씨도 다르구나.</td></tr>
<tr><td>劇哉邊海民</td><td>가련하다 바닷가의 백성들</td></tr>
<tr><td>寄身於草墅</td><td>들판에 몸을 맡기고 있으니</td></tr>
<tr><td>妻子象禽獸</td><td>처자는 금수 같은 행색으로</td></tr>
<tr><td>行止依林阻</td><td>거친 숲에서 기거하고 있구나.</td></tr>
<tr><td>柴門何蕭條</td><td>사립문 어찌나 스산하던지!</td></tr>
<tr><td>狐兔翔我宇</td><td>여우와 토끼가 내 집처럼 들락거린다.</td></tr>
</table>

이렇게 참혹한 정경이 어찌 바닷가 한 곳만 이겠는가. 한말 최식(崔寔)은 오원태수(五原太守)로 있을 때, "땅에 있는 것을 엮을 줄을 몰라, 거울이 되면 풀을 쌓고, 거기에 누워 있다가, 만약 아전이 오면 풀로 몸을 감는(土地不知緝績, 冬至積草, 伏臥其中, 若見吏以草纏身)"61) 정경을 목도했었다. 따라서 위 시에 전개된, 쓸쓸하게 비바람이 내리는 소슬하고 황량한 화면은, 가난하고 척박한 변방 지역 백성들의 원시(原始)에 가까운 빈곤 생활 상황을 전형적으로 개괄해 낸 것이라 할 수 있다.

조식은 시가의 제재와 내용을 다방면으로 개척하여, 악부고제를 빌어 감정을 표현하거나, 시가 내용을 토대로 신제(新題)를 창조했는데, 예술적 창조성이 아주 풍부하다. 그는 나열식 서술과 화려한 어휘를 운용하여 사치스러운 귀족 생활과 소년 협객들의 의기를 표현하는데 뛰어났는데, 말을 탄 채 활을 쏘거나 연회를 여는 등의 즐거움 속에, 인생에 대한 깊은 감개를 쏟아 내거나, 입공하고자 하는 원대한 포부를 펼쳐냈다. <공후인(箜篌引)>에서는 가무가 펼쳐진 주연에서의 환락을 마음껏 서술한 후, 갑자기 "겸손하며 사양하는 군자의 덕성으로, 경쇠처럼 허리 굽혀 인사함은 무엇을 위해서인가(謙謙君子德, 磬折欲何求)"라고 했는데, 신분이 낮은

---

61) ≪太平御覽≫ 卷27.

문인들도 잘 받들어 교류하면서 함께 공적을 이루길 바라는 희망을 함축적으로 드러냈다. 또 인생은 짧으며 세월은 기다려주지 않는다는 것을, "세찬 바람이 태양을 불어, 빛 같은 세월이 서쪽으로 치닫는다. 한창인 때는 다시 오지 않고, 백년 인생도 홀연히 사라진다(驚風飄白日, 光景馳西流. 盛時不可再, 百年忽我遒)"고 했다. 한말 문인들은 인생의 괴로움을 풀어버릴 좋은 비방으로 "차라리 좋은 술 마시며, 흰 비단 옷 입는 것(不如飮美酒, 被服紈與素)"을 선택했지만, 조식은 음주 행락을 하는 중에도 긴 수명과 환락만을 쫓는 사람들에게 따끔한 일갈을 가하며, 인생의 의미는 시간을 아껴 덕을 쌓고 공적을 세우는데 있음을 일깨웠는데, 상당히 교훈적이다. <명도편(名都篇)>은 한 소년이 여기저기 사냥하고 술을 마시고 격국(擊鞠)을 하는 등의 하루 동안의 활동을 열거하며, 대도시 귀족 생활의 풍속화를 그려냈다. 마지막 2구에서 "태양이 서남쪽을 향해 내달리니, 시간은 멈추게 할 수 없는 것(白日西南馳, 光景不可攀)"이라며, 시간이 쉽게 흘러간다는 탄식으로 갑자기 전환하는데, 시인은 그렇게 한가하고 방탕한 생활에 불만임을 암시한다. <명도편>과 상대적으로 참고할 것이 유명한 <백마편(白馬篇)> 이다. 이 시에 등장하는 유주(幽州)와 병주(幷州)의 젊은 협객은 시인의 이상 속의 지사(志士)로서, 하루 종일 놀고 즐기는 대도시 소년들과는 선명한 대조를 이룬다. 두 시의 주인공들은 말을 잘 타고 활도 잘 쏘며 기예가 뛰어나다는 것은 같지만, 하나는 이름을 널리 알리거나 나라를 위해 기꺼이 한 몸을 바치고자 하고, 하나는 재미로 활을 쏘고 말을 타며 젊음을 부질없이 보낸다. 시인은 서로 다른 표현방법으로 정신적 면모가 다른 두 소년의 형상을 부각시켰다. <백마편>은 사막을 내달리는 백마에 대한 묘사로 출발하는데, 민가 형식의 문답을 통해, 백마의 눈부시고 신령스러운 자태를 빌어 사막을 내닫는 소년의 영웅적 자태를 부각시켰다. 즉 "백마에 황금고삐 장식하고, 서북쪽으로 날듯이 달린다. 어느 집 자제인가 물어보니, 유주와 병주의 방랑협객이라네. 젊어서 고향을 떠나온 후, 사막에서 이름을 널리 떨쳤다네(白馬飾金羈, 連翩逝西北馳. 借問誰家子, 幽幷遊俠兒. 少小去鄉邑, 揚聲沙漠垂)” 이다. <명도편>은 요염한 여자를 배경으로 두고 소년을 등장시켰는데, 사치스럽고 화려한 차림새 묘사로 그가 귀족 자제라는 신분을 드러내어, “유명한 도시엔 아리따운 여인들이 많고, 수도 낙양엔 젊은 자제들이 나오네. 보검은 천금이나 되고, 입은 옷은 곱고 선명하지(名都多妖女, 京洛出少年. 寶劍直千金, 被服麗且鮮)”라 했다. 또 고리처럼 연결되는 대구 형식으로, 두 사람의 말 타기와 활 쏘기에서의 용맹하고 건강한 모습을 늘어놓듯 서술했다. 유주 병주의 협객은 좌우로 연이어 활을 쏘아도 모두 과녁을 맞히고, 말을 용맹하게 내달리며 전투에도 능하다. 명도의 소년은 닭싸움을 하고 말 경주를 하고 토끼를 쫓고 사냥을 하는데, 그저 자신을 자랑하는 것일 뿐 다른 일에는 관심이 없다. 그래서 한 사람은 재난 소식을 들으면 바로 강개하게 현장으로 달려간다. 즉 “깃털 단 격문 북쪽에서 전해오면, 말을 몰아 높은 제방에 올라서, 오른쪽으로는 흉노를 짓밟고, 왼쪽으로는 선비를 쳐부순다네. 날카로운 칼끝에 한 몸 버릴 터, 이 한 목숨 어찌 아까워하리. … 한 몸 나라 위해 바치며, 죽음을 귀천으로 여긴다네(羽檄從北來, 厲馬登高堤. 右驅踏匈奴, 左顧凌鮮卑. 寄身鋒刃端, 性命安可懷. … 捐軀赴國難, 視死忽如歸)”가 그 표현이다. 한 사람은 아무 공적도 세우지 못한 채 세월을 보내면서, “돌아와 평락관에서 잔치하면, 좋은 술 한 말에 수십 천금이요. … 연이어 축국과 격양 놀이 구경하는데, 교묘하고 민첩하며 변화가 무궁하다. … 구름 흩어지듯 성읍으로 돌아갔다가, 맑은 새벽이면 다시 모여든다(歸來宴平樂, 美酒斗十千. … 連翩擊鞠壤, 巧捷惟萬端. … 雲散還城邑, 淸晨複來還).” 두 시의 아름다운 수사에는 자구를 다듬은 흔적이 두드러진다. 예를 들면 “몸을 굽혀 마제를 쏘아 날려버리네(俯身散馬蹄)” 구의 ‘산(散)’자는 원래는 몸을 굽혀 쏘거나 과녁을 부수는 자세를 표현한 것인데, 말굽을 풀고 달리는 것도 연상시킨다. 힘 있게 쓰였고, "말 탄 사람의 몸짓이 가벼운 것을 통해, 그 민첩함을 알 수 있다(馬上人聲容飄忽, 輕捷可知)."62) <명도편>는 백 가지를 권계하고 한 가지를 풍자하는(勸百諷一式) 대부(大賦)의 장법을 시에 응용하여, 도시나 명승을 묘사하는 시편의 새로운 격식을 개척했다. 노조린(盧照隣)의 <장안고의(長安古意)>, 낙빈왕(駱賓王)의 <제경편(帝京篇)> 등은 이 시에서 예술적 영감을 얻은 것이 확실하다. <백마편>은 변새(邊塞)나 유협(遊俠)을 제재로 입공의 이상을 표현한 시가의 선구이다. 두 시는 비록 포폄은 다르지만, 호방하고 낭만적인 소년의 의기를 눈에 보이듯 생생하게 표현하여, 후세의 포조, 왕유(王維), 최호(崔顥), 이백 등의 시인들이 아주 경모했으며, 육조에서 성당시에 이르면서 소년 협객을 제재로 한 시가 점차 대세를 이루게 했다.

조비와 여러 문인들과 유람하며 창화하던 시절, 조식도 "풍월을 사랑하고, 연못과 동산에서 노니는(憐風月, 狎池苑)" 작품을 많이 썼다. 어떤 작품은 풍월 묘사를 빌어 인생에서의 어떤 감상을 많게 혹은 적게 기탁했고, 어떤 작품은 마음과 눈을 즐겁게 하는 일상생활에서의 어떤 정경을 단순하게 묘사했는데, 예술적으로는 성색(聲色)의 묘사와 기교의 절차탁마를 중시했다. 예를 들면, <공연시(公宴詩)> "명월은 은빛 광휘를 맑게 비추며, 하늘엔 뭇별들이 여기저기 널려있네. 가을 난초는 산비탈을 뒤덮었고, 붉은 연꽃은 푸른 연못을 뒤덮었네. 물에 잠겼던 물고기는 맑은 물결 위로 뛰어오르고, 아름다운 새도 높은 가지에서 노래하는구나(明月澄淸影, 列宿正參差. 秋蘭被長阪, 朱華冒綠池. 潛魚躍淸波, 好鳥鳴高枝)"는 정교한 대구와 정확한 어휘 선택으로 유명하다. <투계시(鬪鷄詩)>는 투계 장면을 소설가

---

62) ≪采菽堂古詩選≫.

적 필체로 묘사한 작품인데, 유정(劉楨)의 같은 작품과 비교하면 조식의 시가 훨씬 솜씨 있어 보인다. 그 중 닭이 싸움에 임할 때의 신기(神氣)에 대한 묘사에서, 조식의 시는 "날개 휘날리면 맑은 바람이 일고, 사나운 눈에선 붉은 빛을 쏘아댄다(輝羽邀淸風, 悍目發朱光)" 이고, 유정의 시는 "날카로운 발톱으로 옥계단을 디디고, 부릅뜬 눈은 불빛을 지녔다(利爪探玉除, 瞋目舍火光)"이다. 하나는 바람을 맞으며 날개를 퍼덕거리는데 그 속에서 맹렬한 기운이 보이는 것이고, 하나는 발톱으로 계단을 긁는데 그 긴장감 속에 사나운 기색이 보이는 것이다. 상대적으로 '부릅뜨다(瞋)'는 '사나운(悍)'만 못하고, '불빛(火)'은 '붉은 빛(朱)'만 못하다. 조식 시는 닭의 온 힘이 새빨간 눈동자로 모여 분출하면서 사방에 무서운 빛을 쏘아 대는데, 사람을 누르는 듯한 그 위세가 눈에 보이는 듯하다. 그래서 하나는 '지녔다(舍)'이고 하나는 '쏘아댄다(發)'이며, 형사(形似)와 신사(神似)의 차이가 생긴 것이다.

황초 이후 건안칠자(建安七子)가 연이어 세상을 떠나자 문단이 시들해졌다. 조식은 통치집단 내부적 투쟁의 실패자였기 때문에, 그의 시가는 강개하고 불만 가득한 비가(悲歌)가 되었다. 이 작품들은 봉건 통치 권력자들의 박해에 대한 반항을 주제로, 건안 연간의 혼란한 시대에 대한 슬픔과 나라를 위해 공적을 세우겠다는 입공의 시대정신이, 황초, 경초(景初) 시기 조식의 독특한 인생경험과 생활을 내용으로 하여 새로운 광채를 발한 것이다. 황초 4년(223) 지어진 <백마왕 조표에게 주다(贈白馬王彪)>는 형제와 여러 제후에 대한 조비집단의 잔혹한 박해에 대해 분노하고 폭로했는데, "사건을 그대로 써내고 현실을 그대로 써낸(直書見事, 直書目前)" 비가(悲歌)이다. 이 해 5월 그는 임성왕(任城王) 조창(曹彰), 백마왕(白馬王) 조표(曹彪)와 함께 낙양의 조회에 참가했는데, 갑자기 조창이 죽었다. 조식과 조표가 7월 초 봉지로 돌아갈 때, 본래는 동행할 예정이었으나, 조정에서 감국사자(監國使者)를 파견하여 그들을 따로 가도록 압박했다. 조식은 이에 비분 가득한 심정으로 이 시를 적어 조표에게 주었는데, 5언시이며 모두 7장으로 구성되었다. 제1장은 황제를 배알하고 봉지로 돌아올 때의 험난한 여정과 도성의 궁궐에 대한 아련한 그리움 등을 썼다. 제2장은 육로의 두절, 높은 산의 험난함 등 사람과 말이 감내하기 어려운 고난을 썼다. 제3장은 소인들이 군주를 중상하고 골육들을 이간시켰음을 저주하고, 제4장은 가을 들판에 해가 저물자 새와 짐승들이 둥지로 돌아감을 썼는데, 이별의 정서를 부각시켰다. 제5장은 조창을 애도하고 살아 있는 자를 가엽게 여기며 인생무상을 탄식했다. 마지막 두 장은 애써 관대한 마음을 갖고 조표를 위로했는데, 실제로는 이미 곡성(哭聲)이 되어버렸다. 이 7장의 시는 비통, 공포, 처량, 분개 등 다양하고 복잡한 감정이 교차해 있으며, 깊은 우울과 격정적인 분노가 녹아 있다. 녹로체(轆轤體)를 채용하여 매 장 첫 구가 앞 장의 마지막 구로 시작하기 때문에, 마치 실을 뽑아내듯이 감정이 끝없이 이어져서, 수천만 가닥의 복잡하고 무한한 애상과 분한이 충분하게 표현되었다. 게다가 장법은 연마다 바뀌었고, 필세가 다양하며, 정서는 느긋하다가 긴박해지면서 점차 고조에 도달하고 다시 수차례 전환하는 등 변화가 끝이 없다. 때로는 폭발하듯 크게 야단을 치며, "올빼미는 수레 앞쪽 가로 막대와 멍에에서 울고, 승냥이는 갈림길을 막고 있다. 파리는 흰 것을 더럽혀 검게 만들고, 참언과 교언은 친한 이를 멀어지게 한다(鴟梟鳴衡軛, 豺狼當路衢. 蒼蠅間白黑, 讒巧反親疏)" 하고, 때로는 가을을 맞아 울적해져서 망연하고 고독한 감정으로 빠져들어, "가을바람에 서늘한 기운이 일더니, 가을매미가 곁에서 우네. 들판은 어찌 이리도 쓸쓸한가! 해마저 갑자기 서쪽으로 숨어버렸네. 둥지로 향하는 새는 높은 숲을 넘고자, 펄럭펄럭 날개짓 세찬데, 외로운 짐승은 무리 찾아 달리느라, 입에 문 풀도 먹을 겨를이 없구나(秋風發微涼, 寒

蟬鳴我側. 原野何蕭條, 白日忽西匿. 歸鳥赴喬林, 翩翩厲羽翼. 孤獸走索群, 銜草不遑食)”라 했다. 또 때로는 일부러 광달한 척하며 스스로를 관대하게 위로하는데, “장부가 천하에 뜻을 두면, 만 리 밖도 이웃과 같다네(丈夫志四海, 萬里猶比鄰)”가 그것이다. 그러나 이러한 쓴웃음도 수시로 슬프고 괴로운 울부짖음으로 변하여, “변고가 경각에 달렸으니, 백 년을 뉘라서 보전할 수 있으리? 한 번 이별하면 영원히 만날 수 없을 터, 손잡고 만날 날 장차 언제이런가?(變故在斯須, 百年誰能持. 離別永無會, 執手將何時)”라 했다. 전체 작품에서 군주에 대한 분노와 회환을 충분히 표현했지만 끝내 까발리지는 않았다. 이 시의 예술 표현의 뛰어남을 보여준다.

조식의 후기 시편은 비록 격분과 불평지명(不平之鳴)이 시종을 관통하지만, 표현 풍격은 다양하다. <잡시> 6수 중 제1을 보자.

高臺多悲風	높은 누대에 슬픈 바람 잦고
朝日照北林	아침 해는 북쪽 숲을 비춘다.
之子在萬里	그대는 만 리 밖에 있건만
江湖迥且深	강호는 멀고도 깊으니
方舟安可極	거룻배로 어찌 갈 수 있을까?
離思故難任	이별의 수심 견디기 어렵구나.
孤雁飛南遊	외로운 기러기 남으로 날아가다
過庭長哀吟	마당을 지나며 슬피 길게 운다.
翹思慕遠人	그리움에 멀리 있는 이가 보고파
願欲托遺音	기러기에게 소식을 부탁하고 싶건만
形影忽不見	모습도 그림자도 어느새 사라져
翩翩傷我心	훨훨 날아 가버려 마음이 아프구나.

이 시는 고향을 떠나 만 리 밖을 떠돌 때의 그리움도 전달할 수 없는 감개를 기탁했는데, 격조가 맑고 아름다우면서 슬프고 담담하다. 첫 2구

는 <시경·신풍(晨風)>의 "훨훨 나는 저 새매들, 울창한 저 북쪽 숲으로 날아가네. 그대를 만나지 못하여, 시름이 그지없구나(駃彼晨風, 鬱彼北林. 未見君子, 憂心欽欽)"의 내용을 이용했는데, 장려(壯麗)하고 고원(高遠)한 경계로 슬프고 우울한 기분을 부각시킴으로써, 도입부(起調)에 뛰어난 조식시의 모델로 인식되어 왔다. 다음은 만 리 밖 강호는 배로도 닿을 수 없다는 탄식을 통해, 그리움의 "멀고도 깊음(逈且深)"을 심도 있게 표현했다. 마지막에서는 외로운 기러기가 편지를 전해 주리라는 한 가닥 희망조차도, 기러기가 순식간에 지나가 버림으로써 철저하게 깨져 버리는데, 읽으면 "사람 마음을 막막하고 심란하게(令人眩然心懣)" 만든다. <잡시> 제5는 보국의 의지를 직접적으로 서술하고, 한가하게 살아갈 수는 없다는 의지를 표현했다.

仆夫早嚴駕	마부가 일찌감치 수레를 차비하니
吾將遠行遊	내 장차 멀리 가기 때문이라네.
遠遊欲何之	멀리 어디로 가려는가?
吳國爲我仇	오나라 내 원수의 땅이란다.
將騁萬里塗	장차 만 리 길을 내달려야 하니
東路安足由	어찌 동쪽 길을 거쳐 가겠는가?
江介多悲風	강 사이로는 슬픈 바람 잦고
淮泗馳急流	회수와 사수로는 물살이 급하다.
願欲一輕濟	한 번에 가볍게 건너고 싶지만
惜哉無方舟	안타깝구나! 거룻배도 없으니.
閑居非吾志	한가로운 삶은 나의 뜻이 아니니
甘心赴國憂	기꺼이 나라의 근심 이는 곳으로 가련다.

시인은 굴원의 원유(遠遊)와 은거에 대한 지향을 입세(入世)와 입공(立功)의 의지로 바꾸었는데, 세찬 필세가 전편을 관통하여 글자마다 긴장감

있고 힘이 있다. 가볍고 빠른 음조로 급행군하는 기세를 써냈는데, 시작 부분은 급박한 느낌이 더 강하다. 수레는 일찍이 갖추어졌고 여정은 긴박하다. 이어 빠르게 묻고 빠르게 답하는 방식을 이용해 이러한 급박감을 더했다. 그의 원유는 그저 동쪽 길을 따라서 봉지(封地)로 돌아올 수밖에 없음이 명확한데도, 시인은 화살이 활시위에 있듯이, 별빛처럼 빠르게, 자신이 희망했던 오 정벌의 길로 아주 그럴 듯하게 곧장 내달린다. 이것은 그가 이상 속에서는 만 리를 내달리지만 현실 속에서는 한 걸음도 나아갈 수 없다는 비극을 깊이 있게 표현해 낸 것이다. 앞길을 가로막는 것이 어찌 강에 부는 슬픈 바람과 회수나 사수의 급류뿐 이겠는가? 건널 배가 없다는 것은 자신이 임금에게 중용되지 못했고 한거(閑居)는 뜻하는 바가 아님을 은연중에 나타낸 것으로, 시인의 두 가지 의도를 명확하게 천명했다. 그래서 화살처럼 신속하게 쓰여서, 좌절의 슬픔이 더 잘 드러나고, 타는 듯한 근심과 공을 세우겠다는 다급한 희망도 더 절박하게 표현되었다.

　직접적인 표현 외에, 조식은 변화무쌍한 비흥수법을 운용해, 여러 차례 박해를 받은 자신의 운명과 내면에 가득한 원한을 완곡하게 써낸 시편이 더욱 많다. <야전황작행(野田黃雀行)>은 조비가 정의 정이에게 박해를 가했을 때 지은 작품으로, 벗이 어려움에 빠졌어도 구할 수 없다는 커다란 슬픔에 발분하여 지은 시다.

高樹多悲風	높은 나무에는 슬픈 바람 잦고
海水揚其波	바닷물에는 파도 드높구나.
利劍不在掌	예리한 칼 손에 없으니
結友何須多	친구를 어찌 많이 사귀랴!
不見籬間雀	보지 못 했는가 울타리의 참새가
見鷂自投羅	매를 보고는 스스로 그물로 뛰어드는 것을.

羅家得雀喜	그물 친 사람은 참새 잡아 기쁘지만
少年見雀悲	소년은 참새를 보니 슬퍼지네.
拔劍捎羅網	칼을 뽑아 그물을 베어버리니
黃雀得飛飛	참새는 훨훨 날아갈 수 있었네.
飛飛摩蒼天	훨훨 푸른 하늘 높이 날다가
來下謝少年	내려와 소년에게 감사드리네.

정의와 정이에 대한 박해는 제위에 오른 조비의 조식에 대한 박해의 시작이었다. 시는 높은 나무에 슬픈 바람이 불고 바닷물에 파도가 이는 것에서 시흥이 일었는데, 대자연의 풍운의 변화는 시국의 불안함을 상징하면서, 시인 마음속에 진정되지 않는 거센 비분의 물결을 부각시킨다. 이어서 내심을 바로 보여주는데, 자신이 힘이 없어 친구의 어려움을 구해주지 못함을 한탄하며, 희망을 그저 허구적인 동화 속에 기탁할 뿐이다. 시 속의 애통한 감정표현은 시인의 뛰어난 재능을 잘 보여주며, 분투하며 현실에 대항하겠다는 시인의 소년적 의기를 드러냈다. 그런네 상상은 아주 천진하다. 특히 황작이 도움을 받는 부분은 4개의 '비(飛)'자를 연용하여, 황작이 처음 그물을 벗어나 날개를 펼치고 날아서, 가볍게 푸른 하늘에도 올라가 보고, 바로 선회하여 내려와 소년에게 감사 인사를 하는 과정을 생동적으로 표현했는데, 정감과 의미를 담은 "언어적 표현이 새가 낮게 날아드는 듯 정겨워(語態如小鳥低飛)"63) 감동이 이어진다.

만약 <야전황작행>이 전편을 고사로 구성하여, 다른 사람의 어려움을 용감하게 구하는 영웅의 형상을 상상 속에서 비유해 냄으로써, 현실 속에서 실현할 수 없는 시인의 바람을 표현했다면, <우차편(顬嗟篇)>은 부(賦)의 표현법에 비유를 기탁하던 조조 조비의 기법을 발전시키면서, 더 나아가 비유 용법을 부의 표현법으로 전환시켰다. 전체가 구마다 바

---

63) 鐘惺, 譚元春 ≪古詩歸≫.

람에 날리는 쑥을 표현했는데, 이는 자신을 비유한 것으로, 표박의 고통
과 골육 간 이별의 슬픔을 곡진하게 표현한 것이다. 마지막에는 풀이 불
길에 타죽어 뿌리와 줄기가 붙어 있게 된다는 반면적 비유를 통해, 차라
리 훼멸되더라도 본 뿌리와 함께 하겠다는 심정을 표현했는데, 아주 처
참하고 인상 깊다. <잡시> 제2인 <전봉리본근(轉蓬離本根)>은 바람에 날
리는 쑥으로, 종군으로 인해 멀리 떠도는 유자(遊子)의 정처 없는 삶과 굶
주림, 추위가 교차하는 생활 등을 비유했는데, <우차편>과 마찬가지로
모두 자신의 상황을 표현한 것이다. 일반적으로 비흥을 구성하는 요소는
비유적 형상과 비유적 의미 간의 어떤 유사함이다. 즉 유협이 말한 대로,
"비유로 내용을 담는데 있어서, 비유의 대상을 선택하는 방법에는 일정
한 규칙이 있는 것이 아니다. 혹은 음성에 비유하고, 혹은 모양에 비유
하고, 혹은 심정에 비유하고, 혹은 사건에 비유하는데(夫比之爲義, 取類不常,
或喩於聲, 或方於貌, 或擬於心, 或譬於事)",[64] 즉 비유적 의미는 작가가 어떠한
유사성에 근거하여 외면적 비유 형상에 추상적 의미를 더한 것이다. 한
대 고시에서의 비흥은 수사적 수단에 불과하거나, 혹은 의식적이건 무의
식적이건 간에 비유적 의미가 그다지 명확하지 않고, 전편이 비유로 구
성된 선례는 더더욱 드물다. 조식은 작품 전체의 비흥을 어떤 우의를 설
명하기 위한 수법으로 변화시켜, 비유 형상과 우의 간의 유사성을 더욱
명확하게 했는데, 이 수법은 원래는 형상과 우의 간의 관계를 해체시키
고 시가에 내재하는 혼융성(渾融性)과 함축성을 파괴하기 쉽다. 그러나
<우차편>은 바람에 날리는 쑥의 특징을 이용하여 작가의 감정을 이입
했는데, 바람에 높이 날았다 떨어지고 죽었다 살아나는 쑥의 운명과, 사
방을 떠돌며 아무 것도 마음대로 할 수 없는 자신의 운명을 완전히 밀착

---

64) <文心雕龍·比興>.

시킴으로써, 시의 주지에 대해서는 더 이상 설명이 필요 없을 정도로 비유적 의미가 뚜렷해졌다. 게다가 살아 춤추는 듯한 필력은 마치 어질어질하게 휘도는 비풍(悲風)인 듯한데, 이것은 단순한 부의 형식을 빌어 비유적 형상을 써냄으로써 완전한 의경을 구성해 낸 것이다. 그러나 비유를 부 형식으로 변화시켰고, 우의가 지나치게 명확하여, 결국 사유의 흔적이 다 드러나 버리게 되었는데, 이는 <칠애시>나 <미녀편>과 비교하면 쉽게 알 수 있다.

<칠애시(七哀詩)>는 멀리 떠난 임을 그리는 여인을 대신하여 원망하고 탄식한 작품이다. "밝은 달이 높은 누각에 비치니, 흐르는 빛 배회를 한다(明月照高樓, 流光正徘徊)"의 첫 두 구는 단지 진실한 감정과 실제적 경물로 밝고 맑고 투명한 경계를 전개했는데, 높은 누각을 배회하는 것은 도대체 흐르는 물같은 달빛인가 아니면 배회하는 사부의 그림자인가 아니면 떨쳐지지 않는 근심인가? 모두 마음으로 체험할 수 있을 뿐 말로는 전할 수 없다. 그래서 왕부지는 이 두 구에 대해 "사물 밖으로 마음이 옮겨져 공중에서 형상을 만들어 내다가, 결어는 의외로 사람의 마음을 표현하는 데서 끝난다(物外傳心, 空中造色, 結語居然在人意中)"라[65] 했다. 시에서는 또 몇 가지 서로 관련 없는 비유적 형상을 연결하여, 부부간의 지위가 다름과 만날 기회가 없음을 비유했는데, 임이 바라봐 주기를 바라는 마음을 토로하면서 "그대는 맑은 길의 먼지라면, 소첩은 흙탕물의 진흙이라오. 떠오르고 가라앉음이 서로 다르니, 언제나 만나 해로할 수 있을까요? 원컨대 서남풍이 되어, 멀리 날아 임의 품에 들어가고 싶건만, 임의 마음이 진실로 열리지 않는다면, 천첩은 어디에 의지해야 하나요?(君若淸路塵, 妾若濁水泥. 浮沉各異勢, 會合何時諧. 願爲西南風, 長逝入君懷. 君懷良不開, 賤妾當何依)"라 했

---

65) ≪船山古詩評選≫.

다. 시인은 <잡시> 제3에서도 "남으로 흐르는 햇빛이 되어, 빛을 비춰 내 임을 뵐 수 있었으면(願爲南流景, 馳光見我君)"하는 상상을 했다. 햇빛은 남으로 흐를 수 있고, 부는 바람도 임의 품에 들어갈 수 있으니, 사람도 햇빛이나 바람으로 변할 수 있으면 얼마나 좋을까! 이 시는 비록 이것저것 다양한 비유를 열거했지만, 우의가 있는 듯도 하고 없는 듯도 한데, 애잔한 감정과 신선한 상상을 지닌 사부시(思婦詩)이면서, 또 미움을 받고 버림을 당한 시인 자신의 감개도 은연중에 담고 있는 듯하다. 따라서 <우차편>과 비교하면 더욱 함축적이고 자연스럽다. <미녀편(美女篇)>은 미녀가 좋은 짝을 만나지 못해 성년이 되어도 시집을 못 간 것을 통해, 현명한 군주를 만나지 못한 군자의 회재불우(懷才不遇)를 비유했다. 미녀 의 몸단장에 대한 묘사부터 방관자에 대한 핍진한 묘사까지, 기법은 모두 <맥상상>을 모방했다. 다만 나부가 태수를 조롱하는 것을 미녀가 한밤중에 길게 탄식하는 것으로 바꿈으로써, 원시(原詩)의 서사 형식과 풍자적 주제를 가뿐하게 서정시로 바꾸었으며, <맥상상> 고사의 전반부도 이미 부체(賦體) 비유가 되었다. 이 시가 모방작임에도 불구하고 명편으로 꼽히는 것은 주로 수사의 화려함에 있는데, 그의 묘사 능력이 최대한 발휘되었다. 그러나 묘사가 완전하고 정교하다 해도, 시에서 그녀를 통해 체현했던 '군자는 고상한 뜻을 앙모한다(君子慕高義)'는 사상이 작가에 의해 덧붙여짐으로써, 미녀의 형상은 공허하고 무미건조하게 개념화되어 버려 생동적이고 활발했던 나부에 많이 못 미친다. 비유를 부화(賦化)한 것은 비흥형상에 대한 상세한 묘사 속에 우의를 자연스럽게 기탁하고자 한 것인데, 비흥수법에 대한 발전이기는 해도, 예술적으로는 "부드럽게 사물에 밀착되고, 비애의 묘사는 절실한(婉轉附物, 怊悵切情)"[66] <고시 19

---

66) <文心雕龍·明詩>.

수>의 경계에까지 반드시 이를 수 있는 것은 아니었다.

조식은 10여 편의 유선시도 있는데, 그 중 일부는 세상사의 험난함과 염오를 느끼고 쓴 것이다. 하늘로 승천하여 아득히 노니는 상상으로 인간세상의 번뇌를 잊겠다는 것인데, 앞으로는 굴원 <원유(遠遊)>의 정신과 표현수법을 계승했고, 뒤로는 이백이 낭만적인 상상을 종횡으로 펼칠 수 있도록 이끌었다. 다른 몇몇 작품은 구선(求仙), 득도(得道), 불사약 추구, 장생(長生) 등을 묘사했는데, 주로 한악부의 전통적인 제재를 답습하면서, 새로운 것에 대한 추구나 환상에 뛰어난 그 자신의 장점을 체현해냈다. 이 작품들은 조조의 유선시와 마찬가지로, 서사체 유선시가 서정체로 변환되는 과정에 중요한 작용을 했으며, 미신을 선전했던 한대 귀족들의 구선 작품이 점차 피세(避世) 은둔(隱遁)의 의지를 표현하는 중요한 제재로 변하도록 했다.

결론적으로, 조식의 시가는 "다양한 색채가 어지럽게 섞여있지만, 여항 가요의 본실에서 벗어나지 않아서(五采繽紛而不脫里閭歌謠之質)",[67] 중국고전시가가 소박한 민가에서 문질겸비(文質兼備)의 문인시로 변화하는 발전과정에 커다란 공헌을 했다. 왕세정(王世貞)이 "한 악부의 변화는 조자건에서 시작되었다(漢樂府之變, 自子建始)"고[68] 했는데, 이 변화는 한편으로는 악부가 서사에서 서정으로 바뀌는 것을, 한편으로는 질박함에서 화려함과 무성함으로 바뀌는 것을 가리킨다. 조식은 한악부의 표현수법을 계승 발전시켜, 인물 및 그 내면적 변화를 그려내는데 뛰어났으며, ≪시경≫과 <초사>, 한말 문인시의 성취를 흡수하여, 비흥을 통해 감정을 표현하고 개성을 드러냈다. 동시에 대구, 성률, 수사의 조탁 등에도 주의하고, 성색(聲色)과 의경의 묘사도 추구했으며, 도입부와 경구(警句)의 추출에

---

67)　黃侃 ≪詩品講疎≫.
68)　≪藝苑巵言≫.

도 뛰어났는데, 이로써 중국시가의 표현예술이 풍부해졌고, 감정을 직접적으로 서술할 수 있는 문인시가의 표현력이 제고되었다.

제3절 문단을 함께 달린 건안 문인들

건안 문단에 이름을 알린 작가로는 조예(曹睿), 건안칠자(建安七子), 채염(蔡琰), 좌연년(左延年), 미형(彌衡), 번흠(繁欽), 양수(楊修), 오질(吳質) 등이 있다. 그중 '건안칠자'는 특히 조비의 높은 평가를 받았다. 일곱 명 가운데 공융(孔融)이 동한의 신하로서 조 씨 집단에 속하지 않았던 것을 제외하고, 나머지 왕찬(王粲), 유정(劉楨), 진림(陳琳), 완우(阮瑀), 응창(應瑒), 서간(徐幹) 등 여섯 명은 모두 조조의 속료였다. 그들은 모두 한말 동란을 직접 겪었으며, 일정한 정치적 포부가 있었고, 주로 건안 연간에 문학 활동에 종사하다가, 황초(黃初) 이전에 차례로 세상을 떠났으므로, 그들의 시가 창작은 많은 공통점을 갖고 있다.

공융(153~208)은 자가 문거(文擧)이고 공자의 20세손이다. 동한 말년의 명사(名士)였는데, 동탁에 반기를 들어 북해상(北海相)으로 좌천되었다. 역사에서는 그가 "높은 기절을 지니고, 이상은 나라의 난리를 다스리는 데 두었으나, 재주가 부족하고 뜻은 넓어 결국 공을 세우지 못했다(負其高氣, 志在靖難, 而才疎意廣, 訖無成功)"고 한다. 조조가 집권할 때 그는 사족의 대변인이었지만, 건안 13년(208) 조조에게 살해되었다. 공융은 청담을 좋아했고, 산문에 뛰어나 대표작으로 <이형을 천거하는 소(薦禰衡疏)>, <성효장을 논하는 글(論盛孝章書)> 등이 유명한데, 언어가 화려하고 호기(豪氣)가 곧게 뻗어나며, "조소와 장난기를 섞는 것(雜以嘲戲)"도69) 좋아하여, 본성에 충실했던 자신의 개성적 특징을 충분히 체현했다. 시가는 6수가 현존하는데 그다지 뛰어나지 않다. <임종시(臨終詩)>는 죽음을 앞두고 쓴 절필시로, 세상사와 인심을 통절하게 꾸짖었는데, 원망과 분함 속에서도 굽히지 않는 당당한 정신이 그대로 드러나 있다. 이 시는 전부 비유로 구성되어서 잠명체(箴銘體)와 유사하다. 이러한 표현수법은 후일 이백의 <설참시(雪讒詩)>에 일정한 영향을 미쳤다.

왕찬(177~217)은 자는 중선(仲宣)이고, 산양(山陽) 고평(高平, 현 산동성 鄒成) 사람이다. 조상이 한대에 삼공(三公)에까지 올랐었다. 동탁이 피살되고 장안에 난리가 일자, 왕찬은 서경을 떠나 남쪽으로 피난을 가 유표(劉表)에게 의탁했지만 중용되지는 않았다. 건안 13년(208년), 조조가 형주(荊州)를 평정하자 그의 막하로 들어갔고, 22년(217) 조조를 따라 오를 정벌하러 가는 도중 사망했다. 그의 시부는 '칠자 가운데 으뜸(七子之冠冕)'이라70) 할 수 있다. 형주를 떠돌 때 지은 <등루부(登樓賦)>는 타향에 표박하는 신세와 회재불우의 고민 등을 서술했는데, 건안 시기 서정소부(抒情小賦)의 명작이다.

왕찬은 동탁의 난을 전후한 십여 년간의 유랑생활 중에, 난리 속의 각종 정경들을 목도했고, 거기에 정치적 실의까지 더해져 답답하고 우울한 심정을 지니고 있었다. 따라서 현실을 반영한 그의 시가는 직접 경험한 일을 서술한 작품이 많은데, 감정은 진지하고 필치는 참담한 특색을 지닌다. <칠애시(七哀詩)> 제1은 그의 가장 유명한 대표작이다.

西京亂無象	장안 어지러워 법도가 없으니
豺虎方遘患	승냥이 떼 호랑이 떼가 난리 일으켰네.
複棄中國去	다시 중원 땅을 버리고 떠나
遠身適荊蠻	몸을 피해 오랑캐 땅 형주로 가네.

---

69) <典論·論文>.
70) <文心雕龍·明詩>.

親戚對我悲	친척들은 나를 보고 슬퍼하고
朋友相追攀	친구들도 달려와 붙잡는구나.
出門無所見	성문을 나서니 보이는 것 없는데
白骨蔽平原	백골만 너른 들판을 덮었구나.
路有饑婦人	길가에 있던 굶주린 부인네
抱子棄草間	안고 있던 아이를 풀숲에 버리더니
顧聞號泣聲	울부짖는 소리에 돌아보지만
揮涕獨不還	눈물을 흘리면서도 돌아가지 않는구나.
未知身死處	"나도 어디서 죽을지 모르는데
何能兩相完	어찌 둘 다 살아남겠어요?"
驅馬棄之去	그들을 두고 말을 몰아 떠나니
不忍聽此言	차마 더는 들을 수가 없어서라네.
南登霸陵岸	남쪽으로 패릉에 올라
回首望長安	고개 돌려 장안을 바라본다.
悟彼下泉人	성세를 그리며 <하천>을 지은 심정 알겠으니
喟然傷心肝	아아! 가슴이 미어지는구나!

　이 시는 왕찬이 난을 피해 남하할 때, 장안을 돌아보며 느낀 비통한 심정을 진지하게 써낸 것이다. 그가 서경을 떠난 이 해는 바로 동탁의 부하 이최(李催), 곽사(郭汜)가 왕윤(王允)을 살해하는 등 대살륙이 있었던 때다. 시인은 이별의 아픔을 참아가며 가족과 이별하지만, 그 슬픔은 이미 감당하기 어렵다. 그가 길을 나서서 백골로 뒤덮인 참혹한 들판을 마주할 때는 자신의 개인적 고통과 백성의 고난이 하나로 융합된다. 이 시는 백골로 뒤덮인 들판을 배경으로, 굶주린 아낙이 아들을 버리는 상황만을 집중적으로 써냈는데, 전형성을 지닌 소재라 할 수 있다. 감정적 친밀함에선 모자 관계만한 것이 없음에도 불구하고, 굶주림으로 인해 그 정마저 끊어야 하는 지경에 몰리게 되었으니, 전 사회를 짓누르는 슬픔과 목숨도 부지하기 힘든 백성들의 참혹한 상황은 상상만으로도 가히

알 수 있다. 그래서 시인이 패릉(覇陵)에 올라 표현한 것은 그저 장안을 그리는 향수가 아니라, 성군과 어진 재상에 대한 갈망과 재난에서 백성을 구제하고자 하는 바람이었다. <칠애시> 제2는 형주 풍토에 대한 묘사를 통해, 슬프고 어두운 시대적 분위기를 부각시켰고, 홀로 타향에 머무는 나그네의 근심을 강조했다. 제3은 얼음으로 뒤덮인 변경의 황량하고 인적 없는 풍경에서 시작하여, 변경으로 출정했다가 적의 포로가 된 자제들의 불행에 대해 깊은 동정을 표하였다. 이 3수의 풍격은 질박하고 자연스러워 왕찬의 다른 작품보다 성취가 높다.

왕찬이 조조의 출정을 따라갈 때 지은 <종군행>은 "남몰래 이윤(伊尹)의 능력을 앙모해왔으니, 부족한 능력을 갈고 닦으리라(竊慕負鼎翁, 願厲朽鈍姿)"는 포부와, "비록 무딘 칼처럼 쓸모없지만, 비천한 몸으로 분투하고자 한다(雖無鉛刀用, 庶幾奮薄身)"는 헌신 정신을 표현했다. 시에는 정부(征夫)가 가족과 이별하고 고향을 떠나는 고통이 교차되고, 행군 도중의 황량한 경치기 묘사되었는데, 시인의 호방한 언어에 처량한 색채가 더해졌다. 주의할 것은 <종군행> 제5에서, 행군 도중 "사방을 둘러봐도 인가의 연기 없고, 다만 수풀과 언덕만 보일 뿐, 성곽에는 잡목과 가시나무가 자라서, 작은 길은 다닐 수 없게 된(四望無煙火, 但見林與丘. 城郭生榛棘, 蹊徑無所由)" 전쟁의 상처를 표현하면서, "닭 울음소리가 사방 끝까지 들리고, 기장은 밭에 가득하며, 주택이 거리와 마을을 채우고, 남녀 백성들이 거리에 가득한(雞鳴達四境, 黍稷盈原疇. 館宅充廛里, 士女滿莊道)" 초군(譙郡)의 안정적 질서와 대비시켜, 건안 후기 생산력이 점차 회복되어가는 사회적 현실을 반영해냈다. 따라서 이 조시(組詩)는 비록 조조의 공덕에 대한 찬미가 적지 않지만, 응수와 아첨이라기보다는 조조의 통일 대업에 대한 믿음에서 나온 것이라 할 수 있다. 왕찬의 후기 시는 고아하며 질박하고 엄격하여 <칠애시>만큼 생동적이거나 자연스럽지 못하다. 그는 사언시도 많이 남겼는데, 옛 아송체를 많이 사용했다. 지우(摯虞)가 그의 "문장이 균형을 갖추고 정돈되어 있으니, 아송체에 가깝다(文當而整, 皆近乎雅)"고 했는데, 그중 "바람도 흘러가고 구름도 흩어지니, 한 번의 이별이 비와 같구나(風流雲散, 一別如雨)" 등의 소수 시구는 새로운 의미가 가득하다. 그러나 종합적으로 보면, "경직된 수법으로 죽은 듯 뻣뻣함(硬腕死板)"에[71] 빠졌다. 한대에 정체되었던 사언시가 건안 시기에도 여전히 어파가 있음을 알 수 있다.

완우(阮瑀, ?~212년)는 자가 원유(元瑜)로 진류(陳留) 사람이다. 진림(陳琳, ?~217)은 자가 공장(孔璋), 광릉(廣陵) 사람이다. 두 사람은 모두 조조의 군사 격문의 초안을 맡았던 고수들로, 장(章), 표(表), 서(書), 기(記) 등의 문장에 뛰어났고, 시로는 당시에 이름을 날리지 못했다. 각각 악부 명편이 한 편씩 전해진다. 완우의 <가출북곽문행(駕出北郭門行)>은 고아가 몰래 생모의 무덤에 간 것을 직접 목도하게 된 상황을 통해서, 고아의 입으로 그가 받은 계모의 학대와 그러한 슬픔을 토로할 곳조차 없는 괴로움을 쏟아냈는데, 보편성을 지닌 사회 문제를 반영한 것이다. 이 시는 <고아행>의 영향을 받은 것이 뚜렷한데, 이야기의 완성도에서 훨씬 뛰어나다. 다만 언어가 다소 정돈된 경향이 있고, 시인은 그저 방관자적 동정심을 갖고 객관적으로 이 일을 묘사할 뿐이어서, 감정의 비통함이든 사상의 깊이든 간에, 소쇄(小瑣)하며 질박한 <고아행>에 못 미친다. 진림의 <음마장성굴행(飮馬長成窟行)>은 진대(秦代)의 민요 <장성가(長城歌)>에서 제재를 빌리고, 자신이 전란 속에 겪은 실제 체험을 결합하여, 진한 이래로 통치자들의 멈추지 않는 정벌과 요역이 백성들에게 가져온 깊은 재난을 폭로했다.

---

71) 王夫之 ≪船山古詩評選≫.

飮馬長城窟	장성 아래 샘물에서 말에게 물을 먹이는데
水寒傷馬骨	물이 차니 말 뼛속까지 상하겠네.
往謂長城吏	장성 관리에게 가서 하는 말
愼莫稽留太原卒	"제발 태원의 수졸을 더는 머무르게 하지 마세요."
官作自有程	"관청의 부역에는 정해진 일정이 있는 법
擧築諧汝聲	나무공이 들고 구호에 맞춰 일이나 해라."
男兒寧當格鬥死	"사내라면 차라리 전쟁터에서 죽지
何能怫鬱築長城	어찌 답답하게 성이나 쌓고 있겠소?"
長城何連連	장성은 얼마나 길고 길던가
連連三千里	길고 길어 삼천 리 라네.
邊城多健少	변경의 성에는 건장하고 젊은 수졸 많고
內舍多寡婦	고향 집에는 혼자 있는 부인들 많다네.
作書與內舍	편지를 써서 고향 집에 보냈는데
便嫁莫留住	"남아있지 말고 개가를 하시오.
善侍新姑嫜	새 시부모를 잘 모시고
時時念我故夫子	가끔은 이 옛 남편도 생각해주오."
報書往邊地	답장이 변방으로 왔는데
君今出語一何鄙	"당신의 말씀 참으로 야속하구려!"
身在禍難中	"그대는 고난 속에 있는데
何爲稽留他家子	어찌 다른 사람에게 시집가라 하시나요?
生男愼莫擧	아들을 낳으면 거두는데 신중하고
生女哺用脯	딸을 낳으면 고기 먹여 키우리다.
君獨不見長城下	그대는 보지 못했소? 장성 아래
死人骸骨相撐拄	죽은 자들의 해골이 뒤섞여 있는 것을."
結髮行事君	"머리 올려 그대를 섬기기로 했는데
慊慊心意關	당신은 마음을 닫아 원망스럽군요.
明知邊地苦	변경에서 고생하는 걸 잘 아는데
賤妾何能久自全	저라고 어찌 오래 온전할 수 있겠어요?"

　　언어의 질박함, 서사의 정련됨, 집중적 대화 운용 등의 측면에서, 이

시는 한악부민가와 아주 흡사한 경지에 이르렀다. 첫 2구는 부의 기법으로 시흥을 제시했는데, 처량하고 비장하다. 태원의 수졸과 장성 관리의 대화는 비록 몇 마디에 불과하지만, 강하고 비분에 찬 기색과 절망적인 반항, 축성(築城) 담당관의 날카롭고 성가신 말투와 차가운 표정 등이 실제처럼 생동적이다. 그 다음은 시의 필세가 바뀌어 장장 삼천 리나 되는 장성의 장활한 화면을 전개해냈고, 장성의 건장한 젊은이와 과부의 수가 정비례하는 보편성을 통해, '이' 축성졸도 필연적으로 장성에서 죽어 묻히게 될 것이라는 말로를 설명해 냈다. 상 하 두 단락의 대화를 자연스럽게 맞물리게 하여, 삼천 리 밖에 떨어진 건장한 젊은이와 그 아내의 공통적 운명과 심정을 개괄해냈다. 전사와 아내가 주고받은 서신과 답장은 슬픈 내용은 별로 없고, 그런 서로에 대한 책임감과 훗날의 일에 대한 걱정이 담겨있다. 이것은 왕찬의 <칠애시>와 함께, 시대가 만들어낸, 어미가 자식을 버리고 남편이 아내에게 시집가라고 하는, 인간 세상에 있을 수 없는 현상을 통해, 인간 세상의 가장 잔혹한 정경과 가장 처참한 감정을 표현한 것이다. 아내의 대답은 자신도 이 세상에 오래 있을 수 없을 것이라는 결말을 암시하는데, 지조 있는 애정을 표현했을 뿐 아니라 비극의 의미를 더욱 깊게 했다. <장성가>는 완벽하게 대화가 삽입되어 있어, 이 시가 더욱 깊고 넓은 역사적 내용을 담게 했다. 문인이 모의한 악부민가란 점은 같지만, 진림의 시가 완우의 시보다 뛰어난데, 그가 수사에서 우수한 것이 아니라, 생활에 대한 높은 정제(精製)를 통해 민가의 개괄력을 높였기 때문이다. 진림은 또 <유람시(遊覽詩)> 두 수가 있다. 만물의 성쇠를 대하고는, "빠르구나 세월의 흐름이여, 이 해도 장차 서쪽으로 기울어 가리라. 공을 세우고자 하나 때가 오지 않으니, 종정에는 무엇을 새기랴(騁哉日月逝, 年命將西傾. 建功不及時, 鍾鼎何所銘)"라는 생각으로 이어지는데, 건안 문인들이 "풍월을 사랑하고 연못과 동산에서 노닐던(憐

風月, 狎池苑)" 내용을 담은 작품에서 종종 세월은 기다려 주지 않음과 입공을 갈망하는 감정을 서로 연결시켰던 것과 같이, 이 작품들도 시대적 정신을 벗어난 공허한 내용의 응수시(應酬詩)로만 볼 수는 없게 한다.

유정(劉楨, ?~217)은 자가 공간(公幹)이고, 동평(東平, 현 산동성 동평) 사람이다. 일찍이 조조의 막료였는데, 후에 예의를 잃은 거동으로 죄를 입어 처벌을 받았다. <서간에게 주다(贈徐幹)>시에서 그가 서간과 서로 떨어져 있는 답답한 심정을 쓴 것도 어쩌면 이러한 경력과 관련 있을 수 있다. 유정은 15수의 시가 전해지는데, 풍격이 다양하다. <종제에게 주다(贈從弟)> 제2는 그의 대표작이다.

<table>
<tr><td>亭亭山上松</td><td>우뚝 우뚝 산 위의 소나무</td></tr>
<tr><td>瑟瑟谷中風</td><td>쏴아쏴아 골짜기의 바람.</td></tr>
<tr><td>風聲一何盛</td><td>바람소리는 얼마나 세차며</td></tr>
<tr><td>松枝一何勁</td><td>소나무 가지는 얼마나 꼿꼿하던가!</td></tr>
<tr><td>冰霜正慘凄</td><td>얼음과 서리가 한창 시려도</td></tr>
<tr><td>終歲常端正</td><td>일 년 내내 늘 단정하구나.</td></tr>
<tr><td>豈不罹凝寒</td><td>어찌 혹독한 추위를 겪지 않았겠나만</td></tr>
<tr><td>松柏有本性</td><td>송백은 그 본성이 있는 것.</td></tr>
</table>

산 위의 소나무와 계곡의 바람을 교차시키며 대조하고, 두 구를 단위로 반복적으로 비교했는데, 산바람과의 대조 및 얼음, 서리와의 분투 속에서 송백의 단정하고 꼿꼿한, 우뚝 솟아 흔들리지 않는 본성이 드러나게 했다. 종영은 유정의 시가 "특유의 기세로 기이함을 보였으며, 세상을 흔들어 놀라게 하였다. 진실한 기골은 서릿발을 능가할 정도이며, 높은 풍골은 세속을 뛰어넘었다(仗氣愛奇, 動多振絶, 眞骨凌霜, 高風跨俗)"고[72] 했

---

72) ≪詩品≫.

는데, 이 시에 대한 평가로는 더 이상 적합할 수 없다. 그는 <서간에게 주다>에서 정원의 봄 경치를 묘사하여, "가는 버드나무는 길가에서 자라고, 연못은 맑은 물을 품고 있습니다. 가벼운 잎은 바람따라 흔들리고, 새들은 어찌나 펄펄 나는지요(細柳夾道生, 方塘含淸源. 輕葉隨風轉, 飛鳥何扁褊扔)"라고 했는데, 아주 경쾌하고 자연스럽다. <오관중랑장에게 바치다(贈五官中郞將)> 제4는 "서늘한 바람이 조약돌에 불고, 차가운 서리는 어찌나 하얗던지요. 밝은 달은 붉은 장막을 비추고, 화려한 등은 밝은 불빛을 흩뿌리는데, 문인들은 시를 지어 작품을 이으며, 밤이 새도록 돌아갈 줄 모르지요. 군후께선 의지가 어찌나 굳세신지, 문아함은 종횡으로 날아다닙니다(涼風吹沙礫, 霜氣何皚皚. 明月照緹幕, 華燈散炎輝. 賦詩連篇章, 極夜不知歸. 君侯多壯思, 文雅縱橫飛)"이다. 고아하고 굳센 필력과 맑고 기려한 색조로, 건안 시가를 잉태해낸 특수한 환경을 묘사해냈는데, 조 씨 부자의 "낮에는 장사들과 견고한 진지를 다니고, 밤에는 시인들과 함께 화려한 궁실에서 시를 짓네(晝攜壯士赴堅陣, 夜接詞人賦華屋)"(張說 <鄴都引>)와 같은 영웅적 기개와 문학적 풍류를 가영했다. 청대의 방동수(方東樹)는 "맑고 고우면서 강건하다(淸綺緊健)"는 몇 자로 그의 기본 풍격을 개괄했는데, 아주 적확하다.

서간(170~217)은 자가 위장(偉長), 북해(北海, 현 산동성 昌樂) 사람이다. 응창(應瑒, ?~217)은 자가 덕련(德璉), 하남 여남(汝南) 사람이다. 두 사람은 모두 조조의 승상연(丞相掾)을 맡았었고, 유정과 함께 건안 22년(217년) 전염병으로 사망했다. 서간은 욕심이 없고 담박한 성격으로 당시 사람들의 칭송을 받았다. 일생동안 <중론(中論)> 집필에 혼신을 다했고, 시가는 8수만 전해지는데 연정시가 뛰어나다. 다음은 <실사(室思)> 6수 중 제3이다.

浮雲何洋洋　　　구름은 어찌 그리 넓게 흐르는가요?
願因通我辭　　　내 말을 전하고 싶어도

飄颻不可寄	정처 없이 흘러 부칠 수 없으니
徙倚徒相思	배회하며 부질없이 그리워할 뿐입니다.
人離皆複會	사람마다 헤어지면 다시 만나거늘
君獨無返期	그대만 오직 돌아올 기약이 없군요.
自君之出矣	그대가 떠나간 후부터는
明鏡暗不治	명경이 흐려져도 닦지 않습니다.
思君如流水	그대 그리움이 물처럼 흐르니
何有窮已時	언제나 다할 날이 있을까요?

감정도 물 흐르는 듯하고, 언어도 물 흐르는 듯한데, 낮고 부드럽게 휘돌면서, 맑고 얕은 것이 사랑스럽다. "그대가 떠나간 후부터는" 4구는 허자를 변환시켜 사용했는데 아주 뛰어나고, 절주가 유창하고 운치가 있어서, 후인들이 많이 음송했다. 응창의 시는 6수가 현존하는데, 행려와 표박으로 인한 탄식을 많이 썼다. <별시(別詩)> 제1을 보자.

朝雲浮四海	아침 구름은 사해에서 떠올라
日暮歸故山	날이 저물면 옛 산으로 돌아가는구나.
行役懷舊土	고통스러운 여정에 고향 그리워져
悲思不能言	슬픈 마음 말로 할 수가 없구나.
悠悠涉千里	아득히 천 리 밖을 떠도니
未知何時旋	언제나 돌아갈지 알 수 없어라!

의경이 담담하며 요원하고, 감정은 깊어 한대 시의 기상을 그대로 갖고 있다. <오관중랑장의 건장대 모임을 모시며(侍五官中郎將建章臺集詩)>는 전편이 기러기를 비유로 한, 기러기 입장에서의 가사인데, 평생의 행적 및 자신의 인격과 재능을 알아줄 이를 만나고 싶은 심정을 서술했다. 날개를 거두고 배회하며, 서리와 눈을 무릅쓰고 구사일생으로 살아난 괴로움과 표박감을 자세히 묘사했고, 마지막에는 풍운지회(風雲之會)를 빌어

뜻을 펼치고자 하는 희망을 탐색적으로 전달했는데, 삼키고 뱉고 낮게 읊조리며 다양한 자태를 써냈다. 그러나 종합적으로 응창의 시적 성취는 다른 칠자(七子)들에 못 미친다.

채염(蔡琰)은 동한 말년의 유명 문학가인 채옹(蔡邕)의 딸이며, 자는 문희(文姬)이고, 진류(陳留) 어현(圉縣, 현 하남성 杞縣) 사람이다. 16세에 하동(河東)의 위중도(衛仲道)에게 시집갔으나, 얼마지 않아 남편이 죽고 자식도 없어 친가로 돌아왔다. 동탁의 난에 이최(李催), 곽사(郭汜) 군대의 오랑캐 병사들에게 잡혀가, 남흉노에서 12년을 떠돌며 두 아들을 낳았다. 건안 8년(203), 조조가 돈을 주고 그녀를 흉노에서 사들여 한으로 돌아오게 되었고, 진류의 동사(董祀)에게 시집갔다. 채염의 시는 모두 3수가 현존하는데, 소체(騷體)와 오언의 <비분시(悲憤詩)> 각 1수가 있다. 다른 한 수는 소체시 <호가십팔박(胡笳十八拍)>이다. 이 작품들의 진위에 대해서는 역대로 쟁론이 끊이지 않았는데, 어느 의견이 옳은지는 단정할 수 없다. 현재는 5언 <비분시>가 가장 믿을만하고, 다른 두 편은 후인의 위탁으로 보는 것이 일반적이다.

<비분시>는 건안 문인시 가운데 유일한 장편 서사체 서정시로서, 장장 540자에 달하는, 채염이 목숨과 피눈물을 엮어 만든 걸작이다. 이 작품은 작가의 비참한 일생을 실마리로, 한말 대동란의 광범위한 배경을 펼쳐낸 후, 반란군의 살인 무기와 쇠발굽 아래에서 벌벌 떠는 고통스런 시대로 사람들을 이끌고 들어간다. 이러한 작품은 작가가 그 속에 들어가서 직접 경험하지 않고, 방관자로서 혹은 상상에 의지해서는 결코 써낼 수 없는 작품이다. 조조, 조식, 왕찬, 진림 등도 비록 현실을 반영한 우수한 시편을 많이 써냈지만, 그들은 혹은 정치가로서 높은 곳에서 아래를 내려다보는 각도에서, 혹은 방관자로서 하늘을 원망하고 사람을 불쌍히 여기는 눈으로 사회적 참상을 묘사했다. 채염은 명문가 출신으로,

공포스러운 전란과 아무 상관도 없는 재녀(才女)였는데, 사회 최하층 난민
으로 떨어져, 당시 부녀자에게 생길 수 있는 모든 재난들을 몸소 겪었다.
그리하여 그 특수한 운명이 이러한 걸작을 탄생시켰는데, 당시의 시대적
고통이 채염의 특수한 경험을 통해 집중적으로 반영될 수 있었다.

卓衆來東下	동탁의 무리들 동쪽으로 왔는데
金甲耀日光	황금 갑옷이 햇빛에 반짝였지.
平土人脆弱	평지의 사람들은 모두 약한데
來兵皆胡羌	쳐들어온 병사들은 모두 오랑캐 출신.
…	…
斬截無孑遺	베고 잘라 단 한 명도 남지 않았고
屍骸相掌拒	시체와 시체가 서로 뒤엉켰다네.
馬邊縣男頭	말 옆구리에는 남자 머리를 매달고
馬後載婦女	말 뒤에는 부녀자를 실었네.
…	…
所略有萬計	수만 가지 방법으로 약탈을 하고
不得令屯聚	멈추거나 모여 있지도 못하게 하니
或有骨肉俱	혈육이 함께 있다 해도
欲言不敢語	말도 감히 나눌 수가 없었다네.
失意幾微間	조금이라도 뜻을 어기면
輒言斃降虜	번번이 "죽일 놈의 포로들!
要當以停刃	칼로 베어 버려야 해.
我曹不活汝	너희를 살려두지 않겠다!" 했다네.
豈複惜性命	어찌 또 목숨이 아까우랴만
不堪其詈罵	욕설도 참을 수가 없었다네.
或便加棰杖	때로는 채찍질을 휘둘러서
毒痛參並下	증오와 고통이 함께 생겼지.
旦則號泣行	낮에는 울부짖으며 길을 가고
夜則悲吟坐	밤에는 주저앉아 슬피 흐느꼈으니
欲死不能得	죽으려 해도 죽을 수 없고

欲生無一可　　　산다 한들 한 가닥 희망이 없구나.
彼蒼者何辜　　　저 푸른 하늘은 무슨 까닭으로
乃遭此厄禍　　　이러한 재앙을 주셨는지!

약탈당하고, 채찍을 맞고, 모욕을 받는, 살 수도 죽을 수도 없는 이러한 비인간적인 운명과, 피비린내 나는 장면 및 전율하는 영혼 속에서 폭발해 나온 그녀의 슬프고 아픈 외침은 현실을 반영한 어떤 건안시가에서도 볼 수도 들을 수도 없다.

채염은 당시의 부녀자들이면 누구나 겪는 고난뿐만 아니라, 그녀만의 특수한 비참한 경험도 겪었다. 즉 오랑캐 땅에 떨어진 후, "서리와 눈이 잦은(處所多霜雪)" 황량한 환경과 "의리를 하찮게 여기는(人俗少義理)" 야만적 풍속 속에 몸을 두고, 시시각각으로 고향의 소식을 기다리며 희망과 실망의 감정 속에서 부침했는데, "계절이 바뀔 때면 부모가 그리우니, 서글픈 탄식은 그치지 않았네. 누군가 멀리서 왔다고 하는, 그런 소식을 들으면 언제나 기뻤는데, 맞이하여 고향 소식을 묻고자 하나, 매번 고향 사람이 아니었다(感時念父母, 哀歎無窮已. 有客從外來, 聞之常歡喜. 迎問其消息, 輒複非鄕里)." 그러나 어느 날 정말로 다행스럽게 고향으로 돌아가고자 하는 바람이 실현되었으나, 친자식을 버려야 하는 커다란 대가를 치러야만 했다.

邂逅徼時願　　　해후할 소원을 풀게 되었으니
骨肉來迎己　　　골육처럼 나를 맞으러 왔구나.
己得自解免　　　나는 이제 풀려나게 되었지만
當複棄兒子　　　다시 내 자식을 버려야 한다니.
天屬綴人心　　　천륜은 사람 마음을 묶었건만
念別無會期　　　이별을 생각하니 만날 기약이 없구나.
存亡永乖隔　　　살든 죽든 영원히 헤어지는 것
不忍與之辭　　　차마 더불어 고별을 할 수가 없구나.

兒前抱我頸	아이들이 다가와 내 목을 껴안으며
問母欲何之	묻기를 "어머니 어디로 가려하시나요?
人言母當去	사람들이 어머니가 떠나야 한다는데
豈復有還時	어찌 다시 돌아오실 수가 있겠어요?
阿母常仁惻	어머니는 언제나 인자하셨는데
今何更不慈	지금은 어찌 인자하지 않으신가요?
我尚未成人	전 아직 다 크지도 않았는데
奈何不顧思	어찌 버리고 가려 하시나요?"
見此崩五內	이를 보니 억장이 무너지고
恍惚生狂癡	정신 아득해져 미칠 듯하구나.
號泣手撫摩	울부짖으며 손으로 어루만지니
當發復回疑	출발에 앞서 또다시 머뭇거리네.
兼有同時輩	또 함께 잡혀 왔던 사람들에게
相送告離別	서로 송별하며 이별을 고하네.
慕我獨得歸	나만 돌아가게 됨을 부러워하며
哀叫聲摧裂	슬피 울부짖는 소리에 가슴 에이네.

아이들의 간절한 간청은 어미의 심장을 찢어놓았고, 그녀를 미칠 듯 비통하게 했다. 그녀 혼자만 귀향하게 된 행운은, 역으로 함께 붙잡힌 동료들은 영원히 돌아갈 수 없다는 불행을 부각시켰다. 모정과 향토애가 격렬하게 충돌하고, "함께 잡혀왔던 사람"이 배웅하게 된 슬픈 절규는, 본토로 생환되는 기쁜 일마저도 생사이별의 비극으로 바뀌게 했다. 하지만 그녀가 참혹한 내면적 고통을 겪으며 모자의 정마저 희생하고 고향으로 돌아왔을 때, 그녀를 기다리고 있는 것은 또 이러했다.

旣至家人盡	집에 도착했으나 식구들 아무도 없고
又複無中外	또 친척도 하나 없구나.
城郭爲山林	성곽은 산림으로 바뀌었고
庭宇生荊艾	마당에는 가시나무와 잡초가 자랐네.

白骨不知誰	백골은 누구인지도 알 수 없고
從橫莫覆蓋	덮지도 않고 이리저리 뒹구네.
出門無人聲	문을 나간들 사람소리 없고
豺狼號且吠	승냥이와 이리만 울부짖으니
煢煢對孤景	쓸쓸히 외로운 그림자 마주하면
怛吒糜肝肺	슬픔에 애간장이 썩어간다.

　백골더미 속에 홀로 서니, 머나먼 이국땅에 있을 때보다 더욱 처참하고 두려워져, 인생은 더 이상 그녀에게 아무런 의미를 부여해주지 못했다. 주변 사람들의 권유와 위로 속에, 억지로 "새 남편에게 인생을 의지하고, 마음을 다하여 힘써 노력하리라!(托命於新人, 竭心自勖厲)" 다짐하지만, 이미 오랑캐에게 정조를 잃은 여인은 언제든 다시 버림받을 수 있다는 생각이 들어, "타향에서 떠돌던 비천한 신세였기에, 다시 버려질까 언제나 두렵구나. 인생살이 얼마나 될지 몰라도, 근심 껴안은 채 남은 삶을 살아야 하리라(流離成鄙賤, 常恐複捐廢. 人生幾何時, 懷憂終年歲)" 한다. 이렇게 절절한 근심은 봉건적 윤리도덕이 주는 중압감을 민감하게 느껴 온 여인만이 겨우 토로해낼 수 있는 것이다. 시인은 영원히 봉합될 수 없는 상처를 안고 암담한 여생을 살아갈 것이다. 침통한 결말은 혼란과 전란 속에서 비참하게 유린된 모든 여인들을 위해, 슬프고 분개한 심정을 쏟아냈다. <비분시>는 비록 주로 상황의 사실성이 사람을 감동시키지만, 굴곡 있고 다층적인 서사구조와 섬세하고 곡절한 심리묘사도 이 시에 무궁한 감동력을 더했다. 장옥곡(張玉谷)은 이 시를 "실로 진실한 기세로 새로운 문을 열 수 있었으니, 후일 두보의 <영회> <북정> 등 여러 장편의 시조가 되었다(實能以眞氣自開戶牖, 爲後來杜老永懷北征諸巨制之所祖)"라고[73] 평가했는데, 이 시의 예술적 창조성 및 후세에 미친 심원한 영향을 정확하

---

73) 《古詩賞析》.

게 설명해냈다.

건안 시기에는 이밖에도 줄곧 홀시되어온 작가 좌연년(左延年)이 있다. 그는 본래 음악을 만드는 예인이었으며 생졸년은 미상이다. <진서(晉書)·악지(樂志)>에 의하면, 그는 황초(220~226) 시기에 신성(新聲)을 잘 만들어 총애를 받았으므로, 대략 조식과 같은 시대 인물이다. 현존하는 시는 비록 두 수 반에 불과하지만, 건안 악부 가운데 우수작이다. <종군행(從軍行)> 제1은 변방 사람들의 감내하기 힘든 정벌의 고통을 썼는데, "괴롭구나 변경의 사람들, 일 년에 세 차례나 종군을 떠나네. 셋째는 돈황으로 종군 가고, 둘째는 농서로 종군 갔다네. 다섯째는 먼 전쟁터로 갔는데, 다섯 며느리가 모두 아이를 가졌다네(苦哉邊地人, 一歲三從軍. 三子到敦煌, 二子詣隴西. 五子遠鬥去, 五婦皆懷身)" 이다. 민가에 자주 등장하는, 장부에 기록하듯 숫자를 나열하는 방식으로, 멀리로 종군 떠난 한 집안 다섯 아들의 행방을 열거하고, 마지막에는 "다섯 며느리가 모두 아이를 가졌다네"로 싸늘하게 끝을 맺으며, 다섯 아들이 종군을 떠나면서 한 집안의 고아와 과부가 모두 버려진 상황임을 암시했는데, <음마장성굴행>과 비교하면 각각 번다함과 간략함이 특징적이다. <진여휴행(秦女休行)>은 부친을 죽인 원수를 갚는다는 열녀의 고사를 기록했는데, 지금까지 진의 부현이 지은 <진여휴행>과 소재가 같은, 즉 한말 방육(龐淯)의 모친 조아친(趙娥親)의 사적을 출처로 한다고 여겨왔다. 필자의 고증에 의하면, 좌연년의 시는 한 순제(順帝) 양가(陽嘉) 연간(132~135), 진류군(陳留郡) 외곽 황현(黃縣)의 여자 구옥(緱玉)이 부친을 위해 원수를 갚은 이야기에서 소재를 취한 것이다. 원굉(袁宏)의 《후한기(後漢紀)》와 두예(杜預)의 《여기(女記)》의 기록에 의하면, 구옥의 부친이 구옥 남편의 종모(從母)의 형제에 의해 살해되자, 구옥은 직접 원수를 찔러 죽였고, 시집사람들에게 잡혀 하옥되어 사형죄가 확정되었다. 신도반(申屠蟠)이 구명 상소를 올리고 현령도 상사에게 요청을 하여 '감사일등(減死一等)' 형을 받게 되었다. 당시의 사면법에 의하면, '감사일등' 형은 서부 변방지역으로 유배되어 힘든 복역을 하는 것이다. <진여휴행>은 두 악장으로 나누어지는데, 제1부는 정련된 오언시로, 여휴가 용감하게 칼을 빼들고 부친을 죽인 원수를 갚는 영웅적인 기개를 가영했다. 제2부는 잡언시인데, 여휴가 서쪽으로 유배를 떠나 관문을 나갈 때 아전의 힐문을 받게 되는 이야기에서 시작하여, 그녀가 사람을 죽이고 붙잡혀 처형되기 직전에 사면을 받게 되는 경과를 거꾸로 서술했다. 구옥은 용감하게 시댁의 어른을 죽여 부친의 원수를 갚았는데, 효를 다한 것이기는 하지만, 일정한 의미에서는 '부위처강(夫爲妻綱)'과 같은 봉건적 예교관념을 무너뜨린 것이다. 그래서 조아친처럼 봉건계층의 훈장을 얻을 수 없었고, 그저 "죄수(詔獄囚)"의 말로로 떨어질 수 밖에 없었다. <진여휴행>은 이 반항적인 여자를 대담하게 가영했는데, 유가의 도덕관념에 대한 강력한 저항이기도 하다. 좌연년은 채시(采詩)와 예악 제정이 그의 업무였기 때문에, 이 악부시 두 수는 상대적으로 건안시기 다른 문인의 의악부에 비해 여항가요의 특징을 더 많이 갖고 있고, 따라서 그 사상적 예술적 가치는 홀시되어서는 안 될 것이다.

제4절 <공작동남비(孔雀東南飛)>

한위 시기에 등장한 <공작동남비>는 중국 민간의 가장 우수한 장편 오언 서사시이다. 양진(梁陳) 교체기의 서릉(徐陵)이 편찬한 ≪옥대신영(玉臺新詠)≫에 이 시가 수록되었는데, 제목은 <고시위초중경처작(古詩爲焦仲卿妻作)>이다. 시 앞에 소서(小序)가 있어 그 탄생 배경을 설명하고 있다. "한 말 건안 연간, 여강부의 하급 관리인 초중경의 처 유씨가, 초중경의 모친에게 쫓겨나면서 재가하지 않겠다고 맹세를 했으나, 집안에서 재가할 것을 압박하자 결국 물에 빠져 자살하였다. 중경이 이를 듣고 역시 스스로 정원의 나무에 목을 매어 죽었다. 당시 사람들이 이를 슬퍼하여 아래와 같은 시를 지었다(漢末建安中, 廬江府小吏焦仲卿妻劉氏, 爲仲卿母所遣, 自誓不嫁, 其家逼之, 乃沒水而死. 仲卿聞之, 亦自縊於庭樹, 時人傷之, 爲詩云爾)." 이 장편 걸작은 한위 악부서사시 발전의 최고봉으로 상징된다.

〈공작동남비〉는 전형적인 사회적 의미를 지닌 혼인 비극을 묘사했다. 비극을 구성하는 기본적 충돌은 여주인공과 봉건 종법 세력 간의 융화될 수 없는 갈등이다. 한대 봉건 가정에서 여자는 반드시 막중한 가사 노동에 종사해야 하는, 생산을 위한 노예와 자식 생육의 도구로 여겨졌는데, 그래서 남편 및 그 가정에 의해 마음대로 바뀔 수 있는 부속품이었다. 한대에는 아내를 내쫓는 풍속이 아주 성했다. 〈대대예기(大戴禮記)·본명(本命)〉에 의하면, "여자는 일곱 가지 쫓겨날 이유가 있었는데, 시부모에게 순종하지 않으면 쫓겨나고, 자식을 낳시 못하면 쫓겨나고, 음란하면 쫓겨나고, 질투하면 쫓겨나고, 나쁜 병이 있으면 쫓겨나고, 말이 많으면 쫓겨나고, 도둑질을 하면 쫓겨났다(婦有七去, 不順父母去, 無子去, 淫去, 妒去, 有惡疾去, 多言去, 竊盜去)." 시집에서는 그 중의 어떤 조칙이라도 구실로 삼아 아내를 내쫓을 수 있었다. 봉건 세력의 압박 하에, 여자들의 반항 정서도 커져서 쫓겨난 후에 심지어 남편을 고발하는 경우도 있었다. 주수창(周壽昌)은 ≪양한서주보정(兩漢書注補正)≫에서, "한대의 법은 자식이 없으면 아내를 쫓아버리는 것이 일반적인 법이었는데, 후세였다면 사람들이 듣고 놀랄 일이다. 또 한대에는 부부 간의 송사가 아주 많았다. 예를 들면 풍연은 아내를 두 번이나 내쫓았고, 황윤은 신분이 높아지자 아내를 쫓아버렸으며, 범승은 쫓아낸 아내에게 고발당해 붙잡혀서 옥에 투옥되었는데, 거의 그 시대의 분위기가 그러했다(漢法, 以無子出妻爲常

法, 若在後世, 駭人聽聞矣. 又漢時頗多夫婦之獄. 如馮衍兩出其妻, 黃允附貴出妻, 範升爲出妻所控, 被繫, 幾困於獄, 殆一時風氣使然”고 했다.[74] 이러한 분위기는 고시 <상산채미무(上山采蘼蕪)>에서도 그 일면을 볼 수 있다. 건안시기에 유가적 예교가 타격을 받으면서, 버림받은 부녀자들을 동정하는 사회적 여론이 많은 문학작품 속에 반영되었다. 조비, 조식, 왕찬 등은 모두 <출부부(出婦賦)>, <기부시(棄婦詩)> 등을 썼다. <공작동남비>가 건안 시기에 출현한 것도 바로 이러한 사회적 배경과 관련있다.

　　이 시의 여주인공 유란지(劉蘭芝)와 다른 작품 속에 등장하는 여자 형상의 중요한 차이는 그녀가 봉건적 가장(家長)의 압박에 능동적으로 반항했다는 점이다. 이 장시(長詩)는 난지의 호소로 시작하여, 그녀가 집안에서 “새벽닭이 울면 베틀에 올라, 밤이 되어도 쉬지 못하는(鷄鳴入機織, 夜夜不得息)” 노예적 지위에 있음을 지적했는데, 여주인공은 학대를 참을 수 없으니 차라리 쫓겨나 친정으로 돌아가겠다는 강인한 성격을 선명하게 드러낸다. 초중경의 모친이 보기에 난지는 그저 가정의 생산 도구에 불과했으므로, ‘시부모에게 순종하지 않으면 쫓겨난다’는 등의 칠거지악에 따라, “사흘에 비단 두 필을 짰는데, 어른은 느리다고 트집을 잡고(三日斷兩匹, 大人故嫌遲)”, 심지어 “그 계집은 예절도 없고, 행동도 제멋대로(此婦無禮節, 行動自專由)”라며 난지를 쫓아낼 이유를 충분히 만들어냈다. 전체적으로 보면, 난지가 결혼 후 자식이 없는 것도 당연히 예속의 원인이 되지만, 이 장시는 그녀의 독립적인 성향과 반항적인 정신 등의 특징만 부각시켰다. 이러한 성격으로 그녀는 초중경 모친의 무리한 억압에 굴복할 수 없었는데, 이것은 모순의 격화를 초래했다. 난지와 초중경 모친의 성격상의 충돌은 깊은 사회적 내용을 담고 있다. 즉 가정의 생산을 도맡고

---

74) 王先謙 ≪後漢書集解≫ 卷27 <桓榮傳>引.

있는 모든 아내들은 노역을 당하는 상황이 변하기를 갈망하고 독립적인 인격을 쟁취하고자 열망함을 반영한다. 이러한 충돌은 또 난지와 초중경 간의 애정과도 서로 교차되어 있다. 충돌의 사회적 본질은 초중경 모친과 난지의 갈등이 절대로 화해될 수 없도록 했고, 뿐만 아니라 그 충돌은 중경과 난지 사이의 애정과도 화해할 수 없었다. 왜냐하면 봉건적 가장제도가 규정한 아내의 노예적 지위는 그녀가 독립적 인격으로 남편과 평등하게 사랑하는 것을 결코 용납하지 않기 때문이다. 유란지는 이 점을 초중경보다 명확하게 인식해서, 그녀는 초씨 집안을 떠나면 다시는 돌아올 수 없으리라는 것을 잘 알았고, 그래서 초중경에 대한 애정을 배신하지 않기 위해 재가하지 않는 것으로 보답하겠다고 맹세한다. 그러나 그녀가 시집을 가든 안가든, 그들 애정의 비극적 결말은 피할 수 없었다. 현령과 태수가 번갈아 구혼을 하며 재력의 힘을 빌어 난지의 모친과 오빠를 설득했고, 게다가 난지의 오빠는 또 가장의 권력으로 압박을 가함으로써, 비극이 더욱 빨리 발전하도록 만들었다.

이러한 비극을 만들어낸 필연성은 기본적으로 대립적인 사회적 본질 속에 있었을 뿐만 아니라, 인물의 특수한 성격 속에도 있다. 만약 유란지가 열악한 환경이나 무례한 대우를 잘 참고 견디며 반항하지 못하는 여자였다면, 만약 초중경이 아내를 내쫓는 대다수 한대의 남자와 마찬가지로 봉건적 가장의 입장에서 아내를 힘들게 부리는 남자였다면, 그러면 <공작동남비>의 이야기는 <상산채미무>로 변했을 것이다. 초중경은 비록 한때의 우유부단함으로 비극적 단초를 제공했지만, 아내에 대한 변함없는 애정은 그도 역시 봉건적 가장전제(家長專制)의 희생물이 되도록 했다. 그는 초중경의 모친으로 대표되는 종법제도에 대응할 힘이 없었기 때문에, 그저 사랑을 위한 자살로 최후의 저항을 보여줄 수밖에 없었다. 초중경의 훼멸은 개인적 노력으로는 아내에 대한 압박을 당연한 진리쯤으로 인식하는 전사회적 풍속을 고칠 수 없다는 것을 설명하는데, 따라서 이 비극적 인물의 특수성은 오히려 비극이 충돌할 수밖에 없는 사회적 필연성을 증명해주고 있다. 사랑을 위한 죽음은 인격적 독립과 애정의 평등을 쟁취하고자 하는 정의로운 요구가, 봉건가장 등 종법세력에 대해 승리했음을 선언한 것이다. 두 집안이 합장을 한 것은 갈등이 현실에서 화해되었음을 의미하지는 않지만, 정신적인 면에서는 봉건 세력이 이러한 투쟁에서의 실패를 인정한 것이다. <공작동남비>는 남주인공이 가장전제에 반항하다 죽음을 선택했다는 비극을 통해, 봉건적 종법 세력의 죄악을 깊이 있게 폭로했고, 중국문학사에서 투쟁 정신이 강한 부녀 형상을 처음으로 완벽하게 만들어 냈으며, 이로써 이러한 깊은 현실적 의미를 지닌 걸작들이 이상적(理想的)인 광채를 반짝일 수 있게 했고, 후세에 반봉건적 주제를 표현한 수많은 애정 희비극의 서막을 열어주었다.

이 시는 길이가 1785자에 달하지만, 결구가 엄밀하고, 구성이 정교하며 적합하고, 고사가 변화 있고 감동적이며, 장법은 서로 어울려 운치 있어서, 읽으면 늘어진다는 느낌은 전혀 들지 않는다. 전체 시가 주로 인물간의 대화를 통해 이야기 줄거리를 전개하면서, 상세하거나 간략한 서사로 인물 성격의 발전을 긴장감 있게 붙잡고 있으며, 또 환경 묘사와 장면 열거를 끼워 넣어 분위기를 강조하거나 굴곡을 만들어 내는데 뛰어나다. 첫 구는 공작이 배회하며 떠나지 않는 장면을 '흥(興)'의 기법으로 표현하여, 배우자가 서로 연연해하며 떨어지지 못하는 감정을 기탁했다. 이어서 난지가 중경에게 억울함을 호소하는 것에서 출발, 초중경의 모친, 난지, 중경 등 세 명의 대화를 교차시켜, 전횡, 강인함, 유약함 등 세 가지 성격의 충돌을 전개하며, 난지가 쫓겨나는 첫 번째 절정으로 빠르게 진행되었다. 이어서 난지가 초씨 집안을 떠나기에 앞서, 남편에게 옛 물건을 남겨주고 새벽에 치장하는 과정을 차근차근 써내려갔는데, 이 단락은 신부의 미모를 보충 서술하면서 장시에 화려함과 다채로움, 색깔과 광택을 더했고, 이야기의 발전을 잠시 멈추게 했다. 동시에 그녀의 복잡한 심리도 미묘하게 표현했는데, 한편으로는 굴복하고 순종할 수 없어 친정으로 돌아가면서도 단정하게 꾸미고 문을 나섬으로써, 자신의 잘못으로 쫓겨나는 것이 아님을 보여주고자 했고, 한편으로는 차마 남편과 헤어질 수 없어 머뭇거리는 마음을 자신도 모르게 드러냈다. 난지가 떠나가는 부분은 구마다 적절한 묘사를 통해 부드러움 속에 강인함을 보여주었는데, 비록 시어머니께는 남아 있게 해달라는 말을 절대 할 수 없지만 아가씨와의 이별은 아쉬워한데서, 정감도 있고 의리도 있어서 아주 슬프고 괴로워진다. 또 친정으로 돌아가는 도중의 부부 간 맹세는, 후일 재가하라는 압박을 못 이기고 사랑을 위해 자살을 택하게 되는 내용을 위한 복선인데, 난지의 선량하고 온화한 성정을 충분해 표현해냈다.

난지가 쫓겨나 집으로 돌아가는 내용과, 모친과 오빠의 압박으로 태수의 아들과 정혼을 하게 되는 과정 및 인물 성격의 발전은 모두 세 사람 간의 대화 속에 명확하게 교차하고 있다. 친정으로 쫓겨 가 얼굴도 들 수 없게 된 상황은 난지를 초 씨 집안에 있을 때처럼 그렇게 강인하게 남아있을 수 없게 했다. 그녀는 겉으로는 그저 아쉬운 대로 참고 견디면서 속으로는 자살하겠다는 생각을 정하고, 집안의 경계를 벗어나 남편의 얼굴을 한 번 더 보고자 한다. 대화는 비록 짧은 몇 마디지만, 딸이 원망스럽기도 하고 불쌍하기도 한 난지 모친의 심정과 오빠의 포학적인 성격 등은 하나하나 선명하지 않은 것이 없다. 재가하게 된 운명이 결정된 뒤, 태수의 영친 장면에 대한 자세한 서술을 삽입했는데, 장법은 난지가 시댁을 떠나기 전 물건을 넘겨주고 단정하게 단장하던 것과 대칭되며, 서사 단락이 분명해지면서 두 번째 줄거리의 절정을 형성했다. 양쪽 봉건가장의 억압과 부귀영화의 유혹 속에서도, 애정에 대해 전혀 흔들리지 않는 여주인공의 고상한 인격을 보여주었다. 난지가 중경과 마지막으로 만나 나눈, 사랑을 지키겠다는 약속의 대화는, 당초에 쫓겨나 돌아오면서 했던 맹세와 서로 상응한다. 중경은 오해로 인한 격분 속에서, 죽음으로 맹세를 지키겠다는 마음을 토로하고, 난지는 먼저 중경의 마음을 떠본 후에 자신의 마음을 밝히는데, 생각과 대화가 각 개인의 상황이나 성격과도 잘 부합된다. 중경은 죽기 전에 부모에게 인사를 하며, 비극적인 결말 전에 최후의 파도를 일으킨다. 그의 성격이 강인하게 변해가는 것을 표현한 중요한 묘사이며, 동시에 모친은 아들이 죽음을 알릴 때조차도 조금도 양보하지 않음을 나타내어, 비극의 필연성을 다시 보충했다. 난지와 중경은 각각 떠들썩하거나 쓸쓸한 분위기 속에서 자신의 생명을 마감하는데, 즐거운 정경으로 슬픔을 표현한 기법과 슬픈 정경으로 비애를 표현한 기법이 다시 한 차례 대조되었다. 결말에서는 두 집안이 합장을 하는데, 나무가 연리지가 되고 원앙새가 서로 목을 교차하는 환상적 장면을 이끌어내어, 공작이 헤어져 멀리서 서로를 부르는 첫 두 구와 서로 호응하며, 전체 시에 민간의 전설이 지닌 낭만적 색채를 보충했다.

　<공작동남비>는 한악부민가의 표현예술을 집대성하고, 각 인물의 대화와 외모 묘사, 장면의 중복 묘사, 정련되고 간결하면서도 완전하게 표현된 서사적 풍격, 낭만적이고 신선한 환상적 비흥, 생동적이고 활발한 구어 및 강렬한 서정성 등이 하나로 융화되었다. 작품 속 고도의 사상적 예술적 성취는 한위 시가에 가장 빛나는 한 페이지를 장식했을 뿐만 아니라, 중국 서사문학의 민족적 풍격 및 특색을 확정지었다. 후세의 서사체 시가나 화본(話本), 고사(鼓詞) 등 각종 문학 형식에서의 표현예술은 이 장시에서 연원을 찾지 않을 수 없다.

제3장 │ 정시지음(正始之音)

제1절 어려운 시대와 위진풍류(魏晉風流)

조위(曹魏) 후기 제왕(齊王) 조방(曹芳)이 즉위하여 연호를 정시(正始)로 바꾼 시기부터, 위 원제(元帝) 조환(曹奐)이 왕위를 내주어 사마염(司馬炎)이 진(晉)을 세울 때까지를 문학사에서는 일반적으로 정시(正始) 시기라고 부른다. 이 역사적 단계의 두드러진 정치적 학술적 특징은, 음모와 찬탈이 횡행하는 험악한 투쟁 과정 속에서, 부허(浮虛)하고 방탄(放誕)한 현리(玄理)와 청담(淸談)이 태어난 것인데, 시단의 풍모 역시 그 직접적인 영향을 받았다.

위 명제(明帝) 조예(曹睿)는 재위 시절, 인재 선발 시에 표면적으로는 여전히 재능과 지식, 사고 등을 중시하고 "나이와 귀천을 따지지 않는(無限年齒, 勿拘貴賤)" 조조 시대의 전통 규칙을 따랐지만, 실제로는 이미 덕행을 숭상하고 유학 경술을 회복해갔다. 그는 조서를 내려, "세상의 본질적인 것과 겉으로 표현되는 것은 가르침에 따라 바뀐다. 병란이 일어난 이후, 유가의 경술이 모두 끊어지자, 후진들은 진로를 서책을 통한 공부에서 찾지 않고 있다. 어찌 가르침을 따르지 않을 수 있으며, 장차 임용하려는 자로 덕이 뛰어난 자를 뽑지 않을 수 있겠는가?(世之質文, 隨教而變. 兵亂以來, 經術廢絶, 後生進趣, 不由典謨. 豈訓導未洽, 將進用者不以德顯乎)”라고[75] 사인들에게 경계했다. 또 노육(盧毓)에게 인재 선발을 맡기면서, “인재 선발은 본성과 품행을 우선으로 하고, 그 다음에 언변과 재주를 보도록(選擧性行, 而後言才)”[76] 했는데, 다만 “인재 선발 시에 그 명성을 따지지 않았다(選擧莫取有名)”는 점에서만 선조의 가르침을 따랐다. 그러나 조비가 구품중정법(九品中正法)을 확립한 후, 정부가 주관하는 청의(淸議)는 여전히 사인들이 관직에서 승진할 수 있는가의 여부를 결정하는 관건이었기 때문에, 필연적으로 사인들이 이름을 알리려는 분위기가 형성될 수 밖에 없었다. 이때 하안(何晏), 제갈탄(諸葛誕), 등양(鄧颺) 등이 ‘명예를 쫓고(馳名譽)’, 부화(浮華)한 풍조를 중흥시켰는데, 이는 구품중정제의 본질적 성격에 의해 야기된 것이다. 명제는 조조를 계승하여 부화함을 몰아내고자 했는데, 비록 둘 다 명사(名士)를 배척의 대상으로 했지만, 타격의 목표는 이미 어느 정도 달랐다. 조조의 타격 대상은 허위적인 도덕경학지사(道德經學之士)인데, 조예의 타격 대상은 “부화하며 도의 근본에 힘쓰지 않는(其浮華不務道本)”[77] 부허(浮虛)한 선비들이었다. 이 차이는 건안에서 정시로 오면서 사회적 풍조나 학술 사상에 커다란 변화가 발생했음을 반영하며, 동시에 조위 후기 통치자들의 반상명(反尙名)적 사상과 인재 선발제도의 모순을 반영한다.

　명제 사후, 제왕 조방이 즉위하자, 조상(曹爽), 사마의(司馬懿) 등이 보좌했다. 조상은 명제가 총애했던 종실이고, 사마의는 군정 대권을 장악하고 있는 중신이었다. 그들은 각자 당파를 거느리고 격렬한 정권투쟁을 벌였다. 제갈탄, 등양, 하안 등이 조상에 붙어 세력을 떨치며, 하후현(夏侯

---

75) <三國志・魏書・明帝紀>.
76) <三國志・魏書・盧毓傳>.
77) <三國志・魏書・明帝紀>.

玄), 순찬(荀粲), 왕필(王弼) 등과 경쟁적으로 청담을 벌이자, 현풍(玄風)이 크게 유행하여 "황당하고 방탄한 노장적 의론이 조야에 성행(虛無放誕之論盈於朝野)"하게 되었고, 후세인들이 선망하는 위진풍류(魏晉風流)를 형성하게 되었다. 정시 현풍의 극성은 여러 가지 원인이 있다. 우선, 조조 조비 부자가 양대에 걸쳐 경학을 배격하고 통달(通達)을 숭상하자, 조위의 선비들은 본성에 따라 마음 내키는 대로 하는 것을 추구했고 자연을 숭상했기 때문에, 필연적으로 노장사상이 갈수록 성행할 수밖에 없었다. 조예가 경학을 제창하고 부화함을 몰아내고자 한 것은, 역으로 정시 현풍이 일찌감치 자연적으로 일어나기 시작했음을 설명한다. 둘째, 위진 교체기는 세상이 험악하여 정치적 투쟁에서의 화복을 예측할 수 없었기 때문에, 진성(眞性)을 탐색하고 수양하는 도가적 이론이 명철보신과 재앙 도피에 유리했다. 셋째, 청의에 의해 자생된 상명지풍(尚名之風)과 조위 통치집단의 인재 선발에 있어서의 반상명적 사상은 필연적으로 갈등을 수반할 수밖에 없었다. 그리하여 하후현, 하안 등은 도가의 자연무명설(自然無名說)을 이용하여, 명성을 추구하는 자신들을 변호하며, "무릇 (도라는 것은) 명칭을 지을 수 없는 것이므로, 두루 천하의 개체의 명칭으로 그 명칭을 지어 개념을 만들 수 있다(夫唯無名, 故可得遍以天下之名名之)"고 했다. 구품중정법이 비록 출신 가문을 중요한 평가 기준으로 삼았지만, 현학(玄學)적 담론은 한사(寒士)들에게 이름을 알려 입신 출세할 수 있는 기회를 얻게 했다. 예를 들면 위진풍류의 양대 대표의 하나인 악광(樂廣)은 어려서부터 빈한하여 청빈함을 업으로 삼았는데, 하후현의 가르침을 받고는 현학과 청담을 배워 "위 정시 연간의 여러 명사들과 청담을 나누며(魏正始中諸名士談論)" 추앙을 받아, 결국 높은 작위에 올랐다. 하안은 불명(不名)으로 세상에 이름을 떨쳤는데, 사실은 도가적 '허무(虛無)'를 이용해, 명성과 지위를 추구하는 사족 계층의 정치적 야심을 가리려는 것이며, 따라서 명교(名敎)를 절대로 타파할 수 없었다. 소위 명교란, "명분을 세워 존비를 정하는(立名分以定尊卑)" 봉건적 정치 질서로서, 정치제도, 인재 선발 및 예악 교화 등을 포괄하는 개념이며, 사족들이 정치적 지위를 얻을 수 있는 보증서였다. 그래서 왕필은 하안을 계승하고, 나아가 자연과 명교를 통일시켜, 현존하는 제도나 윤리적 질서는 모두 자연의 체현이라고 여겼는데, 이것은 사족 계층이 고위 관직에 앉아 정무는 보지 않으면서 염치를 버리고 마음대로 생활하기 위해 만들어낸 이론적 근거였다.

하안, 왕필의 현학은 전체 사족 계층에게 적용되었으며, 오로지 조상 집단만을 위한 봉사는 아니었다. 조상 집단에 명사가 비교적 많았지만, 조상은 부허한 선비들은 잘 기용하지 않았고, 사마 씨 집단은 대부분이 돈한 유학자의 후대 및 예법지사(禮法之士)들이었지만, 사마 씨 역시 문벌 사족의 이익을 대변하기 때문에, 자연과 명교의 합일적 이론을 충분히 수용할 수 있었다. ≪위씨춘추(魏氏春秋)≫에 의하면, "하후현, 하안 등이 이름을 날릴 때, 사마경왕도 그 무리에 있었나(初夏侯幺何晏等名盛於時, 司馬景王亦預焉)." 사마 씨의 당파인 종회(鍾會)는 왕필과 교유가 깊었으며, 또 하안이 성인무희노애락(聖人無喜怒哀樂)이라고 말한 그 이론을[78] 찬술하기도 했다. 사마 씨가 현학을 배척하지 않았음을 알 수 있다. 그들이 음모를 써서 조상 집단을 일망타진했을 때, 명사들 대부분이 조상 일파였기 때문에 살아남은 자가 거의 없었지만, 현풍은 명사들의 대량 살육에도 불구하고 위축되지 않았다. 사마 씨에 붙었던 명사들은 여전히 승진할 수 있었고, 사마 씨에게 소극적이었던 명사들도 방임과 광달(曠達)을 빌어 자신을 지킬 수 있었다. 정시 시기에 떠들썩했던 죽림칠현(竹林七賢)도 이렇게 분화된 것이다. <진서·혜강전(嵇康傳)>에 따르면, 혜강은 완적(阮籍),

---

78) <三國志·魏書·鍾會傳> 참고.

산도(山濤), 상수(向秀), 유령(劉伶) 완함(阮鹹) 왕융(王戎) 등과 "죽림에서 노닐어, 세상에서는 죽림칠현이라 불렀다(爲竹林之遊, 世所謂竹林七賢也)." 정시 현풍이 그들 간의 교유를 촉진했지만, 지향이나 인품은 서로 맞지 않았다. 상수, 왕융, 산도는 사마 씨 집단에 붙었고, 완적은 사마 씨 통치 아래에서 정치적 압박을 받아 술에 취해 멋대로 굴며 세상사에 관심을 두지 않는 소극적 태도를 취했다. 혜강은 공공연히 사마 씨에게 협력하지 않다가 결국 해를 입었다.

이 시기의 정치적 투쟁은 기본적으로 조위 집단과 사마 씨 집단의 대립이 중심이며, 특히 사마 씨에 대한 정치적 향배에 의해 결정되었다. 사상 투쟁은 더욱 첨예하고 복잡해져서, 유학 가문의 예법지사와 대대로 허무를 숭상해 온 명사 간의 대립 외에, 현학 내부의 각종 사상적 파벌 간의 투쟁으로도 나타났다. 하안, 왕필의 귀무론(貴無論)이 자연지도(自然之道)로 명교를 가리고 꾸미는 것이라면, 상수, 곽상은 공개적으로 도가의 자연지도로 문벌사족의 방종과 방탕을 변호하며, "영예로움을 좋아하고 수치스러움을 싫어하며, 편안한 것을 좋아하고 힘든 것을 싫어하는 것은 모두 자연지도에서 나온 것(好榮惡辱, 好逸惡勞, 皆生於自然)"이라고[79] 여겼다. 단지 완적 혜강만이 이 험악한 세상과 혼란한 사조 속에서 어떻게 지조를 지켜낼 것인가 하는 문제를 고민하고, 선인들이 제시한 다양한 인생 행로에 대해 다시 탐색했으며, 그 시대적 생활 원칙을 집착적으로 추구하고, 자연으로 허위적 명교를 대담하게 부정하며, 현존하는 질서와 사회적 풍조에 날카로운 폭로와 엄격한 공격을 전개했다. 비록 그들의 이상이 군왕의 안정적 지위 확보, 예악 제정, 민심 관찰과 교화의 실시 등 원시 유가의 사상과, 세상을 떠나 멀리 은둔하고 명리에 초탈하고 시비

---

79) 向秀 〈難養生論〉.

구별을 없애는 등의 도가적 환상이 서로 결합한 산물이기는 하지만, 음모와 찬탈이 가득한 그 시대에는 깊은 현실 비판적 의미를 뚜렷하게 갖는다.

공포 정치의 압박에다 노장사상의 도야까지 더해져, 완적 혜강의 인생 가치 관념에도 커다란 변화가 생겼다. 건안문인들과 같이 나라를 위한 입공의 웅지는 여전히 그들의 마음 속 깊은 곳에서 메아리치고 있었지만, 현실적 상황에서는 공명(功名)에 대한 강렬한 부정으로 바뀌었다. 인생에 대한 감회와 정치적 화복을 예측할 수 없는 근심이 서로 교차하면서, 인생에 대한 모든 근심이 한 곳으로 귀결되었는데, 바로 난세 속에서 어떻게 자신과 가정을 보전하고, 절조를 깨끗하게 지킬 수 있느냐 하는 문제였다. 완적은 "지인은 그 본성은 맑게 하고 겉으로 드러나는 행동은 우둔하게 한다(至人淸其質而濁其文)"는 호신(護身)의 방법을 찾았고, 혜강은 본성(質)의 깨끗함뿐 아니라 행동(文)까지도 깨끗하게 유지하고자 했다. 상대적으로, 완적은 인생에 대한 탐색이 모순직이고 미혹되어서 혜강처럼 명랑함을 유지하지는 못했지만, 그들이 더러운 세상에 협조하며 함께 더러워지지는 않겠다는 의지나, 명예로운 이름과 기절(氣節)을 후손에게 남겨주겠다는 정신은 서로 일치하며, 굴원이나 건안문인들의 건강한 인생관과도 일맥상통한다.

완적, 혜강은 정시 시기의 가장 중요한 시인이다. 그들의 문예관념은 유가와 도가 두 사상의 영향을 받았지만 차이점이 있는데, 주로 음악과 정치의 관계에 대한 관점에서 표출된다. 혜강은 나라를 위해 비록 음악을 통해 정치적 득실을 밝히고 풍속의 성쇠를 살피기는 하지만, 음악 자체는 슬프거나 즐거운 것이 없고, 관건은 "슬픈 감정이 마음속에 감추어져 있다가, 그것이 조화로운 소리를 만나면 밖으로 나오는(哀心藏於內, 遇和聲而後發)"(<聲無哀樂論>) 것으로, 음악은 단지 슬픔과 즐거움이 전해져 풍속을 이루는 매개에 불과하다는 것이다. 이것은 음악과 정치의 관계에 대한 첫 번째 유물론적 해석이다. 그는 유가들이 음악의 작용을 강조하여 소리를 들으면 길흉 성쇠까지 알 수 있다고 강조한 것은 황당한 오류라고 지적했다. 일반적으로 시와 음악이 풍속을 바꿀 수 있다고 하는 것은, 주로 왕조의 쇠락 이후나 왕이 정치를 혁신했을 때에만 해당하는 것이며, 정치가 안정된 후의 음악은 크고 넓은 내용을 닦을 수 있게 바뀌는데, "하지만 풍속의 교화란 본래 음악에 의존하는 것이 아니라(然風俗移易, 本不在此也)"는 것이다. 바로 이러한 관점에 기초하여, 그는 악무(樂舞)에 대한 역대 재사(才士)들의 관점에 찬동하면서, "재주를 예찬할 때는 해냄이 높고 어려운 것을 최상으로 여기고, 소리를 묘사할 때는 슬프고 애잔한 것을 중심으로 삼으며, 그 감동을 찬미할 때는 눈물 흘리는 것을 가장 중시한다(稱其才幹, 則以危苦爲上, 賦其聲音, 則以悲哀爲主, 美其感化, 則以垂涕爲貴)."(<琴賦>) 그러나 음악은 또 하나의 작용이 있는데, 즉 "정신을 이끌어 기르고, 감정을 펼치고 조화시키며, 고독과 곤궁에 처했을 때 번민하지 않게(可以導養神氣, 宣和情志, 處獨窮而不悶)"하여, "세속을 피해 사는 선비들이, 사물에 마음을 기탁하도록(遁世之士, 假物以托心)"(상동)한다고 여겼는데, 현원적이며 초월적이고 방달한 선비만이 진정으로 이해할 수 있는 음악 이론이다. 이에 반해 완적은 한대 유가의 정통 문예관을 계승하여, "노래란 선왕의 덕을 읊는 것(歌謠者, 詠先王之德)"이고, 그 목적은 "풍속을 바꾸고(移風易俗)", "윗사람과 아랫사람이 다투지 않고 충의가 이루어지게 하는(上下不爭而忠義成)" 것이라고 여겼다. 그래서 그는 애수 어린 노래를 배척해야 한다고 주장하며, "존비의 구분이 있고, 상하 등급이 있는 것을 일컬어 예라 한다. 사람이 그 삶을 편안히 하고, 마음속에 슬픔이 없는 것을 악이라 한다(尊卑有分, 上下有等, 謂之禮. 人安其生, 情意無哀, 謂之樂)", "기미(綺靡)하고 슬픈 음악이 울려 퍼지고, 근심하고 원망하며 욕심내고 내용

없는 가사가 유행하면, 사람들은 그것을 듣고서 욕망을 쫓고 사치스러운 마음이 일고 자기만 생각하는 마음이 생기게 된다(猗靡哀思之音發, 愁怨偸薄之辭興, 則人後有縱欲奢侈之意, 人後有內顧自奉之心)"(<樂論>)고 했다. 이 예악에 관한 설교는 <시대서(詩大序)>보다도 더 명확하게 음악은 슬픈 마음을 표현해서는 안 된다는 견해를 표현했다. 이 주장은 비록 조위가 사치를 숭상하다 쇠망한 것을 비판했다는 의미가 있지만, 종욕과 사치의 출발점이 음악소리의 아름답고 슬픈 것에 있다고 보고 음악과 정치의 관계를 전도시킨 것으로, 음악의 작용을 지나치게 확대한 것이다. 정치와 문예의 관계에 대한 완적과 혜강의 견해 차이는, 후일 육조(六朝) 수당(隋唐) 시기에 점차 두 가지 문예관 간의 쟁론으로 발전한다. 완적은 노장의 "미묘하여 형체가 드러나지 않으며, 적막하여 들리지 않는데, 그런 다음에 내면에서는 깊고 그윽하며 맑은 경지를 볼 수 있게 된다(微妙無形, 寂寞無聽, 然後內可以睹窈窕而淑清)"는 미학관을 운용하며, 사람의 생각과 정서, 영감에 대한 탐색을 진행했다. 그는 "맑고 텅 비어서 넓은 마음(清虛寥廓)"을 유지하기만 하면, 저절로 "신령스러운 것이 몰려와(神物來集)" "이러 저리 날리며 황홀하고, 그윽하고 어두운 것을 꿰뚫어(飄纚恍惚, 則洞幽貫冥)" 이르지 않는 곳이 없어진다고 여겼다. 사상 감정이 충만하기만 하면 영감은 넘치지 않는 곳이 없으므로, "그 마음과 생각이 아름답게 모이는데, 어찌 그 상황에서 즐겁지 않겠는가?(伊衷慮之遒好兮, 又焉處而靡逞)"라 했다. 그는 이러한 청사(清思)는 "아득히 멀리 있어 그 있는 곳을 찾을 수가 없다(超遙茫渺, 不能究其所在)"(<清思賦>)고 했는데, 이는 바로 사상과 정서가 아득하고 황홀하게 넘나드는 완적 시의 특징을 만들어냈다. 완적이 말한 청사는 반드시 문학적 사고(文思)만을 지칭하는 것은 아니며, 현원적 사고(玄思)를 포함한다. 그러나 이러한 견해들은 후일 육기(陸機)가 <문부(文賦)>에서 진행한 창작에서의 구상 과정에 대한 연구에 일정한 계발을 주었다.

시대적 상황, 인생의 태도 및 문예사상의 변화로 말미암아, 완적과 혜강은 시가의 내용과 풍격에 있어서도 건안시가와는 확연히 다른 면모를 보인다. 그들은 악부 서사체를 모의하는 방식으로 현실을 폭로했던 건안 시인을 더 이상 학습하지 않고, 시국에 대한 공격과 분개의 표현을 하나로 융합함으로써, 오언 서정시를 민간 가요의 특색을 벗어내고 더욱 문인시화(文人詩化) 하였다. 동시에 민가의 다양한 예술적 기교를 수용하여 오언시의 장법과 구상 등의 기교를 풍부하게 했으며, 부의 수법에 비유적 내용을 기탁하는 건안 시의 표현방식을, 비유 속에 철리를 기탁하는 것으로 발전시켰다. 표현은 변화 있고 은회(隱晦)하며, 풍격은 맑고 심오하다. 비흥을 사용한 시가를 모아 오언 영회조시(詠懷組詩)라는 형식을 개척했다. 주의할 점은 정시 시가에 보편적으로 존재하는 의론화 경향에, 현풍(玄風)의 흥성까지 더해져, 완적 혜강의 시는 이미 현언(玄言)적 표현을 이용해 철학적 이치나 감정을 표현하기 시작했는데, 특히 혜강 시가 두드러진다. 다만 그들의 시가는 내용이 충실하고 감정이 진지하여, 무미건조하고 담담하며 시맛이 부족한 현언시(玄言詩)에까지 이르지는 않았지만, 그들의 이러한 경향이 진대 시풍에는 좋지 않은 영향을 일으켰다.

제2절 완적(阮籍)과 〈영회(詠懷)〉시

완적(210~263)은 자가 사종(嗣宗), 완우(阮瑀)의 아들이다. 역사에는 그가 "용모가 뛰어나고, 당당하게 홀로 경지를 이루고(容貌瑰傑, 傲然獨得)", 많은 책을 두루 읽었고, 노장을 특히 좋아했으며, 술을 좋아하고 휘파람을 잘 불었고, 금(琴)을 잘 탔다고 한다. 태위(太尉) 장제(蔣濟)가 그를 흠모하여 속료로 삼고자 초빙했었고, 조상이 정치를 보좌할 때도 참군(參軍)으로 삼고자 했으나, 모두 그가 병을 핑계로 거절했다. 사마씨가 정권을 휘두를 때는, 그도 어쩔 수 없이 종사중랑(從事中郎)을 맡았다. 동평(東平)의 풍습을 좋아하여 동평상(東平相)을 열흘 동안 맡기도 했었다. 그는 보병(步兵)의 주방에서 술을 잘 빚는다는 말을 듣고 보병교위(步兵校尉)를 자원하기도 했었는데, 그래서 완보병(阮步兵)이라고 부른다. 완적은 비록 사마씨의 문하에 있었지만, 세상사에 관심을 두지 않고 종일 술을 마셨다. 사마소(司馬昭)가 그와 사돈을 맺으려고 할 때나, 종회가 그를 모함할 핑계거리를 찾을 때도, 술에 취해 있음으로써 벗어날 수 있었다. 사마씨 집단의 예법지사들은 그를 아주 적대시했지만, 완적은 오히려 명교적 규범을 넘어서는 행동으로 "밖으로는 구속 없이 방종하고, 안으로는 지극히 순박한(外坦蕩而內淳至)" 성격을 표현해내어, 예법지사들로 하여금 상대적으로 더욱 비루하고 위선적으로 보이게 했다. 완적은 평소 다른 사람의 과오를 입에 담지 않았고, 그의 탈구속적 행위 역시 당시의 풍조여서 사마씨 정권에 큰 해를 끼치지 않았기 때문에, 화를 면할 수 있었다. 그러나 그의 내면은 아주 고통스러워서, 항상 "마음 내키는 대로 홀로 수레를 몰고 나섰는데, 길이 난대로 가지 않고, 가다가 막다른 곳에 이르면 통곡을 하다가 돌아왔다(率意獨駕, 不由徑路, 車跡所窮, 輒痛哭而返)." 평소 "말에 일정한 두서가 없고, 행동에 규칙이 없었는데(言無定端, 行不純軌)", 본성에 충실하여 얽매이지 않으면서도 소심하고 신중했다. 예교에 얽매이지 않았을 뿐 아니라, 자식들이 자신을 따라 하는 것도 허용하지 않았다. 한편으로는 스스로 외물에 얽매이지 않고 득실과 영욕을 따지지 않는 것을 자랑스러워하면서도, 한편으로는 무슨 꿈만 꾸어도 불안해서 바로 사람을 시켜 길흉을 점쳐 보기도 했다.80) 이러한 그의 모순적 언행의 배후에는, 이상

---

80) 阮籍 <搏赤猿帖> 참고.

과 현실 간의 첨예한 충돌이 깊이 감추어져 있다. 그는 노장의 도덕종시설(道德終始說), 적막무위론(寂寞無爲論)과 유가적 예교질서를 통일시켜, 자연지도(自然之道)를 통해 정교(政敎)를 보호하고 유지한다는 기본적 정치이상을 제시했는데, "옛 철인들이 고귀한 것은 정교를 통해 예의를 잘 펼친데 있는데, 이것은 철인들이 지니고 있는 오묘함과 참됨을 배운 것으로, 적막하여 들리지 않고 보이지 않는 경지를 즐길 수 있다(古哲人之攸貴兮, 好政敎之有儀, 彼玄眞之所寶兮, 樂寂寞之無知)"(<東平賦>)고 했다. 그의 <통역론(通易論)>, <통노론(通老論)>, <달장론(達莊論)> 등은 서로 다른 각도에서, 군신(君臣)의 위치나 존비(尊卑)의 구분이 명확한 예악 질서나, 태초의 순박함을 완성하는 것의 중요성을 논증한 것인데, 이러한 관점은 조상, 사마씨 이 두 집단의 음모와 찬탈로 인해, "임금과 신하가 자리가 바뀌고 혼란이 지속되는(君臣易位, 亂而不已)" 현실 정치를 겨냥한 것이 확실하다. 그가 <대인선생전(大人先生傳)>에서 예법지사들을 규탄한 것은 그들의 예법이 "세상을 해치고 재난을 일으키고 죽음을 일으키기(天下殘賊亂危死亡之術)" 때문이다. 예법지사들을 들추어낼 때는 필연적으로 예법지사의 본질도 언급하게 되는데, 즉 "임금이 존재하면 가혹한 일이 일어나고, 신하를 두면 백성을 해치는 일이 생기며, 예법을 만들면 백성들을 속박한다. … 강자는 노려보며 난폭한 일을 저지르고 약자는 초라하게 굽실거리게 만드는데, 청렴한 체하면서 탐욕을 채우고, 속으로는 교활하면서도, 겉으로는 어진 척 한다(君立而虐興, 臣設而賊生, 坐制禮法, 束縛下民. … 强者睽視而凌暴, 弱者憔悴而事人, 假廉而成貪, 內諂而外仁)"고 했다. 예법에 의해 야기된 부정적 결과는 그 자체의 허위성을 드러내게 되고, 이는 또 완적을 또 다른 이해할 수 없는 모순 속에 빠뜨려, 격분 속에서 "대개 군주가 없으면 만물이 안정되고, 신하가 없으면 만사가 순조롭다(蓋無君而庶物定, 無臣而萬事理)"(<大人先生傳>)고 하게 된다. 이는 완적이 이미 군권(君權)을 부정하는 수준까지

도달했다기보다는, 그의 사상이 아주 모순적이고 혼란스러움에 빠졌다는 것을 반영한다. 그는 <영회>시 중 <왕업수량보(王業須良輔)>에서 나라를 위한 공훈의 수립과 왕도(王道)의 보좌를 찬미하면서도, 평화는 때에 따라 깨지기도 하고 세상사에는 변화가 많으므로, 영원한 치세는 불가능하다고 여긴다. 또 일반인들이 이상적으로 생각하는, "옛날 팔원(八元) 팔개(八凱)와 같이 신하의 재주와 덕행이 뛰어나고, 수많은 현사들이 높이 칭송받는(元凱康哉美, 多士頌聲隆)" 사회를 부정했다. 이러한 모순은 사실은 이상적 원칙에 대한 추구와 모든 세상사에 대한 회의가 함께 얽혀 생긴 것이다. 완적의 <영회> 82수에서는 만물의 성쇠 변화에 대한 탐색, 인생의 길에 대한 탐색 및 처세 철학에서의 방황으로 표현되었다.

　<영회> 82수는 일정한 시기에 한 번에 지어진 것이 아니고 "평소에 지은 시를 모두 모아 제목을 영회라고 붙인 것이다(總集平生所爲詩, 題爲詠懷)."[81] 그러나 내용이 통일되고 풍격과 표현수법도 비슷하기 때문에, 오언 고시의 영회조시라고 볼 수 있다. 이 조시를 관통하는 주요 주제는, 예측할 수 없는 변란으로 인해 혼란스러워진 시국을 보며 격발된 성쇠지탄(盛衰之歎)이다. 이러한 감정은 어떤 작품에서는 조위 왕조를 겨냥하게 된다. <가언발위도(駕言發魏都)> 시는 옛 취대(吹臺)에서 연상을 일으켜, 전국 시기 양왕(梁王)의 황음(荒淫)과 실정(失政)에 대한 전고를 사용하여, 위왕(魏王)이 가무와 행락만 즐기고 병사 양성이나 인재의 등용에 관심을 두지 않다가, 결국 망국의 화를 입을 수밖에 없었음을 비유했다. 바로 "병사들은 겨와 지게미를 먹고, 어진 이들은 초야로 내몰렸다. 춤과 노래 끝나기도 전에, 진나라 병사들이 이미 들이닥쳤네(戰師食糟糠, 賢者處蒿萊. 歌舞曲未終, 秦兵已復來)"가 그 표현이다. 조상 집단을 겨냥한 작품도 있는데,

---

81) 吳汝綸 ≪古詩鈔≫ 卷2.

다음이 그 예다.

湛湛長江水	맑고 맑은 장강의 물길
上有楓樹林	강가엔 단풍나무 숲.
皐蘭被徑路	난초가 덮인 길 위로
靑驪逝駸駸	청마타고 쏜살같이 달린다.
遠望令人悲	멀리 바라보다 슬퍼지는데
春氣感我心	봄기운이 내 마음을 흔들어서라.
三楚多秀士	초나라에 뛰어난 선비 많았으나
朝雲進荒淫	무산의 여신 때문에 황음에 빠졌으니
朱華振芬芳	붉은 꽃에서 향기가 퍼져갈 때
高蔡相追尋	고채에서 향락만을 쫓았구나.
一爲黃雀哀	하루아침에 슬픈 참새 되었으니
淚下誰能禁	흐르는 눈물 누가 거둘 수 있으리!

이 시에 대해 전인들은 다양한 추측을 했었는데, 일반적으로 유이(劉履)의 설을 따라, 제왕 조방이 황음무도하고 예인들을 가까이 하다가, 사마씨에 의해 폐위된 일을 슬퍼한 것이라고 본다. 역사적 사실과 연관 지으면, 이 시는 조상 집단의 황음무도함과, 그들이 스스로 뛰어난 계책이 있다고 자만하다가 사마 씨의 음해를 예측하지 못했음을 풍자한 것이다. 첫 4구는 <초사·초혼(招魂)>의 "맑고 맑은 강가에는 단풍나무가 있고, 눈을 들어 천 리 멀리 바라보니 봄빛이 마음을 아프게 한다(湛湛江水兮上有楓, 目極千里兮傷春心)", "물가의 난초가 길을 덮어, 길이 점점 가려진다(皐蘭被經兮斯路漸)", "청흑색 말을 수레에 묶고 천승의 수레를 나란히 출발시킨다(靑驪結駟兮齊千乘)" 등의 어구와 의경을 사용했는데, 경물표현을 통해 시흥을 일으켰다. "조운(朝雲)"은 초(楚)의 회왕(懷王)이 무산(巫山)의 신녀(神女)와 양대(陽臺)에서 즐겁게 만났는데, 신녀가 갑자기 "아침에는 흐르는 구

름이었다가, 저녁에는 비가 된다(朝爲行雲, 暮爲行雨)”고 하고 사라졌다는 전고를 쓴 것이다. 역사에서는 조상이 “처첩이 뒤뜰을 가득 채웠으며, 또 사적으로 선대 제왕의 재인 일고여덟 명 및 관리, 사공,82) 고취 악대, 양가집 자제 등 서른세 명을 뽑아, 모두 악무(樂舞) 예인으로 삼았다. … 건물을 지어 사방을 아름답게 꾸미고, 하안 등과 여러 차례 그 안에서 모임을 갖고, 술을 마시고 음악을 즐겼다(妻妾盈後庭, 又私取先帝才人七八人, 及將吏師工鼓吹良家子女三十三人, 皆以爲伎樂. … 作窟室, 綺疏四周, 數與(何)晏等會其中, 飮酒作樂)”고83) 했고, 또 하안 등은 “어려서 뛰어난 재능으로 이름을 알렸다(少以才秀知名)”고 했는데, 시에서의 “뛰어난 선비(秀土)”는 조상 주위의 이러한 명사들을 일컫는 것이다. 그래서 이 시에서 “초나라에 뛰어난 선비 많았으나, 무산의 여신 때문에 황음에 빠졌으니”라는 표현은 조상과 하안 등의 그러한 음락(淫樂)을 지적한 것이다. “고채(高蔡)”와 “참새(黃雀)”는 <전국책(戰國策)·초책(楚策)>의 장신(莊辛)이 초 양왕(襄王)에게 간언했던 말을 이용한 것이다. 참새는 “스스로 근심이 없고 사람들과 다투지 않는다고 여겼는데(自以爲無患, 與人無爭)”, “귀공자나 왕손들이 왼손에 탄환을 끼고 오른손으로 탄환을 쏘는 것을 모르고, 열 길 하늘 위로 올랐다가(不知夫公子王孫, 左挾彈, 右攝丸, 將加己乎十仞之上)”, “순식간에 공자들의 손에 떨어졌다(倏忽之間, 墮於公子之手)”는 전고를, 고채는 채령후(蔡靈侯)가 “왼쪽에는 어린 첩을 끼고, 오른쪽에는 애첩을 안고서, 함께 고채 지방을 내달리며 놀고, 나랏일을 돌보지 않았는데, 그리하여 자방이 선왕의 명을 받아, 붉은 밧줄로 자신을 묶어 선왕에게 데려가려는 것도 알지 못했다(左抱幼妾, 右擁嬖女, 與之馳騁乎高蔡之中, 而不以國家爲事, 不知夫子發方受命乎宣王, 繫己以朱絲而見之也)”는 일을 가리킨다. 사마의는 조상 집단과의 정치적 투쟁에서 음모를

---

82) 고대에 궁궐에서 일하던 樂土 또는 맹인인 藝人(역자 주).
83) <三國志·魏書·曹爽傳>.

구며, 병이 든 체 하며 정치에 뜻이 없는 듯 보이면서 조상의 발호를 잠시 용인하는 척 하다가, 나중에 기회가 되었을 때 바로 일망타진했다. 이 시에서는 참새가 귀공자나 왕손들의 음모에 속았다는 것과 채령후가 선왕에게 걸려든 전고를 사용했는데, 아주 적합하다. <영회>시 중 흥망성쇠에 대한 탄식을 표현한 작품 가운데는, 사마 씨 집단의 공포정치를 겨냥한 작품이 더 많다.

嘉樹下成蹊	좋은 나무 아래 작은 길 생기니
東園桃與李	동원에 복숭아나무 자두나무가 있음이라.
秋風吹飛藿	가을바람에 콩잎이 흩날리면
零落從此始	그때부터 시들어 떨어지기 시작한다.
繁華有憔悴	번성한 후에는 쇠락하기 마련이라
堂上生荊杞	대청에 가시나무가 자라는구나.
驅馬舍之去	말을 몰아 여기를 떠나
去上西山趾	수양산 기슭으로 올라가리라.
一身不自保	내 한 몸도 보전하지 못하면서
何況戀妻子	어찌 처자를 그리워하랴?
凝霜被野草	된서리가 들풀을 덮었으니
歲暮亦云已	이 한 해도 다 저무는구나.

시는 복숭아나 자두나무가 활짝 피었다가 시들어가는 경치에서 시흥을 일으켜, 조위 왕조의 성쇠 변화 과정을 형상적으로 전개하면서, 피난은 빨리 갈수록 좋다는 감개를 기탁했고, 설사 세상을 피해 은둔 하더라도 스스로를 보전할 수 없을 것 같은 두려움을 드러냈다. 조상이 정권을 전횡할 때 완적은 초야에 숨어 살 수 있었으나, 사마 씨가 집권한 후에는 차가운 서리 속에 서있는 듯, 박해를 받아도 어쩔 수가 없었다. <영회>시에는 관직에 있는 '번화자（繁華子）', '과비자（夸毗子）', '빈분자（繽紛子）'

들이 용퇴라는 것을 모름을 많은 작품에서 반복적으로 영탄했다. 예를 들면, "어찌하여 벼슬길에 나아간 자들은, 굽은 경쇠가 될 뿐 돌아오는 것은 잊는가? 어찌하여 헛된 명예를 위해, 초췌하게 마음을 비참하게 하는가?(如何當路子, 磬折忘所歸. 豈爲誇譽名, 憔悴使心悲)"(<灼灼西隤日>) 이다. 이러한 작품들 대부분은 조상 혹은 사마씨에 빌붙어 명리를 쫓는 인사를 조소하고 풍자한 것인데, 명리적 유혹이나 정치적 압력을 이겨내지 못하고 변절한 자신의 친구들도 포함된다. 이들은 아무 일도 이루지 못하고 정치적 혼란만 조장하다가, 결국 "아침에 사거리 주변에서 태어나, 저녁이면 큰길 귀퉁이에 묻히는(朝生衢路旁, 夕痿橫街隅)"(<河上有丈人>) 말로로 추락한다. 다른 예법지사 역시 시인이 비웃었던 대상이다. <홍생자제도(洪生資制度)>는 만화적 필치와 풍자적 어조로, 예법지사의 허위적이고 작위적인 몰골과 비루하고 추악한 영혼을 통쾌하게 그려냈다. 그들은 "귀천에 일정한 순서를 두고, 어떤 일이라도 법도로 다스리며, 외모는 꾸미고 안색은 다듬으며, 허리 굽히고 규장을 쥔 채로(尊卑設次序, 事物齊紀綱. 容飾整顔色, 磬折執圭璋)", 표면적으로는 자중하며 행동하고 예를 충실히 준수하지만, 실제로는 "밖에서는 올곧은 소리를 해도, 안에서는 덕망이라곤 없어서(外勵貞素談, 戶內滅芬芳)", 입으로는 언제나 인의 도덕을 말하지만, 실제 행동은 매우 비열하고 저질이었다. 이렇게 날카로운 풍자와 비판 속에, 완적은 봉건통치계층이 암투를 벌이는 실제적 원인을 종종 언급하며, "높은 명성은 뜻을 미혹케 하고, 막대한 이익은 마음 혼란케 하니, 친한 자들끼리도 두 마음 갖게 하고, 골육들도 서로 원수가 되게 한다(高名令志惑, 重利使心憂. 親昵懷反側, 骨肉還相仇)"(<修塗馳軒車>)고 했으며, 눈앞에 펼쳐진 흥망성쇠를 우주의 역사적 변화라는 각도로 승화시켜, "황량한 벌판만이 끝없이 펼쳐져, 비통한 마음속에 불쌍한 자 있으니, 불쌍한 자 누구일까? 명석하게 살피면 절로 알게 되리라. … 방자한 사치가 세상의 상식을 넘는데, 어찌 영원하리라 말할 수 있겠는가?(幽荒邈悠悠, 凄愴懷所憐. 所憐者誰子, 明察應自然. … 肆侈陵世俗, 豈云永厭年)"(＜昔餘遊大梁＞)라고 고찰했다. 이러한 탄식은 비록 장자 상대론의 허무적 비관적 색채를 갖고 있기는 하지만, 어떤 봉건 통치집단도 영원할 수는 없다는 보편적 규율로 마무리했다.

＜영회＞시의 또 다른 주요 주제는 난세에 자신이 취해야 하는 인생철학에 대한 탐색이다. 이러한 작품들은 극렬한 내면적 갈등과 출구를 찾을 수 없는 고민들로 가득하다. 그는 본래 건안문인들처럼 소년적 의기가 넘쳐 충의로 후세에 명성을 얻기를 갈망하여, "장사가 어찌나 강개한지, 뜻을 온 세상에 펼치고자 한다네. … 어찌 삶에 연연하는 겁쟁이가 되리? 목숨 걸고 전쟁터에서 싸우리라. 충성은 백세에 걸쳐 영광이고, 의로움은 돌에 새겨진 미명으로 드러나리니. 명성이 후세에 알려지면, 기개와 절조 영원하리라(壯士何慷慨, 志欲威八荒 … 豈爲金軀士, 效命爭戰場. 忠爲百世榮, 義使令石彰. 垂聲謝後世, 氣節故有常)"고 했었다. 그러나 "목숨을 기약할 수 없고, 아침저녁 일조차 예측할 수 없는(生命無期度, 朝夕有不虞)" 불안한 환경은, "한 번에 푸른 하늘로 날아오르려는(一飛沖靑天)" 지사(志士)를 "차라리 제비나 참새와 더불어 날겠다(寧與燕雀翔)"는 범인(凡人)으로 바꾸어 버렸다. 그는 의식적으로 백이 숙제를 배워 세상을 피해 은둔했다. 그러나 그러한 은둔은 사마 씨에게 공개적으로 대항한다는 의미를 갖는데, 혜강의 피살이 그 선례이다. 게다가 "차가운 바람이 산언덕에 불고, 검은 구름이 무거운 음기 속에서 일어(寒風振山岡, 玄雲起重陰)" 음산한 가을 기운이 사방에 가득하여, 고사리 캐며 은둔하는 행위도 흉내 낼 수 없었다. 그는 세상과 섞여 살며 세상의 비방이나 칭찬에 얽매이지 않으려 했지만, 또 그 꼿꼿한 성품은 세상의 흐름대로 처신할 수도 없어서, "한 끼 식사에만 대가 지나가니, 천 년 세월이란 떴다 가라앉는 한 순간. 누가 구슬과 돌이 같다 말하는가? 흐르는 눈물을 멈출 수가 없구나(一餐傲萬世, 千歲再浮

沉. 誰云玉石同, 淚下不可禁)”(<詠懷快憤懣>)고 했다. 세상과 부침을 함께 할 수도, 굴원처럼 홀로 깨어있을 수도 없어서, 결국 “나 홀로 장생술 있으니, 내 마음이 위로가 된다(獨有延年術, 可以慰我心)”고 했다. 그러나 신변에 위험이 가득하니, 양생술(養生術)은 또 그저 말이 그렇다는 것뿐, “대낮이 지나면 다시 저녁, 저녁 지나면 다시 아침. 얼굴빛 평소와 달라지고, 정신은 절로 흐릿해지니, 가슴속이 펄펄 끓어, 이런 변화를 불러들인 것이라. … 두려운 것은 오로지 어느 순간에, 혼기가 바람 따라 날아가 버리는 것. 일생동안 살얼음 위를 걷는, 초조한 이 마음을 누가 알아주리오!(一日復一夕, 一夕復一朝. 顔色改平常, 精神自損消. 胸中懷湯火, 變化故相招. … 但恐須臾間, 魂氣隨風飄. 終身履薄冰, 誰知我心焦)”(<一日復一夕>)라 했다. 그래서 시인은 스스로에게 고통스러운 질문을 하지 않을 수 없었다.

楊朱泣歧路	양주는 갈림길에서 눈물을 흘렸고
墨子悲染絲	묵자는 희어진 머리보고 슬퍼했다.
揖讓長離別	읍양의 예절 오래전 사라졌고
飄颻難與期	아득한 세상 넘나드는 것도 기약하기 어렵도다.
豈徒燕婉情	어찌 여인의 사랑만 사라지겠는가?
存亡誠有之	나라의 존망도 진실로 그러하거늘.
蕭索人所悲	쓸쓸하고 처량하게 슬퍼한다 한들
禍釁不可辭	불행과 재난은 피할 수 없는 법.
趙女媚中山	조나라 아낙이 중산에서 강도 만나
謙柔愈見欺	겸손하고 유연하게 대하다 더욱 기만당했음이라.
嗟嗟途上士	아! 벼슬길에 들어선 선비들이여!
何用自保持	무슨 방법으로 자신을 지킬까?

인생의 기로에서 선택이란 정말로 어려운 일이다. 자신을 굽히고 출사를 하면 자신의 본질이 더럽혀질 수 있고, 세상을 피해 은둔한다 해도 현허(玄虛)함을 확신할 수 없다. 조용히 있지 않으면 화가 들이닥칠 것이

고, 겸손하고 유연하게 처세를 하면 장차 기만을 당할 것이다. 이러한 시대에 살면서, 도대체 어떻게 해야 자신의 목숨과 이름, 기개와 지조를 지킬 수 있는가? 그의 인생철학은 그의 정치적 이상만큼이나 모순이 가득하여 알기가 어려운데, 마치 끝없이 환상적으로 변하는 '검은 구름(玄雲)' 같다. 완적의 이 <영회> 조시는 고민으로 가득 찬 탄식 속에, 어둡고 혐오스러운 그 시대의 모습을 투영한 것이다.

<영회>시는 멀리는 <초사>와 장자, 가까이는 <고시19수>를 계승하여, 상징과 비흥을 많이 운용했고, 사유는 미묘하고 멀고 아득하며, 우의(寓意)는 모호하고 변화가 많아, 고원(高遠)하고 청려(淸麗)하면서도 무겁고 우울한, 독특한 풍격을 형성했다. 제1은 시인이 일생동안 막다른 길에서 배회하며, 출로가 보이지 않을 때의 고독감과 처량감을 써냈는데, 전체 조시의 기조(基調)가 된다.

夜中不能寐	깊은 밤 잠 못 이루고
起坐彈鳴琴	일어나 앉아 거문고를 탄다.
薄帷鑒明月	엷은 휘장으로 밝은 달빛 비치고
淸風吹我襟	맑은 바람은 옷깃에 스친다.
孤鴻號外野	외기러기 들녘에서 울부짖고
翔鳥鳴北林	날던 새도 북쪽 숲에서 우짖는다.
徘徊將何見	배회한들 장차 무엇이 보이리오?
憂思獨傷心	근심에 그저 마음만 상할 뿐.

맑은 바람과 밝은 달빛, 높은 구름과 푸른 하늘 등의 경치 속에 흐릿하고 음산한 기분이 가득하다. "박유(薄帷)" 두 구는 특히 맑고 표일하게 쓰여졌다. 시인은 마치 아무 것도 보이지 않고 아무 생각도 들지 않는 듯하지만, "자간과 행간 속에 무궁한 회포를 담아냈는데, 소리를 쫓고 그림자를 헤아려야 알게 된다(字後言前眉端外有無盡藏之懷, 令人循聲測影而得之)."[84]

완적 시 속의 청허(淸虛)하고 고원한 경계와 자유로운 사고는 <고시19수>의 정운(情韻)에서 얻었을 뿐만 아니라, 장자의 영향을 받은 것이기도 하다. 그는 종종 <초사>와 신선도가(神仙道家)적 상상을 혼합하여, 굴원의 장검을 허리에 차고, 장자의 크고 오묘한 공간을 소요한다. 즉 "높은 관모는 구름을 가리고, 긴 칼은 하늘을 꿰뚫는다. … 주나라 사람 비자를 마부 삼아, 소요하며 세상 끝에서 노니리라. 고개 돌려 서왕모에게 작별하니, 장차 여기서 멀리 떠날 것이라네(危冠切浮雲, 長劍出天外. … 非子爲我禦, 逍遙遊荒裔. 顧謝西王母, 吾將從此逝)" 이다. 그의 이상 속의 소년 협객은 하늘과 땅을 오르내리며 일월(日月)과 더불어 영원할 수 있는 형상인데, 이는 대인선생(大人先生)과 공명지사(功名志士)의 형상이 함께 겹쳐진 산물로서, "영웅적 풍모가 하늘을 찌를 듯하고, 세상을 뛰어넘어 명성을 드날리니(英風截雲霓, 超世發奇聲)"(<少年學擊刺>), "굽은 활은 부상에 걸어두고, 긴 칼은 하늘 밖에 세워두며, 태산을 숫돌로 여기고, 황하를 허리띠로 삼는다(彎弓掛扶桑, 長劍倚天外. 泰山成砥礪, 黃河爲裳帶)"(<炎光延萬里>). 이렇게 극도로 과장된 웅대하고 장활한 기세는, 이백(李白) 시의 거센 파도와 같이 거침없는 경계(境界)를 개척해 냈다. 그가 사모한 미인은 언제나 있는 듯도 없는 듯도 해서 바라볼 수는 있어도 다가갈 수는 없는데, "황홀경 속에서 날아다니다, 곁눈질하며 내 쪽을 돌아본다. 기쁘긴 하나 아직 만나지 못해서, 마주 앉아 얘기 할 수 없으니 마음이 아프구나(飄遙恍惚中, 流眄顧我傍. 悅懌未交接, 晤言用感傷)"(<西方有佳人>)라 했다. 그 종잡을 수 없는 형상은 바로 완적이 도달할 수 없었던 이상 및 "황홀하게 머무르고, 홀연히 멈추는(惚然而止, 忽然而休)" 사유세계의 반영이다. 때때로 그는 현실 생활 속의 실경(實景)도 만질 수 없는 환각처럼 묘사한다. 즉 "한낮에 의관을 고치는 것은,

---

84) 王夫之 ≪古詩評選≫.

귀한 손님을 만나고 싶기 때문이라네. 귀한 손님이란 누구인가? 갑자기 티끌처럼 날아가는 사람. 옷엔 구름 기운 가득하고, 언어는 신령스럽기까지 한 사람. 순식간에 날 버리고 떠나버리면, 언제 다시 그를 만날 수 있으리오?(平晝整衣冠, 思見客與賓. 賓客者誰子, 倏忽若飛塵. 裳衣佩雲氣, 言語究靈神. 須臾相背棄, 何時見斯人)”(＜平晝整衣冠＞) 인데, 날아가는 티끌이나 빠른 구름을 통해 한순간에 배반해 버리는 친구를 형용했는데, 인정의 가벼움을 과장적으로 써냈을 뿐만 아니라, 친구의 한순간의 배반을 통해 인생의 허무감을 탄식했다.

＜영회＞시는 ≪시경≫, ＜초사＞, 한위시의 비흥과 상징의 수법을 집대성하면서, 동시에 부의 기법에 비유를 기탁하는 건안 시가의 기법을 바탕으로, 전고를 변화시켜 비유로 삼거나, 비유 속에 철리를 기탁하는 표현방법을 창조해냈다. 이러한 방식은 원래는 비유형상과 우의 간의 관계를 더욱 명확하고 두드러지게 하기 쉬운데, 완적은 상징수법과 우의의 불확정성을 결합하고, 전고에 함의의 다양성을 더하여, 그의 비흥은 “그 뜻이 깊고 넓으나, 귀착되는 취지는 알기 어려운(厥旨淵放, 歸趣難求)”[85] 특징을 형성했다. ＜영회＞시 중 ＜담담장강수(湛湛長江水)＞ 시는 세 개의 전고로 비흥을 구성했는데 우의가 드러나지 않아서 다양한 추측을 낳았다. ＜이빈유강빈(二嬪遊江濱)＞시는 정교보(鄭交甫)가 낙비(洛妃)를 만난 전설을 빌어, 남녀 사이가 미모 때문에 맺어지면 금석같이 변치 않는 관계가 될 수 없음을 비유했다.

二妃遊江濱	두 여신이 강가로 놀러 나와
逍遙順風翔	바람 따라 빙빙 날며 소요했노라.
交甫懷佩環	교보가 여신의 패옥을 품게 되었는데

---

85) 鍾嶸 ≪詩品≫.

婉變有芬芳	고운 모양에 좋은 향기가 있었다네.
猗靡情歡愛	연정에 빠져 기뻐하고 사랑하며
千載不相忘	천 년 동안 잊지 않으리라 다짐했었지.
傾城迷下蔡	절세미인이라 하채를 미혹하고
容好結中腸	빼어난 미모가 마음을 사로잡았는데
感激生憂思	감정이 커지자 근심 생겨
萱草樹蘭房	망우초를 규방에 심었다네.
膏沐爲誰施	고운 단장은 누굴 위한 것인가?
其雨怨朝陽	비 기다리다 아침 해를 원망하는 격이네.
如何金石交	어찌하여 금석같이 단단하던 사귐이
一旦更離傷	하루아침에 이별의 슬픔으로 변했을까?

　　위 시에서 인생에 좋은 만남은 적고 이별은 많다는 정서는 많은 우의를 담고 있다. 즉 친구간의 교제가 진실하지 않아 처음에는 좋다가 나중에는 버리는 것을 가리키기도 하고, 군신간의 관계도 좋은 결말이 있기는 어렵다는 것도 가리킨다. 시는 두 단락으로 나뉘는데, 기쁜 만남에서 배신으로의 전환이 갑작스러워, 오히려 "들고 나는 사이에 조용히 만나는(冥合於出入之間)" 듯 족적을 찾을 수 없다. 더구나 색채가 진하고 화려하며 성음이 맑고 울려서, 몽롱하면서 완약한 운치를 갖는다. <석문동릉과(昔聞東陵瓜)>시는 소평(邵平)이 제후의 지위를 잃자 오이를 심었다는 고사를 빌어, 평생 포의로 있을지언정 명예나 총애, 녹봉을 부러워하지 않겠다는 마음을 기탁했다.

昔聞東陵瓜	옛날에 동릉과는
近在靑門外	가까운 청문 밖에 있었다지.
連畛距阡陌	밭두둑이 종횡으로 이어지고
子母相鉤帶	큰 오이 작은 오이 서로 엉켜 있어
五色曜朝日	아침 햇살에 오색으로 빛나면

嘉賓四面會	귀한 손님들이 사방에서 모여들었다네.
膏火自煎熬	기름에 불이 붙으면 스스로 타듯이
多財爲患害	과다한 재주는 재앙이 되는 법.
布衣可終身	포의 백성으로 천명을 누릴 수 있는데
寵祿豈足賴	은총과 복록 따위 어찌 믿겠는가?

시의 대의는 마치 은일의 추구인 듯하나, 사실은 더욱 깊은 우의, 즉 만약 은일이 철저하지 않아 조정의 부름을 받게 된다면 오히려 화를 면하기 어렵다는 내용을 담고 있다. 그래서 이 시는 사실은 동릉과를 가지고 동문 근처에서 빈객을 접대했다는 전고를 비유로 삼아, 사람들이 "멀리 은거하지 못해 화를 입는(不能高蹈遠引而嬰禍害)"86) 이치를 설명한 것으로, 은일로 이름이 알려져 초빙을 받게 되는 처세 방식을 부정했다. 이 시에 사용된 형상은 대부분 비교적 선명하고 생동적인데, 우의를 드러내지 않았기 때문에 함축적이고 은회(隱晦)하다. 그러나 이러한 표현방식은 후일 진자앙(陳子昻)에 의해 계승되어, 비유로 철리를 논하는 방식으로 발전되면서 건조하고 공허해졌다.

완적의 비흥수법은 주로 그가 느낀 정치적 압력과 시대적 분위기를 형상적 이념으로 변화시킨 것이다. <영회>시에 자주 보이는 비유형상들은 모두 명확한 상징적 의미가 있다. 도리(桃李)의 시듦을 통해 좋은 시절은 짧고 인생사는 예측하기 어렵다는 것을 비유하고, 대청에 가시나무가 자란다는 것은 국가의 쇠퇴 및 간신과 아첨꾼이 조정에 가득함을 비유하며, 하늘그물(天網)이 사방 들판을 덮었다는 것은 정치적 암흑과 무자유를 비유하는 것 등등이다. 이러한 수법들이 주로 <초사>에서 빌려온 것이라면, 완적의 창조성은 다양한 비흥을 이용해 완벽한 의경을 뛰어나

---

86) 吳淇 ≪六朝選詩定論≫.

게 구성했다는데 있다. <배회봉지상(徘徊蓬池上)>시는 완적이 처한 시대적 특징, 고독함과 감추어진 울분, 정도를 지키며 아부하지 않겠다는 처세원칙 등이 수준 높게 개괄되었다.

徘徊蓬池上	봉지 연못을 배회하다
還顧望大梁	위나라 도성인 대량을 돌아보니
綠水揚洪波	푸른 물에 큰 파도가 일렁이고
曠野莽茫茫	넓은 들판에는 초목 가득하며
走獸交橫馳	짐승들은 종횡으로 내달리고
飛鳥相隨翔	새들은 서로 쫓으며 날아다닌다.
是時鶉火中	이때는 구시월 교체기
日月正相望	해와 달 마주하는 보름이라.
朔風厲嚴寒	삭풍에 추위 더욱 매섭고
陰氣下微霜	음기가 서려 무서리 내린다.
羈旅無儔匹	타향 땅 나그네 길동무도 없어
俯仰懷哀傷	문득 슬픈 생각에 잠긴다.
小人計其功	소인은 공적만 따지고
君子道其常	군자는 상도를 말하는 법.
豈惜終憔悴	초췌하게 끝난다고 어찌 안타까워하랴?
詠言著斯章	읊조리다 이 시를 적는다.

이 시는 소슬하고 황량한 시대적 풍경을 펼쳐놓았다. 푸른 물과 커다란 파도는 정치적 투쟁의 급박함과 험난함을 상징하고, 종횡으로 치닫는 짐승들과 서로 따르며 이리저리 날아가는 새들은 정신없이 쫓아다니는 이런 저런 야심가 및 그 무리들과 같으며, 해와 달이 서로 바라본다는 것은 음모와 찬탈을 도모하는 사마 씨가 조위 왕실의 보좌를 넘보고 있음을 은유한 것인데, 이 소슬하고 흐린 분위기 속에서 시인은 마치 고독한 여행객처럼 황야를 배회하고 있다. 매 구의 비유가 모두 가리키는 것

이 있으며, 시대감이 풍부한 의경을 통해 세상에 홀로 우뚝 서있는 시인의 형상을 부각시켰다. <독좌공당상(獨坐空堂上)>은 세상 어디에도 친한 사람이 없고 시대와도 어울릴 수 없는 고민을 써냈는데, 이 작품 역시 시인이 사회와 인생에 대한 자신의 느낌을 구체적인 자연 경물로 변화시켰다.

獨坐空堂上	빈 대청에 홀로 앉아 있을 뿐
誰可與歡者	누구와 함께 즐길 수 있으리?
出門臨永路	문을 나와 먼 길을 나서도
不見行車馬	지나는 마차도 보이지 않는다.
登高望九州	높은 곳에 올라 천하를 바라보니
悠悠分曠野	아득히 넓은 들판이 나뉘었구나.
孤鳥西北飛	외로운 새는 서북쪽으로 날아가고
離獸東南下	흩어진 짐승들은 동남쪽으로 내려간다.
日暮思親友	해 저물자 친구가 그리워지니
晤言用自寫	마주 앉아 내 마음을 쏟아 내고자.

홀로 빈 대청에 앉았다가, 문을 나가 길을 나서고, 높이 올라 사방을 바라본다는 세 단락으로 나누어, 세상에는 오로지 새와 짐승뿐이어서 함께 할 수 없다는 내용을 표현했는데, 황량하고 텅 빈 환경은 지음이 없는 세상에서의 적막함을 상징한다.

<영회>시는 거의 모든 작품에 비흥이 사용되어 표현방법이 비교적 단일하다. 그러나 사고가 자유롭고, 장법 역시 변화가 많다. 예를 들면 <석일번화자(昔日繁華子)>시는 번화자(繁華子)가 사랑을 받을 때는 반짝이는 복사꽃처럼 빛을 발하고, 감정이 좋을 때는 새 두 마리가 날개를 나란히 붙이고 나는 것과 같다는, 기쁘고 진지한 정경을 형용했는데, 하지만 작품 첫머리의 '석일(昔日)' 두 자에 모두가 과거가 되어버렸다는 우의

가 담겨져 있다. <유자통문예(儒者通文藝)>시는 13개의 구로 지조를 지키는 선비를 찬미하다가, 마지막에서 "노자는 긴 탄식을 늘어놓는다(老氏用長歎)"는 구로 끝을 맺음으로써 대비적으로 주제를 드러내어, 선비를 조소하고 풍자하는 의미가 전체를 관통한다. <석년십사오(昔年十四五)>시는 옛날에는 "뜻하는 바 있어 시서를 좋아했었는데(志尙好詩書)", 요즘은 "안회나 민자건이 되길 바라는(顏閔相與期)" 마음을 써냈고, 또 눈앞 가득한 무덤 풍경을 보고 갑자기, "천 년 만 년이 지난 후에, 영예로운 이름이 무슨 소용 있을까?(千秋萬代後, 榮名安所之)"라고 냉담하게 묻는데, 옛날에 지녔던 의지를 스스로 비웃는 금일의 모습에서 뜻을 성취하기 어려움을 느낄 수 있고, 영예로운 이름도 허망한 것이라는 깨달음 속에서 미처 깨닫지 못했던 슬픔이 배어난다. 이 시들은 여전히 <고시19수>의 "의경에 닿으면 끝나고, 흥이 다하면 멈추는(遇境卽際, 興窮卽止)"[87] 정운(情韻)을 그대로 담고 있다. 그러나 <고시19수>와 건안시의 끊어질 듯 이어지는 장법이 무의식중에 많이 등장하는데, 완적은 의식적으로 사고의 끊어짐과 연속됨을 이용하여 깊은 감정과 주제를 담아냄으로써 함축미가 풍부해졌다. 종합적으로, <영회> 82수는 혹은 스스로 위로하거나, 혹은 스스로 상심하거나, 혹은 물외의 세계로 초연하거나, 혹은 세상의 불합리함에 분노하고 증오했는데, "내용은 정말로 다양하지만, 종지는 모두 일치한다(意固徑庭, 而言皆一致)." 아울러 비흥만을 사용했는데, 선택한 비흥형상은 현운(玄雲), 경풍(驚風), 광야(曠野), 천망(天網), 조수(鳥獸), 형자(荊刺), 응상(凝霜), 도리(桃李) 등에 국한되며, 비록 장법을 최대한 변화시켰지만 중복된 서술과 단조로운 표현에서 벗어나기 힘들었다. 이것은 비흥을 지나치게 많이 사용해서 생긴 단점이다.

---

87) ≪藝苑巵言≫.

완적은 5언 문인시의 발전에 중요한 지위를 갖는다. <영회>시는 5언 고시의 서정조시 형식을 창조했으며, 후세 시가에 깊은 영향을 주었다. 이후 문인들은 비흥을 사용한 오언 고시를 결합하여 조시로 엮기 시작했다. 그 작품들은 대부분 철리와 시정(詩情)을 결합한 산물로서, 사회와 인생에 대한 작가의 감상을 비교적 집중적으로 반영했다. 양진(兩晉)에서 수당까지 각종 형식의 영회조시가 출현했는데, 진자앙, 장구령(張九齡)의 <감우(感愚)>와 이백의 <고풍(古風)>은 비록 시대가 다르고 특색도 다르지만, 사상 감정이나 예술적 표현까지 모두 완적의 <영회>시와 일맥상통한다.

제3절 혜강(嵇康)과 사언시

혜강(223~262)은 자가 숙야(淑夜)이고, 초군(譙郡) 질현(銍縣, 현 안휘성 宿縣 서남) 사람이다. 어릴 적 가난했으나, 재기가 뛰어나고 거동이 출중했으며, 많은 책을 두루 읽었고 노장의 학설을 좋아했다. 조위의 종실과 사돈을 맺어 중산대부(中散大夫)를 역임했다. 사마 씨가 정권을 휘두를 때, 그는 공개적으로 은일을 표방하고 참여하지 않았다. 평소 세상물욕이 없어 오직 거문고를 타고 시를 지으며 양생술을 연마하는 것을 일삼았으나, 마음이 강직해 미움도 심했고, 정직하지만 오만했다. 산도(山濤)가 선관직(選官職)을 그만두며 그를 후임으로 추천하자, 혜강은 <산거원과 절교하며 쓰다(與山居源絶交書)>를 지어 보내, "은나라의 탕왕과 주나라 무왕을 비난하고 주공과 공자를 박대한다(非湯武而薄周孔)"고 대담하게 표방했으며, 공명이록을 추구하는 것은 "썩은 냄새를 좋아한다고 해서, 죽은 쥐를 먹는 것(嗜臭腐, 食死鼠)"이라고 했다. 사마씨의 근신(近臣)인 종회는 그를 방문했다가 냉대를 받자, 사마소의 면전에서 혜강이 "시대를 망치고 정교를 어지럽힌다(害時亂敎)"고 모욕을 하고, 그가 사마씨를 토벌하려는 무구검(毋丘儉)을 도우려고 한다고 모함했다. 이때 혜강은 친구 여안(呂安)이 그의 형에 의해 불효죄로 무고를 당하자, 혜강은 그의 억울함을 증명하려다 함께 잡혀 하옥되었다. 사형을 앞두고 있을 때, 삼천 명의 태학생(太學生)들이 혜강을 스승으로 모시고 싶다고 요청했던 것으로 보아 당시에 그의 영향력이 컸음을 알 수 있다. 이러한 명망과 절대로 사마 씨 편에 설 수 없다는 그 자신의 정치적 태도로 인해 죽음의 화를 초래했다.

혜강은 논리적 문장에 뛰어나다. 그는 <태사잠(太師箴)>에서 치란성쇠(治亂盛衰)의 교훈을 종합하여, "명예와 이익을 더욱 다투고, 번다한 예법이 거듭 제정되며(名利愈競, 繁禮屢陳)", "존귀한 왕좌를 뽐내고 위세를 자랑하면서, 좋은 벗도 사귀지 않고 훌륭한 스승도 섬기지 않는다. 그러면서도 천하를 제멋대로 쪼개어, 자기 한 몸 떠받드는 데에만 힘쓴다. 그러니 임금의 자리는 갈수록 사치스러워지고, 신하들은 그 직분에서 사악한 마음을 만들어 내는데(憑尊恃勢, 不友不師. 宰割天下, 以奉其私. 故君位益侈, 臣路生心)", 이것이 재앙의 근본이라고 여겼다. 이것은 사마 씨 집단의 찬탈 야욕을 겨누고 말한 것이 확실하여, 깊은 현실 비판적 의미를 갖는다. <난자연호학론(難自然好學論)>에서는 육경(六經)이 자연적 인성에 위반되며, "이전의 배우지 않음이, 반드시 '긴 밤'은 아니며, 육경도 반드시 태양이 되는 것이 아님(向之不學, 未必爲長夜, 六經未必爲太陽也)"을 제기했다. 경전의 내용을 부정하는 경향이 매우 뚜렷하다. <복의(卜疑)> 문장에서는 굴원의 <어부(漁父)>를 모방하여 각종 인생철학을 비교하며, 은거하여 태현(太玄)에 마음을 두겠다는 자신의 결심을 표명했다. 이러한 사상은 그의 시가에도 역시 체현되었다.

혜강의 시는 완적의 시와 마찬가지로 거의 모든 시가의 주지가 같아서, 세상사의 험악함과 "근심거리가 유독 많은(憂患獨多)" 인생살이의 감개를 반복적으로 서술했는데, "잡다한 세상일 자세히 살펴보니, 어렵고 험하여 근심 걱정이 많구나. … 술수와 지혜로 서로 다투고 빼앗지만, 명성과 지위는 가질 게 못 되네(詳觀凌世務, 屯險多憂虞. … 權智相傾奪, 名位不可居)"(<答二郭>)라 했다. 이 시대에 있어서 공명이란 이미 후세에 이름을 날릴 수 있는 것이 아니라, 오히려 이름과 지조를 더럽히고 재앙과 화를 부르는 것이어서, "영예로운 이름은 사람의 몸을 더럽히고, 높은 지위엔 재난과 근심 많으니, 차라리 외물의 얽매임을 던져버리고, 자유롭게 생각하며 호연지기 기르느니만 못했다(榮名穢人身, 高位多災患. 未若捐外累, 肆誌養浩然)"(<五言詩一首與阮德如>). 옥중에서 쓴 <유분시(幽憤詩)>는 일생의 경력과 희망을 서술하고, 자신의 죄는 완전히 무고라고 격분하며, "과오를 줄이고자 하나, 비난의 소리 끊어 오르고, 천성이 남을 다치게 하지 못하지만, 빈번히 원망과 증오를 일으켰다(欲寡其過, 謗議沸騰. 性不傷物, 頻致怨憎)"고 했으며, "시류 잘 살펴 공손하고 과묵해야(奉時恭黙)"만이 "허물과 후회가 생겨나지 않는다(咎悔不生)"고 어두운 시대를 토로했다. 이 시들은 대부분 서술은 직설적이고, 어감은 엄격하고 냉철하며, 언어는 내용을 감추지 않고 다 드러내려고 애썼다. 또 철리적 성분이 과도하고 심지어 현언적 성분도 적지 않아 함축미는 부족하다. 유협이 "혜강은 본연의 마음을 논문에 그대로 썼다(嵇康師心以遣論)"고,[88] 주로 찬술과 논문에 뛰어났음을 지적했는데, 이는 또 그의 시가적 특징을 평가한 것이기도 하며, 아주 합당하다.

현존하는 혜강의 시 50여 수 가운데, 4언이 절반 이상을 차지한다. 5언과 잡언은 번천(繁淺)함에 빠졌지만, 4언은 아주 맑고 심오하며 창조성

---

88) <文心雕龍·才略篇>.

이 풍부하다. <군부로 들어가는 수재에게 주다(贈秀才入軍)> 18수는 그의 형인 혜희(嵇喜)가 사마 씨 군부로 들어가는 것을 송별하며 지은 작품으로, 전체가 각각 독립적인 작품이면서도 서로 연결된 4언 조시이다. 대낮부터 밤이 되기까지 시간의 순서에 따라, 눈앞의 정경과 이별 후의 그리움을 서로 교차시켜, 형제 간 이별의 아픔을 반복적으로 서술했다. 읽어보면 마치 여정 내내 함께 하며 송별하는 듯한데, 산을 넘고 물을 건너며 눈에 보이는 경물을 비흥으로 삼아 입에서 나오는 대로 읊조린 듯하다. 시인의 감정은 경물의 변화에 따라 기복을 보인다. 혹은 푸른 강물 위에서 자유롭게 유영하는 쌍쌍의 원앙을 통해 시흥 일으켜, 혜희가 시대적 상황에 구속되어 안전함을 버리고 위험 속으로 들어갈 수밖에 없었다는 부자유함을 부각하거나, 혹은 긴 강물, 높은 산을 빌어 수명의 유한함과 짧은 만남 긴 이별을 탄식하거나, 혹은 하늘의 구름과 맑은 파도, 산새, 석양 등에 이별 후의 그리움을 기탁하거나, 혹은 달밤에 술잔을 미주할 때 이는 지음 부재와 교류 단절의 슬픔을 서술했다. 마지막에는 종군과 은거라는 두 형제의 서로 다른 삶의 방식에 대한 대비를 통해, "대도를 품고 자연에 맡기니, 지식도 존재도 떨쳐진다(含道獨往, 棄智遺身)", "고요함 속에 아무 얽매임 없이, 마음을 즐겁게 하고 정신을 보양하련다(寂乎無累, 怡志養神)"는 처세 철학으로 귀결하며, 자신은 차라리 굶주리더라도 "내 뜻대로 하는 게 가장 귀한 일이니, 마음 편하게 해야 후회가 없으리라!(貴得肆志, 縱心無悔)"는 결심을 표명하는데, 비록 현학(玄學)적 담론이기는 해도, "이 향기로운 풀 버려둔 채, 저 쑥 덤불 속에 묻혀 있는(棄此蓀芷, 襲彼蕭艾)" 혜희에 대한 깊은 아쉬움을 암암리에 드러냈다. 이 4언시 18수 가운데 일부 작품은 기세는 비록 ≪시경≫과 유사하나 신운은 전혀 다르고, 일부 작품은 구식(句式)에서 격조까지 아송체(雅頌體)를 모방했던 한위 4언시의 구습을 벗어던졌다. 그 중 두 편은 입대하여 말을 내달리는 혜희의 영웅다운 자태와, 은거하여 자득하는 시인의 우아한 흥취를 각각 묘사하여, 두 가지 서로 다른 생활의 지취(志趣)를 완곡하게 대조했는데 매우 생기 있다.

良馬旣閑	준마는 잘 길들여졌고
麗服有暉	화려한 옷에선 빛이 반짝거린다.
左攬繁弱	왼손엔 번약 활 잡고
右接忘歸	오른 손엔 망귀 화살 쥐고서
風馳電逝	바람처럼 달리고 번개처럼 날아가니
躡景追飛	햇빛보다 빠르고 새보다도 빠르네.
凌厲中原	거친 들판 치달리며
顧盼生姿	사방을 둘러보는 씩씩한 그 모습이여.
息徒蘭圃	무리들 난초 밭에서 쉬다가
秣馬華山	꽃 만발한 산에서 말을 먹인다.
流磻平皋	물가에서 돌살촉으로 사냥하고
垂綸長川	강에 낚싯줄 드리워 물고기 낚으며
目送歸鴻	눈을 들어 돌아가는 기러기 전송하고
手揮五弦	손으로 오현금 탄다.
俯仰自得	묵묵히 자득하여 이 몸 보전하고
遊心太玄	넓은 도의 경지에서 이 마음 놀게 하리라.

　한 편은 준마와 화려한 옷이 서로 잘 어울리고, 의기가 충천하여 사방을 바라보는 씩씩한 자태를 표현했는데, 필력이 번개를 끼고 바람을 일으킬 듯하다. 한 편은 현을 튕기거나 낚싯대를 드리운 채 물고기나 새들과 서로 즐기며, 세상사의 먼지를 털어내고 자유롭게 노닒을 표현했는데, 정신은 맑고 뜻은 원대하게 묘사되었다. 상대적으로 세상을 내려다보며 고고함을 지키려는 시인의 정신적 면모가 생동적으로 묘사되었다.

이 두 4언시는 허자(虛字)와 단음절 어휘를 많이 사용했던 ≪시경≫의 4언체 구법을 고쳐서, 쌍음절 어휘와 대구를 많이 운용하는 부(賦)의 구법을 채용했는데, 언어가 정련되고 청신하여, 감정과 내용을 얽매임 없이 더욱 활발하고 자유롭게 만들었다. 혜강은 이러한 구법을 ≪시경≫체의 전통적 기법과 결합하기도 했는데, 다음의 <사언(四言)>시가 그 예다.

淡淡流水	잔잔하고 맑은 물
淪胥而逝	푸른 물결 되어 멀리 흘러가고
泛泛柏舟	두둥실 떠가는 빈 배는
載浮載滯	가는 듯 머무는 듯하다.
微嘯淸風	작은 휘파람소리에 맑은 바람 일고
鼓楫容裔	노 젓는 소리에 물결이 흔들린다.
放棹投竿	노를 내려놓고 낚싯대 던져두고
優遊卒歲	유유히 남은 세월을 보내리라.
微風淸扇	미풍이 맑게 불어오고
雲氣四除	구름 기운 사방에서 걷히니
皎皎亮月	맑고 밝은 달
麗於高隅	높은 하늘에서 아름답구나.
興命公子	즐거이 공자 불러
攜手同車	손잡고 함께 수레에 오르니
龍驥翼翼	날쌘 준마 굳건한 모습으로
揚鑣踟躕	재갈 떨치며 움직이네.
肅肅宵征	세차게 밤길을 내달려
造我友廬	친구의 초가에 이르니
光燈吐輝	등불이 환한 빛을 내뿜고
華幔長舒	화려한 장막은 길게 펼쳐 있구나.

앞 작품은 흐르는 물에 배를 띄우고 마음대로 소요하는 자유로운 기

분을 썼는데, 운치가 맑고 담담하며 유원(悠遠)하다. 뒤 작품은 맑은 바람과 밝은 달 아래 벗과 함께 노닐고 등불 밝힌 채 연회를 벌이는 정경인데, 풍격이 청랑(淸朗)하며 화려하고 섬세하다. 이 작품들이 지닌 활발하고 신선한 구법이나 맑고 현원(玄遠)적인 경계는 모두 도연명 4언시의 선성(先聲)이 되었다.

혜강의 5언시는 좋지는 않고, 다만 <유선시>가 "들고 남의 행적이 아주 세분화되었고(出入深析)", "어둡고 쓸쓸한 느낌을 담았다(有蒼瑟之風)."[89] 시는 유선을 빌어 세속을 떠나고픈 심정을 서술하여, "허물 벗듯 더러운 세상 벗어 던지고, 친구 맺어 곤륜산에 기거하리라. … 오래도록 속인들과 떨어져 있으면, 누군들 그 자취 다시 볼 수 있으리?(蟬蛻棄穢累, 結友家梧桐. … 長與俗人別, 誰能睹其蹤)"라 했다. 구선(求仙) 과정에 대한 묘사가 왕자교(王子喬) 이야기나 불사약 채취와 같은 한위시의 구투를 벗어나지는 못했지만, 장생에 대한 갈구를 자주 표현했던 한위 이후의 유선시의 주제가 이때에 와서 피세(避世)와 은둔으로 바뀌었다.

혜강은 또 6언의 영사시(詠史詩) 10수가 있는데, 고인에 대한 찬미를 통해 세상에 숨어 도를 즐기겠다는 뜻을 밝혔지만, 전적으로 무미건조한 의론이다. <대추호가시(代秋胡歌詩)> 7수는 악부의 원래 내용은 따르지 않고 격식만 모방하여 영탄(詠歎)과 철리를 전개했는데, 예술적으로는 취할만하지 않지만, 대악부체(代樂府體)를 창조한 것이다. 종합적으로, 혜강의 시가적 성취는 주로 4언의 구형식을 혁신한데 있다. 다만 시속의 현리적 담론과 번다하고 얕은 묘사는 진시를 좋지 않은 방향으로 이끌었다. 진송인들이 그를 현언시의 원조로 보는 이유가 바로 여기에 있다.

정시 시기의 시인으로는 이 외에도 하안, 응거(應璩) 등이 있다. 하안의

---

89) 王夫之 ≪古詩評選≫.

<의고>, <실제(失題)>는 모두 화복(禍福)을 알 수 없는 시대적 느낌을 반영했지만, 완적, 혜강과는 근본적으로 다른 인생태도를 취하여, "장차 오늘을 즐길 터, 그 다음을 알 바 아니네(且以樂今日, 其後非所知)"(<失題>), 혹은 "늘 두려웠다네 젊어서 세상사의 그물에 걸려, 근심과 불행이 어느 날 한꺼번에 닥칠까 하여. 어찌 오호에 모여, 물결 따라 흐르며 부평초 먹는 것과 같겠는가. 한가하게 소요함에 내 뜻을 둘 터, 무엇하러 겁먹고 두려움에 떨겠는가?(常恐天網羅, 憂禍一旦並. 豈若集五湖, 順流唼浮萍. 逍遙放志意, 何爲怵惕驚)"라 했다. 세상의 흐름에 따라 소요하며 마음을 비우고 눈앞의 것을 즐기겠다는 처세철학을 노골적으로 표현했는데, 실제로는 한대인의 시간을 아껴 즐기자는 급시행락(及時行樂)적 인생관이 위진의 혼란한 시대적 상황 속에 재현된 것이다. 응거의 <백일시(百一詩)>, <잡시> 각 3수는 잠명체(箴銘體)의 형식에 시사(時事)를 결합하고 비흥 형식을 이용하여, 정치, 인간관계, 처세 등에 대한 각종 이치를 설명했다. 어떤 작품은 일부 군자들이 덕이나 재학(才學)도 없고 공적도 세우지 못했으면서, "세 번이나 승명려에 들어가(三入承明廬)", "(그 곳을) 인자와 지자의 거처라고 부르는(是謂仁智居)" 것을 조소하고 풍자했으며, 어떤 작품은 "어찌할거나 말세의 사람들, 사치가 궁성에 가득하구나. 기려한 꾸밈 끝이 없어서, 무덤에도 붉은 빛을 비추는구나. 징구하는 세금이 세상을 기울게 하니, 풍아의 소리가 온화하지 않도다(奈何季世人, 侈靡在宮牆. 飾巧無窮極, 土木被朱光. 徵求傾四海, 雅意猶未康)"라고 비판했는데, 대부분 조상을 풍간하기 위한 작품으로, 시대적 폐단의 정곡을 찔러 일정한 현실 인식적 가치를 지닌다. 그러나 이 시들은 내용이 노골적이고 언어는 사실적이며 철리적 성분이 많아, 정시 시풍 의론화의 한 단면을 보여준다. 이것은 문인시가 점차 민가적 본질에서 벗어나 성숙해 가고 있음과, 동시에 이미 무미건조하고 회삽해지기 시작했음을 설명한다. 다만 완적 혜강의 일부 철리적 작품은 세상

에 대한 분노로 인한 격정에 의해 쓰였지만, 아직 깊이 음미할 만한 느낌은 부족해서, 진실한 감정이 부족했던 서진 문인의 손에 의해 아주 쉽게 책을 베낀 것 같은 철리시로 변하게 된다.

제4장 | 서진 시풍의 아화

제1절 혼란한 정국 속의 전아한 시가

265년 사마염(司馬炎)은 위 황제에게 제위를 선양하도록 압박하여 진(晉) 왕조를 건립했다. 진 무제(武帝)는 태시(太始) 함녕(咸寧) 연간에 오(吳)를 정벌하고 촉(蜀)을 멸망시켰으며, 사회의 발전에 필요한 정치적 경제적 조치를 취했다. 점전제(占田制)와 과전제(課田制)를 시행하고, 농호토지점유제(農戶土地占有制)를 기초로 조세제도를 정하고, 큰 보상을 주며 유민을 불러들임으로써 호구를 회복했다. 그리하여 태강(太康) 연간(280~289년)에 중국을 통일 한 후, 한 차례 태평성대를 이루었는데, 역사에서는 '태강지치(太康之治)'라고 부른다. 그러나 좋은 시절은 길지 않아, 진 무제 사후 서진 사회는 외척과 종실이 찬탈을 반복하는 난리 속으로 빠져들었다. 혜제(惠帝) 원강(元康) 연간(291~299년), 가후(賈后)는 궁정에서 정변을 일으켜 정권을 다투던 외척 양준(楊駿)을 죽였고, 여남왕(汝南王) 사마량(司馬亮)과 초왕(楚王) 사마위(司馬瑋)는 가후에게 이용당하며 우선적으로 정변의 희생물이 되었다. 난정(亂政)의 조건은 이미 성숙되었지만, 이때 장화(張華), 배위(裴頠) 등이 한마음으로 정치를 보좌하고 조정하여 잠시 안정적인 시기가 출현하기도 했다. 영강(永康) 초(300년) 조왕(趙王) 사마윤(司馬倫)이 가후를 죽인 후, 혜제(惠帝)를 폐하고 왕위에 오르면서 장장 11년 간의 '팔왕지란(八王之亂)'이 시작되었다. 제왕(齊王) 사마경(司馬冏), 성도왕(成都王) 사마영(司馬穎), 하간왕(河間王) 사마옹(司馬顒)이 각각 기병하여 조왕 사마윤을 죽이고 혜제를 복위시켰으며, 또 장사왕(長沙王) 사마예(司馬乂), 동해왕(東海王) 사마월(司馬越), 동영공(東嬴公) 사마등(司馬騰) 등과도 해마다 싸움을 벌이는 등 정변의 광풍이 끊이지 않았는데, 선비, 흉노, 오환(烏桓) 등 각 민족의 수령들에게 도움을 청해 끌어들임으로써, 궁정, 종실 간의 전쟁이 민족 간의 전쟁으로 확대되었다. 306년 동해왕 월은 진 혜제를 살해하고 회제(懷帝)를 세웠으며 연호를 영가(永嘉)로 고쳤다. 311년 흉노왕 유연(劉淵)의 장수 석륵(石勒)이 낙양을 공격하여 함락시켰는데, 역사는 이를 '영가의 난(永嘉之亂)'이라 부른다. 316년 서진이 멸망했다.

사마씨 정권은 조위(曹魏)가 수립한 구품중정제를 더욱 공고히 하여 고위 사족의 이익과 관직을 보장했는데, "이부에서 사람을 선발하면 반드시 중정관(中正官)에게 알려, 그 사람 거주지와 부모 조상의 관직 등을 조사하게 했다(吏部選用, 必下中正, 征其人居及父祖官名)."90) 이러한 가문 선별 방법은 양진남북조(兩晉南北朝) 사백 연간 지속된 문벌제도를 확립했으며, 대다수 한문(寒門) 자제의 출사의 길을 막아버렸다. 이때 이후로는 일부 하층 문인들이 불합리한 사족제도에 대해 제기한 분노와 항의가 진보문학의 중요한 주제가 되었다. 문선제(門選制)의 탄생은 당시 정변의 빈번함과 직접적으로 관계가 있다. 원래 서진 문벌 등급의 범위는 후대처럼 그렇게 엄격하지 않았다. 경상(卿相) 항렬에 오른 한사(寒士)도 적지 않았다. 예를 들면 양진(兩晉)의 원로인 장화는 서족(庶族) 출신이다. 정변 상황에 따

---

90) ＜通典・選擧＞.

라 권귀들의 영욕도 순식간에 바뀌어, "아침에는 조정대신이었는데, 저녁에는 간악한 무리가 되어(朝爲伊周, 夕爲桀蹠)" 있었다. 중정관들은 대족(大族)이나 강한 당파에 아부하며 "훗날의 이익을 챙기고(以植後利)", 평의사인(評議士人)도 "사람의 재능이나 본바탕은 자세히 살피지 않고, 당파와 이익만 쫓았으며(不精才實, 務依黨利)", "관직의 높고 낮음은 세력의 강약에 따라 결정되었고, 시비는 애증에 따라 정해졌으며, 권력에 붙고 당파에 의지하면서, 헐뜯고 말고는 관계에 의해 결정되며 세상의 흐름에 따라 흥하고 쇠했기(高下逐强弱, 是非由愛憎, 憑權附黨, 毁平從親, 隨世興衰)" 때문에, "높은 품계에는 한문 출신이 없고, 낮은 품계에는 문벌사족 출신이 없는(上品無寒門, 下品無士族)" 현상을 초래했다.[91] 관직 출사는 이미 재능과 덕행을 기준으로 삼을 필요가 없어졌으며, "선과 악은 성공과 패배의 뒷전에 밀렸고, 비방과 명예는 세력과 이익에 따라 결정되었다. 그리하여 경박하고 연줄을 찾는 사인들이 간사한 지혜를 써서 끼어들었으니, 마치 밤에 벌레들이 불빛에 달려드는 것 같았다(善惡陷於成敗, 毁譽脇於勢利. 於是輕薄干紀之士, 役奸智以投之, 如夜蟲之赴火)."[92] 권력가 자제들은 능력과 경력에 상관없이 지속적으로 승진을 했고, 보통의 사인들은 진흙탕 속에서 경쟁하며 권세가들에게 아부를 해야 했다. 원강 연간 가밀(賈謐)이 국정에 참여하자, 많은 문인들이 그 막하에 들어가서 '이십사우(二十四友)'라고 불리웠다. 유명한 문인 육기(陸機), 육운(陸雲), 반악(潘岳), 구양건(歐陽健), 지우(摯虞), 좌사(左思), 유곤(劉琨) 등이 모두 속한다. 많은 사람들이 정치적 암투 속에서 목숨을 잃었는데, 반악은 손수(孫秀)에게 살해되었고, 육기는 성도왕 사마영에게 피살되었다. 원래 원대한 야망을 갖고 있던 장화도 적당한 때에 물러나지 않았다가 화를 면하지 못했다. 상층 정치의 혼란, 풍속의 음란함, 사

---

91) 이상 劉毅 〈上疏請罷中正除九品〉.
92) 干寶 〈晉紀總論〉.

회적 도덕의 타락은 정시 이후에 현풍을 더욱 창성하게 했다. 부허함을 숭상하면 사인들 사이에서 이름을 알리고 고관과 봉록을 누릴 수 있었으며, 그것을 핑계 삼아 명철보신할 수도 있었고, 뿐만 아니라 정치적 처벌이나 책임을 질 필요도 없었다. 그래서 정치가 어둡고 부패할수록, 투쟁의 회오리 속에 있던 명사들은 더욱더 청고(淸高)함과 광달(曠達)함을 쫓았다. 학자들은 노장을 숭상하고 유가적 학술을 배척했으며, 출사자(出仕者)들은 부귀를 열심히 쫓으며 청렴과 지조를 깔보고, 관리들은 정사를 논의하지 않으면서 오히려 정사에 충실하고 엄정한 것을 비웃었다. 결론적으로, 명리만을 추구하고 허위허식적인 것이 서진 대다수 문인들의 공통적인 정신 면모였다.

정시 시가가 현언문학의 단초를 열었고, 서진 시기에는 현풍도 매우 성행했지만, 영가(永嘉) 이전의 문학은 현풍의 영향이 두드러지지 않았다. 시부의 내용은 대부분 성덕을 찬술하고 가영하는 것이었고, 설사 서정 작품이라 해도 의고적 테두리에서 벗어나지 않았다. 문학예술상으로, 전아하고 넓고 심오하며 아름다운 풍격을 추구했는데, 현언은 단지 우연히 그 사이 사이에 점철되었을 뿐이다. 영가 이전에 현언문학이 대량으로 출현하지 않은 이유는 다음과 같다. 첫째, 서진의 현리 숭상은 완적(阮籍), 상수(向秀), 유령(劉伶)의 방달한 행적을 모방하거나 혹은 풍류와 청담을 추구하는 것이 대부분이었고, 현리 자체에 대한 탐구적 연구는 아주 적었다. 그래서 후일 대규(戴逵)가 "원강 시기의 사람들은 자취를 감추고 은거하기를 좋아할 뿐 그 근본은 추구하지 않았는데, 그래서 근본을 버리고 지엽적인 것을 쫓는 폐단과, 실질을 버리고 이름만 쫓는 행위가 있었다(若元康之人, 可謂好遁跡而不求其本, 故有損本循末之弊, 舍實逐聲之行)"고[93] 말한 것

---

93) <放達爲非道論>.

이다. 동시에 왕연(王衍), 악광(樂廣)이 풍류의 대표 인물이기는 해도 시문 창작에는 뛰어나지 않았기 때문에, 현언문학은 크게 유행할 수 없었다. 둘째, 사마씨 정권은 명문 대족을 기초로 하는데, 대부분이 유학 가문이었다. 진 왕실의 개국공신인 순의(荀顗), 순욱(荀勗), 가충(賈充), 왕숙(王肅), 위관(衛瓘) 등은 모두 동한 이래의 학자 가문이었다. 그들은 명교를 제창하고 예악과 효도를 특히 중시했다. 다른 중신들도 한대 유학자의 후손은 아니라도 역시 대부분 유가를 중시하고 현담을 경시했다. 예를 들면 부현(傅玄)은 유학을 받들 것을 주장했고, 두예(杜預)는 저명한 경학가였으며, 배위(裴頠)는 <숭유론(崇有論)>을 지어 당시 현언 풍조를 비판했고, 장화(張華)는 "오로지 뜻을 성현을 본받는데 두었다(獨志存聖賢之業)."94) 배위와 장화는 비록 현풍에 물들기는 했지만, 기본적으로 유가사상 계통에 속한다. 그들은 양진(兩晉)의 중신이었을 뿐 아니라, 사림(士林)의 문종(文宗)이기도 해서, 태강, 원강의 문단에 필연적으로 비교적 큰 영향을 미쳤다. 서진에 넓고 심오하면서 전아한 문풍이 유행했던 것은, 조정의 관리 선발이나 문장 평가의 기준 때문이다. 진 무제는 위의 왕위를 물려받은 후, 사마씨 정권을 분식하고 미화하는 송사(頌詞)를 통해, 찬위가 "천도에 순응하고(順天道)" "시대적 운을 받들었음(承運期)"을 증명할 필요가 생겼다. 그래서 대대적으로 "유학을 받들어 학문을 일으키고, 명당을 운영하기 시작했다(崇儒興學, 經始明堂)." 순숭(荀崧)의 <박사를 늘릴 것을 요청하는 상소(上疏請增置博士)>에 의하면, "옛날 함녕, 태강, 원강, 영가 시절에는 시중, 상시, 황문 가운데 고금의 역사에 능통하고 행동거지가 세상의 사표가 되는 자를 국자박사로 임명했습니다. … 태학에는 석경고문이나 선대 유학자들이 편찬한 경전들이 있었는데, 가규(賈逵), 마융(馬融), 정현(鄭玄),

---

94) 吳淇 ≪六朝選詩定論≫.

두예(杜預), 복건(服虔), 공안국(孔安國), 왕필(王弼), 하안(何晏), 안안락(顏安樂), 윤민(尹敏) 등의 문도들이, 제가들의 학설에 주석을 달은 것입니다. 박사 열아홉 명을 두었는데, 온 나라에서 스승과 제자가 서로 이어 나와 학사들이 숲을 이루듯 했으며, 또 장화와 유식을 뽑아 태상관으로 두면서 유가적 가르침을 받들었습니다(昔咸寧太康元康永嘉之中, 侍中常侍黃門, 通洽古今, 行爲世表者, 領國子博士. … 太學有石經古文先儒典訓, 賈馬鄭杜服孔王何顏尹之徒, 章句傳注衆家之學, 置博士十九人, 九州之中, 師徒相傳, 學士如林, 猶選張華劉寔居太常之官, 以重儒敎)"[95]고 했다. 이러한 박사의 설치는 빈번하는 정변에 대응하여 언제든 이론적 근거를 찾아내는데 도움이 되었다. 예를 들면 가후는 시모인 양태후(楊太后)를 폐하고 양태후의 모친을 살해한 후, "공경들과 논의를 하여 예전을 아름답게 꾸몄다(公卿處議, 文飾禮典)."[96] 예전(禮典)이 이미 찬탈 행위를 분식하는 도구가 되어버린 것이다. 조정에서 "문아에 두루 통하고, 고금의 역사를 두루 꿰뚫고 박학다식한 사인(文雅該通, 經覽今古博聞多識之士)"을 반들자, 일부 재능있는 사인들은 벼슬길을 도모하며 박학함으로 이름을 날리고자 "전적에서 스스로 즐거움을 찾았다(以墳典自娛)."[97] 한사 역시 박학다식으로 박사 자리를 구하기도 했다.[98] 좌사는 "스스로 견문이 넓지 않은데 비서랑을 희망하여(自以所見不博, 求爲秘書郎)", 10년 동안 세상과 단절하고 <삼도부(三都賦)>를 지었다. 당시 명사들이 그를 위해 지은 서문이나 주석에는, 이 부 세 편의 "수사나 내용이 뛰어나게 아름답고(辭義瑰瑋)", "사물을 두루 아울렀으며(博物)", "믿을 만한 근거가 있으므로(典要)", "가히 그림을 펼쳐 놓은 듯 배우거나 그 기록을 증거 삼을 만하다

---

95) <晉書・荀崧傳>.
96) ≪通典≫ 卷82.
97) <晉書・褚陶傳>.
98) 예를 들면 成公綏는 출신이 가난하고 비천했는데, 박학함으로 張華의 추천을 받아 박사가 되고자 했다.

(可得披圖而校, 按記而驗)"는 점에 대해 집중적으로 높이 평가하면서, 가의(賈誼), 사마상여(司馬相如)의 대부(大賦)가 "전아한 말을 쓰지 않고, 과장에만 애를 써서, 그 문장은 부질없는 내용으로 현혹하며(不率典言, 幷務恢張, 其文博誕空類)", "없음 속에 있음을 기탁했다(托有於無)"고[99) 비평했다. 부에 대해 전아함과 화려함을 추구하고, 기본과 사실을 중시하는 관점이 서진에 상당히 유행했음을 알 수 있다. 이는 부라는 문체가 왕화(王化)를 분식하고 박학을 자랑하는데 아주 적합하기 때문에, 당시 문인들이 부 창작에 크게 열중했던 것이다.

전아함과 웅대함을 숭상한 진부(晉賦)의 창작 경향은 진시에 직접적인 영향을 주었다. 위진 문인들은 아직 시부를 명확하게 구별하지 않았다. 조비의 <전론(典論)·논문(論文)>은 모든 문체를 주의(奏議), 서론(書論), 명뢰(銘誄), 시부(詩賦) 등의 4과(科)로 거칠게 분류했다. 서진 문인은 이와 약간의 차이가 있다. 좌사는 "언어로 시를 짓는 자는 가슴속에 품은 뜻을 읊어내고, 높은 곳에 올라 부를 지을 수 있는 자는 자신이 본 것을 칭송한다(發言爲詩者, 詠其所志也. 升高能賦者, 頌其所見也)"(<三都賦序>)고 했고, 육기는 "시는 정감의 흐름을 따라서 고운 어휘를 써야 하고, 부는 사물을 묘사하면서 형상을 밝게 그려내어야 한다(詩緣情而綺靡, 賦體物而瀏亮)"고[100) 했는데, 모두 시부의 기능이 언지(言志)와 사물묘사로 각각 다름을 제시했다. 다만 좌사는 지우, 황보밀(皇甫謐)과 마찬가지로 반고(班固)의 관념을 계승하여, "부란 고시의 종류로서(賦者, 古詩之流也)", "노래하지 않고 낭송을 하는 것(不歌而頌謂之賦)"이라고 인식했다. 그들은 <초사> 이후 발생한 부의 변화를 인식하기는 했으나, 여전히 시부를 같은 종류라고 여겨서, 부는 "마땅히 고시의 의미가 있다(應有古詩之義)"고 주장했다. 지우는 "후세에

---

99) 皇甫謐 <三都賦序>.
100) <文賦>.

시라고 하는 것이 많은데, 공덕을 칭송하는 것을 송이라 하고, 그 나머지는 종합하여 시라고 한다. 송은 시 가운데 아름다운 것이다(後世之爲詩者多矣, 其稱功德者謂之頌, 其餘則總謂之詩, 頌, 詩之美者也)"고[101] 했다. 육운도 자신이 지은 시가 "송과 비록 같은 형식이기는 하나, 아름다움은 송만 못하다(與頌雖同體, 然佳不如頌)"고[102] 했다. 이처럼 서진 문인들은 시, 부, 송은 같은 형식인데, 송이 가장 아름답다고 인식했다. 비록 그들의 작품 창작에서, 시 부 두 형식이 명백하게 구분되기는 하지만, 이러한 관념은 시가를 오히려 부체화(賦體化), 송체화(頌體化) 하는 현상을 만들어 냈다. 서진 시에는 장편 4언시가 범람해서, 위로는 조정의 아악가사(雅樂歌辭)에서부터 아래로는 응수(應酬) 증답(贈答)까지, 전아하고 장중하며 광박하고 심오하면서 게다가 딱딱하고 무미건조하지 않은 것이 없다. 부현과 장화가 지은 각종 송사(頌辭)는 위(魏)의 잡언체 가시를 대부분 전아한 4언으로 개작한 것이다. 악부는 왕공(王公)의 생일, 정월 초하루, 동지 등 크고 작은 의례의 아곡으로 바뀌어, 천편일률적인 축송(祝頌) 속에 무미건조한 봉건적 설교를 담아냈다. 5언체도 마찬가지로 아화되어, 심지어 <조간(釣竿)>이라는 생동적인 민가조차도, "우리 황제의 성덕은 요순임금에 버금가니, 선양을 받은 것은 하늘이 내린 상서로운 복을 받은 것임(我皇聖德配堯舜, 受禪卽祚享天祥)"을 찬미하는 송사로 개작되었다. <진서·악지>의 기록에 의하면, 순욱과 장화는 악부가사의 형식에 대해 쟁론을 벌였다. 순욱은 위악(魏樂)은 가사가 길이가 일정치 않아 고음악에 맞지 않으므로, 아악을 일률적으로 4언으로 고칠 것을 주장했고, 장화는 전대에 "제작된 소리나 곡조는 그것을 모범으로 삼아 따라야 하지 지금 바꿀 수 있는 것이 아니라(制聲度曲, 法用率非凡近之所能改)"고 여겼다. 사실 두 사람이 모두 수

---

101) <文章流別論>.
102) <與兄平原書>.

구적이고 의고적인데, 다만 순욱이 추구한 것이 더욱더 옛 것에 충실한 아송체일 뿐이다. 이렇게 경직된 문학적 공기 속에서 배양된 서진 시가는 자연히 변화 없고 전아하며 딱딱한 껍질을 갖게 된다. 왕공 귀족들이 연회에서 응수한 시는 말할 것도 없고, 친구 간의 증답시나 송별시조차도 대부분 이미 생명력을 잃어버린 4언의 아송체를 채용하여, 그럴싸하게 꾸미고 추켜세운 내용들로 가득 찼다. 그들은 5언 7언은 "광대나 여악기들이 많이 사용하는(於俳諧倡樂多用之)" 속체(俗體)이며, "하지만 아송의 시는 4언을 정식으로 하고, 그 나머지는 비록 문장의 변화를 갖춘 형식이라 하더라도 정식의 시체가 아니다(然則雅音之韻, 四言爲正, 其餘雖備曲折之體, 而非音之正也)"라고 했다. 그러면서 "반고의 <답빈희(答賓戱)>와 같이 아주 아름답고 온아(溫雅)한 작품(應賓之淵懿溫雅)"은103) 4언이 가장 적합하다고 보았는데, 이는 문아(文雅)를 과시할 수 있을 뿐 아니라 격렬한 정치적 풍파 속에서 진실한 감정을 가릴 수 있었기 때문이다.

이와 동시에 서진시가에는 보편적으로 의고적 경향이 출현했다. 문인들은 옛 ≪시경≫의 각 편목과 <초사>, 한부(漢賦)나 악부, 또는 <고시 19수> 등을 고제(古題)로 여기고 하나하나 모방했는데, 목적은 재능을 자랑하고 박식함을 드러내어 고인과 겨루는 것이었지, 고제로 자신의 감정을 표현하려는 것은 아니었다. 육운은 육기에게 <이경부(二京賦)>, <삼도부>, <구가(九歌)>, <유통(幽通)>, <답빈희> 등의 각종 부체를 한번 모방하여, "능력을 보여주고(能事可見)", 고인들의 "그 높은 명성을 흔들어 놓으라(不得全其高名)"고 권하기도 했다. 육기는 <문부(文賦)>에서, 창작 동기의 촉발이란 단지 "옛 책에서 사상과 감정을 함양하고(頤情志於典墳)", "사시의 변화를 쫓으면서 흐르는 세월을 탄식하고(遵四時以歎逝)", "대대로

---

103) 이상 摯虞 <文章流別論>.

쌓아온 훌륭한 공적을 읊어보고, 선현들의 맑은 덕행을 읊조리는 것(詠世德之駿烈, 誦先人之淸芬)"이라고 논했다. 즉 계절의 흐름을 슬퍼하고 조상의 덕을 찬술하는 것 외에, 전인의 문장 속에서 맑은 향기와 아름다운 언어를 취해야 한다는 것인데, 그리하여 그는 서진 최고의 의고대사(擬古大師)가 되었다. 당시의 다른 저명한 문인인 부현, 이반(二潘), 삼장(三張)104)의 시집은 모의작이 대부분인데, 제재나 내용 모두 창조성이 풍부한 작품은 아주 드물다. 설사 실제 느낌을 담았다 하더라도, 옛 표현방식에 매몰되어 진부한 느낌을 지울 수 없다.

서진시의 제재는 대부분 한위시를 출처로 하여 모의한 것이어서, 인생의 짧음이나 흐르는 물과 같은 계절의 순환을 탄식한 것이 대부분인데, 때로는 일상생활에서의 느낌을 결합하여 시국에 대한 근심을 드러냈지만, 대부분 가볍고 담담하다. 계절의 흐름에 대한 탄식이나 유자(遊子) 사부(思婦) 등 전통적인 제재 외에, 서진시는 특정한 방면에서 일정한 개척을 해냈다. 예를 들면, 은일시(隱逸詩)는 건안, 정시 시가에서 이미 시작되었지만, 이때에 와서 진일보한 발전이 있었다. 진대 은일 풍조의 흥성은 주로 정국의 혼란으로 인한 것이다. 속석(束晳)이 말한, "직과 계는 공을 세워 도를 베풀고, 소부와 허유는 귀를 씻으며 선위를 피했는데, 모두 영원한 명성을 남겼다(稷契奮庸以宣道, 巢由洗耳以避禪, 同垂不朽之稱)"는105) 은거의 중요한 이론적 근거가 되었다. 그리고 "복의 전조가 시작되면, 우환의 단서 역시 만들어지므로(福兆旣開, 患端亦作)", "충성을 해도 자신을 보호할 수 없고, 화를 예측할 수 없는(忠不足以衛己, 禍不可以預度)" 현실이 오히려 "선비들이 조정에 나가기를 꺼리고 다투어 산림에 은거를 하는(士諱登朝而競赴林薄)"(上同) 실제 원인이 되었다. 많은 사람들이 산속에 은거한 채, 관

---

104) 二潘은 潘岳과 潘尼, 三張은 張載, 張協, 張亢을 일컬음(역자 주).
105) <玄居釋>.

가나 조정에서 여러 번 불러도 결연히 거절했다. 또 관직에서 서둘러 용퇴하는 사람도 많았는데, 장한(張翰)이 제왕(齊王) 사마경이 정치를 마음대로 휘둘러대자, 가을바람이 불 때 순채와 노어(鱸魚) 생각이 간절해서 강동으로 돌아가 은거했다는 것은 유명한 이야기이다. 또 많은 은일시가 진정한 퇴은(退隱)을 할 수 없는 문인들 손에서 나왔는데, 은일에 대한 가영은 일종의 정신적 자아해탈이었다. 이리하여 부로써 물러남과 은거를 노래하고, 시로써 초은(招隱)과 유선을 지어냄으로써, 은일 제재와 현언 문학이 동시에 발전하게 되었다. 특히 <도덕론>처럼 건조하고 투박한 영가 전후의 시풍은, 밋밋하여 맛이 적은 현언시의 흥성을 위해 창작상의 준비를 해주었다. 곽상(郭象), "유애(庾敳) 등은 모두 허현(虛玄)을 숭상하여, 세상사에 마음을 두지 않고, 마음대로 술을 마시고 방탄했다(敳等皆尚虛玄, 不以世務嬰心, 縱酒放誕)."106) 유애가 지은 <의부(意賦)>, <유인잠(幽人箴)>은 이미 전체가 현언적 내용이다. 이 시부들은 은일, 현담, 유선을 더욱 결합하게 만들었다. 곽박(郭璞)의 유선시는 이렇게 해서 탄생된 것인데, 유선시를 은일시로 변하게 하는 동시에 현언 풍조를 조장했다. 이외에 서진 행역시(行役詩)에서 경물묘사가 점차 증가하면서, 소수 작품은 이미 진송 산수시의 선성으로 볼 수 있다. 좌사의 <교녀시(嬌女詩)>, 정효(程曉)의 <조열객(嘲熱客)> 등 해학적 작품의 출현은 일상의 소소한 생활에 대한 묘사가 시가에 진입하기 시작했음을 나타낸다.

서진문학은 형식을 추구했던 건안문학을 편면적으로 발전시켰다. 육기의 <문부>는 창작 사유의 과정과 각종 문체의 특징, 어휘 운용, 주제, 내용 구성, 음률 등을 논했는데, 모두 한위 문인들에 비해 한 걸음 더 깊이 들어갔다. 대우의 정치함, 어휘의 아름답고 섬세함이 서진시의 공통

---

106) ≪資治通鑑≫ 卷86.

적 특징이지만, 이러한 대우는 대부분 두 명사 사이에 하나의 동사를 끼워넣어 구성된 '정명대(正名對)'이고, 작품마다 변화가 없어서 비교적 단조롭다. 서진시에서 주의할 만한 발전은 오히려 사물묘사 방면에서 이전보다 깊이 있고 섬세해졌다는 점이다. 표현상 여전히 한위시처럼 감정에 대한 직설적 서술 방식이 중심이고, 핍진한 사물묘사는 여전히 서정과 언지 뒤에 놓이기는 했지만, 경물 묘사나 사물 표현이 비교적 구체적으로 형상화되었다. 서정과 언지에 있어서, 일부 시가는 반복적이고 직접적으로 쏟아내는 한위시의 방식에 일정한 변화를 주어, 섬세한 동작에 대한 관찰이나 심리적 변화를 통해 내면의 감정을 표현해냈다. 진실한 감정이 풍부한 시인들의 경우, 감정을 직접적으로 서술하는 한위시의 방법을 운용했는데, 다만 언어로 표현해도 긴 여운을 남기는(言之不盡) 방식으로 창의성이 풍부한 작품을 써낼 수 있을까 하는 것은 여전한 고민이었다. 좌사의 <영사> 8수나 유곤(劉琨)의 <부풍가(扶風歌)> 등이 그 예이다. 그러나 감정이 공허하고 결핍되었던 대다수 작가들은, 계절의 변화에 대한 탄식이나 고향에 대한 향수와 같은 상투적인 내용을 천편일률적으로 노래하면서, 감정표현에 충실하고 다채로웠던 원래의 표현방식을 함축미가 전혀 없는 지경으로 이끌었다. 그러니 내면과 외부 세계에 대한 표현에 있어 겨우 거친 윤곽만 갖춘데 불과했던 한위 시에 대한 발전적 계승은 말할 필요도 없었다. 그러므로 다양화된 생활 내용을 더욱 개척하고, 방식에 변화를 주어 다방면의 느낌을 표현해내는 것이, 서진 문인들이 후대 시가에 남겨준 최고의 계시였는데, 하지만 그들의 노력에도 불구하고 완전히 자각하지는 못해서, 성공적인 작품 역시 많지 않다.

제2절 부현(傅玄)과 장화(張華)

부현(217~278)은 자가 휴연(休奕)으로 서진 초기의 중신이다. 비록 당시의 현귀(顯貴)였지만, 사람됨이 바르고 강직하여 직간도 주저하지 않았기 때문에, "대각에 새바람을 일으켜, 귀척들이 손을 단정히 하고 공손해졌다(使臺閣生風, 貴戚斂手)." 그가 지은 <부자(傅子)>는 형벌, 정치, 예의, 음악, 교화, 정치제도, 신의 등 다양한 내용을 포괄하여, "경세제민의 내용이 많고, 정치에 대한 포부가 담겼으며 유교를 존중(言富經濟, 經綸政體, 尊重儒敎)"한[107] 대전(大全)이라 할 만하다. 그는 진 무제를 위해 예악을 제정했는데, 역시 유가사상을 기본으로 하여 공덕을 가영하며 경계(警戒)적 내용을 기탁했는데, 이는 악부 송사(頌辭)가 더욱 경직되는 결과를 낳기도 했다.

부현의 현존 시는 백여 편 정도로 대부분이 한위 악부를 모의한 것인데, 여성의 운명을 묘사한 작품이 가장 많다. 그는 종종 진부한 내용과 전아하고 규범화된 찬송 언어로, 질박한 서사체 민가를 아화시켰다. 예를 들면 <추호행(秋胡行)>은 정절을 지킨 추호 처의 고귀한 행동을 선전했고, <염가행>은 원래 생동적이고 풍자적 의미가 강했던 <맥상상>을 바꾸어, 절부(節婦)가 태수에게 나쁜 마음을 버리고 바른 길로 가라고 타이르는데, 행간 속에서 완고한 서생의 느낌이 배어나온다. 부현은 정절녀를 노래하는 동시에 부녀자의 불행한 운명에 대해서도 깊은 동정을 표한다. <고상편(苦相篇)·예장행(豫章行)>은 그런 면에서 대표작이다.

苦相身爲女	괴로운 팔자의 여자 몸으로 태어나
卑陋難再陳	그 비루함이란 더 이상 말로 하기 어렵네.
男兒當門戶	남아는 가문을 맡아

---

107) 王沈 <與傅玄書>.

墮地自生神	태어나자마자 절로 영기가 나고
雄心志四海	웅대한 마음으로 사해에 뜻을 품어
萬里望風塵	만 리 밖 풍진을 바라보는데
女育無欣愛	여자는 자랄 때부터 기꺼운 사랑도 없이
不爲家所珍	집안의 귀한 대접도 받지 못했지.
長大逃深室	자랄 때는 깊은 방에 갇혀 지내서
藏頭羞見人	얼굴 감추고 사람 만나기를 부끄러워했네.
垂淚適他鄕	눈물 흘리며 타향으로 시집가니
忽如雨絶雲	홀연 비와 구름이 끊어진 듯하구나.
低頭和顏色	겸손하게 안색을 온화하게 하고
素齒結朱脣	흰 이는 붉은 입술로 가렸으며
跪拜無復數	꿇어앉아 하는 절은 셀 수도 없고
婢妾如嚴賓	첩들에게도 어려운 손님 대하듯 했지.
情合同雲漢	마음 맞추기를 은하수의 직녀인 듯
葵藿仰陽春	해바라기가 태양을 따르듯 했건만
心乖甚水火	마음 어긋나 물과 불처럼 멀어지니
百惡集其身	모든 미움이 그 한 몸에 모아졌네.
玉顏隨年變	옥 같은 얼굴은 세월 따라 변하는데
丈夫多好新	장부는 새 사람을 몹시 좋아하니
昔爲形與影	예전엔 서로 그림자 같았던 관계
今爲胡與秦	지금은 오랑캐와 진나라 사이 같구나.
胡秦時相見	오랑캐와 진은 가끔은 만나기도 하건만
一絶逾參辰	한 번 이별하니 삼성과 진성 사이보다 멀구나.

이 시는 여자가 출생하고 장성하여 출가할 때까지의 전 과정을 서술했는데, 절대 다수의 여인들이 겪게 되는 봉건 가정의 경시와 사회적 차별 등의 운명을 개괄하며, 남녀가 불평등한 사회적 현상에 대해 강력하게 성토했다. 마지막 단락은 일련의 형상적 비유를 통하여, 늙어서 버림받는 여인의 고통을 표현해냈다. 사부시(思婦詩)에 자주 등장하는 내용이

지만, 전편이 여자가 일생동안 겪는 고통에 착안, 각종 굴욕적인 상황 속에서의 가련한 감정상태를 나열했다. 예를 들면 가정에서 얼굴도 내놓지 못하는 위축된 모습, 결혼한 후에는 숨죽여 고분고분하고, 집안의 법도를 따르며, 식구들의 안색을 살피고 눈치를 봐야 하는 공손한 태도 등등을 세치하게 그려냈는데, 다른 기부시(棄婦詩)보다도 훨씬 예리하게 표현되었다. 부현이 악부를 모방하여 지은 서사시는 비록 원작만큼 질박하지는 않지만, 사물에 대한 관찰에 뛰어나 묘사가 비교적 구체적이다. 그의 <진여휴행(秦女休行)>과 좌연년의 <진여휴행>이 모두 부모의 원수를 갚기 위해 직접 원수를 찔러 죽인 열녀를 가영한 작품이다. 다만 부현의 시는 한 방육(龐淯)의 모친 조아친(趙娥親)의 이야기에서 소재를 취해, 방씨 집안 열부(烈婦)의 "공덕은 희대의 업적으로 알려지고, 의로움은 불후의 명성으로 알려지리라. 시댁도 그 복을 함께 받아, 자자손손 그 영광을 같이 누리리라(烈著希代之績, 義立無窮之名, 夫家同受其祚, 子子孫孫咸享其榮)"라고 찬미했는데, 이 장렬하고 정의로운 복수 행위에 봉건적 윤리 도덕의 색채를 덧발라서, 사상적 경지가 좌연년의 시에는 못 미친다.

부현은 또 여인의 그리움을 노래한 단가(短歌)를 지었는데, 완곡하고 맑고 공교(淸巧)하면서, 눈앞의 경물에 비유를 담는데 뛰어났는데, 이는 비흥에 대한 혁신이다. <거요요편(車遙遙篇)>은 "수레는 아득히 멀어졌고 말은 느릿느릿한데, 그대에 대한 그리움 잊을 수 없다오. 그대는 어찌하여 길을 떠나 서쪽 진땅으로 가시나요? 바라건대 그림자가 되어 그대를 따르고 싶다오. 그대가 그늘에 있으면 그림자가 보이지 않으니, 그대가 햇빛에 있는 것이 소첩의 소원이라오(車遙遙兮馬洋洋, 追思君兮不可忘, 君安遊兮西入秦, 願爲影兮隨君身, 君在陰兮影不見, 君依光兮妾所願)"이다. 남편과 아내를 형(形)과 영(影)의 관계로 삼아, '영'자에서 연상을 시작하여 남편의 이번 여정에 빛이 비치기를 바라는 우의로 연결시켰는데, 맹목적인 사랑이 엿보인다. <석사군(昔思君)>은 세 쌍의 비유를 연속적으로 사용하여, ‘그대(君)’와 ‘나(我)’의 감정이 뜨거웠던 옛날과 소원해진 오늘을 대조했다. 즉 “예전에 그대와 나는 형체와 그림자처럼 떨어지지 않았건만, 지금의 그대와 나는 구름이 사라져 비가 끊어진 것 같군요. 예전에 그대와 나는 서로 잘 어울리는 소리 같았으나, 지금의 그대와 나는 가지에서 떨어진 잎이랍니다. 예전에 그대와 나는 쇠와 돌처럼 변함이 없었으나, 지금의 그대와 나는 빛을 잃은 별과 달이랍니다(昔君與我兮形影曆結, 今君與我兮雲飛雨絶. 昔君與我兮音響相和, 今君與我兮落葉去柯. 昔君與我兮金石無虧, 今君與我兮星滅光離)”이다. 6개의 비유를 서로 연관 없이 한꺼번에 쏟아냈는데, <상야(上邪)>에서 한꺼번에 다섯 가지 사례를 비유로 들었던 것과 유사하며, 거기에 새로움을 더했다. <초사>와 한악부의 연정가를 모방한 것 외에도, 그의 일부 시는 강남 오가(吳歌)의 영향을 받은 것으로 보인다. <연가(蓮歌)>는 내용은 “강 남쪽으로 건너가, 연꽃을 캐는 것(渡江南, 采蓮花)”이지만, 언어가 수식이 지나쳐 민가적 느낌은 덜하다. <잡언(雜言)>은 “우레 같은 소리가 쾅쾅, 여인의 마음을 흔드는데, 귀를 기울여 들어보니, 수레소리가 아니더라(雷隱隱, 感妾心, 傾耳聽, 非車音)” 인데, 12자를 통해 천둥소리를 수레소리로 착각하는 소소한 상황을 묘사하여, 정인을 기다리는데 온 정신을 쏟는 여인의 심경을 써냈다. 진조명(陳祚明)은 “<화산기>, <독곡가>와 동류(華山畿讀曲歌之流)”라고 했는데, 이러한 표현방식은 당연히 오가에서 유래한 것이다. <서장안행(西長安行)>은 한악부 <유소사>를 모방한 것으로, 여자가 준 향과 쌍 옥환(玉環)을 비유로 삼아, 끝없이 맴도는 그리움을 써냈다. 그 가운데 “향도 태울 수 없고, 옥환도 물에 던질 수 없지요. 향은 불타면 사라져버리고, 옥환은 물에 던지면 빠져버린다오(香亦不可燒, 環亦不可沈. 香燒日有歇, 環沈日自深)” 이 몇 구는 특히 바람에 날리듯 부드럽게 휘도는 느낌을 갖는데, 구법도 <자야가(子夜歌)>, <오농가(懊儂歌)>와 유사하다. 서진은 오와 촉을 통일한 후, 종묘가사에도 오무가사(吳舞歌辭)를 많이 수용했다. 부현은 궁정악부의 작가였기 때문에 오 지방에서 전해진 민가를 접하기가 어렵지 않았으며, 게다가 그는 궁정악부의 아화에 애를 쓰면서도 신성(新聲)도 아주 즐겼었다. 전체 서진 문인시에서 오가의 영향은 아주 미미하므로, 부현의 이 몇 수가 특히 가치있다.

진조명은 "휴연의 악부는 한위의 악부를 열심히 보고 익혀, 신사(神似)의 경지에 이르렀고 감정이 넘치기도 했는데, 시대가 그러하였다. 매번 질박하고 거칠기도 했지만, 곧고 강건한 기운이 있었으니, 거의 우맹이 손숙오(孫叔敖)를 흉내 낸 것처럼 (한위의 악부와) 유사했다(休變樂府力摹漢魏, 神到之語, 往往情長, 時代使然, 每淪質澁, 然矯健之氣, 亦幾幾優孟之似叔敖矣)"고[108] 했다. 이 평어는 부현 시의 기본적인 특징을 전면적이고 적확하게 개괄해 냈다.

장화(張華, 232~300년)는 자가 무선(茂先)이며 범양(範陽) 방성(方城, 현 하북성 固安縣 남쪽) 사람이다. 서족(庶族) 출신으로 소년시절에는 양을 기르며 먹고 살았다. 학식이 넓고 재주가 풍부하고 뛰어나, 후에 완적의 칭찬을 받으며 이름을 알렸다. 진 무제 때 조고(詔誥)를 초하고 의례나 헌장 등을 제정하는 관직을 맡았으며, 양호(羊祜)와 함께 오나라를 공략할 계획을 세움으로써, 이름과 명예가 더욱 높아졌다. 가씨(賈氏)가 권력을 독점할 때 장화는 정치를 보좌했는데, 가 황후가 가혹한 정치를 할 때도 정치적 결손을 메우고자 애를 써서, 사회적 안정을 유지할 수 있었다. 후에 조왕 사마윤과 손수(孫秀)의 찬탈 음모를 거절했다가 살해되었다. 그는 사물의 이치에 밝고 견문이 넓어 ≪박물지(博物志)≫ 10편을 저술했으며, 인재를 장려하여 당시에 이름을 드높였고, 서진 문단에 큰 영향을 미쳤다.

---

108) ≪彩菽堂古詩選≫.

장화의 현존 시는 30수인데, 대부분 전인을 모방한 작품이다. 그 중 소년 협객을 제재로 한 작품 <경박편(輕薄篇)>, <유협편(遊俠篇)> 등은 귀족들의 사치스러운 생활에 대한 묘사를 통해 "말세에 경박함이 넘치는(末世多輕薄)" 풍조를 비판하거나, "혼탁한 세상에 어진 사람으로 알려진(濁世稱賢名)" 네 명의 공자를 찬미함으로써, 자신은 난세에 처하여 처신을 유지하기 어렵다는 감개를 표현했다. <유렵편(遊獵篇)>의 "영예와 수치가 한 집안에 뒤섞여있으니, 추함과 아름다움을 어찌 알리오(榮辱渾一門, 安知惡與美)" 등의 시구는 당시 도덕과 시비 관념의 타락을 질책한 것인데, 아주 날카롭다. 이 시들은 조식의 <명도편>, <백마편>을 모방하여 지은 것이 확실하지만, 표현에 있어서 조식 시의 생동적인 장면 묘사를 버리고, 대신 골고루 열거하는 대부(大賦)의 나열식 서술 수법을 사용했다. 내용이 반복되고 수사가 번다하고 화려하며, 대구가 거듭되며 변화가 적은데, 설교적 느낌까지 너무 강해, 지나치게 고지식하고 경직된 느낌을 준다. 장화가 가영한 장사(壯士)나 협객은 기상이 굳건한 면이 있어서, "살아서는 운명 따라 노닐고, 죽어서는 협객의 기골 향을 맡으리(生從命子遊, 死聞俠骨香)"(<博陵王宮俠曲> 제2)처럼, 호협의 기개 묘사도 정채있게 표현되어, 후일 왕유의 <소년행(少年行)>에 직접적으로 인용되게 된다. 그러나 나라를 위해 공을 세우겠다는 포부나 큰 뜻을 펼칠 수 없다는 감개를 써낸 작품도 사람을 감동시키는 힘은 부족한데, 원인은 작자의 진실한 감정이 당시의 허위적인 은일적 풍조에 얽매어 있었기 때문이다. 그의 본심을 말하자면, 그는 탁세에 어진 사람으로 이름을 날리길 바랐고, 또 목숨이 위태로운 화가 미쳐도 퇴은할 수 없다는 것을 잘 알고 있었다. 하지만 시가에서는 현허함을 견지하고 공명에 대한 의욕이 가라앉길 갈망하며, 스스로 "공명에 뜻을 두지는 않았고, 빈 마음과 한적함을 남몰래 좋아했다(志不在功名, 虛恬竊所好)"(<答何劭>)고 했었다. 이러한 허식과 역지는 장화 시 및 모든 서진시가 감정이 헛돌고 깊지 않았던 근본원인이다. 따라서 그의 <잡시> 3수는 완적체(阮籍體)를 본떠서, 절기의 싸늘함, 실내의 썰렁함을 빌어 마음속의 적막감을 강조하면서, 그 안에 난세에 처했을 때의 고독감과 위기감을 담기는 했지만, 어렴풋하고 자잘한 근심일 뿐이다.

그러나 장화 시 중 소수 몇 편은 어떤 특정한 정경의 느낌을 정확하게 뽑아내는데 뛰어나서, 일깨움의 의미를 갖는다. <정시(情詩)> 5수는 줄곧 그의 대표작으로 인식되어 왔다. 제1, 제2는 기본적으로 고시의 모방작이고, 제3은 독창성이 풍부하다.

淸風動帷簾	맑은 바람이 휘장에 불어오고
晨月照幽房	새벽달은 깊은 규방을 비추네.
佳人處遐遠	고운 임 아득히 먼 곳에 계시니
蘭室無容光	난실은 빛을 잃었도다.
襟懷擁虛景	가슴속에 환영(幻影)이 있을 뿐
輕衾覆空床	가벼운 이불이 빈 침대를 덮고 있구나.
居歡惜夜促	함께 할 땐 밤이 짧아 애석했건만
在戚怨宵長	슬픔에 잠긴 지금은 밤이 길어 원망스럽네.
拊枕獨嘯歎	베개를 어루만지며 홀로 탄식하나니
感慨心內傷	슬픔에 젖어 마음이 아프구나.

이 시는 필치가 가볍고 신령스러우며, 경계는 그윽하고 맑다. "금회(襟懷)" 4구는 임을 떠나보낸 여인이 온 밤 내 잠 못 들고 그리움에 빠져 있음을 썼다. 즐겁게 함께 있던 정경을 상상하다가 홀연 빈 침대에 누워있는 현실로 돌아와서, 모두가 부질없는 정경이었음을 문득 깨닫게 된다. 또 함께 하는 즐거움과 이별 후의 그리움이라는 이 두 가지 다른 상황을, 밤이 짧거나 길다는 상반된 느낌에 대비시킴으로써 여인의 고독감을

써냈는데, 심리를 세밀하고 정확하게 포착했으며, 동시에 만남의 기쁨과 헤어짐의 슬픔이라는 인지상정을 개괄해냈다. 다음은 제5이다.

遊目四野外	눈을 들어 사방 들판 너머 바라보며
逍遙獨延佇	소요하다 홀로 우두커니 섰네.
蘭蕙緣淸渠	난초와 혜초는 맑은 도랑 따라 자라나고
繁華蔭綠渚	수많은 꽃들은 푸른 물가를 뒤덮었네.
佳人不在茲	고운 임 여기에 있지 않으니
取此欲誰與	이걸 딴들 누구에게 줄 수 있으리!
巢居知風寒	둥지의 새는 바람 찬 것을 미리 알고
穴處識陰雨	동굴 속 곤충은 비올 줄 먼저 알 듯
不曾遠別離	먼 이별 해보지 않았었다면
安知慕儔侶	반려자를 그리는 정 어찌 알았으리!

　전반수는 고시 <섭강채부용(涉江采芙蓉)>을 답습했는데 경물묘사가 더욱 화려할 뿐이고, 후반수는 둥지의 새가 바람의 변화를 알고, 동굴 속 짐승이 비올 줄 미리 안다는 비슷한 두 가지 생활 언어(諺語)를 비유로 사용하여, 어떤 일을 오래 경험하고 나서야 비로소 그 느낌을 알게 된다는 이치를 설명했다. "이별을 경험해보지 않은 사람을 빌어 이별의 괴로움을 설명했는데(借未經離別者正明慣經離別之苦)", [109] 언어는 쉽지만 감정은 깊어 여운이 길다. 장화의 <문유거마객행(門有車馬客行)>은 비록 가작이라고 할 수는 없지만 표현이 특색 있다. 시는 빠른 걸음으로 나그네에게 다가가 묻고, 주인과 손님이 앞다투어 말하고, 하루 종일 이야기를 해도 헤어질 때는 아쉽다는 표현을 통해, 간절하고 깊은 향수를 표현했다. 마지막은 "앞의 슬픔도 아직 끝나지 않았는데, 뒤의 근심이 또다시 일어난다(前悲尙未弭, 後憂方復起)"는 경구로 마무리하는데, 반복적이고 직접적으로 토

---

109) ≪六朝選詩定論≫.

로하던 한위시의 표현방식에서 벗어나는 추세를 초보적으로 보여주고 있다. 결론적으로, 장화 시는 "그 체는 화염하나 흥탁은 뛰어나지 못하고, 문자를 교묘히 운용하여 힘써 갈고 닦았지만(其體華艷, 興托不奇, 巧用文字, 務爲研治)",110) 그저 평범한 아치(雅致)일 뿐이다. 다만 표현 각도에서 보여준 미묘한 변화는 창조적 의미가 있다.

제3절 육기(陸機)와 반악(潘岳)

육기(261~303)는 자가 사형(士衡)이며, 오군(吳郡, 현 강소성 吳縣) 사람이다. 강동 대사족 출신으로, 조부인 육손(陸遜)은 오나라의 승상을, 부친 육항(陸抗)은 오의 대사마(大司馬)를 역임했다. 20세에 오가 진에 멸망하자, 그는 고향으로 물러나 세상과 떨어진 채 10년 동안 학문을 했다. 태강 말 동생 육운(陸雲)과 함께 낙양으로 가 장화의 인정을 크게 받고, 태자세마(太子洗馬), 저작랑(著作郞) 등을 차례로 역임했으며, 가밀(賈謐)과도 친분을 쌓았다. 후에 조왕 사마윤과 가밀을 제거하는데 공을 세워 중서랑(中書郞)을 역임했다. 조왕 사마윤이 피살되었을 때 육기도 함께 연루되어 하옥되었으나, 성도왕 사마영의 도움으로 구제되었다. 이에 성도왕을 위해 대장군(大將軍) 직을 맡았는데, 표면적으로는 평원내사(平原內史)였으므로, 그를 '육평원(陸平原)'이라 부른다. 진 혜제 태안(太安, 302~303년) 초년, 성도왕 사마영과 하간왕 사마옹이 군사를 일으켜 장사왕 사마의를 토벌할 때, 육기는 후장군(後將軍), 하북대도독(河北大都督) 등을 맡고 있었는데, 전쟁에 패하여 군중에서 살해되었다.

---

110) ≪詩品≫.

육기의 선조들은 대대로 동오(東吳)의 신하였는데, 그 자신은 직접 망국의 수치를 경험했고, 진(晉)으로 간 후의 상황도 마음대로 되지 않았다. 그 이유는 첫째로 삼대가 장수여서 북방 사족들이 경시했고, 둘째는 오나라 사람이자 망국의 신하여서 사람들이 꺼렸으며, 셋째는 정치적 소용돌이에 휘말려, 목숨이 위태로운 재앙을 만났기 때문이다. 이러한 운명을 겪은 시인은 험담이나 조소에 대한 두려움과 망국의 신하로서의 고독감에 쌓여있었다. 일찍이 <변망론(辨亡論)>을 지어 오나라가 망한 원인이 인심을 잃은 데 있다고 분석해내고, <호사부(豪土賦)>를 지어 제왕 사마경의 교만과 전횡 등을 풍자했는데, 이는 그가 현실에 대한 일정한 인식이 있었음을 설명한다. 그러나 그의 작품은 대부분 "내용이 깊지 않고, 성정도 드러나지 않는데(敷旨淺庸, 性情不出)", 그 원인은 입을 열었다가 화를 입을까 두려워서 이기도 하지만, 더욱 중요한 원인은 스스로 자신의 재능이 뛰어나다고 자부했고, 입신양명에 열심이었으며, 진실한 감정이 본래 부족했던 데 있다. 그는 관직 진출을 위해서는 세상 사람들의 비웃음도 두려워하지 않고 여기 붙었다 저기 붙었다 하며 권귀들에게 아첨했는데, 심지어 변경지역으로 쫓겨났을 때는 고향으로 돌아가 재앙을 피하라는 친구의 충고조차도 듣지 않았다. 인격의 저열함은 필연적으로 사상의 천박함을 초래한다. 육기 시의 내용과 감정이 깊지 않은 특징은 바로 이렇게 형성된 것이다.

서진의 모의 시풍에서, 육기는 집대성의 대표자다. 그는 악부와 고시의 각종 제재와 격식을 시험했다. 그는 이러한 시에서 주로 정치적 투쟁에서 화복을 예측할 수 없을 때의 근심과 출처(出處)에 대한 갈등을 기탁했는데, 신선감이나 진실함이 부족하여 오히려 전인의 작품을 빌어 재주를 자랑하는 듯 하고, 전인의 기존의 시고(詩稿)에 덧붙인 듯하다. 결과적으로 인생에 대한 탄식과 경치의 변화에 대한 감상을 진부한 어휘와 가락으로 바꾸어버렸다. 표현상으로는 한위의 자유로운 구식에 진대 문인들이 가장 상용하던 '정명대(正名對)'를 더한 것에 불과한데, 대우는 변려를 추구한 까닭에 경직되었고, 장법은 변화가 부족해서 뇌동에 빠져버렸다. 육시의 언어는 기려한 어휘로 엮는 것을 추구하지는 않았지만 너무 무성해졌고, 전아함만을 쫓다 무거워졌으며, 수식이 많은 것을 피하다가 거칠어졌다. 후대 평론가들이 하나같이 그의 시의 번잡함을 지적했고, 그 당시의 장화나 육운까지도 육기 시의 병폐가 '과도한 것(太多)'이라고 지적했는데, 이것은 그가 재능과 박학함을 자랑하느라 "문사를 아주 번다하게 써낸(綴辭尤繁)"111) 것뿐 아니라, "감정은 복잡한데 언어는 감추어진 것(情繁而詞隱)"112) 까지도 포함하는, 즉 언어적 난해함을 통해 감정적 깊이 부족을 숨기고자 애썼던 것을 일컫는 것이다. 작가의 진실한 상황과 독특한 감상이 다소나마 표현된 몇 편의 시가에 약간의 창의성이 보일 뿐이다. 그 중 <낙양으로 가는 도중에 짓다(赴洛道中作)> 2수는 비교적 성공적인 작품이다. 제1은 자신이 속세의 그물에 잡혀 가족과 헤어져 낙양으로 왔어야 했던 슬프고 괴로운 심정을 썼다. 가족과 이별하고 떠나오던 도중에 보게 된 황량한 풍경을 집중 묘사했는데, 인적 없는 광야와 구불구불한 산길은 외롭고 심란하게 그리움을 불러일으키고, 계곡의 호랑이 울음소리와 나무 꼭대기의 닭의 울음소리가 서로 이어지면서, 여정 중에 인가가 드물다는 것을 보여준다. "호랑이는 깊은 계곡 아래에서 울고, 닭은 높은 나무 꼭대기에서 우네. 슬픈 바람이 한밤중에 불어대고, 무리 잃은 짐승은 내 앞을 지나가네(虎嘯深谷底, 鷄鳴高樹巔. 哀風中夜流, 孤獸更我前)"는 밤낮의 교체와 끊임없이 변하는 풍경을 통해, 날이 밝으면 가고 저물면 묵는 여행 과정을 개괄했는데, 그림자만 보아도 슬퍼지는 서글픈

---

111) <文心雕龍·鎔裁>.
112) <文心雕龍·體性>.

느낌을 부각했다. 조조 <고한행(苦寒行)>의 "큰 곰이 나를 막고 웅크리고 있고, 호랑이는 길가에서 날뛴다(熊羆對我蹲, 虎豹夾路蹄)"와 같은 민가적 과장과 관련지어 보면, 육시의 과장적 경지가 이미 사실적 방향으로 크게 진전했음을 알 수 있다. 다음은 제2수다.

遠遊越山川	원행길 나서서 산과 물을 넘는데
山川修且廣	산과 물은 길고도 넓어라.
振策陟崇丘	채찍 휘두르며 높은 언덕 오르고
安轡遵平莽	고삐를 잡고서 평원을 따라가네.
夕息抱影寐	저녁에는 그림자를 안고 자고
朝徂銜思往	아침이면 그리움을 품고 길을 가네.
頓轡倚高巖	말을 멈추고 높은 바위에 기대어
側聽悲風響	귀를 기울이니 바람 소리 슬프구나.
清露墜素輝	맑은 이슬은 햇빛 속에 떨어지며
明月一何朗	달빛은 또 얼마나 밝은지!
撫枕不能寐	잠 못 들고 베개만 만지작거리다
振衣獨長想	옷을 떨치고 일어나 홀로 긴 생각에 잠긴다.

이 시는 수미상관(首尾相關)적인 정침격(頂針格)으로 시작하고, 성조의 반복을 이용하여 갈 길의 아득함, 산천의 요원함을 강조했으며, 이어 날이 밝으면 가고 저물면 묵는 서글픈 정경을 두 차례 반복했다. 먼저 채찍을 휘두르고 고삐를 잡는 기마 동작을 통해, 여정 중 지나온 산천의 형세를 개괄했다. 그림자를 안거나 그리움을 품는 형상의 비교를 통해, 밤이고 낮이고 떨쳐낼 수 없는 고독과 근심을 표현했다. 이어 방향을 돌려 높은 바위와 슬픈 바람, 밝은 달, 긴 밤 등의 경계에 처했을 때의 느낌을 반복 서술했는데, 이를 짜임새 있는 대우와 진실한 경물묘사를 반복 순환하는 고시의 장법에 담아서, 밤과 낮으로 이어지는 고생스러움과 적막감을 강

조했다. 마지막 4구는 이슬이 맑게 빛나며 떨어지는 섬세한 묘사에서 시작하여 달빛의 희고 밝음을 써냈는데, 관찰이 상당히 세밀하고 경계가 아주 맑다. 그의 <상서랑 고언선에게 주다(贈尙書郞顧彦先)> 2수 중 제1은 때 아닌 궂은비를 빌어 지인이 소식이 끊겼을 때의 괴로움을 썼는데, 아주 창의적이다. "그대와는 궁궐 담장으로 막혔는데, 궁궐 담장은 높고도 깊구나. 오랜 시간 헤어져 만나지 못하니, 의지할 것은 소식뿐인데, 소식이 오랫동안 끊어졌으니, 무엇으로 내 마음 위안 삼을까?(與子隔蕭牆, 蕭牆阻且深. 形影曠不接, 所托聲與音. 音聲日夜闊, 何用慰吾心)." 육기와 고언선은 모두 오(吳) 사람으로, 낙양에서는 진(晉)의 관료들 틈새에서 세력의 부족함을 느끼고 있었다. 뿐만 아니라 각각 다른 관직으로 멀리 떨어져 있으니 만나기도 어렵고 겨우 소식만 전할 뿐이다. 세찬 비가 연일 내려 소식조차 점차 뜸해졌으니, 이러한 상황에서 무엇으로 스스로를 위로할 수 있을까? 오기(吳淇)는 "'높고도 깊다(阻且深)'는 단 이 몇 자로 담장으로 인한 단절감을 표현했는데, 수많은 산과 강 너머 멀리 떨어져 있는 느낌을 담았다(阻且深三字寫一墻之隔, 直有千山萬水之遠)"고[113) 했다. 이 시는 성에 궂은비가 내린다는 특정한 상황에서 출발하여 낙양에 온 후의 고독감을 써냈는데, 의미는 갈수록 깊어지지만 어기는 부드럽고 침착하여, 일반적인 모의작에 비해 신선하고 감동적이다.

　육기의 의고작 가운데도 좋은 작품이 없지는 않다. <의명월하교교(擬明月何皎皎)>는 비교적 청신하게 쓰였다.

安寢北堂上　　편안하게 북당에 누워 있는데
明月入我牖　　밝은 달빛이 창으로 들어온다.
照之有餘輝　　달빛은 넘치게 비치나

---

113) ≪六朝選詩定論≫.

攬之不盈手	잡으려 해도 손에 잡히지 않는구나.
涼風繞曲房	서늘한 바람이 깊은 방을 감싸고
寒蟬鳴高柳	쓰르라미는 높은 버드나무에서 운다.
踟躕感節物	배회하며 이 계절 경치를 느끼니
我行永已久	내 이 출행도 이미 오래되었구나.
遊宦會無成	벼슬살이로 떠돌아도 결국 이룬 공 없는데
離思難常守	이별의 시름은 언제나 견디기 어렵구나.

달빛은 형태가 없는데도 사람들은 자기도 모르게 달빛을 잡으려 하거나, 물처럼 흐르는 달빛 아래에서 쓸데없이 배회하는데, 이러한 천진한 동작에 대한 형용은 맑은 달빛 및 달을 감상하는 사람의 마음을 더욱 구체화시켰다. 맑은 달빛은 어느 새 그리움을 불러일으키고, 서늘한 바람과 쓰르라미 울음소리는 계절의 변화를 깨닫게 만들어, 마지막 몇 구에 쓰인 일상적인 감탄도 공허하게 느껴지지 않는다. "양풍(涼風)" 2구는 대구가 아주 정교하고 청랑(淸朗)한 느낌이 가득하여, 육기 시에서 모래에서 금을 발견한 듯한 좋은 구절이다.

육기의 일부 시가는 경물묘사에 최대한 치중하며, "형태를 속속들이 그려내고 상을 다 드러내는 것(窮形而盡相)"을[114] 추구한 자신의 창작 주장을 실천했다. 그 예가 <초은시(招隱詩)>다.

明發心不夷	아침이 밝아도 마음은 즐겁지 않아
振衣聊踟躕	옷을 걸치고도 잠시 주저한다.
踟躕欲安之	주저하다 어디로 가려는가?
幽人在浚穀	은자가 깊은 산골짜기에 있다네.
朝采南澗藻	아침에 남쪽 시냇가에서 마름을 캐고
夕息西山足	저녁에는 서산 자락에서 쉰다.

---

114) <文賦>.

輕條象雲構	가벼운 나뭇가지는 구름집 같고
密葉成翠幄	빽빽한 잎은 푸른 장막이 되었네.
激楚佇蘭林	맑은 바람은 난초 숲에 머물고
回芳薄秀木	향기는 빼어난 나무에 맴돈다.
山溜何泠泠	산의 물줄기 어찌나 맑던지!
飛泉漱鳴玉	나는 듯한 샘물에서 옥소리가 울린다.
哀音附靈波	슬픈 소리는 아름다운 물결을 타니
頹響赴曾曲	어렴풋한 소리도 깊은 계곡에 울려나간다.
至樂非有假	지극한 즐거움이란 빌려 얻을 수는 없는 것
安事澆淳樸	무엇 때문에 순박함을 해치겠는가?
富貴苟難圖	부귀가 진실로 얻기 어려운 것이라면
稅駕從所欲	멍에를 풀고 하고 싶은 대로 따르리라.

진대에는 은일을 가영한 시에 <초은>, <반초은(反招隱)>이라는 제목을 많이 붙였다. <초은>은 한대 회남소산(淮南小山)의 <초은사(招隱士)>에서 유래한 것으로, 원래는 오래 산중에 머물러 있는 은사를 불러낸다는 뜻인데, 위진 이후에는 점차 은거를 하도록 불러들인다는 뜻으로 변해갔다. 육기는 은자를 찾아간다는 각도에서 썼는데, 시에 드러난 은일에 대한 생각은 단지 부귀를 얻지 못한 데에 대한 불평이며, 반드시 진심으로 귀은하고자 했던 것은 아니다. 그러나 이 시는 아주 정교하고 치밀한, 수사미가 가득한 언어를 통해, 그윽하고 깊은 산림 풍경을 그려냈는데, 이미 사령운(謝靈運) 산수시의 선성(先聲)을 보여준다. 이 밖에 <군자유소사행(君子有所思行)>에 "굽이굽이 연못은 어찌나 맑은지! 맑은 시냇물이 꽃무더기 띠를 둘렀구나. 깊숙한 건물에는 아로 새긴 창문이 벌여있고, 난꽃 내실에는 비단휘장을 둘렀구나(曲池何湛湛, 淸川帶華薄. 邃宇列綺窗, 蘭室接羅幕)" 등의 구는 원림(園林)과 궁실(宮室)의 경치를 묘사했는데, 기려하고 청아하다. 그 중 "맑은 시냇물이 꽃무더기 띠를 둘렀구나"는 후일 왕유의

<숭산으로 돌아가며 짓다(歸嵩山作)>에 인용되었다. <비재행(悲哉行)>의 "혜초는 맑은 향기를 그윽하게 풍기고, 춘조는 좋은 소리를 지저귄다. 퍼드덕퍼드덕 노래하던 산비둘기 날개 짓하고, 꾀꼴꾀꼴 꾀꼬리는 쉬지 않고 노래한다(蕙草饒淑氣, 時鳥多好音. 翩翩鳴鳩羽, 喈喈倉庚吟)" 역시 신선하고 생기가 가득하다. <상서랑 고언선에게 주다> 제2는 세찬비가 쏟아지는 풍경을 그려내어, "천둥이 한밤중에 내리치니, 번개 빛이 밤하늘에 번쩍인다. 검은 구름이 붉은 누각에 펼쳐졌고, 세찬 바람이 창문 곁에 불어오더니, 큰 비가 긴 처마에 흘러 넘쳐, 웅덩이의 빗물이 섬돌까지 잠겨온다(迅雷中霄激, 驚電光夜舒. 玄雲拖朱閣, 振風薄綺疏. 豊注溢修溜, 潢潦浸皆除)"고 했다. 천둥, 번개, 구름, 바람, 고인 빗물 등 각 구마다 하나의 경치가 일제히 펼쳐져 기세가 드높은데, 이처럼 육기는 사물을 하나하나 묘사하는 방면에서 한위 시인보다 더욱 세치하고 구체화시켰다. 육기의 <문부>는 사부(辭賦) 형식으로 쓰인 문예이론 전문서로서, 창작 사유 과정에 대해 깊이 있는 밤색을 전개했는데, 뛰어난 견해가 많다. 그러나 문학형식과 예술적 기교 연구에 편중되었는데, 이는 그 자신의 창작실천과도 대체로 부합한다. 서진시가 대구를 즐겨 쓰고 전아함을 추구했던 특징은, 실은 장화에게서 시작되어 육기에 와서 더욱 힘을 받은 것이라 할 수 있다. 그들은 모의를 중시하고 심오함을 추구했던 서진시풍에 커다란 영향을 주었으며, 표현기교에 있어서도 후인들의 참고가 될 만한 경험을 제공했다.

육운은 형인 육기와 더불어 당시에 이육(二陸)이라고 병칭되었다. 육운은 스스로 "사언 오언은 자신 있는 형식이 아니고, 부는 잘 지을 수 있다(四言五言非所長, 頗能作賦)"(<與兄平原書>)고 자칭했다. 그의 시는 딱딱하고 번다한 4언 장편이 대부분인데, 장부(張溥)는 "대아를 따랐으나, 마치 비천함으로 존귀함을 찬송하는 것과 비슷하다(式模大雅, 類以卑頌尊)"고[115] 했

다. 5언은 두 수 반에 불과하다. <장사연에게 답하다(答張士然)>는 고향을 떠나 낙양에 왔을 때의 느낌을 썼는데, 그 중 "모든 성마다 각각 풍속이 다르고, 천 호의 큰 마을에도 좋은 이웃이 없구나. 좋은 친구는 거짓으로 사귀기 어려운데, 타향 풍토인들 어찌 거짓으로 가까워질 수 있으랴? 고향 땅을 생각하며 그리워하니, 마치 눈앞에 그들이 있는 듯하다. 느릿느릿 하루하루 서로 멀어지니, 그리움으로 이 마음이 괴롭구나(百城各異俗, 千室非良鄰. 歡舊難假合, 風土豈虛親. 感念桑梓域, 仿佛眼中人. 靡靡日夜遠, 眷眷懷苦辛)" 등의 구는 남쪽 사람의 눈에 비친 북방의 풍토, 황량한 풍경 및 각 지역 서로 다른 풍속이 주는 생소함과 두려움을 통해, 시도 때도 없이 눈에 밟히는 고향의 가족에 대한 하염없는 그리움을 부각시켰는데, 비교적 간절하다.

반악(潘岳, 247~300년)은 자가 안인(安仁)이고, 형양(滎陽) 중모(中牟, 현 하남성 중모현 동쪽) 사람이다. 소년 시절 자태나 거동이 뛰어나 기동(奇童)이라 불렸다. 20여 세 때 뛰어난 재능으로 이름을 떨쳤고, 후에 하양령(河陽令)이 되었다. 하지만 뜻을 펼치지 못한다고 느껴 우울해했다. 원강 시기에 석숭(石崇)과 함께 가밀에게 아부하여 '이십사우'의 대표가 되었다. 그는 공명에 열중하고 권세가에게 아부했었는데, 가밀이 나들이를 갈 때면 그와 석숭은 언제나 바닥에 납작 엎드려 절을 해서, 심지어 모친도 그를 나무랐을 정도다. 조왕 사마윤이 정치를 보좌할 때, 반악은 중서령 손수에게 무고를 당해 석숭 등과 함께 살해되었다.

반악은 언어가 아주 화려하며, <서정부(西征賦)>, <한거부(閑居賦)>가 유명하다. 그는 또 뇌문(誄文), 애사(哀詞), 조제(弔祭) 문장을 많이 지었다. <도망시(悼亡詩)> 3수는 비교적 성공작인데, 망처를 애도하는 진실한 감

---

115) ≪漢魏六朝百三家集題辭≫.

정 외에도, 그가 "특히 애뢰의 문장에 뛰어났다(尤善爲哀誄之文)"는[116) 것을 잘 보여준다. 이 세 편은 모두 아내가 죽은 지 1년이 되었을 때 지은 것이며, 이후 반악은 상복을 벗고 원래의 임지로 돌아왔다. 제1은 집을 떠나기 전의 심경이다.

荏苒冬春謝	세월이 쉬지 않고 흘러 겨울과 봄이 교체되고
寒暑忽流易	추위와 더위도 어느새 바뀌었구나.
之子歸窮泉	그 사람이 먼 황천으로 돌아가
重壤永幽隔	깊은 땅속으로 영원히 멀어졌네.
私懷誰克從	이 마음 누구에게 털어 놓으랴?
淹留亦何益	집에 있다 한들 또 무슨 소용 있으랴?
僶勉恭朝命	부지런히 조정의 명령을 받들어
回心反初役	마음 바꾸고 처음의 임무로 돌아가야 하리라.
望廬思其人	집을 바라보면 그 사람이 그립고
入室想所歷	방에 들어가면 함께 한 옛날이 생각난다네.
幃屏無仿佛	(한무제의 이부인처럼) 영혼이 돌아온 것도 아닌데
翰墨有餘跡	필묵에는 자취가 남아있구나.
流芳未及歇	꽃 같은 향기는 아직 그대로 이고
遺掛猶在壁	걸어놓은 유물도 그대로 벽에 있으니
悵怳如或存	멍하니 마치 그 사람 살아있는 듯해서
回遑忡驚惕	놀라 허둥대다 걱정스럽게 놀란다네.
如彼翰林鳥	저 숲에서 나는 새처럼
雙棲一朝隻	짝이 되어 살다가 하루아침에 홀로 되었고
如彼遊川魚	저 내에서 헤엄치는 물고기처럼
比目中路析	비목어로 있다가 도중에 나뉘었다네.
春風緣隙來	봄바람은 틈새로 들어오고
晨溜承簷滴	새벽 낙수는 처마에서 방울지네.
寢息何時忘	잠을 잔들 어찌 한시라도 잊겠는가!

---

116) ＜晉書・潘岳傳＞.

沈憂日盈積	깊은 수심만 날로 쌓여 가는데.
庶幾有時衰	다만 언젠가 그리움 덜어져
莊缶猶可擊	장자처럼 항아리를 칠 날 있으리라.

　시는 덧없는 세월이 어느 새 흘러 일 년이 되었음을 탄식하며 시작한다. 그 사람은 죽어 황천에 있으니 영원히 헤어졌다. 떠나려고 해도 차마 떠날 수 없지만, 머문다고 또 무슨 소용이 있겠는가. 비록 어쩔 수 없는 것이지만, 애써 달래는 그 모습이 더욱 가슴 아프게 느껴진다. 빈 방을 차마 떠나지 못하는데, 눈이 가는 곳마다 망인의 흔적이 남아 있기 때문이다. 마치 죽은 아내가 그대로 있는 듯 느껴지다가도, 그 사람은 이미 없다는 것을 바로 깨닫게 되니, 애통하고 당혹스러운 마음을 어쩌지 못한다. “창황(悵怳)” 2구는 넋을 놓고 애도할 때 자주 느껴지는 환각과 심리 변화의 과정을 아주 간절하고 세밀하게 전달해준다. 시의 마지막에서는 눈이 녹고 봄이 돌아왔을 때의 신선감을 이용해, 오랫동안 애상 속에 빠져있는 심정을 부각시켰고, 또 장자가 아내가 죽자 기쁘게 동이를 두드리며 노래했다는 전고를 이용해, 자신은 시간이 흘러도 결코 잊을 수 없다는 무거운 마음을 부각시켰다. 전체 시는 완곡한 하소연에 초점이 맞추어져 있으며, 음절은 번다하고 감정을 진하게 쓰었다. 중간의 “저 숲에서 나는 새처럼”과 “저 내에서 헤엄치는 물고기처럼” 이 두 직유는 거침없이 출렁이는 기세를 더해준다. 민가식의 비흥을 잘 쓰지 않는 서진시에서 신선함과 생동감이 느껴진다. 그는 다른 애시(哀詩)에서도 비흥을 운용하여 사람이 죽으면 환생할 수 없다는 내용을 비유했는데, 그 예가 “헤어지기는 잎이 나무에서 떨어지듯 하고, 멀기는 비가 하늘에서 떨어지듯 하다. 비는 내려도 구름은 다시 일지만, 나뭇잎은 떨어지면 언제 다시 붙는가(灌如葉落樹, 邈若雨絶天. 雨絶有歸雲, 葉落何時連)”(<楊氏七哀

詩>)이다. 성음의 감정적 기조가 오가(吳歌)와 흡사하며, 떨쳐낼 수 없는 슬픔을 순환 반복하듯 표현했다.

반악의 나머지 시가는 대부분 기려하고 내용은 얕으며, 일부 작품은 무미건조하다. 예를 들면 <하양현에서 짓다(河陽縣作)> 2수, <고향을 생각하며 짓다(在懷縣作)> 2수는 고향에 대한 그리움을 조금 담기는 했으나, 정치가 이루어지면 백성들은 평화롭다는 큰 진리를 토로하고 있다. <가밀의 한서 강론장에서(於賈謐坐講漢書)>류는 철리가 시어를 압도하는 현언시와 큰 차이가 없다. 종영은 ≪시품≫에서 "반악은 얕으나 깨끗하고(潘淺而淨)" "육기는 깊으나 무성하다(陸深而蕪)"라고 서로를 비교했는데, 사실 반악 시의 번다함과 무거움도 육기 시에 뒤지지 않는다. 원호문(元好問)은 <논시절구(論詩絶句)>에서 반악이 "마음의 그림과 마음의 소리 모두 진실함을 잃었으나, 문장이 어찌 그 사람됨을 드러내리오. 고상한 감정으로 천고의 <한정부>를 지어냈으니, 반악이 길바닥에 엎드려 절을 했다는 것을 어찌 믿으랴(心畵心聲總失眞, 文章寧復見爲人. 高情千古閑居賦, 爭信安仁拜路塵)"고 했는데, 문장이 반드시 작자의 인격을 나타내는 것은 아니라는 것이다. 그러나 반악의 높지 않은 인격은 그 작품의 내용이 천박해진 중요 원인이다.

제4절 좌사(左思)와 유곤(劉琨)

서진의 시단에서 강개하고 기백 있는 풍격으로 건안 정신을 계승한 시인은 좌사(左思)와 유곤(劉琨)에 불과하다.

좌사(250~305년)는 자가 태충(太沖)이며 임치(臨淄, 현 산동성 임치현) 사람이다. 한문 출신으로 학문을 열심히 갈고 닦았다. 여동생 좌분(左芬)이 귀

빈(貴嬪)으로 선발되자, 좌사는 낙양으로 이사하여 비서랑에 임명되었으며, 많은 책을 두루 보고 10년을 구상하여 <삼도부(三都賦)>를 지었다. 부가 지어졌지만, 지위가 미천하여 사람들의 중시를 받지 못하자, 황보밀(皇甫謐)에게 서문을 부탁하고, 유규(劉逵), 장재(張載) 등에게 주석을 의뢰하고, 위권(衛權)에게 요약 해석을 부탁했었는데, 장화의 칭찬으로 세력가들이 다투어 베끼면서 낙양의 종이 값을 올렸다 한다. 가밀이 정권을 휘두를 때, 좌사는 '이십사우'의 일원이었고, 가밀이 사형당한 후에는 은거하여 학문을 하며, 제왕 사마경의 부름을 극구 사양했다. 기주(冀州)에서 병으로 사망했다.

좌사는 필생의 힘을 기울여 <삼도부>를 지었는데, 비록 그의 박학함과 재능을 충분히 보여주기는 했지만, 삼도의 지리 풍속을 고찰한 자료와 풍부한 어휘를 제공했을 뿐이다. 그의 시는 14수만 전해지지만, 성취는 그가 마음을 쏟아 지은 부보다 훨씬 뛰어나다. 특히 <영사(詠史)> 8수는 역사적 사실에 대한 가영을 통해 마음 속 이상을 기탁했는데, 완적 <영회> 조시의 전통을 계승 발전시킴으로써, 문학사적으로 불후의 지위를 다졌다.

<영사>라는 이름은 반고(班固)에서 시작되었다. 그러나 반고의 작품은 탄식을 담기는 했지만, 제영(縷縈)이 부친을 구한 역사적 사실을 객관적으로 높이 찬양한 것에 불과하다. 조조의 <단가행(短歌行)> 제2, <선재행(善哉行)> 제1, 조비의 <황황경락행(煌煌京洛行)> 등은 고인에 대한 포폄을 빌어 자신의 정치적 견해를 발표한 것으로, 평사시(評史詩)에 불과하다. ≪시기(詩紀)≫에 기록된 공융(孔融)의 <잡시(雜詩)> 제1은 관중(管仲)과 여망(呂望)을 폄훼하며 고금을 웅시(雄視)하는 광기를 보였으며, 왕찬의 <영사>는 삼랑(三良)이 진(秦) 목왕(穆王)을 위해 목숨을 잃은 일을 빌어, "살아서는 필부들의 영웅이었고, 죽어서는 장사들의 모범이 되었던(生爲百夫

雄, 死爲壯士規)” 의로움을 가영했다. 두지(杜摯)의 <무구검에게 주다(贈毋丘儉)>는 처음에는 뜻을 펼치지 못하다가 나중에 현달한 옛 현인의 이름을 나열하며, 웅지를 펼치지 못한 친구를 위로했는데, 이미 역사에 대한 객관적인 평가를 넘어서 역사를 빌어 마음을 노래하기 시작했음을 보여준다. 혜강의 <영사>는 비록 영회적 내용이 있지만 의론이 지나치다. 좌사의 <영사> 8수는 영사와 영회를 더욱 긴밀하게 결합하여 표현상의 변화가 풍부해졌다. 8수의 시는 각각 독립적인 편장을 이루면서, 내용은 서로 이어져서 유기적인 일체를 이룬다. “혹은 먼저 자신의 뜻을 서술하고 역사적인 사실로 이를 증명하거나, 혹은 먼서 역사적인 일을 서술하고 자신의 뜻으로 끝을 맺거나, 혹은 단지 자신의 뜻을 서술하고 역사적 사실을 은연중에 내포하거나, 혹은 역사적 사실만을 서술하고 자신의 뜻은 암묵적으로 기탁했다(或先述己意, 而以史事證之, 或先述史事, 而以己意斷之, 或止述己意, 而史事暗含, 或止述史事, 而己意默寓).”117) 인재를 매몰시키는 문벌제도에 항의하고, 호족의 서반함에 대한 경시를 보였으며, 불후의 영웅을 가영하고, 입공(立功)의 희망을 표현함으로써, 정신적으로는 건안 시인들의 적극적이고 건강한 인생의 이상을 계승했다. 예술적으로는 다양한 대비를 잘 운용하며 입신의 원칙을 탐색하던 완적의 기법을 흡수하면서, 동시에 <영회>의 허무하고 비관적인 색채를 제거함으로써, 당대 및 후대의 진보적 하층문인들의 공동적 불평지명(不平之鳴)과 이상을 굳건하고 명쾌하게 노래했다.

<영사> 제1은 자신의 문무 지략과 입공의 의지를 서술했는데, 역사적 사실을 은유적으로 이용하여 나머지 7수의 영회적 주제를 확정했다.

弱冠弄柔翰　　　　　약관에 부드럽게 붓을 놀렸고

---

117) ≪古詩賞析≫.

卓犖觀群書　　뛰어난 재능에 많은 책 읽었으니
著論准過秦　　문장은 <과진론>을 배워 지었고
作賦擬子虛　　부는 <자허부>를 모방하여 지었네.
邊城苦鳴鏑　　변경에서 명적 괴롭게 울리고
羽檄飛京都　　깃털 단 격문이 도성에 날아왔으니
雖非甲冑士　　이 몸 비록 갑옷 입은 무사는 아니나
疇昔覽穰苴　　옛날에 병서를 익혔다네.
長嘯激淸風　　긴 휘파람으로 맑은 바람 일으키면
志若無東吳　　웅지는 동오 땅도 안중에 없으리라.
鉛刀貴一割　　무딘 칼도 한 번은 크게 쓰일 터
夢想騁良圖　　좋은 계책을 실현할 꿈을 꾸어왔네.
左眄澄江湘　　왼쪽으론 동오 땅을 맑게 하고
右盻定羌胡　　오른쪽으론 오랑캐 땅을 평정하리니
功成不受爵　　공을 세우면 작위도 받지 않고
長揖歸田廬　　길게 읍하고 전원으로 돌아가리라.

이 시는 흥취가 넘쳐 붓끝에서 영웅적 호기가 이는데, 그 기개가 초일 (超逸)하고 드높음을 느끼게 한다. 진이 막 건립되고 오를 아직 평정하기 이전에 지어진 작품이다. 시에서 만들어낸 지사(志士)의 형상은, 비록 조식의 <백마편>과 완적의 <영회>에서 이미 출현했지만, 선명한 시대적 특징을 지니고 있다. 우선, 시인이 가영한 것은 진조의 천하 통일사업에 "좋은 계책을 실현하길(騁良圖)" 꿈꾸는 서생이며, 강개하여 재난 속으로 뛰어들며 죽음을 귀천으로 여기는 그런 열사는 아니다. 둘째, 서진 사족들이 무장 출신을 낮추어보는 보편적 풍조 속에서, "무딘 칼이라도 한 번은 베는데 쓰이길 바라는(冀立鉛刀一割之用)"(班超의 말) 좌사의 희망은 한사 계층의 살아있는 진취적 정신을 반영한 것이다. 셋째, 좌사가 처음으로 시가에서 "공을 세우면 작위도 받지 않고, 길게 읍하고 전원으로 돌아가리라"와 같은 맑고 고고한 의기를 찬미했는데, 이것은 공을 세우겠다는 의지와 기꺼이 물러나는 노장적 사고가 융합한 결과임이 확실하다. 이러한 사상은 후일 성당시인 특히 이백이 지속적으로 노래했던 최고의 이상이 되었다.

제2는 "좋은 계책을 실현하겠다"는 '몽상'에서 곤경에 처한 현실로 돌아온다.

鬱鬱澗底松	울창한 계곡 아래의 소나무
離離山上苗	여리고 여린 산 위의 묘목.
以彼徑寸莖	일 촌 굵기의 저 줄기가
蔭此百尺條	백 척 굵기의 이 가지를 가리고 있네.
世胄躡高位	귀족 자손들이 높은 자리를 차지하니
英俊沈下僚	빼어난 준걸은 낮은 자리에 묻혀 있네.
地勢使之然	땅의 형세가 그렇게 만든 것이지
由來非一朝	하루아침에 그리 된 것은 아니라네.
金張藉舊業	한대의 김일제(金日磾)와 장탕(張湯) 공적으로
七葉珥漢貂	ㄴ 후손 칠 대가 시승 관직을 누렸지.
馮公豈不偉	풍낭(馮唐)이 어찌 위대하지 않으랴만
白首不見招	백발이 되어도 임금이 부르지 않았다네.

계곡 아래의 큰 소나무와 산꼭대기의 어린 나무라는 대조적 비유가 아주 선명하며, 형상적 크기 차이와 지세의 고저가 뒤바뀐 것을 빌어, 아주 명쾌하게 "높은 품계에는 한문 출신이 없고, 낮은 품계에는 문벌사족 출신이 없다"는 현상과 실질을 드러냈다. 이어 서한의 김일제(金日磾)와 장탕(張湯) 두 집안은 7대에 걸쳐 세습 귀족이 되었다는 사실과, 한대의 풍당(馮唐)은 머리가 희끗해져도 낭서(郎署)에게 굽혔던 역사적 사실을 증거삼아, 이러한 불합리한 현상의 역사적 근원을 지적했다. 전체 시가 비흥, 의론, 영사 등의 수법을 한꺼번에 운용하여, 서진 사회제도가 지닌

오랜 병폐를 간략하게 개괄해 냄으로써, 한사계층의 불편한 내면의 소리를 표현해냈다.

제3은 공을 이루고도 보상을 받지 못한 단간목(段幹木)과 노중련(魯仲連)을 가영하면서, 입공에 뜻이 있지 이록에는 뜻이 없다는 시인 자신의 포부를 기탁했다.

吾希段幹木	나는 단간목을 희망하노라
偃息藩魏君	누워 쉬면서 위의 군주를 보필했지.
吾慕魯仲連	나는 노중련을 흠모하노라
談笑卻秦軍	담소하며 진군을 물리쳤다네.
當世貴不羈	세상살이는 구속 없는 삶에 의미 두고
遭難能解紛	재난에는 그 분쟁 해결했네.
功成恥受賞	공을 세워도 상은 안 받으니
高節卓不群	높은 절개가 무리 중에 우뚝했다네.
臨組不肯緤	인수가 있어도 매지 않았고
對珪寧肯分	옥홀을 대한들 어찌 받으리.
連璽曜前庭	수많은 관인이 앞뜰에 찬란해도
比之猶浮雲	비유컨대 그것은 뜬 구름과 같았네.

이 시는 역사적 사실에 대한 부연 속에 의론을 겸했는데, 일련의 부정구(否定句)를 통해, 설득도 받지 않고 상도 받지 않으며 벼슬도 받지 않고 작위도 원치 않고 부귀공명을 뜬 구름처럼 여겼던 두 고사(高士)의 높은 절조를 일일이 나열했다. 언어가 마치 구슬을 꿰듯 이어져 거침없이 수미가 일관되고, 조탁한 흔적은 없으면서도, 군계일학의 풍채를 지닌 고인(古人)과, 호방하고 세속에 구속받지 않는 시인의 기질이 하나하나 눈에 보이는 듯하다.

제4는 권귀의 혁혁함과 양웅(揚雄)의 쓸쓸함을 대비시켜, 인생의 영원한 가치는 후세에 이름을 남기는데 있음을 설명했다.

濟濟京城內	즐비한 도성의 안쪽
赫赫王侯居	찬란한 왕후장상의 저택들.
冠蓋蔭四術	높은 관모와 수레가 사방 길을 뒤덮고
朱輪竟長衢	붉은 수레가 큰 길을 두루 메웠네.
朝集金張館	아침엔 김일제 장탕 댁에 모이고
暮宿許史廬	저녁엔 허 황후 댁 사씨 조모 댁 묵으니
南鄰擊鍾磬	남쪽 이웃은 종과 경을 두드리고
北里吹笙竽	북쪽 마을은 생황과 피리를 연주했다네.
寂寂楊子宅	적적하여라 양 선생의 집
門無卿相輿	문 앞에는 경상들의 수레 보이지 않는구나.
寥寥空宇中	쓸쓸하게 텅 빈 집안에서
所講在玄虛	현허한 도를 강론 했었다네.
言論准宣尼	그 말씀은 공자를 모범으로 삼고
辭賦擬相如	사부는 사마상여를 모방하였네.
悠悠百世後	유유히 백 년이 지난 후에도
英名擅八區	영명한 이름은 온 세상에 알려지리라.

이 시는 대비를 잘 운용하면서 주지를 드러내지 않는 완적의 수법을 모방했는데, 16구의 시가 고르게 둘로 나누어져, 전후가 대조되고 매 구가 대비된다. 왕후의 저택이 화려하고 북적거리는 것과 양웅의 집 앞이 조용하고 적막한 것을 서로 대조시키면서, 양웅의 불후한 명성을 통해 쉽게 사라져 버릴 권귀의 자취를 부각시켰는데, 자신이 공을 이룰 희망이 없으므로 필묵과 시편으로 후세에 이름을 남기려 함을 암시했다.

제5는 피세(避世)와 은둔을 택한 인생의 전환점에서 격발된 호방한 감정을 표현했다.

皓天舒白日	밝은 하늘에 햇빛이 퍼지니
靈景耀神州	신령스런 빛이 신주에 빛나네.
列宅紫宮裏	황제 계신 궁성엔 집들이 즐비하니
飛宇若雲浮	나는 듯 한 처마는 구름에 닿을 듯.
峨峨高門內	우뚝우뚝 높은 성문 안쪽에
藹藹皆王侯	빽빽한 것 모두 왕후장상의 저택.
自非攀龍客	나는 용에 붙어사는 나그네도 아닌데
何爲欻來遊	무엇하러 돌연 예서 노닐겠는가?
被褐出閶闔	갈옷 입고 창합문을 떠나서
高步追許由	고상한 걸음으로 허유를 쫓으리니
振衣千仞岡	천 길 언덕 위에서 옷깃 떨치고
濯足萬里流	만 리 강물에 발을 씻으리라.

이 시 역시 대비와 부각의 기법을 썼는데, 황궁의 기상과 시인의 기세가 서로 높이를 다툰다. 황궁의 장려하고 휘황함, 제후 저택의 높고 웅장함은 그 형용이 이미 극에 달했다. 그러나 시인의 원대한 시각과 너른 행보, 거친 베옷을 입고 나아가 높은 언덕에서 옷깃을 나부끼며, 큰 강에서 발을 씻는 모습은, 전자를 압도할 만한 호매한 기개와 고원(高遠)한 정신적 경계를 갖추고 있다. 그래서 이어서 제6에서는 다음과 같이 말한다.

荊軻飲燕市	형가는 연나라 시장에서 술을 마시니
酒酣氣益震	술이 거나하면 기개가 더욱 높아졌네.
哀歌和漸離	슬픈 노래로 고점리의 연주에 화답하고는
謂若傍無人	방약무인하게 호기를 부렸지.
雖無壯士節	비록 장사의 기절은 없었어도
與世亦殊倫	세속의 인사들과는 역시 달랐다네.
高眄邈四海	고고한 시야로 사해를 낮추어 보았으니
豪右何足陳	권문세가야 말해 무엇 하리!
貴者雖自貴	고귀한 사람들이 스스로 귀하게 생각해도

視之若埃塵　　　　그들을 티끌인 양 바라보았고
賤者雖自賤　　　　비천한 사람들이 스스로 천하게 생각해도
重之若千鈞　　　　그들을 천 근처럼 존중했다네.

　　이 시는 세상을 가볍게 보고 방약무인했던 형가(荊軻)의 기백을 빌어, 자신의 당당하고 굽히지 않는 기절을 형용했다. 당당한 의론 속에 강개함이 넘치는데, 고원하고 당당한 기질과 권귀도 멸시하는 충만한 기세가 전편을 관통한다. 호매하고 웅건하며, 필력이 고르다. 제7수는 두지(杜贄)의 영사체(詠史體)를 빌어, 곤경에 처했던 고대의 뛰어난 인재들을 하나하나 꼽으며, "영웅들도 좌절이 있으니, 그것은 옛날에도 그러했지(英雄有迍邅, 由來自古昔)"와 같은 보편적 규칙을 종결해내며, 회재불우로 초야에 버려진 분만(憤懣)을 표현했다. 제8은 빈사(貧士)의 어려운 생활을 묘사하며 세상살이의 암담함을 개탄했는데, 소진(蘇秦)과 이사(李斯)에 대한 비판을 통해 안분지족하는 달인(達人)을 찬양했다. 이 시는 자신의 은거생활을 묘사한 것이 확실한데, "깊은 숲 속 둥지라도 가지 하나에 깃들 뿐(巢林棲一枝)"이라는 의기소침함은 제1에서 "좋은 계책 실현하길 꿈꾸던" 웅심과는 아주 선명한 대조를 이룬다. 이로써 이 <영사> 8수는 시인이 관직에 나아갔다가 물러났던 경력을 순서로 하여, 젊은 시절의 입신양명에 대한 환상에서 시작하여, 입세에서 출세로의 변화를 거쳐, 안빈낙도로 끝이 나고 있음을 알 수 있다. 역사적 사실에 대한 기탁을 통해, 불평지명(不平之鳴)을 토로하고 이상적 절조를 노래하는 동시에, 서진의 사회적 현실에 대한 강렬한 비판 정신을 실천해냈다. 게다가 "언어의 조합이 뛰어나게 아름답고, 풍격의 창조가 새롭고 특징적이며, 복잡하게 섞여 변동이 크고, 빼어난 기운이 하늘에 닿으니, 고금의 절창이다(造語奇偉, 創格奇特, 錯綜震蕩, 逸氣干雲, 遂爲古今絶昌)."118)

<영사> 8수 외에, 좌사의 <잡시>, <초은> 2수는 뜻을 펼치기 어려운 비개(悲慨)를 표현하거나, 고고하게 은둔하겠다는 지향을 표현했는데, 그 정신은 <영사>와 같다. <초은> 제1은 은사 생활에 대한 앙모와 벼슬을 버리고 귀은하겠다는 자신의 희망을 표현했다.

杖策招隱士	지팡이를 짚고 은사를 찾아 나섰는데
荒塗橫古今	거친 길이 예나 지금이나 가로 막네.
巖穴無結構	동굴에는 얽어놓은 집도 없는데
丘中有鳴琴	언덕 위에서 거문고 소리가 난다.
白雪停陰岡	흰 눈은 북쪽 산에 머물러 있고
丹葩曜陽林	붉은 꽃은 남쪽 숲에서 반짝이며
石泉漱瓊瑤	샘물은 아름다운 옥처럼 흐르고
纖鱗或浮沈	작은 물고기들 떴다 가라앉았다 한다.
非必絲與竹	어찌 관현악기 소리만 좋으랴!
山水有清音	산수 간에도 맑은 소리가 있는 것을.
何事待嘯歌	휘파람 소리 기다릴 필요 무에 있는가!
灌木自悲吟	관목에서 절로 슬픈 소리가 난다네.
秋菊兼餱糧	가을 국화를 곡식과 함께 쓰고
幽蘭間重襟	그윽한 난초를 옷깃 사이에 끼우네.
躊躇足力煩	배회하느라 다리가 피곤하니
聊欲投吾簪	잠시 비녀를 던지고 쉬고자 한다.

은사를 찾아 나선 사람이 바위틈에서 들리는 거문고 소리에 이끌려 산길로 들어가는데, 시 역시 연주소리를 찾아가는 그의 족적을 따라 산의 풍경을 전개했다. 마지막에는 현악기 소리인 듯도 하고 휘파람 소리인 듯도 한 산수의 맑은 소리와 수풀의 애절한 읊조림으로 귀결되면서, 실제인 듯도 하고 환상인 듯도 한 신비롭고 그윽한 경계를 만들어냈다.

---

118) 胡應麟 ≪詩藪≫.

결미는 은자를 찾는 족적에 빗대어, 세상에서 배회하는 피로함과 은사를 불러내려다가 오히려 함께 은거하게 되었다는 본의를 한꺼번에 드러냈다. 좌사의 <교녀시(嬌女詩)>는 그의 두 딸이 일상생활에서 부리는 갖가지 말썽을 써냈는데, 아주 세치하고 눈에 보이듯 생동적이다. 큰 딸과 작은 딸을 각각 개성 있게 그려냈는데, 예를 들면, 어린 딸이 엄마가 화장하는 것을 따라하자, "아침마다 화장대 앞에 앉아서, 비로 쓴 것처럼 눈썹을 그리고, 진한 연지 붉은 입술에 칠해, 작은 입술에 빨간 연지 엉망이네(明朝弄梳台, 黛眉類掃跡. 濃朱衍丹脣, 黃吻瀾漫赤)"라고 했다. 천진하고 귀여운 모습을 그려냈는데, 아이들이 따라 하기를 좋아하고 여자아이는 특히 예쁜 것을 좋아하며, 또 철이 없는 특징을 정확하게 표현했다. 후일 두보도 <북정(北征)>에서 유사한 상황의 어린 딸의 귀여운 모습을 묘사하여, "어미를 따라 무엇이든 배우려 하니, 아침 단장도 손으로 발라댄다. 한참동안 붉은 연지를 발라대고, 어지러이 그려진 눈썹은 넓기도 하다(學母無不爲, 曉粧隨手抹. 移時施朱鉛, 狼藉畫眉闊)"고 했는데, 귀여움 외에 비통한 의미도 담고 있다. 비록 난리 속에서의 사실적 감정이지만, 표현상 확실히 <교녀시>의 계시를 받았다. 이 시의 결미 "갑자기 회초리 맞으라는 소리를 들으면, 눈물을 숨기려 모두 벽을 향하네(瞥聞當與杖, 掩淚俱向壁)" 2구는 아주 정취 있게 마무리 되었다. 작품 전체에 가득했던 장난기로 결국 회초리를 맞게 되는데, 회초리를 맞기도 전에 벽을 보고 울음을 터트려서, 더욱 귀엽고 재미있게 느껴진다. 좌사 시의 전아하고 정교한 면은 서진시의 공통적 특징이다. 그러나 기개가 높고 넓으며 필력이 웅매(雄邁)하고, "한위의 시를 배우고 닦아, 스스로 훌륭한 수사를 만들어냈으며(陶冶漢魏, 自鑄偉詞)", 그리하여 속기(俗氣)를 제거하고 서진의 최고 성취를 이룬 시인이 되었다.

유곤(劉琨, 271~318년)은 자가 월석(越石)이며, 중산(中山) 위창(魏昌, 현 하북성 無極縣 동북) 사람이다. 한대 대사족(大士族)의 후손이다. 젊은 시절 커다란 지기(志氣)가 있었고, 조적(祖逖)과 교유하여 "문계기무(聞鷄起舞)"[119] 고사로 알려져 있다. 그러나 노장을 숭상하고 언행이 거리낌 없었으며, 생활이 호사스럽고 성색을 즐겨, 종종 석숭 등과 금곡원(金谷園)에서 연회를 즐기며 창화했었다. 후에 육기 등과 문장으로 가밀을 받들어 모셨고, '이십사우'에 가입했다. 영가 시기에 병주자사(幷州刺史)로 있다가, 진양(晉陽) 일대의 전투에 참가하여 흉노, 유연(劉淵), 유총(劉聰) 등의 군대와 맞서 싸웠다. 전쟁에 져서 부모가 해를 입고 세력이 약해진 상황에서도, 유민을 모집하며 복수에 뜻을 두었었다. 민제(潛帝) 건흥(建興) 3년(315), 그는 병주(幷州), 기주(冀州), 유주(幽州)의 도독(都督)이 되었는데, 석륵(石勒)에게 패하여 전군이 궤멸되자, 선비족인 단필제(段匹磾)와 동맹을 맺고 진 왕실을 함께 지켜냈다. 진 원제(元帝)가 강남으로 내려가자, 유곤은 재삼 표문을 올리며 북벌을 권하기도 했다. 후에 유곤의 아들 유군(劉群)이 단필제를 배반하자 유곤 역시 연루되어 살해되었는데 나이 48세였다.

유곤은 젊은 시절에는 구속 없이 방달했었는데, 후에 나라가 망하고 열악한 군대로 전투에 임하는 상황에 처하자, 사상과 감정에 커다란 변화가 일어났다. 그리하여 그의 시는 특히 강인한 기운으로 길을 잃은 영웅의 슬픔을 서술해냈는데, "내용의 기탁이 일반적이지 않고, 마음 속 깊은 곳의 울분을 펼쳐내어(托意非常, 攄暢幽憤)",[120] 당시 시단에 독자적인 풍격을 형성했다.

유곤의 현존 시는 3수에 불과한데, 1수는 4언시인 <노심에게 답하다(答盧諶)>이고, 2수는 5언시인 <노심에게 다시 주다(重贈盧諶)>와 <부풍가

---

119) 유곤과 조적이 새벽마다 닭이 울면 일어나 무술을 연마하다가, 때가 되어 분연히 일어났다는 고사(역자 주).

120) <晉書·劉琨傳>.

〈扶風歌〉>인데, 모두 "역모의 난리에 시달려서(困於逆亂)", "슬픔과 분노가 한꺼번에 몰렸던(哀憤兩集)"(<答盧諶序>) 후기에 지은 작품이다. <부풍가>는 낙양을 떠나 진양(晉陽)을 거쳐 병주자사로 부임하는 도중에 보고 느낀 것을 써냈다. ≪진서≫ 본전의 기록에 의하면, 유곤은 도중에 조정에 표를 올려, "길은 험하고 산은 높으며, 오랑캐들이 길을 가득 메우고(道險山峻, 胡寇塞路)", "관청과 사원은 불에 타 무너지고(府寺焚毀)", "뻣뻣한 시체가 땅을 뒤덮고(僵屍蔽地)", "잡목이 숲을 이루고, 표범과 이리가 길에 우글거리는(荊棘成林, 豺狼滿道)" 광경을 진술했다. <부풍가>는 그의 당시의 힘들고 위험한 상황을 반영했다.

朝發廣莫門	아침에 광막문을 출발하여
暮宿丹水山	저녁에는 단수산에서 묵는다.
左手彎繁弱	왼손으로 번약활을 당기고
右手揮龍淵	오른손으로 용연검을 휘둘렀지.
顧瞻望宮闕	고개 돌려 멀리 낙양 궁궐 바라보고
俯仰禦飛軒	오르고 내리며 수레를 날듯이 몬다.
據鞍長歎息	말안장에 기대어 길게 탄식하니
淚下如流泉	눈물이 흐르는 샘물같구나.
繫馬長松下	장송 아래에 말을 묶어두고
發鞍高嶽頭	높은 산꼭대기에 말안장을 내려놓으니
烈烈悲風起	쓸쓸하게 슬픈 바람 일어나고
泠泠澗水流	졸졸대며 계곡 물 흘러간다.
揮手長相謝	손 흔들며 길게 작별해야 하니
哽咽不能言	목이 메어 말을 이을 수 없다.
浮雲爲我結	흐르는 구름 날 위해 엉기어 있고
飛鳥爲我旋	날던 새도 날 위해 맴도는 듯.
去家日已遠	고향 떠나온 지 세월 이미 오래
安知存與亡	살았는지 죽었는지 어찌 알겠는가!
慷慨窮林中	깊은 숲속에서 감정이 복받쳐

抱膝獨摧藏　　　무릎 껴안고서 홀로 슬퍼하는데
麋鹿遊我前　　　순록이 내 앞에서 노닐고
猴猿戲我側　　　원숭이가 내 곁에서 장난을 친다.
資糧旣乏盡　　　여비와 식량을 이미 다 써버렸지만
薇蕨安可食　　　고사리를 어찌 먹을 수 있겠는가!
攬轡命徒侶　　　말고삐 잡으며 수하들에게 가자 명하고
吟嘯絕巖中　　　절벽 위에서 슬퍼 읊조리네.
君子道微矣　　　군자의 도가 이미 쇠미해졌지만
夫子故有窮　　　공자께서도 곤궁했던 적이 있으셨지.
唯昔李騫期　　　옛날 이릉은 기한을 어기고서
寄在匈奴庭　　　흉노의 조정에 의탁했었다가
忠信反獲罪　　　그 충성과 신의가 도리어 죄가 되어
漢武不見明　　　한 무제께 이해받지 못했도다.
我欲竟此曲　　　나는 이 노래를 마치고자 하니
此曲悲且長　　　이 노래는 슬프면서 또 길다네.
棄置勿重陳　　　그만 두자! 더는 말하지 말자
重陳令心傷　　　거듭 말하면 내 마음이 아플 터.

이 시는 대구가 정교하고 감정이 번다하게 표현되었던 진시의 특징을, 순환 반복적인 한대시의 장법 속에 실현시켰으며, 경물의 과장적 묘사가 감정의 직접적 서술 속에 교차되고 있다. 작품은 그가 낙양을 떠날 때의 아쉬움으로 인한 비통함, 거친 산야를 전전하며 싸우거나 양식이 떨어졌을 때의 고통, 출정해도 공을 세우지 못하거나 또는 조정에서 그것을 이해해 주지 않을 것에 대한 걱정 등을 써냈다. 매 단계의 내용을 모두 몇 번씩 반복하며 복잡한 마음을 붓 가는 대로 쏟아냈는데, 언어가 쌓이고 반복되었다거나 "슬픔이 앞뒤 순서도 없다(哀音無次)"는[121] 느낌 없이, "크고 넓은 기세로 한 번에 바로 써내어(蒼蒼莽莽, 一氣直達)",[122] 슬프고 처량

---

121) ≪古詩源≫.

하며 아주 감동적이다.

<노심에게 다시 주다>는 시인이 단필제에게 잡혔을 때 지은 작품이다. 노심은 유곤의 주부(主簿)를 맡은 적이 있어서 유곤과 여러 차례 시를 주고받았다. 본전에 "(유곤은) 죽게 될 것임을 스스로 알았는데도, 정신과 안색이 여전히 온화했다. 오언시를 지어 별가인 노심에게 주었다(自知必死, 神色怡如也. 爲五言詩贈其別駕盧諶)"라 했는데, 이 시는 그에게 진 왕실 부흥이라는 사명을 완성할 것을 격려하고 있다.

握中有懸璧	손 안에 있는 현벽은
本自荊山璆	형산에서 산출된 미옥이라네.
惟彼太公望	저 위대한 태공망은
昔在渭濱叟	그 옛날에는 위수 가의 늙은이였지.
鄧生何感激	등 선생은 얼마나 감격했기에
千里來相求	천 리를 내달려 광무제를 만났을까?
白登幸曲逆	백등산에는 다행히 곡역후가 있었고
鴻門賴留侯	홍문에서는 유후에게 의지하였네.
重耳任五賢	중이는 다섯 현인에게 일을 위임했고
小白相射鉤	소백은 자신을 쏜 이를 재상 삼았지.
苟能隆二伯	진실로 두 패자(覇者)를 흥하게 할 수 있다면
安問黨與仇	어찌 내편 네편 따지겠는가?
中夜撫枕歎	한밤중에 잠 못 들고 탄식하면서
想與數子遊	상상 속에서 여러 사람들과 함께 노니네.
吾衰久矣夫	내가 이미 오래전에 노쇠해서 인가?
何其不夢周	어찌하여 꿈에서도 주공을 못 뵙는지?
誰云聖達節	그 누가 성인들은 절조에 통달하고
知命故不憂	천명을 알아서 근심이 없다 말했는가?
宣尼悲獲麟	공자는 기린 잡히자 슬퍼하면서

---

122) ≪多歲堂古詩存≫.

西狩涕孔丘	서쪽 교외에서의 수렵에 눈물 흘렸다지.
功業未及建	공적을 아직 세우지 못했는데
夕陽忽西流	석양은 홀연 서쪽으로 흘러가는구나.
時哉不我與	시간도 나와 함께 하지 않고
去乎若雲浮	뜬 구름처럼 덧없이 흘러가버리네.
朱實隕勁風	붉은 열매도 세찬 바람에 떨어지고
繁英落素秋	활짝 핀 꽃도 차가운 가을이면 떨어지지.
狹路傾華蓋	좁은 길에서 수레가 서로 부딪쳐
駭駟摧雙輈	말들이 놀라서 수레 끌채가 부러졌다네.
何意百練鋼	어찌 알았을까 백 번 담금질한 강철이
化爲繞指柔	손가락에 감기게 부드러워질 줄.

이 시는 시인이 죽음을 앞두고 쓴 절필시(絶筆詩)다. 전반수는 여섯 개의 전고를 연속적으로 사용했다. 여망(呂望)이 문왕(文王)을 보좌하고, 등우(鄧禹)가 유수(劉秀)에게 투항하고, 진평(陳平)이 백등산(白登山)에서 유방을 위해 포위망을 뚫고, 장량(張良)은 홍문연(鴻門宴)에서 한왕(漢王)을 보호할 계획을 세우고, 중이(重耳)는 다섯 명의 현인(賢人)을 신하로 임명하고, 소백(小白)은 자신을 쏘았던 원수인 관중(管仲)을 재상으로 임명했다. 여섯 가지 사건을 일괄적으로 이어, 왕업(王業)과 패업(霸業)에는 현량들의 보좌의지가 필수적임을 암시하고, 보좌하는 신하는 편을 나누지 않고 함께 도모해야 함을 확실하게 밝혔다. 대의는 위엄 있고, 의견은 일깨움이 있다. 이어서 자신은 비록 힘은 쇠했고 길은 막혔지만, 나라에 대한 걱정을 놓을 수가 없고, 또 홀로 낙천지명 할 수도 없다는 슬픔을 토로하면서, 노심에게 희망을 기탁하는 심정을 직설적으로 서술했다. 최후에는 시운(時運)이 따라주지 않음과 세상사의 험난함을 개탄했다. 즉 수많은 꽃과 열매도 세찬 바람에 떨어지고, 화려한 수레도 좁은 길에서 뒤집어지며, 백 번 제련한 철이 손에 감길 듯 부드럽게 바뀌었다는 세 가지 비유

를 통해, 영웅의 좌절을 탄식했는데, "뜻있는 사람 역시 열정이 식어(有志者亦復灰心)",123) 공을 세우기엔 늦어버린 가슴 가득한 아쉬움을 토로했다. 이 시는 전체적으로 번다하지만, "기개와 정신은 맹렬하고, 생각은 비범하게(氣猛神王, 意槪不凡)"124) 쓰였으며, 처량함과 비분함이 강하고 격앙된 언어로 바뀌어, "깊이 가라앉았던 웅지가 거칠게 살아나, 결국 절창을 만들어냈다(沈雄變岩, 自成絶調)."125)

4언시인 <노심에게 답하다>는 중원 지역의 난리 광경과 서진 왕조의 붕괴를 슬퍼했으며, 가족은 망하고 벗들은 영락한 자신과 노심의 신세를 애도했는데, 감정이 침통하다. 그러나 서진 4언체의 심오한 시풍의 영향을 받아, <노심에게 답하다 서문(答盧諶序)>만큼 진실하거나 감동적이지는 않다. 이 서문은 일생 동안의 사상과 감정의 변화과정을 돌이켜 서술하며, 젊은 시절 노장을 쫓고 구속 없는 행위를 숭상했었는데, 나라가 망하고 나서야 비로소 청담이 나라를 망친다는 것을 깨달았음을 후회했다. 현풍이 갈수록 성했던 진대 말기의 난세에, 그의 뼈저린 후회와 격앙된 외침은 한밤중의 닭울음소리처럼 어떠한 반향을 얻지 못했고, 심지어 노심도 이해하지 못했는데, 이는 시대적 비극이다!

금대(金代)의 시인 원호문은 <논시절구>에서 "건안의 조조와 유정이 호랑이가 포효하며 바람을 일으키듯 등장하니, 온 세상에 이 두 영웅을 앞설 자 없었네. 애석하구나 병주의 유월석이, 건안 시절에 기개를 드날리지 못했음이(曹劉虎嘯坐生風, 四海無人角兩雄. 可惜幷州劉越石, 不敎橫槊建安中)"라 했다. 유곤은 비록 북방을 통일했던 조조의 시대를 쫓아갈 수는 없었지만, "혼란한 세상을 써내는데 뛰어났고(善敍喪亂)", "고상함과 기개가 가득

---

123) ≪古詩賞析≫.
124) ≪多歲堂古詩存≫.
125) ≪彩菽堂古詩選≫.

한(雅壯多風)” 한탄가로 건안의 노래 소리를 진말 시단에 비장한 메아리로 울리게 했다.

제5절 장협(張協)과 곽박(郭璞)

장협(?~307)은 자가 경양(景陽), 안평(安平, 현 하북성 안평) 사람이다. 화양령(華陽令), 정북대장군종사중랑(征北大將軍從事中郎), 하간내사(河間內史) 등의 관직을 역임했으며, 지방관으로 재직 시에는 정무가 깨끗하고 간결했다. 나라에 난이 일어나자 세상사를 버리고 초야에 은거하여 시가를 음영하며 즐겼다. 영가 초 병을 핑계로 조정의 부름을 거절했고, 집에서 사망했다.

당시 문단에는 그와 그의 형 장재(張載) 및 동생 장항(張亢)을 나란히 일컬어 '삼장(三張)'이라고 불렀다. 장재는 <몽사부(濛汜賦)>로 부현의 칭찬을 받았고, 장협은 <칠명(七命)>의 정교함과 미려함으로 세상에 칭송되었다. 장항은 시문의 재능이 두 형들만 못했다. 장협은 문장보다 시에 뛰어났다. 경물의 세치하고 사실적인 묘사에 뛰어났다. ≪시품≫에는 “문채가 푸르고 무성하며, 음운도 쟁쟁하고(詞采蔥倩, 音韻鏗鏘)”, “공교한 구상으로 그 대상을 똑같이 표현했다(多巧構形似之言)”고 했는데, 장협 시가의 주요한 특징을 정확하게 언급했다.

<잡시> 10수는 장협의 대표작이다. 그의 일생과 연결시켜 보면, 이 조시는 좌사의 <영사>와 구조가 유사하여, 모두 영회의 방식으로 자신의 일생 동안의 출사와 은거의 경과를 조시로 연결해낸 것이다. 다만 장협은 정교하고 기려하며 세밀한 경물묘사를 통해, 계절 경치의 변천과 세월의 흐름에 대한 탄식, 재능이 뛰어나 함께할 무리가 없음, 웅지를 이루지 못한 고민, 군대에 투신하여 고향을 그리워하던 심정 및 깊은 산

에 은거하여 안빈낙도하겠다는 의지 등을 표현하는데 그쳤다. 작품은 시인의 생활 경험에 대한 실록이면서, 비홍과 상징도 섞어 있다. 예를 들면, <잡시>의 <석아자장보(昔我資章甫)> 시는 변경 민족의 모습을 빌어 낙후되고 적막한 주위 환경을 상징했으며, <조등노양관(朝登魯陽關)> 시는 산길의 험난함을 빌어 세상사의 험난함을 은유했다. 이러한 표현방법들은 완적의 <영회>에서 발전되어 온 것이 확실하지만 더욱 사실적이고, 추상적인 상징의는 상대적으로 감소되었다. 장협의 <잡시>는 경물묘사가 더욱 세치해졌는데, 다만 경물은 여전히 감정을 돋보이게 하기위한 보조물에 불과했다. 제1을 예로 든다.

秋夜涼風起	가을밤에 서늘한 바람 불어오니
清氣蕩暄濁	맑은 기운이 탁한 공기 씻어낸다.
蜻蚏吟階下	귀뚜라미는 계단 아래서 울어대고
飛蛾拂明燭	날아든 나방은 밝은 촛불을 스치네.
君子從遠役	님편은 멀리 부역을 떠나고
佳人守煢獨	아내 혼자 외롭게 빈 방 지키는데
離居幾何時	헤어져 산 지 얼마나 됐는가?
鑽燧忽改木	어느새 장작도 바꿔야 하는 때이구나.
房櫳無行跡	방안에는 남편 자취 보이지 않고
庭草萋以綠	마당의 풀은 무성하게 푸르렀으며
青苔依空牆	푸른 이끼가 빈 담에 붙어 자라고
蜘蛛綱四屋	거미는 집 사방에 줄을 쳤구나.
感物多所懷	경치를 보니 느껴지는 것이 많아져
沈憂結心曲	깊은 시름이 마음속에 맺힌다.

계절의 변화를 느끼며 멀리 떠난 임을 그리워하는 여인의 마음은 한대 이후 시인들이 반복적으로 음영해왔던 중요한 주제였다. 이 시에서는 사부(思婦)의 그리움이 처량한 환경으로 바뀌었다. 즉 문지방에는 오랫동

안 사람의 발자취가 끊겼고, 마당에는 가을 풀이 무성하며, 빈 벽에는 푸른 이끼가 가득하고, 사방에는 거미줄이 가득하다. 사부의 눈앞에 펼쳐진 이러한 소슬한 광경을 통해, 그녀가 계절의 변화를 느껴 그리움이 커졌음을 감지할 수 있다. 또 갑자기 경치의 변화를 느끼게 된 심리는, 그녀가 오랫동안 고독과 근심 속에 파묻혀있어, 넋을 놓고 감정이 메말라버린 그런 정신 상태였음을 부각해낸다. 표현 각도는 동일 제재의 한 위 고시에 비해 뚜렷한 변화가 생겼다. 제4수를 보자.

朝霞迎白日	아침노을이 해를 맞이하니
丹氣臨湯谷	붉은 기운이 탕곡에 비치네.
醫醫結繁雲	어둑어둑 무거운 구름이 맺히더니
森森散雨足	주룩주룩 비가 흡족하게 뿌리네.
輕風摧勁草	세찬 바람에 억센 풀이 꺾이고
凝霜竦高木	된서리에도 큰 나무 우뚝 서 있구나.
密葉日夜疏	빽빽하던 잎 밤낮으로 성글어지니
叢林森如束	수풀이 밋밋해져 마치 다발같구나.
疇昔歎時遲	옛날에는 더딘 시간을 한탄했건만
晚節悲年促	만년에는 빠른 세월이 서글퍼지네.
歲暮懷百憂	세모에 가슴에 온갖 근심 생기니
將從季主蔔	사마계주 따라가 점이나 쳐보리라.

이 시는 맑고 흐림의 변화와 초목의 성쇠에 대한 풍경묘사를 통해, 세월의 변화, 세모의 무거운 근심, 은거하여 세상을 피할 수밖에 없다는 탄식 등을 표현했다. '우족(雨足)'으로 빗줄기가 길고 빗방울이 촘촘함을 형용했고, '송(竦)'자로 높다란 나무가 서리를 맞고도 우뚝 솟아있는 모습을 묘사해서, 가을이 옴에 놀라고 걱정스러운 감정적 색채를 부여했으며, '삼여속(森如束)'으로 무성한 잎이 시들어 떨어진 후 가지만 드러나 가

볍게 흔들리는 모습을 비유했는데, 모두 형상의 참신함으로 후인들에게
자주 인용되었다. 이 조시에서 장협은 비가 내리는 풍경을 다양하게 묘
사했다. 먹구름이 모여 큰 비로 내리는 것은 "어둑어둑 무거운 구름이
맺히더니, 주룩주룩 비가 흡족하게 뿌리네"로, 회오리바람이 뿌린 성긴
빗줄기는 "회오리바람이 푸른 대나무에 불어와, 빗방울 날려 아침 난초
에 뿌려진다(回飆扇綠竹, 飛雨灑朝蘭)"로, 피어오르던 구름이 흩뿌린 가는 빗
줄기는 "피어나는 구름은 연기가 솟아오르는 듯, 빽빽한 빗줄기는 실 가
닥을 풀어놓은 듯(騰雲似湧煙, 密雨如散絲)"이라고 표현했다. 그가 경물의 관
찰이 매우 섬세하고, 묘사 역시 기교가 뛰어나고 기려하며 세밀함을 알
수 있는데, 이것은 시 속에 기탁한 감개가 비교적 완곡하고 담담하게 표
현되도록 한다. 진조명은 그가 "풍격과 기운면에서 사령운의 시풍을 약
하게 열었는데, 경물 묘사는 생동적이지만 언어는 빽빽하여, 위 이후로
는 이러한 시풍이 없었다(風氣微開康樂, 寫景生動, 而語蒼蔚, 自魏以來未有是也)"
는126) 말로, 그가 사물의 형태를 묘사하는 빙면에서 진시의 발전에 공헌
이 있음을 개괄했다.

곽박(郭璞, 276~324)은 자는 경순(景純)이고 하동(河東) 문희(聞喜, 현 산서성
문희현) 사람이다. 그는 경술(經術)을 좋아했고, 박학하고 재능도 뛰어났으
며, 고문자나 음양학(陰陽學), 역산(曆算)에 정통하여 ≪이아(爾雅)≫, ≪산해
경(山海經)≫, <초사(楚辭)> 등에 주석을 하기도 했다. 서진이 멸망하자 그
는 강남으로 피신하여, 왕도(王導), 원제(元帝), 명제(明帝)의 인정을 크게 받
았으며, 후에 왕돈(王敦)의 기실참군(記室參軍)이 되었는데, 왕돈의 모반을
반대하다 화를 입었다.

곽박은 점술에 뛰어나 사람들의 길흉화복을 예측해주기도 했으며, 종

---

126) ≪采菽堂古詩選≫.

종 시사(時事)를 통찰하는 정확성과 판단력을 보여주기도 했다. 사실 점술은 그가 정치를 바로 잡기 위한 수단에 불과했다. 그는 동진 시기에 재능이 뛰어나면서도 지위가 낮아 벼슬아치들의 조롱을 받자, <객오(客傲)>를 지어 당당하게 고고함을 지키고 살겠다는 자신의 의지를 표현했는데, 이 작품은 이미 표준적인 현언부(玄言賦)다. 그가 남긴 22수의 시 역시 현언적 느낌이 강한데, <가 구주에게 답하다(答賈九州愁詩)>, <왕 사군에게 주다(與王使君)>, <왕 문자에게 답하다(答王門子)>, <온교에게 주다(贈溫嶠)> 등이 그 예다. <유선시(遊仙詩)> 14수는 그의 대표작이다. 곽박이 유선을 제재로 한 것은 음양오행과 신선술에 대한 애호가 시가에 반영된 것이다. 이 14수는 주제가 단순하여, 세월의 흐름에 대한 탄식, 은일과 구선 및 진세(塵世)의 초월에 대한 가영을 벗어나지 않는데, 사실은 자신의 인생 좌절을 슬퍼한 영회조시이다. 그 중 일부는 유선을 빌어 현실에 대한 불만을 기탁했다. 예를 들면 제9에서 그는 상상 속에서, 천둥번개를 타고 해를 몰고 용을 부리며 대지를 내려다보는 것을, "동해 바다는 땅바닥에 괸 물인 듯, 곤륜산은 작은 벌레 무더기인 듯. 아득히 먼 세상에서, 세상을 굽어보니 슬픔이 밀려온다(東海猶蹄涔, 昆侖螻蟻堆. 遐邈冥茫中, 俯視令人哀)"라고 표현했다. 정신적 바탕에서 예술적 표현까지 모두 이백의 <고풍(古風)> 제19와 이하(李賀)의 <몽천(夢天)>에 뚜렷한 영향을 주었다. 유선을 고취한 시인들은 사람의 힘으로는 자연의 법칙을 거꾸로 되돌릴 수 없다는 사실을 아주 뚜렷하게 인식하고 있다.

六龍安可頓	태양을 모는 육룡 어찌 멈추게 할 수 있나?
運流有代謝	세월이 흘러 만물이 교체되는 것.
時變感人思	시절의 변화는 사람 마음도 움직여
已秋復願夏	가을이 왔건만 다시 여름 되길 바라네.
淮海變微禽	회수와 바다는 작은 새도 변신시키는데

吾生獨不化	우리 삶만 오로지 변화가 없구나.
雖欲騰丹谿	불사(不死)의 나라로 날아오르고 싶지만
雲螭非我駕	구름 속에서 이무기를 몰 수가 없고
愧無魯陽德	노양 같은 덕이 없으니
回日向三舍	지는 해 되돌려 하늘로 솟게 할 수 없어 부끄럽구나.
臨川哀年邁	물가에 나아가 세월 흐름을 슬퍼하고
撫心獨悲吒	가슴을 어루만지며 홀로 슬픔에 젖는다.

시인은 단숨에 실현 불가능한 세 가지 희망을 뱉어냈다. 즉 작은 새처럼 바다로 들어가 자라가 될 수 없고, 선인처럼 하늘로 올라 구름을 타고 용을 부릴 수 없으며, 노양(魯陽)처럼 창을 휘둘러 해를 되돌릴 수 없다는 것인데, 한 구에 다음 한 구가 긴박하게 이어지며 세월을 만회할 수 없는 슬픔을 쏟아냈다. 이러한 비감은 제5에서 더욱 직접적으로 표현되었는데, "슬픔이 밀려와서 곧은 마음도 처연해지니, 떨어지는 눈물이 갓끈 타고 흐르네(悲來惻丹心, 霄淚緣纓流)"이다. 종영은 곽박의 <유선> 작품을 "표현에 깅개함이 많이 들어있고, 현언에서 낳이 멀어졌다(詞多慷慨, 乖遠玄宗)"는 말로 이 시를 평가했는데, 정확한 말이다.

그러나 유선시에 대한 곽박의 주요 변혁은 역시 선경(仙境)을 은거로 바꾼 것이다. 이때부터는 영회조시에서는 유선을 빌어 은일을 노래하거나 현리(玄理)를 기탁했다. 현언시가 동진에 성행한 것은 불리(佛理)의 홍성 및 현학과의 합류와 관계가 있다. 곽박 시는 이러한 변화의 전조에 해당한다. 유효표(劉孝標)는 "진나라가 강남으로 옮겨 간 후 불교가 성행했다. 그때 곽박의 오언시가 처음으로 도가적 언어를 모아 읊었으며, 허순 및 태원의 손작이 번갈아 그것을 계승했고, 다시 불교 삼세의 내용이 더해져, ≪시경≫과 <초사>의 체는 끊어지고 말았다(至過江佛理尤盛, 郭璞五言, 始會合道家之言而韻之, 許詢及太原孫綽, 轉相祖尚, 又加以三世之辭, 而詩騷之體盡矣)"127)

라고, 동진의 손작(孫綽), 허순(許詢) 이 두 현언시의 영수가 사실은 곽박을 원조로 숭상했음을 나타냈는데, 이 말은 곽박이 유선과 은일에 현리를 기탁했다는 각도에서 이해되어야 한다. 서진 시기에는 비록 일부 시가에 현언이 섞이기는 했지만, 대부분이 일종의 장식에 불과했다. 곽박의 유선시에는 현언적 성분이 많지는 않지만, 은둔지의 형상에 대한 선명한 묘사를 통해 물외의 세계로 뛰어 넘겠다는 의지를 펼쳐냈다. 이는 완적 혜강 시의 현리에서 기원한 것이며, 일반적인 의미의 은일과는 다르다. <유선시> 제1은 이 조시의 총강령에 해당한다.

京華遊俠窟	화려한 도성은 유협객들의 소굴
山林隱遁棲	깊은 산림은 은자의 거처지라네.
朱門何足榮	붉은 대문이 무에 그리 영광이겠나!
未若托蓬萊	봉래산에 의탁함 못하리니.
臨源挹淸波	샘가에서 맑은 물을 떠 마시고
陵岡掇丹荑	언덕에 올라 붉은 영지를 딴다네.
靈谿可潛盤	신령스러운 계곡은 은거하며 노닐 만한데
安事登雲梯	무엇하러 구름사다리에 오르는가?
漆園有傲吏	칠원엔 자부심 강한 관리가 있고
萊氏有逸妻	노래자에겐 은자 기질의 아내가 있네.
進則保龍見	나아가면 나타난 용을 보호하겠지만
退爲觸藩羝	물러나려면 뿔이 울에 낀 양이 되리라.
高蹈風塵外	이 풍진 세상 밖을 당당하게 떠돌며
長揖謝夷齊	길게 읍하고 백이 숙제를 떠나가리라.

이 시는 먼저 유협(遊俠)과 은둔, 주문(朱門)과 봉래를 거듭 대조하며, 입세를 부정하는 동시에 출세의 자유로움을 찬미했다. 이어 은거처에도 선

경(仙境)이 있는데 정말로 신선을 찾을 필요가 있겠느냐고 제기하고, 장주(莊周)와 노래자(老萊子)는 진퇴와 출처에 얽매이지 않았음을 찬양하며, 만약 입세하여 군왕에게 중용되면 물러나고 싶을 때는 반드시 곤경에 빠진다고 여긴다. 그러므로 그가 칭송한 은일이란 진세의 밖에서 고고하게 머무는 것으로, 구선(求仙)에 대한 세속적 견해나 백이 숙제와 같은 피세지사(避世之士) 이상의 경계를 뛰어넘는 것이었다. '보룡견(保龍見)', '촉번저(觸藩羝)'는 <역(易)·건괘(乾卦)>의 "구이, 나타난 용이 밭에 있으니, 대인을 보아야 이롭다(九二, 見龍在田, 利見大人)"와, <역·대장(大壯)>의 "상육, 수양이 울타리를 들이받아 끼여서 물러나지도 못하고 나아가지도 못한다. 이로울 것이 없고, 어려움을 참으면 길하다(上六, 羝羊觸藩, 不能退, 不能遂, 無攸利, 艱則吉)"의 어구를 이용한 것으로, 그가 음양가나 도가의 말을 이용해 시를 지어낸 특징을 보여준다. 그러나 이 시는 필세의 변화가 풍부하고 시어의 구성이 새로워서, 후일 건조하고 평담한 현언시와는 절대 비교할 수 없다.

제2와 제3은 모두 은사와 선경(仙境)의 결합을 시도했는데, 제3의 경계가 비교적 아름답다.

翡翠戱蘭茗	비취새가 난초꽃 사이에서 노니는데
容色更相鮮	그 자태와 빛깔이 더욱 선명하네.
綠蘿結高林	푸른 여라가 큰 나무들을 감아서
蒙籠蓋一山	온 산을 무성하게 뒤덮었다.
中有冥寂士	그 가운데 고요한 은사가 있는데
靜嘯撫淸弦	조용히 휘파람 불며 맑은 현을 탄다네.
放情淩霄外	생각을 펼쳐서 하늘 밖을 노닐고
嚼蕊挹飛泉	꽃잎을 씹으며 폭포수를 떠 마신다.
赤松臨上遊	적송자가 그 앞에 왕림하여
駕鴻乘紫煙	큰기러기 몰고 붉은 연기 건너가며

左挹浮丘袖	왼손으론 부구공의 옷소매를 잡고
右拍洪崖肩	오른손으론 홍애의 어깨를 치네.
借問蜉蝣輩	하루살이 같은 무리들에게 물어본들
寧知龜鶴年	거북과 학 같은 인생을 어찌 알리오!

비취(翡翠), 난소(蘭茗), 녹라(綠蘿) 등 각종 선명하고 아름다운 초록을 이용해 몽롱하고 그윽한 경계를 짜냈고, 그 사이에 심오하고 고요하며 초탈한 은사의 형상을 부각시켜 놓았다. 적송자(赤松子), 부구공(浮丘公), 홍애(洪崖) 이 세 신선들이 서로 이끌고 어깨를 치는 등의 장난스러운 동작과, 기러기를 몰아 붉은 연기 속으로 사라지는 등의 신비한 광경들은, 이 아름다운 깊은 산림을 사실인지 환상인지 헛갈리게 만들어버렸는데, 깊은 산림 속에 은거하거나 구름 너머를 꿈꾸며, 거북이나 학과 같은 수명을 누리고, 신선과 함께 노닐겠다는 주지를 형상적으로 체현해낼 수 있었다.

곽박의 유선시는 문자가 번다하고 화려하지만 또 "깊은 물과 높은 산의 소슬한(泓峥蕭瑟)" 느낌도[128) 있다. 이는 이백 등 진보적 시인들에게 은둔의 언어로 강개한 심정을 표현하는 방식을 개척해 주었으며, 은일의 참 정취와 유선 환경(幻境)을 융합하는 예술적 경험을 제공했다. 그러나 그가 선명한 형상과 번뜩이는 문채 속에 현리를 담았던 수법이나, 심지어 ≪역경≫의 괘사(卦辭) 등 음양가(陰陽家)나 도가의 언어를 시에 사용하는 작법이 동진의 현언시에서 수용되면서, 영가 이후에 이미 성행하기 시작한 현언 문풍을 크게 부채질 했는데, 이는 그의 부정적 영향이다.

---

128) <世說新語 · 文學>.

제5장 | 도연명(陶淵明)

제1절 곤궁 속에서도 절개를 지킨 정절선생(靖節先生)

도연명은 진송 시기의 가장 우수한 시인이다. 그의 시가는 순수하고 진실된 전원생활에 대한 묘사를 통해, 평등사회에 대한 열망 및 부패한 현실에 대한 증오를 표현했으며, 큰 뜻을 펼칠 수 없음으로 인한 분개와 지기(知己)가 없는 적막함을 토로했다. 예술적으로 그는 평담하고 소박한 풍격과 자연스럽고 심오한 의경을 창조했으며, 높은 성취를 이루어 후대 시가에 깊은 영향을 주었다.

도연명(365~427년)은 자가 원량(元亮)인데, 일설에는 이름이 잠(潛)이고 자가 연명(淵明)이라고도 한다. 심양(潯陽) 시상군(柴桑郡, 지금의 강서성 九江市 서남) 사람이다. 조부와 부친은 모두 태수 등의 관직을 맡았었다. 외조부 맹가(孟嘉)는 진(晉) 대사마(大司馬) 도간(陶侃)의 사위이다. 도연명은 시문에서 도간이 "공을 이루고 물러나 은거했음(功遂辭歸)"을 칭송했고, 외조부와 부친의 욕심 없고 담박한 심태를 찬미한 적이 있는데, 그들의 이러한 품격이 도연명에게 커다란 영향을 주었다. 그는 어려서부터 세속적 생활에 적응하지 못해서, 스무 살 이전에는 주로 농사를 짓고 살았다. 이때는 사안(謝安)의 집정기로, 십 몇 년간 상대적으로 안정된 시대가 유지되었다. 도연명의 이십 대는 사마도자(司馬道子)가 왕국보(王國寶)와 전권을 휘두르며, 왕공(王恭), 은중감(殷仲堪) 일당과 대립하여 정치가 날로 부패해가던 시기였다. 도연명이 삼십 세 되던 해 진 효무제(孝武帝)가 피살되었고, 새로 옹립된 안제(安帝)는 어리석었기 때문에, 동진사회는 이때부터 무장 세력과 사족 세력이 서로 공격하는 혼란 속으로 빠져들었다. 먼저 왕공, 은중감 일파와 사마도자, 왕국보 일파가 혼전을 치르다 양측 모두 상처를 입었고, 이어 손은(孫恩)이 반역을 일으켰으며, 사마원현(司馬元顯)이 전권을 휘둘렀다. 환현(桓玄)이 사마원현을 죽인 후, 원흥(元興) 2년(403년) 12월 제위를 빼앗고 안제를 심양(潯陽)으로 이주시켰다. 이듬 해 유유(劉裕)가 심양에서 환현을 토벌하고 진 왕조를 다시 회복했다. 이러한 일련의 변란이 모두 도연명의 고향 부근에서 발생했다. 도연명은 이때 몇 차례 관직에 나갔었다. 먼저 강주좨주(江州祭酒)에 임명되었으나, 관직이 주는 속박을 이기시 못해 사직하고 전원으로 돌아왔다. 나중에 다시 진군참군(鎭軍參軍), 건위참군(建威參軍), 팽택령(彭澤令) 등의 관직에 임명되었다. 진군장군(鎭軍將軍)은 바로 유유이고, 건위장군(建威將軍)은 유경(劉敬)인데, 그들은 모두 환현을 물리치고 진 왕조를 회복한 풍운의 인물들이다. 도연명이 이러한 대동란 시기에 여러 번 관직에 나간 것은 생활고로 인한 압박이 분명하지만, 동시에 나라를 위해 공을 세우겠다는 의도가 전혀 없었던 것은 아님을 알 수 있다. 그러나 여러 번의 관직 경험은 그로 하여금 자신이 추구하는 이상이 당시에는 실현될 수 없다는 것을 잘 알게 했고, 따라서 관직을 버리고 은거하게 된다. 의희(義熙) 원년(405년), 그가 팽택령을 맡은 지 겨우 팔십 여 일 되었을 때, 군(郡)에서 시찰을 나오니 영접을 하라고 한다. 도연명은 "나는 쌀 다섯 말 때문에 향리의 소인에게 허리를 굽힐 수는 없다!(我不願爲五斗米折腰向鄕里小兒)"고 하며, 그날로 벼슬을 그만 두었다. 이후로는 줄곧 고향에서 몸소 농사를 지으며 은거했다. 시상(柴桑)에서 살았고, 상경(上京), 남촌(南村) 등지로 옮겨 살기도 했지만, 대체로 심양을 벗어나지는 않았다. 그의 후기 이십여 년 동안에는, 유유가 진을 무너뜨리고 송(宋)을 건설하는 등의 정치적 대격변이 있었다. 유유가 그를 저작랑(著作郞)으로 임명하고자 했으나, 병을 핑계로 벼슬을 받지 않았다. 비록 생활이 곤란해서 "병이 나기도 했지만(遂抱羸疾)", 도의를 지키며 가난을 기꺼이 받아들이겠다는 의지는 바꿀 수 없었다. 죽기 일 년 전, 강주자사(江州刺史) 단도제(檀道濟)가 그를 만나러 왔을 때, 그가 질병과 배고픔으로 벌써 며칠째 누워있었다는 사실을 알고 곡식과 고기를 주었다가 그에게 쫓겨 났다. 원가 4년(427년) 도연명은 심양에서 숨졌다. 그의 친구 안연지(顔延之)가 조문(弔文)을 지었고, 시호는 '정절징사(靖節徵士)'이다.

　도연명은 "은일시인의 시조(隱逸詩人之宗)"라 불린다. 사실, 도연명의 은일은 사회적 현실을 심도 있게 비판한 긍정적 의미를 지니므로, 그와 동시대 혹은 그 이전의 모든 은사들과는 큰 차이를 보인다. 그가 은거를 결단했을 때, 동진에는 진정한 은사는 없었으며, 사대부들은 보편적으로 통제 없이 마음대로 행동하거나 명리를 추구했다. 환현(桓玄)은 찬위를 한 후, "이전 시대에는 모두 은사가 있었으나, 자기의 시대에만 없다는 것을 수치로 여겼다. 그는 서진의 은사인 안정 사람 황보밀의 6대 손자 황보희지를 찾아가서, 그에게 사용할 물자를 주며 산림에 숨어살게 해놓고 저작랑으로 불러들이면서, 희지로 하여금 결연하게 사양하며 나아가지 않게 했다. 그런 후에 조서를 내려 예의를 갖추고는, 고사라고 불렀다. 당시 사람들은 그를 충은이라고 불렀다(以前世皆有隱士, 恥於己時獨無, 求得西朝隱士安定皇甫謐六世孫希之, 給其資用, 使隱居山林, 徵爲著作郞, 使希之固辭不就, 然後下詔旌禮, 號曰高士, 時人謂之充隱)."129) 당시에 '심양삼은(潯陽三隱)'의 하나로 불리던 주속지(周續之)도 ≪예(禮)≫를 강의하고 경서를 교감하라는 자사(刺史)의 요청을 받아들였다가 도연명의 조소를 받기도 했다. 이러한 시대적 풍조 속에서, 도연명은 통치자와 영합하는 세속적 행위를 시종일관 거부하는 태도를 견지했으므로, 더욱 고귀하게 느껴진다.

도연명이 시가에서 자신을 위해 만들어낸 은사의 형상은, 생동감 있고 진실하며 친근한 고궁지사(固窮之士)로서, 완적이나 혜강이 묘사해낸 초세속적이며 초현실적인 '대인선생(大人先生)'과 다르고, 좌사나 곽박이 묘사해 낸 심산유곡에 은거하는 반신선 반은사적 '명적지사(冥寂之士)'와도 다르다. 그는 은거에서 출사로, 출사에서 다시 은거를 하게 된 자신의 사상 변화 과정을 솔직하게 드러냈으며, 자신이 빈부(貧富), 사은(仕隱)과 같은 인생의 선택의 기로에서 경험했던 사상적 갈등을 깊이 있게 분석했고, 나이 어릴 때 미천한 관직에 올라 초심을 잃었던 부끄러움을 조금도 숨기지 않았다.

弱齡寄事外	어려서부터 세속 밖에 살면서
委懷在琴書	마음은 거문고와 책에만 두었노라.
被褐欣自得	거친 베옷 입고도 즐거웠으며
屢空常晏如	뒤주가 노상 비어도 태연했노라.
時來苟冥會	한때 엉뚱한 운명에 부딪혀
宛轡憩通衢	고삐를 돌려 벼슬을 살고자
投策命晨裝	지팡이 버리고 새벽 행장 챙겨
暫與園田疏	잠시 전원과 멀어졌었지.
…	…
目倦川途異	강물 따라 갈 때는 타향 풍경에 물렸고
心念山澤居	오직 산과 못 가 내 집 생각뿐.
望雲慚高鳥	하늘 보면 높이 나는 새에 창피했고
臨水愧遊魚	물가에서는 노니는 물고기에게 부끄러웠다.

〈始作鎭軍參軍經曲阿作〉

---

129) 《資治通鑑》 卷113.

그는 비록 "잠시 변하는 시운 따라 움직였던 것(聊且憑化遷)"이라고 자신이 "관직에 나아갔던 옳지 않은 행적(不潔去就之跡)"을 해석했으나, "스스로 정신을 육신의 부림을 받게 했음(自以心爲形役)"을 진심으로 후회하고, "사실 길을 잃기는 했어도 그리 멀리 벗어나지는 않았었고, 지금이 옳고 벼슬했던 지난날이 잘못되었음을 깨달았음을(實迷途其未遠, 覺今是而昨非)"(<歸去來辭>) 기뻐했다. 오랜 은거 생활 중, 특히 의식주도 해결할 수 없는 곤경에 처했을 때는 빈천과 부귀라는 두 가지 생활방식의 기로에서 방황과 동요를 경험했었다. 그는 풍요로운 생활을 모르는 것도 아니고, "헤진 옷은 팔꿈치 못 가리고, 명아주 국에는 언제나 낟알이 없는(弊襟不掩肘, 藜羹常乏斟)" 생활이 고단한 것도 알지만, 결코 부귀를 먼저 찾지는 않았다. 즉 "어찌 가벼운 갖옷 입기를 잊었으랴마는, 구차하게 얻는 것을 바라지는 않았고(豈忘襲輕裘, 苟得非所欽)", "빈천과 부귀가 늘 서로 싸우나, 정도가 이겨 슬픈 얼굴이 아니었으니(貧富常交戰, 道勝無戚顔)"(<詠貧士>), "넘치는 삶이 어찌 그의 뜻이었으랴, 곤궁한 삶을 일찍부터 지향해왔던 것이다(斯濫豈攸志, 固窮夙所歸)"(<有會而作>). 가난과 부귀, 출사와 은거의 충돌은 현실에 대한 굴복이냐 대립이냐 하는 투쟁이기도 한데, 평생 가난하게 살더라도 깨끗하게 지조를 지키겠다는 시인의 선택은, 극렬한 사상적 투쟁을 거쳐 의지가 점차 결연해진 것이다. 처음의 의지가 흔들리는 것이 어찌 그저 생활고 때문이겠는가. 더욱 중요한 것은 웅대한 포부를 접어두고 허송세월하고 있다는 번민이 수시로 자신을 괴롭히는 것이다. 젊은 시절, "맹렬한 의지가 온 천하에 뻗쳐, 세찬 날개짓으로 멀리 날고자 했듯(猛志逸四海, 騫翮思遠翥)"(<雜詩> 제5), 원래부터 뜻을 펼치겠다는 원대한 포부를 지녔었으나 나이가 들 때까지 아무 것도 이루지 못했다. 그래서 "세월은 날 버리고 가는데, 나는 뜻을 이루지 못했으니, 가슴 속 서글프고 처량하여, 새벽이 될 때까지 진정할 수 없다(日月擲人去, 有志不獲騁.

念此懷悲凄, 終曉不能靜)"(<雜詩> 제2)고 했다. <음주>의 후반 10수는 다양한 각도에서 출사와 은거 간의 갈등을 반복적으로 표현했다. 그는 도를 지킨 안회(顔回)나 영자기(榮子期)를 모델로 삼고 싶으면서도, 평생 동안 지조를 지키는 삶의 쓸쓸함과 적막함에 대해 아쉬움이 없는 것도 아니어서, "안연(顔淵) 선생은 어짊으로 이름이 높았고, 영자기 공은 도통했다고 칭송되었으나, 뒤주는 텅 비고 수명도 길지 못해, 늘 굶주림에 시달리며 늙었노라. 비록 사후에 이름은 남겼으나, 평생을 쪼들리고 메마르게 살았었지(顔生稱爲仁, 榮公言有道. 屢空不獲年, 長饑至於老. 雖留身後名, 一生亦枯槁)"(제11)라 했다. 그는 "죽을 때까지 세상을 떠나 있겠다(終身與世辭)"는 뜻을 세웠을 때도, 자신을 위로하며 "일단 결심했으면 바로 끝까지 가야지, 왜 거듭 망설이고 서성대는가!(一往便當已, 何爲復孤疑!)"라 했다. 이러한 갈등과 번뇌에서 벗어나기 위해, 그는 궁달을 도외시 했던 노장(老莊)의 도에 도움을 청하여, "만약 운명대로 가난을 지키지 않는다면, 평생 지닌 정절 앞에 깊이 후회하리라(若不委窮達, 素抱眞叩惜)"(제15)고 했다. 그래서 두보는 "노공은 노에 이를 수는 있었으나, 쪼들리고 메마름을 한탄한 적도 많았네(陶公能達道, 頗亦恨枯槁)"라며 도연명의 심사를 설명했다. 만약 쪼들리고 메마른 삶 속에 두세 명의 지기라도 있었다면, 한평생 고절(高節)를 지켜가는 삶이 고통스럽지는 않았을 텐데, 시인은 당시에 "온 누리가 다 어둡고(八表同昏)", "좋은 벗은 멀리 떨어져 있어(良朋悠邈)"(<停雲>), "대화와 노래 주고받을 짝이 없으니, 술잔 들어 외로운 그림자에 권했다(欲言無予和, 揮杯勸孤影)"(<잡시> 제2). 귀은 생활이 이처럼 괴롭고 적막했는데, 그러면 도대체 무슨 힘으로, 도연명의 고궁절(固窮節)은 빈천과 부귀가 대치하는 상황 속에서 승리할 수 있었는가?

<송서・도잠전>에 따르면, "(도잠은) 그 선조가 진 왕조에 벼슬을 했으므로, 후대 왕조에 몸을 굽히는 것을 수치스러워 했다. 송 고조가 왕

업을 일으켜 점차 융성해가자 벼슬을 할 수가 없었다(自以曾祖晉世宰輔, 恥復
屈身後代, 自高祖王業漸隆, 不肯復仕)." 왕조의 교체가 확실히 도연명이 출사를
하지 않았던 중요한 원인이었음은 부정할 수 없다. 도연명 시 중에 시대
적 현실을 직접적으로 언급한 시가는 <술주(述酒)> 1수에 불과하다. 그
의 <의고(擬古)> 9수를 보면, 환현이 진을 찬위할 때부터 유유의 송이
진을 찬탈할 때까지, 그는 줄곧 그러한 왕조교체기에 자신이 취해야 할
처세태도를 탐색하고 있었다. 동방의 고사(高士)처럼 세상을 떠나 은둔하
며 자신을 보존할 것인가(제5), 아니면 제나라 직문(稷門)에 모여 담론을
벌였던 직하(稷下)의 논객들처럼 천하를 종횡할 것인가?(제6), 백이 숙제의
절개를 취할 것인가 아니면 형가(荊軻)의 의리를 배울 것인가?(제8) 결국
그는 전자태(田子泰)의 모델을 선택한다. "집을 하직하고 일찍이 떠날 채
비를 서두는 것은, 무종 땅 향해 가려는 것이라네. '그대는 지금 어디로
가려는 것인가, 상나라도 아니고 서융 또한 아니니.' '전자태란 사람이
있다는데, 절의가 사나이 중 으뜸이라오. 이 사람은 오래 전에 죽었는데,
그의 고향에서는 그 기풍을 배운답니다. 살아서 세상에 명성을 널리 날
려, 죽어서도 무궁토록 전해지지요. 못 배우고 미친 듯이 내달리는 이들
은, 그저 백 년 한 평생 살 뿐이라오'(辭家夙嚴駕, 當往志無終. 問君今何行, 非商複
非戎. 聞有田子泰, 節義爲士雄. 斯人久已死, 鄉里習其風. 生有高世名, 旣沒傳無窮. 不學狂馳
子, 直在百年中)." 전자태는 한말의 무종(無終, 현 天津 薊縣) 사람이며, 절의를
중시했던 인물이다. 동탁이 헌제(獻帝)를 장안으로 이동시키자, 전자태는
유주목(幽州牧) 유우(劉虞)의 요청을 받아, 문객과 장사(壯士) 스무 명을 데리
고 장안으로 가 헌제를 배알했다. 후일 그가 서무산(徐無山)에 은거하자
그를 따라 귀의한 사람이 오천여 호나 되었는데, 그는 거기서 법률을 정
하고 학교를 열어 지역을 잘 다스렸다. 이 전고는 그 배경이 환현이 안
제(安帝)를 심양(潯陽)으로 옮기게 했던 것과 아주 유사하다. 도연명은 환

현이 진을 찬탈할 때부터 자신의 출처(出處) 문제를 고민하기 시작했음을 알 수 있다. 유유가 진을 회복하고, 이어 북으로 중원을 정벌하고 남연 (南燕), 요진(姚秦) 등을 평정하여 장안을 수복하자, 도연명은 <양 장사에 게 주다(贈羊長史)>라는 시를 지었다.

愚生三季後	어리석은 이 몸 삼대 후에 태어나
慨然念黃虞	개연히 황제와 우순시대를 그려보는데
得知千載外	천 년 전을 알기 위해서는
正賴古人書	바로 옛 사람의 책에 의존해야 한다.
賢聖留餘跡	성현들이 유적 남긴 곳은
事事在中都	모두 다 중원의 도읍지라.
豈忘遊心目	어찌 가고 싶은 마음 잊었으랴마는
關河不可逾	관문과 황하를 넘어갈 수가 없구나.
九域甫已一	구주가 겨우 통일되었으니
逝將理舟輿	가려면 배와 수레 고쳐야 하리.
聞君當先邁	그대는 응당 먼저 가야 한다고 하지만
負痾不獲俱	병이 들어 함께 갈 수 없다오.
路若經商山	여정이 만약 상산을 지나게 되면
爲我少躊躇	나를 위해 잠시 머물러 주오.
多謝綺與甪	기리계와 녹리께 공손히 문안드리고
精爽今何如	정신 지금 어떠신가 물어주시오.
紫芝誰複采	자주빛 지초는 누가 또 딸 것이며
深曲久應蕪	깊은 골짜기는 오래전 황폐해졌겠지.
駟馬無貰患	네 필 마차로 근심 살 필요 없고
貧賤有交娛	빈천해도 계속된 즐거움이 있다네.
清謠結心曲	깨끗한 노래가 마음속에 맺혀 있어
人乖運見疏	사람들과는 어긋나고 운에서는 멀어졌구나.
擁懷累代下	여러 대 뒤에 살며 같은 생각 품고 있으나
言盡意不舒	말은 마쳐도 뜻은 다 펴지 못한다.

　유유가 세운 공적은 인심을 얻기는 했으나, 또 그가 왕조를 찬탈하고 제위에 오르는 토대가 되기도 했다. 시인의 관점은 상당히 모순적이다. 우선 그는 구주(九州)의 통일에 대한 갈망과 직접 중원 땅에 가서 성현들의 흔적을 볼 수 없다는 아쉬움을 표현했다. 그 다음 양 장사에게 상산(商山)을 지날 때 사호(四皓)를 애도해 줄 것을 부탁하는데, 깊은 탄식이 담겨져 있다. 즉 기리계(綺里季)와 녹리(角里)의 은둔은 유씨(劉氏) 태자가 한나라를 평정하는데 도움을 줄 수 있었는데, 자신은 그러한 시대말의 난세에 있으면서도 아무런 성취도 귀착점도 얻지 못했다는 것이다. 이러한 시를 통해 도연명이 진 왕실의 전복에 대해 깊은 감개를 갖고 있었음을 알 수 있다. 그러나 도연명의 ‘세상을 등진(辭世)’ 은거는 진송 교체기의 난세 때문만은 아니다. 그는 <감사불우부서(感士不遇賦序)>에서 “참된 기풍이 사라지고부터, 큰 거짓이 일어났다. 여염 간에는 청렴하고 사양하는 절개가 사라졌고, 시정에서는 쉽게 출세하려는 마음만 쫓는다. 정의와 도에 뜻을 둔 선비들은, 생전에 옥같은 소질을 감추기도 하고, 자기의 절조를 깨끗하게 지키던 사람들은, 한평생 부질없는 수고만 하기도 했다. 그래서 백이와 상산사호는 ‘어디로 돌아가나’ 하는 탄식을 했고, 삼려대부 굴원은 ‘다 끝났다’고 슬퍼했다(自眞風告逝, 大僞斯興. 閭閻懈廉退之節, 市朝驅易進之心. 懷正志道之士, 或潛玉於當年, 潔己淸操之人, 或歿世以徒勤. 故夷皓有安歸之歎, 三閭發已矣之哀)”고 했다. 그는 “선비가 때를 만나지 못하니, 이미 염제나 제괴의 시대가 아니다(士之不遇, 已不在炎帝帝魁之世)”라며 슬퍼했는데, 정말로 상고시대로 돌아가고 싶은 것이 아니라, 염제 제괴 이후 “큰 거짓이 일어난(大僞斯興)” 봉건사회에 대한 전반적 부정이다. 그래서 그는 완적처럼 이 사회의 보편적 규율을 다방면으로 탐색했다. 인간 도리의 쇠퇴와 변화를 탄식하며 “영고성쇠는 정해져 있지 않으며, 피차 바뀌고 서로 돌게 마련이라. … 겨울 여름이 뒤바뀌는 것과 같이, 인간의 도리도 언제나 그와 같거늘(衰榮無定在, 彼此更共之. … 寒暑有代謝, 人道每如玆)”(<飮酒> 제1)이라 했다. 시시비비가 명확하지 않은 세상을 분개하면서, “사람의 행동은 천 가지 만 가지이거늘, 누가 옳고 그름을 가릴 수 있을까? 옳고 그름은 한낱 상대적인 것, 뇌동하며 서로 잘했다 못했다 떠드는구나(行止千萬端, 誰知非與是. 是非苟相形, 雷同共譽毁)”(<飮酒> 제6)라고 했고, 공을 이루고 물러나지 않으면 화를 면하기 어렵다고, “깨달으면 마땅히 돌아가야지, 새를 잡으면 좋은 활도 버려지는 것을(覺悟當念還, 鳥盡廢良弓)”(<飮酒> 제17)이라고 지적하기도 했다. <술주(述酒)>시는 내용이 어렴풋해서 이해하기가 어렵지만, 사용된 전고나 대의를 보면, 역시 임금을 시해하고 반역하는 것을 목도하고서, 역사상 다양한 흥망과 찬탈에 미루어 감개를 기탁한 작품이다. 따라서 도연명의 은일은 복희(伏羲), 신농(義農) 이후의 허위적이고 어두운 사회와, 인간의 삶에 대한 아주 명확한 인식 하에 이루어진 것이며, 이것이 그가 춥고 배고픈 가난을 감내해 가며 세상을 피해 은둔할 수 있었던 근본적인 이유이다.

도연명의 은거는 단순히 세상을 피해 독선기신(獨善其身)하며 그 자신을 깨끗하게 보전하려는 것일 뿐 아니라, 의식적으로 인생의 본질을 찾아내어, 자신의 행동으로 이 어둡고 더러운 세상을 위해 광명과 정의를 남겨주려는 것이었다. 이것은 건안 이후 진보적 문인들의 인생관을, 순수하게 정신적인 방면에서 인생의 진정한 가치를 찾는, 더욱 높은 경계로 승화시킨 것이다. 도연명의 인생관은 <형영신(形影神)> 3수 속에 비교적 집중적으로 표현되었다. 그 서문에서 그는 “귀하거나 천하거나 현명하거나 어리석거나(貴賤賢愚)”를 막론하고 “모두 안달하며 생명을 아끼는(莫不營營以惜生)” 세상 사람들을 비판했다. 그래서 제1수 <육체가 그림자에게(形贈影)>는 육체(形)가 그림자(影)에게 바치는 내용으로 구성되어, 인체라는 형태를 지닌 생명의 죽음은 자연적 규칙에 맞는 것이라 한다. 즉 “하늘과 땅은 영원히 소멸하지 않고, 산과 강도 바뀌지 않으며, 초목들도 늘 그러한 이치를 따라, 서리와 이슬에 시들고 되살아난다. 사람은 만물의 영장이라고 하지만, 유독 그들만도 못하니, 우연히 이 세상에 태어났다가, 이내 죽어 가서 돌아오지 않더라. … 나도 신선되어 하늘에 오를 비법이 없으니, 필경 죽으면 그 꼴이 되리니. 그림자여 그대도 내 말을 듣고, 술잔 들고 사양하지 마시게(天地長不滅, 山川無改時. 草木得常理, 霜露榮悴之. 謂人最靈智, 獨復不如茲. 適見在世中, 奄去靡歸期. … 我無騰化術, 必爾不復疑. 願君取吾言, 得酒莫苟辭)"이다. 육체는 신선이 되는 등화술(騰化術)로 장생을 추구하는 환상(幻想)의 어리석음을 부정했으며, 또 육체는 오래 지속될 수 없으므로 술 마시며 즐겨야 한다고 제시했다. 제2수 <그림자가 육체에게 답하다(影答形)>는 더 나아가서 그림자를 빌어 육체에게 답하는 내용인데, 명예와 선을 쌓아 영원한 이름을 남기고자 하는 인생관을 통해, 향락 추구적인 인생관을 부정했다. 즉 "영생은 말도 안 되는 것이고, 사는 것조차 늘 힘들고 보잘 것 없어라. 신선되어 곤륜산과 화산에서 노닐고 싶으나, 막연하니 길도 끊어졌어라. … 몸이 죽으면 이름도 사라질 터, 그런 생각에 오장육부가 타는 듯하다. 입선(立善)만이 남길 만한 일, 어찌 최선을 다해 행하지 않겠는가. 술이 근심 없앨 수 있다 해도, 그보다는 못하지 않는가!(存生不可言, 衛生每苦拙. 誠願遊崑華, 邈然茲道絶. … 身沒名亦盡, 念之五情熱. 立善有遺愛, 胡爲不自竭. 酒云能銷憂, 方此詎不劣)"이다. 그림자는 육체가 오래갈 수 없으니, 당연히 후세에 좋은 것을 남겨주기 위해 노력함으로써 사후에 이름을 남겨야 한다고 여긴다. 제3수 <정신이 육체와 그림자에게(神釋)>는 자연의 이치로 "육체와 그림자의 고통(形影之苦)"을 해소한다. "우주의 조화는 사사로운 힘이 아니고, 그 원리는 만물에 뚜렷이 나타난다. 사람이 삼재(三才) 속에 존재하는 것도, 어찌 내가 존재하기 때문 아니겠는가? 그대들과는 비록 다른 존재이나, 나면서부터 서로 붙어살면서, 결탁하여 선과

악을 같이 행했거늘, 어찌 서로 말을 하지 않을 수가 있겠는가? 복희 신농 수인 세 황제도, 지금 어디엔들 계시는가? 팽조가 불로장생을 원하여, 살아남고자 했으나 결국 죽었노라. 늙으나 젊으나 죽는 것은 마찬가지, 현자든 우자든 다른 방도가 없다네. 육체는 날마다 술에 취하면 잊을 수 있다 하나, 그것이 수명을 재촉하는 것 아니겠는가! 그림자는 입선(立善)을 하면 늘 기쁘다 하나, 누가 그대를 위해 선전해 주겠는가? 지나친 생각은 내 삶을 해치니, 마땅히 대자연의 흐름 속에 맡기세 나. 우주의 조화에 따라 흘러가면, 기쁨도 걱정도 초월할 수 있을 터. 스러져야 할 생명이라면 응당 그리될 것, 다시는 혼자 걱정하지 말게나(大鈞無私力, 萬形自森著. 人爲三才中, 豈不以我故. 與君雖異物, 生而相依附. 結托善惡同, 安得不相語. 三皇大聖人, 今復在何處. 彭祖愛永年, 欲留不得住. 老少同一死, 賢愚無復數. 日醉或能忘, 將非促齡具. 立善常所欣, 誰當爲汝譽. 甚念傷吾生, 正宜委運去. 縱浪大化中, 不喜亦不懼. 應盡便須盡, 無復獨多慮)" 이다. 동진 시기에 불교가 흥성하여 신불멸론(神不滅論)을 선전했는데, 그것은 한위 이후 유행했던 신선등화술(神仙騰化術) 외에, 유한한 인생을 아쉬워 하는 사람들의 심리에 영합한 미신사상이 하나 더 늘어난 것이다. 운명적 변화를 따르고 대자연의 흐름 속에 맡기겠다는 도연명의 사상은 노장에서 취한 것이다. 이는 비록 인생에 대한 근심을 해소하려는 일종의 정신해탈법이기는 하나, 사람의 정신은 형체에 종속된 것이고 형체가 없어지면 정신도 소멸한다고 주장한 것이다. 이렇게 생사문제에 대해 아주 투철하고 달관적인 태도를 취한 것은 신불멸론을 강하게 비판한 것이 틀림없다. 또 누가 입선자(立善者)를 위해 명성을 전파해주겠냐고 반문하는데, 주로 세상 사람들이 자기 자신을 위해 명예를 추구하고 입선을 한다고 풍자한 것이면서, 동시에 아무도 그러한 입선을 알아주지 않는다는 불평도 담고 있다. 하지만 입선이나 입명(立名) 자체를 부정한 것은 아니다. 그는 다른 작품에서 여러 차례 "초가집에서 참된 삶을 누리며, 선(善)으로 스스로 이름을 남기리라(養眞衡茅下, 庶以善自名)”(<辛丑歲七月赴假還江陵夜行塗口>)고 했으며, 그가 반대한 것은 다만 “세상에 이름 날리는 것에만 애쓰는 것(但顧世間名)”(<飮酒> 제3)으로, “이름을 남기려는 개인적 욕심을 버리기(破除留名之私心)”를130) 요구했다. 그가 추구한 정신적 영원함은 ‘도(道)’의 승리이자, ‘절조(節操)’가 후대에 전해지는 것인데, 그래서 <음주> 제2에서 “선과 악이 제대로 응보 되지 않거늘, 어째서 공연히 입언을 내세우는가? … 곤궁 속에 지킨 절조가 아니고서, 후세에 어찌 이름을 전하리요?(善惡苟不應, 何事空立言. … 不賴固窮節, 百世當誰傳)”라고 말했는데, 입언의 목적은 세간의 선악을 분명하게 구분하려는 것이며, 전자태처럼 도덕을 마을에 전하여 깨끗한 지조로써 세상에 빛나려는 것이다. 건안 이후 가장 적극적인 인생관은 세상을 구제하고 입신양명하여 개인의 영원한 명성을 남기는 것이다. 그러나 도연명이 추구한 것은 절조와 정의의 영원함인데, 이것이 그가 앞 시대의 진보적 문인들보다 우수한 점이라 하겠다.

사실 도연명도 향락주의적인 소극적 정서를 표현한 작품이 많다. 그러나 그가 만족하며 즐겼던 삶은 “맑은 소리 내는 거문고와 탁주 반 병(淸琴橫床, 濁酒半壺)”(<時運>)이 있는 삶이며, 그가 추구했던 삶은 “큰 나무 그늘에 앉아 쉬고, 초라한 싸리문 집안을 거닐며, 해바라기씨의 맛을 즐기고, 어린 자식과 즐거움을 나누는(坐止高蔭下, 步止蓽門裏. 好味止園葵, 大歡止稚子)”(<止酒>) 것이었다. 이것은 명리를 가볍게 내던지고 깨끗한 지조를 지키며 몸소 바른 도를 실천하는 ‘즐거움’이었다. 이는 한위 이래의 고시에서 찬양했던 시간 놓치지 말고 즐기자는 ‘급시행락(及時行樂)’이 오히려 “어찌하여 준마에 채찍질하여, 출세의 요로를 선점하지 않는가?(何不策高

---

130) 方宗誠 ≪陶詩眞詮≫.

足, 先據要路津)”, “흰 비단 옷을 입고(被服紈與素)”, “아주 화려한 잔치로 마음을 즐겁게 하며(極宴娛心意)”, “번민 씻고 호탕하게 뜻을 펼쳐야지, 어찌하여 스스로 얽매이는가?(蕩滌放情志, 何爲自結束)” 하는 것으로, 명리를 추구하고 가무에 취하여 썩고 부패했던 ‘즐거움’이었으므로, 양자를 동등하게 이야기 할 수는 없다. 우주는 무한한데 인간의 수명은 유한한 현실에 직면하여, 도연명도 완적처럼 “인생이란 천지간에 잠시 머무는 듯 짧아도, 그 사이에도 늙고 시듦이 있으니(人生若寄, 憔悴有時)”, “화려한 꽃 아침에 피었건만, 한탄스럽게도 저녁에는 시들고 없구나(繁華朝起, 慨暮不存)”(＜榮木＞)라고 탄식했었는데, 완적은 의심과 방황에 빠져 스스로를 진작시키지 못했으나, 도연명은 적극적으로 다음과 같은 노래를 크게 불렀다. “밤낮없이 정진할 생각이면서도, 어찌 매일 안일하게 있겠는가(志彼不舍, 安此日富)”, “공자께서 남긴 가르침을, 내가 어찌 잊겠는가! 나이 사십에도 이름 내지 못하면, 두려워 할 것 없다 했으니, 내 좋은 수레에 기름 치고, 나의 명마에 채찍질하여, 천 리가 비록 멀다 하여도, 어찌 가지 못하겠는가!(先師遺訓, 余豈云墜. 四十無聞, 斯不足畏. 脂我名車, 策我名驥. 千里雖遙, 孰敢不至)”(＜榮木＞)라고. 이렇게 장렬한 노래는 조조 이후 백여 년간 끊어졌었다. 조조는 큰 공적을 이미 세운 터라, 그의 당당한 노래 역시 통일의 대업을 완성해낸 봉건 통치자의 웅심에서 나온 것이지만, 도연명이 이 시를 지을 때는 이미 마흔 살로, 늙어 공적도 못 세우고 은거하던 바로 그 무렵이다. “밤낮없이 정진할 생각이면서도, 어찌 매일 안일하게 있겠는가” 구는 ≪역경(易經)≫의 “넉넉하게 가지는 것을 대업이라 하고, 날마다 새로워지는 것을 성덕이라 한다(富有之謂大業, 日新之謂盛德)”는 내용을 사용한 것이다. 시인은 설사 공적을 이룰 수 없다 하더라도, 초심을 잃지 않고 노력하여 덕을 쌓고 학업에 정진하겠다고 했는데, 이것은 더욱 쉽지 않은 것이다. 도연명은 바로 이렇게 적극적인 태도로, 은거와 궁경(躬耕)

생활 속에서 인생의 참 의미를 찾았다.

도연명이 인식한 인생의 참 의미는 소생산자의 소박한 유물론적 세계관을 가지고 유가 도가 두 사상을 흡수하고 개조한 결과인데, 이러한 인식은 생산활동에 직접 열성적으로 참가하면서 점차 심화된 것이다. 그는 처음 전원으로 돌아와서, "오랫동안 새장 속에 갇혀 있다가, 다시 자연으로 돌아올 수 있었던(久在樊籠裏, 復得返自然)" 즐거움을 깊이 느꼈으며, "새벽에 일어나 거친 밭을 매고, 달을 지고 호미 메고 돌아오며(晨興理荒穢, 帶月荷鋤歸)", "갓 익은 술을 거르고, 닭을 잡아 이웃 사람 초대하여 마시는(漉我新熟酒, 只雞招近局)" 생활은 시의(詩意)가 충만한 삶으로 여겨졌다. "새벽부터 나가 부지런히 일 하고, 해가 지면 쟁기 지고 돌아오는(晨出肆微勤, 日入負未還)" 고된 농사일은, 그를 농민들과 어울리고 친해지도록 만들었고 또 공동의 사상과 감정을 갖도록 하여, "이따금 마을로 발길을 옮겨, 풀을 헤치며 사람들과 내왕한다. 서로 만나도 잡다한 말 없고, 그저 뽕과 삼 농사 잘되는가 물을 뿐. 뽕과 삼은 날마다 자라고, 내 농토도 날로 넓어지는데, 다만 서리나 싸라기눈이 내려서, 시들어 잡초가 돼버릴까 두려울 뿐(時復墟曲中, 披草自來往. 想見無雜言, 但道桑麻長. 桑麻日已長, 我土日已廣. 常恐霜霰至, 零落同草莽)"(<歸園田居> 제2)이었다. 동시에 그는 점차 농가의 괴로움도 체험했는데, "산중이라 서리랑 이슬이 자주 내리고, 바람도 공기도 먼저 차가워진다. 농사일이 어찌 고달프지 않으련만, 그 어려움을 마다해서는 안 되리라. 농사일로 온몸이 몹시 힘들어도, 백성이야 난리 없기만 바랄 뿐(山中饒霜露, 風氣亦先寒. 田家豈不苦, 弗獲辭此難. 四體誠乃疲, 庶無異患干)"(<庚戌歲九月中於西田獲早稻>)이라 했다. 그가 농가의 즐거움에서부터 농가의 괴로움을 체득하는 과정은 도연명 사상의 커다란 발전이다. 바로 이러한 인식의 기초 하에, 그는 사람의 삶은 근면함을 우선으로 삼고 의식(衣食)은 그 결과로 여기는 것이, 바로 소박함과 자연으로 돌아갈 수 있었던 기본 이치임을 깨달았다. <권농(勸農)> 시를 보자.

悠悠上古	멀고 먼 그 옛날
厥初生民	처음 사람이 생겨났을 때는
傲然自足	우쭐대며 스스로 만족하였고
抱樸含眞	순박함 안고 참됨을 품었었다지.
智巧旣萌	지혜와 기교가 싹트면서
資待靡因	먹고 살 것을 얻을 수가 없어졌다.
誰其瞻之	누가 그것들을 주었는가
實賴哲人	진실로 철인의 덕분이었지.
哲人伊何	철인은 그 누구였나?
時惟後稷	그는 바로 후직이었다네.
瞻之伊何	무엇으로 넉넉하게 했는가?
實曰播殖	바로 밭을 갈고 심는 일이었네.
舜旣躬耕	순임금도 몸소 밭을 갈았고
禹亦稼穡	우임금 역시 농사를 지었지.
遠若周典	멀리 주나라 법전에도
八政始食	여덟 가지 정사 가운데 먹는 일이 우선이었네.
…	…
相彼賢達	저 현명하고 통달한 인물들도
猶勤壟畝	여전히 밭일에 힘썼는데
矧伊衆庶	하물며 뭇 범인들이
曳裾拱手	옷자락 끌고 팔짱끼고 있겠는가!
民生在勤	사람의 삶은 부지런히 일하는데 있으니
勤則不匱	근면하면 부족함이 없으리라.
宴安自逸	편안하게 혼자 안일하게 지내면
歲暮奚冀	한 해가 끝날 무렵 무엇을 바라겠는가!
儋石不儲	곡식 섬 모아두지 않았으니
饑寒交至	배고픔과 추위가 한꺼번에 닥치리라.
顧余儔列	그러니 나 같은 무리들이

能不懷愧　　　부끄럽지 않을 수가 있겠는가!
孔耽道德　　　공자는 도덕에 열중하여
樊須是鄙　　　번수(樊須)를 비루하게 여겼고
董樂琴書　　　동중서는 거문고와 책을 즐겨
田園不履　　　논밭을 밟지 않았다.
若能超然　　　만약에 초연할 수 있어서
投迹高軌　　　숭고한 길에 자취를 낸다면
敢不斂衽　　　감히 옷깃 여미며
敬贊德美　　　덕의 아름다움 찬양하지 않겠는가!

　시인은 노장사상을 흡수하여, 당당하게 자득하고 소박함과 참됨을 숭상했던 상고 시대 노장의 자연관을 수용했으나, 성인을 부정하고 지식을 멀리한 그들의 주장은 찬성하지 않았으며, "지혜와 기교가 싹트는 것"은 자연적인 것이라 여겼다. 그가 부정한 것은 서로를 속이며 권력과 명리를 다투는 지혜와, 맹목적으로 시서(詩書)만을 익히고 노동을 경시하는 지혜였으며, 씨 뿌리고 수확하는 농업생산의 지혜와 기술은 버려서는 안 될 뿐 아니라, 후직(後稷) 요순(堯舜) 등의 철인(哲人)처럼 사람들이 경작을 통해 생산을 발전시키도록 계몽해야 한다고 했다. 시에서는 일하지 않고 얻으려고 하며 안일함만을 탐하는 무리를 질책하며, "사람의 삶은 부지런히 일하는데 있으니, 근면하면 부족함이 없으리라"는 결론을 얻어냈는데, 동진의 사족들이 모두 방달을 앙모하고 놀기 좋아하며 일하지 않던 풍조에 대해 날카로운 비판을 가한 것이다. 시에서는 또 공자와 동중서(董仲舒)가 경작을 경시했던 사상을 완곡하면서도 대담하게 비평했는데, 결말에서 그들의 초연함을 찬미한 듯해도 요순 등의 현인 달인들도 "여전히 밭일에 힘썼다"는 앞 구의 내용과 연결하면, 시인의 언외의 풍자적 의미를 쉽게 깨닫게 된다. 도연명은 유가를 존중하여 "어찌하여 순박하던 그 시절과 멀어져, 육경은 아무도 가까이 하지 않는가!(如何絶世下, 六籍無一親)"라고 크게 외쳤지만, 그가 공자를 인정한 것은 주로 예악이 세상의 풍속을 보완할 수 있다는 각도에서 였다. 즉 "복희 신농의 시대는 이미 오래 전이고, 세상에는 참됨으로 돌아갈 사람 적어라. 노나라의 공자가 애쓰고 서둘러, 세상을 순박하게 만들고자 했으니, 비록 태평성세의 봉황새는 안 왔으나, 예악은 잠시나마 새로워졌노라(羲農去我久, 擧世少復眞. 汲汲魯中叟, 彌縫使其淳. 鳳鳥雖不至, 禮樂暫得新)"(<음주> 제20)라고 한 것이 그 예다. 그는 세상이 거짓으로 가득한 상황에서, 유가의 예악은 세상의 흐름을 구제할 수 있는 하나의 방법이라고 여겼다. 그러나 그 자신이 추구한 인생의 진리는 공자의 도에 완전히 부합하지는 않았고, 심지어 의식적으로 자신이 탐색한 인생의 길과 유가 사상을 대조시키기도 했다. 즉 <계묘년 초춘에 옛날 농가를 생각하다(癸卯歲始春懷古田舍)> 제2에서 "공자님께서 남겨 준 가르침은, 도는 걱정하되 가난은 걱정하지 않는 것. 바라보면 아득하여 따르기 어렵지만, 그래도 뜻을 세워 오래도록 노력하리라(先師有遺訓, 憂道不憂貧. 瞻望邈難逮, 轉欲志長勤)"라 했다. 공자는 "군자는 도를 도모하되 먹을 것을 도모하지 않으니, 농사를 지어도 배고픔이 있을 수 있다. 학문을 하면 녹봉이 그 가운데 있으니, 군자는 도를 걱정하지 가난을 걱정하지 않는다(君子謀道不謀食, 耕也, 餒在其中矣. 學也, 祿在其中矣, 君子憂道不憂貧)"(<論語·衛靈公>)고 했는데, 도연명은 의식주는 고된 경작을 통해 얻을 수 있다고 여겨, "그 이치가 광박한 학문에는 뒤지지만, 지키고자 하는 경지가 어찌 얕으랴?(卽理愧通識, 所保詎乃淺)"고 완곡하게 반문하기도 했다. 즉 자신이 인식한 이 진리가 대유학자들의 광박한 학문에 비하면 부끄러울 수 있지만, 그 내면적 함의는 절대로 얕지 않다는 것이다. 이것은 겸손하면서도 자부심 있는 어조로, "도를 걱정하지 가난을 걱정하지 않는다"는 공자의 생각이 현실에 맞지 않음을 비평한 것이다. <경술

년 구월 서쪽 밭에서 올벼를 거두다(庚戌歲九月中於西田穫早稻)>와 <이사하다(移居)> 시에서, 그는 "인생은 궁극의 이치대로 귀착하겠지만, 입고 먹는 일이 그 삶의 기초라네. 누가 이것을 제 힘으로 해결하지 않으면서, 스스로 안락하기를 구할 수 있으랴(人生歸有道, 衣食固其端. 孰是都不營, 而以求自安)", "의식은 마땅히 내 손으로 벌어야 하니, 몸소 농사지으면 속지는 않으리라(衣食當須紀, 力耕不吾欺)"고 했다. "(제 힘으로) 해결하지 않는 것"이란 농사는 꼭 직접 지어야 하는 것은 아니라고 한 유가사상 뿐만 아니라 노장의 "아무 것도 하지 않음(無所作爲)"까지도 포괄하는 것이다. 이렇게 몸소 경작할 것을 주장한 자연유위론(自然有爲論)은 도연명이 오랫동안 생산 활동에 종사하면서 찾아낸 인생의 참 가치다.

도연명은 이처럼 노동을 통해서 "사람의 삶은 근면한 데 있으니, 근면하면 모자람이 없다"는 진리를 인식했으나, 사실상 그도 반평생 "논밭에서 부지런히 농사를 짓고, 김도 매고 밭을 갈아도(有務中園, 載耘載耔)", "소박한 먹거리조차 자주 떨어졌고, 베옷으로 겨울을 나야 했다(簞瓢屢罄, 絺綌冬陳)"(<自祭文>). 부지런함도 그를 항상 배부르게 할 수는 없었는데, 그는 많은 작품에서 자신의 생활을 이렇게 묘사했다.

炎火屢焚如	뙤약볕은 불타듯 뜨겁고
螟蜮恣中田	벌레는 논밭에서 우글거린다.
風雨縱橫至	비바람이 마구 불어 닥쳐
收斂不盈廛	수확은 곳간도 차지 않는다.
夏日抱長饑	여름날엔 진종일 굶주리고
寒夜無被眠	추운 밤에도 이불 없이 잠을 자야 하니
造夕思雞鳴	저녁에는 새벽닭이 울기를 기다리고
及晨願烏遷	아침엔 저녁새가 지나가기를 바란다.

〈怨詩楚調示龐主簿鄧治中〉

代耕本非望	벼슬살이는 본래 나의 바람이 아니었고
所業在田桑	하는 일은 농사와 양잠이었다.
躬親未曾替	몸소 하는 농사 쉬어본 적 없으나
寒餒常糟糠	떨고 굶주리면서 늘 쌀겨와 지게미로 연명한다.
豈期過滿腹	어찌 배부른 것 그 이상을 기대하겠나?
但願飽粳糧	그저 멥쌀로 배부르기만 바랄 뿐.
禦冬足大布	겨울 넘기는 데에는 거친 무명이면 족하고
粗絺以應陽	굵은 갈포로 햇볕 막으면 된다.
正爾不能得	바로 그것도 되지 않으니
哀哉亦可傷	슬프고 또 가슴 아프구나!

〈雜詩〉 제8

현실생활은 그에게 있는 힘을 다해 농사를 지어도 거친 베도 거친 식량도 얻을 수 없음을 가르쳐주었다. 이것은 그가 자신이 찾고자 하는 인생이 실제생활에서 장벽을 만나게 된 원인을 사색하게 했으며, 또 그것을 사회나 인생사와 연결시켜 고려함으로써, 도화원(桃花源)이라는 이상을 만들어내게 했다. 그는 <도화원시병기(桃花源詩幷記)>에서 황제의 권력과 착취가 없고, 사람마다 모두 일하고 모두 평등한 공상적(空想的) 사회를 묘사했다. 그곳 "땅은 평평하게 드넓고, 집들은 정연하게 늘어섰으며, 기름진 논밭과 아름다운 연못, 뽕나무와 대나무 숲이 있다. 사방으로 길이 통하고, 닭과 개 우는 소리가 들려왔다. 그 속에서 오가며 농사를 짓고, 남녀의 옷차림은 다른 마을 사람 같았다. 노인이나 어린아이나 다들 즐겁고 안락하게 보였다(土地平曠, 屋舍儼然, 有良田美池桑竹之屬. 阡陌交通, 雞犬相聞, 其中往來種作, 男女衣著, 悉如外人. 黃髮垂髫, 幷怡然自樂)." "그 선조가 진나라 때의 난을 피해, 이 먼 곳으로 왔고(其先世因避秦時亂, 來此絶境)", "마침내 바깥세상 사람들과 단절되어(遂與外人間隔)", 지금이 어떤 세상인지 모르니, "한나라가 있었다는 것도 모르고, 위나라와 진나라가 있었던 것도 몰랐다(亦不

知有漢, 無論魏晉)." <도화원시>에서는 그곳에서의 생활이 "서로 도와 농사일에 힘을 쏟고, 해가 지면 편하게 쉬더라. 뽕나무와 대나무는 무성한 그늘을 드리우고, 콩과 기장도 때에 맞춰 심는다. 봄누에는 긴 실을 뽑아내고, 가을 수확은 관가에 낼 세금이 충분하다. … 제사는 여전히 옛 법을 따르고, 옷도 새로운 모양으로 만들지 않는다. … 비록 달력 같은 기록은 없어도, 사시사철 변화로 한 해를 알 수 있다네. 기쁨으로 즐거움이 넘치니, 꾀를 부리려 애쓸 필요가 있겠는가(相命肆農耕, 日入從所憩. 桑竹垂餘蔭, 菽稷隨時藝. 春蠶收長絲, 秋熟靡王稅. … 俎豆猶古法, 衣裳無新製. … 雖無紀曆誌, 四時自成歲. 怡然有餘樂, 於何勞智慧)"라 했다. 이러한 사회적 공동체의 탄생은 사상적 기초와 현실적 기초가 있다. <열자(列子)·황제편(黃帝篇)>에서 구상한 '화서국(華胥國)'이 바로 "나라에 지배자가 없고(國無帥長)", "사람들은 탐욕이 없는(民無嗜欲)" 곳이며, <열자·탕문편(湯問篇)>에 있는 허구적 '종북국(終北國)' 역시 "사람들이 성품이 온순하여 무리를 따르며, 다투지 않고(人性婉而從物, 不競不爭)", "교만과 미움이 없고(不驕不忌)", "임금과 신하가 없는 평등한(不君不臣)" 곳이다. 한말 이후 전란이 빈번하게 일어나자, 일부 대족들은 종족과 향당을 규합하여 보루(塢堡)를 쌓고, 험준한 지형에 숨어 스스로를 지켜나갔다. 도연명이 앙모했던 전자태(田子泰)는 한말 위초의 유명한 보루 주인이었다. 북방에는 부진(苻秦) 통치 시절에도 이렇게 대피할 수 있는 보루조직이 있었는데, 도원(桃源)은 북방 홍농(弘農) 혹은 상낙(上洛) 일대의 실제 지명이었다.[131] 도연명은 도가적 이상국과 당시 보루의 형식을 종합하고, 거기에 자신이 그리는 이상세계의 외피를 입히고, 동시에 불합리한 성분들 즉 '화서국'의 기이하고 허황함, '종북국'의 "농사도 짓지 않고(不耕不稼)", "옷을 짜지도 않는 것(不織不衣)", 보루 사회

---

131) 陳寅恪 <桃花源記旁證> 참고.

의 계급적 압박 등등을 배제하여, 봉건적 착취가 없고 농민이 공동으로 경작하여 배부르게 먹고 살 수 있는 평등사회로 변화시켰다. 이러한 유토피아는 노장적 소국(小國)에 미개한 원시생활의 흔적, 즉 옛 법을 따르고, 분투하려는 의지도 없고, 지혜를 쌓으려 애쓰지도 않는 등의 유습이 그대로 있는데, 이것은 공상적 사회의 특징이다. 이것은 도연명의 시대가 새로운 사회적 형태가 등장하지 않았던 시기이기 때문이다. 비록 그렇다 하더라도, 도화원은 소생산자들에게는 당시의 봉건적 생산관계에서 나올 수 있는 최고의 이상이며, 도연명이 한평생 찾았던 인생의 참 의미가 사회관에 반영되어 나온 필연적 산물이다. 선진(先秦) 이후부터 모든 진보적 문인들은 사회적 현실에 대해 정도는 다르지만 비판과 부정을 했었다. 그러나 몸소 농사를 짓는 등의 실천 속에서, 소생산자의 희망에서 출발하여 인생의 참 의미와 사회적 이상을 정면으로 제시한 사람은 도연명 한 사람 뿐이다.

제2절 자연미에 흥(興)을 담은 전원시가

도연명의 전원 은거 생활은 시가제재를 확대하여, 그가 중국 전원시의 창시자가 될 수 있도록 했다. 그의 작품은 현재 시 120여 수, 산문 6편, 사부 3편, 4언 운문 2편이 전해진다. 그 가운데 전원생활을 묘사한 작품이 가장 개성 있는 대표작이다.

조용하고 소박한 전원생활, 담박하고 커다란 도량, 홀로 세속을 떠나 초연할 수 있는 고결한 인품은, 도연명의 시에서 평담(平淡)하고 순후(淳厚)하며 완전하게 융화된 예술적 의경을 만들어냈다. <음주> 제5에서 그는 세속을 멀리 떠나 자연을 즐기는 유연한 흥취를 써냈다.

結廬在人境	사람 사는 동네에 초가집 지었으나
而無車馬喧	수레 오가는 소란함 없다네.
問君何能爾	어찌 그럴 수 있느냐 하면
心遠地自偏	마음이 멀면 땅은 절로 외지게 되는 것.
采菊東籬下	동쪽 울타리 아래서 국화를 따다가
悠然見南山	유연히 남산이 바라보이는데
山氣日夕佳	산 기운은 석양녘에 더욱 아름답고
飛鳥相與還	날던 새도 서로 짝지어 돌아온다.
此中有眞意	이 속에 참된 진리가 있으니
欲辨已忘言	말로 하려다 이미 말을 잊었다네.

사람 사는 동네에 사는데 수레 지나는 시끄러운 소리가 들리지 않는다는 것은, 그가 마음 속에 막힌 것이 없어서 속세의 시끄러움과 더러움에 방해를 받지 않을 수 있었다는 것이고, 그래서 멀리 피할 필요가 없었고, 또 동경(動境) 중 절로 고요한 정취가 생겨 유연히 자득(自得)할 수 있었던 것이다. 동쪽 울타리에서 국화를 따다가 무심히 고개를 들어 남산을 바라보니, 석양녘에 새들이 서로 짝을 지어 둥지로 돌아온다. 이렇게 아름다운 풍경이 우연히 마음에 와 닿아, 나도 모르게 세상을 잊고 참된 진리 속으로 빠져들게 된다. 작품이 언어는 담박한데 의미는 심원하며 자연스럽고 고원하다. '견(見)'자가 섬세하고 절묘하게 쓰여, 시인이 "우연히 산을 보았지, 원래 의도했던 것이 아니었을 때의(偶爾見山, 初不用意)" 느낌을 표현해냈다. <산해경을 읽고(讀山海經)> 제1은 은거하며 독서할 때의 즐거움을 써냈다. "초여름이라 초목이 많이 자라서, 집 주위 나무들도 무성하니, 뭇 새들 즐겁게 둥지에 깃들고, 나 역시 내 오두막이 좋구나. 직접 밭 갈고 파종도 이미 마쳤으니, 이제 돌아와 내 책을 읽는다. 궁벽한 골목은 큰 수레길과 떨어져 있으니, 벗들의 수레도 종종 그냥 돌아간다네. 즐겁게 봄 술을 기울이고, 텃밭의 채소를 뽑는데, 보슬비

가 동에서 불어오면서, 산들바람도 함께 불어오는구나(孟夏草木長, 遶屋樹扶疎. 衆鳥欣有託, 吾亦愛吾廬. 旣耕亦已種, 時還讀我書. 窮巷隔深轍, 頗廻故人車. 歡然酌春酒, 摘我園中蔬. 微雨從東來, 好風與之俱)”인데, 뭇 새들도 즐겁게 둥지에 드니, 사람도 그런 마음이 생긴다. 마당에서 채소를 뽑는데, 가끔씩 보슬비와 산들바람이 일어 봄술 기울이는 기분을 돕는다. 이에 붓 가는 대로 담담하게 써냈는데, 음미할수록 정취가 넘치고 맛이 깊어진다. <전원으로 돌아와 살다(歸園田居)> 제2는 도연명이 막 전원으로 돌아와 노동에 참가했을 때의 신선한 느낌을 표현했다.

種豆南山下	남산 아래 콩을 심었는데
草盛豆苗稀	잡초만 무성하고 콩 싹은 드물구나.
晨興理荒穢	새벽이면 일어나 거친 밭 김을 매고
帶月荷鋤歸	달빛 아래 호미지고 돌아오니
道狹草木長	길은 좁고 초목은 크게 자라서
夕露沾我衣	저녁 이슬에 옷이 젖는다네.
衣沾不足惜	옷 젖는 것은 아쉽지 않으나
但使願無違	다만 소원이 어긋나지 않기를 바랄 뿐.

호미 짊어지고 달을 이고 마을로 돌아오는 순수한 상상과 저녁 이슬에 옷이 젖어도 상관없다는 미묘한 심리는, 시인이 막 세속의 그물을 벗어나 다시 농사를 지을 때의 흥취를 표현한다. 또 그 청신한 느낌과 산촌의 고요한 야경이 서로 어울려 소묘 같은 화면을 만들어 냈는데, 진실하고 자연스러워 짙은 시의를 풍겨낸다.

도시(陶詩)는 평담을 이룬 듯하나 기교를 사용하지 않은 것은 아니다. 그의 시는 대구, 성색(聲色), 어휘, 사물묘사 등에서 섬세함과 생동감을 추구했던 진시(晉詩)의 특징을 수용하여, 하나로 혼융(混融)된 의경을 만들어 냈다. 그 예로 <전원으로 돌아와 살다(歸園田居)> 제1을 보자.

少無適俗韻　　　어려서부터 세속의 기질과 맞지 않고
性本愛丘山　　　성품이 본래 산천을 좋아했네.
誤落塵網中　　　먼지그물 속에 잘못 떨어져
一去三十年　　　한 번에 삼십 년이 흘러버렸네.
羈鳥戀舊林　　　새장 속의 새는 옛 숲을 그리워하고
池魚思故淵　　　못의 물고기는 옛 호수를 그리워하는 법.
開荒南野際　　　남쪽 언덕 황무지를 개간하며
守拙歸園田　　　본성을 지키려 전원으로 돌아왔네.
方宅十餘畝　　　네모난 집터는 십여 무
草屋八九間　　　초가집은 여덟아홉 칸.
楡柳蔭後簷　　　느릅나무 버드나무가 뒤 처마에 무성하고
桃李羅堂前　　　복숭아 자두나무는 앞마당에 늘어섰네.
曖曖遠人村　　　어둑어둑한 먼 마을에
依依墟里煙　　　모락모락 오르는 동네 연기.
狗吠深巷中　　　개는 깊은 골목에서 짖어대고
雞鳴桑樹巔　　　닭은 뽕나무 꼭대기에서 울어대네.
戶庭無塵雜　　　집 마당에는 잡스런 먼지 없고
虛室有餘閑　　　마음과 몸에는 한가로움이 넘치네.
久在樊籠裏　　　오랫동안 새장 속에 있다가
複得返自然　　　다시 자연의 삶으로 돌아왔다네.

　첫 6구를 제외하고는 모두 정교한 대구를 사용했는데, 마치 한 번에 써낸 듯 막힘없이 자연스럽게, 소박하고 조용한 농촌 풍경에 대한 백묘화(白描畵)를 구성해냈다. 시 속의 경물은 진세를 벗어나 자연으로 돌아온 유쾌한 심정을 표현하기 위해 정연하게 나열되었으며, 그래서 "땅은 몇 평이고, 집은 몇 칸이며, 나무가 몇 그루인지, 꽃은 몇 가지인지, 먼 마을 가까운 동네 연기는 무슨 색인지, 닭과 개는 어디서 우는지 등을 세세하게 들어 설명했는데(地幾畝, 屋幾間, 樹幾株, 花幾種, 遠村近煙何色, 鷄鳴狗吠何處, 瑣屑詳數)",132) 하나하나 생동감이 있으며, 유쾌한 마음이 아주 일상적인 풍경 속에서 잘 드러났다. "어둑어둑한 먼 마을에, 모락모락 오르는 동네 연기"는 아스라한 먼 동네 풍경과 저녁 짓는 연기가 피어오르는 모습이 아주 뚜렷하게 그려졌는데, 시인의 향촌에 대한 친밀감도 가득 담겨 있다. 전체가 각양각색의 대구 일곱 개로 구성되었는데, 숫자로 대를 맞추기도 하고 첩자로 대를 맞추기도 했다. "기조(羈鳥)" 2구는 한위 시에서 자주 사용하던 비흥을 사용했고, "구폐(狗吠)" 2구는 고악부 <계명(鷄鳴)>의 "닭은 높은 나무 꼭대기에서 울고, 개는 깊은 궁중에서 짖는다(鷄鳴高樹顚, 狗吠深宮中)"를 응용했는데 사실감을 갖추어 악부민가적 느낌이 풍부하다. 7개의 대구법과 어휘 운용방식은 하나도 유사한 것이 없어서, 판에 박힌 듯 기계적으로 반복하던 진시(晉詩)의 양식을 타파했다. 전인들은 도시가 "질박하나 실제로는 기려하고, 수척하나 실제로는 기름지다(質而實綺, 癯而實腴)"고133) 했는데, 역시 어휘 사용이 정교하고 사물을 섬세하게 묘사했으면서도 조탁한 흔적이 드러나지 않음을 일컫는 것이다. 예를 들면 "힌 여름에도 맑은 음기가 모여 있고(中夏貯淸陰)"에서 '저(貯)'자는 여름날 나무그늘의 청량함을 쓴 것이고, <걸식(乞食)>의 "문을 두드리고는 제대로 말도 못하고(叩門拙言辭)"는 도움을 요청해 본 적이 없어 입을 떼기도 창피한 가난한 사대부의 난처한 마음을 써냈는데, 느낌이 아주 사실적이다. 도연명 시의 뛰어난 점은 "종종 쌓여 있는 많은 말을 다하지 않으면서도, 몇 자로 엮어서 다 드러낼(往往累言說不出處, 數字回翔略盡)"134) 뿐만 아니라, 아주 기교적이면서도 풀어진 느낌이 들고, 아주 정교하면서도 오히려 서툰 느낌이 들어, 좋은 글자를 추리기는 어렵지만 구마다 자연스럽고 정교한 작품이 많다. 예를 들면 <계묘년 십이월에 지어 종

---

132) 黃文煥 《陶詩析義》.

133) 蘇軾 <與蘇轍書>.

134) 鐘惺 《古詩歸》.

제 경원에게 주다(癸卯歲十二月中作與從弟敬遠)〉의 “귀를 기울여도 작은 소리도 들리지 않았는데, 눈앞에는 희고 맑은 눈이 펼쳐졌네(傾耳無希聲, 在目皓已絜潔)” 두 구는 조탁을 전혀 하지 않고, 단지 청각과 시각의 전환만을 통해 아주 고요한 곳의 눈(雪)의 무중량감과 깨끗함을 써냈는데, 느낌이 아주 살아있으며, 눈을 바라보는 이의 원대한 기색이 눈에 보이는 듯하다. <잡시> 제2는 “해는 서쪽 언덕으로 지고, 하얀 달은 동쪽 산마루에 떠오른다. 멀리멀리 만 리에 비추는 빛, 넓고 넓은 하늘의 경치(白日淪西阿, 素月出東嶺. 遙遙萬里輝, 蕩蕩空中景)”인데, 백묘 수법으로 공중의 경치를 표현하여, 영롱하고 밝으며 징철(澄澈)한 세계를 전개해냈는데, 술잔을 들고 외로운 그림자를 홀로 마주한 시인의 적막함이 부각되었다.

　도연명 시의 평담은 현언시의 영향과 관계가 있다. 서진 말년 이래로, “이치가 그 언어를 앞질러, 담담하기만 할 뿐 맛은 적은(理過其辭, 淡乎寡味)” 현언시가 이미 백년 넘게 유행하고 있었다. 현언시는 철리적 담론을 무미건조하게 써냈다. 도시 언어풍격의 평담함 역시 시대적 풍조에 의한 것이다. 그의 <오월 아침에 지어 대 주부에게 창화하다(五月旦作和戴主簿)>와 같은 소수 작품은, 세월의 흐름이나 빈 배를 멋대로 노 젓는 것을 변화무쌍한 인생사나 험난한 세상사와 비교시켜, 비교적 짙은 현언시의 느낌을 담아냈다. 그러나 대다수의 시는 감정을 철학적 이치로 잘 변화시켰는데, 생활 속에서 느낀 철학적 정취를 감정과 하나로 융합시킴으로서, 건조한 철리적 담론을 벗어나 담박하고 깊은 풍격을 형성했다. <이사하다(移居)> 제2수다.

春秋多佳日　　봄가을에는 좋은 날이 많아
登高賦新詩　　높은 곳에 올라 새 시를 짓노라.
過門更相呼　　문을 지나가면 서로 불러들이고
有酒斟酌之　　술이 있으면 술잔 권하며 마시노라.

農務各自歸　　　농사일 바쁠 때는 각자 지내다가
閑暇輒相思　　　한가로이 틈이 나면 서로 생각하니
相思則披衣　　　생각나면 이내 옷 걸치고 찾아가
言笑無厭時　　　담소하는데 지루할 때가 없어라.
此理將不勝　　　이러한 삶의 방식이 가장 좋거늘
無爲忽去茲　　　아예 이곳에서 떠나지 않으리.
衣食當須紀　　　의식은 응당 내 힘으로 해결하는 것
力耕不吾欺　　　열심히 농사지으면 속지는 않으리라.

도연명은 은거 4년째 해에, 집에 불이나 의희(義熙) 7년(411년) 남쪽의 마을로 이사를 한다. <이사하다>는 이사 후 얼마 되지 않아 지은 시이며, 모두 두 수다. 이 시는 이사한 후에 이웃과 잘 지내며, 바쁠 때는 각자 열심히 일을 하고, 한가할 때는 서로 왕래하며 웃고 즐기는 흥취를 집중적으로 묘사했다. 시인은 자유로운 필치로 자득(自得)의 즐거움을 썼는데, 평상시 이웃과의 사소한 일상을 아주 자연스럽게 꾸려내었고, 솔직하고 순박한 우정 속에서 마음 편하게 교류할 때의 즐거움을 체득했으며, 이를 통해 자연을 따르는 즐거움이 그 어떤 즐거움보다 크다는 것을 깨닫는다. 그리고 흔연 자득한 즐거움에 의해 체현된 자연지리(自然之理)는 또 오로지 전원에서 직접 농사짓고 밭을 가는 고된 노동 속에 얻어진 것이다. 시는 감정에서 출발하여 철학적 이치에서 끝이 나며, 그 중간 중간에 농사일이 삽입되어 있는데, 비록 즐거움을 표현하는 것이 중점이기는 하나, 역시 부지런한 노동을 근본으로 하고 있다. 질박하고 진실하며 명쾌한 철리와, 자유롭고 막힘없는 문장의 기운이 서로 잘 어울려, 철리를 직접 밝히지 않아도 필묵의 행간 속에 철리가 저절로 갖추어졌고, 철리를 명확하게 말해도 진실한 감정이 의상(意象) 속에 녹아있다.

한위 이후의 문인시는 영회와 언지를 중시하며, 경물은 주로 비흥이나

상징을 부각하는데 사용되었다. 진시(晉詩)에 와서 객관적으로 경물을 묘
사한 작품이 소수 출현했으나, 우의나 언지, 자연미에 대한 객관적 묘사
를 하나로 융합해내지는 못했다. 장협, 곽박이 비록 초보적 실험을 했으
나, 생경함에서 벗어나지 못했고 흔적도 드러나는 편이다. 도연명의 시
는 역시 우의를 중심으로 하면서도 흥기(興寄)와 자연미를 하나로 융합해
냈는데, 그가 써낸 경물은 상징적인 함의를 지닌 마음 속 경물일 뿐 아
니라, 일상생활 속의 실경이기도 하다. <의고> 제7은 청춘은 짧아 쉽게
흘러감을 탄식한다.

日暮天無雲	날이 저물어도 하늘에는 구름 한 점 없고
春風扇微和	봄바람이 부드럽게 불어온다.
佳人美淸夜	미인은 맑은 이 밤을 좋아하여
達曙酣且歌	새벽까지 술 마시고 노래한다.
歌竟長歎息	노래 끝나자 길게 탄식하는데
持此感人多	그걸 보니 생각이 많아지는구나.
皎皎雲間月	밝고 밝은 구름 속의 달도
灼灼葉中華	알록달록 잎 사이의 꽃도
豈無一時好	어찌 한 시절 좋은 때가 없으랴만
不久當如何	오래가지 못하니 어이 하리오!

앞 4구는 날은 저물고 날씨는 맑은데, 미인은 술을 마시며 밤을 샌다.
"언어를 골라 경물묘사를 해냈는데, 그 자체가 아름다운 경치이다. 하지
만 이것은 또 경물묘사가 아니라(摘出作景語, 自是佳勝, 然此又非景語)",135) 사실
은 인생에서 가장 아름답고 좋은 시절이 짧음을 비유한 것이다. 구름 속
의 달과 그 달빛 아래의 꽃은 비록 비유이기는 해도, 그 달밤의 춘경(春
景)에서 시흥을 일으킨 것이다. 결미에서는 어조가 갑자기 변하여, 좋은

---

135) 王夫之 ≪古詩評選≫.

시절은 오래 지속될 수 없다는 본의를 깨우쳐준다. 전편의 의경이 청려하고 자연스러운 가운데, 가벼운 일깨움이 주는 엄숙함도 갖고 있다. <의고> 제3을 보자.

仲春遘時雨	봄빛 한창인데 제철 비가 오니
始雷發東隅	첫 우레 소리가 동쪽 귀퉁이에서 인다.
衆蟄各潛駭	뭇 벌레들 제각기 깊은 잠에서 놀라고
草木從橫舒	초목은 이리저리 뻗어난다.
翩翩新來燕	훨훨 날아 갓 날아온 제비들
雙雙入我廬	쌍쌍이 내 초가로 날아든다.
先巢故尙在	옛 둥지가 그대로 남아 있으니
相將還舊居	서로 불러 옛 집으로 돌아온 것.
自從分別來	작년 헤어지고 난 이래로
門庭日荒蕪	마당은 날로 황폐해졌구나.
我心固匪石	내 마음이 본래 돌이 아닌데
君情定何如	그대들의 심정은 진실로 어떠한가?

　이 시는 봄기운이 일기 시작할 무렵 초목이 다투어 피어나는 풍경을 묘사했는데, 촉촉하고 청신한 진흙의 느낌이 배어있다. 제비가 돌아와 옛 집을 찾는 모습도 아주 귀엽게 쓰였다. 시인은 새로움에서 옛 것을 느끼게 되는데, 제비의 눈을 빌어 한 해 동안 마당이 황폐해졌음을 드러냈고, 제비한테 묻는 형식을 통해, 가난 속에서의 지조는 변함이 없다는 주지를 이끌어냄으로써, 벼슬 않고 은거하겠다는 굳은 의지를 눈앞에 펼쳐진 경물묘사 속에 기탁해냈다. 필치가 활발하고 신선하면서도, 쓸쓸한 감정이 언외에 드러난다. <정운(停雲)>은 쓸쓸하게 벗을 그리는 심경을 썼다.

靄靄停雲　　자욱한 먹장구름

濛濛時雨　　억수 같은 제철 비.

八表同昏　　온 세상 다 어둡고

平路伊阻　　평길도 막혀 버렸다.

靜寄東軒　　조용히 동헌에 기대어

春醪獨撫　　봄 술을 혼자서 만지작거린다.

良朋悠邈　　좋은 벗 멀리 있으니

搔首延佇　　머리 긁적이며 우두커니 기다린다.

停雲靄靄　　먹장구름 자욱하고

時雨濛濛　　제철 비 억수 같다.

八表同昏　　온 세상 다 어둡고

平陸成江　　평지도 강이 되어 버렸다.

有酒有酒　　술이 있다 술이 있어

閑飮東窓　　한가하게 동창에서 마시노니

願言懷人　　그리운 이 떠오르지만

舟車靡從　　배도 수레도 갈 수가 없구나.

東園之樹　　동쪽 정원의 나무들

枝條載榮　　가지마다 꽃을 피우며

競用新好　　다투어 새로운 모습으로

以招余情　　내 마음을 부른다.

人亦有言　　사람들도 말했었지

日月於征　　세월은 흘러가고 있다고.

安得促席　　어떻게 하면 자리를 만들어

說彼平生　　지난날을 이야기할까?

翩翩飛鳥　　훨훨 날던 새들도

息我庭柯　　내 뜰 나뭇가지에 와서

斂翮閑止　　날개 접고 한가하게 앉아

好聲相和　　고운 소리를 주고받는다.

豈無他人　　어찌 다른 사람 없으랴마는

念子寔多　　그대 생각 정녕코 간절하다.

願言不獲　　하고픈 말 전할 길 없으니

　　抱恨如何　　　　　　한스러운 이 마음 어찌하랴!

　　이 시는 ≪시경≫의 표현특징인 일창삼탄(一唱三歎)과 반복 순환 수법 통해, 비내리고 흐릿한 날과 봄 뜰에 막 꽃이 피기 시작할 때 지기(知己)를 갈망하는 심정을 써냈다. 온 사방에 어둑어둑하고 흐릿흐릿한 기운이 가득 차 마음이 쓸쓸하고 슬픈데, 이는 마치 시인이 처한 어둡고 탁한 세계에 대한 묘사인 듯하다. 동쪽 마당의 나무가 화창하게 다시 꽃을 피운 것은 눈앞의 경물이지만, 또 세월의 흐름, 좋은 벗과 무릎 맞대고 함께 이야기 하고픈 느낌을 이끌어내기도 한다. 새가 좋은 노래 소리를 주고받는 모습이 자연스럽고 생기 있게 쓰였는데, 마치 시인의 고독감을 놀리는 듯하다. 구마다 실제의 감정이고 실제의 경치인데, "곳곳을 두루 펼쳐 그려냈다(處處回環闡映)."136) 비유는 감추지 않았는데 원관념은 그다지 드러나지 않아서, 한가롭고 조용하며 온아(溫雅)하면서 심원한 느낌이 든다.

　　도연명의 시는 자연미에 흥을 기탁했는데, 종종 경물 의인화의 경계에 도달하기도 하여, 위진 시보다 독특한 개성을 지닌다. 삼조(三曹)와 완적, 좌사의 시는 비록 각각 개인적 풍격을 표현하기는 했지만, 자신의 포부와 희망을 과장하는데 중점을 두었고, 개인적 형상은 비교적 추상적이고 낭만적이며 심지어 비현실적인 것도 있다. 그러나 도연명의 시는 비록 상당히 이상화된 경계이기는 해도, 중점을 일상생활 속에서 자신의 인격을 표현하는 데 두었다. 그의 시에서 청송(靑松), 국화꽃(芳菊), 둥지로 돌아가는 새(歸鳥), 외로운 구름(孤雲) 등은 모두 일상생활 속에서 자주 보는 경물이면서 동시에 시인의 고결한 인격의 상징이다. <음주> 제2를 보면, "동원에 있는 푸른 소나무, 잡초 더미에 묻혀 그 자태가 안 보였으

---

136) 黃文煥 ≪陶詩析義≫.

나, 찬 서리 내려 다른 나무 시들자, 늠름하게 높은 가지 드러났구나. 나무숲 사이에 있어 사람들 몰랐으나, 홀로 남으니 더욱 빼어나구나(青松在東園, 衆草沒其姿. 凝霜殄異類, 卓然見高枝. 連林人不覺, 獨樹衆乃奇)"라고, 서리가 내린 후에야 그 늠름한 자태를 지닌 고절(高節)을 알 수 있음을 가영했는데, 시인 자신의 의연하고 고고한 자태와 세속에 물들지 않은 품격을 표현해냈다. 다음은 <곽 주부에게 화답하다(和郭主簿)> 제2수다.

和澤周三春	화창하고 윤택하던 봄철에서
清涼素秋節	맑고 싸늘한 가을이 되었구나.
露凝無遊氛	이슬 맺혀 맑디맑은 하늘
天高肅景澈	드높은 하늘에 풍경까지 맑아라.
陵岑聳逸峰	높은 산봉우리 우뚝 솟아 빼어난데
遙瞻皆奇絶	멀리서 바라보니 모두가 절경이라.
芳菊開林耀	향기로운 국화는 숲에서 반짝이고
青松冠岩列	청송은 돌산 마루에 줄지어 섰구나.
懷此貞秀姿	청송 같은 곧은 절개 그리며
卓爲霜下傑	서리 속 국화꽃 같은 기개 품으려 하네.
銜觴念幽人	술잔 들고 은자를 생각하며
千載撫爾訣	천 년의 이별을 가슴 쓸며 달래노라.
檢素不獲展	평소의 뜻 펼치지 못하고
厭厭竟良月	울울하게 이 좋은 시월을 허송하는구나.

　이 시는 형상이 선명하고, 글자의 선택은 정확하고 장중하며, 의경은 청원(清遠)하고 고상(高爽)하여, 사물 묘사에 뛰어난 시인의 솜씨를 잘 볼 수 있다. 안개가 한 점도 없는 맑은 하늘이라, 산봉우리가 특별히 우뚝 솟고 빼어나게 느껴진다. '요(耀)'자는 황금색 국화가 때마침 풍성하게 피어, 깊은 숲에서 더욱 광채가 빛나는 것을 표현한다. 청송은 산등성이를 따라 가지런하게 우뚝 서있어서, 멀리서 보면 마치 바위 꼭대기에 모자

를 씌운 듯하다. 이 엄숙하고 경건하며 맑은 가을 풍경화는 사실은 시인 자신의 조용한 기질과 고상한 절조의 자연화(自然化)다. <가난한 선비를 노래하다(詠貧士)> 제1은 외로운 구름과 둥지로 돌아가는 새를 비유로 하여, 가난한 선비의 고독감과 청고(淸高)함을 가영했다.

萬族各有托	만물은 각각 의탁할 곳이 있건만
孤雲獨無依	외로운 구름만 홀로 의지할 곳 없구나.
曖曖空中滅	아득아득 허공 속에서 사라지니
何時見餘暉	어느 때에 남은 빛을 볼 수 있을까?
朝霞開宿霧	아침노을이 밤안개 속에서 펼쳐지면
衆鳥相與飛	뭇 새들은 서로 따르며 나는데
遲遲出林翮	느릿느릿 숲을 나간 새는
未夕複來歸	저녁도 되지 않아 다시 돌아온다.
量力守故轍	노력하며 옛 사람의 길을 지키려니
豈不寒與饑	어찌 춥고 배고프지 않으랴!
知音苟不存	지음은 정말로 존재하지 않는구나
已矣何所悲	그만두어라! 슬퍼한들 무엇 하리!

　아득한 구름은 가난한 선비의 정신적 고독감과, 차라리 기꺼이 조용한 삶을 살겠다는 고결함을 상징하고, 늦게 나온 새는 가난한 선비의 처세는 일반 사람들과 다름과, 차라리 춥고 굶주리더라도 졸박함을 지켜가는 지조를 상징한다. 이 두 비흥 형상은 또 아침이 밝아오자 구름과 안개가 흩어지고 새가 숲을 날아가는 한 폭의 그림을 만들어내기도 한다. 경물과 의경의 인격화는 그의 시에 선명한 개성적 풍격을 더했으며, 문인시가 민가적 비흥을 모방하는 단계를 이미 벗어나, 완전한 성숙의 경지에 이르렀음을 나타낸다.

　도연명의 시가 개성이 선명한 원인은 그가 세세한 일상생활 속에서 다양한 사상과 감정을 선명하고 솔직하게 펼쳐내서, 그의 일상생활에서의 성격적 면모를 볼 수 있기 때문이다. <음주> 제9를 보자.

淸晨聞叩門	맑은 새벽에 문 두드리는 소리가 들려
倒裳往自開	옷도 뒤집어 입은 채 문을 열며
問子爲誰歟	누구신지 묻는 내 말에
田父有好懷	마음씨 좋아 보이는 농부가 서 있다.
壺漿遠見候	술단지 들고 멀리서 인사 왔다며
疑我與時乖	세상을 등지고 사는 나를 나무란다.
襤縷茅簷下	남루한 차림새에 초가집에 사는 것은
未足爲高棲	고상한 생활이라 할 수 없다고.
一世皆尙同	온 세상 사람들이 모두 그런 것처럼
願君汨其泥	그대도 그 진흙탕 속을 걸으시라고.
深感父老言	노인장의 말에 깊이 공감하나
稟氣寡所諧	타고난 기질이 남과 어울리지 못하므로
紆轡誠可學	고삐 틀어 옆길 가는 법 배운다면
違己詎非迷	본성을 어기는 게 어찌 미망이 아니리요?
且共歡此飮	자 가지고 온 술이나 같이 마십시다.
吾駕不可回	나의 길은 되돌릴 수 없다오.

　이 시는 농부와의 문답을 빌어, 출사하지 않고 고결하게 살겠다는 자신의 결심을 표명했는데, 어기는 간절하면서도 결연하다. 형식은 비록 <초사·어부(漁父)>를 모방했지만, 평소 생활 속에서 촌로나 농부와 편하게 왕래하는 기분으로 써냈다. 이른 새벽에 문을 두드리고, 허둥지둥 옷을 뒤집어 입고 나와 문을 열고, 서로 안부를 묻는 세세한 묘사 속에서, 농부의 정성, 시인의 진지함이 드러나는데, 그래서 시인이 편하고 친근한 사람이라는 것을 잘 느끼게 된다. <아들을 나무라며(責子)> 시는 아들의 어리석음을 나무라는 시다.

白髮被兩鬢	흰머리가 양쪽 귓가를 뒤덮고
肌膚不複實	피부도 이제는 탱탱하지 않네.
雖有五男兒	아들놈이 다섯이나 있지만
總不好紙筆	모두들 공부를 좋아하지 않지.
阿舒已二八	서란 녀석은 벌써 열여섯인데
懶惰故無匹	게으름이 견줄 데가 없고.
阿宣行志學	선이란 녀석은 열다섯인데
而不愛文術	그래도 학문을 좋아하지 않는다.
雍端年十三	옹과 단은 열세 살인데
不識六與七	육(六)과 칠(七)도 구분 못한다.
通子垂九齡	통이란 녀석은 아홉 살이 되었는데
但覓梨與栗	그저 배와 밤만 찾는다.
天運苟如此	타고난 자식운이 겨우 이러니
且進杯中物	그저 잔속의 술이나 들이킬 밖에.

시는 백화에 가까운 언어로 아들 다섯이 발전이 없음을 하나하나 열
거했는데, 자식에 대한 간절한 심정과 또 어쩔 수 없는 부모의 심정이
생생하게 묘사되어, "자식에 대해서는 마음이 약해져 버리는 부모 마음
을 보는 듯하며, 농담이 아주 재미있다(想見其人愷弟慈祥, 戲謔可觀)."[137) 도연
명은 인정세태를 정확하게 꿰뚫어 보았기 때문에, 종종 깊은 인생 경험
을 써내기도 했는데, 아주 일상적인 말로 놀랄 만큼 철저하게 써낸다.
<잡시> 제5에서 다음과 같이 노래했다.

憶我少壯時	내 젊은 시절에는
無樂自欣豫	낙이 없어도 스스로 즐거웠고
猛志逸四海	커다란 뜻을 천하에 두어
騫翮思遠翥	날개 펼치고 멀리 날고자 했거늘.

---

137) 黃庭堅 <書淵明責子詩後>.

荏苒歲月頹　　　점차 세월과 더불어 늙어가면서
此心稍已去　　　웅대하던 마음도 어느새 사라졌네.
値歡無複娛　　　기쁜 일이 생겨도 즐거워하지 못하고
每每多憂慮　　　언제나 근심에 가득 쌓여있으며
氣力漸衰損　　　기력조차 점점 쇠잔해져
轉覺日不如　　　하루하루가 다름을 짐짓 느낀다네.
…　　　　　　　…

"낙이 없어도 스스로 즐거웠고"는 젊은이들이 세상을 모르고, 인생에 대한 희망을 가득 품고 앞날에 대해 맹목적으로 낙관하는 심리상태를 써냈는데, 아주 진실하고 친절하다. 그러나 이러한 말을 할 수 있는 것은 "기쁜 일이 생겨도 즐거워하지 못하는" 노년의 경험이 있기 때문이다. 손인룡(孫人龍)은 이 시에 표현된 것이 "젊은 사람의 마음이라 해도 절묘하고, 늙은 사람의 심경이라 해도 절묘하다. 감정은 세월이 흐르면서 줄어들지만, 일상적인 생각은 도리에 이를 수 있다(是少壯襟懷, 妙. 是老人心境, 妙. 情隨歲減, 能以常意道至理)"고[138] 했는데, 적절한 평가라 할 수 있다. 이외에도 <만가시(挽歌詩)>는 자신이 죽어 무덤 속에 영원히 갇히게 되는 것을 상상하며, "여태껏 나를 전송해 준 사람들이, 저마다 집으로 돌아가겠지. 친척들 간혹 거듭 슬퍼하고, 남들이 다시 만가를 불러 주리라. 이미 죽은 나는 말도 못하고, 내 몸 산에 묻혀 흙이 되리라(向來相送人, 各自還其家. 親戚或餘悲, 他人亦已歌. 死去何所道, 託體同山阿)"고 했는데, 역시 생전과 사후의 사람 마음의 변화를 꿰뚫어 보고 읊어낸 진실한 감정이자 높은 철학이다.

평담이 도연명 시의 주요한 풍격이기는 하지만, 그가 웅대한 포부를 담아냈던 시가는 호방하고 웅건하다. <형가를 노래하다(詠荊軻)> 시는 그

---

138) ≪陶公詩評注初學讀本≫.

의 '금강역사가 눈을 부릅뜬 듯(金剛怒目式)'한 본 모습을 드러냈다.

燕丹善養士	연나라 태자 난은 장사를 키워
志在報强嬴	강한 진나라를 쳐 보복하고자 하여
招集百夫良	백방으로 사내들을 모으다
歲暮得荊卿	뒤늦게 형가라는 인물을 얻었다네.
君子死知己	군자는 지기를 위해 목숨을 바치듯
提劍出燕京	형가도 칼 차고 연나라를 떠나니
素驥鳴廣陌	흰 말은 큰 길에서 울어대고
慷慨送我行	강개한 마음으로 일행을 전송했는데
雄髮指危冠	꼿꼿한 머리칼은 관모를 떠받쳤고
猛氣沖長纓	사나운 기상은 갓끈에 불어 날렸다.
飮餞易水上	역수 강가에서 열린 송별연
四座列群英	사방에 영웅들이 벌어 앉았다.
漸離擊悲築	고점리는 슬프게 축을 치고
宋意唱高聲	송의는 큰 소리로 노래 하니
蕭蕭哀風逝	쓸쓸히 슬픈 바람 지나가고
淡淡寒波生	맑은 강에는 차가운 파도가 일었다.
商音更流涕	격한 상음 가락에 또 눈물 흘리고
羽奏壯士驚	웅장한 우조 연주에 장사들 격정 일었네.
心知去不歸	이제 떠나면 살아서는 못 돌아올 것
且有後世名	오직 후세에 이름을 남길 뿐이네.
登車何時顧	수레에 오르더니 돌아볼 틈도 없이
飛蓋入秦庭	날듯이 달려 진나라 대궐로 향했네.
淩厲越萬里	말을 내달려 만 리 길을 넘었고
逶迤過千城	연이어 수천 개 성곽을 지나쳤다.
圖窮事自至	지도 속에 칼을 숨겨 일을 벌였으나
豪主正怔營	진왕은 놀라 도망을 쳤다네.
惜哉劍術疏	안타깝구나! 칼 솜씨가 서툴러
奇功遂不成	커다란 공을 세우지 못했구나.

| 其人雖已沒 | 그 형가는 비록 이미 죽어 없으나 |
| 千載有餘情 | 천 년이 흘러도 그 뜻은 전해진다네. |

　이 시는 분격하여 일어선 장사의 굳센 기백은 아주 설득력 있는 과장으로, 여러 인재들이 역수에서 결별하는 장면은 처량하고 비장하게, 형가가 날듯이 수레를 몰아 진(秦)나라로 들어가는 멋진 자태는 강개하고 맹렬하게 묘사하였다. 정교한 대구도 많이 사용되었지만, 대구와 비대구가 서로 섞여 있다. 다만 긴박한 절주와 낭랑한 음조, 격앙된 정서가 한꺼번에 다 흘러넘치는 듯해서, 가슴 가득한 뜨거운 피가 시정(詩情)을 따라 뿜어져 나오는 듯하다. <의고> 제8은 젊은이들의 원유(遠遊)가 얻는 것은 아무 것도 없다는 허구적 묘사를 통해, 세상에 대한 분노를 기탁했다.

少時壯且厲	젊을 때는 씩씩하고 맹렬하여
撫劍獨行遊	검을 들고 혼자서 나다녔다네.
誰言行遊近	누가 가깝게만 다녔다고 하리
張掖至幽州	장액에서 유주까지 다녔다네.
饑食首陽薇	배고프면 수양산의 고사리를 먹었고
渴飮易水流	목마르면 역수의 물을 마셨지.
不見相知人	아는 사람도 만나지 못했고
惟見古時丘	오래된 무덤 밖에 보지 못했으니
路邊兩高墳	길가의 높은 봉분 두 개는
伯牙與莊周	백아와 장주의 것이었네.
此士難再得	그들 같은 인물은 다시 볼 수 없으니
吾行欲何求	나는 장차 누구를 따라야 하나?

　시인은 자신이 줄곧 경모해 온 백이(伯夷), 숙제(叔齊), 형가(荊軻), 백아(伯牙), 장주(莊周) 등의 역사적 자취에, 소년 시절 세상에 뜻을 두었던 자신의 씩씩한 기상, 세상을 피해 은둔하는 절조와 횡포한 무리를 없애고자

했던 절의 등에 대한 경모, 지음 부재에 대한 아쉬움 등을 기탁했다. 시인은 그러한 감정을 허구적 원유 중에 만난 경치로 변화시키고, 고도로 추상적인 상징 수법을 이용해, 인생이라는 장도(壯途)에서 고인들의 절개와 의리를 정신적 양식으로 삼겠다는 시인의 의지, 현실 사회에서 아무도 알아주지 않을 때의 적막함 등을 개괄적으로 표현했다. 의기가 빼어나며, 슬프면서도 격정적이다.

도연명은 내용상의 필요에 따라 각종 전통적 시가형식을 개조하여 새롭게 창조하는데 뛰어났다. 서진 이후로 4언시가 크게 성행했는데, 도연명은 신선하고 활력 있는 내용으로, 이렇게 오래되고 경직된 시체에 생명력을 불어넣었다. 그의 4언시와 혜강의 4언시 모두 ≪시경≫의 전통을 답습하지는 않았지만, 양자는 조금 차이가 있다. 혜강의 4언시는 구법이나 어휘 구성에 있어서 비교적 큰 창조적 변화가 있었는데, 도연명은 ≪시경≫식의 자구와 결구 방식을 통해, 새로운 어휘를 제련해서 글자를 생기 있게 사용했다. 예를 들면, "산에는 안개가 깨끗이 기셨고, 하늘에는 엷은 구름이 드리웠다. 바람이 남쪽에서 불어오니, 저 새싹늘이 날개짓을 한다(山滌餘靄, 宇曖微霄. 有風自南, 翼彼新苗)"(<時運>)에서, '익(翼)'자는 새싹이 바람 속에서 춤추는 모습이 날개를 펼친 듯한 형상임을 쓴 것인데, 소박하면서 생동적이다. 섬세한 관찰로 경물을 표현해내는 것이 당시 진시의 특징인데, 명사 '익'을 동사로 사용하는 방법은 ≪시경≫에서 취한 것이며, 그리하여 고고(高古)하고 한아(閑雅)한 정취를 잃지 않았다. <귀조(歸鳥)>시는 ≪시경≫의 중첩과 반복 순환하는 장법을 흡수하여, 또 하나의 풍격을 이루었다. 4장이 모두 '익익귀조(翼翼歸鳥)'에서 시작하여, 내용이 층층이 전개되는데, 새가 사방을 멀리 날다가 옛 둥지가 그리워지고, 날개가 피곤하여 숲으로 돌아갈 때임을 알게 되고, 숲에 들어가 나오지 않는 과정을 써냈는데, 시어의 변화가 미묘하다. 실제로는 둥지로 돌아가는 새를 통해, 출사했다가 은거한 자신의 사상 발전의 4가지 단계를 비유한 것이다. 4장을 반복적으로 노래했는데, "맑고 온화하며 완약한 기운이 행간 속에 있어, 사람 마음을 편안하게 하고 근심이 사라지게 한다(有一種淸和婉約之氣在筆墨外, 使人心平累消)."139)

4언 이외에, 도연명은 또 5언 고시의 영회조시의 발전에도 두드러진 공헌을 했다. 완적이 82수의 <영회>시를 써낸 이후, 문인들은 종종 비흥을 사용한 시가를 모아 연결하고, 영회(詠懷), 잡시(雜詩) 등을 표제로 삼았다. 이 시들은 비흥 수법을 많이 사용하고, 오언고시 형식을 사용하며, 작가의 사회와 인생에 대한 감상을 비교적 집중적으로 반영했다. 서진 시기에 시가 제재의 확대로 영회조시의 형식도 다양한 발전을 보였다. 장협의 <잡시> 10수, 곽박의 <유선시> 14수, 좌사의 <영사> 8수는 제재상 각각 편중된 면은 있지만 모두 감회가 중심이며, 의식적으로 각 개인의 인생 역정을 실마리로 하여, 각 작품을 유기적으로 연결한 조시 이다. 도연명의 <음주> 20수, <의고> 9수, <잡시> 12수, <전원으로 돌아와 살다> 5수, <가난한 선비를 노래하다(詠貧士)> 7수 등은 진일보 하여, 내용과 형식의 주요 특징에 따라 제목을 붙임으로써, 완적, 장협, 좌사, 곽박 등의 분류보다 더욱 상세해졌다. <음주>는 주로 고절(高節)을 지키는 생활 및 은거 후 빈부에 대한 갈등을 가영하는데 편중되어 있다. <산해경을 읽고> 13수는 ≪산해경≫에서 각종 신화나 인물들을 취하여, 세태를 평론하고 현실을 풍자했는데, "황당한 언어를 이용해 솟아오르는 감정을 토로했다(借荒唐之語, 吐坌湧之情)." 각 조시의 내부적 구성에 있어서도, 좌사나 장협 등에 비해 더욱 독창적이다. 예를 들면 <가난한 선비를 노래하다>는 안빈낙도의 기개와 절조를 찬미한 것이다. 제1수는

---

139) 鍾惺 ≪古詩歸≫.

비흥으로 가난한 선비의 청고함과 고독을 구성해냈고, 제2수는 구체적인 생활 속의 소재를 통해, 가난한 선비의 추위와 배고픔의 고통을 묘사해냈다. 나머지 5수는 공자나 자로(子路), 원헌(原憲), 자공(子貢) 등 공문(孔門)의 사도들과, 초야의 고사(高士) 즉 영수(榮叟), 검루(黔婁), 원안(袁安), 중위(仲蔚) 등 고대 빈사들을 한 명 한 명 끄집어내어 자신의 형상으로 삼았는데, 내용은 더욱 전면적이면서 더욱 복잡하게 얽혀 있다. <잡시>는 주로 서로 다른 각도에서 서로 다른 방법으로, 세월의 흐름과 뜻을 펼칠 수 없는 고통을 반복적으로 영탄했다. 이 조시들은 앞 시대 각 문인들의 영회시의 다양한 표현수법을 흡수하여, 영사(詠史)로 술회하거나 비흥으로 뜻을 펼쳤는데, 특히 고요하고 순박한 전원생활을 노래한 작품들은 비흥형상과 자연경물 및 서정주인공의 심경이 하나로 융합되어, 일반적인 영회시의 전통적 표현방식을 이미 넘어섰다.

　결론적으로, 도연명은 ≪시경≫ 이후 우수한 문학적 전통을 계승하고, 동시대의 예술적 발전에서 영양을 흡수하여, 시가 제재의 범위를 전원과 일상생활까지 확대했고, 아주 평담하고 자연스러운 시가의 의경을 창조함으로써, 시가 예술의 표준을 더욱 높였다. 중국 고전시가 예술의 발전에 있어 중대한 의미와 심원한 영향을 갖는다.

제6장 | 남북조 악부민가

위진 이후 한악부는 문인들에 의해 많이 모의(模擬)되기는 했지만, 이미 점차 경직되고 있었다. 남북조 악부민가가 한악부의 뒤를 이어, 시단에 새로운 전기를 마련해 주었다. 비록 남북이 장기간 대치하고, 생활 풍습과 자연 환경이 크게 달라서, 남조와 북조의 민가는 내용이나 정서가 확연히 달랐지만, 모두 짧고 경쾌한 형식과 말하듯 명확한 시어, 농울(濃鬱)하고 청신(淸新)한 서정적 풍격을 갖고 있는데, 이는 남북조뿐만 아니라 당대 시가의 발전에 커다란 영향을 미쳤다.

제1절 남조 악부민가

남조 악부민가는 주로 진(晋) 송(宋) 두 시대에 탄생했다. 그 중 일부 작품이 송의 곽무천(郭茂倩)이 편찬한 ≪악부시집(樂府詩集)≫의 <잡곡가사(雜曲歌辭)>에 수록되어 있고, 대부분은 <청상곡사(淸商曲辭)>에 실려 보존되고 있다. 청상악(淸商樂)은 청악(淸樂)이라고도 일컫는다. 한대에는 평조(平調), 청조(淸調), 슬조(瑟調)를 청상삼조(淸商三調)라 했고, 초조(楚調), 측조(側調)

를 합해서 상화조(相和調)라고 했다. 조위(曹魏) 삼조(三祖)는 청상악을 매우 좋아하여, 악부에 청상악만 전문적으로 관장하는 기구를 두었고, 스스로도 많은 가사를 지어 음악에 맞추어 부르기도 했다. 서진의 순욱(荀勖)이 청상곡을 다시 정리했는데, 한위 이래의 옛 가사를 수집하고 그에 맞춰 작곡을 해서 청상삼조가시(淸商三調歌詩)라고 이름을 붙였다. 서진 멸망 후, 상화청상곡은 이미 모두 산실되었다. 송 무제(武帝) 유유(劉裕)가 관중(關中) 지역을 평정하고, 북방에 흩어져 있던 음악 예인들을 모아 남방으로 데리고 왔다. 후에 북위 효문제(孝文帝)와 선무제(宣武帝)가 연속적으로 남벌을 하여, 강남에 전해지던 옛 곡과 강남의 오가(吳歌), 형초(荊楚)의 서성(西聲) 등을 수집해서 청상(淸商)이라 총칭했다.

청상곡사의 일부 작품에는 한악부 가사, 심지어 위진 고시의 일부 구까지 섞여 있다. 예를 들면, <동생곡(同生曲)>은 한악부 <인생불만백(人生不滿百)> 중의 4구가 한 곡이 되었으며, <자야동가(子夜冬歌)>에는 좌사(左思) <초은시(招隱詩)>의 "어찌 관현악기 소리만 좋으랴, 산수 간에도 맑은 소리가 있는 것을(何必絲與竹, 山水有淸音)"이라는 구가 들어 있다. 그러나 대부분은 진송 시기에 발생한 새 곡조이고 새 가사이다. 이들은 오성가(吳聲歌), 서곡가(西曲歌), 신현가(神弦歌) 등 세 종류로 나뉜다. 오가는 326 수인데, 곡조명은 극히 적어서 하나의 곡명(曲名)에 대부분 수십 수 이상의 가사가 전해진다. 서곡은 142 수 인데, 곡조가 비교적 많으므로 가사가 오가만큼 몰려 있지는 않다. 신현가는 18수에 불과하다. 남조 악부민가는 건업(建業)과 형(荊), 영(郢), 번(樊), 등(鄧) 일대가 중심 발원지이다. 곽무천은 "오가의 여러 곡은 강남에서 나왔고, 동진 이후 조금씩 증가했다. 처음에는 모두 도가였고, 차츰 악기연주가 배합되어졌다. 영가 남도 이후부터 양(梁), 진(陳)에 이르기까지 수도가 모두 건업이었으므로, 오성가 곡도 거기에서 시작되었다(吳歌雜曲, 並出江南. 東晉以來, 稍有增廣. 其始皆徒歌, 旣

而被之管弦. 蓋自永嘉渡江之後, 下及梁陳, 咸都建業, 吳聲歌曲起於此也)."140) "서곡가는 형, 영, 번, 등 일대에서 생겨났는데, 그 음절이나 송과 화 등의 형식은 오가와 다르다. 그 지방 풍속에 따라 서곡이라 부른다(按西曲歌出於荊郢樊鄧之間, 而其聲節送和與吳歌亦異, 故其方俗而謂之西曲云)."141) 건업은 삼국 시대 이후로, 오, 동진, 송의 수도였다. 형, 영, 번, 등 일대는 서쪽의 중심 지역이다. 강릉(江陵)에서 양주(揚州)까지는 교통이 편리했고, 두 지역 모두 경제가 발전하고 인구가 집중되었으므로, 자연스럽게 민가가 흥성했다. 위진 이후 유학이 쇠미하고 현학이 일어나면서, 사족들은 보편적으로 방탄(放誕)하고 광달(曠達)한 풍조를 숭상했다. 동남 지역에 안거한 귀족 관료들은 더욱 방탕한 생활을 즐겨, "왕후장상들의 집안에는 가기(歌伎)들이 들끓었고, 거상이나 부호들의 집에는 무녀가 무리를 이루었다. 이를 앞다투어 서로 자랑하니, 상호간에 쟁탈도 있었다(王侯將相, 歌伎塡室, 鴻商富賈, 舞女成群. 競相夸大, 互有爭奪)."142) 채시를 통해 풍속을 관찰하는 한악부의 전통 관념은 이미 사족계급에 의해 부정되었다. 예를 들면 왕도(王導)가 팔부(八部)의 종사(從事)들을 파견하여 각지의 장관(長官)의 득실을 관찰토록 하자, 고화(顧和)가 그에게 말하기를, "밝으신 공께서는 보필의 직책을 맡으신 후, 차라리 배를 집어삼킬만한 큰 물고기는 놓치면서, 무슨 까닭으로 풍문을 수집하여 듣고, 세세히 살피면서 정치를 하십니까?(明公作輔, 寧使網漏吞舟, 何緣采聽風聞, 以察察爲政耶)"라고 했다. 왕도는 "탄식하며 옳다고 했다(咨嗟稱善)."143) 통치자가 채시를 하는 것이 사회적 풍속과 정치적 득실을 알기 위해서가 아니라, 감정과 성색(聲色)의 수요를 만족시키기 위한 것이 되었다. ≪고금악록(古今樂錄)≫이나 ≪송서≫, ≪당서≫의 <악지(樂志)>에

---

140) ≪樂府詩集≫ 卷44 <吳聲歌曲>.
141) ≪樂府詩集≫ 卷47 <西曲歌>.
142) 裴子野 ≪宋略≫.
143) ≪資治通鑑≫ 卷90.

의하면, 남조 청상악부 가운데 일부 곡조는 이들 사대부와 그들이 길러
낸 가기가 만든 작품이다. 그 밖에 비록 민간에서 나온 작품이라 해도,
악부에 수집된 후에는 문인들의 모방작이 많이 나왔고, 노래가사나 무곡
으로써 귀족이나 관료, 부호들의 오락용으로 사용되었다. 따라서 <청상곡
사>에 전해지는 민가는 대부분 연정가이며, 심지어 색정적인 작품도 있
다. 사회문제를 직접적으로 반영한 많은 가요들은 악부 밖으로 밀려났다.

　남조 악부민가가 비록 사회문제를 반영한 넓이나 깊이에서는 한악부
민가에 미치지 못하나, 순수하게 민간에서 나온 작품에는 연정가 속에
당시의 사회생활 면모나 사람들의 희노애락이 그대로 반영되어, 소박하
고 청신한 삶의 숨결을 지니고 있다. 예를 들어 <나가탄(那呵灘)>을 보자.

我去只如還	내 가는 길은 집으로 오는 것처럼 쉬우니
終不在道邊	절대로 길에서 스러지진 않을 거요.
我若在道邊	내가 만약 길에서 일이 생기면
良信寄書還	믿을 만한 사람 시켜 편지라도 보내리다.

　<나가탄>은 ≪악부시집≫에 모두 6수가 수록되어 있는데, 주로 강릉
과 양주 사이를 왕래하는 일을 기록했다. 위 시는 길을 떠나며 가족과
나누는 이별을 노래했다. 자신이 떠나면 반드시 돌아올 것이며, 설사 길
가에서 쓰러져 죽더라도 믿을 만한 사람을 통해 집으로 편지를 보내겠
다고 한다. 간단한 몇 구로 된 솔직한 위로의 말이, 생명을 담보할 수 없
는 뱃사람의 비참한 운명을 말하고 있다.

沿江引百丈	강 따라 백 장 길이 밧줄을 끌어야 할 터
一濡多一艇	밧줄이 물에 젖으면 배만큼 무거워지리.
上水郎擔篙	상앗대에 지탱해 물을 거슬러 가야 하는 내 임
何時至江陵	언제나 저 멀리 강릉 땅에 닿으려나.

양주에서 강릉까지는 물을 거슬러 가야 하는 길이다. 강줄기를 따라 기다란 밧줄로 배를 끌어당기면, 강물에 저항력이 생겨 배가 더욱 무거 워진다. 게다가 물을 거슬러 올라가며 오로지 상앗대의 힘으로 배를 지 탱해야 하므로, 뱃길의 고단함은 충분히 상상할 수 있다. 이 시는 여자 가 남편을 배웅하는 내용의 이별가사인데, 장강에서 밧줄로 배를 끌며 고단하게 생활하는 인부의 노동 장면을 선명한 화폭 속에 그려냈다. <나가탄>에는 남녀가 서로 주고받은 시도 있다.

聞歡下揚州　　　그대가 양주로 가신다 하기에
相送江津灣　　　강나루에 나와 배웅을 합니다만
願得篙櫓折　　　상앗대와 노가 부러져서
交郎到頭還　　　그대가 가던 길 되돌아 왔으면.

篙折當更覓　　　상앗대가 부러지면 다시 구하고
櫓折當更安　　　노가 부러지면 다른 것으로 대신해야지.
各自是官人　　　이 몸은 관청에 매인 몸
那得到頭還　　　어찌 가다 말고 되돌아 오리요?

여자는 떠나는 사람을 만류할 방법이 없자, 상앗대와 노가 부러지면 낭군이 발길을 돌려 되돌아올 것이라는 천진난만한 상상을 한다. 그런데 성실한 그 남자는, 공무로 가는 출장이고 자유가 없는 매인 몸이니 어쩔 수 없다는 마음을 전해 온다. 비록 연정가이기는 하나, 요역을 가는 자 유롭지 못한 뱃사람의 생활을 간접적으로 표현했다. 이 외에 <자야하가 (子夜夏歌)>는 사부(思婦)의 괴로움을 적고 있다.

田蠶事已畢　　　누에치는 일 이미 다 마쳤지만
思婦猶苦身　　　사부는 여전히 고달프다네.

| 當暑理絺服 | 더위 무릅쓰고 갈옷 만들어 |
| 持寄與行人 | 멀리 떠난 남편에게 부쳐야 하기에. |

멀리 떠난 남편을 기다리는 여인은 누에치는 일을 끝내자마자, 멀리 떠난 남편을 위해 여름 혹서를 무릅쓰고 갈옷을 만든다. 이 풍경만으로도 일 년 내내 쉴 틈이 없이, 혼자 온 집안일을 떠맡아야 하는 농촌 아낙의 고단함과 우수를 보는 듯하다. <채상도(採桑度)>는 누에를 치는 여인이 견사를 얻지 못하게 된 것을 소재로, 이루지 못한 사랑을 표현했다. 역시 노동생활 속에서 탄생한 연정가다.

語歡稍養蠶	즐겁게 누에를 조금 키워놨더니
一頭養百埏	한꺼번에 죽어 온통 무덤이 되버렸네.
奈當黑瘦盡	어찌하나! 까맣게 말라 죽었으니!
桑葉長不周	뽕잎이 덜 자라서 라네.

春月採桑時	봄날 뽕잎을 딸 때
林下與歡俱	뽕밭에서 그대와 함께 땄네.
養蠶不滿百	누에가 제대로 자라지 않으니
那得繡羅襦	어찌 비단 저고리를 얻을 수 있을까?

僞蠶化作繭	누에가 누에고치로 되었으나
爛漫不成絲	망가져 실을 뽑지 못했네.
徒勞無所獲	일만 하고 얻은 것이 없으니
養蠶持底爲	누에 길러 무엇 하리!

이 세 작품은 누에가 뽕잎이 부족하여 누에고치가 되어도 실을 뽑지 못했음을 빌어, 애정이 건강하게 발전하지 못하면 필연적으로 정상적인 결과를 얻을 수 없음을 비유하고 있다. 그러나 뽕잎이 부족하여 누에가

까맣게 말라죽고, 누에치는 여인은 비단치마를 얻기 위해서 일 년 내내 힘들게 일을 했지만 결국 아무 것도 얻지 못한다는 과정 묘사 등을 통해, 강남 잠농가의 고단한 생활을 반영했다.

남녀가 불평등한 봉건 사회에서, 남녀 간의 사랑이 이루어지지 못하는 것은, 주로 가장(家長)의 전횡이나 청년들에게 혼인의 자유가 없는 사회적 환경과 관련 있다. 남조 악부민가에는 애정을 억압하는 봉건 세력에 대해, 비분 섞인 항의를 표현한 작품이 많이 있다.

未敢便相許	그대와 함께 할 수 없겠네요
夜聞儂家論	밤에 들은 부모님의 의논 결과는
不持儂與汝	나를 그대에게 줄 수 없답니다.
懊惱不堪止	괴로움이 그치지 않으니
上床解腰繩	침대에 오르며 허리띠를 풀어
自經屏風裏	직접 병풍에다 묶어두었지요.

〈華山畿〉

사랑에 대한 여자의 갈망은 남자의 변심이나 배신 등에 의해 물거품이 되기도 한다. 이렇게 맹세를 저버린 남자를 직접적으로 힐문한 작품도 있다.

我與歡相憐	나는 그대와 서로 사랑하며
約誓底言者	맹세를 지키겠다고 약속했죠.
常歎負情人	배신한 사람을 언제나 한탄하더니
郎今果成詐	지금은 그대가 날 저버렸군요.

〈懊儂歌〉

하늘의 해와 달, 별에 대한 맹세를 통해, 여인의 굳은 지조와 남자의 두 마음을 서로 대조한 작품도 있다.

儂作北辰星	내 마음은 북극성처럼
千年無轉移	천년 동안 움직이지 않지요.
歡行白日心	그대 마음은 태양 같아서
朝東暮還西	아침에 동으로 떴다가 저녁엔 서쪽으로 옮겨가지요

〈子夜歌〉

淵冰厚三尺	삼 척 두께 호수의 얼음
素雪覆千里	천리를 덮은 하얀 눈.
我心如松柏	내 마음은 송백나무 같은데
君情復何似?	그대 마음은 또 무엇 같은지요?

〈子夜冬歌〉

어떤 작품은 안개 속에 핀 연꽃의 아름다움을 통해, 망설이며 주저하는 남자의 태도를 완곡하게 질책한다.

儂心常慊慊	내 마음 항상 근심스러운데
歡行由豫情	그대의 행동은 즐거운 마음에서 나왔죠.
霧露隱芙蓉	안개 속에 가려진 부용
見蓮詎分明	연꽃과 어찌 구분되리요?

〈讀曲歌〉

쌍관어를 사용하여, 남자에게 배우자를 맞이한 후에도 옛정을 끊지 말 것을 간청하는 작품도 있다.

隱機倚不織	베도 짜지 않고 베틀에 기댄 채
尋得爛漫絲	헝클어진 실타래를 풀고 있다.
成匹郎莫斷	다 짠 베를 그대여 자르지 말고

憶儂經絞時　　　　나와 서로 사귈 때를 추억해 주오.

〈靑陽度〉

　옛 여자를 버리고 새 여자와 환락에 빠져 있는 남자를 날카로운 말투로 풍자한 작품도 있다.

雞亭故儂去　　　　계정으로 옛 여자 떠나보내고
九里新儂還　　　　구리에서 새 여자가 왔지요.
送一卻迎兩　　　　첫째 사람 보내고 두 번째 사람 맞았으니
無有暫時閑[144]　　잠시도 한가한 틈이 없군요.

〈尋陽樂〉

　이러한 괴로움의 노래들은, 당시 여자들이 결혼 전이든 후든 모두 남자에 의해 지배되는 서글픈 지위에 있었음과, 그들이 애정관계에서 농락당하거나 버려지는 불행한 운명임을 토로하고 있다.

　남조 악부민가는 대부분 구어이고 창화 형식인데, 음조가 마음에서 나오는 자연스러운 소리라서, 언어가 명쾌하고 생동적이며, 풍격은 청신하고 자연스럽다. 바로 〈대자야가(大子夜歌)〉에서 “수백 종 가요 중에, 자야가가 가장 좋다네. 강개한 마음을 맑은 소리로 토해내고, 밝고 구르는 듯한 음조는 자연스러운 언어에서 나오네(歌謠數百種, 子夜最可憐. 慷慨吐淸音, 明轉出天然)”나, “관현악기로 노래 가락 연주하고, 그릇을 두드려 맑은 소리 퍼뜨리네. 민요의 미묘한 맛은 잘 모르나, 성세(聲勢)는 입과 마음에서 나온다네(絲竹發歌響, 假器揚淸音. 不知歌謠妙, 聲勢出口心)”라고 한 것이 그것이다.

---

144) 일반적으로 이 시는 기녀를 표현한 작품이라고 한다. 그러나 남조 악부민가에서 ‘儂’은 여자만을 지칭하는 말이고, ‘郎’, ‘歡’이 남자만을 지칭하는 말이다. ‘故儂去’ ‘新儂還’은 옛사람이 가고 새사람이 온다는 뜻이다. 〈讀曲歌〉에 “詐我不出門, 冥就他儂宿”구도 역시 같은 수법이다.

이 가요들은 대부분 5언 4구로, 종종 앞뒤의 인과 관계나 환경 묘사 등은 생략한 채, 마음에 떠오르거나 입에서 나오는 대로 써냈는데, 짧은 편폭으로 비교적 많은 연상을 하게 하므로, "글자가 없어도 그 뜻을 다 나타내는(無字處皆其意)" 경계에 도달하게 된다. 그 예가 <오농가(懊儂歌)>다.

江陵去揚州	강릉에서 양주까지
三千三百里	삼천 삼백 리 길.
已行一千三	이제 천 삼백 리 왔으니
所有二千在	남은 여정은 이천 리 길.

이 민가는 마치 지나온 여정과 남은 여정을 서로 가감해 가는 연산 공식 같다. 하지만 독자들은 이러한 정교한 계산속에서, 행인이 혼잣말을 중얼거리며 두 지역 간의 거리가 1 리씩 1 리씩 줄어들기를 갈망하는 심정을 체험할 수 있을 것이다. 또 <장간곡(長干曲)>을 보자.

逆浪故相邀	파도를 서슬러 가는 것은 예부터 하던 일
菱舟不怕搖	마름배가 흔들려도 두렵지 않다오.
妾家揚子往	저의 집이 양자강 가에 있으니
便弄廣陵潮	광릉의 파도는 넘어갈 수 있다오.

광릉(廣陵)의 여자가 파도에 맞서서 마름배를 저어가며, 자신의 능력을 자랑하는 정경을 묘사했다. 자만 섞인 말투를 통해 대담하고 용감한 표정이나 태도를 읽을 수 있다. <독곡가(讀曲歌)>는 사랑하는 남녀의 헤어지기 싫은 마음을 표현했다.

打殺長鳴鷄	새벽을 알리는 닭을 때려죽일 걸
彈去烏臼鳥	오구새를 새총으로 쏴 죽일 걸.

願得連冥不復曙　　내내 어둡고 날이 밝지 않고
一年都一曉　　　　일 년에 한 번만 날이 샜으면.

　여주인공은 충분치 않은 만남과 밤이 짧아서 오는 아쉬움을, 새벽을
알리는 닭과 새장의 새에게 모두 뒤집어씌우며, 그들을 죽여서 밤이 계
속되고 날은 일 년에 한 번만 밝았으면 좋겠다고 한다. 격분한 말투 속
에도 감정은 아주 천진하다.

　남조 악부의 연정가는 주제가 단조로 와서, 구애나 실연과 관련된 그
리움이나 원망만을 반복적으로 노래한다. 그러나 예술적 방면에서는 새
로운 창조가 많다. 첫째, ≪시경≫이나 한악부의 연정가와 비교해 보면,
남조 악부민가의 감정표현이 더욱 섬세하고, 심리적 변화에 대한 묘사가
더욱 깊이 있다. 예를 들어 <자야가(子夜歌)>를 보자.

夜長不得眠　　　　깊은 밤 잠 못 드는데
明月何灼灼　　　　달은 어찌 저리 밝을까?
想聞散喚聲　　　　때때로 날 부르는 소리 들리는 듯하여
虛應空中諾　　　　허공에 대고 부질없이 대답해 본다.

　여인이 임에 대한 그리움에 넋이 빠져, 마치 임이 자신을 부르는 듯한
착각으로 허공에 대답까지 하는 모습을 그려냈다. 그 사랑의 몽매함을
충분히 상상할 수 있다. <발포(拔蒲)>를 보자.

青蒲銜紫茸　　　　푸른 창포 붉게 꽃이 피고
長葉復從風　　　　긴 잎은 바람 따라 나부낀다.
與君同舟去　　　　그대와 같이 한 배 타고서
拔蒲五湖中　　　　오호에서 창포를 캐야지.
朝發桂蘭渚　　　　아침에 계화와 난초 핀 물가를 떠나

晝息桑楡下	낮에는 뽕나무 느릅나무 아래서 쉰다.
與君同拔蒲	그대와 함께 창포를 뽑아도
竟日不成把	하루 종일 한 줌도 못 뽑았네.

　제1수는 푸른 창포가 바람에 흔들리는 아름다운 호수 풍경에 대한 묘사이자, 연인이 서로 의지하는 친밀한 관계임을 암시한다. 제2수는 하루 종일 뽑은 창포가 한 줌도 안 된다는 소박한 소재를 통해, 사랑에 깊이 빠진 젊은 남녀가 함께 배를 탔을 때의 즐거움을 과장했다. 경쾌하고 활발한 가락 속에, 감정이 섬세하고 감동적이다. 둘째, 남조 악부의 연정가는 한자의 해음(諧音)적 특징을 이용하여, 쌍관어로 비흥을 하는데, 크게 동음동자(同音同字)와 동음이자(同音異字) 두 종류가 있다. 동음동자를 예로 들면 포(布)를 세는 단위인 '필(匹)'로 배필(配匹)의 뜻을 나타낸 것이고, 동음이자는 '사(絲)'자로 '사(思)'를 연상케 하는 것인데, 이 두 종류의 쌍관어는 일반적으로 구분 없이 사용된다. 다음이 그 예다.

始欲識郎時	처음 그대를 알고 싶을 때는
兩心望如一	두 마음이 하나가 되길 바랐었죠.
理絲入殘機	실을 추려도 망가진 베틀에 넣으면
何悟不成匹	베가 짜지지 않음을 어찌 알았으리?

〈子夜歌〉

春蠶不應老	봄누에는 늙어 죽으면 안 되고
晝夜常懷絲	밤낮으로 실을 품고 있어야 하리.
何惜微軀盡	미천한 몸 죽는 것이 무에 애석하랴!
纏綿自有時	실을 뽑는 것에 다 때가 있는 법.

〈作蠶〉

　앞의 시는 잘 뽑아진 명주실도 부서진 베틀에서는 베가 짜지지 않는

다고 했다. 두 사람의 애정이 깨져서 결국 배필이 되지 못했음도 나타낸
다. 뒤 시는 봄누에가 자신의 미천한 몸을 희생하며 실을 뽑아낸 것을
통해, 정인에 대한 끝없는 그리움을 비유했다. 다시 <자야가>를 보자.

高山種芙蓉	높은 산에 부용을 심고
復經黃蘗塢	또 황벽오를 지나네.
果得一蓮時	마침내 연 하나를 얻은 것은
流離嬰辛苦	이리저리 다녀 무척 고생했을 때라네.

이 시에서 '연(蓮)'자는 '연(憐)'자의 의미도 아울러 나타내며, '신고(辛
苦)'는 황벽오에서의 괴로움을 말한다. 연꽃을 따려면 황벽오를 지나가야
하는데, 이는 사랑을 얻고자 하면 많은 우여곡절을 거쳐야 할 뿐 아니라,
심리적 고통도 따르기 마련임을 비유한다.

쌍관어를 사용하면 시가에 함축적이고 완곡한 느낌을 줄 수 있다. 그
러나 남조 악부민가는 쌍관어를 남용하여 회삽해지기도 했다. 일부 민가
는 쌍관어를 감정이나 경치와 자연스럽게 결합시킴으로써 색다른 맛을
지니기도 한다. 아래는 <삼주가(三洲歌)>다.

送歡板橋灣	판교 굽이에서 임을 배웅하고
相待三山頭	삼산 가에서 임을 기다렸지요.
遙見千幅帆	천 척의 돛배 아득히 바라보며
知是逐風流	그대가 풍류 쫓아 간 것을 알게 됐다오.

風流不暫停	풍류가 잠시도 멈추지 않더니
三山隱行舟	삼산이 배를 가려 버렸군요.
願作比目魚	원컨대 비목어가 되어서
隨歡千里遊	그대와 천리를 노닐고 싶다오.

이 시에서 '풍류(風流)' 두 자는 바람과 흐르는 물을 나타낼 뿐 아니라, 남녀 간의 '염사(艶事)'라는 의미도 지닌다. 여자가 강변에 서서, 수많은 돛단배들이 바람을 타고 왔다가 다시 군산(群山) 뒤로 흘러가는 정경을 우두커니 바라보고 있는 모습이 눈에 선하다. 그 풍류남아를 따라 가고 싶은 그녀의 가슴 벅찬 소망이 결국 물거품이 되어버리는 슬픔이 느껴진다.

셋째, 남조 악부민가는 과장과 순진무구한 상상이 가득하다. 이러한 과장은 종종 눈앞에 펼쳐진 정경을 통해 이루어지는데, 자연의 힘을 빌어 감정의 크기를 과장하기도 하지만, 한악부같은 기상천외하고 뛰어난 상상은 없다. 남녀의 이루어질 수 없는 사랑의 고통을 쓴 작품을 예로 든다.

啼著曙	울다보면 날이 새지요.
淚落枕將浮	흘린 눈물은 베개도 뜰 것이고
身沈被流去	내 몸도 떠내려 갈 수 있을 거라오.

〈華山畿〉

흐르는 눈물이 너무 많아, 강물처럼 베개나 몸까지도 떠내려갈 것이라고 과장한다. 또 임과의 이별의 원망과 슬픔을 쓴 작품을 보자.

聞歡下揚州	그대가 양주로 가신다는 말을 듣고
相送楚山頭	초산 녘에서 그대를 배웅 했지요.
探手抱腰看	임의 손 어루만지고 허리 안고 바라보니
江水斷不流	강물이 끊겨 멈춘 듯 하더이다.

〈莫愁樂〉

이별의 슬픔을 직접적으로 서술하지 않고, 단지 강물이 끊겨 흐르지 않는 허구적 정경을 통해, 깊은 연정을 과장적으로 표현했다. 즉 강물이 자신을 위해 끊어져서 떠나는 사람을 만류할 수 있도록 도와준다는 것이다.

> 相逢勞勞渚　　노로 물가에서 임과 이별을 했지요.
> 長江不應滿　　장강물이 가득 찬 것이 아니고
> 是儂淚成許　　이 내 눈물이 흘러넘치는 것이라오.
>
> 〈華山畿〉

> 靈匹怨離處　　천상의 배필도 헤어짐을 한탄하며
> 索居隔長河　　서로 긴 은하를 사이에 두고 살지요.
> 玄雲不應雷　　검은 구름이 낸 천둥소리가 아니라
> 是儂啼歎歌　　바로 내 슬픔과 탄식의 노래라오.
>
> 〈七日夜女郎歌〉

　두 수 모두 이별을 탄식한 시다. 시는 강물과 천둥소리를 빌어 끝없이 흘러내리는 눈물과 원망의 노래 소리를 비유했지만, 여주인공은 오히려 장강의 물이 불어난 것도 아니고 천둥소리도 아니라, 자신의 눈물이고 노래 소리임을 강조한다. 일반적인 비유보다 효과가 강렬하고 감정 역시 천진무구하다.

　예로부터 민가에는 단순히 경치만을 묘사한 작품은 드물다. 남조 악부 민가의 경우, 경물묘사가 전대의 민가보다 크게 늘어났는데, 그 중 일부 작품은 질박하고 생동적이다. 물론 민간의 구두 창작이다. 다음 작품을 예로 든다.

> 駛風何曜曜　　바람이 세차게 불 때
> 帆上牛渚磯　　돛단배로 우저 물가로 간다네.
> 帆作傘子張　　돛이 우산처럼 펼쳐지니
> 船如侶馬馳　　배가 쌍마 내달리듯 빠르다네.
>
> 〈歡聞變〉

그러나 <자야사시가(子夜四時歌)>에는 어휘가 화려한 작품이 많은데, 문인의 윤색을 거친 것이거나 혹은 문인의 작품이다. 이들 작품의 경물은 여자의 그리움을 담고 있는 것이 많은데, 여전히 민가 고유의 신운(神韻)을 갖고 있다. <춘가(春歌)>를 보자.

春風動春心	봄바람에 춘심이 발동하여
流目矚山林	눈을 들어 산림을 바라본다.
山林多奇采	산림은 알록달록 다채롭고
陽鳥吐淸音	봄새는 맑은 노래를 불러댄다.
春林花多媚	봄숲의 꽃은 참으로 아름답고
春鳥意多哀	봄새의 뜻은 참으로 슬프지.
春風復多情	봄바람은 또 다정도 하여
吹我羅裳開	내 비단 치마에 불어 젖히는구나.

봄바람과 봄새, 봄꽃 등을 연이어 잔미하며, 소녀의 요동치는 춘심을 노래했다. 나음의 <주가(秋歌)>를 보자.

秋風入窗裏	가을바람 창문으로 불어 들어와
羅帳起飄揚	비단 휘장을 휘날린다.
仰頭看明月	고개 들어 밝은 달 바라보며
寄情千里光	마음을 천 리 밖 내 임께 보낸다.

가을바람이 불자, 천리 밖에 있는 임과 밝은 달빛을 함께 하고픈 그리움이 일고, 그 그리움은 갈수록 깊어진다. 언어는 말하듯 명백하다. 이백이 유명한 <정야사(靜夜思)>를 써낼 수 있었던 것도, 이 시에 대한 학습에서 얻어진 것이다.

陽春二三月	춘삼월 따뜻한 봄
草與水同色	풀과 물이 초록으로 한가지네.
道逢冶遊郎	길 가다 방탕한 사내를 만났는데
恨不早相識	일찍 만나지 못한 것이 한스럽구나.

〈孟珠〉

봄 풀과 푸른 물이 가득한 봄날 풍경은, 봄놀이 나온 여인에게서 사랑에 대한 순결하면서도 대담한 소망을 자연스럽게 이끌어 낸다. 경물묘사가 간결하고, 감정표현이 상당히 솔직하다.

適聞梅作花	매화나무에 꽃이 피고
花落已成子	꽃이 지면 열매가 맺는다 하지요.
杜鵑繞林啼	두견새 숲에서 울면
思從心下起	그리움이 마음에 일렁인다오.

〈孟珠〉

나무는 꽃이 지면 녹음이 우거지고 열매가 맺히는데, 여자는 청춘이 지나가면 과연 어디로 귀착해야 하는가? 위 시에서처럼 두견새가 숲에서 슬프게 울어대면, 사람 마음에 그리움이 이는 것은 어쩌면 당연하다. 이렇게 경물에 은유하는 수법이나 청려(淸麗)한 풍격은 제량(齊梁) 문인 특히 사조(謝朓)의 신체소시(新體小詩)의 유래가 된다.

남조 악부민가 중의 신현가(神弦歌)는 <초사·구가(九歌)>의 제신곡(祭神曲)과 유사하다. 오(吳) 월(越) 풍속은 본래 미신을 좋아하여, 제사를 올리는 귀신이 셀 수도 없이 많다. 이러한 풍조는 남조 시기에도 마찬가지였다. 신에 대한 제사는 일반적으로 아름답고 가무에 뛰어난 무녀가 담당하는데, 신현가는 무녀들의 오신가(娛神歌)인 듯하다. 이 가곡들은 <구가>와 같은 낭만적인 상상이나 신비한 색채는 거의 없고, 오히려 인간을 노래한 듯한 느낌이 든다. 예를 들면, <백석랑곡(白石郎曲)>의 "쌓인 돌은 옥 같고, 늘어선 소나무는 비취 같구려. 낭군님 빼어나게 잘 생겼으니, 세상에 둘도 없지요(積石如玉, 列松如翠. 郎豔獨絶, 世無其二)"와, <청계소고곡(靑溪小姑曲)> "문을 열면 하얀 청계의 물이 펼쳐지고, 옆으로는 가까이 다리가 있지. 소고가 사는 집을 엿보니, 혼자 살고 같이 사는 임은 없구나(開門白水, 側近橋梁. 小姑所居, 獨處無郞)" 이다. 앞의 '여열남귀(女悅男鬼)' 곡이 백석랑이 있는 곳의 환경에서 청려함 속에 약간의 신비감이 느껴진다면, 뒤의 '남열여귀(男悅女鬼)' 곡은 완전히 어느 민간의 여인이 사는 곳이다. <호취고곡(湖就姑曲)>, <채련동곡(採蓮童曲)>은 특히 보통 사람들의 생활을 순수하게 묘사한, 신령스러운 느낌이 전혀 없는 시가다.

赤山湖就頭	적산호 물가에 나가니
孟陽二三月	화창한 이삼 월이라
綠薇貢荇藪	초록이 커다란 마름 늪을 덮었구나.

湖就赤山磯	호수물이 적산에 부딪는데
大姑大湖東	큰 언니는 큰 호수 동쪽에
仲姑居湖西	둘째 언니는 서쪽에 산다네.

〈湖就姑曲〉

泛舟採菱葉	배를 저어 마름 잎을 따다
過摘芙蓉花	저곳으로 부용화를 따러 간다.
扣楫命童侶	노 두드려 동료에게 신호하니
齊聲採蓮歌	소리 맞춰 채련가를 부른다.

東湖扶菰童	동호에서 줄을 캐고
西湖採菱芰	서호에서 마름 캐지.
不持歌作樂	노래로 즐거워 질 수는 없다 해도

| 爲持解愁思 | 근심을 풀어 버릴 수는 있다네. |

〈採蓮童曲〉

뒤의 두 수는 강남의 민중들이 연을 따는 풍경을 묘사했다. 마치 마름과 연으로 뒤덮인 호수에서, 젊은 남녀들이 노를 저으며 서로 창화하는 노래 소리가 들리는 듯하다. 근심 섞인 노래가 여기저기서 시작되었다 끝나고 멀어진 듯하다가 가까워지면서, 끊이지 않고 계속 이어지는 느낌이다.

<잡곡가사>에는 장편 서정시 <서주곡(西洲曲)>이 수록되어 있다. 이 시는 작가가 명확하지 않지만, 문인이 윤식한 민간 작품으로 보이며, 예술적으로는 남조 악부민가의 최고 대표작이다.

憶梅下西洲	매화를 그리며 서주로 가서
折梅寄江北	매화를 꺾어 강 북쪽으로 보냈죠.
單衫杏子紅	홑저고리는 살구처럼 붉고
雙鬢鴉雛色	양쪽 귀밑머리는 갈가마귀 색이네.
西洲在何處	서주는 어디인가?
兩槳橋頭渡	다리 옆에서 배를 타고 가야 한다.
日暮伯勞飛	날 저물어 때까치 날고
風吹烏臼樹	바람은 오구수에 불어온다.
樹下卽門前	그 나무 아래에 문이 있고
門中露翠鈿	문 안으로 비취비녀의 여인이 보이는구나.
開門郎不至	문을 열어두어도 낭군은 오지 않으니
出門採紅蓮	문을 나와 붉은 연꽃을 딴다.
採蓮南塘秋	남쪽 못에서 연을 따는데
蓮花過人頭	연꽃의 키는 사람보다 크구나.
低頭弄蓮子	머리 숙여서 연밥을 따니
蓮子靑如水	연밥이 물처럼 푸르다.
置蓮懷袖中	연을 품속에 넣으니

蓮心徹底紅	연의 씨앗은 정말로 붉구나.
憶郎郎不至	임을 생각해도 임은 오지 않으니
仰首望飛鴻	머리 들어 날아오는 기러기를 바라본다.
鴻飛滿西洲	기러기는 서주에 가득해도
望郎上靑樓	낭군을 그리며 푸른 누각에 오른다.
樓高望不見	누대 높아도 임은 보이지 않건만
盡日欄干頭	하루 종일 난간에 서있구나.
欄干十二曲	난간 열두 구비에
垂手明如玉	늘어뜨린 손은 옥처럼 희구나.
卷簾天自高	주렴 걷어 올리니 하늘은 높고
海水搖空綠	바닷물 출렁이듯 아득히 푸르구나.
海水夢悠悠	바닷물처럼 꿈이 아득하니
君愁我亦愁	그대 수심 겹고 나도 수심 겹구나.
南風知我意	남풍이 내 마음을 알아서
吹夢到西洲	꿈에 서주까지 불어다 주네.

　전체 모두 32구인데, 실제로는 5언 4구의 소시(小詩) 8수가 정침격(頂針格)으로 이어진 작품으로, 여자의 임에 대한 사계절동안의 그리움을 써냈다. 이러한 조합 형식의 탄생은 오가나 서곡에 조시가 많은 특징과 관련 있다. 예를 들어 <작잠사(作蠶絲)>, <안동평(安東平)>, <채상도(採桑度)>, <삼주가(三洲歌)> 등의 소시는 각각 독립적이면서도 의미상으로 서로 연결되어 있다. <월절절양류가(月節折楊柳歌)>는 정월에서 윤달까지, 1년 13개월간 남녀가 사랑을 나누는 여러 정경을 표현했다. <서주곡>은 이와 같은 조시의 내재적 연결 관계가 더욱 긴밀해져서, 유기적인 형식으로 완성된 것일 뿐이다. 이 장시는 남조 악부민가의 쌍관어 운용, 섬세한 감정표현, 간결하고 뛰어난 경물묘사 등의 특징이 집중되어 있다. 또 인물의 활동을 통해 사계절의 변화를 자연스럽게 끌어냄으로써 한 폭의 아름다운 그림을 만들어냈다. 첫 4구는 매화를 그리워하고 꺾는 것으로,

새 봄의 도래와 소녀들에게 그리움을 불러일으키는 환경을 표현했고, "홑저고리는 살구처럼 붉고, 양쪽 귀밑머리는 갈가마귀 색이네" 이 두 구로 살구를 빌어 붉은 저고리를 형용하면서, 계절은 자연스럽게 늦봄으로 바뀐다. 살구의 붉음과 갈가마귀의 검음이라는 두 가지 색채가 선명하게 대비되었고, 뒤에 나오는 "문 안으로 비취비녀의 여인이 보이는 구나"와 함께 용모를 표현함으로써, 한 청춘 여인의 형상을 자연스럽게 묘사해 냈다. "날 저물어 때까치 날고"는 여자가 홀로 살고 있음을 암시하고, "바람은 오구수에 분다"로 새가 날아가 버리자 숲이 텅 비어 버린 쓸쓸한 경치를 강조함으로써, 낭군을 기다려도 오지 않는 여인의 슬픔을 불러일으키게 된다. 여자가 연을 따러 문을 나서는 부분부터 하늘을 나는 기러기를 바라보는 부분까지의 6구는 구마다 '연(蓮)'자가 있다. 연을 따서 가슴에 연을 안는 것(懷蓮)으로, 그리움(懷憐)을 표현했다. 뿐만 아니라, 여자가 연꽃 사이에서 보였다 안 보였다 하는 아름다운 정태(情態)와 연꽃을 품에 안는 섬세한 동작을 통해, 임에 대한 여인의 사모의 정을 반복적으로 표현했고, 그녀의 감정이 연꽃처럼 맑고 순수하다는 것을 상징하게 된다. 날아가는 큰 기러기를 바라보거나 푸른 누각에 홀로 오르는 것 등은 계절이 가을로 바뀌어 감을 자연스럽게 나타낸다. 구불구불한 난간에서 하루 종일 슬프게 바라보아도 흐르는 물 같은 높은 하늘만 보인다. "바닷물 출렁이듯 아득히 푸르구나"는 그리움으로 넋을 잃을 듯함을 표현한 것인데, 날이 저물자 컴컴해진 하늘이 마치 바닷물처럼 멀고 아득하여, "주렴 너머로 보이는 하늘이, 마치 바닷물이 넘실대는 듯한 것(隔簾見天, 眞象海水滉漾)"이다. 임은 또 멀리 강 너머 북쪽에 있으니, 그 아득한 바다나 하늘은 남편을 그리는 여인의 끝도 없는 상사몽(相思夢) 같다.145) 결미에서는 꿈에 남풍을 타고 서주로 가서 옛날의 그 즐거움을 다시 맛보는 환상을 표현했는데, 첫 부분과 서로 잘 어울려 마치 몽경(夢

境)을 순환하는 것 같은 긴 여운을 남긴다. 이 시는 인물의 움직임이 갖는 정태와 경물의 변화를 통해 계절의 변화를 나타냈고, 정침(頂針), 접자(接字), 중첩, 쌍관 등의 수사 기법을 사용하여, 소리로서 감정을 전달했고, 다양한 자태 표현을 통해 젊은 여인의 감정이 세월의 흐름에 따라 갈수록 깊어지는 과정을 섬세하고 완곡하게 전개해 냈다. 각각의 장면마다 뛰어넘는 폭이 크지만, 그 결합은 아주 자연스럽다. 이러한 구조는 훗날 이백의 <장간행(長干行)>에서 사용된다.

제2절 북조 악부민가

북조 악부민가는 주로 5호(胡) 16국부터 북위(北魏) 시기에 생겼으며, 대부분 <횡취곡사(橫吹曲辭)>의 <양고각횡취곡(梁鼓角橫吹曲)>에 보존되어 있다. 횡취곡은 군대에서 연주하는 음악으로, 한대부터 고취악(鼓吹樂)과 더불어 고취서(鼓吹署)에 속해 있었다. 고취악은 통소(簫)와 호드기(笳)가 사용되고, 조회(朝會)나 행차 시에 쓰인다. 횡취악은 북(鼓)과 나발(角)이 사용되며, 행군이나 변경의 장수에게 하사할 때 쓰인다. <진서·악지>의 기록에 의하면, 횡취악에는 고대부터 전해지던 고각(鼓角)과 호각(胡角) 즉 호악(胡樂)이 있었다. 가사는 주로 선비족 등 북방 여러 민족의 민가에서 채록한 것이다. 궁정의 연회에서도 민가를 많이 사용했다. 비수지전(淝水之戰) 이전, 전진(前秦)의 부견(苻堅)이 부비(苻丕)를 패상(灞上)에 보내자, 조정(趙整)은 연회에서 금(琴)을 타며, "아득지, 아득지, 백로의 옛 아버지는 원수의 앞잡이. 꼬리가 길고 날개가 짧아 날 수가 없다네. 동족은 멀리 귀

---

145) 余冠英 ≪漢魏六朝詩論叢≫ 참조.

양 보내고 선비인은 남게 했으니, 하루아침의 이 큰 변화를 누구에게 호소하리!(阿得脂, 阿得脂, 博勞舅父是仇綏. 尾長翼短不能飛, 遠徙種人留鮮卑. 一旦緩急當語誰)"라고 노래했다. <구당서·음악지>에 의하면, 북조민가가 악부에 포함된 것은 북위의 <진인대가(眞人代歌)>부터 인데, 궁정에서 조석으로 궁녀들에게 부르도록 했다. 북주와 수에는 서량악(西凉樂)도 함께 연주되었는데, 당대까지 53장이 전해졌다. 북조민가는 처음에는 대부분 선비족 등 소수민족의 언어로 되어 있어서, <절양류가(折楊柳歌)>의 "나는 호족의 아들이라, 한족의 노래를 알아듣지 못한다네(我是虜家兒, 不解漢兒歌)"처럼 당대에 와서도 여전히 해석되지 않는 작품이 있었다. 현존하는 북조민가는 한어(漢語)로 되어 있는데, 주로 호어(胡語)와 한어에 모두 능통한 선비인이나 한인이 번역한 것이다. 이밖에 북위 호문제의 한화(漢化) 정책으로, 북위에서 탄생한 민가 중에도 직접 한어로 창작된 작품도 있다. 남북조가 서로 사신을 교환하며 문화를 교류할 때, 이러한 북조민가들이 제량으로 전해져서 양의 악부에 보존되었는데, 그래서 진(陳)의 승려 지장(智匠)은 ≪고금악록(古今樂錄)≫에 이 작품들을 <양고각횡취곡(梁鼓角橫吹曲)>이라고 기록했다.

현존하는 북조의 악부민가는 모두 60여 수다. 수량은 비록 적으나, 사회를 반영한 깊이나 넓이는 남조 악부민가를 넘어선다. 5호16국부터 북위가 북중국을 통일한 이 시기는 북방 역사에 있어서 가장 어둡고 혼란한 시대였다. 각 소수민족 부족장 간의 침략이나 백성들의 봉기 등이 서로 복잡하게 일어났고, 잔인하고 격렬한 전쟁이 오래 지속되어, 수많은 남자들이 죽어 시신도 거두지 못했다.

男兒可憐蟲　　　남아는 불쌍한 벌레
出門懷死憂　　　문을 나서면 죽음의 두려움을 갖게 되지.

尸喪狹谷中　　　협곡에서 죽게 되면
白骨無人收　　　백골을 거두어 줄 사람도 없네.

〈企喩歌〉

　각 민족 통치자들은 봉건적 할거와 권력 쟁탈을 위해, 백성을 전쟁터로 내몰았고, 결국 민족 간에 끝도 없는 전쟁이 계속되어 심지어는 동족과 형제끼리도 서로 적이 되어 싸웠다.

兄在城中弟在外　　형은 성에 갇히고 동생은 성 밖을 포위하네.
弓無弦　　　　　　활은 줄이 끊어지고
箭無栝　　　　　　화살도 다 떨어졌구나.
食糧乏盡若爲活　　식량도 없는데 어찌 살아갈 수 있으리.
救我來　　　　　　날 좀 구해줘!
救我來　　　　　　날 좀 구해줘!

兄爲俘虜受困辱　　형은 포로가 되어 온갖 수모 나 받으며
骨露力疲食不足　　뼈가 드러나고 몸은 지쳤는네 먹을 것도 없구나.
弟爲官吏馬食粟　　동생은 관리가 되어 말에게도 조를 먹이면서
何惜錢刀來我贖　　어찌 돈을 주고 나를 풀어주지 않는가?

〈隔谷歌〉

　성안에 포위되어 굶주리고 괴롭힘을 당한 사병이, 죽음을 눈앞에 두고서 성 밖의 적진에 있는 형제에게 보내는 참담한 구호의 절규다. 이 전형적인 사례를 통해, 정의롭지 못한 전쟁은 백성들끼리 서로 잔인하게 죽이는 죄악을 저지르게 함을 깊이 있게 폭로했다. 다행히 전쟁터에서 목숨을 건진 병졸이라도, 천리 밖 타향에서 고향으로 돌아갈 기약도 없이, 마치 산꼭대기의 나뭇잎처럼 자신의 앞날을 알지 못한다.

高高山頭樹	높디높은 산꼭대기의 나무
風吹葉落去	바람에 잎이 떨어져 날리네.
一去數千里	한 번 가면 수천 리 길
何當還故處	언제나 옛 곳으로 돌아가려나?

〈紫騮馬歌辭〉

수많은 남자들이 죽고 흩어지자, 아내와 자식도 서로 헤어지게 되고, 혼인에 있어서도 특수한 현상이 나타난다.

東山看西水	동쪽 산은 서쪽 강물을 마주 하고
水流盤石間	물은 큰 바위 사이를 흐르지.
公死姥更嫁	아비가 죽자 어미가 개가를 하니
孤兒甚可憐	남겨진 고아만 가련하구나.

〈琅琊王歌辭〉

燒火燒野田	장작불을 피우다 들판을 다 태우니
野鴨飛上天	들오리가 놀라 하늘로 날아오르네.
童男娶寡婦	사내애가 과부에게 장가드니
壯女笑殺人	건장한 과부모습 웃겨 죽겠네.

〈紫騮馬歌辭〉

사람들은 깊은 슬픔에 빠져서, 때로는 통치자를 향해 강한 항의나 날카로운 조소, 풍자를 드러내곤 한다. 예를 들어 <모용수가사(慕容垂歌辭)>를 보자.

慕容攀牆視	모용의 성에 기어올라 바라보니
吳軍無邊岸	오군이 끝도 없이 몰려온다.
我身分自當	나는 신분상 어쩔 수 없이
枉殺牆外漢	성 밖의 한인을 죽일 수밖에.

　　선비 귀족인 모용수(慕容垂)는 진(秦)에 반기를 들고 연(燕)으로 투항한
후, 진의 귀족 부비(符丕, 氏族)가 있는 업성(鄴城)을 포위 공격한다. 부비(符
丕)는 진(晉) 나라에 도움을 청하고, 진은 유뢰지(劉牢之)와 병사 이 만 명을
파견하여 업성을 도왔다. 이에 모용수는 전쟁에 패하고 신성(新城)으로 도
주하여 주둔하다가 다시 북쪽으로 도주했고, 또 다시 유뢰지와 부비에게
쫓겨 동당연(董唐淵)까지 도주했다가, 유·부 두 군대가 공격을 할 만큼
힘을 모으지 못한 틈을 타서 오교역(五橋驛)에서 진군(晉軍)을 대파한다. 이
시는 "성에 기어올라 바라보니(攀牆視)"라는 만화 같은 동작을 빌어, 모용
수가 철수하고 도주할 때 아주 낭패스러운 처지였음을 잘 표현했다. 이
는 모용수에 대한 사람들의 극도의 증오를 표현할 뿐 아니라, 전쟁에서
패배한 책임은 모용수 자신에게 있고, 성 밖에서 진군을 막던 한인도 그
로 인해 죽게 된 것임을 지적해 내고 있다. 이것은 백성들이 전쟁터에서
생명을 헛되이 잃는 것은 마땅히 통치자가 그 죄와 책임을 져야 한다는
소박한 진리를 이야기 하는 것이다.

雨雪霏霏雀勞利　　눈비가 부슬부슬 하니 참새는 먹이 구하느라 힘들다.
長嘴飽滿短嘴飢　　주둥이가 길면 배부른데 짧으면 배곯는다네.

〈雀勞利歌辭〉

　　눈비 속에서 먹을 것을 찾는 참새를 통해, 수완 있는 약탈자들의 탐욕
과 수탈로 인해, 먹고 사는 것의 불균형이 일어났다고 따끔하게 지적한다.

快馬常苦瘦　　빨리 달리는 준마 언제나 바싹 마르고
劅兒常苦貧　　괴로운 아이는 언제나 가난하지.
黃禾起羸馬　　곡식이 수척한 말을 일으키듯
有錢始作人　　돈이 있어야 사람 노릇 할 수 있지.

〈幽州馬客吟歌辭〉

수척한 준마로 가난한 아이를 비유하면서, 곡식이 준마를 떨쳐 일어나게 할 수 있다는 것으로, 돈이 있어야 사람노릇 할 자격이 있다는 것을 비유한다. 사람의 사회적 지위가 능력이 아니라 금전에 의해 결정된다는 불합리한 현상을 명쾌하게 그려냈다.

역대의 모든 민가가 통치계급의 의식적 영향을 받지 않을 수 없었던 것처럼, 북조민가도 사상적 경향이 비교적 복잡하다. 어떤 작품은 부곡(部曲)의 주인에 대한 순종과 축원을 표현했고, 어떤 작품은 부족의 남녀 귀족의 용맹함을 가영했다.

客行依主人	나그네는 주인을 따라 가는 법
願得主人强	주인이 강하기를 바란다오.
猛虎依深山	맹호는 깊은 산에 사니
願得松柏長	송백이 크게 자라길 바란다오.

憸馬高纏鬃	사나운 말갈기를 높이 쳐드니
遙知身是龍	멀리서 보니 그 모습은 용같구나.
誰能騎此馬	누가 이 말을 몰 수 있을까?
唯有廣平公	오직 광평공 뿐이라네.

〈琅琊王歌辭〉

李波小妹字雍容	이파의 여동생 자가 용용인데
褰裙逐馬如卷蓬	치마를 걷고 말을 내달리니 바람에 날리는 쑥대인 듯.
左射右射必疊雙	왼쪽 오른쪽으로 활을 쏘면 한 번에 두 개를 맞히니
婦女尙如此	부녀가 이러할 진데
男子安可逢	남자는 어찌 대적하리요?

〈李波小妹歌〉

그러나 이러한 민가는 용맹함을 숭상하는 북방 민족의 풍속 하에 탄생된 것으로, 통치자를 가영하는 작품들과 동일 선상에 둘 수는 없다. ≪진서(晉書)≫에 기록된 <농상장사가(隴上壯士歌)>는 전조(前趙)의 진주자사(秦州刺史) 진안(陳安)을 가영한다.

隴上壯士有陳安	농상의 건아 진안
軀干雖小腹中寬	체구는 작아도 가슴은 넓고
愛養將士同心肝	부하를 가족처럼 다루고 아꼈다네.
駷驄駿馬鐵鍜鞍	녹이마 청총마에는 철안장을 깔았고
七尺大刀奮如湍	칠 척 길이 대도를 격류처럼 휘두르고
丈八蛇矛左右盤	팔 장 길이 창을 좌우로 휘두르니
十蕩十決無當前	휘두를 때마다 잘려나가 감히 맞설 자가 없었네.
戰始三交失蛇矛	적장 평선과 세 번이나 싸우다 창을 잃었지만
棄我駷驄竄岩幽	우리 청총마 남겨두고 산으로 숨어
爲我外援而顯頭	우리 위해 돕다가 발각이 되었지.
西流之水東流河	서쪽으로 흐르는 물이나 동으로 흐르는 물이나
一去不還奈子何	한 번 가면 돌아오지 않는 것을 어찌하랴!

진안이 진주(秦州)에서 조나라(前趙)에 모반을 하고 스스로 양왕(凉王)이라 칭하자, 저족(氐族)과 강족(羌族)이 귀의해서 인구가 십 여 만에 달했다. 진(晉) 명제(明帝) 태녕(太寧) 원년(323년), 진안은 조나라 왕 유요(劉曜)에게 농성(隴城)에서 포위되어 패하고 남쪽 섬중(陝中)으로 도주하던 중, 10여 명의 장사와 격투를 했는데, "왼쪽으로는 7척이나 되는 큰 칼을 휘두르고, 오른쪽으로는 8장 길이의 창을 들었는데, 가까이 가면 칼과 창을 함께 휘둘러, 번번이 대여섯 명을 죽였고, 멀리 떨어져 있으면 좌우로 말을 달리면서 활을 쏘고 달아났다(左揮七尺大刀, 右運丈八蛇矛, 近則刀矛俱發, 輒斃五六人, 遠則左右馳射而走)."146) 결국 창을 잃고 산중에 숨었다가 조나라 무장에게 잡혀 참수되었다. 이 곡은 농상(隴上) 사람들이 그를 그리워하며 지

---

146) ≪資治通鑑≫ 卷92.

은 장사의 노래이다. 진안은 패장(敗將)에 불과했지만, 이 노래는 끝까지 용맹했던 그의 임전 자세를 용맹하고 생기 있게 그려내서, 그의 영웅적 기개를 부각했다. 역사는 진안이 현인(賢人)을 많이 죽이고 전쟁을 마구 일으켰으며 약탈을 했다고 하지만, 민가는 그가 "장사들을 잘 보살피며 동고동락 하고(善撫壯士, 與同甘苦)" 용맹하게 싸움을 잘한다는 일면만 가영함으로써, 대전란 시대를 사는 사람들의 영웅상을 뚜렷하게 반영해 냈다.

북방 사람들의 용맹하고 상무적인 정신과 단순하면서도 호방한 감정은 강건하고 질박한 북조민가의 특징을 형성했다. 예를 들어 <기유가(企喩歌)>를 보자.

男兒欲作健	대장부 용맹스러운 일을 하는데
結伴不須多	동지들이 많을 필요가 없다네.
鷂子經天飛	새매가 하늘을 가로질러 날면
群雀兩向波	참새 떼는 이리저리 흩어진다네.

새매가 하늘로 날아오르자, 참새 떼가 놀라서 이리저리 흩어진다. 풍경묘사이면서 비유이기도 한데, 건아가 사막을 내달리자 적들이 도망을 가는 맹렬한 기세를 생동적으로 표현했다.

新買五尺刀	다섯 자 긴 칼을 새로 사서
懸著中梁柱	기둥에 걸어두고는
一日三摩娑	하루에 서너 번씩 어루만지니
劇於十五女	열다섯 살 소녀보다 더 아낀다네.

〈琅琊王歌辭〉

북방인들이 긴 칼을 기둥에 걸어두고, 쳐다보기도 아까와 할 정도로 애지중지하며 하루에도 몇 번씩 어루만지니, 15세 소녀를 대하는 것보다

더 아낀다고 한다. 비록 조소하는 듯한 말투이나 그 용맹함은 사람을 겁
나게 한다.

많은 민가가 특별한 수식을 하지 않고 입에서 나오는 대로 자연스럽
게 쓰여서, 감동적인 예술효과를 만들어냈다. 두 수의 <절양류가사(折楊
柳歌辭)>를 보자.

遙看孟津河　　　멀리 보이는 맹진 하
楊柳鬱婆娑　　　빽빽한 수양버들 이리저리 흔들린다.
我是虜家兒　　　나는 호족의 아들이라
不解漢兒歌　　　한족의 노래를 알아듣지 못한다네.

북방 민족의 아이가 멀리 맹진하를 바라보며 소리 높여 노래하는 모
습이 눈에 보이는 듯하고, 북방의 광활한 대지로 멀리 퍼지는 그 노래
소리가 들리는 듯하다.

健兒須快馬　　　건아는 쾌마가 있어야 하고
快馬須健兒　　　쾌마도 건아를 필요로 하지.
跸跋黃塵下　　　말발굽 소리 누런 먼지 속에 들리면
然後別雄雌　　　누가 이겼고 누가 졌는지 알 수 있지.

앞 두 구는 준마와 건아가 서로를 필요로 하는 관계임을 거꾸로 반복
함으로써 빠른 리듬감을 형성했는데, '별발(跸跋)'이라는 말발굽소리와도
잘 어울린다. 또 모래바람을 일으키며 내달리는 영웅적인 자태를 그림처
럼 그려냈다. <농두가사(隴頭歌辭)> 3수는 타향 땅을 떠도는 이의 배고픔
과 추위의 고통을 표현했다.

隴頭流水　　　　농두의 흐르는 물

流離山下   산 밑으로 흘러간다.
念吾一身   내 한 몸 생각하니
飄然曠野   너른 들판을 흘러 다니고 있구나.

朝發欣城   아침에 흔성을 떠나
暮宿隴頭   저녁에 농두에서 잠든다.
寒不能語   추위는 말도 못할 정도니
舌卷入喉   혀가 목구멍 쪽으로 말려든다.

隴頭流水   농두의 흐르는 물
鳴聲幽咽   물소리 낮게 들려온다.
遙望秦川   멀리 진천을 바라보니
心肝斷絶   애간장이 끊어지는 구나.

　시는 농두의 흐르는 물로 두 차례 반복적으로 시흥을 일으켰는데, 감정이 비통해질수록 유창하던 가락 역시 짧고 무거워지다가, 끝에는 입성운(入聲韻)으로 끝맺는다. 물소리인지 향수에 젖은 사람의 애끓는 울음소리인지 구분되지 않는다.

　북조 악부민가의 연정가는 남조와 마찬가지로 여성적 음조이지만, 솔직하고 활달한 특징을 지녀서, 완곡하면서도 애틋한 남조 악부민가와는 분위기가 많이 다르다. 북방의 남자들이 대부분 병역이나 전쟁에 나가 있었기 때문에, 여자들이 혼기가 되어도 시집을 못 가는 상황이 생겼다. 또 젊은 여자들이 가정 노동력의 중심이 되자, 가정의 생계를 위해 부모들이 그녀들의 혼기를 늦추기도 했다. 따라서 민가에는 그리움을 토로하는 작품은 거의 없고, 오로지 일찍 시집가고 싶은 심정을 솔직하게 표현했다.

敕敕何力力	휴우 휴우
女子臨窓織	여자가 창가에서 베를 짜는데
不聞機杼聲	베틀소리는 들리지 않고
只聞女歎息	여자의 한숨소리만 들린다.
問女何所思	그녀가 무엇을 생각하는가!
問女何所憶	그녀가 무엇을 걱정하는가!
阿婆許嫁女	어미가 시집을 보내준다 했지만
今年無消息	올해도 아무 소식이 없구나.

〈折楊柳歌〉

　　심지어 어떤 여자들은 큰소리로 울거나 발을 동동 구를 정도로 급해서 극도로 비통해 한다.

驅羊入谷	양을 골짜기로 몰아서
白羊在前	하얀 양을 눈앞에 모아 두었네.
老女不嫁	노처녀가 시집을 못가니
塌地喚天	땅이 꺼지듯 하늘에 울부짖네.

〈地驅樂歌〉

　　그들은 모친에게 일찍 시집가고 싶은 소망을 직접 표명할 때에도, 생활 방면이나 손자를 얻는 등의 실제적 계획을 가지고 논리적으로 설득한다. 예를 들면, ＜착닉가(捉搦歌)＞는 "뽕나무나막신과 부들짚신, 모두 가운데 끈이 있어 두 쪽을 연결하네. 어려서는 부모를 커서는 남편을 사랑해야 하는데, 어찌 빨리 시집보내 가계를 꾸리게 하지 않는가?(黃桑柘屐蒲子履, 中央有系兩頭繫. 小時憐母大憐婿, 何不早嫁論家計)"이다. 나막신과 짚신은 모두 양쪽을 잇는 끈이 있다는 점에서 시흥을 일으켜, 여자는 어려서는 부모를 따르고 커서는 남편을 따르는 것이 자연의 이치라고 비유한다. 또

<절양류지가(折楊柳枝歌)>는 "문 앞에 심은 대추나무 한 그루가, 해마다 늙어가는 줄 모르고 있네. 어미가 딸을 시집을 안보내면, 어찌 손자를 안아보겠어요?(門前一株棘, 歲歲不知老. 阿婆不嫁女, 那得孫兒抱)"라 했다. 문 앞의 대추나무를 역으로 비유하여 딸이 해마다 늙어가고 있음을 모르는 어머니를 원망하고, 어머니가 손자를 얻을 것에서 착안, 자신을 빨리 시집보내도록 설득하고 있다.

　소수 민족의 원시적이면서 소박한 생활풍습으로 인해, 북방 여자들은 순박하고 천진하다. 그녀들은 봉건적 예교의 구속을 받지 않아서, 딸을 시집보내는 것이 더 이상 미룰 수 없는 급한 일이라고 어머니를 재촉하기도 하는데, 애정에 대한 표현도 그만큼 대담하고 주도적이다.

南山自言高	남산이 스스로 높다 해도
只與北山齊	북산과 나란히 있어야 하지.
女兒自言好	여자가 스스로 예쁘다 하며
故入郎君懷	일부러 낭군의 품으로 들어간다.

〈幽州馬客吟歌辭〉

　단지 자신의 이상과 맞기만 하면, 주도적으로 낭군의 품으로 들어갈 수 있다.

腹中愁不樂	마음에 근심이 있어 즐겁지 않은데
願作郎馬鞭	그대의 말채찍이 되고 싶다오.
出入擐郎臂	드나들 때는 그대의 손에 들려 있고
蹀座郎膝邊	말을 달린 때는 그대의 무릎 옆에 있을 테니.

〈折楊柳歌〉

側側力力	휴우 휴우
念君無極	그대 생각 끝도 없어라.

枕郎左臂	그대의 왼팔에 누웠다가
隨郎轉側	그대를 따라 뒤척인다.
摩捋郎鬚	임의 수염을 어루만지고
看郎顔色	임의 안색을 살피지요.
郎不念女	그대가 나를 그립지 않다면
不可與力	억지로야 할 수 없지요.

〈地驅樂歌〉

일단 사랑에 빠지면, 낭군과 그림자처럼 떨어지지 않고 함께 하겠다는 바람을 부끄럼 없이 노래한다. 그러나 남자의 사랑이 진실하지 않다는 것을 알게 되면 결연히 헤어지므로, 남조 민가에서 표현된 것과 같은, 망설이거나 죽어도 헤어지지 않겠다는 마음 같은 것은 전혀 없다. 임이 약속을 어기면, "달빛은 밝지만 별은 지려하니, 올 건지 말건지 빨리 말하라(月明光光星欲墮, 欲來不來早語我)"(〈地驅樂歌〉)처럼 직접 따져 묻는 말만 있을 뿐이다. 시원시원하여 마음속에 의심이나 원망 같은 것은 없다. 남자의 여자에 대한 바람 역시 단도직입적이다.

誰家女子能行步	어느 집 여자가 잘 걷나요?
反著裌襌後裙露	겹옷을 거꾸로 입고 치마도 뒤집어 입었네요.
天生男女共一處	남녀가 함께 하는 것은 하늘의 이치
願得兩個成翁媼	함께 노부부로 늙고 싶다오.

〈捉搦歌〉

잘 걷고 건강한 여자에게, 남녀가 함께 하는 것은 불변의 진리라는 이유를 들어, 함께 백년해로 하자는 희망을 표시한다. 이 연정가들이 비록 질박하고 어조가 거칠기는 해도, 천진하고 솔직한 감정표현이나 건강하고 명랑한 정서는 남조 민가와는 비교할 수 없다.

<잡가요사(雜歌謠辭)>에 수록된 <칙륵가(敕勒歌)>는 북방의 풍광을 묘사한 천고의 절창이다.

敕勒川	칙륵 평원은
陰山下	음산 아래에 있지요.
天似穹廬	하늘은 둥근 지붕 같아서
籠盖四野	사방을 다 덮고 있지요.
天蒼蒼	하늘은 파랗고
野茫茫	들은 아득하니
風吹草低見牛羊	바람이 불어 풀이 낮게 숙이니 소나 양이 보이지요.

이것은 본래 선비어로 불리던 목가(牧歌)였는데, 나중에 한어로 번역되어서 구의 길이가 일정치 않다. 북방 초원의 넓고 아득한 풍경을 아주 개괄적인 선으로 스케치하고, 북방민족의 거칠고 소박한 유목생활의 정취를 아주 순박한 언어로 노래했다.

대략 북조 후기에 탄생한 잡언의 <목란시(木蘭詩)>는 북조 악부민가의 최고 성취작이다. 《악부시집》의 <양고각횡취곡>에 수록되어 있다. 시는 모두 2수이다. 제1수는 잡언시로 진의 승려 지장이 편찬한 《고금악록》에 최초로 수록되었다. 시에는 글자 수를 맞춘 대우구가 끼어있어 당조(唐調)와 비슷하기는 하나, 전체 시의 풍격과 내용을 보면 북조 민간의 작품일 수밖에 없다. 제2수는 오언시로 잡언시인 제1수를 고친 것이 확실하며, 사상이나 예술성 등이 모두 잡언만 못하다.

잡언의 <목란시>는 전기식(傳奇式)의 서사시다. 목란이 부친을 대신하여 종군한다는 영웅적 고사를 가영하며, 그녀의 남자를 압도하는 비범한 기개나 공을 세우고도 상을 받지 않는 고귀한 인품 등을 찬미했고, 평화와 안정적인 생활을 원하는 사람들의 희망을 표현했다. 북가(北歌)에서 목란과 같은 이러한 여자 영웅이 탄생한 것은 현실적인 근거가 있다. <이파소매가(李波小妹歌)>에서 북방의 여자들이 말을 타고 활을 쏘는 것이 당시의 사회 풍습이었음을 보여준다. 그러나 이파(李波)는 "약탈을 일삼는(殘掠不已)" 호족 집안 출신이고, 목란은 길쌈하는 평범한 여인이었다. 그녀는 북방민족 상무 정신의 화신일 뿐 아니라, 하층 여인으로서 부지런하고 착하며 기꺼이 자신을 희생할 줄 아는 고귀한 인품까지 지니고 있다. 바로 이런 점 때문에, 목란의 전설이 대대로 전해져서 많은 사람들의 사랑을 받아왔다.

이 장편 서사시는 북조 민가 특유의 서정방식으로 쓰였다. 중간의 대구와 결미의 비흥 외에, 전체 시가가 거의 모두 반복적인 대구로 구성되었다. 고사가 전개되는 곳마다 목란이 남장여자라는 특징을 들고 있고, 줄거리가 발전될 때마다 모두 4구나 8구로 자세히 서술하거나 반복적으로 영탄한다. 또 매 첩구(疊句)마다 규칙과 불규칙이 교차하여 변화가 다양하고, 句의 길이가 나양하여 징취가 있다. 이렇게 중첩과 반복이 대량으로 운용된 대구 구식의 서사는 민가에서는 처음 창조된 것이다. 첫 8구 "휴우 휴우, 목란이 창가에서 베를 짜는데, 베틀 소리는 들리지 않고, 한숨 소리만 들리는구나. '제가 무엇을 생각하는지, 무엇 때문에 울적한지 물으셨지요. 저는 아무것도 생각지 않고, 울적한 것도 없어요.'(喞喞復喞喞, 木蘭當戶織. 不聞機杼聲, 唯聞女歎息. 問女何所思, 問女何所憶. 女亦無所思, 女亦無所憶)"는 목란이 창문 앞에서 베를 짜다가 베틀질을 멈추고 탄식함을 표현했다. 즉 <절양류가(折楊柳歌)>의 "휴우 휴우, 여자가 창가에서 베를 짠다(敕敕何力力, 女子臨窗織)" 시에서 변화된 것이다. 원래는 두 개의 질문이었는데 대답 두 개를 더해서, 칸(可汗)이 병사를 소집하여 부친이 징발된 일을 이끌어 낸다. 이어서 "아버지는 장성한 아들이 없고, 목란은 큰오빠가 없으니(阿爺無大兒, 木蘭無長兄)" 두 구를 통해, 다른 사람이 대신할 수 없음을 반복적으로 강조했는데, 이것으로 그녀가 심한 심리적 갈등에 빠진 이유와, 그녀가 출정할 수밖에 없었던 이유가 부각된다. 시장에 가서 안장과 말을 사며 전쟁 준비를 하는 것은 한 마디면 족하지만, 시에서는 동서남북 네 곳의 시장을 중복 서술했는데, 이는 앞뒤 리듬을 맞추기 위한 것뿐 아니라, 목란이 출정하기 전의 정서를 고조시키는 데도 유리하다. 이어서 북조 민가에서 상용되는, 아침과 저녁을 대조하는 구법을 통해, 목란이 출정해서 전쟁을 하는 지역을 개괄했다. 또 "부모님이 딸 부르는 소리는 들리지 않고(不聞爺孃喚女聲)"와 "황하 물 철철 흐르는 소리만 들리네(但聞黃河流水鳴濺濺)", "흑산의 오랑캐 말 히힝하는 울음 소리만 들리네(但聞黑山胡騎鳴啾啾)"를 두 번 반복적으로 대조함으로써, 긴장되고 고된 행군 생활과 쓸쓸하고 비장한 전쟁의 분위기를 부각했으며, 목란이 부모와 처음 이별하여 느끼는 외로움과 쓸쓸함을 호방하게 써냄으로써, 소녀 특유의 심리적 상황을 섬세하게 그려냈다. 목란이 생사를 넘나들며 전쟁터에서 보낸 10년 세월은, "만 리 밖 오랑캐 전투에 참가해, 관산을 날듯이 넘어가네. 북방의 찬 기운 무쇠솥에 전해지고, 차가운 달빛은 철갑을 비추네. 수많은 전투 끝에 장군은 전사했으나, 용감한 병사는 십 년 만에 돌아오네(萬里赴戎機, 關山度若飛. 朔氣傳金柝, 寒光照鐵衣, 將軍百戰死, 壯士十年歸)"라는 간단한 6구로 넘어간다. 이 6구는 대구가 정교하고 기세가 격동적인 당시(唐詩)의 특징을 지녀, 수당 문인의 윤색을 거친 듯하지만, 서진 이후 시가에서 많이 사용된 정교한 대구와, 북조 민가의 강건하고 청신한 기골이 서로 결합된 산물로 볼 수 있다. 앞뒤로 중첩구가 많이 사용된 구식 사이에 적절하게 쓰여, 효과적으로 전체 시가와 서로 조화를 이루고 있다. 목란의 성공적 귀향과 상을 받지 않는다는 내용 단락은 구어식의 산문구로 바뀌어 앞의 6구가 지닌 긴장감을 느슨하게 한다. "돌아와 천자를 알현하니, 천자께선 명당에 앉아 계시네. 공훈을 최고 등급으로 하사하시고, 수백 수천의 상금을 내리시네. 임금께서 더 원하는 것을 물으셔서, '목란은 상서랑 벼슬도 필요 없으니, 천리마에 올라타고서, 고향으로 돌아가게 해 주세요'(歸來見天子, 天子坐明堂. 策勳十二轉, 賞賜百千强. 可汗問所欲, '木蘭不用尙書郞, 願借明駝千里足, 送兒還故鄕')"이다. 이어서 두 구씩 3번에 걸쳐, 각각 부모, 언니, 동생들이 각자의 처지에 맞는 방식으로 목란의 귀향을 환영하는 정경을 서술했는데, "부모님은 딸이 온다는 소식을 듣고, 서로 부축해 성곽까지 나오시네. 언니는 동생 온다는 소식을 듣고, 문 앞에서 붉게 단장을 하네. 남동생은 누이 온다는 소식을 듣고, 칼을 쓱쓱 갈아 돼지와 양을 잡네(爺孃聞女來, 出郭相扶將. 阿姊聞妹來, 當戶理紅妝. 小弟聞姊來, 磨刀霍霍向豬羊)"이다. 목란이 방으로 들어가 옷을 갈아 입는 내용을 "집으로 와 동쪽 창문을 열고, 서쪽 침상에 앉아 보네. 전투복 저고리를 벗고, 옛날 입던 치마로 갈아입네(開我東閣門, 坐我西閣床. 脫我戰時袍, 著我舊時裳)"라고 표현했다. 이 4구는 네 개의 '아(我)'자를 병렬적으로 사용하여, 목란이 여자의 모습을 회복하는 기쁜 심정을 충분히 강조했다. 반복이나 중첩 속에서도 변화가 풍부하고, 유창하고 활발한 가락과 생동적이고 섬세한 서정적 필체로 목란의 형상을 다양하게 만들어냈다. 마지막에서는 두 마리 토끼가 이리저리 뛰어다니는데 암수를 구별하기 어렵다는 비흥적 결말로 반문하는데, 예를 든 것이 신선하고 말투도 익살스러워서 전체 시가에 희극적인 느낌을 갖게 했다.

 남북조 악부민가는 청신하고 명쾌한 풍격과 생동적이고 활발한 구어로, 진시(晉詩)의 전아하고 생동감이 없는 언어나 현언시의 무미건조한 풍격에서 벗어나, 남북조 시가의 언어풍격의 변혁에 중요한 작용을 함으로써, 남북조 시가 및 당시 발전에 큰 방향을 제시했다. 제량 문인들은 남북조 악부민가를 모방하는 과정에서, 비록 민가의 정신을 왜곡하기는 했어도, 양진(兩晉) 이래로 길수록 딱딱해지던 언어를 철저하게 바꾸어버렸다. 남북조 악부민가는 서정 소시의 새로운 체재를 창조해서, 5, 7언 절구의 시초가 되었다. 제대 시인 사조의 신체 소시는 바로 남조 악부민가를 학습해서 만들어진 산물이다. 북조 민가의 강건하고 청신한 기질은 수당 변새시에 직접적인 영향을 끼쳤다. 성당에 이르러 악부절구는 가장 특징적인 시가형식으로 발전했고, 이백은 청상 소악부를 학습하여 독창적인 성취를 이루어냈다. 남북조 민가에서 운용된 비흥이나 쌍관, 대구 등의 예술적 수법은 후세 시인들에게 무궁한 영향을 끼쳤다.

제7장 | 진송 시운(詩運)의 전환

진송시기는 4언시와 5언시의 언어가 갈수록 경직되어, 변혁이 필요한 전환기였다. 유송 문인들은 무미건조한 동진의 현언시를 부정하고 서진식의 전아한 시풍을 회복했지만, 동시에 시가를 극단적으로 염려(艷麗)하고 생경하게 이끌어 갔다. 이러한 변혁은 기본적으로 옛 격식을 따르는 것이었지만, 구상이나 형식, 언어 등에서 이미 주목할 만한 변화가 나타나고 있어서, 통속적이고 평이한 언어와 근체에 가까운 리듬을 지닌 제량시가로의 발전을 예시하고 있었다.

제1절 아속 변혁의 시기

405년, 유유(劉裕)는 임금의 자리를 찬탈하려던 환현(桓玄)을 물리치고 진 왕실을 회복했다. 진 안제(安帝)는 연호를 의희(義熙)로 바꿨는데, 이때부터 동진은 껍데기에 불과하고 정권은 유씨(劉氏)에게 있었다. 420년, 유유는 진 왕실을 찬탈하고 송(宋)을 건립했으나, 재위 3년 만에 죽었다. 2년 후, 황제를 보필하던 서선지(徐羨之), 부량(傅亮) 등이 황제를 영양왕(營陽

王)에 봉하고, 문제(文帝)를 즉위시켜 연호를 원가(元嘉)로 바꾸었다. 원가 연간은 유송 사회가 가장 안정되었던 시기이다. 역사에 의하면, 송문제는 "정치에 부지런하였고, 법률을 지켰으나 준엄하지 않았고, 다른 사람을 포용하였으나 해이하지 않았다. 백관은 모두 그 직위에 오랫동안 있었으나, 지방관들은 6년을 임기로 했다. 하급 관리가 억지로 면직되지 않은 것은 백성들과 관련 있어서다. 30년 동안 사방 국경 안은 편안하고 무사하였으며, 호구가 증가하였고, 세금과 요역은 일 년에 한 번씩 부담하는 것뿐이었다. 아침에 나가서 저녁에 돌아올 때까지 스스로 일할 뿐이었다. 여염에서는 학문을 강의하고 외는 것이 서로 들렸고, 선비들은 도탑고 지조가 숭상되었으며, 향촌에서는 경박한 것을 수치로 여겼다. 강좌의 풍속이 이때 아름다워졌으니, 후에 정치를 말하는 사람들은 모두 원가지치라고 칭송하였다(勤於爲政, 守法而不峻, 容物而不弛, 百官皆久於其職, 守宰以六期爲斷. 吏不尚免, 民有所系. 三十年間, 四境之內, 晏安無事, 戶口蕃息, 出租供徭, 止於歲賦. 晨出暮歸, 自事而已. 閭閻之間, 講誦相聞, 士敦操尚, 鄉恥輕薄. 江左風俗, 於斯爲美. 後之言政治者, 皆稱元嘉焉)."147) 이 찬사에는 과장된 부분이 있을 수 있으나, 동진이 강좌(江左) 지역에 정착한 이후, 송, 제, 양, 진(陳) 네 왕조 중에는 원가지치(元嘉之治)와 같은 치세는 보기 드물었다. 문제 사후, 유송 왕조는 혼란에 빠져, 여러 왕들이 잔혹하게 찬위를 도모했다. 황제와 왕이나 제후들 간의 갈등이 아주 첨예했다는 것이 유송 정치의 큰 특징이다. 송 문제가 팽성왕(彭城王) 유의강(劉義康)을 죽인 다음부터, 유송 황제들은 종실을 억압하거나 내쫓고 형제를 죽이는 것이 관례처럼 되어버렸다. 대명(大明) 3년(459년), 경릉왕(竟陵王) 유탄(劉誕)이 모반을 일으키자, 효무제(孝武帝)는 난을 제압하고 광릉성(廣陵城)에서 살해해 버리는 등 아주 참혹한 보복을 했다. 효무제 사후, 폐제(廢帝)는 더욱 난폭했다. 의양왕(義陽王)이 먼

---

147) ≪資治通鑑≫ 卷123.

저 모반을 했고, 뒤에는 상동왕(湘東王)이 폐제를 제거하고 스스로 명제(明帝)에 올랐는데, 얼마 후 심양(尋陽)의 진양왕(晉陽王)이 제위(帝位)를 노리고 병사를 일으키자 사방에서 이에 호응하여 조정에서는 겨우 단양(丹楊)군 한 개만을 지켜냈을 뿐이었다. 이것이 '의가(義嘉)의 난'이다. 난이 평정된 후, 명제는 태자의 안정적 왕위 계승을 위해서, 만년에 거의 모든 종실을 죽여 버렸다. 결국 유송 정권은 종실 간의 투쟁 속에 소씨(蕭氏)의 손에 들어가 제(齊) 왕조가 세워지게 된다.

사서(士庶) 관계의 변화도 유송 정치의 또 하나의 특징이다. 진(晉) 이래로, 사서의 구분은 더욱 엄격해져서, "왕조 말기에는 (관직은) 문벌사족에게만 한정되었다(降及季年, 專限閥閱)." 유송은 사서 구분이 엄격한 이 문벌제도를 그대로 계승했는데, 동진의 사족(士族)이 여전히 커다란 세력을 유지하고 있어서 한사(寒士)는 사대부에 들어가기가 어려웠다. 문제 원가 시기에 "왕씨 사씨 등의 여러 사족들이 바야흐로 강성했는데, 북방인 중에서 늦게 건너온 자들을 조정에서는 모두 천한 변방 사람으로 대우해서, 비록 사람이 재주가 있어 쓸 만하여도, 모두가 높은 벼슬은 밟아볼 수 없었다(王謝諸族方盛, 北人晚渡者, 朝廷悉以傖荒遇之, 雖復人才可施, 皆不得踐淸途)."[148] 그러나 한문(寒門) 출신인 유유는 사족들의 천대를 많이 받은 까닭에, 즉위한 후에는 양진(兩晉) 이후 높은 명망을 누려온 사족들을 억압하기 시작했다. 경구(京口)의 대족(大族) 조규(刁逵), 여요(餘姚)의 대족 우량(虞亮) 모두 유유에게 피살되었고, "상서좌부사 왕유와 유의 아들 형주자사 수는 강좌의 대족인데, 왕수는 어려서부터 이름을 날린 까닭에, 유유가 평민 신분에서 일어났다 하여 아주 무시했다. … 고조는 결국 그를 죽였다(尚書左仆射王愉, 愉子荊州刺史綏等, 江左冠族, 綏少有重名, 以高祖起自布衣, 甚相淩忽 … 高祖

148) ≪資治通鑑≫ 卷124.

悉誅之).”(＜宋書·武帝本紀＞) 진대의 명문 대족들은 대부분 지위가 낮아지거나 쫓겨났다. 송 무제는 영초(永初) 원년(420), “조서를 내려 진대에 봉했던 작위를 바꾸어, 시흥, 여릉, 시안, 장사, 강락 등만 두었으며, 작위의 등급도 현과 현후로 강등하고, 왕도, 사안, 온교, 도간, 사현 등의 제사를 받들도록 했다(詔晉氏封爵, 當隨運改, 獨置始興廬陵始安長沙康樂五公, 降爵爲縣及縣侯, 以奉王導謝安溫嶠陶侃謝玄之祀).” 다만 의희 연간에 유유와 “함께 동고동락했던 사람들에게는 본래의 녹봉을 받도록 했다(預同艱難者, 一仍本秩).”(이상 ≪자치통감≫ 권119) 다른 한편으로 그는 자신과 함께 의거를 일으켰던 공신들에게는 작위를 올려주었는데, “서선지 등 재능 있는 한사와 부량 등 포의 선비들(徐羨之中才寒士, 傅亮布衣諸生)” 모두 조정의 고위 관직에 올랐다. 문제 때부터 한사들은 사족들이 독점해 오던 관직까지도 맡기 시작했다. 예를 들면 원래 “중서시랑이나 중서사인은 모두 명류로 임명하였으나, 태조(문제)가 처음으로 한사 추당을 기용했다. 세조는 사족과 서인을 섞어서 뽑았는데, 소상지 대법홍이 모두 뽑혔다. 황상(명제)이 슥위하자, 좌우의 세인들을149) 모두 기용하였다(中書侍郎舍人皆以名流爲之, 太祖始用寒士秋當. 世祖猶雜選士庶, 巢尙之戴法興皆用事, 及上卽位, 盡用左右細人).”(≪자치통감≫ 권132) 또 “황상(蒼梧王)이 즉위했으나 나이가 어려, 소족들이 실권을 잡고 있고, 가까이서 황제의 권력을 쓰는 것을 배웠다(及帝卽位, 年在沖幼, 素族秉政, 近習用權).”150) 최후에 송조를 무너뜨린 소도성(蕭道成) 역시 평민이다. 평민이 정치적 실권을 장악했을 뿐만 아니라, 사족들과도 대등해졌다. 서원(徐爰)이 “천한 신분에서 벗어나(拔跡廝猥)”, “마침내 명망 있는 관직에 오르고, 가문은 호족 반열에 포함된(遂官參時望, 門伍豪族)”(＜徙徐爰詔＞) 것이 그 한 예

---

149) 세인(細人)은 사회적 지위나 개인적 인품이 낮으면서 황제를 시종하는 사람을 일컬음 (역자 주).

150) ≪資治通鑑≫ 卷133.

이다. 당연히, 성공한 한사들이 바라는 것은 사서의 차별을 없애는 것이 아니라, 자신들도 사족의 특권을 향유하는 것이었으므로, 심약이 말한 것처럼 "송제 시대에는 사서가 구별되지 않는(宋齊二代, 士庶不分)"[151] 상황이 초래되었다. 실제로 자타가 공인할 정도의 사족의 지위에 오른 한사는 극소수였으나, 한사가 황제 권력과 결합했다는 사실만으로도 고위 관직이 사족들에 의해 독점되던 상황은 이미 끝났다는 것을 설명한다.

유송의 정치적 특징은 각 계층 문인들의 심리 상태나 사상에 각각 다른 영향을 주었다. 여러 제왕과 왕실이 모두 문예를 즐겨 문인들을 불러들였으므로, 재능이 있는 사인은 사서를 불문하고 여러 왕들에게 좋은 대우를 받았다. 사족문인인 사령운은 여릉왕(廬陵王) 유의진(劉義眞)의 힘을 입었고, 한문 출신 문인인 포조도 임천황(臨川王) 유의경(劉義慶), 시흥왕(始興王) 유준(劉濬), 임해왕(臨海王) 유자욱(劉子頊) 등에게 차례로 임용되었다. 이 종실들은 끝없는 찬탈과 정변 속에서 대부분 역모죄로 처형되었기 때문에, 문인들은 현실을 걱정하고 불만스러워 했다. 다만 "시대를 호령한(凌忽一代)" 사씨(謝氏) 대족 출신인 사령운의 경우, 그의 분노는 유송 정권에 신하로서 복종할 수 없고 명성이나 지위가 자기보다 아래인 사람들에게는 고개를 숙일 수 없다는 심리에서 나온 것이다. 포조는 원가의 성세와 사서관계의 변화를 보고, 자신도 능력을 발휘해 보겠다는 환상을 갖게 되는데, 그의 불만은 유씨 황실 내부의 잔혹한 권력 찬탈에 대한 두려움 때문이었다. 그는 조정에서 한사들을 기용하는 것은 대부분 권력자의 신임을 받는 근신이거나 당파를 결성하고자 하는 목적에 의한 것이므로, 진정한 길이 열린 것은 아니라는 것을 알게 된다. 문제 이후, 여러 황제들이 의심 많고 포학하여, 왕공 대신들은 한편으로는 "다리를 포

---

151) ≪通典≫.

개고 숨을 죽였으며, 서로 지나치거나 쫓지 못하였고(重足屏息, 莫敢妄相過從)",152) 한편으로는 몰래 종실과 음모를 꾸미며 임금의 폐위를 시도하면서 부귀를 챙기기도 했다. 사인들은 대부분 몸을 사리고 침묵하며, 자신을 드러내지 않는 처세철학을 견지했다. 예를 들면 사장(謝莊)은 직간을 잘하는 심회문(沈懷文)에게, "경처럼 항상 남들과 다른 의견을 보이면 어찌 오래 가겠소!(卿每與人異, 亦何可久)"라고 충고했다. 원숙(袁淑)은 <고인을 애도하며(弔古人)>에서 가의(賈誼), 사마상여(司馬相如), 채옹(蔡邕), 공융(孔融) 등이 모두 "남을 공격하다가 배척당했음(以伐能見斥)"을 비판하며, 지금의 선비들은 "옛 일을 교훈 삼아야(弔往古爲鏡鑑)" 한다고 주장했다. 설령 지조가 곧은 사대부라 할지라도 정치에 대해서는 어떤 비판도 할 수 없었고, 영욕과 시비는 모두 "팔자에 미리 정해져 있는 것(冥期前定)"으로 귀결시킬 수밖에 없었다. 예를 들면 고기지(顧覬之)는 권력에 아부하지 않으면서 특별히 고원(顧愿)에게 <성명론(定命論)>을 짓도록 했는데, "사람의 타고난 운명에는 정해진 본분이 있어, 지식이나 힘으로 바꿀 수 있는 것이 아니므로, 오로지 그것을 받들어 지키는 수밖에 없으며(人稟命有定分, 非智力可移, 唯恭己守道)", 현자와 우자, 충신과 간신 등의 "수명과 영고는 모두 만고의 세월 이전에 정해져 있는 것(修夭榮枯之序, 皆理定於萬古之前)"이라고 여겼다. 범엽(範曄)은 정치적 투쟁으로 희생되면서도, 성패는 모두 운명에 의해 정해져 있다는 사상을 견지하여, "화복은 본래 예측할 수 없는 것이고, 목숨은 끝이 있어 돌아가는 것. 반드시 미리 정해진 기한에 따르는 것이니, 누가 한 번의 숨이라도 늘릴 수 있으랴(禍福本無兆, 性命歸有極. 必至定前期, 誰能延一息)"(<臨終詩>)라고 했다. 이러한 숙명론은 실제로는 현학의 자연순응적 사상이 경직화, 세속화된 결과로서, 당시에는 아주 성하여 포조와

---

152) ≪資治通鑑≫ 卷130.

같은 진보 시인까지도 영향을 받았다. 사상의 용속함은 유송 문인의 공통적인 특징이며, 필연적으로 그 시대 문학의 사상적 가치를 떨어지게 했다.

송시는 내용, 제재, 풍격면에서 진시(晉詩)를 계승함과 동시에 커다란 변화를 일으켰다. 그 중 가장 중요한 것은 현언시의 퇴진과 산수시의 흥기이다. 현언시는 동진 시기에 흥성하여 백여 년 동안 문단에 성행했는데, 불리(佛理)와 현리(玄理)의 융합과 직접적으로 관련 있다. 불교는 동한 시대에 중국에 전해져서, 위진 교체기에는 불경이 종종 노장의 어휘와 전고를 그대로 사용하여 번역되었다. 지참(支讖)과 지겸(支謙)이 반야학(般若學)에서 사용한 주요 관념이나 어휘는 모두 노장 현학과 서로 합치된다. 곽상(郭象)이 ≪장자주(莊子注)≫를 완성한 후, 현리 자체는 이미 더 이상의 발전이 없었지만, 불교는 여전히 현학의 힘을 빌어 그 의리(義理)를 확대해야 하는 단계에 있었다. 이때 문학적 수양을 갖춘 청담가적 풍격의 명승, 예를 들면 축도잠(竺道潛), 혜원(慧遠), 지둔(支遁) 등이 출현하여, 노장을 주석하고 새로운 의리를 제시하며 새로운 정취를 발견했다. 특히 지둔의 "심오한 현학적 이치(領握玄標)"에 청담가들이 매료되어, "강좌로 넘어간 후에도 불리가 여전히 성행하는(過江佛理尤盛)" 풍조가 마련되었고, 새로운 현학가들이 현리를 다시 연구하면서 불리와 현리가 합류할 수 있는 이론적 근거를 찾도록 했다. 그들은 서진 사인들이 죽림칠현의 "형적에 미혹되어 그 근본원리를 구하지 않았던(惑其跡而不求其本)" 것을 비평하며, 동진 사인들의 불리에 대한 탐구가 바로 그 주지에 이르고 그 근본을 추구하는 것이라고 여겼다. 예를 들어 혜원이 노장의 "심오한 이치가 어찌 불리를 우선으로 하지 않겠는가(沈冥之趣, 豈得不以佛理爲先)"라고153) 한 점이

---

153) <與隱士劉遺民等書>.

나, 손작(孫綽)이 <도현론(道賢論)>에서 지둔 등의 명승을 죽림칠현과 비교하며, 그들이 비록 행적은 다르지만 "불리를 잘 알고 청담에 능통했다(識理通淸)"는 점에서는 "풍취가 현학가처럼(風好玄同)" "한결같이 높았다(高風一也)"고 여겼다. 이는 정시문학 속의 현언이 동진에서 발전할 수 있는 철학적 기초를 다져주었다. 현언시의 주요 작가는 손작(孫綽), 허순(許詢), 지둔 등 불리와 현리에 정통하면서 시부에도 뛰어난 명사(名士)와 명승이다. 그들은 종종 함께 유람하며, "밖에서는 산수 간에서 고기를 잡고, 안에서는 노래하고 글을 지었는데(出則漁弋山水, 入則言詠屬文)",154) 그 청담과 불리가 문학에 남아 현언시가 되었다. 이 현언시가 정시 현언과 다른 점은 탐구 대상이 현리화된 불리라는 점뿐이다.

정시에서 서진 시기까지 현학의 핵심문제는 자연과 명교와의 관계였다. 이 문제는 동진에 이미 해결이 되었으므로, 설령 현학에 정통한 고승이라 하더라도 너 이상의 발진이 있을 수 없었다. 때문에 그들은 산림 생활에서 산수와 자연의 관계에 대한 새로운 정취를 찾아냈나. 바로 "깊은 계곡에서 낮게 읊조리고, 졸졸 흐르는 샘물로 양치질하며, … 흐르는 물에 발을 씻으면서, 현학적 이치를 얻어내는 것(微吟窮谷, 枯泉漱水 … 濯足流沙, 傾拔玄致)"155) 이다. 그들이 찾아낸 현리는 모두 "순박한 마음, 순정한 본성으로 하여금, 모두 산수에서 한가로움과 트임을 즐기게 하거나(使夫淳樸之心, 靜一之性, 咸得就山澤樂閑曠)"156) 혹은 "거듭 산수를 빌어 자신의 울결을 승화하는 것(屢借山水, 以化其鬱結)"이었다. 즉 현리로 그들의 세상에서의 "우울함(充屈之心)"과 대각(臺閣)에서의 "불안감(曖昧之感)"을 해소하고, "향기로운 꽃밭에 앉고, 맑은 물에 자신을 비춰보며, 꽃과 나무를 감상하고,

---

154) <晉書 · 謝安傳>.
155) 支遁 <竺法護象贊>.
156) 戴逵 <閑遊贊>.

물고기와 새를 보는 것(席芳草, 鏡淸流, 覽卉木, 觀魚鳥)"을 통해, "만물은 모두 영화로우므로(具物同榮)" "고르게 두루 관찰한다(齊以達觀)"는157) 현학의 오랜 명제 속에서 새로운 이치를 찾아내는 것이었다. 정시 이후 현풍의 영향 속에서 현언문학과 산수시는 차례로 탄생했고, 동진에 와서는 더욱 긴밀하게 결합했다. 많은 작품에서 현언은 바로 산수를 현리화 불리화한 것이었으므로, 현언시부 속에 산수묘사가 끼워져 있는 특징을 형성하게 되었다. 예를 들어 손작의 <천태산부(天台山賦)>는 경물묘사와 현리가 한 단락씩 교차하는 방식을 썼는데, 그 중에는 경치묘사가 뛰어난 구도 적지 않다. 지둔의 <팔관재시(八關齋詩)>, <영회시(詠懷詩)>, <선사도인을 노래하다(詠禪思道人)> 5수 등도 산수를 사실대로 묘사한 작품이다. "부드러운 바람이 난초 숲에 불고, 긴 여울은 맑은 소리를 울린다(泠風灑蘭林, 管瀨奏淸響)"나, "너른 모래밭은 대숲을 밀쳐두었고, 흐르는 바람은 창틈으로 불어든다(廣漠排林篠, 流飈灑隙牖)", "돌아드는 도랑에는 향긋한 샘물이 고였고, 우뚝 솟은 봉우리엔 아름다운 나무 빽빽하다. 울창한 숲에는 작은 날짐승들이 놀고, 가파른 벼랑에는 지름길도 끊어졌다(回壑佇蘭泉, 秀嶺攢嘉樹. 蔚薈遊微禽, 崢嶸絶蹊路)" 등은 이미 훗날의 산수시 구절과 다르지 않다. 그 외에 유천(庾闡)의 <손등의 은거(孫登隱居詩)>, <삼월삼일 곡수 가에서(三月三日臨曲水)>, <삼월삼일(三月三日)>, <약초를 캐며(採藥詩)>, <유선시(遊仙詩)>, 혜원의 <여산 동림사 잡시(廬山東林雜詩)>, 여산 여러 도인들의 <석문산을 노닐며 쓴 시와 그 서문(遊石門詩序)> 및 《난정시집(蘭亭詩集)》의 여러 문인의 작품에 선명한 형상의 산수묘사가 들어있다. 동진 현언시에서 산수는 종종 현리를 촉발하는 매개가 되어, 자연의 도는 어디에나 있다는 증명으로 사용된다. 따라서 일정한 조건만 주어지면 아주 쉽

---

157) 王羲之 <蘭亭集序>.

게 산수시로 전환되게 된다. 종병(宗炳)은 <산수를 그리며 쓴 서문(畵山水序)>에서 현리 담론이 산수묘사로 전환되는 과정을 명확하게 설명했다. 그는 "무릇 성인은 정신으로써 도를 본받고, 현자는 그것을 세상에 통하게 한다. 산수는 그 형상으로 도를 아름답게 꾸며내고, 인자는 그것을 즐긴다(夫聖人以神發道, 而賢者通, 山水以形媚道, 而仁者樂)"라며, 자연지도(自然之道)가 산수를 그리게 되는 출발점이라고 여겼는데, 그러나 "정신은 원래 구체적인 것이 없는 무형의 것으로, 형에 깃들고 동류의 사물에도 감응하는데, 그 이치는 그림자의 자취에도 들어있으므로, 진정으로 능히 산수의 미묘함을 표출해낸다면, 최고의 경지라 할 수 있다(神本亡端, 棲形感類, 理入影跡, 誠能妙寫, 亦誠盡矣)." 산수의 형상을 "모양에 따라 모양을 그려내고, 색에 따라 색을 나타내는(以形寫形, 以色貌色)" 방법으로 묘사해 냄으로써 도를 체현해 냈다. 종병의 말은 산수를 그리는 것을 염두에 두고 한 것이지만 산수시에도 역시 적용된다.

현언시는 4언이 많으나 5언시도 적지 않다. 제제 구성이나 어구의 운용, 의론 방식까지 모두 서진의 송체시(頌體詩)나 증답응수시(贈答應酬詩)와 같다. 이것은 서진이래로 4언 장편이 넘쳐나면서, 언어가 점차 경직되고, 내용은 공허하고 교조적으로 흐른 결과이다. 현언시는 유가적 교훈 같은 4언시를 불리와 현담으로 바꾸면서 수명을 연장했고, 동시에 5언의 경직화를 가속화했다. 일백 여 년에 걸친 현언시의 유행은, 산수문학의 발전에는 역풍이 되었다. 동진 이전 이미 산수시가 출현했지만 극소수의 초은시(招隱詩)에 의지한 상태여서, 발전 속도가 상당히 늦었고 독립적인 제재로 발전하지 못했다. 현언시는 산수와 자연의 관계를 집중적으로 탐구함으로써, 산수시가 단기간에 대량으로 출현하여 신속하게 발전할 수 있는 환경을 준비했다. 이런 점에서 현언시는 산수문학의 발전에 순풍 역할을 했다.

동진 이후 유송에도 현담 숭상의 풍조는 여전히 성행했고, 불리는 현리와 합류하여 남조 철학의 큰 특징을 이루었다. 그러나 "송초의 시문은 계승과 변혁이 있었는데, 노장이 물러남을 알리자, 산수가 비로소 성행했다(宋初文詠, 體有因革, 莊老告退, 而山水方滋)." 현언이 문학에서 물러나고, 그 대신 산수시가 성행하게 된 데는 대체로 다음과 같은 몇 가지 원인이 있다. 첫째, 동진 현언의 유행은 불리의 성행과 관련이 있었다. 송초에는 불경의 역경(譯經) 사업이 크게 성했고, 승려들도 다투어 구법(求法)을 위해 서행(西行)에 나서면서, 불법의 전파가 점점 의리 연구에서 공덕을 쌓고 복을 구하는 쪽으로 바뀌어 갔다. 남조 황제들은 공양, 사원이나 불상의 건설, 법회의 거행 및 불교적 수행을 위한 고행 등의 행적에 열중했다. 민간의 숭불 행위는 "표면적이고 지엽적인 것을 중시하며, 정성이 아닌, 사치스러움을 겨루는데 치중했다(情敬浮末, 不以精誠爲主, 更以奢競爲重)."158) 사대부의 숭불은 유교와 불교를 섞어, "도를 따르는 것(適道)"에서 "세상을 구제하는(濟俗)" 쪽으로 바뀌었다. 그 예가 하상지(何尙之)의 <원가 시기에 찬양되었던 불교고사 모음(列敍元嘉贊揚佛敎故事)>에 인용된 혜원의 말, "석씨의 교화는 가능하지 않는 것이 없으니, 도를 따르는 것은 원래 가르침의 근원이고, 세상을 구제하는 것 역시 힘써야 하는 것(釋氏之化, 無所不可, 適道固自敎源, 濟俗亦爲要務)"이 그것이다. 임금은 불교를 널리 보급하여 "백성을 도탑게(共敎黎庶)"하면, "성강, 문경의 성세(成康文景之治)"를 이룰 수 있다고 여겼다. 종병은 유학을 불교에 옮겨 넣는 것을 시도했고, 범태(範泰), 사령운(謝靈運)도 육경을 불교와 나란히 언급하며, 그 "근본은 세상을 구제하며 잘 다스리는 것(本在濟俗爲治)"이라고 여겼다. 사령운은 또 <변종론(辨宗論)>에서, "공자와 석가의 말(孔釋二談)"을 절충해야 함을 명

---

158) 宋 丹陽尹 蕭摩之 <奏鑄象造寺宜加裁檢>.

확하게 제기하며, "그 도는 같은 것이니, 세상 사물을 구제하는 것이 다를 수 없다(其道既同, 救物之假, 亦不容異)"고[159] 했다. 비록 불학 중에는 현학과 동일한 명제가 있어서(예를 들면 本末有無之辨) 지속적인 연구가 이루어지기도 했지만, 불교 세력의 성장과 함께, 대응해야 하는 새로운 문제도 점차 많아졌다. 예를 들면 형신(形神)의 인과(因果) 관계에 대한 논쟁, 석가, 노자, 공자가 '이(夷)'인가 '하(夏)'인가에 대한 논쟁, 불교와 도교의 상호 공격과 비판, 신멸론(神滅論)과 신불멸론(神不滅論) 간의 논쟁 등 모두 아주 격렬했다. 이 외에 불경의 역경이 급속히 증가하면서, 불교 내부에도 여러 종파가 출현했다. 이러한 사실들은 불교가 현학에 의지해야만 그 의리를 보급할 수 있던 단계를 이미 넘어섰고, 동진처럼 명사가 명승과 청담이나 현리를 즐겨 논하던 시대도 자연히 지나갔다는 것을 설명한다.

둘째, 동진 현언시의 흥성은 그 당시 시부에 뛰어나고 현리에 정통한 명승의 출현과도 관련 있다. 지둔, 혜원은 현담과 풍류로 청담가들을 끌어들였을 뿐 아니라, 문필(文筆)이 좋고 문학적 수양 역시 뛰어났다. 유송 시기에 문학에 뛰어났던 승려로는 혜관(慧觀), 지담체(支曇諦), 승철(僧徹), 혜휴(慧休), 혜림(慧琳) 등이 있는데, 그러나 "혜관이 현리로 유명했던 것(慧觀頗以玄理見稱)"을 제외하고는 "나머지는 의리에 특별히 뛰어난 조예가 있지는 않았으며(餘人則非於義學有殊奇之造詣)", "혜림과 같은 인물은 사실은 재능은 뛰어났으나 현리에는 오히려 깊지 않았다. 청담가의 자질은 본래는 명리에 있는 것이지만, 그 말류는 오히려 언어적 풍류와 깊이, 문장의 기려함을 중시했다(若慧琳者, 實以才華致譽, 而於玄致則未深入. 夫淸談之資, 本在名理, 而其末流則重在言語之風流蘊藉, 文章之綺麗華貴)."[160] 현언시는 본래 문학 속에서 현리를 탐구하던 산물인데, 송대 승려들은 문장의 화려함을 추구하고 현

---

159) 이상 ≪全宋文≫ 卷28.
160) 湯用彤 ≪漢魏兩晉南北朝佛敎史≫.

리를 소홀히 하면서, 자연히 무미건조한 현언에 대해서는 흥미를 잃게 되었다. 혜림의 문학작품은 이미 연구할 방법이 없지만, 혜휴의 시는 11수가 전해지는데, 모두 남녀의 연정가사로 감정이 애틋하여, 현언시와는 상당한 거리가 있다. 제량 시기에는 문학과 현리에 모두 능통한 명승이 극히 드물어, 현언문학의 쇠약은 피할 수 없었다.

셋째, 송대의 문학과 현학의 분리는 현언시 쇠퇴의 중요한 원인이다. 문학을 경학의 부용물로 치부하던 양한 유가들의 관념은 위진에 이미 어느 정도 벗어났고, 조비의 <논문(論文)>, 육기의 <문부(文賦)>, 지우(摯虞)의 <문장류별론(文章流別論)>을 거치며, 문학 자체의 특징과 각종 문체의 차이에 대해 주의를 기울였다. 동진 시기 현언문학의 흥성은 시, 부, 찬(贊), 명(銘), 송(頌) 등 각종 문체를 한데 뒤섞었을 뿐만 아니라, 철학과 문학의 경계도 다시 무너뜨렸었다. 송 문제는 문교(文敎)를 중시하여, 학문을 유학, 현학, 사학, 문학 등의 네 분야로 나눔으로써, 문학을 현학과 구분 지었고, 마침내는 문학을 학술에서 벗어나 독립하게 했다. 범엽(范曄)은 ≪후한서(後漢書)≫에 <문원전(文苑傳)>을 두고, 문학의 특징이 "감정과 뜻이 움직이면, 문사를 엮어내게 되는데, 마음을 끌어내고 모양을 드러내며(情志既動, 篇辭爲貴, 抽心呈貌)", "언어는 곱고 규범적인 면을 드러낸다(言觀麗則)"고 여겼다. 안연지는 시에 대하여 "오언시는 지나치게 화미한데, 유정과 장화가 대표적이고, 사언시는 지나치게 빽빽하니 장형과 왕찬이 대표적이다. 진사왕 조식은 둘을 겸비했다고 할 수 있다(五言流靡則劉楨張華, 四言側密則張衡王粲, 若夫陳思王, 可謂兼之矣)"고[161] 했다. 그들은 시부가 서정 언지와 수사의 화미함을 특징으로 함을 강조하면서, 추상적인 철리나 무미건조한 현언시를 부정했다. 이러한 관점은 사실상 제량 시기 문

---

161) ≪太平御覽≫ 卷586.

필지변(文筆之辨)의 선하가 된다. 문학 자체의 규율에 대한 인식이 점차 심화되면서, 시가로 철리적 설교를 하던 풍조가 자연스럽게 배척되었음을 알 수 있다.

넷째, 유송 황제와 종실은 문예를 애호하여, 종종 대신들에게 제목을 내어 창화(唱和)하게 했다. 한위 이래로 조비와 그의 동생들 및 건안칠자들이 창화를 즐긴 것을 제외하고는, 황실이나 왕공들이 직접 문학창작 풍조를 조성한 예는 없었다. 송대에는 문제(文帝), 효문제(孝文帝), 명제(明帝) 및 왕들의 작품이 아주 많았고, 대신들의 창화작품도 많이 지어지면서, 응조시(應詔詩)가 흥성하게 되었다. 이 응조시 가운데 반 수 이상이 산수를 유람하며 풍경을 묘사한 수창(酬唱) 작품이고, 이러한 풍조는 일반 문인시에도 산수 유람을 표현한 작품이 크게 늘어나도록 했다.

다섯째, 사령운은 "산수를 자연지도(自然之道)의 근원으로 삼아(以山水爲理窟)"[162) 자신의 정치적 울분을 소화하면서, 현언시에서 산수시로의 과도기에 중요한 공헌을 했다. 그의 산수시는 현언시와 주지가 같다. 따라서 불리적 청담이 완전히 끝나지 않은 진송 교체기의 풍조에 적합하여, 사람들의 관심을 받을 수 있었다. 그의 정교하고 화미하며 세밀한 산수묘사는 송시가 점점 정교하며 화려하고 풍부해 가는 추세를 그대로 보여준다. 그의 성공은 시가의 새로운 제재를 개척한 것이며, 산수시의 무한한 창작 잠재력을 펼쳐 보인 것이어서, 이미 경직화 된 현언시를 필연적으로 대체할 수밖에 없었다.

유송 문인들은 무미건조하고 밋밋하면서 시의가 부족한 현언시풍은 부정했지만, 전아함을 숭상하던 진대 문인들의 예술관은 그대로 답습했는데, 다만 "수사의 아름다움(辭藻艶逸)"과 "화려함(瑰麗之美)"를 더했을 뿐

---

162) 饒宗頤 《選堂詩詞集》.

이다. 유의경(劉義慶)의 <세설신어(世說新語)·문학>에서는, 사안(謝安)이 ≪모시(毛詩)≫의 "큰 책모로 정치적 법령을 제정하고, 원대한 계획을 때맞춰 반포하네(訏謨定命, 遠猷辰告)"가 문인의 정취를 가장 잘 나타낸 것이라고 평가한 것에 대해 칭찬을 했다. 범엽은 ≪후한서≫에서 사마상여(司馬相如), 양웅(楊雄), 최인(崔駰), 응소(應邵)의 문장을 평가했는데, 언어의 "전미(典美)"함을 중요한 표준으로 삼았다. 송시는 대체로 세 가지의 새로운 경향을 보인다. 하나는 "수사가 화려하고 넓으며(托辭華曠)", "매우 전아하면서 규범적이어서 따를 만한(典正可采)" 경향으로, 사령운이 대표한다. 또 하나는 비단을 펼치고 수를 놓은 듯 꾸미고, 대우에 충실한 경향으로, 안연지(安延之)가 대표적이며, 문학적 정취가 화미하고, 성음의 운용이 생험(生險)한 경향은 포조(鮑照)가 대표적이다. 안연지, 사령운, 포조를 합해 원가3대가라고 부르는데, 비록 "서로 학습하지 않고(不相祖述)" "각자 개성을 지녔지만(乃各擅奇)",163) 어색하고 전아하며 무겁고 회삽한 공통점이 있다. 유송 문인들이 정교한 구상으로 형사적(形似的) 시어를 추구하고, 전아하고 장중하며 크고 화려한 형식을 숭상해서, 서진식의 전아한 시풍이 새로운 시대적 환경 속에서 부흥한 듯하지만, 서진에 비해 확실히 다른 점이 있다. 송시는 한위 악부와 고시에 대한 모의 작품이 많아, 의고(擬古) 풍조는 서진에 뒤지지 않는다. 그러나 유송 문인의 의고는 복고를 통해 "감정이 전혀 표현되지 않던(酷不入情)" 현언시를 바로잡고자 한 것이고, 또 형식, 구상, 언어 등에서 전아한 전통을 타파하고 통속화하려는 시도라 할 수 있다. 형식면에서의 두드러진 변화는 지금까지 짧은 속체(俗體)로만 여겨지던 7언구에 주의하기 시작했다는 점이다. 하승천(何承天), 사혜련(謝惠連) 등은 한악부 잡언인 <유소사(有所思)>, <국가행(鞠歌行)> 등을 3·

---

163) <南齊書·文學傳論>.

3·7언 구식으로 바꿨고, 사장(謝莊)의 <동산 생각(懷園引)>, <산속에서 밤에 근심하다(山夜憂)>, <서설 노래(瑞雪詠)> 등은 3, 4, 5, 6, 7언에 소체(騷體), 부체(賦體)를 잘 섞어 완성했다. 변화가 다만 구형식을 맴돌 뿐 규율을 만들어내지는 못했지만, 최소한 새로운 체재를 창조하려는 당시 문인들의 시도는 볼 수 있다. 바로 이러한 변혁 시도 속에서, 포조는 무질서한 잡언과 자유로운 형식 속에서 규율을 찾아내어, 아주 새로운 7언과 잡언의 악부가행(樂府歌行)을 창조해 내었다. 서진의 의악부고시는 옛 제목에 새 가사를 지은 것으로, 원래의 제목이나 내용과 어느 정도 관계가 있는데, 대부분 한위시의 기본 내용에 더하고 부연해 지어서, 마치 꾸미지 않은 자연적 표현에 색깔을 덧칠해 넣은 듯하다. 반면 송대의 의악부고시는 구상 단계에서부터 변화를 추구하여, 일부 작품은 내용이 원제(原題)와 관련 없음을 나타내기 위해 '의(擬)'자 대신 '대(代)'자를 쓰기도 했다. 이런 시는 포조가 가장 많다. 그래서 청의 오기(吳淇)는 "그 이야기를 계승하여 더욱 화려하게 만든 것은 진인의 시이고, 그 바탕을 변화시켜 더 발전시킨 것은 송인의 시다(踵其事而增華, 晉人之詩也, 變其本而加厲, 宋人之詩也)"라고164) 했다.

　문학적 정취가 화려한 연정시의 현저한 증가도, 송시가 예스럽고 질박한 한위 시가의 특징에서 벗어나 점점 염려해져 가는 증거다. 이런 류의 시는 대부분 옛 악부에 대한 모의를 기초로, 남조 악부민가의 정운(情韻)과 속자 속어를 적당히 흡수한 것이다. 송대 문인들은 오가와 서곡에 대해서는 아직 기계적인 모방단계에 머물러 있어서, 통속적인 구어를 새로운 시어나 의경으로 다듬어 내지는 못했다. 그러나 일부 소시는 한위의 고의(古意)와 남조 악부민가를 융합한 경향을 보였는데, 문학적 정취는 청

---

164) ≪六朝選詩定論≫.

려(淸麗)하다. 이미 제량 신체시의 선하를 열었다.

언어가 전아한 서진 시가에 비해, 송시는 전아하면서 규범적인 점 외에 염려한 색채도 많이 지녀서, 화려하고 곱게 꾸민 수사의 반복으로 대부분의 편폭을 구성한 시도 적지 않고, 대구와 전고가 대폭 증가하여, "비슷한 것을 나열하여 대칭이 되지 않는 것이 없거나, 혹은 오로지 옛말을 빌려 지금의 감정을 드러냈다(緝事比類, 非對不發, 或全借古語, 以申今情)."165) 시인들은 진부하고 익숙한 어휘를 답습하기 보다는 새롭게 창조하고자 했지만, 전아함과 심오함을 숭상하던 문단의 구습을 버리지 못하고 생소하고 규범적인 언어에만 끝까지 매달려, 결국은 시가가 끝까지 읽기 어려울 정도로 회삽해졌다. 하지만 송시에는 뜻이 명백하고 자연스러운 구절, 아름다운 전고, 새로운 음조 등이 자주 출현했고, 대구의 정교함이나 구상의 함축성 등에 있어서는 발전적 방향을 제공하여, 고체에서 근체로의 시가혁신을 위한 창작경험을 초보적으로 축적하면서, "아와 속 변혁기(雅俗變革之際)"(왕부지의 말)의 특수한 모습을 드러내었다. 사령운과 포조가 서로 다른 제재와 풍격으로 송시의 특징을 체현해 낸 대표 작가다.

제2절 사령운(謝靈運)과 산수시

사령운(385~433)은 진군(陳郡) 양하(陽夏, 현 하남성 太康) 사람이다. 동진의 사 씨 대족 출신으로 사현(謝玄)의 손자이다. 어려서부터 총명하고 학문을 즐겨, 문장이 강좌(江左)에 널리 알려졌다. 강락공(康樂公)을 세습해서 사강락이라고 부르기도 한다. 의희 연간 그는 유의(劉毅)의 기실참군(記室參軍),

---

165) <南齊書·文學傳論>.

위군종사중랑(衛軍從事中郎) 등을 차례로 역임했다. 숙부인 사혼(謝混)은 유의와 깊은 교우를 나누며 반역심을 키우다가, 유유의 처벌을 받고 처형되었다. 사령운은 유유에 의해 태위참군(太尉參軍)으로 초빙되어 송국(宋國)에서 관직에 임했다. 유유는 송나라를 세운 후, 강락이라는 공(公)의 작위를 현후(縣侯)로 강등하고 식읍을 삼천 호에서 오백호로 낮추었다. 사령운은 자신이 중요한 요직에 오를 만한 재능이 있으나 송 조정이 단지 일개 문인으로만 여기는데 불만이었다. 유유가 죽고 소제(少帝)가 즉위하자, 한사(寒士) 출신인 서선지(徐羨之) 등은 폐위를 모의하면서, 먼저 여릉왕(廬陵王) 유의진(劉義眞)을 서인으로 폐하고, 유의진과 관계가 친밀했던 사령운을 "모반을 선동하고, 정치를 방해했다(構扇異同, 非毁執政)"는 죄명으로 영가태수(永嘉太守)로 내보냈다. 사령운은 태수로 있으면서 뜻을 펼칠 수 없는 좌절감 때문에, 멋대로 산수를 유람하고 백성들의 일에는 관심을 갖지 않았다. 일 년 만에 병을 핑계 삼아 관직을 그만두고, 회계(會稽)에 별장을 짓고 구속 없이 즐기며 지냈다. 산수를 음영한 그의 작품은 빠르게 도성 각지에 알려졌다. 송 문제는 즉위 후 사령운을 비서감(秘書監)으로 임명했으나, 그저 함께 문학을 담론하고 감상할 뿐, 정치참여는 허락하지 않았다. 사령운은 명성이나 지위가 자신보다 낮은 사람들이 등용되는 것에 불만이었다. 언제나 병을 핑계로 조정에 나가지 않았고, 휴가원도 올리지 않은 상태로 수십 일씩 산수를 유람하며 돌아 다니다, 원가 5년(428) 면직되어 고향으로 돌아왔다. 고향에서 그는 산을 파 호수를 만들기 위해, 몇 백 명의 사람을 부려 나무를 베고 길을 만들었는데, 주변 태수들이 산적으로 오인하기에 이르렀다. 또 호수의 물을 끌어들여 개인용 장원을 만들다가 회계태수 맹의(孟顗)와 원수가 되었다. 문제 때 임천내사(臨川內史)에 임명된 후에도 여전히 옛날처럼 멋대로 었다. 결국 유사(有司)에게 지적을 받고 부락민을 이끌고 모반하려 한다는 죄명을 쓴다. 원가

10년(433), 광주(廣州)에서 처형되었는데 49세였다. 현재 90여 수의 시가 전해지는데 대부분 산수시다.

사령운은 대사족(大士族) 출신이어서, 정치적으로 평민 출신인 유씨 황실의 억압을 받았고, 또 유씨 집단 내부의 투쟁에도 연루되면서, "성품이 편향적이 되고 예법을 많이 어겼다(爲性偏激, 多衍禮度)."166) 그의 횡포와 방자함은 문벌사족의 방자하고 오만한 본성을 반영하는 것으로, 유씨 정권에 복종하지 않겠다는 뜻을 드러낸 것이다. 사령운의 불만은 "한(韓)이 망하자 장자방은 분격하여 유방을 도왔고, 진이 천하를 제패하자 노중련이 수치스러워 했던(韓亡子房奮, 秦帝魯連恥)"(<臨終詩>) 것처럼 정권 교체에 대한 불만이라기보다는, 동진 구사족의 정치적 특권이 신정권에 의해 박탈되자, 사족으로서의 강한 우월감이 손상된 데 기인한 것이라 할 수 있다. 즉 "조상 백 대의 은덕을 입고, 천 년의 특별한 존중을 받아오면서, 편안한 길을 걷기가 어렵지 않았는데, 걷기 쉬운 상황을 양보해야 했다(承百世之慶靈, 遇千載之優渥. 匪康衢之難踐, 讓跬步之易局)."167) 오랫동안 특권을 누려온 대족들이 정치적으로 탄탄대로를 걷는 것은 본래 어려운 일이 아니었다. 그러나 지금은 채 반 걸음도 제대로 못 내딛고 있음을 "늘 분통해 했다(常懷憤憤)"(<송서·사령운전>). 따라서 그가 "본분을 알고 물러나, 초야에 묻히겠다(量分告退, 反身草澤)"고168) 소리 높여 외친 것은, 앞 시대에 세상을 등지고 은거했던 완적, 혜강, 좌사, 도연명 등의 시인들과 같다고는 할 수 없다. 그가 산수에 감정을 기탁한 것은 한편으로는 "산을 개간하고 호수를 파서 고을 사람들을 놀라게 하는(鑿山浚湖, 驚動縣邑)" 방법으로 법도를 무시하고 멋대로 행함으로써, 왕씨, 사씨 사족의 위세가 아직 쇠

---

166) ≪宋書≫ 本傳.
167) <歸途賦>.
168) <歸途賦>.

퇴하지 않았음을 자랑하면서 유송 정권을 멸시하기 위한 것이고, 다른 한편으로는 화를 피하기 위한 호신의 방법이자, 권력욕을 극복하려는 정신적인 위로였다. 맹의가 그가 모반하려 한다는 상소를 올렸을 때, 사령운은 "산수 간에 사는 선비가, 다만 언덕 위에 작은 공간을 지으려는 것이니, 지금 알려진 행적은 근거도 없는 비방이며 거짓말(山棲之士, 而構陵上之譬, 今影跡無端, 假謗空說)"이라고[169] 이유를 댔다. 또 정치적 실의로 인한 괴로움을 풀기 위해, "산수를 자연지도의 근원으로 삼는(山水爲理窟)", 즉 산수의 아름다움을 빌어 노장의 달생지도(達生之道)를 체득하기도 했었다. 그가 말한 '달생'이란 문벌사족의 향락주의적 인생관과 그다지 다르지 않은데, 이는 그의 <방에서 책을 읽으며(齋中讀書)>시에 잘 나타난다. 즉 "서책을 끼고 고금을 살피면서, 잘 때나 먹을 때나 재미있는 글을 펼쳐 보니, 장저와 걸닉의 고생에 웃음 짓다가, 양웅의 투신에 빙긋이 미소짓네. 관직을 맡는 것도 피곤하거늘, 밭 갈고 씨 뿌리는 일이 어찌 즐겁다 하겠는가. 세상만사 모두가 즐겁기는 어렵지만, 달생은 다행히 이룰 수 있다네(懷抱觀古今, 寢食展戲謔. 旣笑沮溺苦, 又哂子雲閣. 執戟亦已疲, 耕稼豈云樂. 萬事難幷歡, 達生幸可托)" 이다. 논밭에서 직접 경작하기는 너무 힘들고, 문 닫고 글쓰기는 너무 심심하고, 창을 높이 들고 공을 세우기는 너무 고달프다는 등등, 역대 진보적 문인들이 구가했던 중요한 삶의 방식들이 모두 그에게 비웃음을 당했다. 이렇게 "병을 핑계로 누워 여유롭게 즐기는(臥疾豊暇豫)" 식의 은거는 동진 사족들의 생활방식이었을 뿐이다. 게다가 그가 지닌 은거관념이란 그저 고위 관직에서 낮은 관직으로 내려온 것에 불과하여, "명리를 다투는 것보다 나을 수 있다만, 어찌 달생의 경지라 할 수 있으랴. 나는 은거의 뜻 지니고 있으며, 재주 또한 미천하니 헛된 명

---

169) <詣闕自理表>.

예 사양하련다. 오두막과 뜰을 은거지 삼고, 낮은 관직으로 몸소 농사짓는 수고를 대신하리라(或有優貪競, 豈足稱達生. 伊餘秉微尙, 拙納謝浮名. 廬園當棲巖, 卑位代躬耕)"(<初去郡>)라 했다. 그래서 사령운은 시가를 통해 뜻을 이루지 못한 탄식을 자주 표현하여, "흐르는 세월 세찬 물살처럼 빠르니, 경치를 바라보다 슬픈 마음이 생기고(頹節騖驚湍, 覽物起悲緖)", "점차 노년은 다가오고, 천천히 웅대한 뜻도 스러져간다(疊疊衰期迫, 靡靡壯志闌)",(<長歌行>) "누가 나를 이렇게 빈천하게 만들었는가, 이 탄식을 어찌 말로 하리?(誰令爾貧賤, 咨嗟何所道)"(<折楊柳行> 제1) "쓸쓸하게 팔을 베고 잠을 자며, 표주박의 물로 아침 허기를 채우리라(寂蓼曲肱子, 瓢飮療朝饑)"(<君子有所思行>)며, 한사보다도 곤궁하고 처참하게 표현했지만, 사람을 감동시키는 힘은 없다.

사령운은 불리와 현리에 정통하여 현언시를 즐겨 썼다. 그의 산수시는 현언시에서는 벗어났지만, 현언적 성분은 여전히 많이 남아있다. 진송 시기 다른 시인들의 산수시도 마찬가지다. 이는 초기 산수시의 대표적 특징으로, 현언시가 남긴 흔적이라 할 수 있다. 그러나 사령운 산수시에서의 현언은 현언시가 지닌 순수한 현리 담론과는 다르다. 현언시는 철리적 성분이 중심이고, 약간의 산수묘사는 자연지도(自然之道)는 어디나 존재한다는 증거로 쓰일 뿐이다. 그러나 사령운의 현언은 산수유람 도중에 부지런히 탐색해 낸 철학적 지취(志趣)로서, 이를 통해 감정을 기탁하거나 번민으로부터의 해탈을 도모한 것이며, 작가의 사상이 만들어낸 부분으로, '달생지도(達生之道)'를 통해 내심의 고민을 해소해 보려는 일종의 표현방식이다. 그의 <부춘저(富春渚)>를 보자.

宵濟漁浦潭　　밤새 어포담을 건너
旦及富春郭　　새벽이 되어서야 부춘성에 도착했네.
定山緬雲霧　　정산이 운무 속에 아득하여
赤亭無淹薄　　적정에서 오래 머물지는 않았네.

溯流觸驚急　　　강물을 거슬러 오르다 급류를 만나고
臨圻阻參錯　　　굽이진 언덕은 바위가 험하구나.
亮乏伯昏分　　　백혼무인과 같은 담력은 없는데
險過呂梁壑　　　여량 골짜기보다 험준하구나.
洊至宜便習　　　여러 번 오면 익숙해지겠지만
兼山貴止托　　　산세에 맞춰 가고 쉬고 해야 하리라.
平生協幽期　　　평소 은거하고 살리라 했건만
淪躓困微弱　　　세상사에 발을 헛디뎌 몸이 얽매여서
久露干祿請　　　오랫동안 벼슬살이를 하다가
始果遠遊諾　　　이제야 멀리 와 부임하게 되었네.
宿心漸申寫　　　오랜 은거의 숙원 조금씩 풀고자
萬事俱零落　　　세상만사를 모두 떨쳐버린다.
懷抱旣昭曠　　　마음이 넓게 트이고 나니
外物徒龍蠖　　　외물이 모두 하찮기만 하구나.

　이 시는 높은 산과 빠른 물살 등 부춘저의 험난한 지세를 인생길의
험난함과 연결시키고, 나아가 외물에 축적된 현리 속에서 자아의 해탈을
추구했다. 백혼무인(伯昏無人)은 ≪열자(列子)≫에 묘사된, "높은 산에 오르
고, 험한 바위를 타고, 수백 길의 물길을 만나도 얼굴빛 하나 변하지 않
았던(登高山, 履危石, 臨百仞之泉而神氣不變)" '지인(至人)'이며, '여량 골짜기(呂梁
壑)'는 ≪장자≫의 "공자가 여량을 보니, 물이 아주 높은 데서 떨어져, 물
방울이 삼십 리나 튀었다(孔子觀於呂梁, 懸水之仞, 流沫三十里)"는 전고를 이용
해 거센 물살을 표현한 것이다. ≪장자≫는 도가서(道家書)인데 여기서는
현학적 전고를 이용해, 자신은 험한 계곡 앞에서 백혼무인과 같은 담력
이 없음을 자소하며, "여러 번 오면 익숙해지겠지만, 산세에 맞춰 가고
쉬고 해야 하리라"라는 철학적 이치를 이끌어냈다. ＜역(易)・감(坎)＞에
"상왈：물이 거듭하여 흘러오는 형상을 습감괘라 한다(象曰, 水洊止, 習坎)"
와, ＜역・간(艮)＞의 "간괘는 머무는 상이다. 때가 머물게 하면 머물고,

때가 가게 하면 간다(艮, 止也, 時止則止, 時行則行)”에 대해, 왕필은 주석에서 “험난하고 깎아지른 벼랑의 형세로 인해 물이 흘러와 고이는 것이다. 웅덩이로 인해 물이 막히는 것이 아니라, 물의 흐름을 따름으로써 웅덩이에 익숙해지는 것이다(重險懸絶, 故水洊止也. 不以坎爲隔絶, 相仍而至, 習乎坎者也)”라고 해석했다. 기존의 괘사(卦辭)를 사용하는 것은 곽박(郭璞) 이후 현언시에서 상용하던 수법인데, 여기서는 쌍관적 우의법으로 사용되었다. 즉 부춘저에서 “강물을 거슬러 오르다 급류를 만나는” 것은 “험난하고 깎아지른 벼랑의 형세로 인해 물이 흘러와 고이는(重險懸絶, 故水洊止)” 지리적 원인을 풀이한 것이자, 웅덩이와 같은 장애물이 있어도 좌절하지 않고 분수에 따르는 작가의 임자연(任自然)적 태도를 표현한 것이다. 이를 통해 관직에 나가지 못하고 이리저리 떠도는 자신의 인생사의 고뇌를 해소했으며, 마음의 안정을 얻고 물외의 세계에서 초연할 수 있는 경지에 도달하게 된다. <영가 녹장산에 올라(登永嘉綠嶂山)>시는 앞부분에서는 깊고 조용한 산림의 풍경을 표현했고, 이어서 현리를 이끌어 냈다.

蠱上貴不事	높은 사람 앞에서 굽실거리지 않고
履二美貞吉	변함없고 고요한 삶이 좋다지만
幽人常坦步	은자는 언제나 평정한 마음으로 길을 걷기에
高尙邈難匹	그 고상한 인품은 따르기가 힘들구나.
頤阿竟何端	저들 은사와 이 속세의 범부가 무엇이 다르랴
寂寂寄抱一	조용히 궁극의 이치를 품으면 그만인 걸.
恬如旣已交	무념과 지혜가 서로 융합되면
繕性自此出	본성의 수양은 거기서 절로 이루어지리라.

‘고상(蠱上)’ 2구는 <역경·고(蠱)>의 “고는 상구효(上九爻)로서, 왕과 제후를 받들지 않고, 고상한 인품을 받든다(蠱上九, 不事王侯, 高尙其事)”와 <역경·이(履)>의 “이는 구이효(九二爻)로서, 편하게 길을 걸으며 은자의 바르

고 변함없음을 유지한다(履九二, 履道坦坦, 幽人貞吉)”는 구를 이용하여, 은자가 왕이나 제후를 모시지 않고 평정한 마음으로 사는 고상한 인품임을 찬미한다. ‘이아(顧阿)’ 구는 ≪노자≫의 “‘예’라는 대답과 ‘응’이라는 대답이 차이가 얼마나 되겠는가(唯之與阿, 相去幾何)”구를 의미하며, 자신과 은자는 차이가 없음을 서술한 것이다. ‘염여(恬如)’ 구는 <장자·선성(繕性)>의 “지혜와 고요함이 서로 만나 길러지면, 조화로운 이치가 그 본성에서 나온다(知與恬相交養, 而和理出其性)”와 “본성을 세속에서 다스리니, 세속적 학문으로 그 처음으로 돌아가고자 한다(繕性於俗, 俗學以求復其初)”에서 나온 것으로, 현리를 학습하여 심신을 수양하고, 조용히 본성을 지키며 진리와 참됨을 지키는 경계에 도달하고자 하는 희망을 표현했다. 이러한 현언은 자신은 산림에 있어도 석연치 않은데 은자는 고고하게 해탈을 추구했음에 대한 부러움을 표현한 것이다. 사령운이 철리와 현언을 서정과 사의(寫意)의 수단으로 바꾼 것은 그의 산수시에서의 장조다. 바로 황자운(黃子雲)이 말한 대로, “사강락은 한위 이후 새로운 길을 열어, 감정을 펼쳐내고 풍경을 엮어내고, 철학적 주지를 창달해냈는데, 이 세 가지에 모두 뛰어나서, (그를 통해) 진실로 한 시대를 관찰할 수 있다(康樂於漢魏外別開蹊徑, 舒情綴景, 暢達理旨, 三者兼長, 洵堪睥睨一世).”[170] 경물묘사 속에 철리와 감정을 담는 사령운의 작법은 후세의 시가 발전에 새로운 길을 열었을 뿐 아니라, 그 당시 시가의 변혁에도 중요한 의미를 지닌다. 한위 이후 고시의 경물묘사가 점차 발전하기는 했어도 줄곧 서정 언지를 위한 종속품이었을 뿐, 경물 자체가 시인의 중요한 심미대상이 되지는 못했다. 현언시에서의 산수묘사 역시 현리를 증명하기 위한 부속품이었다. 사령운의 산수시가 출현해서야 객관적인 경물 그 자체가 예술적 가치를 지닌 감

---

170) ≪野鴻詩的≫.

상의 대상이 되었다. 그러나 초기의 산수시인들은 경물묘사 속에 주관적 감정을 이입하는 데는 능숙하지 않았기 때문에, 산수묘사의 독립은 시가를 사의(寫意) 부분과 경물묘사 부분으로 나뉘게 했다. 산수시는 감정 성분이 전혀 없는 현언시에서 탈태하여, 경물, 감정, 철리를 어떻게 잘 융합하느냐 하는 것이 여전히 새로운 과제였다. 사령운은 동진 이후의 문인들이 애용하던 현리적 담론 형식을 이용해, 현언시 이전 한위의 고시가 지녔던 서정언지적 전통을 회복했다. 비록 시 속의 많은 현언 성분들이 산수 성분과 잘 섞이지 못하고 기계적인 결합에 불과했지만, 그 목적만큼은 경물 속에 감정을 녹여낸(融情於景) 의경을 지닌 후대 산수시의 창조에 발전적 방향을 제시했다. 사령운의 대다수 산수시는 경물묘사 부분과 서정, 철리 부분이 뚜렷하게 양분되는 폐단을 지닌다. 그 주요 원인은 그가 서사–경물묘사–철리라는 공식을 썼기 때문이라기보다는, 그가 현리 속에서 진정한 해탈을 얻지 못했기 때문이다. 그래서 그가 설사 현리를 이용해 진실한 사상과 감정을 표현했다 하더라도, 오만하고 허식적인 느낌을 주어, 시가의 많은 부분을 차지하는 서정과 의론까지도 사람을 감동시키는 힘이 부족하고 번잡해진 폐단을 낳았다.

 사령운 산수시의 대표적 특징은 번다함인데, 사상적 감정적 원인 외에도, 조기 산수시와 산수화의 "시선이 옮겨가는 대로 그대로 적어내던(寓目輒書)" 표현방식과도 관련 있다. 최초에 "산수의 미묘함을 써내는 것(妙寫山水)"은 만물이 "자연의 도를 따르는(率應自然)" 이치를 표현하기 위한 것이었기 때문에, 구상을 할 때는 "가만히 앉아 우주의 끝까지 궁구(坐究四荒)"하여 "삼라만상의 갖가지 풍취가 영묘한 정신과 융화되어 합일되도록(萬趣融其神思)"171) 해야 했다. 이것은 당시에 산수를 묘사할 때, 사물이

---

171) 宗炳 <畫山水序>.

나 정취를 최대한 상세하게 묘사하려는 특징을 형성했다. 바로 왕희지(王羲之)가 <난정시(蘭亭詩)>에서 말한, "푸른 하늘을 우러르고, 쪽빛 물가를 굽어본다. 가볍게 아득히 바라보니, 시선을 따라 이치가 절로 펼쳐진다. 위대하다 조물주의 공이여. 만물에 모두 고르게 펼쳐졌구나. 세상 모든 소리가 비록 달라도, 나에게는 새롭지 않은 것이 없네(仰視碧天際, 俯瞰淥水濱. 寥闃無涯觀, 寓目理自陳. 大矣造化工, 萬殊莫不均. 群籟雖參差, 適我無非新)"가 그 예이다. 우러러보고 굽어보는 그 시선을 따라가면서 각양각색의 경물을 고루 표현했는데, 현언시에서 형성된 수법이므로 현언시에서 막 발전해온 산수시에도 직접적인 영향을 줄 수밖에 없었다. 사안의 <왕호지에게 주다(與王胡之)>, 심방생(諶方生)의 <뜰을 노닐며 노래하다(遊園詠)>, 유천(庾闡)의 <손등의 은거(孫登隱居詩)>, 사혼(謝混)의 <서지에서 노닐다(遊西池)>, 사장(謝莊)의 <산속에서 밤에 근심하다(山夜憂)> 모두 "크게는 반드시 하늘과 바다를 담고, 작게는 풀과 나무도 빼놓지 않았다(大必籠天海, 細不遺草樹)."[172] 사령운이 산수시에 감정을 기탁한 것을 보면, 산수 속에 철리를 모았으면서도, 동서를 조망하고 좌우를 바라보며 상하좌우 하나도 빠뜨리지 않았고, 윗 구에서 산을 표현하면 아래 구에서는 강을 표현하는 공식을 만들어내어, "조화의 신비를 느껴 마음에 싫증도 없고, 경물을 보면 애착은 더욱 두터워져(撫化心無厭, 覽物眷彌重)"(<於南山往北山經湖中瞻眺>) 마음에서 싫증나지 않았으므로, 묘사하는 필묵도 자연히 지루하지 않았다.

진송 시인들은 시선이 옮겨가는 대로 그대로 묘사해내는 표현방식의 한계로 인해, 경치를 관찰할 때 각도를 선택할 줄 몰랐고, 파노라마식의 배열에 익숙했다. 유송의 궁정응조시(宮庭應詔詩) 중 산수유람시는 현언적 성분은 많지 않지만, 대부분이 높이 올라 멀리 바라본 경치를 사실적으

---

172) 白居易 <讀謝靈運詩>.

로 묘사하는데 치중하여, 경물을 동쪽에서 하나 서쪽에서 하나씩 취함으
로써 전체적인 인상을 가질 수가 없었다. 즉 조기 산수화가 위치 선택에
만 주의를 기울여, 생동감이나 기운이 결여되었던 것과 같은 이치다. 사
령운의 산수시는 대부분 전아한 어휘를 사용하여, 지형의 기복 변화, 산
림과 하천의 분포 구조 등을 정확하게 스케치한다. 이것은 당시 산수시
의 공통된 특징인데, 그의 창조성은 경물의 배치에서 산수자연의 생생한
정취를 표현해낸 일부 시작품에서 발휘된다. <시녕현 별장에 들러(過始寧
墅)>의 중간 단락을 보자.

剖竹守滄海	발령 받고 영가군 태수로 가다가
枉帆過舊山	배를 돌려 고향에 들렀다.
山行窮登頓	산길을 꼭대기까지 오르내리고
水涉盡洄沿	물길 따라 한없이 오고가보는데
巖峭嶺稠疊	산등성이에는 험한 바위가 첩첩이고
洲縈渚連綿	물가 섬을 두른 물줄기는 끝이 없구나.
白雲抱幽石	흰 구름이 검푸른 바위를 안았고
綠篠媚淸漣	푸른 조릿대는 맑은 잔물결에 뽐낸다.
葺宇臨回江	강물 굽이진 곳에 초가집 엮어 짓고
築觀基曾巔	높은 산봉우리에 터를 잡아 누대를 지으리라.

시녕현에는 사령운의 조부와 부친이 묻혀있고, 고택과 별장이 있다.
이 시는 그가 영가태수로 부임하던 길에 시녕의 별장에 들러 바라본 정
경을 표현했다. 윗 구가 산을, 아랫 구가 강을 표현하여 대구를 이루었
고, 산을 끼고 강에 임해 있는 시녕 별장의 지세, 겹겹이 두른 산과 길게
이어지며 돌아드는 물길 등을 전개해냈다. 그 중 "백운(白雲)" 2구는 '포
(抱)', '미(媚)'와 같은 의인화된 동사를 사용하여, 흰구름이 검푸른 바위를
감싸 안고 푸른 대나무가 맑고 잔잔한 물결에 비치는, 한가롭고 자유로

우며 맑고 그윽한 정취를 써냈다. 이 2구로 인해 산림이나 샘물 등이 윤택하고 생기를 지니게 되었는데, 그렇지 않았다면 이 시는 긴 편폭에도 불구하고, 전형적인 별장 관광안내도에 불과했을 것이다.

사령운의 산수시는 대부분 유람의 순서에 따라 도중에 보이는 경치를 적어 내려가는 이보환형법(移步換形法)으로 쓰였다. 이러한 구조는 서진의 일부 초은시에서 처음 사용되었는데, 시선을 따라 적어 내려가는 표현방식에 아주 적합하다. 사령운의 시는 이러한 구조가 갖는 장점을 잘 살려, 밋밋하게 쌓아올리기만 한 구조에서 벗어났다. 그 예로 <영가강의 섬에 올라(登江中孤嶼)>를 들 수 있다.

江南倦歷覽	영가강 남쪽은 실컷 유람 했는데
江北曠周旋	영가강 북쪽은 둘러본지 오래구나.
懷新道轉逈	새로운 경치 보려니 길은 멀고
尋異景不延	특이한 경치 찾자니 시간 너무 짧구나.
亂流趨正絶	강물 가로질러 맞은편으로 가는데
孤嶼媚中川	섬 하나가 가운데에서 자태를 뽐낸다.
雲日相輝映	구름과 해가 서로 어울려 비치고
空水共澄鮮	하늘과 강물이 모두가 맑구나.
表靈物莫賞	신령함을 보여도 감상하는 이가 없으니
蘊眞誰爲傳	신선계의 진면목 누가 전해주리요.
想像崑山姿	곤륜산의 자태를 상상해 보니
緬邈區中緣	속세와의 인연이 아득하기만 하구나.
始信安期術	이제야 믿겠구나 안기생의 장생술로
得盡養生年	천수를 다 누릴 수 있다는 것을.

먼저 강의 남쪽 유람에 싫증이 나서, 강 북쪽으로 배를 돌려 새로운 경치를 보는 즐거움을 표현했다. 길은 멀고 시간은 많지 않아 마음이 조급한데, 갑자기 물길이 나뉘더니 노을이 물든 맑은 강물 위에 아름다운

섬이 하나 나타났음을 묘사했다. 앞에서 강 남쪽에서 북쪽으로 배를 돌려 돌아온 것에 대한 표현이 있음으로 해서, "구름과 해가 서로 어울려 비치고, 하늘과 강물이 모두가 맑구나"와 같은 명구가 붉은 저녁노을처럼 드러나서, 강물과 하늘이 서로 비치며 맑게 빛나는 아름다운 경치가 아주 선명하고 인상 깊게 표현될 수 있었다. 또 <근죽간에서 산을 넘어 계곡을 내려가며(從斤竹澗越嶺溪行)>는 그가 새벽에 산에 들어와 계곡을 따라 내려가며 보고 느낀 것을 써냈다.

猿鳴誠知曙	원숭이 울어대니 새벽이 확실한데
谷幽光未顯	계곡은 깊어서 빛이 아직 비치지 않는다.
巖下雲方合	바위 아래는 구름이 서서히 모여드는데
花上露猶泫	꽃잎에는 이슬도 그대로 맺혀있구나.
逶迤傍隈隩	구불구불한 산모퉁이 끼고서
迢遞陟陘峴	저 멀리 절벽과 고개를 오른다.
過澗旣厲急	시내를 만나면 급류를 건너고
登棧亦陵緬	잔도에 올라서서 깊은 계곡을 내려 본다.
川渚屢徑復	냇물 가를 몇 번이고 오가다가
乘流玩回轉	배를 타고 빙빙 돌며 감상한다.
蘋萍泛沈深	부평초는 깊은 물 위에 떠 있고
菰蒲冒淸淺	창포는 맑은 물위로 자랐다.
企石挹飛泉	바위 위에 발 돋운 채 폭포수를 뜨고
攀林摘葉卷	나뭇가지 잡고서 새순을 따본다.
想見山阿人	산에 사는 신선 만나고 싶으니
薜夢若在眼	벽려 옷에 여라(女蘿)요대의 신선이 눈에 선하다.

이 시는 '방(傍)', '척(陟)', '과(過)', '등(登)', '완(玩)', '읍(挹)', '적(摘)' 등 다양한 동사들을 사용해, 시인이 산에 오르고 물을 건너며, 나뭇가지를 잡고 올라 나뭇잎을 따는 동작 등을 표현했으며, '위이(逶迤)', '초체(迢遞)',

'여급(厲急)', '심침(沈深)', '청천(淸淺)' 등의 쌍성어, 첩운어 등을 이용해, 깊은 산속을 휘돌아 흐르는 구불구불한 계곡의 모습을 그려냈다. 또 산길을 따라 바위틈이나 깊고 얕은 물에서 다양하게 자라는 꽃의 모습을 통해, 경물이 산길과 발길에 따라 모습이 바뀌어 빼어난 경치를 만들어 냄을 표현했다. 이러한 구조는 후일 왕유의 <청계(淸溪)>시에서 지향할 목표가 되었다. "바위 아래는 구름이 서서히 모여드는데, 꽃잎에는 이슬도 그대로 맺혀있구나"는 날이 점차 밝아와 바위아래에서는 구름이 피어나지만, 새벽 여명이 비치지 않는 계곡은 아직 어두워 그 어렴풋함 속에서 꽃잎의 이슬이 반짝이는 장면을 통해, 산행의 이름과 계곡의 일출의 늦음을 표현했다. 관찰이 아주 세심하고, 붓끝에 마치 새벽이슬을 담고 있는 듯하다. 다음은 <팽려호에 들어서며(入彭蠡湖口)>이다.

客遊倦水宿	나그네로 떠도니 선상 생활도 지겹고
風潮難具論	뱃길이 험난함이야 다 말하기 어렵지.
洲島驟回合	배가 지날 때는 물섬 빠르게 모여드는 듯
圻岸屢崩奔	강가 언덕은 금세라도 무너질 듯.
乘月聽哀狖	달빛 아래에서 슬픈 원숭이 울음소리 듣고
浥露馥芳蓀	이슬 맞으며 향기로운 창포향기 맡는다.
春晚綠野秀	봄이 저물어 푸른 들판 아름답고
岩高白雲屯	바위 높으니 흰 구름도 쉬어간다.
千念集日夜	수 천 가지 상념 밤낮으로 모여들고
萬感盈朝昏	만 가지 감상이 조석으로 가득하구나.
攀崖照石鏡	벼랑 부여잡고 석경산 바라보고
牽葉入松門	나뭇잎 당기면서 송문 개울로 들어간다.
三江事多往	삼강의 일들은 모두 과거가 되고
九派理空存	구강의 물길만 덩그러니 남았구나.
…	…

이 시는 물길에서 산행으로 옮겨가는 순서에 따라, 팽려호 입구에 들어설 때의 두 가지 다른 경계를 대비적으로 묘사했다. 즉 물결 끝없이 흐르고 파도 높게 치던 경치에서 푸른 들판과 흰 구름이 쉬어가는 경치로 바뀌면서, 시인도 갑자기 동경(動境)에서 정경(靜境)으로 진입하게 되는 신선하고 즐거운 기분을 표현했다. "춘만(春晚)" 2구는 사령운이 다른 시에서 추구했던 깊고 섬세함과는 다르다. '녹(綠)'과 '백(白)'의 선명한 색채, 평야나 높은 바위 등과 같은 지세 등을 대비적으로 결합시켜, 늦은 봄날의 호수에 뜬 흰 구름과 밝은 달, 아름다운 산야 등의 수려한 경치 및 상쾌하고 명랑한 느낌을 개괄했는데, 전체 시가의 장활한 기세와 아주 잘 어울린다.

사시(謝詩) 가운데 일부 좋은 작품은 파노라마식의 배치나 유람의 순서대로 경물을 묘사하는 구조를 이미 완전히 탈피하여, 취경(取景)의 각도를 선택하기 시작했다. 시점을 분산에서 집중으로 바꾸어 주요 대상을 쉽게 부각해냄으로써, 산수시가 완정한 의경을 창조할 수 있는 중요한 출발점이 되었다. 그 예가 <저녁에 서쪽 활터를 나서다(晩出西射堂)>이다.

步出西城門	걸어서 서쪽 성문을 나서며
遙望城西岑	멀리 서쪽 산을 바라본다.
連鄣疊巘崿	이어진 산비탈은 첩첩히 솟아있고
靑翠杳深沉	푸르른 산색은 아스라이 짙구나.
曉霜楓葉丹	새벽 서리에 단풍잎 붉고
夕曛嵐氣陰	저녁노을에 산 아지랑이 짙다.
節往戚不淺	흐르는 세월에 서글픔 커져
感來念已深	시절 경물을 바라보니 수심 이미 깊다.
羈雌戀舊侶	새장 속의 새는 옛 짝이 그립고
迷鳥懷故林	길 잃은 새는 옛 숲이 그리운 법.
含情尙勞愛	마음속에 애정은 여전한데

如保離賞心   친구 떠난 슬픔을 어찌 할 수 있으리.
撫鏡華緇鬢   거울을 보니 검던 머리 희었고
攬帶緩促衿   허리띠를 당겨보니 끼던 옷 느슨해졌구나.
安排徒空言   그런대로 지낸단 말은 그저 허튼 말일뿐
幽獨賴鳴琴   외로움 속에서 거문고나 타련다.

전반수는 색채가 짙고 선명한 유화 사생화 같다. 먼저 첩첩의 산봉우리가 산안개 속에서 짙푸른 색으로 용해되었다. 서리를 맞아 붉게 물든 단풍 숲이 석양 아래에서 더욱 선명하다. 시인은 시선을 성의 서문 한 곳에만 두었기 때문에 모두 원경으로 써내게 되었고, 또 석양 무렵 서산 원경의 색채적 특징만을 취하여, 노을이 지는 산의 아름다운 화면을 집중적으로 표현해 낼 수 있었다. 다음에는 석양 풍경에서 흐르는 세월에 대한 탄식으로 전환되므로, 그저 무병신음(無病呻吟)하는 작품만은 아니다. <남정에서 노닐며(遊南亭)>도 서녘 경치를 표현했는데, 황혼녘 교외에 비가 막 개었을 때의 경치다.

時竟夕澄霽   저녁이 되어서야 맑게 개이니
雲歸日西馳   구름은 돌아가고 해는 서쪽으로 내달린다.
密林含餘淸   울창한 숲에는 맑은 기운 아직 남았고
遠峰隱半規   먼 봉우리에는 해가 반쯤 걸렸구나.
久痗昏墊苦   장마의 고통 오래전에 싫증 난 터라
旅館眺郊岐   유람길 여관에서 멀리 갈림길을 바라본다.
澤蘭漸被徑   연못가 난초는 점점 오솔길을 덮고
芙蓉始發池   부용은 연못에서 막 피기 시작한다.
未厭靑春好   봄날 아직 다 즐기지도 못했거늘
已睹朱明移   어느새 여름으로 바뀌었구나.
戚戚感物歎   애석하게 경물의 변화를 탄식하고
星星白髮垂   희끗희끗 백발도 늘었도다.

藥餌情所止	보약과 미식에 마음을 끊었더니
衰疾忽在斯	늙음과 질병이 홀연 와 버렸구나.
逝將候秋水	내 장차 가을물 일 때를 기다리려 해도
息景偃舊崖	저무는 태양은 산벼랑으로 넘어가겠지.
我志誰與亮	이 내 뜻을 누구에게 말하나?
賞心惟良知	마음 통하는 이는 오직 친구뿐이구나.

시인은 장마가 끝나고 날이 개었을 때의 기쁨을 표현했는데, 긴 비가 막 개었음을 보여주는 경치를 집중적으로 묘사했다. "울창한 숲에는 맑은 기운 아직 남았고"는 비 온 후 깊은 숲속의 신선한 공기에서 촉촉함을 느낄 수 있고, "먼 봉우리에는 해가 반쯤 걸렸구나"는 선명한 몇 개의 도형으로 반원모양인 석양의 윤곽을 그려냄으로써, 비 갠 후 운무 하나 없는 맑은 하늘을 볼 수 있게 한다. 두 구는 경물의 앞뒤 층차를 상대적으로 뚜렷하게 구분함으로써, 비가 개인 후 공기가 맑고 그래서 멀리까지도 바라볼 수 있음을 써냈다. 오솔길을 가득 매운 난초와 연못에 핀 부용은, 비 온 후 더욱 윤기 있는 화초의 모습을 표현한 것으로, 늦봄과 초여름의 경치를 부각시켰다. "봄날 아직 다 즐기지도 못했거늘, 어느새 여름으로 바뀌었구나"는 <초사·대초(大招)>의 "푸른 봄은 다 끝나 가건만, 태양은 밝게 빛날 뿐(靑春受謝, 白日昭只)"과 ≪이아(爾雅)≫의 "여름에는 태양이 붉게 비친다(夏爲朱明)"라는 의미를 사용했는데, 쌍관어로써 봄이 가고 여름이 오며 해가 서쪽으로 기울어 가는 것에 대한 아쉬움뿐 아니라, 자신의 청춘이 스러져가는 것에 대한 안타까움을 표현한 것이기도 하다. "내 장차 가을물 일 때를 기다리려 해도, 저무는 태양은 산벼랑으로 넘어가겠지"는 <장자·추수(秋水)>의 "가을 물이 때가 되어, 모든 개천이 황하로 몰려드니, 흐르는 물이 매우 커져서, 양쪽 기슭이나 언덕 사이에 있는 소와 말을 분별할 수 없었다(秋水時至, 百川灌河, 涇流之大, 兩涘渚

崖之間, 不辨牛馬)”는 뜻을 이용해, 가을물이 일 때를 기다리려 해도, 세월이 빨라 해가 순식간에 산 너머로 넘어가 버린다고 표현한 것이다. '가을물(秋水)', '저무는 태양(息景)'은 앞에서 말한, 오랜 장맛비나 석양의 풍경 등과 자면(字面)의 형상이 잘 어울릴 뿐 아니라, 계절감을 늦봄 해질 무렵에서 가을 석양녘까지 하나로 연결시켰다. 따라서 이 시는 비록 정과 경이 두 단락으로 나뉘기는 했지만, 후반수의 감정표현과 전고가 전반수의 경물묘사와 함께 형상의 상호 조화와 의미상의 상호 보조를 추구한 것이어서, 전편의 구조적 완성도가 비교적 높다. <백안정에 들러(過白岸亭)>는 영가 부근 백안정 주위의 산수 경치를 묘사했다.

拂衣遵沙垣	옷자락 흔들며 모래담을 따라
緩步入蓬屋	느긋한 걸음으로 쑥대 엮은 정자에 들어선다.
近澗涓密石	가까운 계곡물은 돌 틈 사이를 흐르고
遠山映疏木	먼 산은 성긴 나무 사이로 보인다.
空翠難強名	푸른 기운 말로 설명하긴 어려우나
漁釣易爲曲	고기 잡으며 몸을 숨기기에는 좋구나.
援夢聆靑崖	넝쿨 부여잡고 절벽을 내려다보니
春心自相屬	봄날의 흥취가 저절로 일어난다.
交交止栩黃	귀여운 꾀꼬리 상수리나무에 내려앉고
呦呦食蘋鹿	사슴은 부평초를 먹는다지만
傷彼人百哀	임금 위해 순장된 저들을 슬퍼하다가
嘉爾承筐樂	성은으로 연회를 하사받은 이들을 축하한다.
榮悴遞去來	영화와 쇠락은 번갈아 찾아오고
窮通成休戚	궁함과 통함에 따라 기쁨과 슬픔이 결정되는 법.
未若長疏散	차라리 벼슬 영원히 버려두고
萬事恒抱樸	언제나 소박함을 지니는 것이 낫겠구나!

　《역대명화기(歷代名畵記)》에 의하면 사령운 일가는 모두 그림을 잘 그

렸다고 한다. 이 시의 앞 4구는 선으로 소밀(疏密) 대비를 표현하는 중국 회화의 특징을 취경(取景)에 사용한 것으로, 그의 회화적 수양에 힘입은 것이다. 정자 옆으로 졸졸 흐르는 물줄기가 계곡의 돌 틈으로 흘러 들어가고, 멀리 하늘가로 둘러쳐진 산등성이와 듬성듬성 늘어선 나무가 조화롭다. 근경(近景)에는 선을 밀집시키고 원경(遠景)에는 선을 적게 사용하는 등의 대조를 통해, 화면에 공간적 거리를 둠으로써, 앞뒤의 구조감이 분명해지도록 했다. '공취(空翠)' 2구는 《노자》의 "내가 그 이름을 알지 못하는데, 그것을 글자로 도라 이르고, 억지로 이름 하여 크다고 말한다(吾不知其名, 字之曰道, 强名之曰大)"와 "굽으면 즉 온전하다(曲則全)"의 의미를 사용한 것이다. 산수의 아름다움과 낚시의 즐거움에 현리를 담았는데, 푸른 기운의 아름다움은 형용하기 어렵다는 것을 빌어, 자연의 이치는 억지로 설명하기 어렵다는 쌍관적 의미까지도 표현했고, 강이 굽이도는 곳에서 고기를 낚을 수 있다는 내용을 빌어, 은자는 은거를 이용해 자신을 보전하기 쉽다는 쌍관적 의미까지도 내포한다. 경물 속에 현리를 담은 대구를 연결고리로 삼아, 경물묘사 부분과 철리 서정 두 부분을 연결했는데, 이것은 사령운이 자주 사용했던 기법이다. 시에 묘사된 쓸쓸하면서도 담원(淡遠)한 경치와 시인이 원하는 한가한 은거생활은, "바탕을 보고 근본을 품는(見素抱樸)"[173] 경지로 돌아간다는 점에서 정서상 서로 일치한다. 따라서 정경이 비록 교융 하지는 못했어도, 전체 시가 기본적인 조화는 잃지 않았다. <석벽정사에서 돌아오다 호수에서 짓다(石壁精舍還湖中作)>는 그가 석벽을 즐겁게 유람한 후 무호택(巫湖宅)으로 돌아올 때의 감상을 적은 것으로 역시 좋은 작품이다.

昏旦變氣候　　　아침저녁으로 기후가 바뀌고

---

173) 《老子》.

山水含淸暉	산과 강은 맑은 햇빛을 머금고 있다.
淸暉能娛人	맑은 햇빛은 사람을 즐겁게 하니
遊子憺忘歸	유람객이 편안하여 돌아갈 것도 잊었구나.
出谷日尙早	계곡을 나올 때는 날이 아직 일렀었는데
入舟陽已微	배에 타니 햇빛 이미 약해졌네.
林壑斂暝色	숲과 골짜기에는 어둠이 드리우고
雲霞收夕霏	구름 속으로 석양빛이 거두어진다.
芰荷迭映蔚	마름과 연잎 서로 비치어 울창하고
蒲稗相因依	부들과 피나무는 서로 기대어 있다.
披拂趨南徑	수풀 헤치며 남쪽 오솔길을 급히 걸어서
愉悅偃東扉	즐거운 마음으로 동헌에 와 드러누웠다.
慮澹物自輕	생각 담담하니 외물은 절로 가볍게 느껴지고
意愜理無違	마음 즐거우니 이치에 어긋남 없도다.
寄言攝生客	섭생객에게 한 마디 하노라니
試用此道推	이런 이치 한 번 따라 해 보시게나.

첫 4구는 맑은 햇살 속에서 산수 간을 노닐다가 돌아갈 것조차 잊어버린 즐겁고 경쾌한 마음을 표현했다. "맑은 햇빛은 사람을 즐겁게 하니"구로 평소 산수 감상을 즐기는 시인의 소양을 알 수 있는데, 자연스럽고 우아하여, 양진(兩晉) 사대부들이 산수나 인물을 품평한 명언들과도 견줄 만하다. 그 다음은 해가 넘어가고 남은 노을마저 거의 거두어졌을 때의 석벽과 호수의 경치를 집중적으로 묘사했다. '임학(林壑)' 2구는 저녁 어스름이 골짜기에 드리우고, 저녁노을은 점점 하늘가로 거두어짐을 쓴 것으로, 앞이 탁 트인 지대에서 경치를 바라보고 있음을 정교하고 정확하게 표현했다. 즉 먼 곳에 어둠이 내리는 것을 보았을 때의 느낌으로, 시인이 경물을 섬세하고 깊게 관찰함을 보여준다. 호수의 울창하면서 조화로운 마름과 연잎, 저녁바람에 서로 기대어 흔들리는 부들과 피나무는 모두 어슴푸레한 석양 아래에서 본 것으로, 경물묘사가 섬세하기는 하지

만 역시 저녁 안개라는 하나의 색조로 뒤덮여 있다. 다만 마지막 4구의 현언이 여전히 사족 같아 단점이다. <석문산 바위에서 묵다(石門巖上宿)>는 그의 시에서 유일하게 현리가 등장하지 않고 정경교융(情景交融)하는 수작이다.

朝搴苑中蘭	아침에는 정원에서 난을 꺾으며
畏彼霜下歇	서리 내려 시들지 않을까 걱정하고
暝還雲際宿	저녁에는 구름 속 숙소로 돌아와
弄此石上月	바위 위의 달을 감상한다.
鳥鳴識夜棲	새가 울면 저녁 되어 둥지로 돌아옴을 알고
木落知風發	나뭇잎 지면 바람이 붐을 알겠지만
異音同致聽	여러 소리가 한꺼번에 귓가에 맴도니
殊響俱清越	색다른 울림이 되어 아주 맑고 높구나.
妙物莫爲賞	이 오묘한 사물 함께 감상할 이 없으니
芳醑誰與伐	향기로운 술인들 누구에게 자랑하랴?
美人竟不來	그리운 사람 끝내 오지 않으니
陽阿徒晞髮	언덕에서 그저 머리나 말린다네.

이 시는 홀로 석문에서 잠을 자며 밤에 가을 달을 감상하는 정회를 서술했는데, 전체적으로 청각적 표현을 통해 경치를 묘사해서, 야외에서 잠을 잘 때 느낄 수 있는 최고의 경지를 얻어냈다. 새가 우는 것으로 산짐승이 둥지에 들어 잠을 청한다는 것을 알 수 있고, 떨어지는 나뭇잎에서 산에 바람이 불기 시작했음을 느끼게 된다. 귓가로 몰려드는 산속의 여러 가지 음향이 아주 맑고 조화로운데, 그 느낌은 극도로 고요한 환경과 심경 속에서 더욱 배가된다. 시는 비록 "눈에 보이는 것 위주로 시를 쓰지는 않았으나(不以目治)",174) 시인이 달빛 아래 홀로 앉아, 정신을 모아

---

174) 張玉谷 ≪古詩賞析≫.

귀 기울여 산속 음향을 듣는 정취가 두드러진다. 수미(首尾)는 <이소(離騷)>의 "아침에는 언덕의 목란을 따서 꽂고(朝搴阰之木蘭兮)"와 <구가(九歌)·소사명(少司命)>의 "임과 함께 함지에서 머리감고, 양곡에서 그대의 머리를 말리네. 미인을 바라보아도 오지 않으니, 바람 맞으며 실의에 젖어 큰소리로 노래하네(與汝沐兮咸池, 晞汝髮兮陽之阿. 望美人兮未來, 臨風怳兮高歌)"의 의미를 부여한 것이다. 시인은 이렇게 아름다운 경치 앞에서 마치 신선세계에 온 듯한 황홀한 느낌을 받았으며, 그리하여 자신의 청고(淸高)하고 고요한 심정을 세상을 내려다보며 홀로 고고하게 좋은 향기를 감상하는 수준으로까지 승화시켰다. 이것은 <초사>의 격조와 밤을 지새우는 느낌을 성공적으로 융화시켜 새로운 의경을 창조한 것이다.

사시의 주요 풍격은 정교하고 섬세하고 아름다우면서, 아주 회삽하고 무거운 것이지만, 가장 뛰어난 것은 역시 조탁을 하지 않은 자연스러운 명구들이다. 예를 들면 "광활한 들판에 모래언덕 깨끗하고, 드높은 하늘에 가을달이 밝구나(野曠沙岸淨, 天高秋月明)"(<初去郡>)구는 생동적이고 명쾌한 언어로, 달밤 너른 들판의 고원(高遠)하고 고요한 경계를 표현했는데, 대구도 정교하다. "밝은 달은 쌓인 눈에 반짝이고, 삭풍은 거세고 구슬프다(明月照積雪, 朔風勁且哀)"(<歲暮>)는 구법과 "어휘의 운용이나 형태의 묘사에 있어서, 두드러지는 장점만을 살리는(驅辭逐貌, 唯取昭晰之能)" 한위 고시의 표현방식을 사용하여, 흰 눈 위에 비치는 달빛이나 매섭게 부는 북풍에 대한 직관적인 인상을, 눈으로 보고 귀로 들은 대로 소박하게 써냈는데, 꾸미거나 형용하지 않아서 읽는 사람까지도 추위를 느끼게 한다. <연못 누각에 올라(登池上樓)>는 시인이 오랜 투병생활 후 누각에 올라 봄 경치를 바라볼 때의 신선함을 썼다. 즉 "봉록을 쫓아 궁벽한 바닷가로 와서, 병들어 누운 채 빈 숲만 마주하고 있었네. 병상에 누워있으니 절기도 알지 못해, 커튼 걷고 잠시 밖을 나와 본다. 귀 기울여 물 흐르는 소리를 듣다가, 눈을 들어 우뚝 솟은 산을 바라보는데, 초봄의 햇살이 겨울바람 몰아내고, 신선한 햇볕은 묵은 음기를 바꾸니, 연못가에는 봄풀이 돋고, 정원의 버들에는 새소리가 바뀌었구나. <빈가> 노랫소리에 마음이 상하고, <초음> 가락에는 감개가 크구나(徇祿及窮海, 臥痾對空林. 衾枕昧節候, 褰開暫窺臨. 傾耳聆波瀾, 舉目眺嶇嶔. 初景革緒風, 新陽改故陰. 池塘生春草, 園柳變鳴禽, 祁祁傷豳歌, 萋萋感楚吟)" 이다. 계절의 변화도 모르고 오랫동안 병상에 누워있었던 사람이, 화창한 초봄에 우연히 누각에 올라 경치를 접하게 되면, 자연히 겨울이 가고 봄이 오는 계절의 변화에 아주 민감하게 된다. "연못가에는 봄풀이 돋고, 정원의 버들에는 새소리가 바뀌었구나"는 바로 온 뜰에 가득한 봄빛을 우연히 보고서, 무한한 신선감과 슬픔을 느끼며 자연스럽게 읊어져 나온 좋은 구절이다. 계절의 변화, 신구의 교체, 세월의 부질없음 … 등 눈앞에 펼쳐진 생기 가득하고 아름다운 봄 경치 속에 무한한 감개가 응집되어 있다. 사령운 스스로 "이 말에는 신의 도움이 있었다(此語有神助)"고 했으니, 그가 창작에서 추구한 것이 바로 "장형(張衡)과 좌사의 염려한 수사를 버리고(廢張左之艶辭)", "외형적 꾸밈을 제거하고 본질을 취하며, 그 마음을 얻기도 하는 것(去節取素, 儻値其心)",175) 즉 소박하고 자연스러운 언어와 선명하고 생동적인 형상으로 느낌 그대로 써내는 것임을 알 수 있다. 양진(兩晉) 이후로 시풍은 갈수록 심오하고 전아해져서, 진송 시인들도 어쩔 수 없이 그러한 어휘 속에서 새로운 뜻을 찾는데 익숙해졌고, 심지어 억지로 근거 없이 만들어 내기도 했지만, 자연스러운 구어 속에서 새로운 시가 언어와 의경을 제련해내지는 못했다. 그들은 아주 생소하고 회삽한 풍격에 익숙해져서, 평이하고 자연스러운 것이 오히려 어려웠다. 사령운 시의 그러한 "비유컨대 청송이 관목

---

175) <山居賦>.

을 뚫고 우뚝 서듯, 백옥이 티끌 모래에서 반짝이듯(譬猶靑松之拔灌木, 白玉之映塵沙)”(≪詩品≫)한 좋은 구절들은 그가 난해한 시가에서 평이한 시가로의 변혁을 위해서 각고의 노력을 기울여, 시가가 점점 전아하고 규범적이면서 생동감이 없는 껍데기를 벗어내고, 간약(簡約)하고 평이(平易)하며 말하듯 명백한 방향으로 발전하고 있음을 나타낸다.

사령운의 산수시는 중국고전시가에 세밀하고 공교하게 사물을 묘사하는 단계를 새로이 개척했다. 그는 경물을 “눈을 자극하고 마음을 이끌어내는, 혹은 실이 나누어지고 합해지는 것처럼 세밀한 순간에(於擊目經心, 絲分縷合之際)”176) 선택하여, 경물의 형태와 정태를 진실하고 정확하게 묘사해 냄으로써, 깊이 숨겨진 면을 찾아내고 세세한 형태까지 아주 뛰어나게 묘사해내는 경지에까지 이르렀다. 이것은 일반화된 “공교한 구상으로 그 대상을 똑같이 표현하는 것(巧構形似之言)”에서 벗어나, 경물의 주요 특징을 포착하고 선명한 예술적 형상을 제련해 내는 방면에서, 후세 산수시를 위한 귀중한 창직경험이 되었다. 심덕삼(沈德潛)이 “시는 송에 와서, 성정은 점차 가려지고, 성색이 크게 열렸으니, 시운의 전환기였다(詩之於宋, 性情漸隱, 聲色大開, 詩運轉關也)”고177) 했는데, 이 변화에서 사령운의 역할을 낮게 평가할 수 없다. 하지만 사령운의 창작은 “본성을 설명하며 드러내고, 감정을 다 전달하고자 애쓰고(稱性而出, 達情務盡)”,178) “기세가 완곡하거나 굽히거나 펼치며, 그 뜻을 다 드러내고자 애써서(取勢宛轉屈伸, 以求盡其意)”,179) 여전히 진송 이전의 고시가 감정을 곧바로 드러내면서 여운을 남기지 않던 기본적 특징을 그대로 따르고 있다. 객관적인 아름다움이 중심이 되는 시가에서, 정과 경의 관계를 어떻게 처리해야 하는가

---

176) 王夫之 ≪古詩評選≫ 卷5.
177) ≪說詩晬語≫.
178) ≪朵菽堂古詩選≫.
179) 王夫之 ≪夕堂永日緖論內編≫.

하는 문제는 제량의 신체시가 해결해야 할 과제다.

제3절 포조(鮑照)와 칠언 악부시

포조(412?~466)는 자가 명원(明遠)이고, 동해(東海, 현 강소성 漣水縣 북쪽) 사람으로, 건강(建康)에 거주했으며 한문(寒門) 출신이다. 26세에 임천왕(臨川王) 유의경(劉義慶)에게 시를 바쳤는데, 그로 인해 국시랑(國侍郞)에 발탁되었으며, 임천왕을 따라 강주(江州), 광릉(廣陵) 등지로 부임했다. 31세 때 임천왕이 사망하자, 그는 시랑직을 스스로 그만두고 임천왕을 위해 복상(服喪)한 후 귀향했다. 뒤에 또 시흥왕 유준에 의해 국시랑(國侍郞)에 뽑혀 경사(京師) 각지의 지방관으로 나아갔다. 그의 나이 40세 때, 시흥왕과 태자 유소(劉劭)가 반역을 꾀하여 태자가 문제를 죽이는 등 종실 간의 다툼이 빈번한 가운데, 효무제가 즉위하고 시흥왕이 살해되었다. 포조는 반란이 발생하기 전에 이직하여, 다행히 죽음을 면할 수 있었다. 효무제 시기, 포조는 해우령(海虞令), 태학박사(太學博士) 겸 중서사인(中書舍人) 등의 관직을 차례로 역임했고, 말릉령(秣陵令)으로 나갔다가 영가령(永嘉令)으로 옮기기도 했다. 이듬해 임해왕(臨海王) 유자욱(劉子頊)의 전군행참군(前軍行參軍)에 제수되어 서기 임무를 맡으며 줄곧 형주(荊州)에서 관직에 있었다. 명제(明帝) 태시(泰始) 2년(466), 강주자사(江州刺史) 진안왕(晉安王) 유자훈(劉子勛)이 칭제(稱帝)할 때, 임해왕도 군사를 일으켜 동조했다가 실패했고 포조도 병사들에 의해 살해되었는데, 이때가 53세였다.

포조는 연배가 사령운보다 늦어, 유송이 안정기에서 혼란기로 넘어가는 시기에 살았다. 그가 죽고 12년 후, 유송은 소제(蕭齊)로 교체된다. 출신이나 경력이 다른 까닭에, 시대에 대한 견해 역시 사령운과 달랐다.

그는 여러 차례 표문(表文)을 통해, 자신은 "북방의 몰락한 집안에서 태어나, 출신 역시 비천했으며(北州衰淪, 身地孤賤)",180) "가래를 지고 농사를 짓고, 굴레를 잡는 비천한 신분(負鍤下農, 執羈末皁)"임을181) 언급했다. 어려서부터 가난했던 집안 형편으로, 하층 백성들의 질고에 대해 비교적 깊이 체험했다. <의고>시에서 출사 전 자신의 가난했던 생활에 대해서 이렇게 묘사했다. "그늘진 대나무 숲에서 땔감을 묶고, 추운 산골짝 그늘에서 기장을 거둔다. 삭풍은 살결에 에이듯 불고, 우짖는 새소리에 마음 놀랜다. 연말에 토지세 다 내었건만, 정기 세금이라며 찾아와 거두어간다. 토지세는 함곡관으로 보내고, 가축의 꼴은 상림원으로 실어가겠지. 황하와 위수에는 얼음도 아직 녹지 않았고, 관롱 땅에는 눈이 때마침 깊이 쌓였는데, 관원들은 매질하며 처벌을 하고, 아전은 꾸짖으며 모욕을 준다. 높은 벼슬에 올라 마차 타고자 하는 마음은 접어두고 라도, 아직도 미굿긴에 엎드려있을 줄이야(束薪幽篁裏, 刈黍寒澗陰. 朔風傷我肌, 號鳥驚思心. 歲暮井賦訖, 程課相追尋. 田租送函谷, 獸槁輸上林. 河渭冰未開, 關隴雪正深. 笞擊官有罰, 呵辱吏見侵. 不謂乘軒意, 伏櫪還至今)"(제6). 시의는 비록 한사의 빈천함과 촌구석에서 묻혀 뜻을 펼칠 수 없는 굴욕적인 인생 등을 한탄하는데 있지만, 백성들에 대한 세금 수탈과 관가의 기만, 동지섣달의 추위 속에 고통스럽게 살아가는 백성들의 비참한 정경 등을 객관적으로 반영했다. 그는 이러한 생활에 만족하지 않고 주경야독하여, 마침내 문학적 재능으로 특별대우를 받게 되었다. 당시는 왕씨 사씨 등 대족들이 권세를 떨치던 시기였고, 북방에서 도망 온 명문 대족들은 너무 늦게 오는 바람에 한문(寒門)으로 치부되었다. 포조는 "북방 몰락한 집안(北州衰淪)"의 "한문 출신 비천한 신분(孤門賤生)"이었으나, 그가 오랫동안 맡은 왕부(王府)의 보좌직

---

180) <拜侍郎上疏>.
181) <謝秣陵令表>.

은 사족이나 한문 출신이 모두 맡을 수 있는 직무였다. 후일 효무제 때 맡았던 중서사인(中書舍人) 직책은 진대(晉代)에는 상류계층의 명문대족만 맡을 수 있었던 관직이었으나, 효무제가 사족과 한문을 병용한 것이다. 사서에 의하면, 포조 이후로 이 관직을 맡은 소상지(巢尙之), 대법흥(戴法興) 등도 모두 효무제가 신임했던 근신으로, "상과 벌 등의 처분을 가려내는 일(選授誅賞大處分)"에 참여했으므로, 이 자리가 황제가 "마음과 눈과 귀를 둘 수 있는(委寄心腹耳目)" 요직이었음을 알 수 있다.182) 포조의 경우만으로도 유송 시기 한사(寒士)들이 재능을 바탕으로 황제에게 임용되었다는 사실을 설명한다. 더구나 그가 관직에 처음 발을 디딘 때는 바로 원가의 안정기여서, 그로 하여금 시대에 대한 환상을 갖도록 했다. 그는 <하청송(河淸頌)>에서 "나라는 부유하고 형벌은 공정하며(國富刑淸)", "순박한 풍조에 풍속이 바뀌는(淳風遷俗)" 태평성세를 가영했고, 효무제 때는 또 <중흥시(中興詩)> 10수를 지어, "복된 세상을 만나 은혜가 넘치는(命逢福世丁溢恩)"(<代白紵舞歌辭>) 즐거운 심정을, "살면서 중흥의 시대를 만났으니, 기쁨이 일고 온갖 근심이 사라지며(生平値中興, 歡起百憂畢)", "이제 중흥의 시대를 만나 즐거우니, 근심 갖고 애태우지 않으리라(旣見中興樂, 莫持憂自煎)"라고 표현하기도 했다. 이 송사(頌辭)들은 당대의 군주에게 바치는 것이므로 과장된 부분이 없지는 않으나, 모두 마음에도 없는 진주문(陳奏文)만은 아니다. <대방가행(代放歌行)>에서도 "태평성대 다시는 만날 수 없으리니, 현명한 군주는 진실로 인재를 아낀다오. 명철한 사려는 하늘에서 주는 판단이라, 혐의와 시기를 받지 않는다오. 말 한 마디로 녹봉과 작위를 얻고, 하찮은 선행으로도 초야를 떠나 벼슬 할 수 있지. 어찌 그저 백옥만 하사하시겠소, 장차 황금대도 세워주시리라. 지금 그대는 무슨 근심

______

182) ≪資治通鑑≫ 卷128 참조.

으로, 길가에서 홀로 머뭇거리고 있소?(夷世不可逢, 賢君信愛才. 明慮自天斷, 不受外嫌猜. 一言分珪爵, 片善辭草萊. 豈伊白璧賜, 將起黃金臺. 今君有何疾, 臨路獨遲廻)"라 했다. 시인은 이 '태성성대'를 만나 크게 능력을 발휘할 수 있기를 희망하면서도, 한편으로는 불안해하며 망설이는 심리도 감추지 못했다. 바로 이러한 환상 때문에, 그는 <대출자계북문행(代出自薊北門行)>, <의고(擬古)> 등의 작품에서 건안 시기 청년의 의기와 입공의 정신을 재현해 낼 수 있었지만, 또 바로 그러한 환상으로 인하여 기회를 만나 나아가는 것과 위험 앞에서 멈칫거리는 모순 속에서 평생 갈등해야만 했다.

그러면, 포조가 멈칫거리며 망설인 원인은 무엇인가? 그의 전체 작품으로 보면, 출신이 고독하고 비천하여 동료들의 업신여김과 모함을 받기는 했지만, 이는 그를 분만스럽게는 했어도 앞날에 영향을 미치기에는 부족했다. 더욱 중요한 것은, 정치적 위험에 대한 그 자신의 두려움과 벼슬길의 더러움에 대한 증오 이 두 가지였다. 그는 일생동안 여러 명의 상관을 모셨는데, 그 중 가장 오래 모셨던 시흥왕 유순과 임해왕 유자욱이 모두 모반죄로 처형되었다. 따라서 그도 유송 황실 내부의 참혹한 찬탈에 대해 깊은 두려움을 지녔고, 종실의 전복으로 인해 목숨을 잃게 될까봐 항상 두려웠다. 비록 시흥왕이 반역을 일으켰을 때 그는 다행히 "오궁의 제비가 죄도 없이 둥지가 불태워지는(吳宮燕, 無罪得焚窠)"(<代空城雀>) 상황은 면했지만, "옛날 화살이 날던 새를 쏘아 다치게 하면, 화살 없이 튕기는 활소리에도 놀라 쓰러져 죽었다 하는데, 그저 목에 건 칼만 보아도 두렵거늘, 어찌 숨겨진 기미를 알아 챌 수 있으리오?(昔傷矢之奔禽, 聞虛弦之顚仆, 徒嬰刀而知懼, 豈潛機之能覺)"처럼, 화살을 두려워하는 새 신세와 같았다. 정치적으로 잠재된 위기는 알아채기 어렵다. 때문에 그는 세찬 바람을 타고 올라 만 리 밖 파도를 쳐부수고 싶은 웅심이 있었지만, 성난 파도 속에 서 있을 수는 없었으니, 즉 "높이높이 세찬 바람 타고, 펼럭펄럭 높은 돛을 올린다. 성난 파도가 멈추지 않으니, 배에 탄 사람은 느긋하게 서있을 수가 없구나(飄戾長風振, 搖曳高帆擧. 驚波無留連, 舟人不蹰竚)"(<代櫂歌行>)가 그 표현이다. 만약 "불빛이 반짝이는 밝은 곳으로 가겠다(赴熙焰之明光)"는 이상을 실현하려면, 나방처럼 "그늘진 풀 속에서 나와, 그곳에 목숨을 거는(拔身幽草下, 畢命在此堂)"(<飛蛾賦>) 대가를 치러야 했다. 그는 시대와 세상에 순응하겠다는 처세철학으로 벼슬길에서의 어려움을 해결하려고 했지만, "얼음과 숯은 서로 맞닿으면 안 되고, 칼날은 닿으면 안 되기 때문에(冰炭弗觸, 鋒刃靡延)", "위험을 만나면 등골이 오싹해지고, 오랑캐를 만나면 흩어져 버릴(逢險蹩脊, 值夷舒步)" 수밖에 없었고, 마치 자벌레처럼 "기회를 잘 살펴(見機而作)"(<尺蠖賦>) 변통(變通)을 잘하면 위험한 환경 속에서도 살아남아 발전할 수 있으리라고 여겼다. 그러나 실제로는 "물러나려 해도 의심받을까 두렵고, 나아가려 해도 벌레처럼 쓸모없는 존재가 되는 것이 슬픈(忌好退之見猜, 哀必進而爲蠹)"(상동) 곤경 속에 빠질 수밖에 없었다. 그는 의심 많은 효무제의 인정을 받았을 때조차도 자신의 문장은 "비루한 구절이 많다(多鄙言累句)"고 자책했을 정도이므로, 그의 성취에 대해서는 더 말할 필요가 없다. 따라서 정치적인 두려움이 바로 그가 "가슴 속에 품었던 포부가 날마다 작아졌던(懷抱日幽淪)" 주요원인이라 할 수 있다.

포조는 정직하고 당당하게 부귀공명을 추구했는데, 반드시 정도(正道)로써 얻어야 한다고 여겨서, "부귀는 사람들이 원하는 바요, 법도에 맞으면 또 무엇이 두려우랴(富貴人所欲, 道得亦何懼)"(<擬古>)라 했다. 파리나 짐승같이 구차한 신세로, 권세를 쫓는 소인들과 함께 "썩은 것을 쪼고 함께 비린 것을 삼켜야(啄腐共呑腥)"(<代升天行>) 하는 것도, 포조가 답답해하며 뜻을 펼칠 수 없었던 또 다른 주요 원인이다. 평민 정권이 비록 한사들에게 기회를 제공하기는 했어도, 높은 관직에 오르기 위해서는 능력이 아닌 권세에 결탁해야 했는데, 집권 세력은 대부분 황제 주변에 있는, 총애를 등에 업은 소인배들 이었다. 예를 들면, 포조를 이어 중서사인에 임명된 대법홍이나 소상지는 권세가 높을 때, "대법홍, 대명보는 많은 뇌물을 받았고, 무릇 추천하여 끌어 들이고자 하면, 말을 해서 되지 않는 것이 없어서, 천하 사람들이 모여드니, 문 밖은 시장을 이룰 정도였다(而法興明寶大納貨賄, 凡所薦達, 言無不行, 天下輻湊, 門外成市)."183) 포조는 그들의 전임자였는데, 성품이 강직해서 얼마 되지 않아 전보되었다. 힘들게 공부한 사람은 "십 년을 배워도 이룬 것 없는데(十載學無就)", 잘 나가는 무리는 "벼슬 잘하여 하루아침에 영달하였다(善宦一朝通)."184) 포조의 시에서 비판의 대상은 대부분이 그런 "황금을 품고 재물을 쫓는(懷金近從利)" "바쁜 벼슬아치, 전전긍긍하는 시정 관리들(擾擾遊宦子, 營營市井人)"(<行藥至城東橋>)이거나 또는 "빈천할 때는 생각지 않고, 부귀해지면 바로 잊어버리는(不憶貧賤時, 富貴輒相忘)"(<代邊居行>) 신흥귀족들이었다. 그는 <과보산갈문(瓜步山楬文)>에서 상상에 있는 조그마한 과보산을 빌어, 그것이 "멀리 있어 높아 보이고, 주변과 단절되어 우뚝 솟아 보이는데(因逈爲高, 據絶作雄)" "이것 역시 형세가 그렇게 만든 것이 듯(是亦居勢使之然也)", "고인들이 몇 촌 굵기의 피리가 있고 천근의 빗장을 가지고 있었던 것은, 그 재주가 뛰어나서가 아니라, 중요한 세력에 속해 있어서(古人有數寸之籥, 持千鈞之關, 非有其才絶, 處勢要也)"이며, "그러므로 재주의 정도는 세력이 얼마나 크냐만 못하다(故才之多少, 不如勢之多少遠矣)"고 개탄했다. 그가 말한 '중요한 세력(勢要)'은 문벌에 힘입어 고관에 오른 사람뿐만 아니라, 당시 포의 출신의 신흥귀족 혹은 여러 가지 수단으로 권세나 출사의 요로에 포진한 소인들도 포함된다. 이 갈문(楬文) 말미에서는 우주의 광활함, 대자연의 위대

---

183) ≪資治通鑑≫ 卷128.
184) ≪數詩≫.

함을 통해 인간세상의 모든 영욕시비(榮辱是非)를 부정한다. 즉 "바닷물처럼 위아래로 부침하는 무리들, 높이 쌓인 황금이나 옥같은 재물에 좌지우지되는 무리, 여기 붙었다 저기 붙었다 하는 무리, 쫓아내고 쫓아내야 하는 병적인 무리, 벗을 매도하고 이름을 파는 천박한 무리, 등창이나 치질을 핥는 듯 비루한 무리(沈河浮海之高, 遺金堆璧之奇, 四遷八聘之策, 三黜五逐之疵, 販交買名之薄, 吮癕舐痔之卑)"는 모두 역사의 창상 속에 미물로 변할 것이라고 하며 권세의 보잘 것 없음을 비추어내고 있다. 다른 작품에서도 그는 취생몽사(醉生夢死) 하는 권귀들에 대해서, "그릇은 가득 담아 균형을 잃으면 안 되듯, 물질은 풍부함에 빠지는 것을 피해야 한다(器惡含滿欹, 物忌厚生沒)"(<代陸平原君子有所思行>)고 여러 차례 경고한다. 그러나 포조도 결국은 공명을 추구하는 사람이어서, 세태에 대해 정확하게 꿰뚫어 보면서도, "남산의 얼룩무늬 표범이, 운무를 피해 바위에 숨는 것(南山之文豹, 避雲霧而岩藏)"(<飛蛾賦>)은 하고 싶어 하지 않았고, "사람들은 은혜와 의리 천히 여기고, 세상은 흥망성쇠 쫓아 달라지는(人情賤恩舊, 世議逐衰興)"(<代白頭吟>) 현실을 심히 불편해 하면서도, 빈천하고 곤궁함을 부끄러워하여 "곤궁한 세월은 시도 때도 없고, 어두운 낯빛은 사람들이 가엾어 한다. 한 순간에 회복해 낼 수 없으니, 부끄러움에 얼굴이 붉어진다(貧年忘日時, 黷顔就人惜. 俄頃不相酬, 惡怳面已赤)"(<代貧賤愁苦行>)고 했다. 그래서 그는 많은 시에서 한사의 불우함으로 인한 원망과 탄식을 표현했다. 그는 원대한 꿈이 세월과 함께 사라진 뒤, 소위 "하늘의 도는 누구에게나 고르고, 언제나 착한 사람과 함께 한다(天道無親, 常與善人)"는 등의 옛말에 대해서 의문을 가지며, "세월은 조금씩 멀어져 가는데, 가슴 속에 품었던 포부는 날마다 작아지는구나. 인생살이가 진실로 내게는 힘이 드는데, 하늘의 도는 누구와 함께 하는지?(年代稍推遠, 懷抱日幽淪. 人生良自劇, 天道與何人)"(<代蒿里行>)라 했다. 그는 세상사의 변화를 미리 예측할 방법이 없고 자신의 운명을 책임질 수 없다는 것에 괴로워하며, "인생은 세상사에 따라 바뀌는데, 그 세상 변화를 어찌 미리 알리오? 백년 인생 정해진 결과를 알기 어려우니, 천 번을 생각해도 종잡을 수가 없다(人生隨事變, 遷化焉可祈. 百年難必果, 千慮易盈虧)"(〈代邽街行〉)고 했고, 따라서 진퇴와 궁통(窮通), 생사의 변화, 성쇠의 뒤바뀜 등을 모두 "하늘의 질서에 따라 미리 정해져 있는 것(算冥定於天秩)"(〈觀漏賦〉)으로 돌린다. "공명도 학문도 내 뜻대로 되는 일이 아니요, 존망도 귀천도 하늘에 달려 있는 상태(功名竹帛非我事, 存亡貴賤付皇天)"(〈擬行路難〉 제5)에서, 시인의 비극은 바로 시대적 정치적 변동이, 그에게 출사에 대한 희망을 주는 동시에 성공에 대한 환상을 깨뜨려 버린데 있다. 부귀공명을 도모하기 위한 현실 순응적 처세철학 및 짙은 숙명론은 포조의 사상적 범속함과 소극적인 면을 보여준다. 또 인생의 가치에 대한 탐색 역시 완적이나 도연명만큼 깊지 못했다. 따라서 그의 시에서 "세월의 빠른 흐름에 대한 감상, 운명의 부침에 대한 슬픔(感歲華之奄謝, 悼遭逢之岌寂)"과 같은 큰 주제의 작품은 "식견은 깊지 않고, 이상이나 희망의 기탁 역시 깊지 않음(識解未深, 寄托亦淺)"을185) 드러낸다. 그러나 한사의 출사가 유리했던 시대적 환경 속에서, 그의 적극적이고 진취적이며 또 무언가 성취하려고 하는 정신은 아주 고귀한 것이다.

포조 시는 이백여 수가 현존한다. 형식면에서 의악부와 의고시가 절반 이상이다. 이것은 원래 위진 문인들의 창작 전통이다. 동진 현언시가 범람한 후, 도연명만 이러한 전통을 이어왔다. 송대에 와서 다시 의고적 경향이 보편적으로 출현했는데, 그 중 포조의 작품 수가 가장 많다. 그는 한위 고시의 서정언지적 전통을 회복하는데 힘썼고, 건안시인의 호협적 의기와 입공(立功)의 정신을 부활시켜 변새시를 개척했다. 이것은 시가

---

185) 《采菽堂古詩選》.

의 내용면에서 그의 대표적 공헌이다.

선진 시기의 ≪시경≫, <초사>에 이미 병사들의 전쟁생활을 묘사한 작품이 출현했다. 예를 들면, <소아(小雅)>의 <채미(采薇)>와 <출거(出車)>, <빈풍(豳風)> 중의 <동산(東山)>, <구가(九歌)> 중의 <국상(國殤)> 등은 변새시의 기원이라 할 수 있다. 진한 이후, 중원 왕조와 변방 여러 민족은 계속되는 전쟁 속에서 점점 융화되어갔는데, 한악부민가나 북조 악부민가 모두 이런 전란을 반영한 작품이 적지 않다. 그러나 문인들이 변새를 제재로 입공의 이상을 표현한 시가는 건안 이후에야 출현했다. 조식의 <백마편(白馬篇)>, 완적의 <영회> 가운데 <소년학격자(少年學擊刺)>나 <장사하강개(壯士何慷慨)> 시 모두 뛰어난 무예를 지니고 전쟁터에서 용감하게 목숨을 바치는 장사의 형상을 통해, 몸을 바쳐 나라를 지키겠다는 시인의 웅지를 기탁했는데, 호방하고 낙관적인 정신이 넘친다. 이러한 정신이 포조의 시에서 발휘될 수 있었던 것은 그 자신의 사상적 기질적 요인 외에, 당시의 역사적 배경과도 관련있다. 진송 교체기에, 유유는 여러 차례 북벌을 감행했고 장안을 한 차례 회복하기도 했었다. 유송과 북위의 전쟁이 계속 반복되자, 조정에서는 북벌을 주장하는 목소리가 아주 높아졌고, 문인들도 이에 동조했다. 원가 시기에 사령운도 하북 지역을 칠 것을 상소하기도 했다. 포조도 다소의 전쟁 경험이 있다. 원가 27년(450), 북위의 태무제(太武帝)가 남침했을 때, 신하들은 과보산에 잔도를 만들고 대거 결집했었다. 광릉성부(廣陵城府)는 전쟁 중 불타버렸다. 이듬해 북위 병사가 물러가고도, 포조는 시흥왕(始興王)과 함께 과보산에서 성을 지켰는데, 이 당시의 병화(兵禍)에 대한 감상이 그의 <무성부(蕪城賦)>에 반영되었다. 따라서 포조의 변새시에는 조식, 완적과 같이 입공에 대한 충만된 기개를 담았을 뿐만 아니라, 이상과 현실을 결합해내기도 했고, 변경의 풍물이나 정인(征人)의 변방에서의 우수 등과 같은 내용도 더해졌는데, 이를 통해 변새시의 제재범주가 확정되었다. 예를 들면 <대출자계북문행(代出自薊北門行)>은 연계(燕薊) 지방의 풍광과 전쟁 장면을 묘사하고, 시인의 몸을 바쳐 보국하고자 하는 이상을 표현했다.

羽檄起邊亭	다급한 공문 변방에서 날아들고
烽火入咸陽	봉화가 함양으로 전해져 오네.
征騎屯廣武	기병을 징발해 광무현에 주둔시키고
分兵救朔方	병사를 파견해 삭방을 지킨다.
嚴秋筋竿勁	가을이면 적군의 무기 강해지고
虜陣精且强	오랑캐 진영은 날래고 강해진다.
天子按劍怒	천자는 칼 들고 진노하니
使者遙相望	사신들 멀리서 연이서 행차하네.
雁行緣石徑	기러기 행렬 같은 대오로 돌길을 가고
魚貫度飛梁	물고기 꿰미 같은 행진 구름다리를 건넌다.
簫鼓流漢思	군악에 고향생각이 떠오르지만
旌甲被胡霜	깃발과 갑옷에는 북녘의 서리가 내린다.
疾風沖塞起	질풍이 변방 땅에 휘몰아쳐
沙礫自飄揚	모래와 자갈 마구 흩날린다.
馬毛縮如蝟	말의 털이 고슴도치처럼 얼어붙고
角弓不可張	굳어버린 각궁은 당겨지지 않는구나.
時危見臣節	위급한 시절에 신하의 절개를 볼 수 있고
世亂識忠良	난세라야 충신을 알 수 있다고 했지.
投軀報明主	목숨 바쳐 성군에게 보답하고
身死爲國殤	이 몸 죽어 순국자가 되리라.

이 시에서 호한(胡漢) 쌍방의 진지(陣地)에 대한 대조적 배치, 모래벌판에서의 격전에 대한 섬세한 묘사, 긴장감 있고 강건한 어세와 필력 등은 훗날 고적(高適)의 <연가행(燕歌行)>에 많은 계시를 주었다. <의고> 제3은 유주(幽州)와 병주(幷州) 소년들의 뛰어난 기마 솜씨와 활 솜씨를 표현

했는데, 송과 북위 간 전쟁이 반복되는 당시의 상황에서 공을 세우고자
하는 자신의 간절한 포부를 기탁한 것이다.

幽幷重騎射	유주와 병주는 말 타기와 활 쏘기를 중시하니
少年好馳逐	소년들은 말달리기를 좋아한다.
氈帶佩雙鞬	가죽 허리띠에 두 개의 화살집을 차고
象弧揷雕服	상아활을 화려한 화살집에 꽂았구나.
獸肥春草短	짐승들은 살지고 봄풀은 어린 언덕에서
飛鞚越平陸	나는 듯이 말을 달려 평원을 지른다.
朝遊雁門上	아침에는 안문산 위에서 노닐고
暮還樓煩宿	저녁에는 누번에 돌아와 묵네.
石梁有餘勁	돌다리에 쏜 화살엔 아직 힘이 남아있고
驚雀無全目	참새는 놀라 온전한 눈이 없구나.
漢虜方未和	한나라와 변방이 화친하지 못하여
邊城屢反復	변방 성들 여러 차례 뺏고 뺏겼었지.
留我一白羽	나에게 흰 깃 화살 하나 남겨준다면
將以分虎竹	부절 삼아 나눠 지니고 변방을 지키리라.

시의는 <백마편>을 계승한 것이지만 조식처럼 소년의 다양한 무예를
나열하지 않고, 궁사 복장을 잘 갖춰 입은 소년이 봄풀 아직 어린 벌판
에서 빠르게 말을 타며 수렵을 하는 모습을 선택하여, 경쾌하고 힘찬 템
포로 이른 봄 초원의 신선한 분위기와 소년 사냥군의 나는 듯한 풍채를
표현했다. "짐승들은 살지고 봄풀은 아직 어린 언덕에서, 나는 듯이 말
을 달려 평원을 지른다"와 "돌다리에 쏜 화살엔 아직 힘이 남아있고, 참
새는 놀라 온전한 눈이 없구나" 등의 풍경이나 소재는 모두 전고를 변화
시킨 것이다. 전자는 위 문제 <전론(典論)>의 "활이 잘 말라 손에 부드럽
고, 풀은 키가 짧아지고 짐승은 살진다(弓燥手柔, 草淺獸肥)"를, 후자는 송의
경공(景公)이 화살을 쏘자 "그 힘이 더욱 세져서, 석량에 깃까지 완전히

박혔다(其餘力益勁, 猶歆猰於石梁)”는 전고와 후예(後羿)가 참새를 쏘아 눈을 맞힌 고사를 사용한 것인데, 작자의 생활경험에 상상을 더하여, “자신의 경험을 옛 고사에 운용함으로써(以我運古)”,186) 마치 직접 생활에서 얻은 듯한 정채로운 화면을 구성해냈다.

포조가 조식, 완적과 다른 점은 변새시에 나라를 위한 입공의 꿈을 기탁한 것뿐만 아니라, 한사의 회재불우(懷才不遇)로 인한 분개를 표현한 점이다. <대진사왕백마편(代陳思王白馬篇)>은 “한을 품은 채 변경 오랑캐를 쫓는(懷恨逐邊戎)” 전사의 고통스러운 상황을 전반적으로 묘사하고, “오랑캐와 싸워 공을 세우고자(邀冀胡馬功)”하는 이상 이면에 존재하는 비참한 현실생활을 표현했다. “나그네 행장은 모자란 것도 많고, 원정길 복장은 제대로 꿰매진 것이 드물구나. 몸을 바쳐 나라의 변경을 지키고, 목숨을 던져 오랑캐에 맞서 막아서네. 저녁이 되어 변경에 구름이 일고, 날리던 먼지가 먼 소나무를 가리면, 슬픔에 쌓여 도성 쪽을 바라보고, 초가 소리 들으며 성 위로 오른다네. … 고향으로 돌아가는 것 이제 어찌 장담하리요, 빈천도 한결같이 계속될 뿐. 그저 변경 땅 아이들에게라도, 내 영웅스러움을 알릴 수밖에(僑裝多闕絶, 旅服少裁縫. 埋身守漢境, 沈命對胡封. 薄暮塞雲起, 飛沙被遠松. 含悲望兩都, 楚歌登四墉. … 去來今何道, 卑賤生所鍾. 但令塞上兒, 知我獨爲雄)”가 그것이다. 헐벗음과 굶주림의 고통을 감수하고, 죽어 변방에 묻힐 수도 있는 위험을 무릅쓰고, 가족과 고향을 버리고 온 슬픔을 참아가면서, 변경 지역을 놀라게 할 만한 공을 세워도 상을 받지 못한다. 전사의 전장에서의 고통과 한사의 입공의 좌절로 인한 탄식을 표현했다. 이와 같은 변새시의 내용 확대는 후대 변새시의 발전에 큰 길을 열어주었다. 만약 이 시가 평면적 서술에 불과하다면, 비슷한 주제를 가진 <대동

---

186) <采菽堂古詩選>.

무음(代東武吟)>은 표현예술에 있어서 하나의 풍격을 창조했다.

主人且勿喧	주인은 잠시 조용히 하소
賤子歌一言	천한 신세 노래 한 곡 부르리다.
仆本寒鄉士	이 몸은 본래 비천한 시골출신으로
出身蒙漢恩	출세하여 한나라 은혜를 입었지요.
始隨張校尉	처음에는 장 교위를 따라서
召募到河源	자원하여 황하 끝까지 갔었구요.
後逐李輕車	나중에는 이 경거의 부하로
追虜出塞垣	오랑캐를 추격하며 변경까지 갔었다오.
密塗亘萬里	가장 가까운 출정이 만여 리 길
寧歲猶七奔	평화로운 시절에도 수차례 출정했지요.
肌力盡鞍甲	기력은 전쟁터에서 다 써버리고
心思歷涼溫	마음은 추위와 더위를 다 겪었답니다.
將軍旣下世	장군도 세상을 뜬지 이미 오래
部曲亦罕存	병졸도 살아남은 자가 드물지요.
時事一朝異	세상이 하루아침에 바뀌어 버리니
孤績誰複論	홀로 세운 공적 누가 거론해주리까.
少壯辭家去	젊고 건장할 때 집을 떠나서
窮老還入門	다 늙어서 집으로 돌아왔다오.
腰鎌刈葵藿	허리에 낫을 차고 수확을 하고
倚杖牧雞豚	지팡이에 의지해 닭과 돼지를 친다오.
昔如構上鷹	옛날에는 장군 어깨 위의 매와 같았는데
今似檻中猿	지금은 우리 속의 원숭이 신세랍니다.
徒結千載恨	부질없이 천년의 한을 가슴에 안고
空負百年怨	공연히 백년의 원망을 안고 있을 줄이야.
棄席思君幄	버림받은 신하는 임금의 장막을 생각하고
疲馬戀君軒	지친 말은 임금의 수레를 그리워하지요.
願垂晉主惠	원하노니 진나라 문공같은 은혜 베풀어
不愧田子魂	전자방의 혼을 부끄럽지 않게 하시길.

이 시는 어느 노병의 회고 형식을 통해, 전쟁터에서의 경험과 다 늙어서야 버려져 집으로 돌아오게 된 괴로운 인생행로를 털어놓았다. 사람들에게 자신의 노래를 듣도록 권하며 시작하는 한악부의 수법을 수용했고, 고시 <십오종군정(十五從軍征)>에서 표현된, 어려서 집을 떠나 늘그막에 고향으로 돌아온 노병의 신세와, 공을 세우고도 상을 받지 못한 시골 한사의 분개감을 함께 융합해냈다. 오언 고시에 가행조(歌行調)를 운용하며, 곡절한 내용을 처음부터 끝까지 담담하게 서술했는데, 중간 중간 젊은 시절의 고난과 늙음의 처량함, 옛날의 용맹함과 지금의 고통을 여러 차례 대조함으로써, 한사가 받는 불공평한 대우를 강조했다. 마지막에는 버림받은 신하와 지친 말을 대비시키며, 자신의 원망을 임금이 덕을 베풀어 공을 세운 선비를 버리지 말기를 바라는 기원으로 바꾸어 놓았다. 내용은 처참하고, 감개는 무한하다. 시에 기탁된 내용은 비교적 복잡하다. 노병의 불우함은 임금이 자꾸 바뀌고 상군도 죽어 공을 인정해줄 사람이 없는 것이 주요 원인이 된다. 임천왕, 시흥왕의 죽음으로 여러 차례 임금이 바뀌었던 시인의 경험에 비추어보면, 옛 공적을 인정받지 못한 것과 격변하는 세상사에 대한 감개를 담고 있는 것이 확실하다. 하지만 노병과 시인의 운명이 비슷하기는 해도, 시 전체적으로는 줄거리와 인물을 비유로 삼은 것이 아니라, 눈앞에서 보고 들은 일을 통해 자신의 감개를 기탁한 것이다. 뒷날 왕유의 <노장행(老將行)>이 여기에서 발전된 것이다.

한위 이후 전통적으로 쓰여 온 유자(遊子) 사부(思婦) 제재도 포조에 의해 변새시에 도입되었다. <의고>의 <하반초미황(河畔草未黃)>과 <의행로난>의 <금년양춘화미황(今年陽春花未黃)> 시는 사부의 봄날에 대한 탄식이나 가을의 애상과 같은 정서를 이용해, 변경으로 징발되어간 남편에 대한 그리움을 표현했다. <의행로난(擬行路難)> 중 <춘금개개단모명(春禽

嘈嘈旦暮鳴)>은 주객 간의 문답 형식인데, 수졸과 나그네의 대화를 빌어, 변경에서 객사할까봐 걱정스러운 수졸의 비애와 아침저녁으로 슬픈 눈물을 흘리는 아내의 모습에 대한 상상을 표현했다. 이 시의 구조는 진림의 <음마장설굴행>을 모방한 흔적이 뚜렷하지만, 포조는 수졸과 고향에 남겨진 아내 두 사람의 그리움을 한 편의 시에서 각각 다른 각도로 표현하고자 했음을 알 수 있다. 그러나 아직은 생경한 편이고, 수당의 변새시에 가서야 비로소 만족스럽게 해결된다. <의행로난> 중 <군불견소장종군거(君不見少壯從軍去)>는 변경지방을 떠도는 수졸의 고향에 대한 그리움을 쓴 시로, 이미 수당 가행의 규모를 갖추었다.

君不見少壯從軍去	그대는 보지 못했는가! 젊고 건장하던 시절 종군하여
白首流離不得還	백발에도 변경을 떠돌며 돌아가지 못하는 것을.
故鄕窅窅日夜隔	고향은 아득아득 날로 멀어지고
音塵斷絶阻河關	소식은 끊어진 채 강산에 막혀 있네.
朔風蕭條白雲飛	북풍 스산하고 흰구름 흘러가는데
胡笳哀急邊氣寒	호가 소리 구슬프고 변방 날씨 싸늘하다.
聽此愁人兮奈何	그 소리에 울적한 마음 어찌하리오.
登山遠望得留顏	산에 올라 멀리 보면 늙지 않을 런지.
將死胡馬跡	장차 오랑캐 말굽 아래에서 죽게 될 터이고
能見妻子難	처자식의 고통도 볼 수 없으리라.
男兒生死懸輕欲何道	남아의 불우함을 어찌 말로 하리오!
綿憂摧抑起長歎	끝없는 근심에 답답하여 긴 한숨만 나온다.

시는 소슬한 북풍과 쓸쓸한 호가 소리를 빌어 출정 나온 남자의 처량한 심정을 강조했는데, 7언의 유창하고 호탕한 어조가 더해져 전체적으로 음조와 감정이 선명해졌고, 변새시에서 출정한 남자의 그리움과 변경 풍경을 서로 교융시키는 경계를 개척했다. 따라서 포조의 변새시는 수량

은 많지 않지만, 기본적으로 후대 변새시에 나오는 다양한 내용을 다 갖추었다고 할 수 있다.

한위 변새시는 종종 유협(遊俠)과 관련 있는데, 포조는 유협시(遊俠詩)를 감우시(感遇詩)와 결합함으로써, 한위 고시 모의작이 독특한 특색을 갖도록 했다. <대결객소년장행(代結客少年場行)>이다.

驄馬金絡頭	청총 준마엔 황금 굴레 씌웠고
錦帶佩吳鉤	비단 허리띠엔 오구 보검을 찼는데
失意杯酒間	술자리에서 뜻이 달라
白刃起相讎	번쩍이는 칼날 휘두르며 서로 원수 되었다네.
追兵一旦至	추격병이 어느 아침 이르러
負劍遠行遊	칼을 메고 멀리 떠나 유랑하였지.
去鄉三十載	고향 떠난 지 삼십 년
複得還舊丘	다시 옛날 마을로 돌아왔다네.
升高臨四關	높은 곳에 올라 사방 관문을 내려다보고
表裏望皇州	도성 안팎을 둘러보았다오.
九途平若水	도성 대로는 호수처럼 평평하고
雙闕似雲浮	궁문 앞 두 망루는 구름처럼 높네.
扶宮羅將相	궁을 끼고 장군 재상 저택이 늘어섰고
夾道列王侯	대로 양측엔 왕공 제후 집이 늘어섰네.
日中市朝滿	한낮엔 저자와 관가에 사람들 가득하고
車馬若川流	거마도 물결처럼 몰려들지.
擊鍾陳鼎食	종을 치고 솥을 늘어놓고 식사하며
方駕自相求	수레를 나란히 하여 서로 찾아다니네.
今我獨何爲	지금 나만 홀로 어이하여
埳壈懷百憂	곤궁에 빠져 온갖 근심에 빠져있는지!

가난과 좌절을 경험한 선비가 황제의 도시에 구름처럼 몰려드는 현귀(顯貴)들을 차갑게 바라본다는 내용은 <고시19수>와 좌사의 작품에 이미

등장했다. 이 시는 망명에서 돌아온 협객의 시각으로 쓰여져, 재치 있고 신선하며, 풍자적 의미도 담고 있다. 30년 동안 왕후장상이 여러 차례 교체되어도 부귀공명을 쫓는 세태는 여전하다. 목숨보다 의리를 중시하는 협객과 명리만을 쫓는 세상 사람들이 서로 대조되면서, 웅장한 황성(皇城)의 번화한 모습 속에 감추어진 추악한 세태를 들추어냈다. <대변거행(代邊居行)>도 이 시와 서로 비교해 볼 수 있다. 즉 "소년 시절 도성을 떠나, 멀리 만 리 밖을 떠돌았지. … 성년이 되고도 세월만 흘려보내니, 떠나온 후 만 가지 한이 깊어만 간다. 불안한 세상 사람들, 활솜씨와 칼솜씨 겨루느라 정신없구나. 빈천한 시절은 그리워하지 않고, 부귀해지면 바로 잊어버리지. 이리저리 날뛰는 무리 눈앞에 가득해도, 분함과 상심만 남겨 줌을 누가 상관하랴. 한 이랑 작은 땅 갈며, 서로 모여 맑은 술 함께 함만 못하리니. 기쁜 일 있으면 즉시 기뻐할 뿐, 내일 아침을 기다리지 않으리라(少年遠京陽, 遙遙萬里行. … 盛年日月盡, 一去萬恨長. 悠悠世中人, 爭此錐刀忙. 不憶貧賤時, 富貴輒相忘. 紛紛徒滿目, 何關慨予傷. 不如一畝中, 高會挹淸漿. 遇樂便作樂, 莫使候朝光)" 인데, 웅지를 이루지 못한 회한과 인정세태에 대한 멸시는 바로 <대결객소년장행>의 주인공이 30년 만에 다시 도성으로 돌아왔을 때 느꼈던 그것이다. 위 두 수에서 소년 협객의 형상은 시인의 입신양명에 대한 의지, 세상 사람들과 투합하기의 어려움, 세상으로 진출하지 못하고 주저하는 모순 등을 개괄한 것이지, 현실 속 포조의 화신은 아니다. 조식 시에서의 소년, 완적 시에서의 지인(至人), 도연명 시에서의 빈사(貧士)는 모두 각자의 경험, 사상, 인품 등이 모두 결합되어 만들어진 이상적 형상으로, 상징적 의미를 지닌다. 포조는 자신을 위해 이러한 형상을 만들어 내지는 않았다. 그의 시의 노병, 소년, 원부(怨婦) 등의 각색은 모두 작가 자신과는 일정한 거리를 지니며, 그의 경험이나 사상 등 어느 한 부분과 일치할 뿐이다. 작가는 단지 이러한 인물과 사건을 빌어 특정한 감개를 끌어내거나 각각 다른 각도에서 자신의 조우를 한탄하고, 사회와 인생에 대한 관점을 서술해낼 뿐이다. 이러한 서정방식은 뒷날 초성당 시인에 의해 보편적으로 수용되는데, 포조 시가 고체에서 근체로의 변혁 과정에 있다는 흔적의 하나이다.

포조는 한위 악부를 다수 모의하면서, '대(代)'자를 덧붙여, 새로운 어휘와 내용으로 옛 어휘나 진부한 내용을 대신했음을 표시했다. 7언 악부의 형식면에서 비교적 큰 창조적 변화를 가져왔다. 7언의 기원은 이르게는 순자(荀子)의 <성상편(成相篇)>까지 거슬러 올라가며, 서한 시기에도 이미 <누호가(樓護歌)>, <상군가(上郡歌)> 등의 7언 민요가 있었다. ≪한서≫에 동방삭(東方朔)과 관련하여 "8언7언상하(八言七言上下)"라는 기록이 있고, ≪문선≫ 주(注)에는 동중서(董仲舒)의 "칠언금가(七言琴歌)" 2수와 유향(劉向)의 7언 4구가 인용되어 있다. 동한에는 최인(崔駰), 두독(杜篤), 유창(劉蒼), 최애(崔瑗), 최실(崔實) 등이 모두 7언을 지었고, 대량(戴良)의 <실부영정(失父零丁)>은 비교적 긴 7언 속체(俗體) 운문이다. 그러나 이런 작품들은 당시에는 시로 불리지 않았다. 7언시는 초소체(楚騷體)에서 직접 발전되어 온 것이다. 예를 들면 장형(張衡)의 7언 <사수시(四愁詩)>는 매 장 첫 구에 모두 '혜(兮)'자가 있는데, 왕일(王逸)의 <금사초가(琴思楚歌)>에는 이 혜 자가 없어지고 이미 완전한 7언시로 지어졌지만, 이름은 여전히 초가(楚歌)이다. 건안 시대 조비의 <연가행>은 현존하는 작품 가운데 가장 이르고 가장 완전한 7언시인데, 구마다 압운했다. 이 형식은 한 무제와 신하들이 백량대(柏梁臺)에서 서로 이어가며 지었다고 전해지는 7언구가 매 구 압운을 했기 때문에, 후세에 백량체(柏梁體)라고 불린다. 부현(傅玄)이 <의사수시서(擬四愁詩序)>에서 "형식이 짧으며 속된 것은, 칠언시 류다(體小而俗, 七言類也)"라고 한 것을 보면, 진대에도 7언은 여전히 대아지당(大雅之堂)에 오르지 못했음을 알 수 있다. 양진(兩晉) 이후, 7언 가요는 주로 민간에서 유행했는데, <소맥요(小麥謠)>, <행자가(行者歌)>, <병주가(幷州歌)>, <예주가(豫州歌)>, <농상가(隴上歌)> 등은 모두 북조에서 나온 작품이다. 악부민가에는 잡언의 7언체도 있다. 송대 문인시에서 7언이 점점 늘어났지만, 구식이 통일되지는 않았다. 포조는 그 복잡한 자유체에서 규칙을 찾아내어, 매구 압운하던 형식을 2구마다 압운하는 형식으로 바꾸고, 자유롭게 환운(換韻)함으로써, <의행로난> 18수와 같은 전혀 새로운 7언 잡언 악부체를 창조해냈다. ≪악부해제(樂府解題)≫에 의하면, <행로난>는 원래 한대 목동들이 부르던 북방민가로 가사가 아주 질박했는데, 진인(晉人) 원산송(袁山松)이 "그 문구를 다듬고 그 박자를 부드럽게 하였다(文其辭句, 婉其節制)." 포조의 이 조시(組詩)는 "세상사의 험난함과 이별로 인한 슬픔을 고루 노래했으며(備言世路艱難及離別悲傷之意)", 7언 위주인데 중간 중간에 잡언과 소체(騷體)의 구가 섞여있다. 그러나 편마다 형식이 다르고 풍격도 풍부하고 다양하다. 제1을 보자.

奉君金巵之美酒	그대에게 바칩니다 금술잔의 좋은 술
瑇瑁玉匣之雕琴	바다거북 무늬 옥갑 속의 아름다운 거문고
七彩芙蓉之羽帳	일곱 빛깔 부용 아로새긴 깃털 휘장
九華蒲萄之錦衾	아홉 빛깔 포도가 수놓인 비단 이불을.
紅顔零落歲將暮	홍안은 늙어가고 세월 저물고
寒光宛轉時亦沉	차가운 해 뉘엿뉘엿 지니 시간도 흘러가는구나.
願君裁悲且減思	그대여 슬픔과 근심 다 버리고
聽我抵節行路吟	내가 박자 치며 부르는 <행로난>이나 들어보시게.
不見柏梁銅雀上	백량대나 동작대의 연회 볼 수 없으니
寧聞古時淸吹音	옛날 그 맑던 노래는 어찌 다시 듣겠소!

이것은 전체 조시의 서시(序詩)라 할 수 있다. 첫 구에서 '봉(奉)'자로 시작하며 4개의 부체(賦體) 구를 연결했다. 금 술잔(金樽), 미주(美酒), 옥갑 속

거문고(玉琴), 깃털 휘장(羽帳), 비단 이불(錦衾) 등의 호화로운 사물을 통해 인생의 물질적 향유를 열거했다. 이어서 홍안의 쇠락, 세월의 빠름 등으로 빠르게 전환하는데, 상대적인 비교를 통해 젊음은 길지 않고 인생을 아껴 즐겨야 함을 강조한다. 하지만 이 의미가 채 다 전개되기도 전에, 다시 인생의 불평지명(不平之鳴)을 귀 기울여 듣도록 권한다. 따라서 정서가 소극적이기는 하지만, 기세를 갖추었고 어휘도 빼어나다. 인생에서의 좌절로 인한 울분을 화려한 어휘와 호방한 기세로 표현한 풍격은 훗날 당시에서 자주 사용되었다. 제3은 귀족 여인의 마음 속 원망을 써냈다.

璿閨玉墀上椒閣	아름다운 옥문과 옥섬돌 그 위의 산초누각
文窗繡戶垂綺幕	아로새겨진 창에 드리워진 비단 장막.
中有一人字金蘭	그 안에 홀로 서있는 이 이름은 금란
被服纖羅蘊芳藿	고운 비단 옷에 곽란 향기 그윽하다.
春燕差池風散梅	봄 제비 분분히 날고 매화 흩날리는 시절
開帷對景弄春爵	휘장 올리고 경치 보며 봄 술잔 기울인다.
含歌攬涕恒抱愁	노래를 부르다 눈물 훔치니 언제나 가득한 수심
人生幾時得爲樂	인생에서 언제나 즐거움 얻게 될런지?
寧作野中之雙鳧	차라리 들판의 쌍 오리가 될지언정
不願雲間之別鶴	구름 속 짝 잃은 학은 되고 싶지는 않다오.

이 시는 먼저 지점과 인물을 제시하는 장편 악부의 구조로 시작하여, 서서히 여인의 거처나 복식의 화려함, 술잔 들고 봄을 감상하는 한가로움 등을 자세하게 전개해 나갔다. 좋은 시절, 아름다운 경치, 즐거운 일 등이 모두 갖춰진 듯한데, 갑자기 그녀가 노래를 부르며 눈물을 흘리는 모습으로 전환되고, 들판의 쌍 오리와 구름 속 짝 잃은 학을 대조하면서 담담하게 마무리한다. 인생의 즐거움이란 함께 하는데 있다는 주지가 내포되어 있다. "봄 제비 분분히 날고 매화 흩날리는 시절, 휘장 올리고 경

치 보며 봄 술잔을 기울인다” 두 구는 분분한 봄 경치와 무한한 춘정(春情)을 표현한 것인데 핍진하다. 위의 두 수가 모두 느낌이 화려하다면, 불평지명(不平之鳴)을 표현한 시가는 기세가 자유분방하고 세차다. 제4를 보자.

瀉水置平地	물을 평지에 쏟으면
各自東西南北流	제각기 동서남북으로 흐르듯
人生亦有命	인생마다 타고난 운명이 있는데
安能行歎複坐愁	어찌 앉으나 서나 탄식하고 근심하겠는가!
酌酒以自寬	술로써 스스로 떨쳐보려니
擧杯斷絶歌路難	잔을 들어 근심 잊고 <행로난>을 읊조려본다.
心非木石豈無感	목석이 아닐 진데 어찌 감회가 없으리요?
吞聲躑躅不敢言	소리를 삼키며 머뭇머뭇 차마 말을 못할 뿐!

도입 부분의 필세가 마치 땅에 물이 흘러넘치는 듯하다. 첫 2구는 <세설신어·문학>의 “은중군(殷浩)이 물었다. ‘자연은 사람에게 천성을 주면서 무심한데, 어찌하여 선인은 적고 악인이 많습니까?’ 유윤(유섬, 劉惔)이 답하기를, ‘예를 들면, 물을 바닥에 부으면 자연히 가로 세로로 흘러 퍼져서 직사각형이나 둥근 원이 없는 것과 같은 것입니다’(殷中軍問. 自然無心於稟受, 何以正善人少惡人多. 劉尹答曰, 譬如寫水著地, 正自縱橫流漫, 略無正方圓者)” 라는 전고를 사용한 것이다. 이 전고를 사용한 것을 세상에 선(善)은 적고 악(惡)은 많은데 아무도 시비를 바로 잡는 사람이 없다는 분개함을 담고 있을 뿐만 아니라, 쏟아지는 물로 가슴 가득한 울분을 쏟아냈음을 비유하는 듯한데, 사람의 운명은 어디로 흘러갈지 알 수 없음을 탄식한 것이다. 이러한 필세에 힘입어, 인생마다 타고난 운명이 있다는 다음 구의 탄식도 속되지 않다. 작품 전체가 무슨 일로 근심스러워 하는지를 말하지 않으면서, 단지 독백식 질문과 말미의 “차마 말을 하지 못함(不敢言)”

및 격한 음조 사이로, 깊은 근심을 잘 토로하고 있다. 다음은 제6이다.

對案不能食	밥상을 마주 대해도 먹지 못하고
拔劍擊柱長歎息	칼 뽑아 기둥을 치며 길게 탄식을 한다.
丈夫生世會幾時	장부가 세상에 나서 얼마나 산다고
安能蝶躞垂羽翼	날개 늘어뜨리고 잔걸음으로 바동대야 하는가?
棄置罷官去	벼슬 내던지고 떠나가려니
還家自休息	고향으로 돌아가 홀로 쉬리라.
朝出與親辭	아침에 나가며 부모님께 인사하고
暮還在親側	저녁에 돌아와서는 부모님과 함께 하리.
弄兒床前戲	침상 머리에서 노는 아이를 달래고
看婦機中織	베틀에서 베 짜는 아내를 바라보리라.
自古聖賢盡貧賤	예부터 성현들은 모두 가난했거늘
何況我輩孤且直	하물며 우리들처럼 가난하고 고집스러움에랴.

　　밥상 앞에서 음식도 넘기지 못하고 칼을 뽑아 기둥을 치다가, 이어지는 두 구에서 느닷없는 반문이 일면서 시인의 감정이 돌연 가라앉는다. 시인은 눈을 부릅뜨며 분노 하지만 그래도 어쩔 수 없는 현실이 눈앞에 펼쳐져 있다. 그 다음은 관직을 버리고 온 식구와 함께 할 때의 즐거움을 서술했는데, 감정의 기복이 크다. 마지막에는 힘없는 한문 출신의 불평을 표현했는데, 능력도 뛰어나고 기질도 세고 자존감도 강한 시인이, 벼슬길에서 굽실굽실 하지도 못하고 빈천함도 수용할 수 없을 때의 내면적 갈등을 볼 수 있다. 이 두 수는 감정이 잘 표현되고 문자는 구어처럼 쉬우며, 기세가 넘치고 음조에 높낮이와 강약의 변화가 있어, "노래를 하면 강하게 두드러지고, 음조도 변화가 많고 빠른(發唱驚挺, 操調險急)"187) 포조만의 특징을 잘 나타냈다.

---

187) ＜南齊書・文學傳書＞.

<의행로난> 외에, 구마다 압운한 7언체로는 <대백저무가사(代白紵舞歌辭)> 4수, <대백저곡(代白紵曲)> 2수가 있는데, 모두 7언 7구다. 홀수구로 끝나는 방식과 구마다 압운하는 형식을 사용했는데, 절주가 짧아서 빠른 느낌이 든다. 다만 이러한 시는 성음의 느낌이 부드럽고 변동이 있어, 깔끔한 단장(短章)이라도 고저 강약이 반복되며 아주 변화무쌍할 수 있다. 예를 들어 <대백저곡> 제1을 보자.

朱脣動素腕擧	붉은 입술 움직이며 하얀 손목 높이 드는
洛陽少童邯鄲女	낙양 소년과 한단 소녀.
古稱淥水今白紵	옛 <녹수>곡과 지금의 <백저>곡
催弦急管爲君舞	빠른 곡조에 맞춰 임 위해 춤을 추네.
窮秋七月荷葉黃	늦가을 구월 연잎이 시들고
北風驅雁天雨霜	북풍이 기러기를 재촉하고 서리 흩날릴 제
夜長酒多樂未央	밤 길고 술 많으니 즐거움도 끝 없어라.

먼저 무희의 붉은 입술과 하얀 손목을 강조하고, 이어 소년의 가무장면 묘사 속에 만추의 경치를 삽입했다. 가을에서 겨울로의 빠른 변화를 통해, 관현 연주의 빠른 박자감을 표현했고, 세월이 사람을 늙게 하므로 부지런히 즐길 것을 권하는 의미도 담아냈다. 이런 유의 시는 7언 단장에도 리듬감이 있고 기려한 풍치를 담아내는 새로운 경계를 개척했다.

종영은 포조의 시가 '험속(險俗)'하다고 했다. '속(俗)'자는 그가 비속하다고 여겨왔던 7언체를 잘 썼다는 것과, 성음과 풍치(風致)가 좋은 청상소악부(淸商小樂府)의 특징을 7언과 5언에서 잘 이용했다는 것을 의미한다. 포조는 남조악부도 모방했다. <오가(吳歌)> 3수, <채릉가(采菱歌)> 7수 등이 그 예인데, 비슷하게 써내기는 했지만 모의에 불과했고, 조금이라도 뛰어난 작품은 두세 수에 불과하다.

鷁舲馳桂浦	조각배를 저어 계포를 향하고
息棹偃椒潭	노를 놓고 초담에서 쉰다.
簫弄澄湘北	맑은 상수 북쪽에서 퉁소를 불다가
菱歌清漢南	맑은 한수 남쪽에서 <채릉가>를 부른다.
要豔雙嶼裏	초가가 두 섬에서 은은히 울리니
望美兩洲間	두 섬 사이 미경을 바라다본다.
裛裛風出浦	산들산들 바람은 포구에서 불어오고
容容日向山	뉘엿뉘엿 해는 서산으로 향한다.
思今懷近憶	가까이는 요즘 추억을 떠올리고
望古懷遠識	옛날로는 먼 기억을 더듬어낸다.
懷古複懷今	옛 생각 또 요즘 생각
長懷無終極	긴 회상 끝이 없구나.

이 몇 수의 소시는 맑고 정교해서, 후일 왕유 ≪망천집(輞川集)≫의 <맹성요(孟城坳)>, <화자강(華子岡)>, <의호(欹湖)>, <초원(椒園)> 등에 영향을 미쳤다. 남조민가에 좋은 작품들이 많지만 함축적이고 간결하여, 개괄력이 큰 작품은 많지 않다. 문인들이 당시의 민가를 배워 시가의 발전을 유도하려면, 그 작품의 풍미를 모방하는데만 그쳐서는 안 되는데, 포조는 이러한 이치를 잘 알고 있었쭉. 그의 <유란(幽蘭)> 5수는 남조악부의 형식과 위진 고시를 결합한 것이지만, 그다지 성공적이지는 않다. 이것은 시가의 창조적 변화는 고금의 수법을 섞는다고만 되는 것이 아니며, 융합하고 제련하여 완전히 새로운 어휘와 의경을 창조해 내야 함을 설명한다. 결국 소시의 성숙은 제량 시인의 노력을 기다려야 했다.

포조의 악부에는 3언 위주의 작품도 몇 편 있다. 송시에는 3언구가 많지만 <대춘일행(代春日行)>과 같이 완전한 3언체는 전무후무하다.

獻歲發	새 계절 시작되어
吾將行	나는 유람을 나서련다.
春山茂	봄 산 무성하고
春日明	봄 햇빛 화창하구나.
園中鳥	뜨락의 새들
多嘉聲	고운소리로 지저귀고
梅始發	매화꽃 막 피어나고
柳始靑	버들가지 막 푸르렀다.
泛舟艫	배를 띄워서
齊棹驚	맞추어 노를 저으며
奏採菱	<채릉>가를 연주하고
歌鹿鳴	<녹명>곡을 부른다.
風微起	봄바람 부드럽게 부니
波微生	파도가 잔잔히 일렁인다.
弦亦發	악기연주 울려 퍼지고
酒亦傾	술잔도 기울인다.
入蓮池	연못에도 갔다가
折桂枝	계수나무 가지도 꺾어 보고
芳袖動	옷소매 움직여서
荇葉披	나뭇잎도 헤쳐 본다.
兩相思	서로 그리워하면서도
兩不知	서로의 그 마음을 알지 못하네.

　이 시는 반은 수경(水景)이고 반은 육경(陸景)으로, 봄소풍의 즐거움을
묘사했다. 3자가 1구여서 음절이 짧지만, "봄 산 무성하고, 봄 햇빛 화창
하구나", "매화꽃 막 피어나고, 버들가지 막 푸르렀다"와 같이 첩구를
많이 삽입하는 등 짧은 음절 중에도 중첩을 형성함으로써 성음이 변화
있고 리듬이 경쾌하여, 생기가 "봄 안개 일듯 넘치고(蓬勃如春煙)", 감정은
"봄물처럼 넘쳐(彌漫如春水)"(왕부지 말), 마치 젊은 남녀가 힘을 합쳐 노를

저으며 박자에 맞추어 합창하는 즉흥작 같다.

포조의 악부는 기세와 성정이 뛰어나다. 특히 7언은 포조에 의해 형식적으로 성숙했을 뿐만 아니라, 언어와 풍격 등 각 방면에서 이 신형식의 장점을 보여주었다. 7언시는 본래 비교적 통속적이고 유창하며 구어를 쉽게 수용할 수 있는데, 포조의 넘치는 재능과 잘 맞아 7언에서 성공할 수 있었다. 5언 의고시(擬古詩)는 이미 진대인에 의해 경직되었고, 일부 제목은 전인들의 의작이 너무 많아 더 이상 모의하기도 적합하지 않았다. 그의 5언 의고악부 역시 많은 가작(佳作)들이 있지만, 종합적으로 보면 7언만큼 특징적이지는 않다. 그의 일부 고시는 "고체와 근체 사이에서, 새로운 형식을 만들어냈다(古今之間, 別立一體)."188) <영사(詠史)>를 보자.

五都矜財雄	오도에선 재물을 자랑하고
三川養聲利	삼천에서는 명예와 이익을 추구하지.
百金不市死	황금 백 근이면 저자에서 죽음도 면하고
明經有高位	경서에 밝으면 고관에도 오를 수 있네.
京城十二衢	서울의 열두 거리 번화가에는
飛甍各鱗次	고래등 같은 지붕 비늘처럼 연이었지.
仕子彯華纓	벼슬아치는 화려한 갓끈 휘날리고
遊客竦輕轡	유람객은 가뿐하게 말을 달렸지.
明星晨未稀	샛별 아직 찬란한 이른 새벽
軒蓋已雲至	고관의 수레 벌써부터 운집하니
賓御紛颯沓	빈객과 마부들 모여 어수선하고
鞍馬光照地	말안장의 광채는 땅을 비추네.
寒署在一時	추위와 더위는 일순간에 바뀌는데
繁華及春媚	아름다운 꽃들은 봄날에 곱게 피었구나.
君平獨寂寞	엄군평은 홀로 적막하게 지냈으니
身世兩相棄	그와 세상이 서로를 버렸기 때문이지.

188) 王夫之 ≪古詩評選≫.

작품은 도성 거리를 가득 메운 수레 행렬과 화려한 복식을 집중적으로 서술함으로써, 오도(五都)와 삼천(三川)의 부호들이 명예와 이익을 추구하느라 사방으로 이리저리 바쁘게 쫓아다님을 표현했다. 마지막 2구에서는 엄군평(嚴君平)의 고독함과 적막함을 세상의 번화함과 서로 대조시켰다. 이 시는 조식의 <명도편(名都篇)>과 좌사 <영사> 중의 <제제경성내(濟齊京城內)> 등의 내용을 바탕으로, 더욱 개괄하고 정련하였는데, 준일(俊逸)하고 강건한 특색도 지니고 있다. 구조적인 면에서는 완적의 <영회> 중의 <유자통육예(儒者通六藝)> 시를 참조하여, 전편의 언어가 과시하는 듯한 어투인데, 말구만 반의(反意)적 수법을 사용하여 대조적으로 우의를 일깨우고 있다. 이 시는 내용과 표현면에서는 비록 옛것을 수용했지만, 이미 후일 노조린(盧照隣)의 <장안고의(長安古意)>의 선하를 열었다. <부도조와 이별하며 주다(贈傅都曹別)>는 기러기 가족의 해후와 비바람으로 인한 이산을 통해, 부 도조와의 만남의 기쁨과 이별의 슬픔을 비유했다.

輕鴻戲江潭	가뿐한 큰기러기 강가에서 노닐고
孤雁集洲沚	외로운 기러기 모래섬에 드나들다
邂逅兩相親	우연히 만나 서로 친해지니
緣念共無已	인연과 마음이 모두 끝이 없었다네.
風雨好東西	바람과 비는 동서로 나뉘는 법
一隔頓萬里	한 번 헤어지자 만리 밖에 머물게 되었구나.
追憶棲宿時	함께 하던 옛 시절 추억하니
聲容滿心耳	그 소리와 모습이 마음에 가득하다.
落日川渚寒	해 지자 물가 모래톱 싸늘하고
愁雲繞天起	슬픈 구름은 온 하늘 뒤덮는구나.
短翮不能翔	날개가 짧아 날아갈 수 없으니
徘徊煙霧裏	안개 속에서 배회하는 수밖에.

전반수는 순수하게 한위의 비흥만을 사용한 고격(古格)이다. 후반수는 경물 속에 감정을 이입한 것으로서, 서로 만나 함께 할 때의 친구의 목소리와 모습을 추억한 것이다. 마지막은 오히려 외로운 기러기인 자신이 슬픈 구름 가득한 석양녘 강가에서 배회하는 모습이다. 결미에서는 아주 처량하고 슬픈 이미지와 답답하고 근심스러운 의경이 긴 여운을 남긴다. 이것은 이미 송 이후에 시가의 성색(聲色)이 확대되고, 상외(象外)에 무한한 의미(不盡之意)를 담는 새로운 추세를 보여준다.

소자현(蕭子顯)은 <남제서(南齊書)·문학전론(文學傳論)>에서 "수사가 지나치게 염려하고, 마음과 정신을 기울여 드러냈다(雕藻淫艷, 傾炫心魂)"고 포조의 언어풍격을 개괄했지만, 이는 완전하지 않다. 이것도 그의 특징이기는 하나 부와 일부 시가에만 해당한다. 그의 <의행로난>과 다수의 5언 의악부는 일부러 한위의 질박한 언어를 사용해 부미함을 탈피했다. 그는 내용이나 묘사대상에 맞추어 어휘를 창조하는데 뛰어나서, 그의 시가가 다양한 풍격을 시니게 되었다. 예를 들어 <대고열행(代苦熱行)>은 펄펄 끓는 듯한 혹서와 그 험난함을 그렸는데, 묘사 대상의 선택이나 시어 구성에서 험난함과 위태로움이 드러난다. <마당의 가을 기운(園中秋散)>은 황량하고 쓸쓸한 가을 뜨락의 풍경과 자신의 가난하고 병들고 외로운 처지를 표현했는데, 문자가 흔치않고 음조도 슬프고 괴롭다. 그의 산수시는 대부분 아주 빼어나면서도 회삽하여 사령운의 산수시보다 더욱 심오하지만, 청신하고 자연스러운 구도 종종 보인다. "나뭇잎 지는 것은 강물이 추위를 보내와서요, 기러기 돌아오는 것은 바람이 가을을 불어와서 라네(木落江渡寒, 鴈還風送秋)"(<등黃鶴磯詩>)는 가을 강가의 싸늘함과 물결로 인한 나그네의 객수 등을 썼는데, 후일 맹호연의 명구 "나뭇잎 지고 기러기 남으로 날아가고, 북풍이 강 위에 차갑게 분다(木落雁南渡, 北風江上寒)"는 여기서 변화된 것이다. "빽빽하게 저녁 구름 일어나고, 솨아솨아

저녁바람 강하게 부는데, 모래바람 몰아치니 누런 안개 자욱하고, 솟구치는 파도에 흰 갈매기 떠오른다(鱗鱗夕雲起, 獵獵晚風遞. 騰沙鬱黃霧, 翻浪揚白鷗)"(<上潯陽還都道中>)는 거친 붓으로 그린 유화처럼, 기세가 나는 듯 하면서 장려(壯麗)하고 질박하다. "싸늘한 먼지 강 언덕을 덮어 어두컴컴하고, 치솟은 호수 물결은 큰 나무를 가려버린다. 외로운 태양은 홀로 배회하고, 하늘의 안개는 피었다 졌다 한다(涼埃晦平皐, 飛湖隱修樾. 孤光獨徘徊, 空煙視升滅)"(<發後渚>)는 초겨울 너른 들판에 자욱한 안개와 흐릿한 햇빛이 만들어 내는 음랭한 풍경이, 고독한 나그네의 마음에 망연한 감정을 불러일으킴을 표현했다. 경물 속에 감정을 담았다. "소나무 풍경은 들판 따라 깊어지고, 달빛 아래 이슬은 풀잎을 따라 하얗게 빛난다(松色隨野深, 月露依草白)"(<遇銅山掘黃精>)는 심원한 밤풍경과 맑고 그윽한 달빛을 썼는데, 달빛 아래 흐릿한 원경과 반사광으로 뚜렷하게 보이는 근경의 시각적 느낌을 정확하게 표현했다. 그 외에 "서리 내리기 전 잎새 먼저 시들고, 바람 불지 않아도 가지는 절로 운다(未霜葉已肅, 不風條自吟)"(<山吟見梧桐>), "한밤중 달빛이 닫힌 사립문을 비추니, 밤안개가 하얗게 반짝인다(宵月向掩扉, 夜霧方當白)"(<和王義興七夕>), "깊은 계곡에는 솔바람 소리도 묻히고, 험한 벼랑에는 구름도 엎드렸다(復澗隱松聲, 重崖伏雲色)"(<行京口至竹裏>) 모두 포조가 경물의 탐색과 상(象)의 선택에 고심했음을 보여준다.

　포조는 아와 속이 변혁을 일으킨 진송 교체기의 시가에 중요한 공헌을 했다. 그는 한위진 시가의 성취를 집대성하고, 당시 민가의 양분을 흡수하는 데 주력했으며, 다양한 형식 체재, 언어 풍격, 표현 각도를 탐색했고, 변새시와 7언 악부체의 발전을 위해 넓은 길을 개척했다. 또 시대에 부합하는 진취적인 정신과 침륜(沈淪)하지 않는 오기, 준일하고 장려한 시풍 등은 성당시인들에 의해 적극적으로 수용되었다. 하지만 지나치게 새롭고 심오하며 회삽한 시풍 및 수사가 지나치게 화미한 경향은 후세에 좋지 않은 영향을 미치기도 했다. 이러한 결점은 당연히 시대적 분위기와 관련 있는 것이며, 그의 시가사적 지위에 영향을 주지는 않는다.

　유송 시기의 유명한 시인으로는 또 안연지(顔延之)가 있는데, 사령운, 포조와 함께 '원가 3대가'라고 불린다. 그의 시는 황제의 유람이나 연회를 모시면서 지은 응조(應詔) 작품이 많고, "비단을 펼쳐놓고 수를 늘어놓은 듯, 새기고 수를 놓은 것이 눈에 가득하며(鋪錦列繡, 雕績滿眼)",189) 심오하고 회삽해서, 고문(誥文)과도 거의 차이가 없는 작품도 있다. 서정시 역시 딱딱하고 회삽한데, 일부 작품에 간혹 청신한 구, 예를 들면 "해지는 뜰에서 어둠내리는 들판을 바라보고, 달빛 비치는 산에 눈 덮인 소나무를 바라본다(庭昏見野陰, 山明望松雪)"(<贈王太常>), "고향에는 높은 나무가 많은데, 빈 성에는 차가운 구름이 맺혀있다(故國多喬木, 空城凝寒雲)"(<還至梁城作>) 등이 있다. <낙양을 향해 북으로 출장을 가며(北使洛)>는 그가 의희 12년(416) 명을 받고 유유가 낙양을 회복한 것을 경축하러 가는 도중에, 중원 지역의 황폐한 모습을 보고 느낀 감개를 적은 것으로, 처량한 감정 표현이 비교적 특색 있다. 먼저 "노를 저어 오주를 출발하고, 말을 먹여 초산을 넘는다. 길은 양・송 근처에서 나와, 또 주・정 지방으로 이어진다. 먼저 양성의 길에 올라, 밤낮으로 삼천을 바라본다네(振楫發吳洲, 秣馬陵楚山. 途出梁宋郊, 道由周鄭間. 前登陽城路, 日夕望三川)"는 지명을 나열해 가며, 지방으로 가는 벼슬길의 여정과 수로와 육로가 반복되는 고생스러움을 개괄했다. 이어 "이수와 곡수가 끊어져 건널 수가 없고, 누대와 객사에는 서까래도 흔적 없네. 궁궐 계단에는 짐승의 굴 투성인데, 성궐에는 구름만 피어오르네. … 스산한 바람이 차가운 벌판을 뒤덮고, 흐르는 구름은

---

189) ≪南史≫ 本傳.

하늘가에 드리웠구나(伊瀿絶津濟, 臺館無尺椽. 宮陛多巢穴, 城闕生雲煙 … 陰風振涼野, 飛雲昝窮天)”는 도중의 놀랄 만큼 황량한 풍경을 폭넓게 전개했는데, 나열식 서술에 뛰어난 자신의 장점을 비교적 성공적으로 운용했다. 그의 <추호시(秋胡詩)>는 위(魏) 상화가사 청조곡(淸調曲)을 모의한 장편 서사시이다. 양진(兩晉) 부현(傅玄)이 모의한 <추호행>에 비해, 문자가 기려하고 질박할 뿐 아니라 편폭도 크게 증가했다. 유자사부시(遊子思婦詩)가 지닌 섬세한 서정적 필치를 서사나 경물묘사에 운용했는데, “장법이 연속적이고 긴밀하며, 배치가 자연스러운데, 안연지의 출중한 면이다(章法綿密, 布置穩順, 在延之爲上乘).”[190] <오군영(五君詠)>은 후세 논인시(論人詩)의 선례를 열었다. 이 조시는 완적, 혜강, 상수(向秀) 등 5명을 빌어 자신의 조우와 감개를 표현했는데, 오히려 그의 뛰어난 감식안이 돋보인다. 매 수마다 주요 특징을 한두 개씩 평술했는데, 의론이 비교적 합당하다. 예를 들면, 혜강이 시비를 지나치게 따졌던 것을 두고, “난새의 날개 때때로 꺾일 수도 있지만, 용의 성질은 누가 순하게 하겠는가(鸞翮有時鎩, 龍性誰能馴)”라고 표현하여, 그가 강직한 성품과 증오로 화를 자초했음을 비유했다. ≪한비자(韓非子)≫의 <설난(說難)> 중 “용의 목 아래에 있는 거꾸로 난 비늘(龍有逆鱗)”의 뜻을 바꾸어 사용한 것으로, 의미가 심오하여 후인들에게 종종 인용되는 비유다.

유송 황제들의 작품은 풍격이 무겁고 난해하지만, 주의할만한 구가 전혀 없는 것은 아니다. 송문제의 “섬돌 위 새벽이슬 깨끗하고, 숲 속의 저녁바람 맑다(階上曉露潔, 林下夕風淸)”(<登景陽樓>), 효무제의 “한수는 새로운 파도를 토해 내고, 초산은 옛 동산을 두르고 있네(漢潦吐新波, 楚山帶舊苑)”(<登作樂山>) 등이 그 예이다. 효무제는 오가(吳歌)도 모의할 줄 알아서, 필

---

190) 沈德潛 ≪古詩源≫.

치가 경쾌한 서정시를 많이 썼다. 그는 강하왕(江夏王) 유의공(劉義恭), 임천왕(臨川王) 유의경, 안사백(顔師伯) 등과 함께 서간(徐幹)의 <자군지출의(自君之出矣)>를 모의했는데, 모의작들이 모두 비유가 신선하다. 그의 "그대를 그리워함이 해와 달같아, 되돌아오며 밤낮으로 일어나네(思君如日月, 回環晝夜生)"는 특히 후인들에게 칭송된다. 이 외에 남평왕(南平王)의 <의행행중행행(擬行行重行行)>의 "원하노니 옅은 저녁노을 드리워, 늙은 아낙을 비춰주기를(願垂薄暮景, 照妾桑楡時)" 등도 구상에 있어서 신의(新意)를 추구하는 등 송대 의고악부의 특징을 체현해냈다.

　다른 유송 시인들도 남긴 작품이 많지는 않지만, 주의할 만한 좋은 구절이나 작품들이 있다. 예를 들어 왕미(王微)의 "날 어두워 소와 양들 내려오고, 들판의 참새가 빈 정원을 가득 채웠구나(日暗牛羊下, 野雀滿空園)"(<雜詩> 2수)는 황혼녘에 문에 기대어 임을 기다리는 사부의 슬픔을 표현했는데, 눈앞의 경치에 <시경·군자어역(君子於役)>의 "해가 질 무렵이라, 양과 소가 내려온다(日之夕矣, 羊牛下來)"의 뜻을 사용하여 울적하고 의기소침한 느낌을 준다. 왕승달(王僧達) <낭야왕의 의고시에 화답하여(和琅琊王依古)>의 "중추의 변방에 가을바람이 일어, 뒹굴던 쑥들이 서리 맞은 나무뿌리에 감겼다. 태양도 밝은 빛을 잃고, 황사는 천리를 어둡게 만든다(仲秋邊風起, 孤蓬卷霜根. 白日無精景, 黃沙千里昏)" 구는 그것만으로도 "아주 뛰어난 변새시라 할 수 있다(可抵一篇絶妙邊塞詩)."[191] 탕혜휴(湯惠休)는 승려지만 작품은 모두 아름답고 염려한 연정시다. <추사인(秋思引)>은 "가을 추위 매서운데 바람도 강물을 건너고, 맑은 이슬 처량하고 동정호에는 물결 일렁인다. 그대 향한 그리움에 빛도 이미 사라져, 멀리 슬프게 바라보건만 그리움을 어찌하랴(秋寒依依風過河, 白露蕭蕭洞庭波. 思君末光光已減, 眇眇悲望如思何)"

---

191) 吳淇 ≪六朝選詩定論≫.

는 7언 4구이고 제3구는 압운하지 않았다. 형식이나 느낌상 이미 7언 절구의 추형(雛型)인데 단지 평측이 맞지 않았을 뿐이다.

송시는 모두 서툴다는 단점(生撰之病)을 갖고 있는데, 다만 그 정도가 다를 뿐이다. 사첨(謝瞻), 사혜련(謝惠連)의 시에 어색한 구가 가장 많다. 사첨의 "마음속에 공경의 마음을 품고 있으니, 내 노력이 어찌나 두터운지(布懷存所欽, 我勞一何篤)"(<於安城答靈運>), "좁은 길에는 변함없는 슬픔이 있는데, 하물며 내 사랑에 있어서라(綵路有恒悲, 矧乃在吾愛)", "소경은 잘 볼 수 없으니, 깜짝 놀라 한쪽 방향만 원한다(瞽夫違盛觀, 竦踴企一方)"(<張子房詩>), 사혜련의 "예쁜 용모는 세월을 머물게 하는 것이 적고, 요조숙녀는 물속의 용을 감춘다(婉娩寡留髻, 窈窕閟奄龍)"(<豫章行>), "큰 봉우리는 위험을 크게 막으니, 공을 위해 참소를 막는다(居峰大阻銳, 爲公遏讒蔽)"(<前緩聲歌>) 등이 시를 나락으로 끌어내렸다. 하지만 사혜련 시에도 좋은 구가 몇 구 있다. 예를 들어 "맹호가 깊은 산에 숨어, 길게 포효하니 절로 바람이 인다(猛虎潛深山, 長嘯自生風)"(<猛虎行>), "소슬하게 들판에서 정취가 일고, 뭉게뭉게 흰 구름이 인다(蕭疏野趣生, 逶迤白雲起)"(<泛南湖至石帆>), "두터운 구름이 어두운 응달을 만들고, 회오리바람이 가벼운 눈발을 불어온다(繁雲起重陰, 回飆流輕雪)"(<詠冬>) 등은 내용이 적합하고 언어가 정교하여, 그의 설익은 어휘 가운데 두드러져 보인다. 송시의 뛰어난 구절들은 모두 자연스럽고 청신하며, 느낌을 직설적으로 표현하고, 대구가 정교한데, 수량이 많지는 않지만 시가의 발전방향을 예시하고 있다. 따라서 "좋은 구는 있으되 좋은 작품은 없는 것(有句無篇)"은 당시로서는 보편적인 것으로, 바로 이 시대가 시가의 아속(雅俗) 변혁의 시기에 처해 있었기 때문에 생긴 특수한 현상이라 할 수 있다.

마지막으로 육개(陸凱)의 <범엽에게 주는 시(贈範曄詩)>를 보자.

折花逢驛使   매화가지 꺾어 역참관리를 만나
寄與隴頭人   농두에 있는 그대에게 부치네.
江南無所有   강남땅이라 내 가진 것이 없으니
聊贈一枝春   그저 봄 나뭇가지 하나를 보낸다오.

육개는 범엽과 우정이 깊었다. 이 시는 육개가 강남에서 매화 가지를 꺾어 역참의 관리에게 부탁하여 장안의 범엽에게 보내는 내용인데, 아마도 이는 그저 우의일 것이다. 그러나 시인은 이 소시를 빌어, 강남 친구의 깊은 우정을 전하고, 또 봄바람이 아직 불지 않은 농두 땅에 봄소식을 전했는데, 신선하고 독특하다. 시인의 전아하고 탈속적인 풍격을 충분히 느낄 수 있다. 이 시는 이미 기본적으로 당대의 오언 절구이다. 이 시의 출현은 봄을 알리는 매화처럼 시가에 곧 큰 변화가 있을 것임을 암시한다.

제8장 │ 제량 시풍의 공과(功過)

남조 제(齊), 양(梁), 진(陳)은 비록 세 왕조지만, 시가의 분위기는 대체로 비슷하다. 문학사가들은 일반적으로 제량시풍이라 통칭하며 함께 논하는데, 부미(浮靡)함을 의미하는 폄의(貶義)도 함께 갖고 있듯이, 사상 내용의 저속함이나 공허함 면에서 제량시는 확실히 문제가 크다. 하지만 예술형식의 혁신과 창조적 변화라는 점에서 제량시의 공헌을 또 가볍게 볼 수 없다. 따라서 그 공적과 과오를 역사적 관점에서 보는 것이 중국 고전시가의 발전 궤적을 더욱 객관적으로 인식하는데 도움이 된다.

제1절 형식 위주의 점진적 변화

제, 량, 진 3대의 문학은 황제와 왕, 종실을 중심으로 한 문인집단에서 탄생했으며, 통치자의 정치사상이나 문학관념이 문풍의 성격과 직접적으로 관련이 있다. 황제나 왕들이 여색을 숭상하고, 정치가 상당히 부패했으며, 문학적 분위기를 좌지우지했던 문인들이 왕조의 교체를 여러 차례 겪었다는 점에서, 이 3대의 시풍은 뚜렷한 연속성을 지닌다.

479년, 소도성(蕭道成)은 송을 압박하여 제위를 차지하고 제를 건립했다. 송, 제 양대(兩代)는 모두 찬탈에 의해 세워졌고, 통치자가 모두 서족(庶族) 출신이란 점, 전기는 정치가 비교적 안정되다가, 후기에는 제왕의 극도의 혼음(昏淫)과 잔혹함, 황족간의 잔혹한 살해 등으로 여러 차례 임금이 바뀌다가 결국 멸망했다는 점 등, 정치적 사회적 상황이 대체로 비슷했다. 다만 제 왕조는 사서(士庶)의 구별이 유송보다 엄격했고, 후기에는 황위(皇位)의 폐립이 더욱 빈번하여 불과 22년 만에 양으로 넘어갔다.

제 무제 영명(永明) 연간은 제대 시가의 번영기다. 이 당시의 통치자들은 유송 왕실이 '골육상잔'을 벌이자, "다른 대족이 그 혼란한 틈을 탈 수 있었다(他族得乘其弊)"는 교훈을[192] 받아들여, "사사로움을 이기고 안정적 통치를 추구했고, 은혜로운 정치에 뜻을 두어(克己求治, 思隆惠政)", 정치적 투쟁도 비교적 적었다. 비록 원가지치(元嘉之治)에는 미치지 못했으나, 10여 년 동안 안정이 지속되었다. 왕공 대신들은 문인들을 부지런히 초빙했는데, 경릉왕(竟陵王) 소자량(蕭子良)이 가장 적극적이었다. ≪자치통감≫에 따르면 "소자량은 어려서부터 맑고 고상하여, 손님들에게 마음을 기울이니, 재능이 뛰어난 선비들이 모두 그 집으로 모여들었다. 서저를 개방하고 … 기실참군인 범운과 소침, 낙안 사람 임방, 법조참군 왕융, 위군동각좨주 소연, 진서공조 사조, 보병교위 심약, 양주의 수재 오군 사람 육수가 나란히 문학으로 더욱 친밀했으니, 경릉팔우라고 했다. 법조참군 유운, 태학박사 왕승유, 남서주의 수재 제양 사람 강혁, 상서전중랑 범진, 회계 사람 공휴원도 역시 참여하였다(子良少有清尚, 傾意賓客, 才雋之士, 皆遊其門. 開西邸, … 記室參軍範雲蕭琛樂安任昉法曹參軍王融衛軍東閣祭酒蕭衍鎭西功曹謝朓步兵校尉沈約揚州秀才吳均陸倕, 并以文學尤見親待, 號曰八友. 法曹參軍柳惲太學博士王僧孺 南徐州秀才濟陽江革尚書殿中郎範縝會稽孔休源亦預焉)."[193]　<남제서・유회전(劉繪傳)>

---

192) ≪資治通鑑≫ 卷136.

에도 "영명 말, 도성의 인사들간에 문장에 대한 담론이 성했는데, 모두 경릉왕 서저로 모여들었다(永明末, 京邑人士盛爲文章談義, 皆湊竟陵王西邸)"고 했는데, 유회(劉繪), 장융(張融), 주옹(周顒) 등도 포함되었다. 이 문인들이 소자량 주변으로 모여들면서 경릉팔우(竟陵八友)가 주축이 된 학술문화의 중심을 형성하였다. 많은 인재의 집중은 철학적 논변이나 예술 연구에 적극적인 분위기를 형성했다. "소자량이 불교를 매우 좋아하여, 유명한 승려를 불러들여 불법을 강론하면서, 도를 믿는 풍속이 왕성하였는데, 강남에서는 이런 적이 없었다(蕭子良篤好釋氏, 招致名僧, 講論佛法, 道俗之盛, 江左未有)."194) 범진(范縝)의 <신멸론(神滅論)>도 이때 등장하여 철학사적으로 의미 있는 대논쟁을 일으켰다. 소자량은 영명 7년 도성의 여러 승려들로 하여금 새로운 범패를 만들게 했는데, 이는 시인들이 성운(聲韻)을 탐구할 수 있는 좋은 기회가 되었다. 그는 또 왕승건(王僧虔)과 서법(書法)을 논하고, 공치규(孔稚圭)와는 유학을 논하며, 유경유(劉景蕤)와는 은거의 도를 논하기도 했다. 또 <빈료사요(賓僚士要)>를 지어 속료들을 불러 산수를 노닐기도 했는데, <행택시서(行宅詩序)>에 따르면, 그 자신은 "옛날 절동 지역을 여행할 때, 산수가 아름다운 곳을 모두 다녔으며, 명도나 승경은 모두 다 가서 보았는데(往歲羈旅浙東, 備歷山水之美, 名都勝景, 極盡登臨)", "읊조리거나 노래하며, 마음을 노래하기(以吟以詠, 聊用述心)"도 했다. 사조(謝朓) 등 제대의 시인들이 산수시의 내용을 기려(羈旅)와 행역(行役)으로까지 확대할 수 있었던 것은 소자량의 역할과도 관계가 있다.

소자량 이외에, 상서령(尙書令) 왕검(王儉), 수왕(隨王) 소자륭(蕭子隆) 등도 문사들을 불러 모았던 주요 인물이다. 왕검은 상서령으로 있을 때, "재학이 있는 사인들을 불러 모아, 허실을 종합적으로 분석하고, 사물을 비

---

193) ≪資治通鑑≫ 卷136.
194) ≪資治通鑑≫ 卷136.

교하여 분류했다. 이러한 것을 예사라고 하는데, 이때에 시작된 것이다
(嘗集才學之士, 總校虛實, 類物隷之. 謂之隷事, 自此始也)."195) <남제서·육징전(陸澄
傳)>에는 왕검이 육징(陸澄)과 전고 사용을 두고 경쟁했던 일화가 전해진
다. "왕검은 스스로 육징보다 박학다식하고 독서도 많이 했다고 여겼다.
… 왕검은 하헌 등 학사들을 불러보아 토론하기를 즐겼는데, 육징은 왕
검의 말이 끝나기를 기다렸다가, 토론에서 빠진 수백 가지를 언급했는
데, 모두 왕검이 알지 못했던 것들이라, 왕검이 탄복을 했다. 왕검은 상
서성에 있을 때, 두건이나 상자, 궤안, 여러 가지 옷과 장식품 등의 물건
을 내놓고, 학사들에게 예사를 하게하며, 예사를 많이 하는 자에게 그
물건을 주었다. 문인들이 각각 한두 개씩의 물건을 얻었는데, 육징은 나
중에 와서, 다른 사람들이 하지 못하던 예사를 물건마다 몇 개씩 말하고
는, 물건을 빼앗아 가 버렸다(儉自以博聞多識, 讀書過澄. … 儉集學士何憲等盛自商
略, 澄待儉語畢, 然後談所遺漏百千條, 皆儉所未睹, 儉乃歎服. 儉在尙書省, 出巾箱几案雜服飾,
命學士隷事, 事多者與之. 人人各得一兩物, 澄後來, 更出諸人所不知事復各數條, 幷奪物將去)."
왕섬의 제장으로, 경사(經史)나 고사(故事)를 묻고 답하거나, 전고 사용의
다소를 견주는 것이 문인 간 학문의 고저를 가늠하는 기준이 되었다.
<남제서·최위조전(崔慰祖傳)>에 따르면, "국자좨주 심약, 이부랑 사조가
일찍이 이부성에 있을 때 빈객들이 모두 모여, 최위조에게 땅의 이치에
대해 모르는 십여 가지 일을 각각 물었는데, 최위조는 말이 어눌하고 말
주변이 없었다. 그러나 끝까지 자세하게 설명하여 사람들이 모두 탄복하
며 칭찬했다. 사조는 '설사 반고와 사마천이 다시 환생한다 해도 이보다
는 못할 것이다'고 감탄했었다(國子祭酒沈約吏部郎謝朓嘗於吏部省中, 賓友俱集, 各
問慰祖地理中所不悉十餘事, 慰祖口吃, 無華辭. 而酬據精悉, 一座稱服之. 朓歎曰, 假使班馬復
生, 無以過此)." 경릉팔우 중의 소연(蕭衍)도 양의 황제가 된 후에, 심약(沈約)

---

195) <南史·王摛傳>.

과 밤(栗)과 관련된 고사를 서로 번갈아가면서 말하기를 겨루었는데, 상당히 열심히 승부를 따졌다는 기록이 전한다. 전고와 예사를 추구하는 분위기가 제량에 크게 유행하면서, 시가의 전고는 갈수록 새로움과 공교함을 추구하게 되었고, "사물을 나타내고 형체를 드러내는(指物呈形)"196) 영물시가 대량으로 출현하는 기초가 되었다.

당시의 황제나 조정 권귀들은 박학다식함과 문학적 토론을 숭상했을 뿐 아니라, 가무나 서화에도 모두 뛰어났다. 제 무제가 "여러 신하와 연회를 즐기며, 모두에게 기예를 보이도록 했다. 저연은 비파를 타고, 왕승건은 금을 타고, 심문계는 <자야가>를 노래하고, 장경아는 춤을 추고, 왕경칙은 박장 무술을 했다(曲宴群臣數人, 使各效伎藝. 褚淵彈琵琶, 王僧虔彈琴, 沈文季歌子夜, 張敬兒舞, 王敬則拍張)"는 것처럼 사람마다 모두 한 가지씩 능통한 재주를 지녔다. 통치집단들의 문예 애호는 시가, 서예, 회화, 음악 등 각종 예술의 분야별 연구를 촉진시켰고, 예술의 형식적 기교에 대한 연구도 갈수록 자발적이면서 체계화되었다. 서법을 논한 왕승건의 문장들이나 사혁(謝赫)의 ≪고화품록(古畵品錄)≫ 등은 모두 예술평론과 예술사가 결합된 전문 저술로서, 제 이전에는 없었던 것들이다. 역대의 <교묘가사(郊廟歌辭)>는 줄곧 아정함만을 추구했지만, 제대에는 전운(轉韻)과 절주의 아름다움을 더욱 추구했다. 영명 2년 상서전(尙書殿)에서 <교묘가사>의 제정을 건의하며, "또 한대의 가시를 보면, 길이가 정해져 있지는 않았는데, 서사든 입언이든 8구가 많습니다. 그런 후에 운을 바꾸는데, 때로는 2~3운 간격으로 운을 바꾸기도 했지만 그 예는 아주 적습니다. 장화, 하후담의 작품 역시 이전의 형식과 같습니다. 부현은 운을 여러 차례 바꾸어, 간결미와 절제미를 잃었습니다. 근래에 왕소지와 안연지는 8구마

---

196) <梁書·王筠傳>.

다 운을 바꾸어 완급이 적당합니다. 안연지와 사장이 지은 <삼묘가>는 각각 3장이고 각 장은 8구인데, 이 형식은 공적을 서술하는 데 있어서 상세함이나 간략함이 적당합니다(又尋漢世歌篇, 多少無定, 皆稱事立文, 並多八句. 然後轉韻, 時有兩三韻而轉, 其例甚寡. 張華夏侯湛亦同前式. 傅玄改韻頗數, 更傷簡節之美. 近世王韶之顔延之並四韻乃轉, 得賖促之中. 顔延之謝莊作三廟歌, 皆各三章, 章八句, 此於序述功業, 詳略爲宜)"197)라고 했다. 이러한 풍조 하에서 문인들은 시가의 음률과 성운을 발전적으로 추구하게 된다.

영명 연간에 심약은 한자의 사성(四聲)과 쌍성, 첩운을 기초로, 시가의 음률 배합을 연구하여, 반드시 피해야 하는 8가지 성병(聲病)을 제시했다. 그의 제창 하에, 왕융(王融), 범운(范雲), 사조(謝朓) 등도 이러한 시가의 음률과 진송 이후 계속 발전해온 대구 등의 형식을 결합하여 작품을 창작함으로써, 일종의 신형식인 영명체(永明體)를 형성했는데, 신체시(新體詩)라고도 한다. 한위 이래의 시가에서 추구해왔던 성운미(聲韻美)는 주로 "청탁이 자연스럽고, 어조가 조화로운(淸濁通流, 口吻調利)" 자연직 음운에서 나온 것일 뿐, 한자의 사성을 중심으로 한 성률을 자각적으로 만들어내지는 못했다. 위진 시기에 위 좌교령(左校令) 이등(李登)의 ≪성류(聲類)≫ 10권, 진 안복령(安復令) 여정(呂靜)의 ≪운집(韻集)≫ 6권 등과 같은 성운 연구서들이 나오기는 했으나, "겨우 청탁을 변별하고, 궁상각치우 등의 음률을 구분하는 것(始判淸濁, 才分宮羽)"198) 이었다. 중국 문인들의 사성설(四聲說)은 불경 송독(誦讀)의 영향을 직접적으로 받았다. 불경이 전래되어도, "중원과 주변 오랑캐의 언어가 통하지 않고, 음운이 차이가 아주 커서, 스스로 자세하게 해석을 하지 않으면, 내용을 이해하기가 정말로 어려웠다(夷夏不通, 音韻殊隔, 自非精括詁訓, 領會良難)." 이에 "범어와 한어에 뛰어난(妙

---

197) <南齊書・樂志>.
198) <隋書・潘徽傳>.

善梵漢之音)” 명승들이 불경을 번역할 때, “이 땅의 궁상 등을 이용하여 꾸며 완성했다(更用此土宮商飾以成制).”199) 불교에도 송독이라는 것이 있는데, 게찬(偈贊)을 창송(唱頌)하는 형식으로 불교 교리를 알리는 것이다. 서방의 게찬은 음악연주를 더하면 범패(梵唄)라 지칭하는 데 비해, 중국은 “불경을 읊조리는 것을 전독이라 하고, 찬을 노래하는 것을 범패라 하는데(詠經則稱爲轉讀, 歌贊則號爲梵唄)”, “종률에 맞추고 궁상에 맞추어, 아주 오묘했다(幷以協諧鍾律, 符靡宮商, 方乃奧妙).”200) “범어는 중복된 말이고, 한어는 단음절어이기 때문에(梵音重複, 漢語單奇)”, 게찬은 중국에 전래된 후 문자로 번역될 수밖에 없었고, 따라서 원래의 음조(音調)는 점차 사라지게 되었다. 송 제 교체기에 300여 성(聲) 정도만 남았고, 이에 “사람마다 뜻을 나타낼 때는, 범음을 보조로 삼아 같고 다른 것을 지어내는(人人致意, 補綴異同)”, 즉 범음을 참조하여 한어의 소리를 변별하고 “운을 넣어 노래를 만들었다(結韻以成詠)”. 경릉왕 자량이 영명 7년 명승을 초청하여 불법을 강설하고 새로운 범패를 제작한 것은, 당시 문자와 성음의 연구에 있어서의 일대 사건이다. 문인들은 “당시에 불경을 삼성에 맞추어 전독하는 것을 배워 그대로 흉내 냈는데, 각각 평상거의 삼성으로 나누었고, 입성을 포함하면 모두 사성이 된다. 이에 사성설이 시작되었다(依據及摹似當日轉讀佛經三聲, 分別定爲平上去之三聲, 合入聲共計之適成四聲, 於是創爲四聲之說).”201) 역대로 문학사가들은 주옹, 심약을 이 신학설의 대표자로 여겨왔지만, 그들이 어떻게 불경의 전독(轉讀)을 시가의 궁상(宮商) 등 사성과 배합했는가의 과정은 밝히지 못했다. 관련 자료에 의하면, 사성은 불경 전독의 영향을 받아 발견되었지만, 사성이 시가에 사용된 것은 평이하고 구어화된 시풍으로

---

199) ≪高僧傳≫ 卷3.
200) 慧皎 ≪高僧傳≫ 卷13.
201) 陳寅恪 <四聲三問>.

진송의 회삽한 시풍을 제거하고자 했던 심약 등의 문학주장과 관련있다.

심약의 문장론은 원래 '이(易)' 한 글자에서 출발한다. <안씨가훈(顔氏家訓)·문장>에 의하면, "심은후(심약)가 말하기를 '문장은 마땅히 세 가지가 쉬워야 한다. 그 내용을 알기 쉬운 것이 첫째요, 그 글자를 알기 쉬운 것이 둘째요, 독송이 쉬운 것이 셋째다'. 형재자(형소)가 일찍이 말하기를 '심은후의 문장은 전고임을 알아차릴 수 없어, 마치 마음속의 말인 듯하다. 진실로 대단하다!'고 했다(沈隱侯曰, 文章當從三易, 易見事, 一也, 易識字, 二也, 易讀誦, 三也. 邢子才嘗曰, 沈侯文章, 用事不使人覺, 若胸臆語也, 深以此服之)." '이(易)'자는 진송 이후 지나치게 심오해진 문풍에 대한 상대적 표현으로, 경릉팔우의 공통적 주장이다. 종영(鍾嶸)은 "임방과 왕원장(왕융) 등의 문장에 가까워 문사의 기이함을 귀하게 여기지 않았으며, 반드시 새로운 내용을 담고자 했다(近任昉王元長等辭不貴奇, 竟須新事)"고,[202] 그들의 작품이 어휘는 편벽됨을 피하고 평이함을 추구했으며, 옛 것보다는 새로운 소재를 사용하고, 전고라 히더라도 진고임을 느끼지 못할 정노도 자연스럽고 명백하여 이해하기 쉽다고 했다. 사조, 왕융, 범운 등이 지은 영명체의 언어 풍격이나 의경은 비록 표현상 대구를 추구하던 진송의 형식을 수용했지만, 그 언어는 구어화된 남조 악부민가의 영향을 받아서, 당시 구어에서 새로운 어휘를 다듬어내고, 진송 시가의 아주 무성하면서 전아한 어휘를 버리고, 진송 시 가운데 소수의 깨끗하고 쉬우며 청신하고 자연스러운 구절을 발전시킴으로써, 뜻이 명백하고 이해하기 쉬우며 천근(淺近)하고 유창한 풍격을 형성했다. 뿐만 아니라 사성이 시가에 도입되기 전에도, 구어를 정련하는 과정을 거쳤다. 전독이 "음의 높낮이의 변화(吐納抑揚)"를 추구했기 때문에, 장융, 주옹, 유회 등 불교신자 사대부들은 그것의

---

202) ≪詩品≫.

"일으키고 던지고 휩쓸고 들어올리고, 평탄하고 꺾고 내치고 줄이고, 노닐고 날고 물러서고 회전하고, 반복하며 포개고 교태부리며 희롱하는(起攔蕩擧, 平折放殺, 遊飛卻轉, 反疊嬌哢)"203) 발음 특징을 일상적 대화에 사용했다. 우선 "성운이 유창하고 기교적인(聲韻流好有工)" 전독의 특징을 평소 말할 때의 '언어 속 기교(言工)'로 바꾸어, 구어에도 궁상 간의 협률(協律) 및 음의 높낮이나 강약의 변화(抑揚頓挫)와 같은 효과를 갖출 것을 요구했다. 주옹, 장융 등의 이러한 방법을 심약이 비교적 구어화된 영명체 신형식에 도입함으로써, 성률 규범화를 통해 시가를 송독하기 쉽게 실현해낸 것이라 할 수 있다.

　성률설의 탄생은 중국 시가사에 중요한 의미를 지닌다. 격률시의 시초를 열었다는 것뿐만 아니라, 사부(辭賦), 변문(騈文) 및 훗날의 사곡(詞曲) 등의 문학형식에도 커다란 영향을 미쳤다. 영명체 시인들은 중국시가에 고체시 외에 근체시라는 중요한 형식을 만들어냈고, 또 성률의 제창을 통해 처음으로 이론적으로 예술형식의 상대적 독립성을 인식하게 했다. 성률설이 탄생한 후에도, 모든 제량 문인들이 그 의미를 이해했던 것은 아니다. 육궐(陸厥)은 심약에게 편지를 써서, "글에 있어서 내용과 문채에 대한 생각은 시대에 따라 다르고 고금에 따라 아주 달랐었는데, 마땅히 사상 내용이 중요하고, 장절과 구에는 다소 느슨해야 합니다. 사상 내용은 문채보다 중요한데, (성률로 인해) 아름다운 것과 추한 것이 서로 섞이게 됩니다. 장절과 구는 내용보다 느슨하기 때문에, (성률은) 맞는 것은 적고 어긋나는 것이 많게 됩니다(意者質文時異, 古今好殊, 將急在情物, 而緩於章句. 情物文之所急, 美惡猶且相半. 章句意之所緩, 故合少而謬多)"고 했다. 성률설을 제창하는 것은 문채를 중시하고 내용을 중시하지 않는 것이고, 장절과

---

203) ≪高僧傳≫ 卷13.

구를 중시하면서 사상 내용은 중시하지 않는 것이라고 비평한 것인데, 심약 등의 전반적인 시가창작 경향을 보면 완전히 틀린 말은 아니다. 그러나 내용으로 형식을 대신하거나 양자를 한꺼번에 섞어 논하는 것은 진송 이전 문예비평의 전통이다. 그래서 심약은 <육궐에게 답하는 글(答陸厥書)>에서, "이 성운을 운용하는 기교는 의미의 전개와 관계있는 것이 아니고, 성인들의 입언이라고 해서 필요한 것이 아니다(此蓋曲折聲韻之巧, 無當於訓義, 非聖哲立言之所急也)"라고 내용과 형식을 구분하고, 입언이나 훈의(訓義)로 성운에 대한 탐구를 대체할 수 없으며 예술 형식은 상대적인 독립성을 지닌다고 제시했다. 이는 영명체 시인들의 예술적 규율에 대한 인식이, 정치적 기준이 절대시되던 전통 시론의 한계를 이미 넘어선 것으로, 예술이론에 큰 진전이 있었음을 설명한다.

제대의 시인들이 남조 악부민가와 당시 구어의 신선함을 이용해, 경직된 문인시를 기사회생하게 한 성과는 절대 무시할 수 없다. 언어, 구상, 성률 등 예술형식에 대한 혁신은 주로 산수, 연회, 염정(艷情), 영물 등의 제재를 중심으로 나타났다. 사상이 저속하고 내용의 깊이도 부족하여, 감정이나 사상이 있더라도 대부분 경박한 것이 그 전반적인 병폐이다. 그러나 제대 시인들은 송시의 응체감(凝滯感) 회삽함에서 벗어나, 가볍고 부드러우며 매끄러운 느낌이 들도록 했고(당연히 송시의 생경하고 심오한 흔적을 완전히 없애기는 힘들다), 경물묘사 역시 송시의 나열하는 듯한 묘사 구조에서 대체로 벗어나, 자구를 다듬고 표현각도를 집중적으로 선택하여 주요 특징을 부각시켰으며, 경물 속에 감정을 녹여 담는데 집중했다. 또 경물을 객관적으로 묘사하던 진송 문인들의 성과를 바탕으로, 주인공의 형상을 투입하여, 산수시가 산수 유람과 감상에서 기려(羈旅), 행역, 송별 등 일상생활까지 범위가 확대되도록 했다. 산수 자연을 통해 도를 증명하던 주지는, 사람과 자연과의 어울림이나 친밀감으로 대체되었다. 악부모의는 유송 시기와 같은 단순 모방의 단계를 벗어나, 남조 악부민가를 발전시키고, 비교적 명백하고 유창한 한악부 고시의 언어풍격과도 결합함으로써, 문인시의 격조를 형성했다. 종합적으로, 제시는 작품 수량이 비교적 적고, 높은 성취를 이룬 시인은 더욱 적다. 영명체 작가 가운데 사조와 왕융이 제대에 죽은 것을 제외하고는, 다른 시인들 대부분은 양대에 활동하며 양대 문학을 이끌었으므로, 제시는 제재, 내용, 예술표현 등의 방면에서 양진(梁陳) 시가의 남상(濫觴)이 되었다.

502년 소연은 제를 찬위하여 양을 건립하고, 48년 동안 재위에 있었다. 후경(侯景)의 난에 간문제(簡文帝) 소강(蕭綱)에게 왕위를 넘겼다. 간문제는 후경의 감시 하에 즉위하여 2년 후 후경에 의해 살해되었다. 양 원제(元帝) 소역(蕭繹)은 강릉에 도읍을 정했지만, 역시 삼 년 만에 서위(西魏)에 의해 멸망했다. 양조도 국가의 운명이 길지는 않았지만, 후경의 반란과 북방의 침입으로 멸망하여, 송제 두 왕조가 종실 간의 살해 등으로 정권을 탈취당한 것과는 다소 차이가 있다. 소량(蕭梁)의 통치자들 역시 사족 계층 출신이지만, 송제의 군주들처럼 문란하거나 잔혹하지는 않았다. 또 그들이 남긴 문장과 저술을 보면, 나라의 흥망치란(興亡治亂)이나 입신지도(立身之道)에도 그다지 관심을 두지 않았다. 이것은 하나의 모순적 현상을 낳았다. 송제 2대의 군주들은 "천 여 명의 궁녀들과 옷을 벗고 음란함을 즐길(宮女千餘, 裸服宣淫)" 정도로 문란했지만, 그들의 시가에는 음탕한 내용이 없다. 그런데 여색을 즐기지 않았다고 평가되는 양대의 여러 군주들은 오히려 염정을 묘사한 궁체시를 대량으로 써냈다. 이러한 현상을 어떻게 해석해야 하는가?

사실, 사족계층의 타락한 습성으로 인해, 소씨 부자도 진정으로 성색을 즐기지 않는 군자일 수는 없었다. 소연은 제(齊)에서 국정을 보좌할 때, 동혼후(東昏侯)의 반비(潘妃), 여비(余妃)를 맞아들이는데 열중했고, 황제가 된 후에도 동생인 임천왕(臨川王) 굉(宏)의 애첩 강씨(江氏)에게 진수성찬을 보내거나 사적으로 데리고 광음을 즐기기도 했다. 그러나 결국 제를 찬탈하고 양을 건립한 창업 군주가 되었는데, 송제 2대의 찬탈을 겪으며, "송대 이래로, 예의가 지켜지지 않고 음란하고 사치스러워(宋氏以來, 并恣淫侈)"204) 패망했다는 사실을 잘 알고 있었다. 이를 교훈 삼아 행동을 자제함으로서, "앞 수레가 잘못 간 길을, 뒤 수레가 그 궤도를 그대로 따라가, 나라에 재앙을 부르고 가문에 화를 초래하며, 사람이 죽고 후손이 끊기는 일(前輪折軸, 後車復軌, 殃國禍家, 亡身絶祀)"(<淨業賦>)을 예방했다. 그래서 그는 찬위 후에 먼저 "제와 양은 비록 천명이 바뀐 것이나, 그 이전의 시대와는 다름(齊梁雖云革命, 事異前世)"을 강조하면서, 소제(蕭齊)와 "비록 이제 예악제도가 달라졌지만, 혈통은 멀지 않아, 왕업을 세운 초기에도 함께 고통을 감내했으니, 마음은 한 가족과 같다(雖復絶服, 宗屬未遠, 齊業之初亦共甘苦, 情同一家)"며,205) 찬탈의 합법적 근거를 만들었다. 그는 성군이라는 허명을 얻기 위해, 많은 형식석인 문장을 지어내며 의지를 보였다. 예를 들면 민요를 살펴서 정치를 점검하고, 인재를 찾아가 모셔 오고, 궁녀를 집으로 돌려보내고, 정교를 펼칠 명당(明堂)을 건설하고, 예악을 제작하고, 유민들을 고향으로 돌려보내고, 호족들이 공전(公田)을 빌리는 것을 금하고, 사회적 병폐에 대한 조언을 구하고, 정치가 미치지 않는 곳을 찾아 바로잡는 것 등등 이다. 학술 문화적으로는, 유가 학문을 힘써 장려하면서, "위와 진처럼 온통 들떠서, 유가적 가르침이 쇠하고, 풍기와 절개가 서지 않는(魏晉浮湯, 儒敎淪歇, 風節罔樹)"206) 허위적인 풍조를 없애려 했고, 예악이 "아악과 속악이 뒤섞여(雅鄭混淆)" 아악이 쇠퇴하는 현

---

204) <放遣宮女詔>.
205) ≪資治通鑑≫ 卷146.
206) ≪資治通鑑≫ 卷146.

상에 대하여, "깨끗하게 정화하고(務在澄淸)", "소박하게 꾸미기 위해 노력했다(鑿雕爲朴)."207) 사생활에 있어서는 "밤낮으로 신중하게 행동하고, 나라를 일으키고 다스리는 것만 생각한다(夙夜勤止, 念在興治)"는 것을 보여줄 갖가지 행태를 만들어냈다. 그가 발표한 조령과 문장만 보면, 유가에서 숭상한 모든 미정(美政)을 그는 다 제창했고, 불교가 선전한 모든 수신(修身) 행위 역시 그는 다 실천한 듯하다. 그러나 이 모든 '미정'들은 사족을 종용하고 백성을 착취하기 위한 기본 국책에서 출발한 것이며, 고신(苦身) 수행은 그의 허위적인 가식에 불과할 뿐이었다. 따라서 "이때 고조 통치 하에 관직에 있었던 자들은, 모두 허위적이고 아첨을 했으며(是時高祖任職者, 皆緣飾奸諂)", 양무제는 "푸성귀 반찬의 검소함이 대단한 품덕(蔬食之儉爲盛德)"이라고 여기며 실천했다. 하지만 사대부의 연회는 "서로 다투어 호화로움을 자랑하여, 과일을 쌓아놓은 것이 구릉과 같았고, 늘어놓은 안주가 비단에 무늬를 새겨 넣은 것과 같았는데, 노대에 있는 재산이라도 한 번 잔치하는데 드는 비용에도 미치지 못했다(相競夸豪, 積果如丘陵, 列肴同綺繡, 露臺之産, 不周一宴之資)." 양무제는 금욕적인 생활을 했지만, 아랫사람들은 "기녀를 여럿 두는 데에는 사내들이 벼슬의 높고 낮음이 없었고, 관리가 되어 백성을 다스렸던 사람은 재물이 거액에 이르렀지만, 퇴직하고 고향으로 돌아가서는 몇 년을 견디지 못했다. 대체로 모두 잔치하고 마시고 노래를 부르는 비용으로 다 써버렸다(蓄妓之夫, 無有等秩. 爲吏牧民者, 致貲巨億, 罷歸之日, 不支數年. 率皆宴飮之物, 歌謠之具)."208) 양무제의 허위적인 덕정(德政)은 오히려 풍속을 음란하고 사치스럽게 했는데, 특히 음주 가무나 여기(女妓) 방면에서 두드러졌다. 각 급 관리는 모두 여기를 둘 수 있어서 재산을 전부 음주 행락에 써버렸다. 양대의 염정시 대부분은 사

---

207) ＜梁書・武帝紀＞.
208) ≪資治通鑑≫ 卷159.

대부가 여기의 노래를 듣거나 가기(家妓)를 희롱하며 지은 작품인데, 바로 이러한 사회적 분위기에서 기인한다.

한정(閑情)과 염정을 표현한 시가 양 대동(大同) 연간에 특히 성행한 것은, 역시 소강(蕭綱)과 소역(蕭繹)의 제창이 그 배경이다. 양 무제 재위 48년 동안, 그들은 오랫동안 황태자와 번왕(藩王)의 지위에 있었기 때문에, 사상 행위 등에서 무제의 구속과 영향을 받지 않을 수 없었고, 따라서 처신의 신중함을 중시했다. 소강은 그 아들을 훈계하며, "입신의 도와 문장은 다르다. 입신은 우선 반드시 신중해야 하고, 문장은 장차 무언가에 구속받지 않아야 한다(立身之道與文章異, 立身先須謹重, 文章且須放蕩)"고[209] 했다. 소역은 <금루자(金樓子)>를 지어, 흥망치란의 도를 종합 정리했다. <흥왕편(興王篇)>에서는 요순(堯舜)에서 양무제까지 역대 성군의 공덕을 찬양하며, "대략 요순, 하우, 주 문제, 양 무제 등 (성군은) 수만 년 세월 중 네 명에 불과하다(蓋堯舜夏禹周文梁帝, 萬載中四人而已)"고 했다. <감계편(箴戒篇)>, <설번편(說藩篇)> 등에서는 하(夏)나라의 걸왕(桀王), 상(商)나라의 주왕(紂王) 그리고 제 동혼후(東昏侯)까지 역대 혼군(昏君)들의 패망의 징조를 서술하면서, 사치와 탐음(耽淫)이 주는 교훈을 특히 강조했다. <계자편(誡子篇)>에서는 아들에게 "독서는 반드시 오경을 기본으로 하고(讀書必以五經爲本)", "성인의 글이 아니면 읽지 말며(非聖人之書勿讀)", "지나치게 화려하거나 이상하게 꾸민 기발한 복장이나 좋은 음식은 삼가고 하지 말라(淫華怪飾奇服麗食愼毋爲也)"고 훈계했으며, <입언편(立言篇)>에서는 황제나 왕들이 "구중궁궐에서 나고, 여인들의 손에 자라(生自深宮之中, 長於婦人之手)", 교만, 사치, 음란, 시기로 인해 멸망하는 이치를 논하고, 스스로는 주공(周公), 공자(孔子), 태사공(太史公)의 일을 계승 발전시킨 성인임을 밝혔

---

209) <誡當陽公大心書>.

다. 객관적으로 보면, 소씨 형제의 통치사상이 이처럼 공명정대하므로, 양대의 문풍은 자연적으로 순박해져서 아(雅)하고 정(正)해야 하는데, 어째서 그들의 많은 창작을 포함하여 "가벼움과 염려함에 빠진(傷於輕艶)" 궁체시가 한 시대를 풍미했는가? 그 이유는 그들이 유가의 최고 정교적 기준과 불교적 수행계율을 억지로 실천하며 자신들의 영명함과 도덕성을 심하게 포장했는데, 그러기 위해서는 일반 사람들이 하기 힘든 허위적인 행동까지 해야 했고, 그 과정에서 억압된 본능과 욕망은 정신적 수단, 즉 달콤하고 부드러운 경지 속에서 자신들의 성정(性情)을 만끽하고 정신을 느긋하게 하면서 풀어야 했다. 당시의 환경에서 그들의 감정적 기갈은 시에서 풀 수밖에 없었다. 즉 소강이 말한 대로, "우리들은 멀리 노닐며 즐기는 일 없이, 만사를 제치고 책을 뒤적였는데, 본성이 글을 좋아했고, 때로는 또 짧게 읊조리기도 했다(吾輩亦無所遊賞, 止事披閱, 性旣好文, 時復短詠)."210) 따라서 그가 동궁 시절, "맑은 어휘로 기교적으로 지었던 작품도, 연회 자리에서의 작품에 불과했고, 조탁으로 이어진 수사도, 내용은 모두 규방에서의 일이었다(清辭巧制, 止乎袵席之間, 雕琢蔓藻, 思極閨闈之內)" (위징(魏徵) ≪수서(隋書)・경적지(經籍志)≫ 집부(集部) 서문). 게다가 서리(徐摛) 등이 "글을 지음에 새로운 변화를 즐기고, 옛 형식에 얽매이지 않았는데(屬文好爲新變, 不拘舊體)", "태자궁에서 이를 배웠고, 궁체라는 이름도 이때에 시작되었다(春坊盡學之, 宮體之號, 自斯而起)."211) 마침내 조야에 성행하면서, "문장은 장차 무언가에 구속받지 않아야 한다(文章且須放蕩)"는 이론이 나오게 되었다. 그러나 소씨 부자는 정치적 중책을 짊어진 까닭에, 표면적으로는 이러한 방탕한 문풍을 억압했다. 예를 들면 서리는 궁체를 개척했다가 무제의 질책을 받았다. 서릉은 ≪옥대신영≫ 10권을 편찬했는데,

---

210) ＜與湘東王書＞.
211) ＜梁書・徐摛傳＞.

염체(艶體)가 다수를 차지하자, 공공연히 "일찍이 아와 송에는 끼이지 못하지만, 또한 국풍의 작가들에게 외람되지는 않을 것이다(曾無添於雅頌, 亦靡濫於風人)"고 했었다. 소강은 만년에 후회하면서 "서릉에게 명하여 옥대집을 편찬하게 하여 그 체제를 확대시켰는데(乃令徐陵爲玉臺集以大其體)", 다른 규정시(閨情詩)를 편집해 넣어 염시(艶詩)를 은폐함으로써, 그것이 "온유돈후의 전통을 강구한 작품이 있어, 음염함으로 전체가 비난 받지 않게 했다(猶有講於溫柔敦厚之遺, 未可槪以淫艶斥之)."212) 염정시(艶情詩)는 실제로는 양대 여러 황제들이 스스로를 성현으로 포장하기 위해 억압했던 변태적 정욕이 시가에 반영된 것임을 알 수 있다.

양대 염정시의 두드러진 증가는 시가의 특징에 대한 사족문인들의 인식과도 관련 있다. 유가적 시교(詩敎) 관념에서는 원래 악시(樂詩)와 왕정교화와의 관계를 강조한다. 양대 문인들은 비록 "시는 언지를 함으로써 정교의 기본이 된다(詩以言志, 政敎之基)"고213) 시교를 표면적으로는 존중하면서도, 시가는 사람의 "감정과 영혼은 흔든다(情靈搖蕩)"는214) 특징을 더욱 강조했다. 그들이 표현해낸 성정은 바로 이런 내용이었다. "봄 뜰에 햇빛이 들고, 난초 향이 바람을 타고 전해온다. 가을비가 막 그쳤는데, 처마 밑 오동나무 잎이 지기 시작한다. 구름은 들판 위에서 일고, 밝은 달은 누각 뒤로 숨는다. 때로는 친지와 빈객들에게 인사하고, 잠시 세차게 수레를 몰아 떠나기도 한다. 수레로 길을 가며 거듭 술을 마시니, 앵무술잔 부지런히 기울여진다. 그 옛날 세 차례나 변경에 출정했는데, 오래 머물며 네 번이나 전쟁에 참가했다. 오랑캐 땅 안개가 하늘까지 부옇고, 군대의 깃발은 햇빛에 나부낀다. 때때로 피리 소리 들리고, 멀리서

---

212) ≪四庫全書總目提要≫.
213) 蕭綱 ＜請尙書左丞賀琛奉述制旨毛詩義表＞.
214) 蕭繹 ＜金樓子·立言＞.

호가 소리도 울린다. 때로는 고향 생각에 슬퍼지고, 때로는 장대한 마음이 일었다 사라지기도 한다(春庭落景, 轉蕙承風. 秋雨且晴, 簷梧初下. 浮雲生野, 明月入樓. 時命親賓, 乍動嚴駕. 車渠屢酌, 鸚鵡驟傾. 伊昔三邊, 久留四戰. 胡霧連天, 征旗拂日. 時聞塢笛, 遙聽塞笳. 或鄕思悽然, 或雄心噴薄)."215) 이외에도 "마음속에 원망을 담은 채 높은 누각에 오르고, 눈썹이 찌푸려지고 안색에 묻어난다. 문 앞에 오래 서서 눈물을 흘리니, 화장이 지워져 눈물 흔적이 남고, 또 그림자 속 가느다란 허리는 실제 모습과 같고, 거울 속 예쁜 얼굴은 마치 그림과 같다. 이 모두는 성정이 아주 탁월한 것이며, 새로움이 아주 특별나다(高樓懷怨, 結眉表色, 長門下泣, 破粉成痕, 復有影裏細腰, 令與眞類, 鏡中好面, 還將畫等, 此皆性情卓絶, 新致英奇)."216) 그들이 말하는 성정이란 사대부들의 봄날의 아쉬움, 가을의 슬픔, 고향에 대한 그리움, 변방에서의 향수, 이별의 정한 등 일상생활에서의 다양한 감정이며, 여자의 그리움이나 염정 역시 그 중의 한 부분이었다. 여자의 감정과 자태는 그 이전의 시가에서는 섬세하거나 충분하게 표현되지 못했기 때문에, 그들에게는 자연히 새롭고도 가장 익숙한 제재가 될 수 있었다.

이외에도, 제량문인들에게는 오성과 서곡을 모의하는 분위기가 상당히 보편화되었다. 관료들은 연회석 상에서 <자야가>를 부르며 주흥을 일으켰을 뿐 아니라, 민가를 정치적 투쟁에 이용하기도 했다. 예를 들면 왕경칙(王敬則)의 아들 중웅(仲雄)은 <오농가(懊儂歌)>를 지어, 남녀 관계에 빗대어 군신 간의 배신을 투영시켰다. 영명체의 형식이나 정서는 남조 민가와 밀접한 관계가 있으므로, 염정시도 대부분 의악부와 신체시로 지어졌고, 고시에서는 내용이 상대적으로 다소 장중하다. 이것은 문인들이 민가를 개조할 때의 일정한 규칙을 반영한다. 문인들이 새로운 시가형식

---

215) 蕭綱 <答張纘謝市集書>.
216) 蕭綱 <答新渝侯和詩書>.

을 모방할 때는, 일반적으로 그 형식이 작고 통속적인 특징을 따르고 그다지 엄숙하지 않은 내용을 표현하게 된다. 오언시도 처음에는 부부 간의 감정이나 유자나 사부의 원망 등을 표현하는데 사용되었었고, 7언시는 조비의 <연가행>부터 줄곧 주로 남녀의 그리움을 표현하는데 사용되어 왔다. 한위의 문인들이 한악부를 모방할때부터 의악부는 원제(原題) 원의(原意)를 그대로 모방하는 전통이 확립되었다. 오성과 서곡은 본래 연정가였는데, 심약 등의 문인들이 남조 악부민가의 신선한 언어적 풍격을 수용하고자 할 때, 예술형식뿐만 아니라 그 내용까지도 수용되었다. 또 유송의 포조, 탕혜휴(湯惠休) 등이 7언시로 염정을 표현했던 것도 당시 시가로서는 새로운 창작경향이었는데, 이는 예술형식면에서 새로운 것을 추구하던 제량문인들에게는 때마침 새로이 개척할 만한 좋은 영역이 되어 주었다. 이와 같이 5언 소시와 7언시가 지닌 통속적이고 평이한 형식, 살랑거리는 춘풍이나 기염(綺艶)함을 담은 내용 등은 자연히 그들의 흥미를 끌게 되었다. 제량의 염체(艶體)가 7언 가행, 영명체 등의 근체 형식과 동시에 발전한 원인도 바로 여기에 있다.

심약, 사조가 주로 창작면에서 진송시풍을 혁신하기 위해 노력한 반면, 소강, 소역, 소자현(蕭子顯) 등은 그러한 창작풍조를 계승 발전시키면서, 이론적으로 더욱 명확하게 변혁의 필요성을 귀납해냈다. 심약, 범운 등은 제에 이어 양에서도 관직을 계속 유지하며, 시풍까지 양대로 가져왔다. 그러나 제량 교체기의 시가에는 평이한 어조 속에도, 생경하고 회삽하며 예스럽고 무거운 송시의 흔적이 여전히 남아 있었는데, 그러한 어색하고 부조화스러운 느낌은 양대 중엽이 지나서는 기본적으로 소실되었다. 이 창작의 변화 궤적 속에서 소강 등은 심약과 사조가 진송시풍을 개혁해낸 의미를 알게 된다. 소강은 <상동왕에게 주는 글(與湘東王書)>에서 말하길, "도성의 문체를 비교해 보니, 나약함과 우둔함이 두드러졌으며, 내실없는 부화함을 다투어 배우고, 느슨해지고자 애를 썼다. … 이미 비흥과도 다르고, 풍소에도 어긋난다. 가령 무릇 육전 삼례는 그것을 시행하는 데는 장소가 있고, 경사와 흉사도 오례를 맞게 적용해야 한다. 무릇 성정을 읊조림에 있어서, 오히려 <내칙>편을 모방하고, 붓을 잡아 뜻을 써냄에 다시 <주고>를 모방하며, 더디 가는 봄날을 묘사함에 <귀장>을 거듭 학습하고, 맑고 맑은 강물을 보며 <대전>을 모방해야 한다는 것을 들어보지 못했다(比見京師文體, 儒鈍殊常, 競學浮疎, 爭爲闡緩 … 旣殊比興, 正背風騷. 若夫六典三禮, 所施則有地, 吉凶嘉賓, 用之則有所. 未聞吟詠情性, 反擬內則之篇, 操筆寫志, 更摹酒誥之作. 遲遲春日, 翻學歸藏, 湛湛江水, 遂同大傳)"고 했다. 그는 진송 이후 전해오는 시풍이 규범적 문장 같아서 마치 대고체(大誥體) 같은데, 이는 시가와 예전(禮典)의 문장이 뒤섞인 것일 뿐 아니라, 의식(儀式)이나 왕공들의 연회에서 사용되는 송체시(頌體詩)가 성정을 읊거나 사물을 묘사하는 서정시에 뒤섞여, 시가가 마치 ≪예기≫, ≪역경≫, ≪주서(周書)≫처럼 딱딱한 교조문이 되어버린 것이라고 했다.217) 그는 또 이러한 문풍은 쓸데없이 번다한(繁冗) 사령운의 문학과, 전아하면서 질박한 배자야의 문학을 잘못 학습하고, 문학을 역사나 실용문장과 동일시한 결과라고 지적했다. 사령운 시의 진정한 정화는 자연스러운 구절에 있다. 즉 "사강락이나 배홍려의 글을 배우는 자 역시 미혹됨이 심하다. 어째서 인가? 사강락은 말을 토해냄이 하늘에서 뽑아낸 듯 자연스럽게 나오는데, 가끔씩은 구속되지 않는 것이 그의 거친 점이다. 배씨는 사관으로서 훌륭한 자질을 지녔으나, 끝내 시편의 아름다움은 없다. 이 때문에 사령운을 배워도 그 정화에는 이르지 못하고, 오로지 그의 쓸데없는 점만 배우게 되고, 배자야를 배워도 그의 좋은 점은 모두 버리고 오직 결점만 얻게 된

---

217) ≪예기≫에 <內則>편, <大傳>편이 있고, ≪歸藏≫은 ≪易≫의 옛 이름이며, <酒誥>　는 ≪周書≫의 편명이다.

다. 사령운은 기교적이나 따를만하지 않고, 배자야도 질박하기는 하나 선망할 만하지는 않다(又時有效謝康樂裴鴻臚文者, 亦頗有惑焉. 何者. 謝客吐言天拔, 出於自然, 時有不拘, 是其糟粕. 裴氏乃是良史之才, 了無篇什之美, 是爲學謝則不屆其精華, 但得其冗長, 師裴則蔑絶其所長, 惟得其所短, 謝故巧不可階, 裴亦質不宜慕)”(上同). 소자현도 <남제서・문학전론>에서 진송시풍이 일으킨 세 가지 영향을 명확하게 분석했다. “하나는 마음을 한가하게 풀어내고, 어휘 운용은 화려하고 넓어서, 비록 아름다움은 있으나, 결국 우회적이다. 당연히 왕공들이 베푸는 연회의 자리에서 지어졌지만, 본래 그것이 준칙은 아니었다. 거칠고 엉성하며 느슨하고 느린 것은 고칠 수 없는 고질병이지만, 전아한 점은 뛰어난데, 감정이 전혀 담기지 않았다. 이 형식의 유래는 사령운이다. 다음은 사건을 모아 잇고 비슷한 사물을 나열하면서, 대구를 이루지 않으면 안 되고, 아주 다양한 사물을 엮어서 작품으로 묶어내는 것이다. 혹은 오로지 옛 언어를 빌어 지금의 감정을 펼쳐내는데, 억지스럽게 끌어다 붙여, ㄱ저 우연히 말이 되는 것뿐 이다. 오로지 사건의 얼서만 볼 수 있을 뿐, 징교한 수사는 사라셨다. 여기에 해당하는 것이 바로 부함의 오경(五經) 시, 응거의 <백일시(百一詩)>인데, 비록 완전히 같지는 않지만 유사하다고 할 수 있다. 다음은 노래로 부르면 두드러지게 빳빳하고, 성음은 험급(險急)하다. 수사가 아주 염려하고, 마음을 기울여 드러냈지만, 역시 바른 색깔인 오색이 있어도 불순한 홍색과 자색이 있고, 바른 소리인 팔음이 있어도 음미(淫靡)한 정위지음 있는 것과 같으니, 이는 포조가 남긴 위엄이다(一則啓心閑繹, 托辭華曠, 雖存巧綺, 終致迂回. 宜登公宴, 本非準的. 而疎慢闡緩, 膏肓之病, 典正可采, 酷不入情. 此體之源, 出靈運而成也. 次則緝事比類, 非對不發, 博物可嘉, 職成拘制. 或全借古語, 用申今情, 崎嶇牽引, 直爲偶說. 唯睹事例, 頓失精采. 此則傅咸五經應璩指事, 雖不全似, 可以類從. 次則發唱驚挺, 操調險急. 雕藻淫艶, 傾炫心魂, 亦猶五色之有紅紫, 八音之有鄭衛, 斯鮑照之遺烈也).” 그는 서진의 부함(傅咸)과 응거(應璩), 유송의 포조, 사령운을 세 가지 문풍의 대표 문인으로 보았는데, 부류를 나누기는 했지만 실제로는 진송 시기 시가 아화(雅化)의 역사적 연원과 발전과정을 간략하게 개괄할 것이다. 이어서 소자현은 이상적 시가의 예술적 표준을 이렇게 제시했다. "천기의 자극을 받고 역사적 기록을 참고하면, 생각이 자연스럽게 나오게 되는데, 그 전에 먼저 억지로 글을 지으려 해서는 안된다. 언어는 쉽고 명료해야 하고, 문장은 내용을 너무 많이 담아서도 안되며, 금석의 연주와 같이 촉촉하고 부드러워야 한다. 민가를 참고하여, 읊조리는데 가볍고 쉬우며, 아하거나 속되지 않으면, 오로지 마음을 잘 표현해낼 수 있다(委自天機, 參之史傳, 應思悱來, 勿先構聚. 言尙易了, 文憎過意, 吐石含金, 滋潤婉切. 雜以風謠, 輕脣利吻, 不雅不俗, 獨中胸懷)." 그와 소강 등의 모든 이론과 창작을 연결시켜 보면, 청신하고 자연스러운, 천기(天機)에 의해 촉발된 문학적 구상으로, 화려하고 농염한 수사로 억지스럽게 형용하거나 혹은 우회적으로 묘사하는 방식을 대체한 것이다. 또 민가나 민요처럼 명백하고 쉬우며 가볍고 자연스러운 당시의 구어를 이용해, 전아하고 둔감한 또는 생경하고 회삽하며 무거운 고어를 대체했다. 또 새롭고 쉬우며 자연스러운 전고 이용을 통해, 박학다식함을 자랑하거나 경전이나 역사를 열거하는 식의 전고 사용을 대신했고, 높낮이와 강약이 있는 성음과 촉촉하고 부드러운 음률로 두드러지게 뻣뻣하고 험급(險急)한 또는 길게 늘어진 리듬을 대체했다. 즉 지나치게 전아한 문풍을 반대하면서도, 통속적인 언어보다는 수준을 갖출 것을 요구한 것인데, 그래야만 가슴 속 정회를 절실하고 정확하게 표현해 낼 수 있다는 것이다. 이것은 대사시(大謝詩)의 정화가 말을 토해 냄이 하늘에서 뽑아낸 듯 자연스러운 것에 있다고 본 소강의 관점과 일치하는 것이며, 시어와 예술적 풍격에 대한 요구를 폭넓게 찬술하고, 심약이 말한 '삼이(三易)'의 구체적 내용을 보충한 것이다. 뿐만 아니라 이러한 사고를 기초로, 송제 이후 제기된 문필지변(文筆之辨)이라는 중요한 이론적 문제에 대해서도 발전적으로 천명했다. 소역이 "문(文)이란, 오로지 수사가 화려하고, 음절이 부드럽고 아름다우며, 언어가 밀집되어 있고, 성령이 크게 움직이는 것(至如文者, 唯須綺縠紛披, 宮徵靡曼, 脣吻遒會, 情靈搖蕩)"이라는[218] 주장은, 바로 대고(大誥) 문장처럼 전아하고 감정이 전혀 개입되지 않은 진송시풍을 반대하기 위하여 제시한, 시부에 대한 정의이다. 소강 역시 이 주장을 바탕으로 심약과 사조의 시가혁신에 대해 높은 평가를 내려, "근세의 사조와 심약의 시, 임방과 육수의 산문은 실로 문장의 으뜸이며, 저술의 모범이다(近世謝朓沈約之詩, 任昉陸倕之筆, 斯實文章之冠冕, 述作之楷模)"라고[219] 했다.

양대 문인들은 진송시풍 개혁을 위한 제대 문인들의 노력을 계승하여, 문학과 경사(經史) 문장, 유운(有韻)의 시와 무운(無韻)의 문장을 구분 인식하는 데까지 발전했으며, 또 예술적 각도에서 문필지변의 중요한 기준을 제시했고, 이론적으로도 선진 이후 문학이 줄곧 경전이나 역사, 철학과 섞여 구분이 모호하던 문세를 해결했다. 특히 소강이 "말을 토해냄이 하늘에서 뽑아낸 듯 자연스럽게 나오다(吐言天拔, 出於自然)"라고 한 것이나, 소자현의 "천기의 자극을 받고(委自天機)", "그 전에 먼저 억지로 글을 지으려 해서는 안 된다(勿先構聚)"는 인식은 이미 중국 고전시가이론에서 중시되는, 천기는 자연스럽게 흘러나오는 것(天機自流) 등의 중요한 이론적 명제를 이끌어냈다. 물론 각 시대마다 문인들의 '자연스러움(天然)'과 '조탁(雕琢)'에 대한 이해가 서로 달라서, 진송 시에서는 감정은 직선적으로 드러내면서 언어가 곡절했는데, 제량 시에서는 감정표현은 곡절하나 언어는 직선적인 것을 추구하는 등 각각의 차이가 있었다. 소자현과 소강 등은 주로 전아하고 회삽하며 지나치게 번다한 언어로 우회적이면서 다

---

218) ＜金樓子・立言＞.
219) ＜與湘東王書＞.

양하게 물태(物態)를 묘사해 온 진송시가를 대신하여, 명쾌하고 자연스러운 언어표현을 제창했으며 광범위한 이론적 기초까지 갖추었다. 위로는 소강의 "청신하고 탁월하면 뛰어난 작품인데, 무릇 문장은 전아하면서 딱딱하면 거칠게 되고 화려하면 부미함에 빠진다(淸新卓爾, 殊爲佳作, 夫文典則累野, 麗亦傷浮)"(〈答湘東王求文集及詩苑英華書〉)에서부터, 아래로는 종영의 "고금의 뛰어난 표현을 보면, 거의가 보충하거나 빌려온 것이 아니라, 모두가 직심에서 비롯된 것이다(觀古今勝語, 多非補假, 皆由直尋)"(〈詩品序〉)까지, 모두 지나치게 전아하면서 질박하거나 농염한 것을 반대하고 중화(中和)를 갖출 것을 요구한 것이며, 자연스러움과 청신함을 이상적으로 여긴 것이다. 종영이 시가의 작용을 "성정을 흔들고(搖蕩性情)", "심령을 감발시킨다(感蕩心靈)"고 본 것은, 소씨의 기본 관점과 일치한다. 그러나 그는 "출사가 막히고 가난한 삶을 편안하게 받아들이고, 은거하여 번뇌를 없앤(使窮賤易安, 幽居靡悶)" 생활에 기초한 것이어서, 성정을 기쁘게 하면서 마음속 번민을 해소하는데 치중했던 사족계층과는 다소 차이가 있다. 따라서 그가 제기한 풍력(風力), 단채(丹采), 자미(滋味) 등과 같은 논시(論詩) 기준은 당시 시가의 예술표현상의 발전과 변화를 귀납해 낸 것 일 뿐만 아니라, 풍력이 부족한 제량시가의 병폐를 지적한 것이기도 하다. 그는 당시의 경박한 사람들이 오로지 "사조가 고금에 독보적(謝朓今古獨步)"이라고 여기는 현상을 비평했는데, 사실은 심약과 소씨 문인, 사조 등이 형식적인 면에서만 진송시풍을 개혁하려다 생긴 폐단을 지적한 것이다. 이론적 가치로 보면, 유협의 ≪문심조룡≫과 종영의 ≪시품≫이 소강 등의 논술보다 당연히 뛰어나다. 그러나 당시 시가혁신에 대한 그들의 인식에는 일정한 한계가 있었다. 예를 들면, 유협은 문학과 문장(文筆)의 차이를 운(韻)의 유무에만 두었고, 종영은 성률과 전고에 대해서 비교적 보수적인 태도를 보였다. 또 신분이 낮아서 그들의 주장이 중시를 받지 못했기 때문에, 시가창작에는 그다지 영향을 미치지 못했다. 오히려 배자야가 <조충론(雕蟲論)>과 그 자신의 창작을 통해 추종자들을 모아들였다. 그도 진송의 유풍(遺風)을 반대한 것은 마찬가지지만, 그가 부정했던 것 즉, "깊이 마음은 화초와 수목만을 좋아하고, 멀리 바람과 구름 등 산천의 경치를 지극하게 하는 것(深心主卉木, 遠致極風雲)"이나 "육예를 떨쳐버리고, 성정을 읊조리는 것(擯落六藝, 吟詠情性)" 등은 바로 소강이 제창했던 것들이다. 그가 육예를 익히고 예의에 멈추는 것을 풍아 제창의 목표로 삼음으로써, "전아하고 단정한 점은 뛰어나나, 감정이 전혀 담기지 않는(典正可采, 酷不入情)" 당시 문풍의 불치병은 오히려 더욱 심화되었다. 이러한 점에서 그의 사문이 "질박하기는 하나 선망할 만하지 않다(質不宜慕)"고 한 소강의 지적은 정확하다. 배자야의 정통시론과 전아하면서 질박한 시풍은 그저 복고일 뿐 새로운 발전을 보이지는 못했다. 반면 심약, 소강 등은 그들의 창작이 비록 내용이 공허하고 감정이 부미하고 유약했지만, 예술적으로는 시가의 발전을 이끌었다. 게다가 그들은 제왕 권귀의 지위에 있었으므로, 그 이론도 당연히 낭시에는 결정적 영향을 불러일으켰다.

소강과 소역 및 그 주위의 문인들은 심약 범운 등에 이어, 양대의 시가를 새로운 단계로 끌어올렸다. 첫째, 소강 이전의 제량 시에는 산수, 기려(羈旅), 증별, 영회 등이 주요 내용이었고, 심약 등의 작품에서 영물시와 염정시도 등장했다. 소강 등이 이를 널리 확대함으로써, 영물시와 염정시가 양대 중엽 이후 빠르게 발전했다. 원래 염정시는 의악부에 국한되었으나, 소강 등은 그것을 고시와 신체시까지 확대했다. 산수 유람과 감상은 궁궐과 연못 등으로 범위가 더욱 축소되었다. 풍월을 감상하고 화초를 즐기는 등의 일상생활 속의 소소한 정취가 시가 음영의 주요 내용이 되어, 그들의 섬세하고 기교적인 심미관과 영민한 상상력을 자극했다. 달, 이슬, 바람, 구름 등과 같은 자연물의 미세한 동태를 포착하는데 열중하면서, 묘사가 갈수록 세치하고 사실적으로 흘렀지만, 화미함과 염려함, 번쇄함 빠졌고 시야는 지나치게 협소해졌다.

둘째, 제시에는 난삽하고 전아한 4언이나 5언의 응제시(應製詩)가 여전히 적지 않았는데, 심약 범운 등 제량 교체기 시인들이 신조(新調)로 바꾼 이후에도, 여전히 심천(深淺)이 일정치 않거나 지나치게 직설적이고 솔직해서, 마치 새끼 새가 막 우는 것을 배워 소리가 어색한 것과 같았다. 양 중엽 이후 시어는 전반적으로 자연스럽고 명쾌해졌고, 풍격은 청신하고 미려해졌다. 형식면에서는 중편의 고시가 현저히 감소했고, 7언시, 5언 8구의 신체시, 5언 4구의 소시가 크게 증가했으며, 대구, 구수 등의 방면에서 율시에 더욱 가까워졌다. 소수의 작품은 평측이 우연히 율체의 규격에 일치하기도 했다. 고체시에도 근체화 과정 속에 격조가 변하는 과도기적 현상이 나타났다.

셋째, 전고는 더욱 새롭고 기교적이면서 흔적이 드러나지 않게 자연스러워졌고, 구상에서의 변화를 추구했지만 여전히 언어는 쉽고 내용도 알기 쉬웠다. 일부 가작(佳作)들은 이미 상외지취(象外之趣)나 말은 끝나도 뜻은 무궁한(言有盡而意無窮) 경계를 지녔다. 제량 이래로 사족문인들은 대체로 우미한 문체를 애호하여, 서정변문이 크게 증가하고 각종 서신도 더욱 화려해졌는데, 이때의 정교한 전고와 구상은 시가에 자연스럽게 뚜렷한 영향을 미쳤다. 이전에 심약 임방 등도 변화 있고 기교적인 구상을 추구했지만 때로는 회삽함에 빠지기도 했었다. 양 중엽 이후의 시인들은 구상이 더욱 세치해졌는데, 대부분 일반적인 어휘와 새로운 구법을 이용해 가벼운 정감을 표현하는데 열중했다. 송제 시가 수사나 내용이 지나치게 많고, 좋은 구는 있어도 좋은 작품은 없었던 현상이 양시에서는 많이 줄었지만, 의경이 평범하고 깊지 않은 것이 보편적인 폐단이었다. 양대에는 시인은 많지만, 수준이 비슷하고 개성이 부족하며, 예술적으로 서로 모방하는 현상이 두드러졌다. 조금이라도 새로운 내용과 기교를 지닌 구상이 등장하면 너도나도 모방하여 곧 식상해졌다. 결과적으로 한 시대 시가의 예술적 수준은 고르고 완만한 상승을 이루어냈지만, 대가를 배출하기는 어려웠다. 오균(吳筠) 하손(何遜) 등 소수의 시인만 다소의 두각을 나타내어 자신의 풍격을 형성했다. 이러한 변화는 문학이 외형적으로는 발전했으나 본질적인 내용면에서는 퇴보하는 문승질강(文升質降) 경향이 제시보다 양시에 더 현저했음을 반영한다. 당인(唐人)의 많은 명편(名篇)이나 가구(佳句) 등은 내용을 완전하게 표현하지 못한 양대의 작품을 다듬어서 탄생된 것이다.

557년 진패선(陳霸先)은 양 경제(敬帝)의 자리를 빼앗고 건강에서 즉위, 진(陳)을 건립했다. 다른 개국 황제와 마찬가지로, 진 무제와 문제는 "어려움 속에서 일어나, 백성의 고통을 알았기 때문에, 나라의 자원을 쓸 때는 검약하고자 애썼고(起自艱難, 知百姓疾苦, 國家資用, 務從儉約)",220) 양대 말기의 국운, 과도한 사치 등에서 교훈을 얻어, 사치를 금지하는 조령을 내렸다. 선세(宣帝) 재위 14년에는 북제에 빼앗겼던 회남(淮南) 지역을 회복하는 등, "국토를 개척하고 변경을 안정시켰다(開拓土宇, 靜謐封疆)." 그러나 강남은 양말의 전란을 거치며 원기가 이미 쇠했고, 진 선제가 해마다 정벌 전쟁을 벌여 백성들이 감내하기 힘들 정도로 피로했는데, 하지만 군주는 더욱 교만해졌다. 나라가 조금 안정되자, 궁중에는 "음란하고 사치스러운 풍조가 다시 일어났다(復扇淫侈之風)." 진 후주(後主)는 동궁 시절 줄곧 문인들과 함께 "음악과 술을 즐기며, 한가하게 우아하고 염려한 시편들을 지었으니, 문인들도 번갈아가며 다투어 지어냈다(娛情琴樽, 閑作雅篇艷什, 遞互蜂起)."221) 즉위 후에는 정무는 더욱 등한시 하면서, 종일 재상

---

220) ＜晉書・文帝本紀＞.
221) 陳後主 ＜與江恩書悼陸瑜＞.

강총(江恩)과, 공범(孔範), 왕차(王瑳) 등 십여 명의 문인과 후정(後庭)에서 연회를 즐겼는데, 이들은 '압객(狎客)'이라고 불렸다. 또 궁녀 원대사(袁大舍) 등 문학을 아는 궁녀를 여학사(女學士)로 봉하고, 연회시마다 궁중의 비빈(妃嬪)과 여학사, 압객이 시를 지어 서로 증답하게 했으며, "그 중 아주 염려한 작품을 골라서 새로운 곡조를 붙이고, 천 여 명의 궁녀를 뽑아 익혀 노래 부르게 하였는데, 조를 나누어 번갈아 나오게 하였다. 그 곡조 가운데에는 <옥수후정화>, <임춘락> 등이 있었는데, 대체로 여러 비빈들의 아름다움을 찬미한 것이다. 군주와 신하가 술을 마시고 노래를 부르며 밤을 지새는 것이 일상이었다(采其尤艶麗者, 被以新聲, 選宮女千餘人習而歌之, 分部遞進, 其曲有玉樹後庭花臨春樂等, 大略皆美諸妃嬪之容色, 君臣酣歌, 自夕達旦, 以此爲常)."222) 재예(才藝)를 지녔던 진 후주는 양대 황제들과 같은 정치적 사상적 속박이 없었을 뿐 아니라, 소량 문인들처럼 시가예술을 탐구하고자 하는 진지한 태도도 없었기 때문에, 제량 이후 더욱 가볍고 기려해진 문풍은 진 후주에 와서 극단에 이르렀다. 양시와 마찬가지로, 진대 궁정시(宮廷詩)의 내용은 "맑은 바람 밝은 달 아래에서나, 아름다운 풍경과 좋은 시절을 대할 때, 들쑥날쑥한 첩첩의 산을 대하거나, 커다란 파도 일렁이는 것을 바라볼 때, 혹은 새로 핀 꽃을 감상하거나 낙엽 지는 것을 볼 때, 봄 새소리를 듣거나 가을 기러기 소리에 귀 기울일 때 등, 일찍이 무릎 맞대고 술잔 나눌 때 짓지 않은 것이 없었는데, 감정을 연결하고 어휘를 꾸미고, 또 갈고 다듬었는데, 한가롭게 웃고 즐기며, 모두 귀와 눈을 즐겁게 하면서, 감정을 남겼다(淸風明月, 美景良辰, 對群山之參差, 望巨波之混漾, 或玩新花, 時觀落葉, 旣聽春鳥, 又聆秋雁, 未嘗不促膝擧觴, 連情發藻, 且代琢磨, 閑以嘲謔, 俱恬耳目, 并留情致)."223) 그들은 악부고제에서 조차 대부분 양시를 그대

---

222) ≪資治通鑑≫ 卷176.
223) 陳後主 <與江恩書悼陸瑜>.

로 답습했는데, 다만 두 가지 경향에서 다소 뛰어났을 뿐이다. 하나는 염정을 여러 악부 제재로 확대한 것인데, 심지어 일부 북조 악부민가까지도 염가(艶歌)로 바꾸었다. 다른 하나는 변새 내용이 크게 늘어난 것인데, 성음이 지닌 비량함과 쓸쓸함은 이전과는 확연히 달랐다. 제량의 변새시에도 슬프고 처량한 정경을 묘사한 작품이 적지 않았지만, 입공(立功)의 의지를 표현한 작품들은 그저 공명에의 포부를 용속화(庸俗化)하거나, 정인(征人) 사부(思婦)를 귀족화 하거나, 흉포하고 야만스러움을 보편적 정서 이상으로 과장했을 뿐이다. 진대의 변새시는 모두 개성 없이 동일한 비가(悲歌)인데, 그 원인은 일부 변새시에서 원부(怨婦)를 표현했을 뿐, 나머지는 원림(園林)의 경치와 변새의 풍광을 함께 섞은 작품으로, 모두 궁정의 협착한 생활을 기초로 변새의 풍경을 상상해 낸 것이기 때문이다. 이 두 종류의 시는 제량시의 '염(艶)'과 '비(悲)' 이 두 감정을 의식적으로 과장하여 감동을 주려는 것이었지만, 실제로는 애달픈 그리움을 표현한 것이나 화미(華美)하고 염려(艶麗)한 문풍을 정위지성(鄭衛之聲)으로 여겨 왔던 전통 시론을 부정한 것이다. 그러나 내용이 건강하지 않아서, 전통 사상이나 규범을 이반한 그 정신은 취할 바가 못 된다. 오히려 난리를 경험한 문인의 손에서 나온 일부 변새시가 진실성을 지녀 감동적이다. 시가의 체재면에서, 7언시는 양대보다 진대에 더욱 보편화 되었다. 특히 7언 규원시(閨怨詩)는 이미 대구를 많이 사용하는 가행체(歌行體)를 개척했으며, 감정표현도 더욱 가볍고 편안해졌다. 진대에 궁정의 압객집단이 아니면서 비교적 높은 성취를 이룬 사람은 음갱(陰鏗) 뿐이다. 그의 시는 하손과 마찬가지로, 배를 타고 오가던 나그네 길에서의 감정을 많이 노래하면서 자신의 풍격을 형성했는데, 옥대체(玉臺體)의 누습을 깨끗이 씻어 버렸을 뿐 아니라, 당대 산수행려시(山水行旅詩)의 의경을 직접적으로 개척했다.

결론적으로, 제시가 진송시풍을 변혁하기 시작한 이후, 제, 양, 진 3대의 시가는 문학이 외형적인 문채(文采) 방면은 발전했으나 내용면에서는 퇴보하는 문승질강(文升質降)의 방향으로 내달렸다. 제량시인들은 풍력이 부족하고 격조가 낮다고 후세의 비판을 받지만, 진송시가가 극도로 생경하고 난삽하며 경직된 경계에 이르렀을 때, 남북조 악부민가에 대한 모의를 통해 당시 구어에서 제련된 새로운 시어만이 신시의 규율을 창조해낼 수 있음을 발견하고, 자각적으로 자연스러운 시풍을 제창하여, 시가의 난(難)에서 이(易)로의 변혁, 심(深)에서 천(淺)으로의 변혁, 고(古)에서 근(近)으로의 변혁을 완성해 냄으로써, 새로운 시가 체재와 표현 예술의 등장에 중요한 공헌을 했다. 따라서 제량시가가 이룬 예술적 혁신은 시가 내용상의 양호하지 못한 경향과 더불어 시가사에 심원한 영향을 미쳤다.

제2절 사조(謝朓)와 제시(齊詩)

만약 제시가 고시에서 당시로의 변화에 중요한 관건이라면, 사조는 그 전환의 대표적 인물이다. 그의 시가에는 송제 교체기 시가의 문승질강(文升質降)적 특징이 집중적으로 반영되어 있다. 사조(464~499)는 자가 현휘(玄暉)이고 진군(陳郡) 양하(陽夏, 현 하남성 太康 부근) 사람이다. 동진 사씨 문벌의 후예이다. 사령운과 함께 산수시로 뛰어나 소사(小謝)라고도 불린다. 어려서부터 학문을 좋아하여 이름을 날렸고, 문장은 청려(清麗)하다. 21세에 출사하여 제 예장왕(豫章王) 소억(蕭嶷)의 행참군(行參軍)이 되고, 얼마 후 왕검(王儉)의 위군동각좨주(衛軍東閣祭酒), 태자사인(太子舍人) 등으로 옮겼다가, 다시 수군왕(隨郡王) 소자륭(蕭子隆)의 동중낭부중(東中郎府中)이 되었다.

소자륭은 문학을 애호하여, 제 무제가 "우리 집안 조식(我家東阿)"이라고 칭송했던 인물이고, 그의 부인은 왕검의 딸이다. 사조는 28세에 소자륭을 따라 형주(荊州)로 부임했다. 수왕은 종종 막료와 벗을 불러 시부를 지었는데, 사조를 특히 아껴 "언제나 함께 했는데, 낮과 밤이 없었다(流連晤對, 不舍日夕)." 당시 제 무제는 송 무제처럼 공공연히 종실을 핍박하지는 않았지만, 의심을 완전히 떨쳐버리지는 못했다. 소자륭이 형주자사(荊州刺史)로 발령을 받은 것은, 영명 8년 파동왕(巴東王) 소자향(蕭子響)이 자신을 밀고한 장사(長史)를 죽인 사건과 관계가 있는데, 당시 왕들 신변의 장사는 대부분 황제의 눈과 귀였음을 알 수 있다. 사조가 수왕의 과분한 총애와 신임을 얻자, 장사 왕수지(王秀之)가 "무제에게 밀고했고(密以啓聞)", 무제는 바로 사조를 도성으로 불러들였다. 사조는 형주에서 2년을 보내고 도성으로 돌아와, 신안왕(新安王)의 중군기실(中軍記室)에 임명되었다. 이어 일 년 만에 세 차례나 황제가 바뀌는 대격변을 거쳐, 494년 신안왕이 황제가 되었지만, 채 4개월도 되지 않아 제 명제(明帝)에게 폐출되었고, 이에 따라 사소노 선성태수(宣城太守)로 발령받아 나갔다. 이 3년의 태수 재임기간 동안 많은 산수시를 썼으며, '사선성(謝宣城)'이라는 호칭도 이 때 생겼다. 34세에 선성을 떠나 도성으로 돌아왔다가, 다시 진안왕(晉安王) 소보의(蕭寶義)의 진북자의(鎭北咨議), 남동해태수(南東海太守), 행남서주사(行南徐州事) 등으로 나갔다. 35세 되던 해, 장인 왕경칙(王敬則)이 모반을 도모하자 사조는 이를 고발했고, 상서이부랑(尚書吏部郎)으로 전직되었다. 이 듬해, 요광(遙光), 강우(江祐) 등이 주모한 황제 폐립(廢立)의 음모에 동참하지 않았다는 이유로 하옥되어 죽게 되는데, 이 때 겨우 36세였다.

  사조는 일생동안 문학적 재능으로 제왕과 종실의 총애를 받았고, 또 이로 인해 제 왕조의 복잡한 정치적 투쟁에 연루되었다. 당시의 정치적 암투와 위태로움을 작품 속에서 폭로하기도 했다. <상서성을 나오며(始

出尙書省)>에서 "분분한 무지개가 아침 해를 흐려놓고, 탁한 황하는 맑은 제수를 더럽혔구나. 불만스러운 입을 막는 법은 그래도 너그러운 다스림이니, 씀바귀라도 냉이처럼 달게 느껴지리라(紛虹亂朝日, 濁河穢淸濟. 防口猶寬政, 餐茶更如薺)"는 구절은 조정의 혼란과 부패로 백성들이 어진 정치를 기대할 수 없는 지경이 되자, 쓴 씀바귀 맛이 오히려 냉이처럼 달게 느껴진다고 대담하게 비판했다. 그러나 벼슬길에서의 불안함과 두려움을 표현한 작품이 더 많은데, 이러한 심리는 주로 황은에 대한 감사나 영예로운 관직에서의 안정감, 어지러운 세상을 피하고 싶은 마음, 자신에게 화가 미칠 것에 대한 두려움 사이의 갈등에서 나온 것이다. 그는 "이름을 날려 당당하게 관직에 나아가거나, 높은 벼슬에 올라 명예로운 공적을 이루는 것(被名立之羽儀, 沽宦成之藻絢)"에 연연하면서도, "진실로 행복은 자기의 것이 아니고, 경험했던 그 화가 다시 발생할까(信倪福之非己, 寧悔禍其如見)" 두려워했다. 뜻을 채 펼치기도 전에 갈 길이 요원한 것이 두려웠고, 지금 막 걸음걸이를 뗐으면서 다리의 힘이 빠진다고 느껴, "배로 건널 수 없으니 강이 넓어서요, 길이 아득하니 말이 지쳐서인데, 갑자기 한밤중에 일어나 분기하고, 새벽이 오도록 불안하여 잠 못 이루었다(舟未濟而河廣, 途方遙而馬疲. 忽中寢而念厲, 魂申旦而九移)"(<思歸賦>). 그는 이러한 모순을 벼슬을 은거로 여기는 처세철학으로 극복하여, "녹봉 받는 기분 이미 즐거웠는데, 더불어 은자의 흥취도 더하게 되었구나(旣歡懷祿情, 復協滄洲趣)"(<之宣城郡出新林浦向板橋>)라 했다. 고결한 이상과 지취(志趣)가 부족했던 까닭에 많은 시가의 말미에서 이러한 감개를 반복적으로 서술했는데, "작품마다 지취를 표현했지만, 틀에 박힌 그것이 병폐가 된 경우도 적지 않아(篇篇一志, 或病不鮮)", "작품 말미에서 실패하는(篇末多躓)" 결점을 낳았다. 소사의 시는 "문질이 승강하는 가운데 그 균형을 얻었다(於文質升降之間得其平矣)"고224) 하는데, 사상적 감정적 빈약함이 바로 그 '질강(質降)'의 근본 원인이다.

소사의 성취는 주로 산수시와 신체시에 있다. 그의 산수시는 대체로 경물묘사의 바탕 위에 서정과 철리를 더했던 대사(大謝) 산수시의 공식을 계승했다. 매 편이 대략 12구에서 16구로 구성되어, 앞 4구 혹은 6구에서 경물을 묘사하고, 중간 2구에서 경물묘사에서 서정으로 전환하며, 후반부는 서정이 된다. 현리 담론적 성분은 이미 기본적으로 소실되었다. 이러한 정경(情景) 대칭적 구조는 뒷날 제량 시인들이 보편적으로 모방함으로써 일종의 정격이 된다. 대사 산수시는 산수 유람과 감상이 중심이지만, 소사는 산수시를 행역이나 기려, 일상의 한가로운 생활까지 확대했다. 대사는 시어 운용과 경물묘사에 벽자나 난해한 자 등 전아하며 무거운 서면어를 많이 사용하여, 경물의 상태나 모양에 대한 직관적 상상이 어렵고 격리감을 일으키기 쉽다. 소사의 경물표현은 사령운의 "연못에는 봄 풀이 나고(池塘生春草)"와 같은 청신하고 자연스러운 구절에서 발전된 것으로, 일상의 구어에서 명정(明淨)하고 천이(淺易)한 언어를 추려내고, 자구에 대한 정교한 제련을 통해, 자연에 가장 가까운 의상을 진실하고 명쾌하게 표현해 냄으로써, 청신하고 유려한 풍격을 형성했다. 예를 들어, "잔설이 푸른 산에 반짝이며, 겨울 안개 속으로 햇빛이 열리니, 흐릿하게 강가 마을이 보이고, 뚜렷하게 강변의 나무가 드러난다(餘雪映靑山, 寒霧開白日. 曖曖江村見, 離離海樹出)"(<高齋視事>)는 담담하고 탁 트인 강촌의 동경도(冬景圖)임이 분명한데, 수묵(水墨)은 청윤(淸潤)하고 필세는 창연(蒼然)하다. "창 안으로 멀리 산봉우리가 벌여있고, 마당 구석에는 큰 나무가 숨어있네. 해가 뜨면 뭇새들이 흩어지고, 산에 어둠이 내리면 외로운 원숭이 울어댄다(窗中列遠岫, 庭際俯喬林. 日出衆鳥散, 山暝孤猿吟)"(<郡內高齋閒望答呂法

---

224) ≪四庫全書總目提要≫.

曹詩>)는 도연명 시의 청광(淸曠)함과 대사(大謝)의 깊이와 수려함을 지녀, 시원하게 탁 트이고 청일(淸逸)한 경계를 만들어냈다. <저녁에 삼산에 올라 도읍을 돌아보며(晚登三山還望京邑)>는 선성으로 부임하러 가는 도중에 삼산에 올라 아름다운 도성과 강물을 바라볼 때의 향수를 적어낸 시로, 이백이 칭송한 명편이다.

灞涘望長安	파수 가에서 장안을 바라보고
河陽視京縣	하양에서 도성을 바라본다.
白日麗飛甍	햇빛이 나는 듯한 용마루를 비추어
參差皆可見	들쭉날쭉한 모습 아름답다.
餘霞散成綺	저녁노을은 오색 비단처럼 흩어지고
澄江靜如練	맑은 강물은 하얀 명주처럼 고요하다.
喧鳥覆春洲	지저귀는 새소리 봄 모래섬을 뒤덮고
雜英滿芳甸	온갖 꽃들 향기로운 교외에 가득하다.
去矣方滯淫	떠나려다 다시 멈추어 서니
懷哉罷歡宴	방금 끝난 환송연이 그리워지는 구나.
佳期悵何許	슬프다 다시 돌아올 날 언제런지
淚下如流霰	눈물이 싸락눈처럼 흘러내린다.
有情知望鄉	감정이 있어 고향 그리움을 알면
誰能鬒不變	어느 누가 머리가 쇠지 않겠는가!

삼산은 건강(建康) 서남쪽의 장강 남안에 있는데, 파교(灞橋)에서 장안까지의 거리에 상당한다. 첫 2구는 왕찬 <칠애시>의 "남으로 파릉 기슭을 올라, 고개 들어 장안을 바라본다(南登灞陵岸, 回首望長安)"와 서진 반악(潘岳)이 하양령(河陽令)이 된 전고를 사용함으로써, 도성을 떠나게 된 원인을 암시했고, 고향을 그리워하는 마음을 함축적으로 표현했다. 그 다음은 산에서 바라보는 풍경을 명확한 층차의 6구로 개괄해 냈다. 즉 석양이 내리 비칠 때 황성에 밀집한 궁전과 누각들은 아름답고 휘황한 빛을 발

한다. 큰 강은 맑고 푸르고, 저녁놀은 비단을 펼쳐놓은 듯하다. 물가에는 새들이 무리지어 지저귀고, 땅을 뒤덮은 꽃들은 마치 하늘을 뒤덮은 노을과 아름다움을 다투는 듯하다. 이 시가 이렇게 찬란하고 다양한 색채로 황혼의 밝고 부드러운 느낌을 그려낼 수 있었던 것은, "저녁노을은 오색 비단처럼 흩어지고, 맑은 강물은 하얀 명주처럼 고요하다"와 같은 비유가 있어서 이다. 오색 비단과 하얀 명주는 색채가 선명하게 대비될 뿐 아니라, 정갈하면서 부드러운 직관적 느낌까지 주어 황혼녘의 평화롭고 부드러운 분위기와 잘 어울리며, 이를 통해 큰 강물의 맑고 고요한 경계를 성공적으로 표현해 낼 수 있었다.

만약 대사의 산수묘사가 경물의 기본적 윤곽과 모양을 스케치 하는데 치중했다고 한다면, 소사는 경물의 각종 동태와 정태를 섬세하게 표현하는 데 주력했다. "북풍이 빗줄기를 흩날려, 쓸쓸히 강가에 흩뿌린다. 어느새 백상관에 뿌리더니, 또 구성대로 모여드는 구나. 자욱할 때는 옅은 안개인 듯하고, 흩어질 때는 가벼운 먼지 같구나(朔風吹飛雨, 蕭條江上來. 既灑百常觀, 復集九成臺. 空濛如薄霧, 散漫似輕埃)"(<觀朝雨>)는 비바람이 불 때의 특징을 포착하여, 흩날리는 빗줄기의 동태와 세밀한 빗줄기의 정태를 형용했는데, 사실적이고 힘이 있다. "아스라이 먼 나무들 우거져 있고, 분분히 피어나는 안개 자욱하다. 물고기 노닐자 갓 핀 연꽃 흔들리고, 새들 흩어지자 남은 꽃마저 떨어진다(遠樹曖阡阡, 生煙紛漠漠. 魚戲新荷動, 鳥散餘花落)"(<遊東田>)는 원경은 담묵으로 들판의 희뿌옇고 조용한 분위기를 그려냈고, 근경은 헤엄치던 물고기가 방금 핀 연꽃을 흔들고, 새가 날며 꽃을 스쳐 떨어뜨리는 세밀한 동태를 통해, 봄에서 여름으로 넘어갈 때의 풍경의 섬세한 변화를 표현했는데, 춤추듯 생동적인 필치가 흐릿하고 담담한 원경과 잘 어울려 정취가 있다. 또 "완 땅과 낙양은 노닐기 좋은 곳, 봄빛이 황주에 가득하구나. 수레로 푸른 교외를 내달려, 멀리 파란 강줄기를 바라본다. 햇살은 강물 위에서 움직이고, 바람에 나부끼는 햇빛은 풀잎 끝에 떠있네(宛洛佳遨遊, 春色滿皇州. 結軫青郊路, 迴瞰蒼江流. 日華川上動, 風光草際浮)”(<和徐都曹出新亭渚>)를 보면, 물빛과 햇빛이 넘실거리며 만들어내는 봄 풍경이 황주에 가득함을 표현했는데, 산수자연이 활기 있게 묘사되었다. “가벼운 부평초 빽빽하게 모여 있고, 온갖 자갈들 넓게 벌여있네. 시든 풀은 꽃을 가르며 물에 비치고, 노닐던 다랑어는 하늘을 타고 움직인다(輕蘋上靡靡, 雜石下離離. 寒草分花映, 戲鮪乘空移)”(<將遊湘水尋句溪>)는 청려한 색으로 그린 화조도인 듯하다. 다랑어가 물속에서 노니는 모습이 마치 하늘에서 노니는 듯 하다는 착각을 통해 물의 투명감을 표현했는데 신선하다. 이 외에 “꽃떨기에는 나비들이 어지럽고, 바람에 날리는 주렴으로 쌍쌍의 제비가 날아든다(花叢亂數蝶, 風簾入雙燕)”(<和王主簿季哲怨情>)는 세세한 경물과 한가로운 정취가 돋보이며, 필치도 가볍고 수려하다. “바람은 연못의 연꽃을 잘게 부수고, 서리는 강 남쪽의 조개풀을 오린다(風碎池中荷, 霜剪江南菉)”(<治宅>)는 ‘쇄(碎)’와 ‘전(剪)’의 의인화된 동작으로 바람과 서리가 연꽃과 조개풀을 망가뜨렸음을 형용했다. “연못 북쪽의 나무는 물에 떠있는 듯하고, 대숲 너머의 산은 그림자인 듯하다(池北樹如浮, 竹外山猶影)”(<新治北窗和何從事>)는 연못과 대숲 너머의 나무와 산을 바라본 것이다. 경물의 앞뒤 층차를 통해 북창에서 한가롭게 조망하는 감흥을 표현했는데, 구법의 참신함은 전대의 시에서는 찾아볼 수 없는 것이다. 후에 양진 시인들이 경물묘사에서 오로지 이러한 정취와 구법만을 추구함으로써, 원래 고시가 지녔던 자연스러운 맛은 갈수록 옅어졌다.

소사의 산수시는 사령운의 파노라마식의 나열식 서술을 바꾸어, 경물의 편집에 특히 주의하면서, 시선에 따라 경물의 특징을 포착하여 집중적으로 표현했으며, 서정 주인공의 형상을 이입시켜, 초기 산수시의 판에 박힌 듯한 모사(模寫)를 살아있는 경치로 바꾸어 놓았다. <선성군으로

가고자 신림포를 나서서 판교로 향하다(之宣城郡出新林浦向板橋)〉를 보자.

江路西南永	강가 길은 서남으로 길게 뻗었고
歸流東北鶩	돌아가는 물줄기는 동북으로 내닫는다.
天際識歸舟	하늘가로 귀향선을 알아 볼 수 있고
雲中辨江樹	구름 속으로 강가 나무가 또렷하다.
旅思倦搖搖	나그네 시름으로 마음이 고단하지만
孤遊昔已屢	외로운 유람이야 이미 여러 번 했었지.
旣歡懷祿情	녹봉을 받는 기분 이미 즐겨왔는데
復協滄洲趣	더불어 은자의 흥취도 더하게 되었으니
囂塵自茲隔	시끄러운 속세는 이제부터 멀어지고
賞心於此遇	마음 즐겁게 하는 것 예서 만나리라.
雖無玄豹姿	비록 검은 표범 같은 은자의 자태 없을지나
終隱南山霧	드디어 남산 안개 속에 숨게 되었다.

이 시에 표현된 것은 아득하게 끝없이 동으로 흘러가는 강물과, 뱃머리에 우두커니 서서 먼 하늘을 돌아보는 외로운 나그네다. 아득한 귀향선과 흐릿하게 보이는 강가 나무들은 옅은 먹물로 찍어낸 점들 같아서, 강물과 하늘이 서로 만나는 먼 곳에서는 섞여 버릴 듯하다. '변(辨)', '식(識)' 두 자는 시인이 시야가 닿는 데까지 정신을 집중하여 바라보고 있음을 정확하게 표현했다. 왕부지(王夫之)도 "시어가 감정을 다 담아내지 못해도, 감정이 절로 무한한 것은, 마음의 눈을 바로 잡아, 외물에 의존하지 않기 때문이다. '하늘가로 돌아가는 배를 알아 볼 수 있고, 구름 속으로 강가 나무가 또렷하다'는 감정을 담아 응시하는 사람을 감추고 있어서, 부르면 나올 듯하다. 여기서 경물묘사는 살아있는 경물이 되었다(語有全不及情, 而情自無限者, 心目爲政, 不恃外物故也. 天際識歸舟, 雲中辨江樹, 隱然一含情凝眺之人, 呼之欲出, 從此寫景, 乃爲活景)"고225) 평했다. 이러한 변화는 산수시에서 경물을 통해 감정을 드러내는 경계를 개척한 것이다. 맹호연(孟浩然)의

<아침에 차가운 강가에서 감회가 일어(早寒江上有懷)>에 "향수의 눈물 객지에 다 쏟고는, 하늘 끝으로 돌아가는 돛배만 바라보노라. 나루 잃고 길을 물으려 하나, 해질녘 너른 바다는 아득도 해라(鄕淚客中盡, 孤帆天際看. 迷津欲有問, 平海夕漫漫)"는 사조의 이 연(聯)이 이미 당시(唐詩)의 느낌을 개척했음을 느끼게 해 준다. 그러나 이 시는 감정의 경물 이입이란 점에서는 뚜렷한 발전이지만, 가구(佳句)가 작품 속에서 두드러지고 후반수에 기력이 부족한 문제점을 갖고 있다. <잠시 하도(형주)에서 수왕부 문학으로 있을 때 밤에 신림을 출발하여 도성으로 가며 서부의 동료들에게 부치다(暫使下都夜發新林至京邑贈西府同僚)> 시에서는 "정과 경 두 부분으로 나뉘는(情景截分兩橛)" 문제는 이미 극복되었고 의경 역시 비교적 완정하다.

大江流日夜	장강이 밤낮으로 흐르듯
客心悲未央	나그네 마음 속 슬픔도 끝이 없다.
徒念關山近	그저 관산이 가까워진 것만 생각하다가
終知返路長	결국 돌아갈 길 멀어진 것을 알았네.
秋河曙耿耿	은하수 동틀 녘에 반짝이고
寒渚夜蒼蒼	차가운 물가 밤이라 칠흑 같다.
引領見京室	고개 들어 황성을 바라보니
宮雉正相望	황궁의 담들이 서로 마주하고 있구나.
金波麗鳷鵲	황금 달빛은 지작관(鳷鵲觀)에 아름답고
玉繩低建章	옥승성 별은 건장궁(建章宮) 아래에 있네.
驅車鼎門外	수레를 몰아 남문 밖 닿았건만
思見昭丘陽	소왕릉(昭王陵) 있는 형주가 보고 싶구나.
馳暉不可接	치달리는 해도 잡을 수 없는데다
何況隔兩鄕	하물며 친구들과 두 곳에 떨어져 있음에랴.
風雲有鳥路	바람과 구름 속에는 새의 길이 있어도
江漢限無梁	장강과 한강에는 다리가 없구나.

225) ≪古詩評選≫ 卷5.

常恐鷹隼擊	언제나 매의 공격을 받을까 두렵고
時菊委嚴霜	국화가 매서운 서리에 시들까 두렵다.
寄言翾羅者	나를 옭아매려는 자들에게 전하노니
寥廓已高翔	드넓은 하늘에서 이미 높이 날고 있노라고.

이 시는 영명 11년, 사조가 장사 왕수지의 중상모략으로 소환되어 도성으로 돌아가던 도중에 지은 작품이다. 시인은 수왕(隨王)의 서부(西府)를 떠나면 다시 돌아오기는 어려울 것이라는 아쉬움과, 도성에 가까이 있으면 참훼가 적을 것이라는 위안을, "그저 관산이 가까워진 것만 생각하다가, 결국 돌아갈 길 멀어진 것을 알겠네"라는 경물묘사 속에 담았는데, 강물을 따라 내려가며 두 곳 사이에서 주저하는 나그네의 심정을 표현했다. 은하수가 반짝이고 차가운 물가는 칠흑같이 어둡다 함은, 눈앞에 펼쳐진 경치를 보며 돌아갈 길이 먼 것을 슬퍼한 것이고, 바람과 구름 속에는 새의 길이 있으나 장강과 한강에는 건너갈 수 있는 다리가 없다는 내용은, 마음 속 경물을 통해 두 지역 간 거리가 멀다는 것을 표현한 것이다. 궁성을 바라보고 있음은 관산(關山)이 이미 가까워졌음을 기뻐한 것이고, 마차가 남문에 이른 것은 다행히 위험한 그물에서 멀어졌다는 의미이다. 그러나 기쁜 마음이 드는 곳이 또 슬픔이 일게 하는 곳이기도 하다. 전체 작품이 눈앞의 경치와 마음속의 경치, 긴 강과 경성 경치에 대한 두 차례의 교차 묘사를 통해, 정치적 투쟁 속에서의 복잡한 심사를 미묘하게 표현해냈다. 강물은 아득하고 드넓게, 황성은 화려하고 장대하게 묘사했고, 시작부분은 광활한데 끝부분은 고원하며, 슬픔이 강물과 더불어 길게 느껴져 정경교융(情景交融)의 경계에 도달했다. <지는 해를 서글피 바라보다(落日悵望)>는 하루의 공무를 마친 후의 한가하고 차분한 느낌을 "해가 지고 선선한 기운 남아 있을 때, 동쪽 창가에 베개 높이 베고 누웠다. 잎이 진 싸늘한 홰나무는 장작 묶음 같고, 가을 국화도 한

움큼만 남았구나(落日餘淸陰, 高枕東窓下. 寒槐漸如束, 秋菊行當把)”로 표현했다. 일상생활의 쓸쓸한 감상 속에, 타향살이의 감정과 계절의 변화가 주는 느낌을 친밀하고 자연스럽게 드러냈다. 이렇게 비교적 완전한 의경을 갖춘 고시는 주로 감정이 전체를 관통하는 작품인데, 여전히 진송의 고풍 (古風)이 남아있다.

진송 이전의 고시가 감정을 직접적으로 남김없이 다 표현해내는 것을 주요 특징으로 한다면, 신체시는 처음부터 구체적이며 특정한 정경(情境) 을 포착하여 상외(象外)에 무한한 의미를 기탁했다는 특징을 지닌다. 신체 시는 남조 악부민가에서 우미한 정운(情韻)과 명쾌한 구어를 배우고, 진송 이래의 시가에서 추구했던 구체적이고 세치한 경물묘사와 정교한 대우 등의 수법을 흡수하여, 함의를 어떤 특정의 정경 속에 담아두고 선명한 화면을 통해 자연스럽게 드러나게 함으로써, 함축적이고 정련되었으며, 내용은 정교하다. 이러한 특징은 무엇보다도 악부민가를 가공하고 제련 한 사조의 노력에 기초한다. <강상곡(江上曲)>을 보자.

易陽春草出	역수 북쪽에 봄풀이 돋는 때
跰躅日已暮	머뭇대는 사이 날이 벌써 저물었다.
蓮葉尙田田	연잎이 갈수록 무성해져서
淇水不可渡	기수를 건널 수가 없구나.
願子淹桂舟	그대여 계수나무배에 오래 머물며
時同千里路	때 맞춰서 천 리 길 함께 하세나.
千里旣相許	천 리 길 동무하길 이미 정하여
桂舟復容與	계수나무 배가 서서히 움직이는데
江上可採菱	강 위에서 마름도 캘 수 있고
淸歌共南楚	맑은 노래는 모두 남쪽 초가라네.

이 시에는 오성 서곡에서 남녀가 배를 타고 함께 연을 따며 함께 노

래하는 방식으로 사랑을 표현하던 상투적 내용이 집중되어 있다. 전대의 사부(辭賦)에서 나오는, 역수 북쪽과 기수 가에는 주색을 탐닉하거나 방탕한 기풍이 많다는 전고를 개조하여 사용하고, 한악부 상화가 <강남>의 "연잎이 어찌나 싱싱하던지(蓮葉何田田)"의 구를 삽입함으로써, 고의(古意), 남조 악부의 맑고 쉬운 언어, 천진한 감정표현, 길게 이어지는 어기 등과 같은 특징이 결합되었는데, 예술적 표현이 민가보다 한 단계 높아졌다. 신체시에는 악부를 수용한 작품이 있는데, <왕손유(王孫遊)>처럼 <초사>의 구에서 제목을 취한 작품도 있고, 한악부 고제(古題)를 그대로 따른 작품 <임고대(臨高臺)>, <유소사(有所思)>, <고취곡(鼓吹曲)> 등도 있으며, 위진 악부 고제를 개조한 작품 즉 <첩여원(婕妤怨)>을 개조한 <옥계원(玉階怨)>과 같은 작품도 있다. 하지만 성음의 느낌이나 어조는 남조 악부민가에 더욱 가깝고, 의경 역시 전대의 시부나 남조 악부민가 중 동류의 내용을 다듬어서 나온 것인데, 그 용량은 비교적 크다. <옥계원>을 보자

夕殿下珠簾　　저녁 되니 전각에 주렴 내려지고
流螢飛復息　　반딧불이도 날다가 쉬기를 반복하네.
長夜縫羅衣　　긴 밤 지새우며 비단옷을 꿰매니
思君此何極　　그대 향한 그리움 어찌 끝이 있으랴!

이 시는 궁원시(宮怨詩)인데, "이 제목은 사조에서 시작되었다(題始自謝朓)."226) 사조 이전에 한의 반첩여(班婕妤)가 <원가행(怨歌行)>으로 이미 궁원시의 시초를 열었다고 전해진다. 육기는 황제에게 버려진 반첩여의 신세를 이용해 <첩녀원(婕女怨)>을 지었는데, 그 시의 "감정을 옥계에 담

---

226) 王琦 ≪李太白全集注≫.

고, 심정을 오로지 둥근 부채에 싣는다(寄情在玉階, 托意唯團扇)”구에서 <옥
계원>이라는 제목의 의미가 유래되었다. 사조는 역사적 사실에 얽매이
지 않고 새로운 내용을 만들어냈다. 반첩여의 슬픔과 원망 속에서 보편
적 의미를 이끌어내어, 봉건군주에 의해 버려진 여인들의 공통적 운명을
개괄해 냈다. 예술적 기교면에서, 사시는 특히 함축적이고 제련되었다.
육기는 “첩여가 총애를 잃고서, 장신궁에 유폐되어 끝내 총애 받지 못했
던(婕妤去辭寵, 淹留終不見)” 처지와, “황혼 녘 임금의 발자취 끊겼으니, 근심
에 쌓여 부질없이 내리는 비를 쳐다보는(黃昏履棋絶, 愁來空雨面)” 슬픔과 원
망을 직설적으로 서술하여, 감정도 드러나고 언어도 노골적이다. 반면
사시는 점점이 반짝이는 반딧불이가 알알이 영롱한 주렴 밖에서 날아다
니는 깊은 궁궐의 야경을 통해, 유미(幽美)한 의경을 전개해내면서, 인적
이 드문 전각 한 구석의 쓸쓸함을 강조했다. 또 전각의 여인이 직접 비
단옷을 꿰맨다는 소재를 의식적으로 선택함으로써, 다시 성은을 입고픈
그녀의 희망 혹은 옛날 은총을 받던 시절에 대한 추억임을 우회적으로
암시했다. “그대 향한 그리움 어찌 끝이 있으랴?”로 그녀의 원망이 긴
밤처럼 끝이 없음을 강조했다. 전체가 흥상(興象)이 영롱하고, 정취(情趣)는
깊고 완곡하다. 비록 단 하나의 ‘원(怨)’ 자도 사용하지 않았지만, 행간마
다 원망의 뜻이 가득하여, “깊고도 차갑게, 글자 속에서나 글자 밖 행간
속에서나 깊은 감정과 특별한 이치가 들어있음을 느낄 수 있다(淵然冷然,
覺筆墨之中, 筆墨之外, 別有一段深情妙理).”227) <왕손유(王孫遊)> 역시 신체시다.

綠草蔓如絲	푸른 풀 실처럼 엉켜 무성하고
雜樹紅英發	갖가지 나무마다 붉은 꽃이 피었네.
無論君不歸	그대가 오지 않으면 말할 것도 없고

---

227) 沈德潛 ≪古詩苑≫.

君歸芳已歇   그대가 돌아와도 꽃은 이미 졌으리라.

시제는 <초사·초은사(招隱士)>의 "왕손은 떠나고 돌아오지 않았는데, 봄풀은 자라 무성하구나(王孫遊兮不歸, 春草生兮萋萋)"에서 취한 것이다. 그러나 이 시는 그대가 오던지 오지 않던지 간에 아름다운 경치는 볼 수 없다고 표현했는데, 봄 경치를 놓쳐버린 아쉬움을 양 방면에서 표현하여 아주 신선하다. 앞 2구의 경물묘사는 오성과 서곡에서 많이 쓰이는 쌍관 어법을 사용했다. 실처럼 엉킨 풀과 여러 나무에 붉게 핀 꽃은 흐드러진 봄 풍경을 묘사할 뿐만 아니라, '사(絲)'와 '사(思)'의 해음(諧音)이 무성하게 이는 그리움과 생동하는 봄기운을 부지불식간에 암시한다. 따라서 시의가 초은(招隱)의 본의를 넘어서서, 자연스럽게 "안타깝구나 저 난초 꽃, 꽃송이가 햇빛 아래 반짝였건만, 때가 지나도 캐지를 않았으니, 가을 풀과 함께 시들어 가겠구나(傷彼蘭蕙花, 含英揚光輝, 過時而不采, 將隨秋草萎)"와 같은 고시의 내용이나, 젊은 여인들이 청춘이 짧고 미모가 늙어가는 것을 단식하는 오성 서곡을 연상하게 된다. <왕 주부의 유소사에 화답하다(同王主簿有所思)>를 보자.

佳期期未歸   기약했던 임 때가 되어도 오지 않으니
望望下鳴機   기다리다 기다리다 베틀에서 내려와
徘徊東陌上   동쪽 밭두둑에서 서성거리는데
月出行人稀   달이 뜨고 행인은 드물구나.

나그네를 애타게 기다리는 사부(思婦)의 심정을 표현했다. <고시19수>의 <명월하교교(明月何皎皎)>와 비교해 보면, 영명체와 고시의 차이를 잘 알 수 있다. <명월하교교>에서 여주인공이 방문을 나서서 배회하며 반복적으로 탄식했던, "우수로 잠들 수 없으니, 이 근심 누구에게 알려야

하나(憂愁不能寐, 愁思當告誰)”와 “나그네 길이 비록 즐겁다고 하나, 빨리 돌아오는 것만 못하리라(客行雖云樂, 不如早旋歸)”는 감정은 바로 소사 시에서 달빛 아래 배회하는 사부의 심정과 같다. 다만 고시는 심정을 직접적으로 표현했다면 소시는 상외(象外)에 시의가 있다. 그녀가 베틀에서 내려와 멀리 바라보는 동작이나 오가는 행인이 드문 장면을 통해, 그녀의 초조함, 실망, 원망, 슬픔 등의 심정을 느끼게 된다. 간명한 언어 속에 많은 의상(意象)을 담을 수 있게 최대한 다듬으면서, 직접적인 감개나 의론은 생략했는데, 이것은 신체소시의 주요 특징이 되었다. 신체시의 수법은 다양하지만 대체적으로 정경합일(情景合一)을 이룰 수 있었는데, 경물묘사를 중심으로 정(情)과 경(景)을 통일해 냄으로써, 정경이 분리되었던 송시의 단점을 초보적으로 해결했다. 이것 역시 사조가 시가사에 이루어낸 가장 큰 공헌이다.

왕융(王融, 467~493)은 자가 원장(元長)이고 역시 영명 시기의 주요 작가이다. 사족 출신이며, 공명을 중시하고 성격은 경박하다. 수사가 부려(富麗)한 <곡수시서(曲水詩序)>로 당시에 이름을 날렸다. 제 명제의 왕위 찬탈 반란 중에 죽었다. 그의 일부 4언 5언 응조시(應詔詩)는 진송의 생경하고 난삽하며 전아하고 장중한 아송체를 그대로 답습하기도 했지만, 유창하고 평이한 시어를 열심히 추구했고, 때로는 우아한 어휘로 쉬운 구절을 만들어내기도 했다. 예를 들어 “영명한 임금의 은혜 일월처럼 비치고, 지극히 공교한 음악은 천지와 잘 조화된다(明王日月照, 至樂天地和)”(<明王曲>), “위대하도다 성군이시여, 어찌 당우 시절을 부러워하랴(大哉君爲後, 何羨唐虞時)”(<聖君曲>) 등은 어휘는 전아하고 규범적이나 구법은 비교적 유창하다. 그는 또 청신하고 생동적인 형상으로 판에 박히고 교조적인 송사(頌辭)를 잘 대체했다. 예를 들어, “상서로운 붉은 기운 사시사철 모이고, 황하가 만 리에 맑게 흐른다(紫煙四時合, 黃河萬里淸)”(<長歌引>), “햇살

쾌청하여 모래밭이 밝고, 바람샘은 꽃등촉을 흔든다(日霽沙潊明, 風泉動華燭)”(<淥水曲>) 등 인데, 이는 제시(齊詩)의 언어와 풍격상의 변혁이 전아한 응조시와 응교시(應教詩)에도 영향을 미쳤음을 설명한다. 악부 작품은 일부가 아주 구어화 되었지만, 생경하고 난삽한 구도 두드러지게 끼워져 있다. <유소사>의 “내 임은 어찌 지내실까? 만날 기약이 없구나. 지난 밤에 임 모습 꿈꾸고, 섬돌에서 발자취를 찾는다(如何有所思, 而無相見時. 宿昔夢顏色, 階庭尋履綦)”와, <왕승유와 이별하며(別王丞僧孺)>의 “머물고 싶은 마음에 이미 우울한데, 배는 그래도 멀어졌구나. 그대가 나를 보지 않아서가 아니라, 그대가 보이지 않아 슬프다오(留雜已鬱紆, 行舟亦遙衍. 非君不見思, 所悲思不見)”가 그 예다. 이것은 제대의 시풍이 전아하고 회삽함에서 평이해지는 변화과정에서 필연적으로 나타날 수 밖에 없는 흔적이다. 그의 성공작품은 <강고곡(江皐曲)>이다. “숲이 끝나 산이 다시 이어지고, 모래섬 끝나니 강이 다시 펼쳐졌다. 구름같은 산봉우리 황제 계신 도성에서 시작되고, 물은 동백나무 있는 곳에서 흘러온다(林斷山更續, 洲盡江復開. 雲峰帝鄉起, 水源桐柏來)”인데, <나가탄(那呵灘)> 중 <고단당갱속(篙斷當更續)>의 구식을 취하고 정제된 대구를 이용하여, 끝없이 이어지는 산림, 넓게 펼쳐진 강물 등의 풍경을 써냈는데, 기세가 뛰어나 민가를 모방하던 기존 격식에서 이미 벗어났다. 즉 그의 신체시는 민가 형식을 학습하고 발전시켜 나온 것이다. <사 문학과 이별하는 밤에(餞謝文學離夜)>의 “기억은 함께 노래하고 웃었던 것인데, 누가 차마 이별한 후 웃고 노래할 수 있으리오(所知共歌笑, 誰忍別笑歌)”와 “봄 강에 밝은 달빛 비치는데, (이별에 앞서) 다시 돌아보니 마음 어떠하리(春江夜明月, 還望情如何)”의 수미 4구는 구어 사용과 더불어 되돌려 중복하는 구법으로 유창한 어조를 형성했는데, 이후 제량시에서 애용하는 형식이 되었다. <임고대(臨高臺)>는 <한요가18수>의 고제(古題)에 새로운 내용을 담은 것으로, 나그네가 누대에서 바라본 장면을 노래했다. 마지막 2구 "돌아서서 높은 용마루 그림자를 보다, 달을 끼고 함께 배회한다(還看雲棟影, 含月共徘徊)"는 높은 용마루 그림자를 통해 용마루 주변의 달이 점점 이동하는 장면을 묘사함으로써, 시간의 흐름과 유람자가 배회하는 동태를 암시했다. 구상이 함축적인 신체시의 특징이 잘 나타나 있다. <무산고(巫山高)>는 제량 신체시에서 자주 보이는 제목인데, 왕융의 이 작품이 비교적 정취있다.

想象巫山高	무산의 높이를 상상하며
薄暮陽臺曲	저녁 무렵 양대곡을 부른다.
煙霞乍舒卷	저녁노을 순식간에 펼쳐졌다 거두어지고
衡芳時斷續	두형 향기도 수시도 끊어졌다 이어진다.
彼美如可期	저 무산의 미인과 막 기약하려는데
寤言紛在矚	잠이 깨버려 눈앞에 아른하구나.
憮然坐相思	슬프게 그리움에 쌓여 앉았는데
秋風下庭綠	가을바람이 마당의 잎새에 불어온다.

무산 양대(陽臺)의 환상적인 구름의 변화와 끊어질 듯 이어지는 꽃향기 등의 아름다운 상상 속에, 신녀(神女)가 아득히 날아가는 모습이 황홀하게 펼쳐질 듯 하고, 시인의 바라보기만 할 뿐 가까이 할 수 없는 사모의 마음이 느껴지는 듯하다. 마지막 4구는 그리움으로 인한 슬픔을 갑자기 "가을바람이 마당의 잎새에 불어온다"와 같은 싸늘한 풍경으로 마무리했는데, 시절의 변화, 청춘의 지나감 등의 여운이 잔잔히 남는다.

왕융은 불교적 언어로 심회를 노래한 두 조시(組詩)가 있는데, 내용은 대체로 그의 불송(佛頌)과 유사하므로 '불언시(佛言詩)'라고 불러도 무방하다. 동진의 현언시가 심오한 현리를 어느 정도 담고 있었다고 한다면, 이 '불언시'의 내용은 순수하게 사람들의 참회와 설교다. 이러한 작품이 제량 시기에 특히 유행했던 것이 제량 시의 풍격이 떨어졌던 한 원인이기도 하다. 이 외에 영물시도 적지 않은데, 대부분 성색(聲色)을 묘사한 것이어서, 내용이 소소하고 무료하다. 그러나 "봄 향기는 물 위에 떠가는 눈꽃 같은 배꽃 잎에도 전해지고, 깊은 밤 수많은 별들과도 조화롭다(芳春照流雪, 深夕映繁星)"(<詠池上梨花>)나, "철철 바위로 물이 떨어져 흐르고, 주룩주룩 산의 빗소리가 들린다(潺湲石溜瀉, 綿蠻山雨聞)"(<移席琴室應司徒敎>) 등의 구절은 "물외에 대한 묘사에서 오로지 신운이 느껴지는데(物外形容, 偏得神致)",228) 형상묘사의 기교가 풍부해지는 데 일조했다.

제대 문인들이 전반적으로 민가를 학습하고 제련한 점은 당시 시단에서 가장 주의할 만한 일이다. 한편으로는 진송 시기의 오성 서곡이 아화(雅化)되기 시작했는데, <청상곡사>의 서곡가 <공희악(共戲樂)>이 공덕을 가영하는 내용으로 변한 것이 그 예다. 다른 한편으로는 궁정과 민간에 새로운 청상악부시들이 출현했다. 구상이나 상(象)의 선택 역시 진송의 민가보다 기교적이다. <양반아(楊叛兒)>의 "잠시 하얀 문 앞에 나가니, 수양비들이 새도 숨을 만큼 무성하군요. 그대가 침수의 향이라면, 나는 박산의 향로랍니다(暫出白門前, 楊柳可藏鳥. 歡作沈水香, 儂作博山爐)"에서, 첫 2구는 정인이 와서 함께 한다는 내용을 암시하고, 다음 2구는 향과 향로의 관계를 빌어 남녀의 친밀함을 은유했는데, 의미가 함축적이고 새롭다. "그대가 연꽃을 보고 싶으면, 호수를 집 안으로 옮기면 되지요. 부용꽃이 침대를 둘러 자라고, 연밥을 안고 잠을 자지요(歡欲見蓮時, 移湖安屋裏. 芙蓉繞床生, 眠臥抱蓮子)"(<楊叛兒>)는 호수를 집안으로 옮긴다는 황당한 상상으로, 밤이든 낮이든 헤어지고 싶지 않은 마음을 표현했는데, 상당히 신선하다. 궁정에서 제작한 악부는 정중한 의전용을 제외하고는, 가사가 비교적 통속적이고 천근(淺近)하다. 예를 들어 제 무제가 나들이를 가다가

---

228) 陳祚明 ≪采菽堂古詩選≫.

하미인(何美人)의 묘를 보고 작품을 주고받았는데, 주석선(朱碩仙)이 먼저 지은 가사는 무제가 좋아하지 않았지만, 주자상(朱子尙)이 지은 오성독곡(吳聲獨曲) "어둑어둑 날이 지려는데, 그대는 말 위에서 머뭇거리네요. 태양이 아직 남아 있으니, 원하시면 잠시 멈추었다 가시지요(曖曖日欲冥, 歡騎立踟躕. 太陽猶尙可, 且願停須臾)"에 대해서는 칭찬을 했다. 당시는 윗사람 아랫사람 할 것 없이 모두 민가를 즐겼기 때문에, 문인들은 자연히 더 나은 발전을 추구했다. 제대의 악부시를 보면, 대부분 오성 서곡의 정조를 바탕으로 창작되었는데, 그 중에는 기술적 가공면에서만 좋아진 작품도 있고, 문인들이 봄가을의 계절감을 표현한 기흥작(寄興作)으로 바뀐 것도 있으며, 심지어 곧바로 신체시로 변한 작품도 있다. 장융(張融)의 <별시(別詩)>가 그 예로, 구어를 이용해 재가공한 작품임이 뚜렷하다. "흰 구름 산 위로 사라지고, 맑은 바람은 소나무 아래서 쉰다. 이별한 사람의 슬픔을 알고 싶으면, 외로운 누대에서 밝은 달을 바라보게나(白雲山上盡, 清風松下歇. 欲識離人悲, 孤臺見明月)"인데, 앞 두 구는 이별 후의 경치를 썼다. 구름도 다 흘러가고 바람도 쉰다는 경치묘사는 허구적 설정이 아닌데도, 떠난 사람은 이미 멀어졌고 남은 사람도 쉰다는 의미를 함께 지닌다. 뒷 2구는 명월을 빌어 이별의 슬픔을 나타냈는데, 이미 당대 오언절구의 감정기조를 지녔다. 구상이 신선하기는 하지만 다소 직선적인 느낌을 주는데, 이는 바로 근체시가 막 시작될 때의 특징이라 할 수 있다.

경물묘사의 기교에 있어서, 제시는 진송시보다 경물 선택의 각도에 더욱 주의를 기울였고, 경물 각 부분간의 관계를 통해 주요 특징을 부각했다. 그 예가 유정(劉頊)의 <상수의 비파기를 지나며(上湘度琵琶磯)>의 "구름 덮인 봉우리 먹을 칠한 듯 검고, 차가운 물은 텅 빈 듯 맑다. 갈매기 오르내리며 하얗게 춤추고, 잎은 물위로 어지러이 붉게 날린다(煙峰晦如畵, 寒水清若空, 頡頏鷗舞白, 流亂葉飛紅)" 4구이다. 먹물이 든 것처럼 검은 산봉우리를 배경으로 하얀 갈매기가 위 아래로 춤추듯 날고, 투명하게 맑은 강물 위로 붉은 잎이 분분히 날린다. 색채의 농담을 이용해 앞뒤의 장면을 뚜렷하게 두드러지게 했고, 정(靜)과 난(亂)을 대비시켜 경물의 생동적인 느낌을 표현하기 시작했다. 공치규(孔稚珪)의 <태평산을 노닐다(遊太平山)>는 "바위 가파르니 하늘 모습 나뉘고, 숲이 우거져서 태양 모습이 일그러졌네. 그늘진 골짜기에 봄꽃이 떨어지고, 차가운 바위에는 여름눈이 남았구나(石險天貌分, 林交日容缺. 陰澗落春榮, 寒岩留夏雪)"인데, 경물의 선택이나 묘사에서 아무런 구속을 받지 않았다. 하늘의 모습이 가파른 바위에 의해 나뉘고, 빽빽한 산림에 의해 해가 가리는 관계 및 봄여름과 같은 따뜻한 계절에 가을 겨울의 차가운 경치들이 보이는 이상 현상을 통해, 산중의 그윽함과 음랭함을 강조했다. 길이가 짧은 단장(短章)인데, 진송인은 중편 고시로나 담을 수 있는 내용을 다 개괄해냈다. 이러한 성공작이 제시에 많지는 않았지만, 예술표현면에서 양시에 많은 모범답안을 제시해 주었다.

제3절　심약(沈約)에서 소강(蕭綱)까지

소연이 양을 세우자, 심약, 범운, 강엄(江淹), 구지(丘遲), 임방(任昉), 왕승유(王僧孺) 등이 모두 양에 합류함으로써, 양대 전기의 시풍은 대체로 제시를 계승했다. 대동 연간(535~545) 이후, "간문제와 상동왕이 음란하고 방탕한 풍조를 이끌었고, 서릉과 유신은 길을 나누어 힘차게 내달렸다. 그 내용은 얕으면서 번다했고, 그 수사는 은닉하되 꾸몄으며, 어휘는 가볍고 특이함을 숭상했고, 감정은 슬픔과 그리움이 많았는데(簡文湘東啓其淫放, 徐陵庾信分路揚鑣, 其意淺而繁, 其文匿而彩, 詞尙輕險, 情多哀思)",229) 부화한 기풍이 점차 풍속을 이루어 회복이 어려워졌다.

심약(441~513)은 자가 휴문(休文)이고, 오흥(吳興) 무강(武康, 현 절강성 武康縣) 사람이다. 송, 제, 양 3대에 걸쳐 벼슬을 한 제량문단의 영수이다. 그 자신의 문학적 성취는 그다지 높지 않지만, 그의 성률설 및 '삼이설(三易說)'은 당시 시풍 변혁에 아주 중요한 작용을 하여, "천고의 시도에 가장 관련 깊은 사람(千古詩道中最有關係之人)"이라는[230] 후대의 평가를 받고 있다.

심약은 총명하고 박학다식하여 수백 권의 저술을 지었다. 또 ≪사성보(四聲譜)≫를 편찬하면서 성률면에서 천고에도 알지 못했던 비결을 얻었다고 자인하고, 더불어 문풍 개혁도 적극적으로 제창했다. 사조는 <수덕부(酬德賦)>를 지어, 그의 문장은 "아름다운 어휘가 자연스럽고 뛰어나며(麗藻天逸)", 그는 "확실한 교훈을 주려고 애쓰고 또 풍아를 이끌어냈다(旣勖予以炯戒, 又引之以風雅)"고 칭송했다. 그러나 심약은 재주는 뛰어나지만 덕망이 부족하여, 제대 말에 소연에게 선양을 받을 것을 권하면서, 공공연히 "지금은 옛날과 달라서 순박한 풍속으로 일을 기대할 수가 없습니다. 사대부란 용을 타고 봉에 붙어서 모두가 조그만 공적이라도 세우기를 바랍니다(今與古異, 不可以淳風期物. 士大夫攀龍附鳳, 皆望有尺寸之功)"고[231] 했다. 또 양 무제에게 제 화제(和帝)를 죽이라고 권하며, "헛된 이름을 쫓다가 실제적인 재앙을 입을 수는 없다(不可慕虛名而受實禍)"고 여겼는데, 표면적인 명예나 지조, 도덕조차도 염두에 두지 않았다. 그래서 역사는 그가 "영화와 이익을 탐하며, 시기를 엿보고 대세에 영합했다(昧於榮利, 乘時藉勢)"고 했는데, 합당한 평가라 할 수 있다. 인품이 이러하니 시품은 자연히 높지 않다. 시는 응수시(應酬詩)와 영물시가 많고, 내용도 비교적 깊이가 없고 평범하다.

---

229) 魏徵 <隋書·文學傳序>.
230) 吳淇 ≪六朝選詩定論≫.
231) ≪資治通鑑≫ 卷145.

심약은 이론적으로는 '삼이설'을 제창했지만, 창작에서는 송시의 영향에서 완전히 벗어나지 못했다. 시가의 성음과 기세가 안연지나 사령운과 크게 다르지 않아서, 고금체(古今體) 변화기의 과도적 특징을 보인다. 그는 유창한 어조와 구식으로, 송시의 전아하면서 회삽하고 화려한 기존 어휘를 조절하고자 했지만, 설익고 잡다한 결과만 낳았고 음조도 통일되지 않았다. 특히 응제시나 증답시와 같은 4언 5언 고시는 여전히 판에 박힌 듯 딱딱하고 난삽하며 전아하고, 산수의 유람이나 감상 작품도 비교적 난해하며, 위진 고악부를 모의한 작품들은 정침격(頂針格)과 상호 문답식의 어조를 운용하기도 했지만 유창하게 느껴지지는 않는다. 시가에서 심(深)에서 천(淺)으로, 난(難)에서 이(易)로의 변화를 완성하는 것이 쉽지 않음을 알 수 있다.

그러나 심약이 일부 악부시에서 보인 창조적 변화는 주의할 만하다. 그는 <방수(芳樹)>, <임고대(臨高臺)>, <낙양도(洛陽道)>, <강남곡(江南曲)>, <원가행(怨歌行)> 등 일부 한위 고악부를 5언 8구로 바꾸어 양대 신체시에 상용되는 신형식을 만들어 냈는데, 음조가 평이하고 유창하며, 언어도 모두 쉽다. 예를 들어 <임고대>는 "높은 누대에서도 차마 바라볼 수 없으니, 멀리 바라보면 근심만 쌓일 터. 산은 끝없이 이어지고, 강물은 또 유유히 흐르는구나. 그리운 임 지금은 어디 계시는가, 낙양성 남쪽 길가에 계시리라. 바라볼 수는 있지만 만날 수 없으니, 사람의 근심 어찌 사라지랴(高臺不可望, 望遠使人愁. 連山無斷絶, 河水復悠悠. 所思竟何在, 洛陽南陌頭. 可望不可見, 何用解人憂)"인데, 성음의 느낌이 면면히 이어지고 구절의 내용도 연속적인 것이, 끝없이 이어진 먼 산이나 긴 강물 같다. <야야곡(夜夜曲)>은 "은하수는 종에서 횡으로, 북두는 횡에서 종으로 움직인다. 별들은 부질없이 그렇게 움직일 뿐, 내 마음 속 그리움을 어찌 알리오. 외로운 등불도 희미해질 때까지, 차가운 베틀에서 새벽까지 베를 짠다. 눈물

떨구며 누구에게 하소연 하리오, 새벽닭 울 때 그저 탄식할 수밖에(河漢縱且橫, 北斗橫且直. 星漢空如此, 寧知心有憶. 孤燈曖不明, 寒機曉猶織. 零淚向誰道, 雞鳴徒歎息)”인데, 은하와 북두의 위치 변화, 긴 밤을 비추던 외로운 등불의 희미해짐, 새벽닭이 울 때까지 그대로 길쌈을 하고 있음 등 긴 밤 동안의 경치 변화를 통해, 밤새 잠 못 드는 사부의 괴로움을 암시했는데, 사조, 왕융의 신체시처럼 함축적인 감정표현 속에 새로운 내용을 담았다.

그의 신체시 <범 안성(范岫)과 이별하며(別范安成)>와 <석당뢰에서 원숭이 울음소리를 듣고(石塘瀨聽猿)> 두 수는 자신의 시가이론을 비교적 잘 실천했다. <범 안성과 이별하며>는 이별을 가벼이 여기는 젊은이들의 심태에서 착안, 노년의 이별이 주는 참담한 심경을 노래했는데, 사람들이 누구나 겪게 되는 인생경험을 표현해 냈다.

生平少年日	내 지난 젊은 시절은
分手易前期	이별이 쉬웠던 날들이었지만
及爾同衰暮	그대와 함께 늙은 지금은
非復別離時	더 이상 그때처럼 쉽지 않구려.
勿言一尊酒	한 잔 술 앞에 두고
明日難重持	앞으로 다시 들기는 어렵다 하지 말게나.
夢中不識路	꿈에서 길을 잃어 만나지 못하면
何以慰相思	무엇으로 내 그리움을 위로하는가?

이별의 슬픔 외에, 옛날에는 소년이었는데 지금은 이렇게 서로 늙었다는 탄식까지 있다. 말구는 ≪한비자(韓非子)≫에서 장민(張敏)이 꿈에 친구 고혜(高惠)를 만나러 갔다가 중간에 길을 잃어 돌아왔다는 전고를 사용한 것인데, 아주 자연스럽다. 언어가 천근(淺近)하면서도 한위의 혼후(渾厚)한 음조가 들어있다. <석당뢰에서 원숭이 울음소리를 듣고>는 민가의 감정기조를 산수시에 운용한 성공작이다.

嗷嗷夜猿鳴　　　한밤 내 울던 원숭이 소리
溶溶晨霧合　　　뭉게뭉게 뭉키는 새벽안개에 섞인다.
不知聲遠近　　　소리는 어디서 나는지 알 수가 없고
惟見山重沓　　　오로지 겹겹의 산만 보인다.
旣歡東嶺唱　　　동쪽 산의 원숭이 노래에 즐거워져서
復佇西巖答　　　다시 서쪽 산에서 울릴 답가를 기다린다.

밭이나 호수에서 서로 노래를 주고받듯, 먼 듯 가까운 듯 혹은 끊어질 듯 이어지는 민가적 느낌을 이용하고, '부지(不知)', '유견(唯見)', '기환(旣歡)', '복저(復佇)' 등 남조 악부에 자주 보이는 구식을 더하여, 첩첩산중에서 크고 작은 원숭이 울음소리가 서로 화음을 이루는 것을 써냈는데, 의경이 공원(空遠)하고 그윽하며, 활발하고 정취있다. 심약의 다른 신체시에도 경물묘사가 뛰어난 것이 있다. 예를 들어 <영강강에서 배를 타고(泛永康江)>의 "산의 풍광이 물 위에 떠서 다가오고, 봄빛은 추위를 물리치고 다가오네(山光浮水至, 春色犯寒來)"는 봄기운이 산천을 따라 추위를 물리치고 다가 왔음을 썼는데, 사실적이면서 적확하게 제련해내어 경물의 형태묘사에 그치지 않을 수 있었다. 이외에 <옛날을 생각하며(懷舊詩)> 9수에서는 사조, 왕융 등 이미 죽은 벗들을 추도했는데, 안연지의 <오군영(五君詠)>의 수법을 빌어 옛날을 그리워하는 마음을 적었다. 그 중의 <사조를 슬퍼하며(傷謝朓)>시는 사조의 시재를 평하고 그의 운명을 슬퍼했는데, 감정이 진지하고 의론 역시 매우 정확하며, 대구가 정교하고 어기가 힘차다. 진조명은 심약의 시를 평하여, "내용이 뛰어나고, 구상은 독창적이며, 전체적으로 변화가 풍부하여, 신처럼 자유롭게 날듯이 움직이고, 자구나 문장에 있어 솔직함을 꺼리지 않는다. … 대체로 자연에서 얻은 심회를 많이 표현한 것이 가장 좋은데, 구절은 조탁을 안 한 듯하고, 글자도 꾸미지 않은 듯하다. 있는 그대로 표현해 냈으며, 쉽고 골기가 약하다(命旨旣超, 匠心獨造, 渾淪跌宕, 俱以神行, 句字之間不妨率直. … 大抵多發天懷取自然爲詣極, 句或不琢, 字或不謀. 直致出之, 易流平弱)"라232) 했다. 심약이 자구의 솔직함과 평이함, 어조의 자연스러움 및 내용상의 함축을 추구했음을 언급한 것으로, 상당히 적절한 평가이다.

심약의 영물시와 염정시는 양대 시단에 직접적으로 좋지 않은 영향을 미쳤다. 그가 경릉왕저(竟陵王邸)에서 지은 많은 영물시들은 시가를 단지 예사(隸事)를 견주는 도구로 사용했을 뿐이다. 응조영물시(應詔詠物詩)들은 사물의 형태 묘사에다 전고를 더한 것으로, 내용은 가볍고 무료하다. 그러나 5언 4구의 소시 형식은 대부분 영물이라는 방식을 통해 민가체에서 발전되어 온 것이다. 그의 규정시(閨情詩)는 수사나 정감면에서 구속 없이 자유로운데, <어린 신혼을 노래하다(少年新婚爲之詠)>, <미인 꿈을 꾸다(夢見美人)> 등은 색정적이기까지 하다. <사시백저가(四時白紵歌)>는 비록 포조의 <대백저무사(代白紵舞詞)>를 학습한 것이기는 하나, 모두 7언 8구체여서, 이를 통해 7언 근체시나 7언 가행체가 기원이 동일함을 알 수 있고, 조기 7율의 감정기조가 가행체와 유사한 이유를 이해하는데도 도움을 준다. 심약의 시가는 전형적인 과도적 형태이며, 그의 모든 신변(新變)은 후일 소강 소역 등에 의해 계승 발전되었다. 따라서 그가 비록 고근체 시가의 변혁에 공이 있기는 해도, 양 대동 연간 이후 부미한 시풍이 범람하게 된 데에도 일정한 책임이 있다.

범운(范雲)은 심약과 함께 경릉왕 문하의 오랜 벗이자, 또 함께 소연에게 제(齊)의 황위(皇位)를 물려받을 것을 권했던 주요 모신(謀臣)으로서, 양 이후 대각에 오른 인물이며, 역시 영명체의 중요 작가다. 그의 악부시는 2수에 불과하고, 고시와 신체시는 진송시와 같은 난해한 자구를 많이 사

---

232) ≪采菽堂古詩選≫.

용하지 않아서, 어조는 맑고 완곡하며 시의는 심약보다 더욱 쉽게 드러난다. <영릉군 차신정에 가다(之零陵郡次新亭)>를 보면, "강줄기 멀리로 나무가 떠 있고, 하늘가에는 한 줄기 연기가 피어오른다. 강과 하늘은 저절로 맞닿고, 연기와 나무도 닮은 듯 하구나. 푸른 물결도 그 수원에 닿을 수 없는데, 높은 바람 부는 것은 어찌 그치랴(江幹遠樹浮, 天末孤煙起. 江天自如合, 煙樹還相似. 滄流未可源, 高飄去何已)"인데, 강물이 하늘과 서로 맞닿고 연기와 나무도 구별되지 않는 경치를 통해, 끝없이 흘러가는 물처럼 이리저리 떠도는 이의 탄식을 이끌어냈다. 연한 색으로 가벼운 정감을 그려내어, 필치가 완약하고 부드럽게 흐르는 듯하다. <별시(別詩)>의 "낙양성 동쪽과 서쪽으로, 오랜 시절 헤어져 있구나. 옛날 헤어질 때는 눈이 꽃 같았는데, 지금 와 보니 꽃이 눈 같구나(洛陽城東西, 長作經時別, 昔去雪如花, 今來花似雪)"는 눈과 꽃이 비유되는 관계가 서로 바뀐 것을 통해 겨울이 가고 봄이 왔다는 의미를 새롭게 만들어 냈는데, 재치 있는 기교가 재미있다. 그 외에 <효고(效古)>에서, "차가운 모래벌판 사방에 평평하고, 날리는 눈발 천 리를 휘몰아친다. 바람은 음산의 나무를 부러뜨리고, 안개는 교하성을 감춰버렸구나(寒沙四面平, 飛雪千里驚. 風斷陰山樹, 霧失交河城)"는 '평(平)', '경(驚)', '단(斷)', '실(失)'의 4자를 아주 정교하게 다듬어내어, 의미까지도 새로워졌다. 하지만 범운의 시는 언어가 너무 평이하고, 의미가 지나치게 드러나는 단점이 있다. <송별> 시에 "봄바람에 버들가지 자랄 때, 임을 배웅하러 다리에 올랐지. 이별주도 다 마시지 않았건만, 아낙의 눈물은 이미 천만 갈래. 편지 부치기 어려움을 걱정하는 것이 아니고, 오직 귀밑머리 셀 것이 걱정이라오. 흰머리 될 때까지 함께 하자던 맹세 품고, 강가에 나와 배가 일찍 돌아오길 기다리겠소(東風柳線長, 送郎上河梁. 未盡樽前酒, 妻淚已千行. 不愁書難寄, 但恐鬢將霜. 望懷白首約, 江上早歸航)"는 어투의 유창함만을 추구하고 덜 다듬어서 여운이 없다. 이것 역시 시가의 심(深)에서 천(淺)으로의 변화과정에서 반드시 거쳐야 했던 굽이길이다.

강엄(江淹)은 송, 제, 양 3대를 거친 원로이자 시인으로, 모의시로 유명하다. 그의 시는 여전히 안(顔)·사(謝) 시의 영향 하에 있어서 어휘가 아주 화려하고 전아한데, 일반적 특징만 배웠을 뿐 그 정수는 학습하지 못했다. <잡체(雜體)> 30수는 자신의 모의 재능을 충분히 발휘한 집대성작이다. 그 가운데 <도정군잠전거(陶征君潛田居)>는 아주 핍진해서 오랫동안 도연명 시에 포함되어 있어도 구분해 내지 못했을 정도이다. "석양 무렵 차양 친 수레 끌고 오는데, 해가 이미 넘어가 길이 어둑어둑. 귀가하는 사람은 저녁밥 짓는 연기 바라보고, 아이는 처마 밑에서 기다리고 서있다(日暮巾柴車, 路暗光已夕. 歸人望煙火, 稚子候簷隙)" 이 몇 구는 향촌의 저녁 무렵, 사람들은 각자 집으로 돌아가고 아이는 문에 서서 이들을 기다리는 따뜻한 모습을 아주 소박하고 정취 있게 표현했는데, 설사 도연명 시에 포함시키더라도 뛰어난 작품일 것이다. 그러나 이 조시는 창작보다도 이론적으로 가치가 있다. 그는 각 작가의 가장 대표적인 제재를 모방하고, 그들이 가장 애용하는 어휘와 의상을 융합하여, 그들의 주요 사상적 예술적 특징을 최대한 개괄해냈는데, 이를 통해 추상적인 이론성 명사로 각 시인의 창작특징을 명확하게 밝혀낸다는 것이 쉽지 않음을 설명해냈으며, 한에서 유송까지의 오언 고시의 발전 궤적을 그려냈다. 이외에도, <완적의 시를 배우다(效阮公詩)> 15수가 있다. 《양서》 본전에 따르면, 유송의 건평왕(建平王) 경소(景素)가 형주(荊州)에 주둔하면서, 소제(少帝) 시기의 정치적 혼란을 틈타 음모를 꾸미자, "강엄은 재난이 장차 닥칠 것을 알고, 증시 15수를 지어 풍자한 것이다(淹知禍機將發, 乃贈詩十五首以諷焉)." 이 조시는 완적 시에서 사용된 어휘와 비흥을 융합했지만 새로운 내용이 많지 않아서, 오히려 후일 완적의 <영회>시를 학습하던 작가들에게 모방은 창작과 다르다는 반면적 교훈을 제공했다.

양무제 소연은 원래 경릉팔우 중의 한 명으로, 심약, 범운 등과 시풍이 비슷했던 제량 시기의 다작(多作) 작가이다. 그의 악부와 고시는 내용과 풍격면에서 확연하게 다르다. 악부는 주로 오성과 서곡을 모의하면서, 부분적으로 한위 악부고시의 고제(古題)를 취했다. 내용은 그리움을 표현한 작품이 많은데, 주로 화려한 규방에서의 봄의 짧음에 대한 아쉬움과 가을의 슬픔, 이마를 살짝 찡그리거나 살포시 웃는 등의 수줍은 정태 등에 집중되어 있다. 경쾌하고 아름다우며 부드러운 감정이 넘쳐 터질 듯한데, 어떤 것에도 구애되지 않는 민가적 언어와 감정을 비교적 함축적이고 암시적으로 표현했다. 또 민가를 개작하여 신곡을 만들었는데, <강남상운락(江南上雲樂)> 14곡, <강남농(江南弄)> 7곡은 바로 천감(天監) 11년에 서곡을 개작한 것이다. 7언 3구와 3언 4구를 합한 <강남농>의 구성은 후일의 장단구(長短句)와 비슷하다. 이외에 <하중지수가(河中之水歌)>는 한위 고시나 북조 악부에서 사용되던, 나이를 세는 방법을 7언시에 운용하여, 여자의 아름다움과 규정(閨情)을 표현했는데, 이 시가 만들어낸 화려한 느낌의 고조(古調) 역시 형식상의 혁신이다. 이러한 의악부는 남조 악부민가의 내용과 형식을 의식적으로 아화한 것이다. 소연의 고시는 대부분 자신이 "어진 인재를 생각함이 불타듯 뜨겁고, 사람에 대한 근심이 다듬이질처럼 끝이 없다(想賢若焚, 憂人如擣)"(<逸民>)나, "어진 교화는 어린 아이와 벌레도 윤택하게 하고, 덕을 담은 율령은 아이의 요절도 막았다(仁化洽孩蟲, 德令禁胎夭)"(<籍田>)처럼 경전같은 내용을 판에 박히게 표방하거나, 혹은 "공부자의 도를 기꺼이 즐기니, 바른 말씀에 생각이 바르게 인도된다(愛悅夫子道, 正言思善誘)"(<撰孔子正言竟述懷詩>)처럼 허위적이고 건조한 도덕적 설교이다. 소연의 의악부와 고시 간의 현저한 차이는, 이항(里巷) 가요에서 시작된 청상악부가 이때에도 여전히 정통 형식으로 인식되지 않았고, 따라서 염정을 표현하는데 많이 사용되었음을 설명한다. 반면에 5언 고시는 무거운 제재의 경전적 내용을 표현하는데 쓰였다. 고시는 남녀의 춘정(春情)과 추사(秋思)를 노래한 작품이라 할지라도 음조가 비교적 장중해서, 가벼움과 염려(艶麗)함이 넘치는 악부와는 다른데, 신체시는 그 중간에 위치한다. 이 대략의 경계선은 소강(蕭綱)에 가서야 비로소 무너진다.

심약, 범운 등과 동시대의 시인으로 왕승유(王僧孺), 구지(丘遲), 유운(柳惲), 장솔(張率) 등이 있는데, 모두 쉽고 유창한 어투와 새로운 구상에 열중했지만 그다지 성숙되지는 않았다. 왕승유의 "눈물 흘리며 동으로 흐르는 물결 따라 왔건만, 마음은 서쪽 하늘 달에 걸렸구나(淚逐東流水, 心掛西斜月)"(<忽不任愁聊示固遠>)는 함의가 비교적 특이하여, 이백의 "광풍이 내 마음을 불어가, 서쪽 함양의 나무에 걸어 두었네(狂風吹我心, 西掛咸陽樹)"와 같은 특이한 생각이 가능하게 했다. "처마 끝 이슬방울이 구슬이 되고, 연못물이 모아져 옥이 되었구나. 누가 알아주랴 내 마음 심란해, 주홍도 홀연 푸르게 보이는 것을(簷露滴爲珠, 池水合成璧. 誰知心眼亂, 看朱忽成碧)"(<夜愁示諸賓>)은 복잡한 심사로 인한 시각적 감각적 착란을 이용해, 근심과 눈물이 많음을 표현했는데, 의도는 새롭지만 선명하게 전달하지는 못했다. 유운의 시는 대부분 음조가 분명하고, 자연스럽고 쉬우며 고의(古意)가 있다. <강남곡(江南曲)>의 "물가 모래섬에서 흰 마름꽃을 따는, 햇살 따사로운 강남의 봄. 동정호에서 온 나그네, 소상에서 내 임을 만났다 하네. '내 임은 어찌 돌아오지 않는가요, 봄꽃도 벌써 지려 하는데.' '새 사람과의 즐거움은 말하지 않았고, 그저 길이 멀다고만 했소'(汀洲採白蘋, 日暖江南春. 洞庭有歸客, 瀟湘逢故人. 故人何不返, 春花復應晚. 不道新知樂, 只言行路遠)"는 한악부 <음마장성굴행(飮馬長城窟行)>과 <고시19수>의 <객종원방래(客從遠方來)>의 제재를 빌어, 사부와 멀리 서 온 나그네의 문답구조를 배치했는데, 그 의미를 역으로 이용하여 고시의 "나그네 길이 비록 즐겁다고 하나(客行雖云樂)”(<明月何皎皎>)에 내포된 의심을 확고하게 만들고, 나그네를 통해 임이 감추려는 그 답을 대신하게 함으로써, 청춘이 지나가는 사부의 원망과 슬픔을 표현했다. 구상이 새롭고 염려(艶麗)하며, 격조는 경쾌하다. 장솔의 시는 의고적 성분이 많고 창조적 성분은 적다. 그러나 시가 구상에는 일정한 계발성이 있다. 예를 들어 <장상사(長相思)> 2수는 3언 7언 5언이 교차하는데, 길게 끄는 어조로 아득한 그리움을 표현하여, 후일 이백 시의 기초가 된다. 그의 <술을 마주하여(對酒)>의 “그대 노래 아직 끝나지 않았는데, 물러나 앉아 들보의 먼지를 피한다(君歌尙未罷, 卻坐避梁塵)”는 노래 소리가 들보를 휘감았다는 전고를 이용하여 노래 소리의 맑음을 찬미했지만, 기교를 부리려다 오히려 어색해져 기피감이 든다. 그러나 이 구상은 진대의 소림(蕭琳)이 차용하여 아주 흥미롭게 발전시켰다. 즉 “그저 간절한 관현악기 연주만 들릴 뿐, 휘도는 무희의 모습은 보이지 않는구나. 오직 노래 소리와 들보만 함께 하니, 들보 위의 먼지 중 반이 날리는 구나(徒聞弦管切, 不見舞腰迴. 唯有歌梁共, 塵飛一半來)”(<隔壁聽妓>)인데, 방 두 칸이 들보 하나를 사이에 두고 있어서, 저쪽의 노랫소리가 저절로 이쪽 방 들보의 먼지도 일게 했다고 우스갯소리를 한 것으로, 벽을 사이에 두고 노래를 듣는 정취를 표현했다. 제량시의 예술적 기교는 이처럼 한 걸음씩 성숙해 가며 신변(新變)을 완성해갔다.

상술한 시인 이외에, 도홍경(陶弘景)의 시 몇 수도 주의할 만하다. 그는 산중에 은거하는 도사다. 하지만 <한야원(寒夜怨)>에서는 한없는 슬픔과 원망을 표현했다. “밤 구름이 일고, 밤 기러기가 놀라니, 슬픈 새 울음소리에 밤의 정취가 깨진다. 빈산에 서리 가득하고 안개가 높이 고른데, 차가운 달빛 낮게 비쳐 휘장 안이 유독 밝구나. 차가운 달빛은 옅어지는데, 차가운 바람은 매서워지는구나. 근심도 끊어버리고, 그 눈물도 멈추리라. 정인은 원망을 견디지 못하는 법, 그리움이 일면 누가 감당할 수 있으리오(夜雲生, 夜鴻驚. 悽切嘹唳傷夜情. 空山霜滿高煙平, 鉛華沈照帳孤明. 寒月微, 寒風緊. 愁心絶, 愁淚盡. 情人不勝怨, 思來誰能忍)"인데, 이 시는 첩자를 연용했던 포조의 3언시 <대춘일원(代春日怨)>의 구식과 5언 7언을 결합했고, 차가운 밤 풍경과 빈 규방을 지키고 있는 느낌을 반복적으로 대조하면서 느낌을 살려냈는데, 비량하고 쓸쓸하여, 마치 읍소하듯 소리와 감정이 흘러넘친다. 후일 이백의 <삼오칠언(三五七言)> "가을바람 맑고, 가을 달은 밝다(秋風淸, 秋月明)" 시는 이 형식에서 유래한다. 그가 '산 중 재상'의 본색을 가장 잘 드러낸 것은 <산중에 무엇이 있느냐는 황상의 물음에 시로써 답하다(詔問山中何所有詩以答)> 이다. "산중에 무엇이 있느냐고 물으시는데, 산 꼭대기에 흰구름이 많답니다. 그저 스스로 즐길 수는 있지만, 가지고 와서 임금께 드릴 수는 없답니다(山中何所有, 嶺上多白雲. 只可自怡悅, 不堪持寄君)"이다. 도홍경이 구곡산(句曲山)에 은거하고 있을 때, 양 무제는 국가대사가 있을 때마다 종종 불러 자문을 구했다. 황제의 부름에 대한 답은 예를 벗어나서도 안 되지만 또 산중 은사의 청고함도 유지해야 한다. 이 시는 산 위의 흰구름을 이용해 자신이 흰구름처럼 높은 풍격과 영혼을 지녔다고 화답했다. 그의 <거처의 벽에 제하다(題所居壁)>시는, "이보는 멋대로 소요하며 자유를 즐겼고, 평숙은 앉아 부질없는 담론을 했지. 소양전 궁궐이, 선우의 궁으로 바뀌는 것은 말하지 않았다네(夷甫任散誕, 平叔坐談空. 不言昭陽殿, 化作單于宮)"인데, 시의는 본래 왕연(王衍), 하안(何晏) 등이 청담을 숭상하고 정사에 무관심 하다가 서진이 5호16국에 의해 멸망되었음을 비판하는데 있다. 시 속에 채찍질하려는 의미가 담겨, ≪남사(南史)≫는 도홍경이 후경의 난과 양의 멸망을 감지한 참어(讖語)로 여겼다. 이것은 비록 당시인들의 견강부회한 담론이기는 해도, 이 시가 서진 이후의 사인들이 허황된 담론만 벌이다가 망국을 초래했던 역사적 교훈은 확실하게 개괄했음을 설명한다. 이러한 영사시는 제량 시기에는 이미 전통이 끊겼기 때문에 더욱 소중하게 느껴진다.

간문제(簡文帝) 소강은 양 중엽 이후의 시풍 변화에 있어서 중요한 인물이다. 그는 스스로 "일곱 살 때부터 시벽이 있어, 오래 돼도 싫증내지 않았다(七歲有詩癖, 長而不倦)"고 했는데, 과장만은 아니다. 그는 생활 속의 거의 모든 사물을 시로 표현했으며, 심지어 후경에 의해 감옥에 갇힌 후에도 몇 백 편의 시를 썼다. 오랜 궁정생활로 인해 시의 내용이 소소하고 경박하지만, 섬세하면서도 영민한 상상력으로 예술표현면에서는 새로운 기교를 많이 발휘했다. 첫째, 그는 많은 한악부 고가사를 남북조 악부민가의 정조로 바꾸었으며, 성률, 대우, 구식 등의 정련됨을 추구했다. 이렇게 지어진 신체시가 그 이전 모든 제량 시인의 작품 수를 크게 초과한다. 전대를 모방한 악부는 극히 적고, 내용과 형식 모두 비교적 큰 변화를 보인다. 예를 들어 <안문태수행(雁門太守行)>은 원래 태수의 덕정(德政)을 가영한 작품이고, <농서행(隴西行)>은 유선(遊仙)과 농서 지역 건강한 부녀사를 노래한 것인데, 소강은 모두 변새시로 바꾸었다. <도가행(櫂歌行)>은 위진 고사(古辭)이지만, 그에 의해 농후한 느낌의 서곡가로 바뀌었다. 즉 "첩의 집은 상천에 있어, 능가(菱歌)는 원래 나름대로 익혔어요. 바람이 일어도 거친 물살을 탈 줄 알고, 물이 깊어도 배를 저을 수 있답니다(妻家住湘川, 菱歌本自便. 風生解刺浪, 水深能捉船)" 이다. 이 외에 악부 고제(古題) 가사 중의 한 구를 제목으로 하여 새로운 작품을 지었다. 예를 들어 <계명고수전(鷄鳴高樹巔)>, <영중부직류황(詠中婦織流黃)> 등은 한악부 <장안유협사행(長安有狹斜行)>의 시구를 제목으로 한 것이고, <쌍동생공정(雙桐生空井)>은 위 명제 <맹호행(猛虎行)> 중의 싯구를 제목으로 한 것이다. 그리고 <염가행(艶歌行)>, <미녀편(美女篇)>, <원가행(怨歌行)> 등은 제목을 바꾸어 향염(香艶)한 연정시로 변화시켰다. <용구인(龍丘引)>, <쌍연리(雙燕離)>, <반로계(半路溪)>, <독처원(獨處怨)>처럼 그가 만든 신곡도 적지 않다.

　제량 교체기의 신체시는 구수가 일정하지 않았는데, 소강은 많은 악부를 신체시로 바꾸면서 동시에 5언 8구의 고정된 형식으로 짓고자 애썼다. 그 중 많은 작품이 이미 후일 5언 율시에서 애용된, 수미(首尾)는 서정, 중간 4구는 사경(寫景)인 형식이다. 이밖에 7언시는 소강에 와서 크게 증가했는데, 그중 일부는 악부 고제를 개작한 작품으로, <오야제(烏夜啼)>는 원래 5언 4구인데 소강이 대구가 정교한 7언 8구로 바꾸었고, <상류전행(上留田行)>은 원래 잡언인데 7언 4구로 바꾸었다. 악부민가를 모방하여 신제(新題)를 만들기도 했는데, 그 예인 <오서곡(烏棲曲)>은 7언 4구의 조시이다. 제1은 "목부용으로 배를 만들고 명주실로 밧줄을 만들었네, 북두성은 하늘을 비껴 흐르고 달도 져간다. 채상 나루가 황하 강물을 막고 있건만, 낭군은 건너려 해도 파도가 두려워 못 건넌다네(芙蓉作船絲作絓, 北斗橫天月將落. 採桑渡頭礙黃河, 郎今欲渡畏風波)"이다. 쌍관어를 많이 사용한 오성 서곡의 수법을 사용하여, 풍파가 두려워서 사랑의 배를 저어가지 못하는 남자를 비유했다. 과장적이고 함축적이며, 민가적 신운(神韻)이 풍부하다. <밤에 외롭게 나는 기러기를 바라보며(夜望單飛雁)>는 이미 기본적으로 7언 절구 형식에 부합한다. "하늘에 서리 내리고 강물은 하얗고 밤별은 드문데, 외로운 기러기 구슬피 울며 어디로 돌아가나. 예전부터 알았지 도중에 짝을 잃어야 한다면, 원래부터 혼자 나느니만 못하다는 것을(天霜河白夜星稀, 一雁聲嘶何處歸. 早知半路應相失, 不如從來本獨飛)"인데, 제3구에서의 전환이 탁월하여 짝 잃은 기러기의 슬픔이 말구에 와서 한 단계 더욱 심화되도록 했다. 이것은 후일의 7언 절구에서 상용되던 작법이다. 7언시는 이전에는 악부체에서만 사용되었는데, 소강은 고시로 그 범위를 확대했다. <소 시중 자현의 봄날의 이별에 화답하다(和蕭侍中子顯春別)> 제2에서 "거미가 실을 뽑아 휘장 속을 가득 채우고, 방초는 잎이 자라 지나는 길을 막는다. 아름다운 여인은 한 평생 내내 눈물짓고, 꾀꼬리는 훨훨 가끔씩 날아간다. 늙은 사람 비록 늙었어도 한때는 젊었었고, 젊은 사람 비록 젊어도 마땅히 늙어갈 것(蹰跌作絲滿眼中, 芳草結葉當行路. 紅臉脈脈一生啼, 黃鳥飛飛有時度. 故人雖故昔經新, 新人雖新復應故)”이라 했는데, 결미에서 반복과 전환을 이용한 대구법이 어조를 더욱 유창하게 하여 가행과 비슷해졌다. 후일 유희이(劉希夷)의 <백두음(白頭吟)>이 지닌 아름다운 성음의 느낌은 이러한 구법의 영향을 받은 것이다. 진조명은 “부드러운 감정과 슬픈 가락, 신선한 형상과 새로운 어휘 등은 육조에 홀로 뛰어난 형식이다(柔情苦調, 新態生詞, 六朝獨擅之體)”라고233) 소강의 독창성을 이야기한다. 이상과 같은 변화를 바탕으로, 소강은 악부와 고시의 격조 상의 한계를 타파하여, 악부제(樂府題)의 신체시에 고시에서 자주 표현되던 경물묘사나 증별 등의 내용을 담을 수 있었으며, 줄곧 비교적 장중했던 고체시에 염정과 유희적 내용을 담을 수 있게 하였다. 이 이후로 염체(艶體)는 각종 시제와 세재 속으로 파고늘어 제어하기 힘든 정도에까지 이르게 된다.

둘째, 소강은 예술표현상 새롭고 기교적이며 자잘하고 사소한 정취를 더욱 추구했다. <절양류(折楊柳)>에서 “수양버들 실처럼 얽히던, 그 초봄에 버드나무 가지를 꺾었었지. 잎이 무성하여 새들도 날기 어렵고, 바람 가벼워 꽃도 더디 지는구나. 높은 성 위에서 단소 소리 울리고, 빈 숲에 화각(畫角) 소리 구슬프다. 노래에 이별의 내용 없건마는, 그래도 그리움이 이는구나(楊柳亂成絲, 攀折上春時. 葉密鳥飛礙, 風輕花落遲. 城高短簫發, 林空畫角悲. 曲中無別意, 并是爲相思)”라 했다. 이 시는 제목의 뜻을 해체하여 지은 것으로, 사실상 버드나무 가지를 꺾음을 노래한 시다. 3, 4구는 잎이 무성하

<hr>

233) ≪采菽堂古詩選≫.

고 바람이 부드러워 새가 날거나 꽃이 지는데 방해가 되는 작은 동태를 통해, 따뜻한 바람, 아름다운 풍경이 주는 느낌, 봄날의 아름다움을 써냈다. 뒷 4구는 단소와 화각으로 연주하는 절양류 곡조가 높은 성곽과 빈 숲에 울려 퍼질 때의 비감을 통해, 곡조 속에 그리움이 가득하다는 본의를 깨닫게 하는데, 구상이 아주 기교적이다. <채련곡(採蓮曲)>은 "저물녘 햇빛 텅 빈 자갈밭에 비치고, 연밥을 따는 배가 석양빛을 받는다. … 연 줄기는 연밥 따는 손목을 감아 당기고, 마름열매는 옷깃을 멀리 잡아당긴다(晩日照空磯, 採蓮承晩暉. … 荷絲傍繞腕, 菱角遠牽衣)"인데, 석양녘 귀가하는 채련선(採蓮船)이 빼곡한 연꽃 속에 파묻히고, 연 줄기나 마름열매에 걸려 천천히 움직이는 정경이 아주 정취 있다. 그 외에 "가는 대나무 계단으로 비끼어 자라고, 가벼운 이끼가 촉촉하게 땅을 덮었다. 풀잎은 불꽃처럼 날아다니고, 모기 소리가 합해지니 천둥소리 같구나(橫階入細笋, 蔽地濕輕苔. 草化飛爲火, 蚊聲合似雷)"(<晩景納涼>)나, "물결이 물에 비친 성위에서 움직이고, 성루가 물에서 나온다(水紋城上動, 城樓水中出)"(<開霽>) 등에서, 모두 극도로 섬세한 사물묘사나 새로움 추구에 진력했음을 알 수 있다. 소강의 경물묘사는 송제 시가의 농염한 수사를 씻어내고, 청신하고 수미(秀媚)한 풍격을 추구했다. "버들잎은 바람을 싣고 흔들리고, 복사꽃은 빗물을 머금고 피었다(柳葉帶風轉, 桃花含雨開)"(<侍遊新亭應令>)나, "물에 비친 버들은 막 푸르렀고, 안개 낀 복사꽃은 희미하게 붉다(水照柳初碧, 煙含桃半紅)"(<旦出興業寺講詩>)는 모두 신선하고 윤택하다. <강남곡(江南曲)>에서 "나뭇가지에도 물 위에도 봄이 한꺼번에 지나가니, 긴 수양버들 땅을 쓸고 복사꽃은 날아 떨어진다. 맑은 바람이 불어오고 햇빛은 옷자락에 비친다. 햇빛이 옷자락에 비치며, 경치는 점점 저물어 가니. 황금을 내던지고, 귀한 손님을 머물게 하리라(枝中水上春幷歸, 長楊掃地桃花飛. 淸風吹人光照衣. 光照衣, 景將夕. 擲黃金, 留上客)"는 마치 물 위로 드리워진 나뭇가지의 봄빛이 길게 늘어진 수양버들에 쓸려나가고, 복사꽃도 더불어 다 날아갈 듯하다. 넘실 거리는 봄빛이 붓끝에 넘쳐난다. 양시에는 이와 같이 하나의 경치가 각양각색으로 아름다운(一景百媚) 경계가 있었기 때문에, 당시(唐詩)에서 “빗속에 풀빛이 초록으로 물들고, 냇가 복사꽃은 짙붉어 불타는 듯하다(雨中草色綠堪染, 水上桃花紅欲燃)”와234) 같은 우미한 의경이 나올 수 있었다. 그러나 소강의 경물묘사는 비록 세치하지만 시야가 좁고 내용이 단조로워, 작품마다 달빛, 이슬, 바람, 구름 등만 노래하다 결국 기려함과 번쇄(繁瑣)함에 빠졌다.

소강과 창화한 시인들로는 원제(元帝)인 소역(蕭繹), 유견오(庾肩吾), 소자현(蕭子顯), 유효작(劉孝綽) 등이 있다. 대부분 풍격이 비슷하고 문자가 맑고 쉬우며 때로는 구상이 뛰어나, 당인(唐人)들이 발전적인 상상을 발휘할 수 있는 여지를 남겨놓았다. 소역의 “연꽃이 얼굴빛을 어지럽히고, 연잎은 옷에 향기를 섞어놓네(蓮花亂臉色, 荷葉雜衣香)”(＜採蓮曲＞)에서 왕창령(王昌齡)의 “연잎과 비단치마 같은 색이고, 연꽃이 얼굴을 향하여 양쪽으로 피었네(荷葉羅裙一色裁, 芙蓉向臉兩邊開)”(＜採蓮曲＞ 제2)까지, 유효작의 “저녁 놀빛이 연못과 숲에 들어와, 잔 빛이 샘과 바위를 비춘다(返景入池林, 餘光映泉石)”(＜侍宴集賢堂應令＞)에서 왕유의 “저녁 놀빛이 깊은 숲속으로 들어와, 다시 또 파란 이끼 위를 비춘다(返景入深林, 復照靑苔上)”(＜鹿柴＞)까지, 유견오의 “단장한 모습 비춰 보느라 물이 흔들릴까 걱정스럽고, 소매를 들어 부는 바람을 피한다(看粧畏水動, 斂袖避風吹)”(＜詠美人＞)에서 왕유의 “물이 좋아 단장한 모습 비춰 보며 앉았고, 사람 만나기 부끄러워 꽃 속에 서 있네. 향기가 바람에 흩어질까 두렵고, 옷은 이슬에 젖을까 걱정이다(愛水看粧坐, 羞人映花立. 香畏風吹散, 衣愁露霑濕)”(＜早春行＞)까지 모두 전인의 시가 후인의 시

---

234) 王維 ＜輞川別業＞.

가 구상에 영향을 미쳤음을 보여준다. 상대적으로 보면, 양시가 정말로 손색이 있기는 하지만, 당인의 뛰어남은 또 이 양대인의 기교에서 나온 것이다. 시인으로는 유견오의 예술적 수준이 비교적 높다. 그의 시가풍격은 담담하고 청신하며, 구상이 매우 기교적이고, 성음이 조화롭다. 예를 들면, "길이 높아 촌락이 거꾸로 드러나고, 숲이 울창해 새가 더욱 드물구나. 차가운 구름이 바위를 끼고 일고, 가을 낙엽은 산을 내려오며 날린다(路高村反出, 林長鳥更稀. 寒雲間石起, 秋葉下山飛)"(<遊甑山>), "휘도는 기슭 높이 꽃이 피고, 봄 연못에는 가늘게 버들이 늘어졌다(逈岸高花發, 春塘細柳懸)"(<奉和泛舟漢水往萬山應敎>), "풀이 섞여 자라 앞길이 사라졌고, 구름이 짙어 뒷 성이 보이지 않는다(草合迷前路, 雲濃暗後城)"(<隴西行>), "물길은 구름 덮힌 봉우리 쫓아 아득히 흘러가고, 한기는 궁궐 그림자를 따라 생긴다(水逐雲峰闇, 寒隨殿影生)"(<山池應令>), "산봉우리 향해 꽃길이 나뉘었고, 계단을 따라 약초밭 울타리로 이어진다(向嶺分花徑, 隨階轉藥欄)"(<和竹齋>), "기러기 행렬이 안개 속으로 사라지고, 빗발은 구름을 끼고 이동한다(雁行連霧盡, 雨足帶雲移)"(<奉賀便省餘秋>) 등과 같이, 모두 변화무쌍한 탁구(琢句)와 대구를 통해, 각종 경물의 특징을 간명하게 잘 표현해 냈다. "배가 노랗게 익어가며 큰 계곡이 저물고, 계수나무 흰 꽃에 작은 산에 가을이 든다(梨紅大谷晚, 桂白小山秋)"(<尋周處士弘讓>), "검은 낟알은 줄풀 잎에서 나고, 푸른 꽃은 벼 모종에서 자란다(黑米生菰葉, 靑花出稻苗)"(<奉和太子納涼梧下應令>) 등은 선명하고 상쾌한 또는 진하고 무거운 색채 대비를 이용해 서로 다른 느낌을 부각시켰다. 이는 율시 구식의 형성을 위한 예술적 경험의 축적이라 할 수 있다.

제4절 오균(吳均)과 하손(何遜)

너도나도 유행 시풍을 따르는 양대의 풍조 속에서, 오균과 하손은 통속적 풍조를 어느 정도 벗어내고 독자적 풍격을 이루었다.

오균(467~520)은 자가 숙상(叔庠)이고, 오군(吳郡) 고장(故鄣, 현 절강성 安吉縣 西北) 사람이다. 출신은 미천하나, 학문을 좋아하고 재능을 지녀 심약의 인정을 받았다. 양 천감(天監) 초 오흥주부(吳興主簿)가 되어 날마다 유운(柳惲)과 함께 시를 지었다. 후에 양무제의 대조저작(待詔著作)에 추천되었으며, 봉조청(奉朝請)을 역임했다. 사적으로 ≪제춘추(齊春秋)≫를 편찬하다 무제의 미움을 받아 면직되었다. 얼마 후 통사(通史)를 편찬하도록 명을 받았으나 완성하지 못하고 사망했다. 그는 당시 문단에 비교적 영향력이 있었는데, 시문이 청발(淸拔)하고 예스러워 당시 사람들은 그의 문체를 '오균체'라 하며 모방했다. 현재 ≪오조청집(吳朝請集)≫ 집본(輯本) 1권, ≪속제해기(續齊諧記)≫ 1권이 전해진다.

오균은 신분이 빈천하여 뜻을 이루지 못했으므로, 침륜으로 인한 울분을 토로한 작품이 많다. 그의 악부시는 염정을 주로 표현하던 시대적 풍조와 달리, 진송 이전의 고시를 모방하거나, 변새 제재를 빌어 목숨을 걸고 나라를 구하겠다는 의기를 표현했다. <입관(入關)>에서 "깃털 달린 격문이 변방에 전해지니, 봉화가 반딧불처럼 어지럽다. 이런 때에 장박망(張騫)은, 밤에 교하성을 향해 진군했었지. 말 머리는 석양을 향하고, 칼 끝에서는 유성같은 빛줄기가 늘어진다. 임금의 은혜 아직 보답 못했거늘, 내 목숨 위태로움을 어찌 논하리오(羽檄起邊庭, 烽火亂如螢. 是時張博望, 夜赴交河城. 馬頭要落日, 劍尾掣流星. 君恩未得報, 何論身命傾)"라 했다. "마두(馬頭)" 2구는 석양 속에서 전사가 말을 타고 칼을 휘두르며 마치 유성처럼 서쪽을 향해 내달리는 영웅스러운 자태를 묘사한 것인데, 단지 석양 속에서 순간적으로 얻어낸 인상이라 할 수 있다. 이에 비해 <호무인행(胡無人行)>은 칼을 들고 말을 내달리며 적을 추격하는 협객의 형상을 확대경으로 그려냈다.

劍頭利如芒	검의 끝은 벼 까끄라기처럼 날카롭고
恒持照眼光	언제나 사람의 눈빛에 반사된다.
鐵騎追驍虜	철갑을 두른 말은 날쌘 적들을 쫓고
金覊討黠羌	기병들은 교활한 강족들을 물리친다.
高秋八九月	팔구 월 깊은 가을
胡地早風霜	오랑캐 땅에는 이른 서리 내린다.
男兒不惜死	남아는 죽음이 두렵지 않은 법
破膽與君嘗	쓸개를 꺼내어 그대들에게 맛보게 하리라.

마지막 2구에서 남아가 쓸개를 꺼내 사람들에게 맛보게 하겠다는 표현은 죽음을 두려워하지 않는 용기를 과장한 것인데, 상상이 특출나고, 감정표현은 거칠고 용감하면서도 천진하다. 이처럼 위진 고시에서 이어져 온 강건하고 호매한 기개가 바로 오균 시의 청발함과 고풍스러움을 보여주는 것이다.

그의 <행로난(行路難)> 5수는 회재불우로 인한 불편한 심기를 표출한 작품이다. 제1은 서사식의 가행체로, "동정호 가의 한 그루 오동나무(洞庭水上一株桐)"가 서리와 거친 파도로 인해 마른 나무가 되고, 장인에 의해 비파로 만들어져 왕실로 들어가 군왕과 궁녀의 사랑을 받게 되는 과정을 묘사했다. 마지막에서는 먼 남쪽 산기슭에서 수천 년이 지나도 알아봐주는 사람이 없는 계수나무를 상대적으로 비유하며 끝을 맺는데, 진정한 재목이 묻혀있음에 대한 탄식이 저절로 드러난다. 제2는 한 소년 협객의 하소연을 통해, 장안의 많은 권귀들이 "학문을 즐기는 유학자를 다투어 받들면서(爭貴儒者好學問)", "검객은 먼지처럼 내버림(輕棄劍客如埃塵)"을 토로했다. 이러한 하소연은 비록 대부분이 개인의 신세에 대한 것이어서 깊이가 부족하지만, 외형을 중시하고 본질을 가벼이 여기는 사족계층의 유미(柔靡)한 풍조에 대한 보기 드문 비판이기도 하다. 이 조시는 포조의 <의행로난>을 모방했는데, 잡언을 7언 장편으로 고쳤고, 수사는 유려(流麗)하면서 고의(古意)를 지녔다. 그러나 내용이 잡다하고 조솔(粗率)한 점은 양진 시기 7언 가행의 보편적인 단점이기도 하다. <왕계양(王桂陽)에게 주다(贈王桂陽)>는 "청발하고 고풍스러운(淸拔有古氣)" 오균 시의 대표작이다.

松生數寸時	소나무 키가 겨우 몇 촌 일 때는
遂爲草所沒	어쩔 수 없이 풀들에 파묻힌다.
未見籠雲心	구름도 덮을 만한 의지 드러나지 않고
誰知負霜骨	서리 맞아도 꼿꼿한 기골은 누가 알랴.
弱幹可摧殘	약한 줄기는 쉬이 부러지고
纖莖易凌忽	기는 가지는 무시당하기도 쉽시.
何當數千尺	언제나 수친 길 크게 사라서
爲君覆明月	임금 위해 밝은 달을 가릴 수 있을까?

　청송으로 절개를 비유하는 것은 고시에서 자주 볼 수 있다. 이 시의 독특함은 풀에 파묻힐 정도의 어린 묘목을 이용해, 선비가 재목으로 성장하기 전에는 세상의 비웃음을 받을 수 있음을 비유한 것이다. 세상에서 알아주지 않는, 구름보다 높은 의지나 서리에도 굽히지 않는 기골은, 굴욕적이고 빈천해도 자존심을 지키는 서정주인공의 심경에 적합할 뿐만 아니라, 권세와 이익을 쫓는 인정세태에 대한 예리한 비판이기도 하다. 홍기(興寄)가 모두 끊어진 제량시단에 있어서, 이 시는 풀을 제치고 우뚝 선 큰 나무라 할 수 있다.

오균 역시 신체시를 많이 지었는데, 그 시들은 내용상으로는 깊이가 없어도, 여운을 남기는 데는 뛰어나다. <시랑과 이별했다는 소식을 듣고 지은 시에 답하여(酬聞人侍郞別)> 3수 중 제1은 "마음이 답답하고 우울한데, 저 만 리 밖은 아득도 하여라. 아침에는 굽이진 물가에서 쉬고, 석양 녘엔 강 가운데 모래섬을 걷는다. 그대는 청문에서 사는데, 나는 패릉 가를 떠난다. 그리운 사람 서로 떨어져 있는데, 봄바람은 달빛 비치는 누각에 불어온다(悵然心不樂, 萬里向悠悠. 凌朝憩枉渚, 薄暮遵江洲. 君住靑門上, 我發霸陵頭. 相思自有處, 春風明月樓)" 이다. 남조 악부민가의 정운(情韻)을 증별시에 운용했는데, 결말에서 긴 여운이 남는다. <봄노래(春詠)>는 "봄은 어디에서 오는가, 물결을 흔들다 다시 매화꽃을 놀라게 하네. 구름은 청쇄문에 막혀 있고, 바람은 승로대에 불어온다. 미인은 천 리 밖에 떨어져 있으니, 비단 휘장은 닫힌 채 열리지 않네. 함께 이야기 나눌 길 없으니, 공연히 그리움의 술잔만 든다(春從何處來, 拂水復驚梅. 雲障靑瑣闥, 風吹承露臺. 美人隔千里, 羅幃閉不開. 無由得共語, 空對相思杯)" 이다. 전체 시가 기세가 분방하고, "물결을 흔들다 다시 매화꽃을 놀라게 하네"구는 봄을 마치 생기발랄한 소녀가 여기저기 소란을 피우자 매화꽃이 놀라서 피고 봄물도 막 늘어나는 것처럼 묘사했다. 이것은 "봄은 어디에서 오는가" 라는 허구적 의문을 현실적 질문으로 바꾸어, 봄이 다가오는 발걸음을 정말로 느낄 수 있게 한다. 오균의 경물묘사는 언어가 맑고 빼어나고 구상이 신선하여, 소강, 유견오 시대의 시인들과 비슷하다. <산중잡시(山中雜詩)>는 산거(山居)의 정취를 썼다. "산 끝으로 몰려오는 안개를 바라보고, 대숲 사이에서 지는 해를 바라본다. 새는 처마 위를 향해 날고, 구름은 창문 안에서 나온다(山際見來煙, 竹中窺落日. 鳥向簷上飛, 雲從窓裏出)"라고, 흥미 있는 경물들을 빠르게 써내려가며 은거지의 맑고 그윽한 환경과 산사람들의 일상생활 모습을 전개하여, 황혼 무렵의 고즈넉한 정취를 만들어 냈다. 그 외에 "짙은 구름은 높은 나무를 가리고, 가는 빗줄기는 겹겹의 산도 없앴다(沈雲隱喬樹, 細雨滅層巒)"(<酬周參軍>), "흰 구름은 바닷가 나무를 가로막고, 가을 해는 너른 언덕에 어둡다(白雲鬧海樹, 秋日暗平原)"(<酬別江主簿屯騎>), "먼 산봉우리 간간히 달을 토해내고, 빽빽한 숲은 하늘을 열어주지 않는다(疏峰時吐月, 密樹不開天)"(<登壽陽八公山>) 등은 섬세한 자구 제련과 사실적인 경물묘사가 두드러진다. 또 "옅은 구름이 먼 산등성이를 엮었고, 가는 빗줄기는 홑옷을 적신다(輕雲紉遠岫, 細雨沐山衣)"(<同柳吳興何山集送劉餘杭>)의 '인(紉)'자는 끊어질 듯 이어지는 옅은 구름이 멀리 산을 에워싸고 있는 모습을 표현한 것으로, 어휘 선택이 신선하고 아주 적절하여 일반적인 묘사를 벗어난 데에 의미가 있다. 또 "해질 무렵 그리움이 일어, 결국 눈물 흘리며 속을 끓였다. 봄바람은 내 마음을 흔들어 놓았건만, 가을 이슬은 그대 머리카락을 상하게 했구나(薄暮有所思, 終持淚煎骨. 春風驚我心, 秋露傷君髮)"(<有所思>), "애간장은 이별하는 곳에서 끊어지고, 그대 모습은 눈물 속에서 사라졌다(腸從別處斷, 貌在淚中消)"(<去妾贈前夫>) 등은 새로우면서도 시리고 가슴 아픈 언어로 가슴을 들쑤시고 뚫어놓는다. 이러한 경향은 중당 맹교(孟郊)의 기고(奇苦)한 시경(詩境)으로 발전할 가능성을 보여준다. 결론적으로, 오균의 시는 재기가 준일(俊逸)하고, 때로는 구상이 독특하고 뛰어난 구도 있으며, 호탕한 성음에 고의(古意)를 기탁하기도 했다. 그러나 진실감이 떨어지고 엉성한 작품도 적지 않아서, 그의 성취에 영향을 미친다.

하손(何遜, ?~518)은 자가 중언(仲言)이고 동해(東海) 담(郯, 현 산동성 郯城縣 서쪽) 사람이다. 8세에 시를 지을 줄 알았고, 20세에 수재(秀才)로 추천되어 범운의 칭찬을 받고 망년교(忘年交)를 맺기도 했다. 심약 역시 하시(何詩)를 읽을 때마다, "하루에 세 번을 읽어도 감흥이 끝나지 않는다(一日三復, 猶不能已)"며 그를 아주 높이 칭찬했다. 천감 연간에 그는 상서수부랑

(尙書水部郞)을 맡아 하수부(何水部)라고도 불리운다. 남평왕(南平王)이 그를
빈객으로 삼고 무제에게도 추천하여 오균과 함께 총애를 받기도 했다.
후에는 무제와 소원해져서 여릉왕기실(廬陵王記室)로 있다가 죽었다. 그의
문장은 유효작과 함께 '하(何)·유(劉)'로 불린다. 양 원제 소역 역시 그를
사조와 나란히 두고 "시를 많이 짓고 뛰어난 이는 심약이고, 적게 짓고
뛰어난 이는 사조와 하손이다(詩多而能者沈約, 少而能者謝朓何孫)"고 했다.

　하손의 작품 중 악부는 4수뿐이며, 나머지는 모두 고시와 신체시이다.
내용은 산수나 행려의 감상, 벗과의 이별의 슬픔 등을 노래한 것이 많다.
지방관 출장으로 지치고 바쁘기만 할 뿐 아무 것도 이룬 것이 없는 인생
에 대한 감개를 반복적으로 서술하며, "지난 삶을 돌아보니 나이 들수록
얽매이지 않았고, 포부는 날로 작아졌지. 외지로 벼슬살이 가는 것도 지
치는 일, 오가며 보는 강산도 싫증난다네(顧餘晩腕略, 懷抱日湮淪. 遊宦疲年事,
來往厭江濱)"(＜贈族人秫陵兄弟詩＞)라 했다. 때로는 빈한한 가정과 기울어진 가
세로 인해 뜻을 펼칠 방법이 없음을 불평하며, "집안 대대로 유가적 기
풍이 전해졌으니, 곧음과 청렴함은 선대의 전통을 받드는 것이었네. 하
씨 종파 이미 쇠락해서, 집안형편도 빈한해졌다네(家世傳儒雅, 貞白仰餘徽. 宗
派已孤狹, 財産又貧微)", "서로가 날개가 없으니, 어떻게 모두 솟구쳐 날아오
를 수 있겠는가!(相顧無羽翮, 何由總奮飛)"(＜仰贈從兄興寧寘南詩＞)라 했다. 그러나
이러한 불우감으로 인해 분출되어 나온 것은 강개한 고가(高歌)가 아니고
의기소침한 비가(悲歌)여서, "(벼슬을 향한 마음은) 꺼져버려 끝내 타오르
지 않는데, 그대는 먼 곳에서 벼슬하며 돌아오지 않는구나(死灰終不燃, 長岑
且未歸)"(上同)라 했다. 그래서 그의 불평지탄(不平之歎)은 시가에 풍골을 펼
쳐내지는 못했다. 그러나 하손은 행역생활 중에도 인생에 대한 진실한
감상을 표현해 냈는데, 이것은 많은 무병신음(無病呻吟)하는 상춘(傷春) 비
추(悲秋) 작품보다도 뛰어나다.

하손의 시풍은 사조에 가깝다. 기려, 행역의 제재에 뛰어나기 때문이기도 하지만, 시가의 구성이나 청려한 풍격면에서도 비슷하다. 사조 시가의 구성을 이어받은 시가 많은데, 대체로 한 수는 10구 혹은 12구로 구성되고, 앞 4구(혹은 6구)는 경물묘사, 뒤 6구(혹은 8구)는 서정인데, 전반수에 힘을 많이 쏟아 후반수는 평범하고 무력해졌다. 사조 시와 다른 점은 행려, 산수를 증별(贈別)과 결합한 것으로, 증별시의 발전에 있어서는 두드러지는 공헌이라 할 수 있다. 비록 객지에서의 수심, 이별의 감정 등이 대체로 서로 비슷하고, 경물의 선택도 모두 물위에서 이루어졌지만, 특정 시각의 경물의 특징을 포착해 그 분위기를 부각시키는데 뛰어나, 각각의 이별의 정경마다 특색 있고 의경이 자연스럽다. 예를 들어 <저녁에 강가 다리를 바라보며 소 자의, 양 건강, 강 주부에게 보이다(夕望江橋示蕭諮議楊建康江主簿)>를 보자.

夕鳥已西度	저녁 새는 벌써 서쪽으로 가고
殘霞亦半消	저녁노을도 반쯤 사라졌다.
風聲動密竹	바람은 소리를 내며 무성한 대나무를 흔들고
水影漾長橋	물에 비친 그림자는 긴 다리를 흔든다.
旅人多憂思	나그네 신세는 수심이 많은데
寒江復寂寥	차가운 강마저 쓸쓸하구나.
爾情深鞏洛	그대들은 서울을 깊이 생각하지만
予念返漁樵	나는 돌아가 고기 잡고 나무하고 싶소.
何因適歸願	돌아가고자 하는 바람들을 어떻게 이루나?
分路一揚鑣	갈림길에서 제 길을 가야 하리라.

시인은 해가 이미 지고 노을도 거의 사라져버렸을 때의 강위의 적막하고 쓸쓸한 분위기를 정확하게 파악했다. 대숲의 바람소리나 다리 아래의 물그림자를 통해, 말도 할 수 없는 나그네의 심태를 체험할 수 있고,

또 이 순간 그의 마음속에 이는 근심도 조금씩 부각되기 시작한다. <떠날 무렵 친구들과 밤에 이별하며(臨行與故遊夜別)>는 실내에서 이별하며 남긴 시다.

歷稔共追隨	몇 해를 함께 지내다가
一旦辭群匹	하루아침에 그대들과 헤어지게 되었다.
復如東注水	마치 동으로 흘러가는 강물처럼
未有西歸日	서쪽으로 돌아올 날은 기약할 수 없네.
夜雨滴空階	밤비 텅 빈 섬돌에 떨어지고
曉燈暗離室	송별하는 자리의 새벽등불 희미해졌다.
相悲各罷酒	서로가 슬퍼하며 이별주 다 마셨으니
何時同促膝	언제나 다시 마주 앉을 수 있을까?

이 시는 <강주로 떠나며 친구와 이별하다(從鎭江州與故遊別)>라고도 전해진다. 강주(江州)로 향하며 동쪽으로 흐르는 물의 방향을 비유로 삼아, 다시는 서쪽으로 돌아갈 수 없을 듯한 심정과 물처럼 길게 흐르는 이별의 슬픔 등의 두 가지 의미를 함께 표현해냈다. "야우(夜雨)" 2구는 새벽까지 이어졌던 전별연을 이제는 끝내야 하는 순간임을 표현한 것이다. 친구들이 술을 마신 후에 아무 말도 하지 못하는 심경을 빈 섬돌에 떨어지는 빗소리와 점점 흐려지는 촛불을 통해 표현했다. <호흥안과 밤에 이별하다(與胡興安夜別)>는 뱃전에서 이별하며 남긴 시이다.

居人行轉軾	송별하고 가다가 수레를 다시 돌리고
客子暫維舟	떠나는 그대도 잠시 배를 묶어 출발을 미루네.
念此一筵笑	이렇게 한 자리에서 웃음을 나누었건만
分爲兩地愁	헤어지면 두 곳의 시름이 되리라.
露濕寒塘草	이슬은 차가운 못가의 풀을 적시고
月映清淮流	달은 맑은 진회하(秦淮河)에 비친다.

方抱新離恨　　　이제 새로운 이별의 한을 품고서
獨守故園秋　　　홀로 고향 동산의 가을을 지켜야 하리라.

"염차(念此)" 2구는 오늘 이 만남이 준 짧은 즐거움이 이별 후에는 두 곳에서의 슬픔이 될 것이라는 내용인데, 의미가 확실히 전달되고 여운도 길게 남는다. "노습(露濕)" 2구는 수향(水鄕)의 그윽하면서 맑고 촉촉한 야경을 썼는데, 나그네의 이별의 슬픔까지도 촉촉한 이슬과 달빛을 통해 배어나올 듯하다. 하손의 증별시는 대부분 어기가 길게 늘어져 감정이 끝이 없다. <서로 송별하다(相送)>는 시는 짧지만 경(境)이 넓어서 매우 혼후(渾厚)한 기운을 지녔다.

客心已百念　　　나그네 마음 이미 온갖 수심 가득한데
孤遊重千里　　　홀로 또 천 리 길을 가야 한다.
江暗雨欲來　　　강이 어두워 비가 오려는 듯
浪白風初起　　　흰 파도기 비람에 일렁인다.

비바람이 곧 불어 닥치려는 때에 천 리 길 외로운 여정을 떠난다. 작품의 기세가 강에서 지금 만들어지는 광풍이나 격랑처럼 말 2구에 이미 가득 몰려있어서, 설사 비가 오지 않더라도, 비바람이 곧 올 것 같은 이 가장 고조되는 순간이 감정의 고조임을 예시했다.

하손의 일부 경물표현은 소사(小謝)의 "햇살은 강물 위에서 움직이고, 바람에 나부끼는 햇빛이 풀잎 끝에 떠있네(日華川上動, 風光草際浮)", "물고기 노닐자 갓 핀 연꽃 흔들리고, 새들 흩어지자 남은 꽃마저 떨어진다(魚戲新荷動, 鳥散餘花落)"에서 발전해 온 것이다. 예를 들어 "나무가 빽빽하여 창가에 그늘이 지고, 풀이 자라서 계단이 어둡다. 바람은 꽃술에 가볍게 불고, 햇빛은 꽃 속에서 어지럽다(林密戶稍陰, 草滋階欲暗. 風光蕊上輕, 日色花中

亂)”(<酬范記室雲>)나, “물속을 노니는 물고기 연잎을 흔들어 놓고, 가벼운 제비는 바람에 지는 꽃을 쫓아 난다(遊魚亂水葉, 輕燕逐風花)”(<贈王左丞>) 등은 그윽한 경지의 탐색이 아주 섬세해져서, 소사보다도 더욱 가볍고 염려(艶麗)하며 세치하다. “강가 꽃은 물 가까이에서 피고, 강의 제비는 돛대를 맴돌며 난다(岸花臨水發, 江燕繞檣飛)”(<贈諸遊舊>)는 풍격이 명려(明麗)하고 필치가 활발하여, 사물을 섬세하게 묘사하던 양대의 풍조 속에서나 나올 수 있는 뛰어난 구절이다. 이 외에 “둥글둥글 달은 모래섬에 가려지고(團團月隱洲)”, “노닐던 물고기 급류를 거슬러 오른다(遊魚上急瀨)”, “언덕 기슭이 너른 모래밭과 합해지고, 연이은 산이 안개 옆에 떠 있다(野岸平沙合, 連山近霧浮)” 등도 후인들에게 애호되는데, 일부는 두보에 의해 약간의 수정을 거쳐 사용되기도 했다. 또 “옅은 구름 바위 끝에서 나오고, 초승달이 물결 속에서 오른다. 어두컴컴 연이은 산줄기 그늘지고, 철썩철썩 세찬 파도 소리친다(薄雲巖際出, 初月波中上. 黯黯連嶂陰, 騷騷急沫響)”(<入西塞示南府同僚>)는 일렁이는 파도를 묘사했는데, 마치 초승달이 물결 속에서 서서히 올라오는 듯하여, 의미는 새롭고 경계는 아름답다. 두보는 “옅은 구름 바위 끝에서 잠들고, 외로운 달은 물결 속에서 뒹군다(薄雲巖際宿, 孤月浪中翻)”로 고쳐, 옅은 구름이 바위틈에 머물고, 물에 비친 달그림자가 물결 따라 뒹군다고 하여, 하손 시의 뒤 두 구의 내용, 즉 검은 구름이 이어지고 강물 소리가 소란하고 빠른 물살이 출렁거린다는 의미까지도 포함했는데, 더욱 철저하면서 명쾌하게 쓰였다. 하손은 또 <친구 꿈을 꾸다(夜夢故人)>에서 “나그네 수심이 잠든 혼을 놀라게 하니, 친구와 함께 하는 꿈을 꾸었네. 주렴을 올리니 흔들리는 물결 느껴지고, 대나무 그림자 비치는 빈 침상을 바라본다. 포구에 나가 기우는 달을 바라보는데, 모래섬 너머에서 긴 바람소리가 들린다(客心驚夜魂, 言與故人同. 開簾覺水動, 映竹見床空. 浦口望斜月, 洲外聞長風)”라 했다. 꿈에 옛 친구를 보고 놀란 마음과 꿈이 깨고 난 후의 근심스런 모습을 표현했는데, 그 믿어지지 않는 몽경(夢境)이 물 위의 달빛과 먼 곳의 바람소리 속으로 사라지면서, 공허함과 근심으로 바뀌었다. 이러한 경계는 두보의 "떨어지는 달빛이 지붕의 들보에 가득한데, 오히려 안색을 의심스럽게 살펴보네(落月滿屋梁, 猶疑照顏色)"(＜夢李白＞)를 떠올리게 한다. 그래서 두보는 그에게 "시에 뛰어난 하수부(能詩何水部)"라며 경탄했고, 청신한 구를 많이 수용했다.

하손은 다른 양대 시인들과 마찬가지로 민가의 어조를 시에 사용하여, 성음의 표일(飄逸)한 전개를 추구했다. 예를 들어 "봄풀은 푸른 도포자락인 듯 하고, 가을 달은 둥근 부채인 듯하군요. 보름달이 겹겹의 구름 사이에서 나오면, 그대를 그리는 제 마음을 알까요? 봄풀이 무성하게 자라 오솔길 덮어도, 그대 그리는 내 마음은 전할 길이 없다오(春草似靑袍, 秋月如團扇. 三五出重雲, 當知我憶君. 萋萋若被逕, 懷抱不相聞)"(＜與蘇究德別＞)인데, 무성한 봄풀이나 눈썹같은 가을달은 모두 전고나 고시에서 자주 등장하는 어휘이다. 이 시는 친구의 푸른 도포자락과 둥근 부채를 비유로 삼고, 구법을 서로 교차시켜가며, 이별 후 가을의 명월, 봄의 방초를 순서대로 써내려갔고, 남조민가와 같은 천진한 당부 어투로 한없는 그리움을 써냈다. 그러나 하손은 어조의 유창함만 추구하고 내용과 언어가 번잡한 문제는 해결하지 못했다. ＜위 사마를 송별하며(送韋司馬別)＞는 전운(轉韻)하는 곳에서 윗 구의 끝 어휘로 아랫 구를 시작하는 ＜서주곡(西洲曲)＞의 녹록체(轆轆體) 격식을 그대로 모방했는데, 목적은 정서를 서로 이어 호탕하게 감정을 전달하려는 것이었지만, 고시의 산조(散調)와 근체시의 대구를 섞어 사용하여 오히려 어색해졌다. 또 ＜남으로 돌아가는 도중에 유 자의와 송별하며 주다(南還道中送贈劉諮議別)＞에서 "하늘가 물결 고요하고, 태양 주변으로 연무가 거두어진다. 물가 냉이에는 이른 잎이 나고, 마을 매화나무에는 이른 꽃이 떨어진다(天末靜波浪, 日際歛煙霞. 岸薺生寒葉, 村梅落早

花” 등의 몇 구는 방달(放達)하고 초일(超逸)하며 정치있다. “구불구불한 밭두둑 뒤로 성벽이 이어지고, 촌락 사이로 좁은 골목 가로막혔네. 좋은 이웃들과 곡식 농사를 이야기하고, 촌로는 양잠과 베 짜는 이야기를 늘어놓는다(曲陌背通垣, 長墟抵狹斜. 善鄰談穀稼, 故老述桑麻)”는 이 몇 구 역시 한 수의 전원시로 떼어낼 수 있을 듯하다. 그러나 너무 한꺼번에 밀집되어 있는 데다 밋밋한 서정까지 더해져서 번잡하게 느껴진다. 이것 역시 제량시의 일반적인 병폐인데, 당인(唐人)에 가서야 의경이 더욱 정련되고 정화(淨化)된다.

제5절 서릉(徐陵)에서 음갱(陰鏗)까지

양 멸망 후, 서릉, 강총(江恩), 주홍정(周弘正), 주홍양(周弘讓) 등 일부 시인이 진(陳)에 합류함으로써, 시풍도 대체로 양대의 것을 답습했는데, 그 가운데 작은 변화도 있었다. 하나는 악부가 염정시를 제외하고는 모두 슬픈 노래가 되었다. 염시(艶詩)적 성분인 화장기와 풍운기(風雲氣)가 모두 다소 늘어났다. 둘째는 진시의 풍격은 양대보다 더욱 명징(明澄)한 아름다움을 지닌다. 특히 후주(後主)와 음갱(陰鏗)의 작품에 두드러진다.

서릉(507~582)은 자는 효목(孝穆)이고, 동해(東海) 담(郯, 현 산동성 郯城縣) 사람이다. 양에서 동궁학사(東宮學士)에 뽑혀 부친인 서리(徐摛)와 함께 부염한 시풍을 크게 유행시킴으로써 소강의 인정을 받았으며, 한대부터 양대까지의 규정시를 모아 ≪옥대신영(玉臺新詠)≫ 10권을 편찬하기도 했다. 후에 산기시랑(散騎侍郞)에 올랐다. 양 원제(元帝) 때 북제에 사신으로 갔다가 억류되어, 양이 멸망한 후에 풀려나 남으로 돌아왔다. 진에서 요직을 역임했으며, 당시의 문종(文宗)으로 받들어졌다. 문장은 구형식을 많이 변화시켜, 구성이 기교적이고 섬세하며, 새로운 내용이 많다. 현존하는 악부시에는 변새시도 있는데, 소슬하고 처량한 경향이 있다. 이것은 악부 주제의 계승성과 관련이 있지만, 그의 북제에서의 생활경험도 어느 정도 반영된 것이다. 예를 들어 <출자계북문행(出自薊北門行)>을 보자.

薊北聊長望	계북에서 잠시 멀리 바라보고 있노라니
黃昏心獨愁	황혼에 홀로 수심에 잠긴다.
燕山對古刹	연산은 옛 사찰을 마주하고
代郡隱城樓	대군은 성루에 가려 있구나.
屢戰橋恒斷	연이은 전쟁으로 다리는 늘 끊겨있고
長冰塹不流	물길은 오래 얼어 흐르지 않는다.
天雲如地陣	하늘의 구름은 땅 위의 진지 같고
漢月帶胡秋	중원 땅 달은 오랑캐 땅의 수심을 지녔구나.
漬土泥函谷	진흙으로 함곡관을 봉쇄하고
按繩縛涼州	밧줄로 양주 땅을 결박하리라.
平生燕頷相	내 인생 연함 같은 제후의 관상 지녔으니
會自得封侯	내 힘으로 봉후에 오를 수 있으리라.

황혼녘의 우수와 계북(薊北) 지역의 형세가 어울려, 소슬한 변경 풍광을 만들어 냈다. "천운(天雲)" 2구는 의경은 장활(壯闊)하고, 성음의 느낌은 침울하며, 의미가 새롭고, 대구가 정교하다. '진흙(漬土)', '밧줄(按繩)'로 변경을 평정하겠다는 어감이 강하지만, 오히려 억지로 스스로를 진작시키는 듯한 느낌이 든다. 그래서 비록 작품 끝에서 제세입공(濟世立功)의 커다란 포부를 토로했어도, 비량함이 강개함보다 많이 느껴진다. 이외에 그의 <관산월(關山月)>은 관산에 달이 떠오를 때 생기는 고향에 대한 그리움을 썼는데, 이 달밤에 잠 못 이루고 높은 누각에 올랐을 사부(思婦)의 모습을 상상해냈다. 구상에서 의경까지 모두 이백 <관산월(關山月)>의 기

준이 되었다.

서릉의 시는 일반적으로 화려하고 번다하며 진실감이 부족하다. 그러나 그가 임종하던 해에 지은 <모 영가와 이별하며(別毛永嘉)>시는 진지하고 침통하다.

願子厲風規	그대가 덕행으로 모범이 되고
歸來振羽儀	돌아와서는 지위와 재덕으로 추앙받기를 바라네.
嗟余今老病	슬프구나 내 이제 늙고 병들어서
此別空長離	이번 이별은 허무한 긴 이별이 되리라.
白馬君來哭	내 죽은 후 백마가 그대가 왔다고 슬피 운들
黃泉我詎知	황천의 내가 어찌 알 수 있으리오.
徒勞脫寶劍	(吳나라 季子처럼) 공연히 수고롭게 보검을 벗어
空掛隴頭枝	부질없이 농두나무에 걸어 두겠지.

모영가(毛永嘉)는 진 후주에게 정직하게 간언을 했다가 영가내사(永嘉內史)로 좌천되었는데, 서릉은 그가 풍격과 지조를 지키고 다시 돌아와 뜻을 펼치게 될 것이라고 격려하며, 다만 자신이 노병으로 인해 오래 기다릴 수 없음을 아쉬워하고 있다. 이 이별시는 "생이별의 모든 괴로움이 느껴지는데, 얕고 가볍다(覺一切生離苦語, 皆屬膚浮矣)."235)

서릉은 오랫동안 궁정의 문학시종 생활을 지내, 봉화(奉和)나 시연(侍宴)의 작품을 많이 남겼다. 그 가운데 "대나무 빽빽하니 산재가 싸늘하고, 연꽃 피어 물가 누각이 향기롭다(竹密山齋冷, 荷開水殿香)"(<奉和簡文帝山齋>)나, "어린 대나무 여전히 분가루를 머금었고, 막 핀 연꽃은 아직 먼지가 없네(嫩竹猶含粉, 初荷未聚塵)"(<侍宴>) 등은 경물묘사가 세밀한 좋은 구절인데, 뒷 2구는 왕유에 의해 "푸른 대나무는 새 가루를 품고 있고, 붉은 연꽃

---

235) 張玉谷 ≪古詩賞析≫.

은 낡은 옷을 떨어낸다(綠竹含新粉, 紅蓮落故衣)"(<山居卽事>)로 바뀌어 더욱 선명하고 명쾌해졌다. 그의 염체(艷體)는 가볍고 화려하지만, 일부 시가에서 시도된 민가를 개조한 노력들은 전혀 의미 없지는 않다. 그 예가 <오서곡(烏棲曲)> 제2의 "수놓은 비단 휘장으로 등촉을 가리고, 하루 밤이 천 년이라도 아쉬우리라. 오로지 무뢰한 네놈 닭이 밉구나, 은하가 지기도 전에 다투어 울어대다니(繡帳羅帷隱燈燭, 一夜千年猶不足. 唯憎無賴汝南雞, 天河未落猶爭啼)" 이다. 내용은 <독곡가(讀曲歌)> 중 <타살장명계(打殺長鳴鷄)>에서 취했지만, 부드러운 풍정(風情)의 문인시로 개작했는데, 민가처럼 대담하고 솔직한 감정표현은 없어도 천진함이 가득 배어있는 것이 특징적이다.

음갱(陰鏗, 생졸년 미상)은 자가 자견(子堅)이고, 무위(武威) 고장(姑臧, 현 감숙성 武威) 사람이다. 양조에서 상동왕(湘東王)의 법조참군(法曹參軍)을 맡았고, 진에서는 진릉태수(晉陵太守), 원외산기상시(員外散騎常侍) 등을 역임했다. 역사에 밝고 오언시에 뛰어나서 당시에 인정을 받았다. 그러나 전해지는 작품은 그리 많지 않다.

음갱은 하손과 더불어, 행려나 송별, 물위의 경치묘사에 뛰어나다. 그런데 음갱의 시는 구상이 신선하고, 색채가 명려(明麗)하며, 성음이 낭랑하고, 의경이 비교적 넓어서, 하손의 시가 부드러움에 휘감겨 있는 것과는 다르다. <저녁에 신정을 나서다(晩出新亭)>를 보자.

大江一浩蕩	장강 광활하게 흘러가고
離悲足幾重	이별의 슬픔은 겹겹이 쌓이네.
潮落猶如蓋	물결치는 파도는 마치 수레 장막같고
雲昏不作峰	구름은 어둠 속에 모습이 모호하네.
遠戍惟聞鼓	먼 수자리에서 저녁 북소리만 들려오고
寒山但見松	차가운 산에서는 소나무만 보인다.

九十方稱半	백 리 길은 구십 리를 가야 반쯤 온 셈이니
歸途詎有蹤	내 귀로에는 언제쯤 발자취가 쌓이려나?

드넓게 펼쳐진 강물, 멀리서 들려오는 수루의 북소리, 흐릿한 구름, 우뚝 솟은 겨울 소나무에, '동(東)'운의 낭랑하고 힘찬 리듬까지 더해져서, 차갑고 웅장한 느낌이 느껴질 뿐 낮게 휘감기거나 침울한 느낌의 비감은 없다. <강가에서의 유 광록 배웅에 늦다(江津送劉光祿不及)>는 강가에 늦게 나오는 바람에 친구를 배웅하지 못한 아쉬움을 썼다.

依然臨江渚	우두커니 강가에 서 있다가
長望倚河津	강 언덕에 기대어 멀리 바라본다.
鼓聲隨聽絶	배 뜰 때 울리던 북소리도 끊어졌고
帆勢與雲鄰	돛배 모습은 구름과 이웃한다.
泊處空餘鳥	나루터엔 공연히 새들만 남았고
離亭已散人	이별하던 정자에도 사람들 이미 흩어졌네.
林寒正下葉	차가운 숲에는 때마침 잎이 지고
釣晩欲收綸	저녁 낚시터에서는 낚시줄을 거둔다.
如何相背遠	어찌하여 서로 멀리 떨어짐이
江漢與城闉	장강 한수와 성문과 같은가!

갈수록 멀어지는 북소리, 하늘가 구름에 맞닿아가는 배의 모습은 배웅을 놓친 사람이 강가에 오랫동안 서서 시선을 모아 바라보고 있음을 암시한다. 비록 후일 이백의 "저 멀리 외로운 돛단배 푸른 하늘로 사라지고, 오직 장강이 하늘 끝으로 흐르는 것만 보이네(孤帆遠影碧空盡, 唯見長江天際流)"와 같은 명구가 더욱 회자되기는 하지만, 음갱의 이 두 구 역시 웅장한 기세와 고원한 의경으로 뛰어난 구상을 만들어냈다. 원근의 풍경이 서로 조화롭고, 배나 사람들이 다 떠나버린 강어귀의 풍경과 소슬한 가

을 풍경 등은 송별하는 이의 슬픈 마음을 더욱 부각시킨다. 시 전체가 감정을 말로 다 표현하지 못해도 여운은 무한하게 남는다. 송별시로는 <부랑이 세모에 상주로 돌아가는 것에 화답하여(和傅郎歲暮還湘洲)>도 있다.

蒼茫歲欲暮	저 멀리 한 해도 저물어 가는데
辛苦客方行	괴롭게도 나그네는 이제 길을 떠난다.
大江靜猶浪	큰 강은 고요해도 파도는 여전하고
扁舟獨且征	조각배는 외롭고도 고되리라.
棠枯絳葉盡	해당화 시들어 새빨간 잎도 지고
蘆凍白花輕	갈대 얼어붙어 흰 꽃이 가볍게 나풀린다네.
戍人寒不望	수졸은 추위에 감시도 하지 않고
沙禽迥未驚	모래밭 물새는 멀어서 놀래지도 않겠지.
湘波各深淺	상강 물결은 깊거나 얕게 일렁거리겠지만
空軫念歸情	빈 배에서 고향 생각에 잠겼으리라.

　　"큰 강은 고요해도 파도는 여전하고"는 겨울의 강 여행을 표현한 것으로, 강의 수면이 비록 잔잔하다 해도 여전히 흔들리고 있다는 의미인데, 수로 행려에 대한 자신의 많은 경험을 바탕으로 친구에게 여행의 괴로움을 알려준다는 데에 독특함이 있다. "당고(棠枯)" 2구는 차가운 겨울 강의 경치를 간단히 그린 것으로, 본래는 색채가 없던 경물을 진한 빨간 색과 흰색으로 선명하게 대조시켰다. <청초호를 건너다(渡靑草湖)>는 선명한 색조와 드높은 기백으로 뛰어나다.

洞庭春溜滿	동정호 봄물 넘쳐나고
平湖錦帆張	잔잔한 호수에 비단 돛대 펼쳐졌네.
沅水桃花色	원수에는 복사꽃빛 감돌고
湘流杜若香	상수에는 두약 향기 풍긴다.
穴去茅山近	호수 깊은 곳은 모산이 가깝고

江連巫峽長	강물은 무협까지 길게 이어졌다.
帶天澄逈碧	하늘을 이고 맑은 강물 아득히 푸른데
映日動浮光	햇살이 비치어 물빛이 일렁인다.
行舟逗遠樹	지나는 배는 먼 숲가에 멈춘 듯하고
度鳥息危檣	날던 새는 높은 돛대에서 쉬어간다.
滔滔不可測	도도한 물결 헤아릴 수 없으니
一葦詎能航	조각배로 어찌 항해할 수 있으랴.

　맑고 고운 동정의 청초호나 맑은 물빛 등은 수채화로 그려낼 수 있지만, 산과 계곡으로 이어지는 그 아득한 기세는 시인이 시각적 한계를 초월한 상상에 근거한 것이다. 이렇게 아득하고 도도한 강물이 눈앞에 펼쳐진 가운데, 조각배가 먼 숲가에 멈추고, 작은 새가 높은 돛대에서 잠시 쉬는 정취를 그려냄으로써, 느낌이 생동적일 뿐만 아니라 청초호의 아득함까지 부각되었다. <오주에서 밤에 출발하다(五洲夜發)>는 밤에 물길을 가는 느낌을 적었다.

夜江霧裏闊	밤 강물은 안개 속에 펼쳐져 있고
新月逈中明	초승달은 먼 하늘에서 밝게 빛난다.
溜船惟識火	배가 지나감은 오직 불빛으로 알고
驚鳧但聽聲	오리가 놀랜 것도 소리로 알 수 있다네.
勞者時歌榜	사공은 때때로 뱃노래를 부르는데
愁人數問更	수심에 찬 이는 시간만 자꾸 묻는다.

　달빛, 고기잡이배의 불빛, 오리 소리로만 강의 경치를 식별할 수 있다는 것으로, 밤안개 속에 뱃길을 갈 때의 마음 상태를 잘 표현했다. 또 긴 밤을 지새기 어려운 배에서의 적막함과 고단함을, "시간만 자꾸 묻는다(數問更)"는 단 몇 자로 표현해냈다. 맹호연의 "이슬 속에서 두약 향기 느껴지는데, 노랫소리가 채련곡인 줄 알 수 있겠네. 사공은 불빛 퍼지는

기슭에 몸을 붙이고, 어부는 안개 낀 못가에서 잠을 잔다(露氣聞芳杜, 歌聲識採蓮. 榜人岸投火, 漁子宿潭煙)”(<夜渡湘水>)는 청각, 후각 및 불빛 밖에 식별되지 않는 어두운 밤의 느낌에서 출발하여, 안개 자욱하고 맑은 향기가 퍼지는 밤 상강(湘江)의 미경을 그려냈는데, 음갱의 이 시에서 영감을 받은 것이 확실하다. 다만 그 이치를 운용했고 그 어휘를 답습하지는 않아서 각각 뛰어난 경계를 이루어냈다.

진조명은 음갱의 시가 “봄바람이 사립문을 열어젖히고, 시절 꽃이 색을 자랑하고, 예쁜 새들이 소리를 경쟁하는 등, 하나하나 경치가 각양각색으로 아름답다(春風披扇, 時花弄色, 好鳥鬪聲, 一景百媚)”고 했는데, 그의 풍경시에 대한 표현으로는 결코 지나치지 않다. “꽃과 달빛은 창문으로 나누어 들어오고, 이끼와 풀은 계단에 함께 자란다(花月分窗進, 苔草共階生)”(<班婕妤怨>)나, “꾀꼬리는 나무 따라 절집으로 들어오고, 꽃은 바람에 날려 산을 내려간다. 산사 기둥에 걸린 저녁 구름 하얗고, 창밖으로 지는 노을은 붉다(鶯隨入戶樹, 花逐下山風. 棟裏歸雲白, 窗外落暉紅)”(<開善寺>)처럼 맑고 그윽한 경치를 묘사하거나 처량한 정취를 그려냈는데, 풍격은 명미(明媚)하고 유려(流麗)하다. 그의 색채감은 고유의 색만을 사용하던 제량시인의 한계를 이미 벗어나서, 경물의 색조에 대한 종합적인 느낌을 개괄해냈다. <저녁에 오주에 배를 대고(晚泊五洲)>를 보면 “수루는 높고 험한 곳에 있고, 시골길은 강으로 이어져 끝난다. 물은 구름 따라 검게 흐르고, 산은 해를 지고 붉어진다(戍樓因堪險, 村路入江窮. 水隨雲度黑, 山帶日歸紅)”인데, 낙일과 산수의 경치를 홍색과 흑색으로 선명하게 대비시켜, 마치 추상화처럼 진한 황혼의 느낌을 강조해냈다. 음갱은 하손과 나란히 거론되는데, 두보는 “음갱과 하손의 고심을 많이 배웠다(頗學陰何苦用心)”고 했었고, 또 이백의 좋은 구절에 대해서는 “때로는 음갱 같다(往往似陰鏗)”고 칭찬하기도 했으므로, 시가의 수량은 비록 적어도 이·두에 대한 영향은 적지 않음을 알 수 있다.

　작품을 비교적 많이 지은 진대의 작가로는 또 진 후주(後主), 장정견(張正見), 강총 등이 있다. 후주는 본래 재주와 감정이 풍부했던 인물이며, 시는 매우 화미(華美)하고 염려(艶麗)하며 가볍다. 작품은 염정이나 낙화, 앵무새 꾀꼬리의 지저귐 등과 같은 내용인데, 심지어 변새시에도 궁궐과 연못의 경치를 많이 끼워 넣었다. 감정 표현이 매우 뛰어난 작품도 몇 편 있다. 예를 들어 <소군원(昭君怨)>에 "낙엽이 지는 것에 눈물 흘리고, 변새에 달이 뜨는 것에 수심 겹다. 그저 말 위에서 부르는 곡조만을, 여전히 이별의 노래로 삼는다(啼粧寒葉下, 愁眉塞月生. 只餘馬上曲, 猶作別時聲)", <유소사(有所思)>의 "이별한지 오래된 까닭에, 꿈에서 만나도 여전히 의심스럽구나(當由分別久, 夢來還自疑)", <장상사(長相思)>의 "이별 후에 만남이 부끄러워서, 마치 처음 서로 알게 된 듯(羞將別後面, 還似初相識)" 등은 모두 새로운 내용을 담았다. 장정견은 시의 수량은 아주 많지만, 마치 "사당의 토우를 복비 신녀로 만들어서, 관모와 허리띠 복장 등을 모두 화미하게 입혔지만 신기(神氣)가 없는 것(廟中土偶塑爲宓妃神女, 冠珮衣裙事事華美, 都無神氣)"과[236] 같다. 강총은 '압객'이면서도, 후주와 수창한 시편은 현존하는 것이 많지 않다. 악부시는 화장기가 아주 진하지만, 일부 고시는 청기(淸氣)가 있고 슬픔이 많이 담겼는데, 대체로 양진 교체기의 혼란한 시절에 대한 감상, 특히 진이 멸망하고 수조(隋朝) 사람이 된 후에 고향을 잃은 비개(悲慨)를 표현한 작품들이다. <장안에서 양주로 돌아가는 도중 구월 구일에 미산정에 들러 짓다(於長安歸還揚州九月九日行薇山亭賦韻)>를 보자.

心逐南雲逝　　　마음은 남쪽 구름 따라 가는데
形隨北雁來　　　몸은 북쪽 기러기 따라 왔네.

---

236) ≪采菽堂古詩選≫.

故鄕籬下菊	고향 울타리 아래의 국화는
今日幾花開	오늘 몇 송이나 피었을까?

　중양절에 국화를 감상하던 풍속에 시의를 기탁했는데, 입북(入北)의 애상과 남쪽으로 돌아가고픈 괴로움이 고향의 국화에 대한 간절한 안부인사에 응집되었다. 의경은 초연한데 감개는 아주 깊다. 그런데 진대 시인들의 고국에 대한 그리움은 꽃이나 새를 빌어 타향살이의 감개를 기탁한 것에 불과하다. 예를 들어 위정(韋鼎)의 <장안에서 백설조 소리를 듣다(長安聽百舌)>는 "만 리 간의 풍광이 다른데, 새 한 마리가 홀연 놀라게 한다. 어떻게 멀리서 온 나그네를 알아보고서, 고향의 소리를 지어내는지?(萬里風煙異, 一鳥忽相驚. 那能對遠客, 還作故鄕聲)"인데, 새에 대한 까닭 없는 원망을 통해 고향에 대한 절실한 마음을 기탁했다는 점에서, 강총의 시와 같은 선상에 있다. 강총의 <남으로 돌아와 시골 옛집을 찾다(南還尋草市宅)>는 그가 남으로 돌아온 후, 봄을 맞아 옛집을 찾아 왔을 때의 감상을 적었는데, 한적하고 느긋한 정취 속에서 상전벽해 같은 세상사의 쓴맛을 느끼게 한다. <장안의 관리를 만나 배 상서에게 부치다(遇長安使寄裴尙書)>, <병주의 양장판 시(幷州羊腸阪詩)>도 남쪽 사람이 북쪽 땅에서 타향살이 하는 슬픔을 쓴 시로, 감정이 비교적 진실하다.

　진대의 7언 가행은 이미 응용 범위가 광범위해졌다. 강총은 이 형식에 뛰어난데, 그의 <규원편(閨怨篇)>은 이 시기의 7언 규원시를 대표한다.

寂寂靑樓大道邊	대로변의 쓸쓸한 청루
紛紛白雪綺窓前	사창에 분분히 날리는 흰 눈.
池上鴛鴦不獨自	연못의 원앙새도 짝을 이루었는데
帳中蘇合還空然	규방에는 소합향만 부질없이 타고 있네.
屛風有意障明月	병풍은 그 마음 아는 듯 달빛을 가렸지만

燈火無情照獨眠	등불은 무정하게 홀로 잠든 이를 비춘다.
遼西水凍春應少	강물도 어는 요서 땅은 봄도 응당 짧으니
薊北鴻來路幾千	계북의 기러기는 몇 천 리 길을 날아온다네.
願君關山及早度	그대가 관산을 빨리 넘길 바라나니
念妾桃李片時娟	여인의 복사꽃 같은 시절은 한 순간이라오.

유사한 내용이 양진 시대에 반복적으로 표현되었고, 진대에는 더욱 보편화되었다. 이 시는 당시 각종 규원시의 기본적 내용과 표현방법을 비교적 간명하게 구현해 냈으며, 내용은 완전하고 비교적 간결하다. 말구는 사람이 들으면 놀랄만한 슬픈 표현을 일부러 사용하여 사부의 청춘은 길지 않음을 과장했는데, 아주 신선하다. 이 작품은 북조 노사도(盧思道)의 <종군행(從軍行)>, 수대 설도형(薛道衡)의 <예장행(豫章行)>과 마찬가지로, 진(陳), 수(隋) 시가의 높은 예술적 수준을 나타내며, 이 시기 7언 가행체의 전형을 구현해냈고, 당초 가행체 창작풍조를 개척했다.

결론적으로, 제, 량, 진 3대의 시가예술상의 변혁은 빈약하고 불건전한 내용을 빌어 완성되었다. 문인들은 언어풍격, 예술표현 및 형식체재 방면에서의 다양한 탐색을 통해, 진송 이후 시가예술에 대한 전환적 변화를 일으켰다. 비록 이 3대가 질적인 면보다 양적으로 뛰어나지만, 뛰어난 작품도 간혹 보인다. 만약 이러한 문학적 유산을 가벼이 여긴다면, 시가사의 중요한 발전 단계가 무시될 뿐 아니라, 당시의 탄생배경도 이해할 수가 없을 것이다.

제9장 | 북조 시가의 발전

북조 문인시의 발전과정을 전체적으로 보면, 대체로 학술 문화와 함께 움직이고, 남조문화를 점진적으로 수용해 가는 과정을 거친다. 남조를 단순히 모방만하다가 점차 북조적 특징을 형성할 수 있었던 것도, 남조에서 북조로 건너 온 몇몇 대작가들이 남조문학을 북방의 생활토양 속에 옮겨 심은 결과이다. 따라서 북조 시가의 발전은 실제로는 남북 문풍의 초보적 융합 과정이었다고 할 수 있다.

제1절 남북시풍 융합의 과정

서진의 멸망과 동진의 남천으로, 북방은 135년 동안의 긴 혼전이 전개되었던 5호16국 시기로 들어간다. 386년 선비족인 대국(代國)의 탁발규(拓跋珪)가 왕위를 이어받아 같은 해 국호를 위(魏)로 바꾸고 후연(後燕)을 멸망시키면서, 16국의 분열을 끝내고 북방을 통일하기 위한 준비를 마쳤다. 탁발규를 이은 명원제(明元帝)는 황하 이남의 많은 지역을 차지하면서 남북 대립의 형세를 만들었다. 태무제(太武帝)에 와서는 유연(柔然)을 치고

하국(夏國)을 공격하고 북량(北涼)을 멸망시켜, 마침내 황하유역 통일했다. 서역, 고구려, 거란 등 각국이 사신을 파견하고 조공을 바치면서, 북방 사회는 점점 안정되어 갔다.

북위는 도무제(道武帝) 탁발규(拓拔珪)가 개국한 이래, 수차례의 전쟁을 통해 국토를 개척하고 제도를 수립했는데, 기본적으로는 한대의 정교정책을 계승하여 국가를 경영했다. 예를 들어 신분의 귀천을 구분하고, 삼강(三綱)을 정했으며, 인재들을 불러들였고, 주군(州郡) 제도를 시행하고, 풍속을 관찰하는 것 등등이다. 그러나 북위 효문제(孝文帝) 이전까지는 줄곧 무공(武功)을 받들어서, 문교(文敎)를 적극 확대하기에는 아직 일렀다. 선비족 탁발(拓拔) 부족은 약탈에 익숙했고, 그들이 통치하는 지역은 대부분 한족이었다. 따라서 선비 귀족과 한족 민중 간의 충돌이 갈수록 격화되었다. 위 효문제는 집정 후 통치의 중심을 무치(武治)에서 문치(文治)로 바꾸고, 반봉전(班俸田), 삼장제(三長制), 균전제 등의 조치를 취했으며, 선비족 관료집단의 부패 등과 같은 오랜 폐습을 씻어냄으로써, 정치적 위기를 잠시 완화할 수 있었다. 동시에 그는 북위의 수도를 평성(平城)에서 낙양으로 옮기고 한족과의 동화정책을 시행했다. 선비인들에게 한족의 성(姓)을 갖도록 명하고, 자신도 성을 원(元)으로 바꾸었다. 선비족과 한족을 강제로 결혼시키고, 조정 내에서는 북방의 언어를 사용하지 못하게 했으며, 한족 귀족들에게는 사회적 지위를 세워주었다. 이러한 조치들은 선비족의 한화(漢化)를 촉진했으며, 북방문화의 발전을 위한 최초의 기틀이 조성되었다.

위 효문제의 문화정책 가운데, 북조 시가의 발전에 가장 큰 영향을 미친 것은 그가 실행한 채시제도(采詩制度)다. 북가(北歌)가 악부에 포함된 것은 도무제(道武帝) 때다. <위서(魏書)·악지>에 의하면, "태조(도무제) 초기, … 정월 상일(上日), 신하들과 연회를 하며 정교를 선포했다. 궁현 악기를 갖추어 정악을 연주하고, 또 연(燕), 조(趙), 진(秦), 오(吳)지방의 노래와 각지의 특별한 민간 곡조도 함께 연주했다. 사시의 연회에도 역시 그 악곡들을 사용했다. … 궁궐에서는 <진인대가>를 불렀는데, 처음에는 조상이 왕업을 열게 된 이유를 서술하고, 나중에는 임금과 신하들의 다양한 업적을 노래했는데, 모두 백오십 장에 달한다. 아침저녁으로 부르고 때로는 관현악기와 함께 연주하기도 했다. 교궁과 종묘의 연향에도 역시 사용했다(太祖初, … 正月上日, 饗群臣, 宣布政教. 備列宮懸正樂, 兼奏燕趙秦吳之音, 五方殊俗之曲. 四時饗會亦用焉. … 掖庭中歌眞人代歌, 上敍祖宗開基所由, 下及君臣廢興之跡, 凡一百五十章, 昏晨歌之, 時與絲竹合奏, 郊廟宴饗亦用之)." <진인대가>는 주로 훈계적 내용이었을 것으로 보인다. <구당서(舊唐書)·악지>의 기록에 의하면, "<북적악>을 아는 자들로는 선비·토곡혼·부락계 세 나라가 있다. 모두 말 위에서 부르는 노래다. … 북위의 악부에 처음 북가가 포함되었는데, 즉 <위사>에서 말하는 <진인대가>가 그것이다. 대도(代都) 시기에, 궁궐 내의 궁녀들에게 명하여 아침저녁으로 부르게 했다. … 지금 전해지는 53장 가운데, 그 곡명을 이해할 수 있는 것은 6장인데, 즉 <모용가한>, <토곡혼>, <부락계>, <거록공주>, <백정황태자>, <기유>가 그것이다. 이해할 수 없는 것은 모두 가한의 가사가 많은데, 지금의 대각을 참고해보면, 이것은 북위에서 <파라회>라고 불렸던 것이며, 그 곡조 역시 가한과 관련된 가사가 많다. 북방민족의 풍속에는, 임금을 가한이라고 부른다. 토곡혼은 또 모용 씨의 다른 분파이며, 이 노래는 연(燕)·위(魏) 시기의 선비노래임을 알 수 있다. 가사는 북방민족의 말로 되어있어 알아들을 수 없다(北狄樂, 其可知者, 鮮卑吐谷渾部落稽三國, 皆馬上樂也. … 後魏樂府始有北歌, 卽魏史所謂眞人代歌是也. 代都時, 命掖庭宮女晨夕歌之. … 今存者五十三章, 其名可解者六章, 慕容可汗吐谷渾部落稽鉅鹿公主白淨皇太子企喩是也. 其不可解者, 咸多可汗之辭, 按今大角, 此卽後魏世所謂簸羅回者也, 其曲亦多可汗之辭. 北虜之俗, 呼主爲可汗. 吐

谷渾又慕容別種, 知此歌是燕魏之際鮮卑歌也. 歌辭虜音, 竟不可曉)." 이 기록에 의하면 <진인대가>는 모두 선비어로 되어 있음을 알 수 있다. 현존하는 <양고각횡취곡>의 <거록공주>, <기유> 등 2곡도 비록 한자로 되어 있지만, 음악적으로는 <진인대가>와 일정한 관련이 있다. 이후 북위 명원제부터 문성제(文成帝)까지 모두 "신하를 나누어 파견하여 지방 주군을 순행하며 풍속을 관찰하던(分遣使者循行州郡, 觀察風俗)" 한대의 제도를 모방했는데, 채시인지 아닌지에 대한 명확한 역사적 기록은 없지만, 위 효문제가 관리를 파견하여 풍속을 관찰하면서 채시를 했던 정황으로 보면, 효문제 이전에도 채시가 절대로 없었다고 단정하기는 힘들다. 효문제의 채시에 대해 문학사가들은 전혀 언급하지 않았지만, <위서·장이전(張彝傳)>에 명확하게 기록되어 있으므로 주의할 만하다. 장이(張彝)가 세종(世宗) 선무제(宣武帝) 때 올린 채시 표문(表文)에 따르면 이와 같다. "고조(효문제)께서 왕조를 교체하고 주를 계승하여 오랜 역사를 이어 받았으며, 무치(武治)를 멈추고 문지를 펼치며, 헌장을 이때 고쳤으니, … 또 혼자 (정치를) 살피는 것이 정확하지 않음을 고려하여, 널리 득실을 묻고자 하시니, 이에 사방의 신하에게 명하여 민간의 가요를 보고 살피게 했습니다. 신이 이때 상백을 더하고 신하의 무리를 보충하여, 마침내 부절과 경비를 얻어, 동하 지역에서 성은을 베풀게 되었으니, 제로 땅을 두루 다니고, 양송 지역을 두루 내달렸습니다. 시송을 물어 수집하고, 옥사와 관련된 민간의 정서를 자세히 검토하며, 하찮은 말이라도 놓치지 않고, 찬미와 풍자가 있는 말로 가득 채웠는데, 재주는 미천한데 맡은 일은 무거우니, 마음에 아주 미치지 못합니다. 채집한 시는 비로소 그 목록을 올리게 되었습니다(高祖遷鼎成周, 永茲八百, 偃武修文, 憲章斯改, … 猶且慮獨見之不明, 欲廣訪於得失, 乃命四使觀察風謠. 臣時忝常伯, 充一使之列, 遂得仗節揮金, 宣恩東夏, 周歷於齊魯之間, 遍馳於梁宋之域. 詢采詩頌, 研檢獄情, 實庶片言之不遺, 美刺之俱顯, 而才輕任重, 多不遂心, 所采

之詩, 並始申目)." 뒤에 효문제의 죽음으로 "이를 들을 수가 없게 되자(不及聞徹)", "채집한 시가 영원히 골짜기에 묻힐까 늘 걱정스러웠으며, 이에 소신은 밤낮으로 생각하여 깊은 시름이 되었습니다. … 또 신은 근래 일이년 동안, 병이 심하지 않아, 본래의 기록을 살펴보았는데, 대체로 거의 완성된 듯하여 대략 일곱 권을 지금 올리오니, 엎드려 바라옵건데 살펴보시고 분부내리시기 바랍니다. 위조에서 채집한 시가 땅속에 묻히지 않는 것이 신의 바라는 바입니다(常恐所采之詩, 永淪丘壑, 是臣夙夜所懷以爲深憂者也. … 且臣一二年來, 所患不劇, 尋省本書, 粗有仿佛, 凡有七卷, 今寫上呈, 伏願昭覽, 敕付有司. 使魏代所采之詩, 不堙於丘井, 臣之願也)"고 했다. 장이는 단지 당시 채시관 중의 한 명에 불과한데도, 가요 7권의 수확이 있었던 것으로 보아, 효문제 때의 채시가 상당한 규모였음을 알 수 있다. <위서・악지>에, "(효문제 태화) 7년 가을, 중서감 고윤이 악부가사를 바치며, 국가와 왕업의 상서로움과 조상의 성덕을 아뢰었다. 또 당시의 가요는 옛 기준에 맞지 않아 아와 정을 구분했다(七年秋, 中書監高允奏樂府歌詞, 陳國家王業符瑞及祖宗德美. 又隨時歌謠, 不准古舊, 辨雅・鄭也)." 장이가 채집한 7권 분량의 시가가 비록 효문제에게 보여지지는 못했지만, 당시의 악부에 "옛 기준에 맞지 않는(不準古舊)" "당시 가요(隨時歌謠)"가 있었으므로, 그것이 채시에 의해 얻어진 것만은 확실하다. 지금 전해지는 북위 가요 중에는 백성들이 태수나 호족 세력을 풍자한 작품이 있다. 유명한 <이파소매가(李波小妹歌)>는 북위 효문제 때의 작품이다. <위서・이안세전(李安世傳)>에 따르면, "이전에, 광평 사람 이파는 집안이 강성하여, 백성들을 해치고 약탈하여 … 관가나 민간에 큰 골칫거리가 되었다. 백성들이 그를 두고 말하기를, '이파의 여동생은 자가 옹용인데, 치마를 치켜들고 말을 달리면 마치 쑥이 바람에 날리듯 가벼웠고, 좌우로 한 번에 활을 쏘아도 반드시 둘다 맞혔으니, 여자가 이럴진데, 남자는 어찌 대적하리오!'라 했다. 이안세가 계략을 써서 이파와 그 아들 조카 등 서른 명을 꾀어들여, 업의 저자거리에서 참수에 처하니, 그 지역이 조용해졌다(初, 廣平人李波, 宗族强盛, 殘掠生民 … 公私成患. 百姓爲之語曰, 李波小妹字雍容, 褰裙逐馬如卷蓬, 左射右射必疊雙, 婦女尙如此, 男子那可逢. 安世設方略誘波及諸子侄三十餘人, 斬於鄴市, 境內肅然)" 한다. 이안세(李安世)는 효문제가 특히 신임했던 인물이다. 이 가요는 풍속을 관찰하던 관리가 각 지방관의 업적을 탐문할 때 한꺼번에 수집된 것으로 보인다. 현전하는 <양고각횡취곡>은 66장인데, 그 중 일부는 모용수(慕容垂)와 요홍(姚泓) 군대의 일을 서술했으므로, 후진(後秦)이나 후연(後燕) 시기의 작품으로 볼 수 있다. 이외에도 북방 민중들의 기려(羈旅), 행역(行役), 상무(尙武), 혼인 등 다양한 생활양상을 반영하거나 빈부 차이를 폭로한 풍자 작품이 많다. 그 중에는 북위의 작품(예를 들면 <고양악인가(高陽樂人歌)>는 후위 고양왕(高陽王)의 악공의 작품이다)도 있다. 위 효문제는 홀아비나 과부 등 외로운 자나 가난한 자를 긍휼히 여겨 여러 차례 조서를 내렸는데, 그 횟수가 한대와 견줄만큼 빈번했다. "동남은 과부에게 장가들고(童男娶寡婦)", "남편이 죽으면 아내가 다시 시집을 가니, 고아는 더욱 불쌍해지고(公死姥更嫁, 孤兒更可憐)", "산모퉁이에서 흩어지고, 광야에서 떠돌며(流離山下, 飄然曠野)", "노략질하는 자는 늘 괴롭고 곤궁하다(剿兒常苦貧)" 등과 같이, 고아나 과부, 유랑민 내지는 가난하여 노략질을 하게 된 내용까지도 악부에는 표현되었는데, 이는 효문제의 채시 기준과도 관련있다. 따라서 <양고각횡취곡>에도 효문제 때의 채시제도에 의해 보존되어 온 작품이 상당 부분 포함되어 있을 것으로 보인다. 북위 세종 선무제 영평(永平) 연간(508~512) 이후로는 민간가요가 더이상 채집되지 않았다. <위서·악지>에 의하면, (세종) 영평 3년 겨울, 유방(劉芳)이 무곡과 악장을 만들려면 마땅히 "공과 덕에 의거(據功象德)"해야 한다고 표를 올리며, "한위 이후로 고취곡이 전해지지 않으니, 지금이라도 반드시 신곡을 만들어서 황실의 아름다운 덕을 널리 알려야 합니다(漢魏以來, 鼓吹之曲亦不相緣, 今亦須制新曲, 以 揚皇家之德美)”고 했다. 세종은 조서를 내려 “무곡과 고취곡을 제정하도록 하여(參定舞名並鼓吹諸曲)”, “고취잡곡은 마침내 가라앉게 되었다(鼓吹雜曲遂寢 焉)”. 여기에는 <양고각횡취곡>이 당연히 포함된다. 횡취곡은 처음에는 역시 고취라고 불리워지다가 나중에 둘로 나뉘어, 퉁소(簫) 호드기(笳)를 쓰는 것은 고취라 하고, 북(鼓) 나발(角)을 쓰는 것은 횡취라 불리웠다. “고취잡곡은 마침내 가라앉게 되었다”는 황실의 미덕을 가영하지 않는 잡곡가요(雜曲歌謠)는 더이상 악부에서 사용되지 않았음을 가리킨다. 이것 은 또 역으로 효문제와 선무제 영평 이전에는 북가가 악기연주와 함께 노래로 불렸음을 증명하기도 한다. 효문제와 선무제는 북방의 가요를 광 범위하게 수집하여 악곡을 맞추었을 뿐만 아니라, 강남의 청상악곡도 수 집하여 궁중에서 연주하게 하였다. <위서·악지>에 따르면, “당초, 고 조는 회·한 지역을 토벌하고, 세종은 수춘을 평정했다. 그 곳의 노래와 가기를 거두어 들였는데, 강좌에서 전해지던 중원의 구곡 <명군>, <성 주>, <공막>, <백구> 등 및 강남 오가와 형초 사성의 곡으로, 이를 모 두 아울러 청상이라고 불렀다. 조정에 향연이 있을 때 이들 곡조도 함께 연주했다(初, 高祖討淮漢, 世宗定壽春. 收其聲伎, 江左所傳中原舊曲, 明君聖主公莫白鳩之 屬, 及江南吳歌荊楚四聲, 總謂清商. 至於殿庭饗宴兼奏之).” 따라서 효문제가 채시제 도를 시행하면서 남방음악까지도 악부에서 수집했던 것은 남북시풍 융 합의 시작이라 할 수 있다.

효문제 사후 국정이 혼란해졌고, 선무제와 효명제 시기를 거치면서 내 란은 전국으로 확대되었다. 갈영(葛榮)이 주도한 육진기의(六鎭起義)를 진압 하며 세력을 확대한 이주영(爾朱榮)이 위의 정치적 실권을 장악했고, 얼마 뒤에는 동위(東魏)와 서위(西魏)로 나누어졌다. 원래 갈영 쪽에 속하다가 후에는 이주(爾朱) 씨 편에 선 고환(高歡)과 우문태(宇文泰)가 업(鄴)과 관서(關

西) 두 지역을 각각 점령했다. 고환은 효정제(孝靜帝)를 내세워 동위를, 우문태는 효무제(孝武帝)를 내세워 서위를 세웠다.

북위의 개국에서 멸망까지 약 148년 동안, 문화가 흥성했던 시기는 주로 고조(高祖) 효문제(孝文帝), 세종 선무제, 숙종(肅宗) 효명제(孝明帝) 이 3대이다. <위서·유림전서(儒林傳序)>에 따르면, "고조는 옛 것을 높이 받들고, 전적을 아주 좋아했다. … 유방, 이표 등은 경서로 벼슬을 하고, 최광, 형만 등은 문사(文史)로 나아갔다. 그 외에도, 나머지는 제도를 섭렵하고 시문을 두루 읽어, 좋은 작위에 오르지 않은 이가 없었으며, 감동하면 상을 주고 보살피니, 이에 문장이 흥성하여, 주(周), 한(漢)에 버금갔다. 세종 시기에는 또 국학을 개설하고 경사(京師)의 사문(四門)에 소학을 설치하여 유생들을 크게 선발하도록 조서를 내렸다. … 비록 학교가 세워지지는 않았지만, 유가의 경술이 널리 퍼졌는데, 이때 천하가 태평하여 학술이 크게 번성했다(高祖欽明稽古, 篤好墳典. … 劉芳李彪諸人以經書進, 崔光邢巒之徒以文史達, 其餘涉獵典章, 關歷詞翰, 莫不縻以好爵, 動貽賞眷, 於是斯文鬱然, 比隆周漢. 世宗時, 複詔營國學, 樹小學於四門, 大選儒生. … 雖黌宇未立, 而經術彌顯, 時天下承平, 學業大盛)." 문학도 유학과 동시에 흥성했다. <위서·문원전서(文苑傳序)>에 따르면, "고조는 천하를 다스릴 때, 문학에 깊은 마음을 두어, 대체로 한 유방과 나란하고 조비를 뛰어넘었으니, 기세가 높고 염려했고, 재기와 문채는 홀로 뛰어났다. 사대부들이 우러러 따랐으니, 모두 새로운 풍조를 흠모한 것이다. 숙종 시절에는 문학이 크게 일어났다. 배우는 사람은 소의 털처럼 많으나 이룬 사람은 기린의 뿔처럼 드물었다(逮高祖馭天, 銳情文學, 蓋以頡頏漢徹, 掩踔曹丕, 氣韻高豔, 才藻獨構. 衣冠仰止, 咸慕新風. 肅宗歷位, 文雅大盛. 學者如牛毛, 成者如麟角)." 그러나 이러한 흥성도 단지 서진 이전의 중원문화를 학습하고 모방하는 단계에 불과했다. 유학의 경우, "황하 이북에서 크게 성했던(大行於河北)" 것은 주로 동한의 정현(鄭玄), 복건(服虔), 하휴(何休)

의 경서 주해이고, 서진의 두예(杜預)가 주해한 <좌씨춘추(左氏春秋)>는 오히려 "제 지역에서 많이 익혔다(齊地多習之)."237) 학자들은 옛 주석을 고수하는 것만 능사로 삼았으며, 새로운 해석은 비난받기 일쑤였다. 예를 들어 유생 진기(陳奇)는 마융(馬融)과 정현(鄭玄)의 경서 해석이 주지를 잃어버렸다고 보고, 직접 ≪효경≫과 ≪논어≫를 주해했는데, 비서감 유아(遊雅)가 이를 불태워버렸다. 유란(劉蘭)은 "학도가 수천 명에 이르고, 학문을 이룬 자가 많았는데, <공양>을 배척하고 동중서도 배우지 않아서 세상의 비난을 받았다(學徒前後數千, 成業者衆, 而排毁公羊, 又非董仲舒, 由是見譏於世)."238) 북위의 문학 역시 유학과 마찬가지로 한진(漢晉)의 관념을 고수했다. 4언시와 5언시를 가장 장중한 문학형식으로 여겼고, 주로 언지, 영회, 풍자와 권계, 정교에의 찬미 등의 엄숙한 내용을 표현했으며, 증답시에는 주로 딱딱하고 전아한 4언의 아송체를 사용했다. 대표적 재자(才子)인 상경(常景)과 고윤(高允)조차도 모의의 수준이 높지 않았다. 상경은 유곤(劉琨)의 <부풍가(扶風歌)> 15수를 모의했다. 고윤의 사언시는 정치에 대한 가영이거나 정부(貞婦)에 대한 찬미였고, <나부행(羅敷行)>, <왕자교(王子喬)> 등의 악부도 역시 한대 시가를 모방한 것이다. 북위 시가에서 현실적 의미를 지닌 작품은 정치적 투쟁에서의 감회를 표현한 작품들이다. 비록 시인마다 한두 수에 불과하지만, 북위 후기의 정치적 암흑이 반영되어 있다. 이러한 시가들은 형식과 표현에 있어서, 대부분 한진(漢晉) 시가의 그것을 고수했다. 양고(陽固)의 <자참시(刺讒詩)>는 순수한 ≪시경≫식의 4언시로, 선무제 말년 왕공 귀족들의 권력다툼, 백관들의 붕당 결성, "헐뜯는 말이 날로 난무하는(譖毁日繁)" 시국 등을 풍자하여, "세력 쫓아 이리저리 분주한 것, 마치 파리 떼 같구나. 흰 것을 검다고 하는 것도, 그대

---

237) <儒林傳書>.
238) 이상 <魏書·儒林傳>.

입에서 나왔던 것(營營翕翕, 似靑蠅兮. 以白爲黑, 在汝口令)”, “무리 지어 수군대는 것은, 너도나도 서로 같구나(朋黨噂諮, 自相同兮)”라 했다. <질행시(疾行詩)>는 권세를 쫓는 자의 추악한 모습을 묘사하여, “아침에는 그 수레를 곁에 끼고, 저녁에는 그 가마를 받들어 모신다. 때로는 말을 타고 때로는 걷고, 수레에 올라 달리거나 쫓는데, 혹은 아부하며 혹은 아양을 떨면서, 굽실굽실 세력자를 받드네(朝挾其車, 夕承其輿. 或騎或徒, 載奔載趨. 或言或笑, 曲事親要)”인데, 생동적이라 할 수 있다. 절민제(節閔帝) 원공(元恭)은 폐위당할 때의 탄식을 시로 지었다. 즉 “붉은 대문에는 늘 우환이 있고, 자극궁은 본성대로 놀 수 있는 곳이 아니지. 뒤집힘이란 일어서자마자 올 수 있는 것이라, 일 년에 세 번이나 바뀌는구나. 시운이 진실로 이러하니, 오직 도를 배우고 수행할 밖에(朱門久可患, 紫極非情玩. 顚覆立可待, 一年三易換. 時運正如此, 唯有修眞觀)” 이다. 황제로 추대되자마자 바로 하야한 폐제(廢帝)가 제왕이 무기력할 수밖에 없는 현실을 표현한 것으로, 정치적 투쟁의 잔혹함을 드리냈을 뿐만 아니라, 정치적 전복이 빈번했던 북위 말의 혼란한 국면을 개괄해냈다. 풍원흥(馮元興)은 원예(元乂)의 사사(賜死)로 죽었는데, <부평시(浮萍詩)>를 지어 부평초는 “연약하여 풍파가 두렵고, 작고 위태하니 격랑이 괴롭구나(脆弱惡風波, 危微苦驚浪)”라고 정치적 풍랑 속에서 흔들리는 자신을 비유했는데 아주 형상적이다. 영호덕분(令狐德棻)도 <주서(周書)·왕포유신전(王褒庾信傳)>에서 “북위의 사인들은 언어와 내용이 전아하고 바르니, 영가 문학의 전통이 남아있다(有魏之土, 詞義典正, 有永嘉之遺烈焉)”며 북조 초기 시가가 기본적으로 한진(漢晉)의 유풍을 답습했다고 보았다.

비록 북위 시가가 한진 시풍을 답습하는 단계에 머물러 있었지만, 남방의 영향도 피할 수 없었다. 그 영향은 주로 두 방면에서 시작되었다. 하나는 효문제, 선무제가 강회(江淮) 지역을 정벌하고 남조의 노래와 음악을 북방으로 가져옴으로써, 일부 작가들에게 남조 악부민가를 모방 하고자 하는 욕구를 불러 일으켰다. 왕덕(王德)의 <춘사(春詞)>는 <자야춘가>를 모방한 것이고, 왕용(王容)의 <대제녀(大堤女)>는 서곡가를 모방한 것인데, 후자는 남조 민가의 신운(神韻)을 얻어낼 수 있었다. 즉 "예쁘게 꾸민 머리에는 밝은 옥이 반짝이고, 향기로운 비단 옷깃에는 옥 노리개 찰랑댄다. 큰 제방에 나선 여러 처녀들, 한 명 한 명 모두 꽃다운 젊음이라. 꽃밭에 들어가면 꽃이 보이지 않고, 버드나무를 지나면 버들이 늘어지고 부서진다. 동풍이 얼굴에 불어노니, 그것 따라 사랑도 실어보낸다(寶髻耀明璫, 香羅鳴玉佩. 大堤諸女兒, 一一皆春態. 入花花不見, 穿柳柳陰碎. 東風拂面來, 由來亦相愛)" 이다. 첫 2구에서 복식의 곱고 화려함을 표현한 것 외에는 모두 꽃과 버드나무를 배경으로 한 여인들의 사랑스러운 모습을 묘사했는데, 그녀들에 대한 애모의 마음을 동풍에 억지로 실어 보낸다 하여 아주 정취 있다. 다른 한 방면으로는 남북 간의 사신 왕래가 있었고, 또 특히 북조에 투항한 남조인들이 북위 시가에 가장 직접적인 영향을 미쳤다. 북조에 투항한 남조인은 비록 남조에서는 시인으로써 이름이 알려지지 않았다 하더라도, 북방에 온 후에는 풍운기(風雲氣)와 향수에 자극을 받아서 대체로 북조인보다 뛰어난 작품을 지어낸다. 송문제의 아홉째 아들인 유창(劉昶)은 북위로 도망한 후에 지은 <단구시(斷句詩)>에서, "흰 구름은 변경 가득 일고, 누런 먼지는 하늘을 덮을 듯 인다. 관산의 사방이 다 끊겼는데, 고향은 몇 천 리더냐(白雲滿鄣來, 黃塵暗天起. 關山四面絶, 故鄕幾千里)"라고, 아득하고 어슴푸레한 풍경을 통해 고향 가는 길이 끊긴 슬픔을 그려냈는데, 대구가 정교하면서 아득한 경치가 자연스럽게 묘사되었다. 양무제의 둘째 아들인 소종(蕭綜)이 북위로 도망한 뒤에 지은 <종소리를 듣고(聽鍾鳴)>, <낙엽을 슬퍼하며(悲落葉)> 등은 종소리나 낙엽으로 인해 생기는 객수를 그려낸 작품인데, 여전히 완약함이 가득하여 남조 민가의 정운을 지녔으면서도, 비량하고 소슬함에서는 이미 북방의 느낌이 묻어난다. 그들의 작품은 북방 문인들에게 큰 환영을 받아서 많은 모의작을 만들어 냈다. <위서·조영전(祖瑩傳)>에, "상서령 왕숙은 일찍이 상서성에서 <슬프구나 평성이여>시를 지어 노래하길, '슬프구나 평성이여, 말을 몰아 구름 속으로 들어간다. 음산은 언제나 눈이 내려 흐리고, 황량한 소나무에는 바람이 그치지 않는 구나' 했다. 팽성왕 원협이 이 시에 크게 감탄하여, 왕숙에게 다시 읊게 하고자 했으나 말을 잘 못하여, '왕공이 성정을 음영하시니, 성률이 아주 뛰어나군요. <슬프구나 팽성이여> 시를 다시 노래할 수 있겠소?' 했다. 왕숙은 이에 협을 놀리며 말하기를 '왜 <슬프구나 평성이여>를 <슬프구나 팽성이여>로 바꾸셨는지요?' 하자, 협이 난감해 했다. (조)영이 옆에 있다가 말하기를, '<슬프구나 팽성이여>라는 작품도 있으나 왕공께서는 보지 못하셨군요.' 하자, 왕숙이 '읊어보시지요' 했다. 조영이 그 말을 받아 이르길, '슬프구나 팽성이여, 초나라 노래가 사방에서 불리는구나. 석량정에는 시체가 쌓여있고, 휴수에는 피가 흐른다.' 왕숙은 이에 크게 감탄했고, 협 역시 크게 기뻐했는데, 물러나 조영에게 말하기를, '경은 정말로 신의 입이요, 오늘 만약 경이 없었다면, 어찌 저 남쪽 오자[239]들이 굽히겠소?' 했다(尚書令王肅曾於省中詠悲平城詩, 云悲平城, 驅馬入雲中. 陰山常晦雪, 荒松無罷風. 彭城王勰甚嗟其美, 欲使肅更詠, 乃失語曰, 王公吟詠情性, 聲律殊佳, 可更爲誦悲彭城詩. 肅因戲勰云, 何意悲平城爲悲彭城也. 勰有慚色. (祖)瑩在座, 即云, 所有悲彭城. 王公自未見耳. 肅云可爲誦之. 瑩應聲云, 悲彭城. 楚歌四面起. 屍積石梁亭, 血流雎水裏. 肅甚嗟賞之, 勰亦大悅, 退謂瑩曰, 卿定是神口, 今日若不得卿, 幾爲吳子所屈)." 왕숙은 남제에서 벼슬을 하다가 효문제 때 북위로 넘어왔다. 원협(元勰)은 영명체가 지닌 성정미(聲情美)를 좋아하여, 왕숙의 <슬프구나 평성이여(悲平城)>를 모방하여 <송림에게 고하다(問松林)>를

---

239) 남북조시기 북방인들이 남방인들을 낮추어 부르던 호칭(역자 주).

지었다. 조영의 <슬프구나 팽성이여(悲彭城)>도 왕숙을 모방한 것이 확실한데, 단지 그가 기민하여 비교적 빨리 배웠을 뿐이다.

이렇게 보편적으로 모의 수준에 불과했던 시기에, 북조삼재(北朝三才) 중의 한 명인 온자승(溫子升)의 시는 군계일학이라 할 수 있다. 온자승(495~546)은 동진의 대장군 온교(溫嶠)의 후손으로, 대대로 남조에서 살다가 유송 시기에 그의 조부가 난을 피해 북위로 옮겨왔다. 온자승은 젊은 시절 광양왕(廣陽王) 원심(元深)의 낮은 문객으로, 마구간에서 여러 노비들에게 글을 가르쳤다. 후에 문재가 알려져 북위에서 진남장군(鎭南將軍)과 금자광록대부(金紫光祿大夫)를 역임하다가 동위에서 생을 마쳤다. 그는 비록 북조에서 나고 자랐지만, 남조 시문을 모방하는데 뛰어났고 풍격은 맑고 부드럽다. 그의 문필은 남조에까지 전해서 양무제가 "조식과 육기가 북방에서 다시 나왔다(曹植陸機復生於北土)"고 칭찬했다. 온자승의 일부 고체시는 비유와 대구를 추구하고 화려한 시어를 반복하여 남조 시풍을 모방한 것이 뚜렷하고, 악부시는 곡명들이 모두 그가 처음 사용한 것인데, 북방민가를 개작한 것으로 보인다. <백비과(白鼻騧)>는 한악부 <장안유협사행(長安有狹斜行)>과 내용이 비슷하다. <결말자(結襪子)>, <안정후곡(安定侯曲)>은 감정적 기조가 남조 민가와 비슷하다. 이 세 곡은 모두 5언 4구의 소시로, 한악부와 남조악부의 내용을 북가에 도입한 새로운 시도이다. <돈황악(敦煌樂)>, <양주악가(涼州樂歌)>는 거칠지만 북방민가의 특징을 지녔고, 서역음악의 영향도 뚜렷하다. 이런 점에서 온자승은 북조 악부 신제(新題)의 창조에 일정한 공헌을 했다. 그의 대표적 성공작은 <다듬질 시(擣衣詩)>다.

長安城中秋夜長　　장안성의 긴긴 가을밤
佳人錦石擣流黃　　가인은 화문석다듬잇돌에 황색 비단을 다듬질하네.

香杵紋砧知近遠	고운 다듬이 소리마다 원근을 알 수 있는데
傳聲遞響何淒涼	전해 오는 그 소리들은 어찌나 처량하던지.
七夕長河爛	칠월칠석 긴 은하수 찬란하고
中秋明月光	중추절 밝은 달은 빛나건만
蠮螉塞邊絕候雁	열옹성 변새에서 오던 기러기도 끊겨
鴛鴦樓上望天狼	원앙루에서 (전쟁을 주관하는) 천랑성을 바라본다.

중추절은 온 가족이 함께 모여 즐기는 명절이고, 칠석은 견우직녀가 만나는 밤이다. 그런데 중추절 보름달빛과 은하수의 별빛이 비쳐도, 온 성안에는 남편을 멀리 보낸 여인들의 다듬이질 소리만 밤하늘에 울린다. 다듬이질과 관련된 내용이 이 시에서 처음 등장한 것은 아니지만, 이 시는 하늘에서의 단란한 모임과 인간세상에서의 이별을 서로 대조시키고, 화려한 어휘를 이용해, 투명하고 밝은 그러면서도 쓸쓸한 의경을 묘사해 냈다. 또 광부(曠夫)와 원부(怨婦)의 이별의 슬픔을 가을밤 장안의 다듬이질 소리라는, 사소하지만 시적인 느낌이 풍부한 소새 속에 십중적으로 응집해 낸 구상이 신선하다. 후대의 많은 <도의시(擣衣詩)>는 대체로 이 의경에서 변화된 것이다.

종합하면, 북위시는 비록 크게 언급할 만한 성취는 없지만 풍격이 비교적 질박하고, 남조문학의 영향이 아직 보편화되지 않아서, 남북 시풍을 융합할 수 있는 가능성을 초보적으로 보였을 뿐이다.

북위는 동위와 서위로 분열한다. 동위는 16년 동안 유지되다가 고환의 아들 고양(高洋)이 제위를 넘겨받아 북제(北齊)를 세운다. 6, 7년 후 스스로 업적에 도취되어 부역을 자주 일으키자, 나라가 어수선해졌고, 관민이 피폐해졌으며, 국고가 바닥이 났다. 또 음주 가무를 탐닉하고, 황음과 폭력이 횡행하여, 백관들이 불안에 떨었다. 폐제(廢帝)와 효소제(孝昭帝) 시기에 한 번씩 시정을 개혁하고 학문을 일으키고 옛 전통을 추구할 것을 제창했지만, 그 재위기간이 짧았다. 후주(後主) 역시 사치스러운 건축 사업을 일으키고 극도로 방탕 무도하며 절제 없이 즐겼다. 조정에서도 끊임없는 중상모략과 매관매직 등으로 정치가 부패하여, 얼마 되지 않아 북주(北周)에게 멸망당했다.

북제는 겨우 27년에 불과하다. 북제는 유학을 중시하지 않았고 풍교(風敎)도 정립되지 않았지만, 문학을 숭상하여 문사들을 두루 불러 모으면서, 업하(鄴下)에는 많은 문인 재사들이 모여들었다. 문학의 발전은 대체로 전기와 후기로 나눌 수 있다. 전기는 개국에서 효소제까지의 시기로, 주로 형소(邢邵)와 위수(魏收)가 함께 이름을 날리다가, 효소제 천보(天保) 연간에 이덕림(李德林), 노사도(盧思道) 등이 등장하여 문장으로 이름을 날리며 두각을 보인 때이다. 후기에는 제 후주(後主)가 시부를 애호하여 대신들에게 최근의 염시(艶詩)를 수집해오라고 명하기도 했다. 조정(祖珽)은 상소를 올려 문림관(文林館)을 설치하고 많은 문인들을 불러들였다. 당시 소각(蕭慤), 안지추(顔之推), 위수, 양휴지(陽休之), 이덕림, 노사도, 설도형(薛道衡) 등이 모두 문림관에서 어람(禦覽)을 저술했는데, "대개 이 사람들 가운데는 문학에 깊지 않고 친분 관계로 모이게 된 경우도 있었는데, 멋대로 서로 추천한 자가 열 중 서넛은 되었다. 비록 그랬다 하더라도 당시 글을 쓰는 무리들은 거의 모두 불러들였다. … 대조문림은 당시의 일대 사건이었다(凡此諸人, 亦有文學膚淺, 附會親識, 妄相推薦者十三四焉. 雖然, 當時操筆之徒, 搜求略盡. … 待詔文林, 亦是一時盛事)."240) 북제 문인들은 유가적 시교의 구속을 받지 않았고, 후주 역시 가볍고 염려(艶麗)했기 때문에, 북제 시풍은 현격히 화려해져서, 전아하면서 질박했던 북위의 시풍과는 아주 달랐다. 제재, 내용, 예술 풍격 등을 막론하고 모두 양시(梁詩)에 가까워졌으며, 특히

---

240) <北齊書 · 文苑傳序>.

공연시(公宴詩), 응교시(應教詩)가 큰 비중을 차지했다. 북위에서 북제까지의 이러한 변화는, 북조 시가가 남방의 영향을 받는데 단계적 차이가 있었음을 나타낸다. 남방문화가 북방에 전해지는 데는 일정한 시간이 필요했다. 따라서 남제 때 북위는 주로 한, 위, 진, 송의 시를 배웠고, 북제에 와서 제량시풍이 유행하기 시작한 것이다. 동위 북제가 남방의 영향을 비교적 많이 받은 것은, 당시 남북이 서로 우호적이었고 사신의 왕래가 북위보다 빈번했기 때문이다. ≪자치통감≫ 권157에 따르면, "당시에 남과 북이 우호적으로 통하면서, 뛰어난 인재를 서로 자랑하는데 힘썼으므로, 명령을 받들고 사신이 되거나 사신을 접대하는 데에는 반드시 그 시대의 최고의 인재를 선발했으며, 재주와 지위가 없는 사람은 참여할 수가 없었다. 매번 양의 사신이 업에 도착할 때면, 업에서는 그들을 위해 움직였는데, 귀한 집안의 자제들은 화려하게 옷을 차려입고 모여서 참관했고, 예물로 주고받은 것이 넘쳐나 관문 앞은 시장을 이루었다. … 위의 사신이 건강에 왔을 때에도 역시 그러하였다(時南北通好, 務以俊乂相誇, 銜命接客, 必盡一時之選, 無才地者不得與焉. 每梁使至鄴, 鄴下爲之傾動, 貴勝子弟盛飾聚觀, 禮贈優渥, 館門成市. … 魏使至建康亦然)." 쌍방이 모두 재능이 가장 뛰어난 문인을 외교사절로 뽑았기 때문에, 자연히 남북문화 교류의 최적의 통로가 되었다. 그러나 업하 문인들의 제량시 학습은 수사의 화염함을 배우는데 그쳤고, 남조의 좋은 시를 감상할 줄은 몰랐다. 안지추가 말하길, "왕적이 <입약야계> 시에서 '매미가 시끄럽게 울어 숲은 더욱 고요하고, 새가 우니 산은 더욱 그윽해라'라 했다. 강남에서는 문장이 홀로 뛰어나 무리 가운데 다른 평가가 있을 수 없다고 여겼다. … 범양의 노순과 업하의 재자들은 말하기를, '이것은 말도 안 되는데, 어찌 뛰어나다 하겠는가?' 했다. 위수 역시 그렇게 여겼다(王籍入若耶溪云, 蟬噪林愈靜, 鳥鳴山更幽. 江南以爲文外斷絶, 物無異議. … 範陽盧詢, 鄴下才俊, 乃言, 此不成語, 何事於能. 魏收亦然其

論)”고241) 했다. 이처럼 북제 문인들은 양시(梁詩)의 부스러기만 시에 반영할 수 있었기 때문에, 수준이 낮고 생경한 것은 말할 것도 없었고, 북방적 특징까지도 함께 잃어버렸다. 예를 들면, “문장이 화미하여 후대의 준걸(文章華靡, 爲後生之俊)”로 불린 노순조(盧詢祖)도 전해오는 작품은 그저 “수사와 감정이 곱게 드러나고(詞情艷發)” 시어가 유치한 만가사(挽歌詞) 뿐이다. 형소나 위수는 북제가 가장 자랑스러워하는 두 재자로서, “형소의 조탁미는 당시에 독보적이어서, 매번 문장이 나올 때마다, 도성에는 그로 인해 종이 값이 올랐고(邵雕蟲之美, 獨步當時, 每一文出, 京師爲之紙貴)”, 위수는 북제 황제가 “나라의 광채(國之光采)”라고 했었던 인물이다. 그러나 두 사람은 서로가 제량의 시문을 표절했다고 빈정거렸는데, 형소는 “강남의 임방은 문체가 원래 거친데, 위수는 그저 모의에 그친 것이 아니라, 크게 훔쳤다(江南任昉, 文體本疎, 魏收非直模擬, 亦大偸竊)”고 했고, 위수는 도리어 “자기는 언제나 심약 문집에서 도둑질을 하면서, 어째서 나한테 임방을 훔쳤다고 하느냐(伊常於沈約集中作賊, 何意道我偸任昉)”고 했다. 두 사람이 모두 발전성이 부족한 문인임을 알 수 있다. 그들의 시는 대부분이 그저 그런 응수, 증답 작품이고, 산수시도 그저 남조 시에서 절취한, 부화하고 미려한 시어 몇 구에 약간의 송축가사를 더했을 뿐이다. 다만 위수의 <협금가(挾琴歌)>는 음률이 7언 절구에 맞고 감정적 기조도 가행의 구절을 닮아서 주의할 만하다. 이 당시에 기교가 비교적 원숙한 작가는 역시 남에서 북으로 온 객지살이 신하들이다. 양에서 북제로 온 소각(蕭慤)은 응교시를 아주 가볍고 능숙하게 지어냈는데, 풍격은 청려하며 유창하다. 그의 “날짐승은 아침 햇볕을 쬐고, 산의 나무는 가을 소리를 울린다(野禽暄曙色, 山樹動秋聲)”(<和崔侍中從駕經山寺詩>)는 이른 아침 산사에 이는 가을기운

---

241) <顏氏家訓·文章>.

을 그린 것이고, "창가 매화나무에는 저녁 꽃이 지고, 못가 대밭에는 죽순이 막 자란다. 샘물 소리로 물살 빠름을 알고, 흐르는 구름으로 산이 가까움을 느낀다(窓梅落晚花, 池竹開初筍. 泉鳴知水急, 雲來覺山近)"(＜春庭晚望詩＞)는 정원에 감도는 봄기운을 표현했는데, 모두 작은 경물에 대한 관찰에서 출발했다. "부용꽃은 가을 이슬 속에 지고, 수양버들은 달빛 속에서 성글다(芙蓉露下落, 楊柳月中疏)"(＜秋思＞) 두 구는 특히 안지추가 격찬했는데, 시든 풀, 가을바람 등과 같은 시절경물로 가을 느낌을 표현하던 상투적 수법에서 벗어나, 여름에 활짝 핀 부용이 가을이슬에 시들고, 봄날 무성하던 버드나무가 가을 달빛 아래에서 성글어 보인다는 각도에서 접근하여, 윤곽만 그린 것 같은 화면에 가을이 오는 것에 대한 근심을 표현했는데, 청염(淸艶)함 속에서 얽매이지 않는 자연스러움을 보여 새로운 내용을 담았다. 그러나 소각의 시는 북조인보다는 성숙했지만 여전히 남조인의 어조로 표현된 제량의 정감이기 때문에, 많은 풍경시가 남조인의 작품인지 북조인의 작품인지도 알아내기 어렵다. 안지추만 자신의 풍격을 만들어냈다. 그의 ＜고의(古意)＞ 2수는 자신의 신세에 대한 비탄을 통해 양조의 멸망이라는 역사적 사실을 반영했다. 즉 "가무곡 연주 채 끝나기도 전에, 먼지와 바람이 하늘을 뒤덮을 듯 일었으니, 오나라 병사가 구룡종을 파괴하고, 진나라 병사는 천 리 땅을 빼앗아갔네. 여우와 토끼가 종묘에 굴을 파고, 서리와 이슬은 조정을 적시었으며, 벽옥은 한단궁으로 들어갔고, 칼은 양성의 강물 속으로 들어갔지. 조국의 능묘에서 순국하지 못하고, 홀로 살아남아 진실로 부끄럽구나. 슬픔에 쌓여 옛 조국을 생각하고, 비통하게 옛 임금을 그리워하노라. 백발 성성한 채 명경을 들여다보니, 근심으로 인해 남은 이가 다 빠졌구나(歌舞未終曲, 風塵暗天起. 吳師破九龍, 秦兵割千里. 狐兔穴宗廟, 霜露霑朝市. 壁入邯鄲宮, 劍去襄城水. 未獲殉陵墓, 獨生良足恥. 憫憫思舊都, 惻惻懷君子. 白髮窺明鏡, 憂傷沒餘齒)" 이다. 이 시는 양조 군신들이 절제 없는 향락으로 인해 망국을 초래했다는 교훈으로 끝을 맺었는데, 이미 폐허가 되어 토끼굴 여우굴이 되어버린 고국의 종묘에 대해서 깊은 애도를 표하고, 순절(殉節)하지 못하고 삶을 도모한 자신의 행위에 대한 깊은 수치심을 표현했다. 비록 예술적으로는 그다지 뛰어나지는 않지만, 북제에도 이미 진실한 감정을 표현한 작품이 등장했다고 할 수 있다. 이 당시 나라의 멸망과 관련된 감상을 조금이나마 기탁한 시로는 풍숙비(馮淑妃)의 <비파의 현을 타다가 감상이 일어(感琵琶弦)>이다. 북주의 군대가 북제를 평정하자, 후주의 좌황후(左皇后) 풍숙비는 북주 대왕(代王) 우문달(宇文達)에게 하사되었는데, 비파현을 타다가 끊어지자 이런 노래를 지었다. "비록 오늘 총애를 입었으나, 여전히 옛날의 사랑을 추억합니다. 마음이 끊어졌는지 알고 싶으면, 무릎 위의 현을 봐야겠지요(雖蒙今日寵, 猶憶昔時憐. 欲知心斷絶, 應看膝上弦)." 비파의 현이 끊어진 것에서 감상이 일어, 끊어진 비파의 현을 빌어 옛 임금의 총애를 잊지 못하는 본심을 그대로 표현했는데, 작은 소재 하나로 임금과 왕조가 바뀔 때의 궁중여인의 운명을 표현해 냈다. 결론적으로, 북제시는 북조인들은 남조인을 줄곧 모방했고, 남조인들은 북조에 왔다고 해도 그 시풍을 바꾸지 못했으므로, 결국 기본적으로는 남조화(南朝化)되었다고 할 수 있는데, 이것은 남북시풍 융합과정에서는 피할 수 없는 과정이었다.

같은 시기의 서위 북주는 문학적으로는 동위 북제와는 완전히 다른 길을 걷고 있었다. 서위는 네 명의 황제를 거쳐 제위를 북주에 넘겨주었다. 우문태는 대권을 장악하고 정치 개혁을 시도하며, "나라를 강하게 만들고 백성을 부유하게 만들기 위한 도를 널리 알리는데 힘썼는데(務弘強國富民之道)", 차례로 서위 황제에게 24조와 12조의 새 제도를 상소하자, 서위 황제는 "나라를 일으킬 영원한 법식(中興永式)"으로 수용했다. 소작(蘇綽)은 우문태의 정치 개혁을 도우며, "육조조서를 지어 시행할 것을 상소했다(爲六條詔書, 奏施行之)". 그 중 제1조에서는 마음을 깨끗이 하고 몸을 다스릴 것을 주장하고, 제2조에서는 "풍속을 바꾸어 원래의 순박함으로 돌아갈 것(移風易俗, 還淳反素)"을 주장했다. 즉 "요위(澆僞)"함과 "부박(浮薄)"함을 없애고, "순박한 풍조를 퍼트리고(扇之以淳風)", "소박함을 알리고자(示之以樸素)" 하는 정치적 목적에서, 우문태와 소작은 부화한 문풍을 변혁하자는 주장을 전개했다. ≪자치통감≫ 권159에 따르면, "진씨 이래로 문장이 다투어 들뜨고 화려하니, 위의 승상 우문태가 그 폐단을 고치고자 하였다. 6월 정사일에 위의 주군이 태묘에서 제사를 지냈는데, 우문태가 대행대도지상서 겸 영저작인 소작에게 명하여 <대고>를 지어 여러 신하들에게 보여주고 정사에 경계하도록 했다. 이어서 '지금부터 문장은 모두 이 문체를 따르도록 하라'고 명령을 내렸다(晉氏以來, 文章競委浮華, 魏丞相泰欲革其弊. 六月, 丁巳, 魏主饗太廟, 泰命大行臺度支尙書領著作蘇綽作大誥宣示群臣, 戒以政事. 仍命 自今文章皆依此體)." 이것은 위진 이후의 통치자로서는 최초로, 자각적으로 문풍 개혁을 정치개혁의 하나로 제기하고 행정적 조치를 시행한 것이다. 진송 이후 갈수록 부미(浮靡)해진 문풍을 제거할 필요는 있었지만, 소작이 <진서(秦誓)>를 모방하여 지은 <대고>는 예스럽고 심오하며 난해한 것을 소박함과 전아함으로 여기면서, 위진 이후 문학의 형식적 진보를 철저하게 부정한 것인데, 실질적으로는 일종의 형식주의로 또 다른 형식주의를 제거하고자 한 것이며, 문학의 복고적 퇴보일 뿐 적극적 혁신은 아니어서, 필연적으로 실패할 수밖에 없는 개혁이었다. 바로 영호덕분(令狐德棻)이 <주서·유신왕포전>에서 말한 대로, "소작의 건의는 질박함을 지키고자 한 것이었는데, 결국 위진 문학을 더럽히고, 우하(虞夏) 시대 문장을 모범으로 했다. 비록 어휘의 운용에 예스러움을 받드는 경향이 있었지만, 교정하는 방향이 시대의 쓰임에 맞지 않았으므로, 보편적으로 통할 수 없었다(綽建言務存質朴, 遂糠秕魏晉, 憲章虞夏. 雖屬詞有師

古之美, 矯枉非適時之用, 故莫能常行焉)."

순수하게 서위 북주에서 배출된 작가는 많지 않고, 현존하는 작품도 적다. 객지에 억류된 처지인 유신(庾信)과 왕포(王褒)가 북조시가에 두드러지는 공헌을 해냈다. 그들은 양조에서 이미 남북시풍을 융합하려는 시도를 했었다. 북으로 온 후, 남조의 정교하고 우수한 예술적 기교를 북조의 거칠고 사나운 생활 정조와 결합했는데, 자신의 신세에 대한 슬픔, 고국에 대한 애도 등과 같은 고국애와, 절개를 잃고 적국에서 벼슬하며 이국땅을 떠도는 괴로운 심정을 표현했다. 감정은 진지하고 침통하며, 음조는 격분되고 비통하다. 특히 유신은 한위육조의 예술적 성과를 집대성하고 많은 창조적 변화를 이루어내어 대가로 태어날 수 있었는데, 실제로 남북시풍 융합의 중심에 서서 당시의 발전에 심원한 영향을 미쳤다.

이외에 북제에서 북주로 온 작가인 노사도(盧思道)도 남조 시풍을 학습하여 독특한 풍격을 형성하면서, 보편적으로 연화(軟化)되고 모의에 그쳤던 북조시단에 두각을 나타냈는데, 수대 시가의 선구가 되었고 당시의 기원을 이끌었다. 이 남북시풍의 융합은 몇 번의 변화를 거친 후에야 비로소 이루어진다.

제2절 유신(庾信)의 문장은 노년에 더욱 완성되다

유신(513~581)은 자가 자산(子山), 남양 신야(南陽 新野, 현 하남성 新野縣) 사람이다. 그의 일생은 555년 양 원제(元帝)의 강릉 패배를 기점으로, 전후 두 시기로 구분된다. 전기에는 부친 유견오(庾肩吾)와 함께 양조에서 벼슬을 했다. 역사에서는 그가 "어려서부터 뛰어나, 총명함이 따를 자가 없었고, 두루 많은 책을 보았으며(幼而俊邁, 聰敏絶倫, 博覽群書)", "부친 유견오는 양 태자중서자로서 관기(管記) 직을 맡았다. 동해 사람 서리가 우위솔로 있었는데, 그의 아들 서릉과 유신이 함께 초찬학사가 되어, 부자가 함께 동궁과 대궐을 출입했는데, 그 은혜와 예우는 비할 데가 없었다. 문장이 화미하고 염려(艷麗)하므로 세상에서는 '서유체'라 불렀다. 당시에 후진들이 다투어 서로 배웠는데, 매번 문장이 지어질 때마다, 도성에서 전하여 암송되지 않는 것이 없었다. 통직산기상시 등에 올랐다(父肩吾爲梁太子中庶子, 掌管記, 東海徐摛爲右衛率, 摛子陵及信幷爲抄撰學士, 父子東宮, 出入禁闥, 恩禮莫與比隆, 旣文幷綺艷, 故世號'徐庾體'焉. 當時後進, 競相模範, 每有一文, 都下莫不傳誦. 累遷通直散騎常侍)."242) 양무제는 그를 총애하여 외교적 중임을 자주 맡겼다. 그는 동위 서위 등에 여러 차례 사신으로 가면서, 문학적 재능을 북조에 알렸다. 후경의 난이 일어났을 때, 유신은 양 간문제의 명을 받아 궁중의 문무 대신을 거느리고 저항을 하기도 했으나 크게 패했고, 몰래 강릉으로 도망쳐 양 원제를 보좌했다. 승성(承聖) 3년 42세의 유신은 서위에 사신으로 갔었는데, 때마침 위군(魏軍)이 남침하여 강릉이 함락되면서, 그는 장안에 억류되었고 결국 서위 북주에서 굴욕적인 벼슬살이를 하게 되었다. 이때부터 그의 생활과 사상에는 커다란 변화가 생겼다.

남북조는 분열과 통일 전쟁이 계속 되었던 시대여서, 전국 시대나 삼국 시대처럼, 사인들 대부분이 확실한 조국 의식이 없었다. 또 찬위가 빈번하여 한 성씨(姓氏)의 왕조에 충성한다는 관념 역시 크게 희박했다. 청대의 진항(陳沆)이 말한 것처럼 "(북조) 말기 먹구름이 드리우니, 선비들은 새가 둥지에 잠시 들 듯 하는 경우가 많았다. 사강락(사령운) 심휴문(심약)은 후세에 그 행적을 비난 받았다. 염파가 초나라로 가도, 마음은 조나라 사람이었고, 악의가 한단으로 도망가도 연을 잊지 않은 것같은, (그런 사람이) 몇 명이나 되겠는가?(六季雲擾, 士多鳥棲. 康樂休文, 遺譏心跡. 求共

---

242) <北史·庾信傳>.

廉頗將楚, 思用趙人, 樂毅奔鄲, 不忘燕國者, 又幾人哉”243) 현재의 시각으로 보면, 남북조는 또 민족대융합의 시대였다. 북조는 자발적으로 한화(漢化)했을 뿐 아니라 남조를 정통으로 여겼다. 북제의 개국조 고환(高歡)은 “강동에 오땅 늙은이 소연이 있는데, 오로지 의관을 차려입고 예악을 받드는 것만 열중하는데도, 중원 사대부들은 이를 정통이 있는 곳이라고 여긴다(江東復有吳翁蕭衍, 專事衣冠禮樂, 中原士大夫望之以爲正朔所在)”고244) 했었다. 유신은 <명을 받들고 업에 가서 조 정원에게 답하다(將命至鄴酬祖祖正員)>에서, 동위의 조정(祖珽)에게 “우리 양나라의 황제는 구주에 임하셔서, 위엄이나 교화가 막힘없이 퍼져간다(我皇臨九有, 聲敎泊無堤)”며, 양나라에 구주(九州)가 있고 정통이 있다고 자처했다. 그에게 북조에 남으라고 만류할 때도 그는 <명을 받들어 업에 오다(將命至鄴)>시를 지어 “대국에서 교빙의 예를 갖추어 주시니, 선린 관계가 이제 돈독해졌습니다. … 한 나라의 신하는 국경을 바꿀 수 없는 법, 어찌 그 말씀을 기쁘게 듣겠습니까. 풍속은 이미 아주 달라졌고, 산하는 더 말할 수도 없습니다(大國修聘禮, 親鄰自此敦. … 人臣無境外, 何由欣此言. 風俗旣殊阻, 山河不複論)”라 했다. ≪예(禮)≫의 “신하는 국경을 바꾸지 않는다(人臣無境外交)”를 인용하여 거절하며, 동시에 남북의 풍속이 다르니 산하에 대해서는 잠시 언급 하지 말자고 제의하는데, 이는 “우리 양나라 황제가 구주에 임한다”는 의미를 지닐 뿐 아니라, 쌍방이 일시적으로 외교관계를 수립하여 서로 사신을 교환하는 것이라는 현실적 관계를 어느 정도 승인한 것이다. 또 북방이 본래 “우리 양나라 황제” 소유의 구주 범위에 속하기 때문에, 유신 자신이든 아니면 후대의 역사비평가이든지 간에, 모두 그가 북방에서 벼슬한 것이 조국을 배신하고 적국에서 벼슬한 것으로는 보지 않는다. 단지 양조에 절개를 지키지

---

243) ≪詩比興箋≫.
244) ≪資治通鑑≫ 卷157.

못했을 뿐이다. 유신은 후기에는 자신이 "집안에 곧은 법도가 전해 오고, 절개를 지킨 사람이 많은(家有直道, 人多全節)"(＜哀江南賦＞) 자랑스러운 전통을 더럽혔음을 계속 한탄하며, 후경의 난 중에 죽음으로 절개를 지킨 부친 유견오와 다른 충신 열사들을 칭송하고, 양 황제가 베풀어 주었던 "지난날 국사로서의 대접, 평생지기의 은덕(疇昔國士遇, 生平知己恩)"(＜擬詠懷＞ 제6)을 배신한 것을 자책했다. 또 상소를 올려 은거를 청하면서, "높은 절개를 지닌 부드러운(嬋娟高節)" 대나무처럼 "강남에 뿌리를 두고 자랐지만, 부절이 되어 대하지역에 전해졌다(寄根江南, 傳節大夏)"(＜邛竹杖賦＞)고 자신을 표현했다. 하지만 서위 북주 통치자들의 극진한 예우 속에서, 그는 물러나 은거하고 싶어도 할 수 없었으며, 결국 "사신의 임무도 다하지 못하고, 그곳의 고사리까지 먹게 되었다(未能采葛, 還成食薇)"(＜枯樹賦＞). 그가 강조한 명절(名節)이란 왕조와 임금이 바뀐 후에도 전 왕조나 옛 임금에 충성하고자 하는 정절임을 알 수 있다. 양이 망하고 진이 세워지자, 그는 "오강에서 출항 준비를 해도, 돌아갈 길이 없고, 기러기에게 편지를 부치려 해도, 부칠 집이 없도다(烏江艤楫, 知無路可歸. 白雁抱書, 定無家可寄)"(＜連珠＞)고 상심했다. 예번(倪璠)이 "건업은 이미 양나라 땅이 아니어서, 유신은 결국 돌아갈 곳이 없어졌으므로, 비록 고향을 그리는 마음이 절실해도, 실제로 진으로 돌아갈 뜻은 없었다(建業旣非梁有, 信隧無所可歸, 雖極思念鄕關, 實無歸陳之志矣)"고[245] 해석한 것은 아주 정확하다. 유신의 옛 친구인 주 처사(周處士)는 진에 벼슬을 하다 남방에서 죽는다. 유신은 애도의 시를 지어, "비록 그대와 나 생사가 달라졌지만, 고향으로 돌아가지 못한 것은 마찬가지 일세(雖言異生死, 同是不歸人)"(＜和王少保傷周處士＞)라며, 주 처사가 비록 남방에 머물렀지만 돌아갈 고국이 없었던 것은 마찬가지라고 여겼

---

245) ≪庾子山年譜≫.

다. 그가 진에 벼슬을 하나 위에서 벼슬을 하나 모두 실절(失節)로 여겼음을 알 수 있다. 후인들은 유신을 평가하면서, "혹자는 자산이 결국 주나라의 곡식을 먹었고, 끝에는 진(秦)의 조정을 받들었으므로, 비록 맥수지탄을 지니기는 했지만, 결국은 고사리를 캐먹으며 충절을 지켰던 삶에는 부끄러운 것이라고 한다(或謂子山終餐周粟, 末效秦庭, 雖符麥秀之思, 究慚採薇之操)."[246] 역시 한 왕조에 충성하지 못했다는 점에서 그를 질책한 것이다. 유신의 고국애(故國愛)가 망국의 한을 포함하고는 있지만, 유신 본인과 전대의 사가들조차 모두 서위 북주에서 벼슬한 것과 진조에 벼슬한 것을 같은 것으로 보고 있으며, 서위 북주 역시 구주에 속한다고 보았으므로, 유신은 단지 왕조의 교체로 인한 것이지 나라를 배반한 실절은 아닌 것이다. 그러면 유신의 짙은 고국애를 애국주의와 연결시킬 필요는 더더욱 없어진다. 유신의 수구지심(首邱之心)이 가치가 있는 것은 그가 망국의 한과 수치심이 자극이 되어 <애강남부(哀江南賦)>, <의영회(擬詠懷)> 등과 같은 우수한 사시(史詩)를 써내어, 그 어지럽던 동란의 시대 그 진실한 모습을 남겼다는데 있다.

전란 중에 유신은 두 아들과 딸을 잃었고, 수 천 수 만의 백성들이 살육되거나 노예로 끌려가는 비참한 광경을 목도했다. 이러한 현실은 그가 통치자의 부패와 무능이 양조 멸망의 근본적 원인이었음을 인식하게 했다. 그는 <애강남부>와 <연주(連珠)> 등 장편의 사시(史詩)에서 양대의 정치적 폐단을 이렇게 상세하게 분석했다. 평소 문(文)을 숭상하고 불교에 심취하면서 무(武)를 가벼이 여겨서, "재상은 전쟁을 애들 장난처럼 여겼고, 사대부들은 청담을 나라를 다스리는 정책으로 여겼다(宰衡以干戈爲兒戲, 縉紳以淸淡爲廟略)". 일단 난이 발생하자, "관직에 있으면서도 달려가

---

246) 陳沆 ≪詩比興箋≫.

고하는 이 없었고, 무기를 들고도 적들과 싸우지 않았다(官守無奔問之人, 干戚非平戎之戰)”. 적들을 앞에 두고도 왕들은 정권의 쟁탈에만 관심을 두고 서로를 공격했다. 양 원제가 후경의 난을 평정한 후에도, “시샘에 빠져 자기 욕심만 드러내고, 잘못은 감추고 자긍심만 지니자(沈猜則方逞其欲, 藏疾則自矜於己)” 인심이 동요하고 형제 간의 살육이 일어났다. 유신은 또 역사가와 같은 객관적인 필조로, 백성을 마구 약탈하고 도살하는 위군(魏軍)의 만행을 대담하게 고발했고, 많은 백성들이 “장성에서 사별하고, 함곡에서 생이별하는(死別長城, 生離函谷)” 비참한 모습을 피눈물을 머금고 이렇게 써냈다. “백성들은 담벼락에 기댄 채 잠을 자고, 길에서는 호랑이가 들끓는 곳을 지나야 하며(民枕倚於墻壁, 路交橫於豹虎)”, “객사에는 밥 짓는 연기 나지 않고, 날짐승은 집 지을 나무도 없다네(旅舍無煙, 巢禽無樹)”,(＜哀江南賦＞) “요동의 남편 잃은 여인의 슬픔, 대군의 홀아비의 눈물(遼東寡婦之悲, 代郡孀妻之哭)”, “죽은 혼백은 다시 돌아오지 않고, 반딧불이 되어 밤새 돌아다니는데, 때때로 야간의 병사 앞에 나타나고, 때로는 빈 정자의 숨은 귀신도 쓰러뜨리지(營魂不反, 燐火宵飛, 時遭獵夜之兵, 或斃空亭之鬼)”, “장화산 아래에는 반드시 아들을 그리는 누대가 있고, 운몽현 옆에는 응당 망부석이 많으리라(章華之下, 必有思子之臺, 雲夢之傍, 應多望夫之石)”(＜連珠＞). 이러한 처참한 화면은 그의 시가에서도 여러 차례 등장한다. “(불을 때기 위해) 시체의 뼈를 발라내는 것이 마치 아들 바꾸듯 했건만, 부뚜막에 가기도 전에 적들이 쳐들어왔고(析骸猶換子, 登爨已懸巢)”, “옛 감옥에는 원망의 기운 가득하고, 빈 정자에는 억울한 영혼이 많은데(古獄饒冤氣, 空亭多枉魂)”, “백성은 한순간에 물고기떼미처럼 잡혀가건만, 군자는 그저 학처럼 지내는 구나(生民忽已魚, 君子徒爲鶴)”(＜擬詠懷＞) 등이다. 특히 그는 백성들의 깊은 고통의 원인을 모두 통치자의 어리석음과 무도함에 돌리고 있어서 고귀한 가치를 지니는데, “임금을 세워 다스리게 함에는, 백성의 운명이 달려있기 때문이다. 세상을 무너지게 하면, 천하의 민심은 다시 바뀌게 된다(蓋聞樹彼司牧, 既懸百姓之命. 及乎厭世, 復傾天下之心)”(＜連珠＞)고 했다. 그는 백성의 운명이 군주의 손에 달려있음을 지적했을 뿐만 아니라 스스로 자책하기도 했는데, ＜영풍전하의 언지시 10수에 받들어 답하다(奉和永豐殿下言志詩十首)＞ 제8에서, “어린 시절 궁중 고문직에 참여했으니, 그 옛날에는 허튼 소리 많이도 해댔지. 푸른 홰나무가 서생들의 장터에 드리웠고, 긴 수양버들은 숙직실을 가렸었네. 배반을 하고 연맹을 청한 정나라는 전복이 되고, 인의로 다스렸던 나라는 오히려 서서히 망했다네. 건업의 산수가 여전히 그립고, 무창의 물고기를 평생토록 추억하리라(弱齡參顧問, 疇昔濫吹噓. 綠槐垂學市, 長楊映直廬. 連盟翻滅鄭, 仁義反亡徐. 還思建業水, 終憶武昌魚)”고 했다. 유신은 젊은 시절 영주별가(郢州別駕)로 있으면서 상동왕(湘東王)과 수전(水戰)을 논의한 적이 있었고, 그것으로 양 황제의 인정을 받기도 했다. 그러나 그는 후경의 난이 발생하자, 수군을 통솔할 책임이 있음에도 불구하고 주작항(朱雀航)을 버리고 도망을 쳤다. 양조는 인의(仁義)로 다스렸는데도 오히려 멸망했고, 일찍이 임금을 위해 수전(水戰)을 논의하던 자신은 무창의 생선을 먹거나 건업의 물을 마시는 것조차 생각할 수 없게 되었다. 이런 상황을 시에서 스스로 “그 옛날에는 허튼 소리도 많이도 해댔지”라 했으니, 적절한 자기 풍자라 할 수 있다. 유신의 시부는 현실과 자신의 영혼을 철저하게 파헤쳤기 때문에, 강렬한 애증과 진실한 통한이 배어있고, 깊이 있는 역사적 내용과 감동력을 지니게 되었다.

유신은 후기에 북조에서 벼슬하는 것을 항상 치욕스러워 하면서도, 내면적으로는 벼슬길에서의 득실과 영욕을 떨쳐내지 못했다. 서위 북주 교체기에 그는 한 차례 강직(降職)되어 사수하대부(司水下大夫), 홍농수(弘農守) 등 외직에 있다가, 북주 무성(武成) 2년 사헌중대부(司憲中大夫)에 발탁되고 후작(侯爵)에 봉해져 도성으로 돌아오게 되었다. ＜원단에 사헌부로 가며

(正旦上司憲府)〉라는 시에서 "맹문산에서 오래 길을 잃고 있다가, 회오리바람처럼 치올라 홀연 하늘에 닿았네. 저녁 되어 까마귀 깃드는 사헌부로 돌아와, 말을 버리고 다시 궐 안으로 들어왔네(孟門久失路, 扶搖忽上搏. 棲鳥還得府, 棄馬複歸欄)"라며 그 기쁨을 전혀 감추지 않고 표현했다. "(수치스러움에) 얼굴은 화끈거리고 마음은 싸늘해져(面熱心寒)", "조용히 지낼 뿐 의욕이 없는(寂歷無心)" 것이 비록 유신 후기의 가장 일반적인 심리 상태이지만, 그가 이록(利祿)이나 총애에 전혀 관심이 없었다고는 말할 수 없다. 그는 북주에서 황제의 총애를 받고 종실과도 교류했지만, 잔혹한 정치적 투쟁도 목도한 상태였기 때문에, 때로는 공포와 의심을 갖기도 했다. 이러한 위기감은 주로 정국의 불안과 변화에서 기인한다. 북주는 제왕들의 재위 기간도 길지 않았고, 제왕과 종실 간의 권력 쟁탈도 아주 심했다. ≪주서≫의 〈열전〉 제5 '사신평(史臣評)'에 언급된 바에 따르면, "이때 권신들은 기회를 타고, 모사들은 그 틈을 이용하여, 거북이 새겨진 정(鼎)을 옮기는 것(즉 왕조 교체)이 땅에서 줍는 것보다 빨랐고, 왕과 제후를 죽임이 불타는 들판보다 매서웠다. 길고긴 역사에서 이렇게 잔혹한 일은 듣지를 못했다(是以權臣乘其機, 謀士因其隙, 遷龜鼎速於俯拾, 殲王侯烈於燎原. 悠悠邃古, 未聞斯酷)"고 한다. 유신과 줄곧 사이가 아주 좋았던 진탕공(晉蕩公) 우문호(宇文護)와 제왕(齊王) 우문헌(宇文憲)은 무제(武帝)와 선제(宣帝)에 의해 직접 살해되었다. 유신은 일개 억류된 신하 신세여서, 참훼도 두렵고 권세나 당파도 없는 상태였기 때문에, 이러한 잔인한 투쟁을 목도하고는 자연히 두려움에 싸일 수밖에 없었다. 자신을 지키기 위해서는 어쩔 수 없이 굽힐 수밖에 없었고, 그를 "특별히 끌어주고(偏加引接)" "두루 서로 의지했던(彌相委寄)" 왕공 귀족들의 주위를 맴돌 수밖에 없었으며, 많은 아첨의 글을 써내야만 했다. 바로 유신 사상 속에 이러한 복잡함과 모순이 있었기 때문에, 〈애강남부〉, 〈의영회〉와 같은 폐부를 찌르는 애가(哀歌)를 쓰

면서도, 봉화(奉和), 응제(應制), 송성(頌聖) 등의 시문을 많이 써낼 수 있었는데, 그 가운데에는 젊은 시절 시문같이 기려하고 가벼운 작품도 적지 않다.

유신의 시문은 북주 시기에 이미 등왕(滕王) 우문유(宇文逌)가 문집을 편집하고 서문를 써주었다. 서문에는 유신이 양도(揚都)나 강릉(江陵)에서 지은 시문은 하나도 남아있지 않음을 언급했다. "지금 편찬한 것은 단지 서위에 온 이후부터 이번 왕조까지 저술한 것인데, 합하니 이십 권이 된다(今之所撰, 止入魏已來, 爰自皇代, 凡所著述, 合二十卷)". 그러나 청대 예번(倪璠)이 편찬한 ≪유자산집(庾子山集)≫에는 전기의 작품을 소량 수록하고 있다. <망미인산명(望美人山銘)>, <지인산명(至人山銘)>, <탕자부(蕩子賦)> 외에 전기의 작품이라고 확정할 수 있는 것으로는, <강에서 배를 타고 시에 받들어 화답하다(奉和泛江)>, <산속 연못 시에 받들어 화답하다(奉和山池)>, <명을 받들어 업에 와서 조 정원에게 답하다(將命至鄴酬祖正員)>, <명을 받들어 업에 오다(將命至鄴)>, <팽성관에 들며(入彭城館)>, <동태사 부도 시에 받들어 화답하다(奉和同泰寺浮圖)>, <내인에게 보이다 시에 받들어 화답하다(奉和示內人)>, <춤을 노래하다 시에 화답하다(和詠舞)>, <연가행(燕歌行)> 등이 있다. 그 중 일부는 경물을 보고 받들어 화답(奉和)한 작품으로, 사물의 형태를 아주 자세하게 묘사하면서 새로움을 열심히 추구하던 양시의 특징을 구현해냈다. <산속 연못 시에 받들어 화답하다>를 예로 들면, "연꽃에 바람 불자 목욕하던 새들 놀래고, 다리아래 그림자에 지나던 물고기가 모여든다. 해가 지면서 산 기운 몰려들고, 산으로 돌아가는 구름이 잔비를 뿌린다(荷風驚浴鳥, 橋影聚行魚. 日落含山氣, 雲歸帶雨餘)"이다. 연꽃에 부는 맑은 바람, 다리 아래 비치는 사람 그림자 등은 모두 아주 가볍고 형태도 없지만, 물고기와 새들을 놀라게 할 수 있다는 것을 통해, 산 어귀 연못의 평화로움과 한가함, 그윽함을 드러냈다. '경(驚)' 한 글자,

‘취(聚)’ 한 글자에 물고기와 새의 신태(神態)가 고스란히 나타났다. 뒷 두 구는 여름날 해질 무렵의 맑고 촉촉한 공기를 표현한 것으로, 두심언(杜審言)의 <여름날 정 칠의 산재에 들러(夏日過鄭七山齋)>에 “날씨는 잔비를 머금고, 먹구름은 저녁 우레를 보내온다(日氣含殘雨, 雲陰送晚雷)”가 유신의 이 두 구의 성취를 내포하고 있음을 알 수 있다. 유신은 젊은 시절 여러 차례 북조에 사신으로 가서, 북방문화의 영향을 이미 어느 정도 받았기 때문에, 전기 시가가 모두 퇴폐적이지는 않다. 예를 들어 <명을 받들어 업에 와서 조 정원에게 답하다(將命至鄴酬祖正員)>에서는 사신으로 가는 도중에 목도한 것을 노래했는데, “옛 비석에는 문자도 다 사라지고, 황폐한 성은 어느 시대 것인지도 알 수 없구나. 밭두둑을 뒤덮은 참외 익어가고, 논두렁 사이로 벼이삭이 고개를 숙였다(古碑文字盡, 荒城年代迷. 被隴文瓜熟, 交塍香穗低)”는 길 양쪽에 잘 지어진 농사를 통해 오래전에 스러져 황폐해진 성을 부각시켰는데, 사라진 왕조의 슬픔을 울창한 경치 속에 포함시켰다. 그가 사신으로 떠나며 지은 나머지 몇 수도 아주 장중하다. 이 외에 <연가행>은 양의 황제와 신하들이 왕포의 <연가행>에 수창할 때 지은 것으로, 슬프고 강개한 전반수와 가볍고 기려한 후반수가 합해져서 한 편을 이루었다. 이것은 남북 문풍을 융합시킨 최초의 시도라 할 수 있으나, 실제 체험적 감성이 부족하여, 예술적으로는 양진의 다른 정인사부시(征人思婦詩)에 비해 크게 뛰어나지는 못하다.

유신은 후기에 생활이나 심경에 커다란 변화가 있었기 때문에, 시가에서도 깊고 절실한 고국애나 망국한을 토로했는데, 성색(聲色)이나 대우, 전고와 같은 남조적 기교를 이용해, 웅장하고 소슬한 전쟁터 분위기, 적막하고 광활한 북방의 경치, 거칠고 질박한 변경 생활 등을 묘사해서, 강건하고 호방한 기골과 황량하고 비장한 의경을 형성해냄으로써, 남북 문풍의 교류와 융합에 커다란 공헌을 해냈다. <의영회> 27수는 사시(史

詩)의 규모에 영사(詠史), 술회, 전고, 경물묘사, 비흥 등 여러 가지 표현수단을 결합하여, 자신의 운명에 대한 회고를 통해 피눈물 가득한 시대상을 그려냈다. 고국의 멸망을 비통해 하고, 포로가 된 친구를 슬퍼하며, 떠도는 백성들의 참상에 가슴 아파하고, 장지(壯志)가 무너진 것을 통탄하는 등, 여러 가지 복잡하고 침통한 감정이 함께 뒤얽혀, 얼굴은 화끈거리고 마음은 싸늘해진, 얼떨떨하면서도 불안한 시인의 심리상태를 진실하게 표현해냈다. 제7을 보자.

楡關斷音信	변새로 전해오던 고향 소식도 끊어지고
漢使絶經過	한나라 사신도 지나가지 않네.
胡笳落淚曲	호가는 눈물 나는 노래를 연주하고
羌笛斷腸歌	강적은 애끊는 노래를 연주하는구나.
纖腰減束素	가는 허리에 흰 허리띠 느슨해졌고
別淚損橫波	이별의 눈물로 여인의 눈가도 짓물렀으리.
恨心終不歇	한스러운 마음 어찌해도 사라지지 않고
紅顔無複多	젊은 얼굴은 다시 오지 않으리라.
枯木期塡海	고목이 바다 메울 날을 기다리고
靑山望斷河	청산이 이어져 황하가 끊길 날 고대한다네.

이 시는 제량 사부시(思婦詩)의 표현예술을 흡수하여, 남쪽의 소식이 끊어져 버린 괴로움, 북방의 호가(胡笳)와 강적(羌笛) 소리가 주는 처량함, 이별의 슬픔으로 몸이 수척해져감 등을 반복적으로 강조했다. 마지막에는 정위 새가 나무로 동해를 메운다는 정위전해(精衛塡海) 고사나, 화산이 이어져 황하 물길이 끊긴다는 화산단하(華山斷河) 전고를 빌어, 고목이 바다를 메우거나 화산이 다시 합해지는 것처럼 희망이 실현될 가능성이 없음을 표현했는데, 또 바다나 강처럼 메우거나 잘라 낼 수 없는 긴 한을 표현한 것이기도 하다. 전체 시가 대구만을 사용했고, 형상도 서로 연결

되지 않지만, 변화 많고 빠른 어조로 전체를 통일해 냄으로써 내면의 절
망을 간절하게 표현해냈다. 제11을 보자.

搖落秋爲氣　　　시들어 떨어지는 가을 기운 속에는
淒涼多怨情　　　슬프고 처량하고 원망도 많구나.
啼枯湘水竹　　　순황비 울음에 상수의 대나무 반죽이 되고
哭壞杞梁城　　　기량 처의 울음에 성이 무너져버렸네.
天亡遭憤戰　　　하늘이 망하게 하려고 격한 전쟁을 불러왔고
日蹙値愁兵　　　해가 가려져 병사들 근심에 잠겼구나.
直虹朝映壘　　　아침에는 곧게 뻗은 무지개가 보루를 비추고
長星夜落營　　　저녁에는 유성이 병영에 떨어진다.
楚歌饒恨曲　　　초 지방 민가는 한을 가득 담은 노래요
南風多死聲　　　남쪽 민요에는 쇠미한 노래 많도다.
眼前一杯酒　　　눈앞의 술 한 잔이 차라리 나으리니
誰論身後名　　　죽은 후에 누가 내 이름을 알아주리오!

　　서위가 양을 공격해 왔을 때, 유신은 서위에 사신으로 가 있어서 강릉
의 함락을 직접 보지는 못했지만, 시인은 여덟 개의 전고로 이 거대한
역사적 변란을 개괄해냈다. "제고(啼枯)" 2구는 순임금의 두 왕비의 눈물
이 상수(湘水)의 대나무를 얼룩지게 했다는 전고를 사용해, 군신(君臣)의
패망과 살육을 비유했고, 기량(杞梁) 처의 울음이 성벽을 무너뜨렸다는 전
설을 이용해, 전쟁으로 인하여 처자와 뿔뿔이 흩어진 백성들의 고통을
비유했다. "천망(天亡)" 2구는 항우(項羽)가 "하늘이 나를 망하게 한 것이
지, 전쟁 탓이 아니다(此天之亡我, 非戰之罪也)"라며 탄식한 말을 빌려, 양의
멸망이 실제로는 하늘의 뜻이었음을 탄식한다. 또 <시경·대아·소민(召
旻)>의 "지금 해가 나라 안 백 리를 가렸다(今也日蹙國百里)"를 이용해, 양
조의 영토가 이미 강릉 땅 한 구석으로 줄어들었는데도, 병사들은 용감

히 전쟁을 벌이지 못함을 비유했다. '천망(天亡)'과 '일축(日蹙)'의 대구는
<진서(晉書)·천문지(天文志)>의 "해가 몽롱하게 빛을 잃으면, 사졸들이
내란을 일으킨다(日濛濛無光, 土卒內亂)"의 상(象)에 부합한다. "직홍(直虹)" 2
구는 "무지개의 양끝이 땅에 이르면 유혈의 징조이다(虹頭尾至地, 流血之象)"
와 "제갈량이 군중에서 죽을 때, 유성이 군영에 떨어졌다(諸葛亮卒於軍中, 有
流星落於軍營)"는 말을 빌려, 양 원제의 패망의 징조를 다루었다. "초가(楚
歌)" 2구는 사면초가(四面楚歌) 고사 및 ≪좌전≫의 "남쪽 민요는 다투지는
않으나 쇠미한 노래(衰微之音)가 많으니, 초는 반드시 공을 세우지 못하리
라(南風不競, 多死聲, 楚必無功)"는 사광(師曠)의 말을 이용해서, 양이 망한 슬픔
과 원망 걱정 등을 표현했다. 양이 수도를 옮겼던 강릉은 원래 초 지방
에 속한다. 이 시에서 사용된 전고 역시 초와 관련된 것이 많아서 전고
의 내재적 의미에 부합할 뿐만 아니라, 전고의 자의(字意)만으로도 군대가
패하고 성이 무너질 때의 암담함, 해와 달이 비치지 않는 듯한 처참한
분위기 등을 나타냈는데, 전고가 자연스러워 그 흔적이 거의 드러나지
않는다. 제18을 보자.

尋思萬戶侯	공을 세워 만호후가 되고자 숙고하니
中夜忽然愁	한밤중에도 홀연 근심에 쌓인다.
琴聲遍屋裏	거문고소리 집안 가득 퍼지고
書卷滿床頭	서책들은 침상머리에 가득하다.
雖言夢蝴蝶	비록 장자의 호접몽을 말들 하지만
定自非莊周	나는 원래부터 장자가 아니었던 것을.
殘月如初月	그믐달은 여전히 초승달인 듯하고
新秋似舊秋	새로 온 가을은 지난 가을 그대로 인 듯.
露泣連珠下	이슬은 꿰어진 구슬처럼 흘러내리고
螢飄碎火流	반딧불은 불꽃조각처럼 흐른다.
樂天乃知命	운명을 즐기는 것이 운명을 아는 것일 텐데

| 何時能不憂 | 언제나 근심하지 않을 수 있을까? |

유신은 서위에 남아 제후에 봉해진 후에도, "씩씩했던 마음은 이미 사라졌고, 웅대한 계획은 더 이상 펼치지 않는다(壯情已消歇, 雄圖不複申)"(<擬詠懷> 제5)라고 여러 차례 탄식한 것을 보아, 시인이 추구한 것이 만호후(萬戶侯)의 부귀만이 아니라 뜻을 펼치고자 하는 포부였음을 알 수 있다. 이 시는 구조(句調)와 성음에 정서를 표현하던 남조 시가의 기교를 이용해, 억류된 신세, 공을 세울 희망의 사라짐, 낙천지명(樂天知命)조차 쉽지 않는 우수 등을 서술했다. "금성(琴聲)" 2구에서 '편(遍)'자와 '만(滿)'자는 거문고 소리와 책의 많음을 강조한 것으로, 학식이 있어도 버려둘 수밖에 없는 고뇌를 담아냈다. "잔월(殘月)" 4구는 중첩구를 연결하여, 해마다 변함없는 듯한 달빛과 가을밤에 대한 묘사를 통해, 세월은 끊임없이 바뀌는데 자신의 심정과 처지는 변함이 없다는 탄식을 넌지시 표현했다. 또 알알이 꿰어진 구슬 같은 음조를 통해, 끊어지지 않고 떨쳐내 지지도 않는 복잡한 우수를 강조했다. 전체 작품이 맑고 고요한 경계로 복잡한 마음을 표현하여, 예술적으로도 아주 독창적이다.

유신은 또 강렬한 감정으로 진지하고 감동적인 예술적 경계를 표현한 소시들이 있다. <왕림에게 부치다(寄王琳)>를 보자.

玉關道路遠	옥문관 오는 길 멀고도 머니
金陵信使疎	금릉에서 오는 사신도 뜸하다오.
獨下千行淚	나 홀로 천 갈래 눈물을 흘리며
開君萬里書	그대가 보낸 만 리 밖 편지를 열어본다오.

고국의 옛 친구에게서 온 편지를 받고 마음속에 이는 천 갈래 만 갈래의 생각들이 단 20자 속에 응집되어 있다. 대구가 상당히 정교하면서

도, 회한과 고통의 눈물이 조탁한 흔적을 깨끗이 씻어내어, 입에서 나오는 대로 읊조린 듯하다. <서릉에게 부치다(寄徐陵)> 역시 슬프고 절절한 마음을 노래한 소시다.

故人倘思我	그대여 만약 내가 그립다면
及此平生時	지금 살아있을 때 오시게나.
莫待山陽路	산양의 길가에서 기다리지 말게
空聞舊笛悲	슬픈 피리소리만 부질없이 듣게 되리니.

짧은 4구에 북조에서 벼슬하는 치욕, 돌아가고 싶어도 갈 수 없는 비애, 벗을 그리는 심정, 삶의 동기를 잃어버린 탄식 등이 포함되어 있다. 서릉에게 부치는 시라면 원래는 자신의 그리움을 토로해야 하지만, 시인은 한 걸음 더 뛰어넘어 상대방의 입장에서 생각하여, 서릉이 만약 자신을 그리워한다면 응당 자신이 살아있을 때에 와야 하며, 그렇지 않고 어느 날 자신이 죽으면, 산양(山陽)에서 부질없는 피리소리만 듣게 되는 슬픔이 생길 것이라고 한다. 전체가 표현이 직설적이지 않고 맥락도 쉽게 드러나지 않는데, 전고는 또 아주 적절하게 사용되어, 취할 만한 좋은 구절은 없어도 사람을 감동시킨다.

북조 변새시는 강건함을 지녔지만 종종 거칠며 생경하고, 남조 변새시는 묘사에는 뛰어나지만 상상에서 나온 것이 많다. 유신은 북조에서 출정하는 사람을 여러 차례 송별했고, 강무(講武)나 수렵 등도 참관했으며, 자신도 한 차례 종군하여 북제를 공격하는 등, 군중에서의 생활을 직접 체험했었다. 그래서 출새나 전쟁 장면을 묘사한 작품은 대부분 진실하고 사실적이며, 풍격은 강건하고 막힘없이 힘차다. 예를 들어 <의영회> 제17을 보자.

日晚荒城上	부서진 성 위로 해가 저물며
蒼茫餘落暉	광활한 땅에 석양이 비친다.
都護樓蘭返	도호는 누란국에서 돌아오고
將軍疎勒歸	장군은 소륵국에서 돌아온다.
馬有風塵氣	말은 흙먼지 가득 쓰고
人多關塞衣	사람은 대부분 군복차림 이구나.
陣雲平不動	진운 낮게 깔려 움직이지 않고
秋蓬卷欲飛	가을 쑥은 뒹굴며 날릴 듯한데
聞道樓船戰	높다란 누선이 전쟁에 투입된다 하니
今年不解圍	올해도 포위는 풀리지 않겠구나.

이 시는 이미 전형적인 당대 변새시다. 부서진 성 위에서 북조의 군대가 황혼녘에 먼지를 쓴 채 돌아오는 정경을 바라보며, 자신은 강남의 고국을 위한 전쟁터에도 나갈 수 없다는 생각을 자연스럽게 갖게 된다. "도호(都護)" 2구는 군대의 장수가 승리하고 귀환함 외에도, 두 가지 전고의 의미를 담고 있다. 즉 서한의 부개자(傅介子)가 누란(樓蘭)에 출정해서 사명을 완수하고 돌아온 것, 동한의 경공(耿恭)이 소륵(疏勒)을 지킬 때 양식이 다 떨어져도 흉노에 항복하지 않다가 한나라 군대의 도움을 받아 이기고 개선한 것 등의 전고다. 더불어 자신은 사명을 완수하지 못했다는 자괴감도 언외에 드러난다. "진운(陳雲)" 2구는 첫 구에서는 사막 하늘 위로 길게 걸려있는 진운을 크게 개괄적으로 그려냈고, 다음 구에서는 땅 위의 가을쑥이 날지도 움직이지도 못하는 세세한 장면을 엮어냄으로써, 첫 2구의 부서진 성 위로 지는 해와 더불어, 아득하고 공활한 경계를 만들어냈다. 이외에 <의영회> 제26에서는 "쓸쓸한 변경의 역참 아득하고, 처량한 먼지바람만 자욱하다. 관문 밖에는 오랑캐마을이 있고, 성 그림자는 황하물결에 비친다(蕭條亭障遠, 凄慘風塵多. 關門臨白狄, 城影入黃河)"라고, 빠른 필치로 변경과 황하의 쓸쓸한 느낌을 그려냈다. "멀리 호가

소리가 한밤을 깨우고, 어둠 속 변경의 말이 무리지어 울음 운다(胡笳遙警夜, 塞馬暗嘶群)"(<和趙王送峽中軍>)는 창망한 변경의 밤에 출정을 앞둔 군대의 어수선한 분위기를 강조했다. "나는 듯한 말발굽은 가벼운 구름 같고, 당겨진 활시위는 밝은 달 같다(輕雲飄馬足, 明月動弓弰)"(<擬詠懷> 제15)는 민첩한 말발굽이 마치 가벼운 구름을 따라 나는 듯하고, 잡아당긴 활시위는 달 모양 같음을 썼는데, 환상과 비유가 잘 융합되어 준일(俊逸)하고 씩씩한 이미지를 만들어냈다. "차가운 모래 양쪽 물가에서 하얗고, 사냥 불빛은 온 산에서 붉다(寒沙兩岸白, 獵火一山紅)"(<上益州上柱國趙王二首>)는 하얀 모래와 붉은 화염의 선명한 대비를 통해, 북조 귀족들이 겨울사냥 하는 장관을 전개해 냈다. <조왕이 출정 도중에 내린 시에 받들어 답하다(奉報趙王出師在道賜詩)>는 비록 봉수(奉酬) 작품이기는 하나 기세가 탁월하다. 즉 "상장군 동평 땅으로 출정하여, 먼저 반군을 평정해버리네. 활을 쏘면 누워있던 바위가 움직이고, 북을 울리면 모래더미가 울음 운다. 한나라의 횡해 장군이 큰 소리를 내면, 폭풍을 부르고 준마를 부린 듯 했다지. 비 그치자 옅은 무지개 걸리고, 구름 돌아간 후 한 무리 기러기 떼가 날아간다. 아침이면 험준한 바위 축축하고, 밤이면 빈산에 횃불 밝게 피워둔다. 낮은 교량으로 시냇물을 건너고, 좁은 길에서는 꽃 사이로 행군한다. … (上將出東平, 先定下江兵. 彎弓伏石動, 振鼓沸沙鳴. 橫海將軍號, 長風駿馬名. 雨歇殘虹道, 雲歸一鴈征. 暗岩朝石濕, 空山夜火明. 低橋澗底渡, 狹路花中行. …)" 이다. 조왕(趙王)의 이번 출정은 조국부인(趙國夫人) 흘두릉(紇豆陵) 씨가 동행했으므로, 조왕 군대의 위용과 조왕의 위엄에 대한 찬송뿐만 아니라, 가는 길의 빼어난 경치에 대한 형용도 있다. 강건함과 청려한 풍격을 한 수의 시 속에 통일시켜 낸 것도 유신의 시도이다. 이들 북방생활을 그린 시가들은 당대 변새시에 뚜렷한 영향을 미쳤다.

두보는 "유신의 문장은 노년에 더욱 완성되어, 노년의 시부가 강산을

감동시켰네(庚信文章老更成, 暮年詩賦動江關)”라고 했다. 원래 “노경성(老更成)”은
유신의 만년의 시가가 더욱 성숙했다는 것을 가리키는데, ‘노성(老成, 노련
한 성숙미)’ 이 두 자만으로 유신의 독창성을 개괄한 것도 아주 적합한 평
어다. 양신(楊愼)은 “자산의 시는 기려하면서도 질박함이 있고, 염려하면
서도 골기가 있고, 맑으면서도 가볍지 않으며, 새로우면서도 튀지 않으
므로 ‘노성’을 이루었다(子山之詩, 綺而有質, 艶而有骨, 淸而不薄, 新而不失, 所以爲老
成也)”고247) 했다. 이 ‘기려함 속의 질박함’, ‘염려함 속의 골기’는 참을
수 없이 처량하고 비통한 또는 강건하고 힘 있게 막힘없이 써내려 간 그
의 영회시와 변새시 뿐만 아니라, 일상생활을 묘사한 시편에도 체현되어
있다. 시인은 종종 자신의 슬프고 초라한 심정을 북방의 쓸쓸하고 담담
한 풍경 속에 녹아들게 하여, 주객관적 경계를 고도로 통일시킴으로써,
청신함 속에 고담(枯淡)함을 지닌 풍격을 형성했다. 그 예가 <위왕이 상
락주를 하사한 것에 받들어 화답하다(衛王贈桑落酒奉答)>에 “창가에 기대어
술 익기를 재촉하고, 술잔 멈춘 채 국화주를 기다린다. 서리바람이 나뭇
잎 어지러이 날리고, 차가운 물은 모래알 맑게 씻어낸다(跂窻催酒熟, 停杯待
菊花. 霜風亂飄葉, 寒水細澄沙)”인데, 고담(枯淡)한 필치의 추음도(秋飮圖) 한 폭이
완연히 눈앞에 펼쳐져 있다. “서리 내린 날씨에 수목이 메마르고, 가을
기운에 바람과 구름 높다(霜天林木燥, 秋氣風雲高)”(<和裴儀同秋日>)는 서리 내
린 날씨와 가을 숲의 건조함을 표현했는데, 시인의 심정도 메말랐음을
상징한다. <가을날(秋日)>은 비록 짧은 소시지만, 정경교융하며 자연스럽
게 융화되었다. “아득히 해지는 광경을 바라보며, 나그네가 지는 가을을
마주하고 있다. 남쪽에서 보았던 국화꽃에라도 의지하려니, 시든 꽃이라
도 근심을 풀 수 있겠지(蒼茫望落景, 羇旅對窮秋. 賴有南園菊, 殘花足解愁)”인데, 석

---

247) ≪升庵詩話≫.

양녘 창망한 광경과 객지살이로 늦가을을 맞는 우수도 감당할 수 없는데, 하물며 남쪽 고향에서 보았던 국화를 보았으니 그 기분 어떠하겠는가? "(국화꽃에라도 의지하면) 근심을 풀 수 있겠지(足解愁)"는 마치 활달(豁達)의 반대어로 일부러 사용한 듯한데, 그 어쩔 수 없음을 나타내는 사실적 표현이다. 두보가 "국화 떨기 이 년째 꽃이 피니 지난날이 슬퍼지고(叢菊兩開他日淚)"라고, 해소할 수 없는 슬픔을 노래한 것보다도 뛰어나다. 유신은 또 많은 영추시(詠秋詩)를 지었는데, <뜰(園庭)>, <만추(晩秋)> 등은 처량함과 소슬함이 가득해, 시인을 짓누르고 있는 우울감과 낙이 없는 심경을 묘사한 것이 확실하다.

제량시는 대부분 청신하면서도 부박(浮薄)함에 빠졌는데, 이는 조탁 기교를 중시하여 내용의 깊이가 부족한 것 외에도, 그들이 연미(軟媚)하고 선려(鮮麗)함을 추구하며 외형적 묘사에만 치중했던 심미적 경향과도 관련 있다. 게다가 생활의 범위가 협소하여, 소재가 계절적 경물이나 달 이슬 바람 구름 등의 자연물상을 벗어나지 못해 천편일률적이다. 하지만 유신은 "빼어난 구를 섞어 졸박한 수사를 해(間秀句以拙詞)"248) 낼 수 있었고, 속(俗)을 아(雅)에 섞고 삽(澁)으로 활(滑)을 다스리면서, 인생의 희노애락을 다양하게 담아냈다. 제량인들은 전고 사용에 있어서 흔적 없는 자연스러움과 쉽고 유창함을 추구했는데, 유신은 전고의 자연스러움 외에도, 경서나 사서의 고어(古語)를 시에 운용하던 진송시가의 작법을 일상생활 속의 정경묘사와 결합함으로써, 새로움 속에 자연스러운 맛을 느낄 수 있게 했다. 이렇게 하여 창노(蒼老)하면서도 고졸(古拙)한 자연미로 남조인들의 예술적 기호를 벗어날 수 있었다. <삼가 늦가을을 알리며 은사에게 보내다(奉報窮秋寄隱士)>가 그 예다.

---

248) ≪采菽堂古詩選≫.

<table>
<tr><td>王倪逢齧缺</td><td>왕예는 설결을 만나 문답을 나누고</td></tr>
<tr><td>桀溺偶長沮</td><td>걸익은 장저와 함께 농사를 지었다지요.</td></tr>
<tr><td>藜床負日荷</td><td>명아주 평상에 해를 지고 누웠다가</td></tr>
<tr><td>麥隴帶經鋤</td><td>보리밭에서 경서 들고 김을 맵니다.</td></tr>
<tr><td>自然曲木几</td><td>절로 굽어 자란 나무로 만든 안석에</td></tr>
<tr><td>無名科斗書</td><td>이름 모를 고문자 서책.</td></tr>
<tr><td>聚花聊飼鶴</td><td>꽃을 따서 그럭저럭 학을 먹이고</td></tr>
<tr><td>穿池試養魚</td><td>연못을 파서 물고기를 길러보지요.</td></tr>
<tr><td>小村治澁路</td><td>촌락에 울퉁불퉁한 길을 내고</td></tr>
<tr><td>低田補壞渠</td><td>밭을 낮추어 무너진 도랑을 수리합니다.</td></tr>
<tr><td>秋水牽沙落</td><td>가을물은 모래바닥을 파며 흐르고</td></tr>
<tr><td>寒藤抱樹疎</td><td>차가운 등나무는 나무를 두른 채 성기군요.</td></tr>
<tr><td>空枉平原騎</td><td>아무 일 없더라도 그대 말을 끌고서</td></tr>
<tr><td>來過仲蔚廬</td><td>쑥과 풀이 가득한 제 여막에 들르십시오.</td></tr>
</table>

앞 2구는 ≪장자≫의 "설결과 왕예의 문답(齧缺問於王倪)" 전고와 ≪논어≫의 걸익(桀溺)과 장저(長沮)가 함께 농사를 지었다는 전고를 사용하여, 고인에 버금가는 은사의 고고한 풍격을 찬미했다. "여상(藜床)" 2구는 "향후가 항상 명아주 평상에 앉아 있었다(向詡常坐藜床之上)"는 고사와[249] 아관(兒寬)이 "경서를 들고 김을 맸다(帶經而鋤)"는[250] 전고를 이용하여, 은사가 전원에 묻혀 살더라도 학문과 경전을 손에서 놓지 않음을 비유했다. 이하 8구는 서책을 보고, 학과 물고기를 기르고, 길과 도랑을 수리하는 등의 일상적 소사를 통해, 은사의 담담한 심경과 고고한 학문을 표현했다. "소촌(小村)" 2구는 농가의 일상적인 소사를 마치 마음 내키는 대로 써낸 듯한데, 울퉁불퉁한 길, 무너진 도랑 사이의 가을물, 성긴 등나무 등을 통해 고졸(古拙)하면서 자연스러운 정취를 증가시켰다. 또 <밭으로 돌아

---

249) ≪英雄記≫.
250) <漢書・兒寬傳>.

가며(歸田)>의 "나무그늘 아래로는 쉬고 있는 말이 보이고, 물고기 노니는 못에는 주객이 탄 배가 보인다. 쓴 자두는 따는 이가 없고, 가을 오이는 돈이 되지 않는다(樹陰逢歇馬, 魚潭見酒船. 苦李無人摘, 秋瓜不直錢)"는 눈앞의 장면을 즉석에서 시로 써내어, 삶의 정취가 특히 농후하다. "고리(苦李)" 2구는 은사의 욕심 없으며 곤궁함을 썼는데, 백화처럼 보이지만, 왕융(王戎)이 길가의 쓴 자두는 따지 않았다는 전고와 오왕(吳王)은 가을에 길가의 생오이를 따먹었다는 전고를 넌지시 내포하고 있다. 이와 같이 경전의 언어나 전고를 속어와 융합하여 일상적 소사를 표현하는 수법은 후일 두보 시에서 가장 잘 반영된다. 유신의 뛰어난 '노성'은 때로는 질박한 곳이나 솔직한 곳에서 두드러지는데, "두 강줄기는 젖은 비단인 듯, 두 봉우리는 그려낸 눈썹인 듯(兩江如漬錦, 雙峰似畫眉)"(<上益州上柱國趙王二首>)처럼 비유가 단순하면서도 사실적이어서 오히려 탈속적 이다. "산이 밝길 래 눈이 쌓였나 했는데, 강가가 하얀 것도 모래와는 상관없구나(山明疑有雪, 岸白不關沙)"(<舟中望月>)는 앞 구의 '의(疑)'에서의 착각을 뒷 구에서 바로 부정하면서, 섬세한 심리적 변화를 통해 밝은 달빛에 대한 직관적 느낌을 표현했는데, 다소 무딘 듯한 표현으로 묘사하여 새로우면서도 기교가 도드라지지는 않았다. "비가 멈추자 바로 더운 수증기 생기고, 구름이 걷히자 곧 봉우리가 나타난다. 하얀 물은 맑아서 더 얕아 보이고, 붉은 꽃은 빗물이 말라 더욱 짙구나(雨住便生熱, 雲晴卽作峯. 水白澄還淺, 花紅燥更濃)"(<喜晴>)는 마치 구어를 시에 마구 사용한 듯하지만, 한여름 비가 그치고 더운 수증기가 걷히고 나면, 물은 더욱 맑고 꽃은 더욱 붉은 듯한 선명감이 느껴지는 것을 사실적으로 써냈다. 이상의 각 구법 역시 두보에 의해 많이 계승된다.

유신은 전란 중 재산을 다 잃고, 북조에 머물면서 왕공귀족에게 글을 써주고 생활해 나갔다. 그의 문집에 들어있는 많은 감사장(謝啓)이나 서신은 모두 시처럼 우미하게 쓰였다. 때로는 아예 시로써 서신을 대신하기도 했는데, <포주사군이 술을 보내주다(就蒲州使君乞酒)>, <포주자사 중산공이 술 한 수레를 보내기로 했으나 보내지 않다(蒲州刺史中山公許乞酒一車未送)> 등은 술을 논한 시이다. 그는 시의 응용 범위를 확대하여, 제량 문인들이 일상생활을 시화(詩化)했던 경향을 더욱 확대했다. 그는 언제 어디서나 볼 수 있는 경물 속에서 우연성을 지닌 다양한 움직임을 찾아내어 그 순간의 동태를 포착해내는데 뛰어났다. "바람이 거꾸로 불어 꽃이 이쪽을 향하고, 산이 깊어 구름이 옷을 적신다. 기러기는 한 쪽 발로 서있고, 원숭이는 두 팔로 날고자 하네(風逆花迎面, 山深雲濕衣. 鴈持一足倚, 猿將兩臂飛)"(<和宇文內史春日遊山>)에서, 기러기와 원숭이의 몸짓은 모두 우연히 보게 된 장면이고, 그것을 시에 담아낸 것인데, 신선하고 사실적이면서 상투적이지 않다. 또 사냥을 표현하여, "놀란 꿩이 매를 쫓아 날고, 높이 뛰던 원숭이는 화살 쪽으로 몸을 돌려 바라본다(驚雉逐鷹飛, 騰猿看箭轉)"(<冬狩行四韻連句應詔>)라 했다. 꿩은 본래 매를 두려워하는데 놀라서 자신의 천적과 함께 날아가 버렸고, 원숭이도 본래 민첩하지만 놀라서 펄쩍 뛰며 어지러이 날리는 화살을 쳐다보고 있다. 이렇게 평소에는 볼 수 없는 두 가지 작은 동작을 포착하여, 그들이 공격을 받는 순간 놀라 기겁하는 정태를 생동적으로 표현해냈다. 옛 사람들은 유신이 "새로운 것을 찾고 특이한 것을 모았는데, 단지 일부가 새로운 것이 아니라, 새로움에 놀랍지 않은 것이 없다(聳奇搜異, 不獨暫而標新, 抑且無言不警)"고[251] 했는데, 사실은 예술적 취향이 단순했던 제량인들이 가볍게 넘겼던 각종 소재나 느낌을, 유신은 모두 시 속에 담아낸 것뿐 이다. 그의 시에는 "들새는 시끄러운 현악기 소리처럼 지저귀고, 산꽃은 불꽃처럼 타오르네(野鳥繁弦轉, 山花焰火

---

251) ≪采菽堂古詩選≫.

燃)"(<奉和趙王隱士>)나, "계곡 아래에 만발한 백화, 산자락에는 한 가닥 빗줄기(澗底百重花, 山根一片雨)"(<遊山詩>)처럼 수윤(秀潤)하고 농염한 색감이 있고, "새롭게 털갈이 한 어린 고니, 뿌리 굳게 엉킨 키 작은 고목. 들판의 수자리엔 한 줄기 연기가 오르고, 봄 산에는 온갖 새들이 지저귄다(氄毛新鵠小, 盤根古樹低. 野戍孤煙起, 春山百鳥啼)"(<至老子廟應詔>)와 같은 예스럽고 청담(淸淡)한 의경도 있다. 또 "이슬방울이 늦가을 국화에 떨어지고, 작은 불빛은 성긴 홰나무에 떨어진다(圓珠墜晚菊, 細火落空槐)"(<山齋>)와 같은 자잘한 경치도 있으며, "가는 피리소리 대밭에 불어오고, 새 술잔이 한창인 연꽃에 걸린다(細管吹叢竹, 新杯卷半荷)"(<詠畫屛風詩> 제12)와 같은 한 순간의 흥치(興致)도 있다. 또 "비스듬한 계단은 계곡모양으로 만들었고, 집을 마주하는 것은 연이은 산봉우리라. 큰 바위는 호랑이가 몸을 감춘 듯하고, 노송 뿌리는 용이 누워있는 형상이네. 모래밭에는 물억새 어지러이 피어 있고, 동굴 입구는 소나무가 가로누워 막고 있구나(橫階仍鑿潤, 對戶卽連峯. 暗石疑藏虎, 盤根似臥龍. 沙洲聚亂荻, 洞口礙橫松)"(<同會河陽公新造山池聊得寓目>)는, 높고 넓은 건축물을 갖춘 산속 연못 풍광을 용이 누워있고 호랑이가 숨어 있을 듯한 동굴로 그려냄으로써, 유람응수시(遊覽應酬詩)의 고급스럽고 화려한 느낌을 씻어냈다. "대나무가 움직이니 매미가 다투어 흩어지고, 연꽃이 흔들리니 물고기가 날듯 헤엄쳐간다. 얼굴이 붉어지며 술기운이 막 오르는데, 저녁 바람이 가볍게 옷깃에 불어온다(竹動蟬爭散, 蓮搖魚暫飛. 面紅新著酒, 風晚細吹衣)"(<詠畫屛風詩> 제22)에서는 매미가 대숲에서 놀라 흩어지고, 물고기가 연꽃 사이로 수면을 가르는 등의 찰나적 동태를 포착했는데, 구법이 신선하다. 뒷 2구는 술기운이 막 오를 무렵 옷깃에 미풍이 살짝 불어 올 때의 상쾌함을 표현한 것인데, 노련하면서도 깊은 맛이 느껴진다. 두보는 이 방면에서 유신의 신운을 얻어냈다. 종합하면, 경서나 사서의 고어와 속어를 시에 사용하고, 전고로 일상생활을 표현하고, 우연한 순간을 포착했으며, 교졸(巧拙)을 뛰어넘어 자연스럽고 친밀하며 정취가 배어있는 것이 유신이 표현예술에서 노성(老成)의 경지에 도달했다는 중요한 표지이다.

장편 5언 고시나 5언 배율의 술회시와 응수시를 개척하면서, 대구와 전고를 많이 운용하고, 복잡한 정서를 남김없이 드러내면서도 완곡하고 변화 있게 표현하여, "걸출한 기운을 운용하고, 깊은 무늬를 만들어냈으며(運以傑氣, 敷爲泓文)", "맑은 소리를 커다란 울림 속에 섞어(厠淸聲於洪響)",252) 심엄(深嚴)하면서도 자연스러운 풍격을 형성한 것도 유신의 시가가 노성해진 또 다른 중요한 표지다.

제량 시인들은 진송의 무겁고 심오한 시어를 배척하고, 가볍고 얕고 쉬운 언어만 추구했으며, 깊은 인생경험이 부족했던 까닭에, 시에는 맑은 소리만 있고 커다란 울림이 없었다. 또 분량을 갖춘 중장편의 영회시는 거의 짓지 않았고, 대신 신체시와 5언 7언의 소시를 주로 지었다. 이에 비해 유신은 <의영회> 외에도 장편 영회시를 지었는데, 종종 응수시와 결합하여 상대에 대한 응수, 증답, 칭송 과정 속에 자신의 신세를 슬퍼하거나 고민을 표현해냈다. 예를 들면 <사구 회남공에게 정중히 보내다(謹贈司寇淮南公)>는 본래 회남공 원제(元濟)를 칭송한 응수시다. 원제는 북제에 사신으로 갔다가 붙들려, 2년이 지나 북주가 북제를 평정하고 나서야 풀려났던 인물이다. 유신은 이러한 사실을 자신의 경험과 대조하고 감회를 더했다. 하지만 북주의 왕공(王公)에 대한 술회는, <의영회>처럼 그렇게 단도직입적으로 절개를 버리고 주 왕조에 벼슬하는 치욕감을 써낼 수는 없었으므로, 많은 전고를 운용했는데, "놀랄 만큼 절실하고 감동적이며, 변화가 풍부하게(警切淋漓, 回換曲折)" "마음을 드러냈을(使心跡幷

---

252) ≪采菽堂古詩選≫.

見)” 뿐 아니라, 아주 분별 있고 완곡하여 무례함에 빠지지 않았다. 진송 이후 응수시는 진실한 감정은 부족하고, 아송식의 공손한 언어를 반복하거나 경물묘사로 작품을 채웠다. 유신은 일찌감치 사신이 되어 외교적 응답에 능숙했다. 북조로 온 이후 제왕과 귀척들의 총애를 받았지만, 억류된 신세여서 정치적 경제적으로 그들에게 의지하면서도 일정한 거리를 유지해야만 했다. 이러한 처지에서, 빈번한 왕래와 시가 수창(酬唱)에 응해야 하므로, 덤덤하게 응대할 수도, 진심을 기울여 말을 할 수도 없었다. 그래서 그저 전고를 빌어 신세에 대한 감상을 토로할 수밖에 없었고, 아첨이나 축하, 자술 등에 능숙할 수밖에 없었다. <원단에 사헌부로 가며(正旦上司憲府)>, <삼가 낙주로 부치다(奉報寄洛州)>, <장시중의 술회시에 화답하여(和張侍中述懷)>, <왕 사도 포를 슬퍼하며(傷王司徒褒)> 등은 모두 술회 속에 응수(應酬)를 삽입한 작품으로, 전체적으로 대구가 사용되었고, 전고가 많아도 감정이 가려지지 않았으며, 어조가 전아하고 장중하며, 어휘는 정교하고 깊이 있다. 다만 그의 청신하고 강건한 기질과 진실하고 간절하며 돈후한 감정이 변려적인 언어를 관통하는데, 의취(意趣)가 거침없고, 필치가 구름을 뚫을 뜻 아주 힘차다. 이러한 시는 형식면에서 두보의 5언 배율의 기초가 되었고, 또 응수와 영회를 결합시킨 표현기교 역시 두보에 의해 계승 발전되었다. 양신(楊愼)이 유신의 '노성(老成)'은 "오로지 두자미(두보)만 그의 훌륭한 점을 발휘할 수 있다(獨子美能發其妙)"고253) 말한 것은 아주 적절한 표현이다. 두보가 유신의 노성의 훌륭한 점을 발전시킬 수 있었던 것은, 두보도 난리를 겪은 개인적 경험이 있어서, 유신 만년의 심경의 변화가 시가에 일으킨 변화를 깊이 이해할 수 있었을 뿐만 아니라, 성당시가가 "오직 한가함과 우아함만을 추구

---

253) ≪升庵詩話≫.

하고(唯以閑雅爲致)”, 풍격상 청신함과 호방함에 국한되었던 상황 하에서, 졸(拙)을 수(秀) 속에 섞고, 생(生)을 숙(熟)에 섞고, 둔(鈍)을 이(利)에 섞고, 깊고 두터움(深厚)으로 얕고 가벼움(淺易)을 다스리고, 풍부하고 넓음(博大)으로 단일함(單一)을 다스리는 유신 시의 이치를 깨달았기 때문이다. 두보가 유신이 예술 방면에서 이루어낸 창조적 성과를 모두 수용하고, 나아가 더욱 넓고 섬세하게 개척한 것이, 그가 집대성을 이루어 낼 수 있었던 한 이유다.

장부(張溥)가 “당인의 문장은 서릉, 유신과 가장 가까운데, 형태의 섬세한 묘사에 있어서 본보기가 나온 것이다(唐人文章, 去徐庾最近, 窮形寫態, 模範是出)”라254) 했듯이, 초·성당에서 중·만당까지의 시가 명편 곳곳에서 유신의 영향을 받았음을 쉽게 발견할 수 있다. 왕유의 “대숲이 떠들썩하니 빨래 나온 여인들 돌아가는 것이고, 연잎이 흔들거리니 고기잡이배 내려가는 것이네. 향기로운 봄풀 제멋대로 시든다 해도, 왕손은 의연히 산중에 머무르리라(竹喧歸浣女, 蓮動下漁舟. 隨意春芳歇, 王孫自可留)”(<山居秋暝>)는 유신의 “대나무가 흔들리니 매미가 다투어 흩어지고, 연꽃이 흔들리니 물고기가 날듯이 헤엄쳐간다(竹動蟬爭散, 蓮搖魚暫飛)”(<詠畵屛風詩> 제22)와 “왕손이 만약 떠나지 않았다면, 산중에서 반드시 머무르리라(王孫若不去, 山中定可留)”(<尋周處士弘讓>)를 의경이나 시어 방면에서 모방한 것이다. 다만 왕유의 시가 시적 정감, 회화적 정취가 더욱 풍부할 뿐이다. 유신의 “투호하는데 번개가 일 듯하더니, 기둥 곁에서 천둥에 놀라네(投壺欲起電, 倚柱稍驚雷)”(<奉和趙王喜雨>)는 아주 쉽게 이백의 <양보음(梁甫吟)> 중 “뇌공이 우르릉 천고를 두드리고, 상제 옆에는 투호하는 옥녀들이 많은데, 삼시에 크게 웃으며 번개를 내리치니, 갑자기 어둠 속에서 비바람이 일어나

---

254) ≪漢魏六朝百三家集題辭注≫.

네(雷公砰訇震天鼓, 帝旁投壺多玉女, 三時大笑開電光, 倏忽晦冥起風雨)”를 떠올리게 되는데, 당연히 이백 시의 기세가 더욱 높다. 유신은 “산길이 산속 나무보다 높이 있고, 구름이 말 위의 사람보다 낮다(路高山裏樹, 雲低馬上人)”(<詠畵屛風詩> 제19)라고, 말을 타고 산을 올라가는데, 위로는 산길이 빙 돌아서 이어지고, 아래로는 오색구름이 발아래 있음을 표현했는데, 이백은 “산은 사람 얼굴 높이에서 시작되고, 구름은 말머리 가에서 생긴다(山從人面起, 雲傍馬頭生)”(<送友人入蜀>)라고 정면에서 바라본 느낌을 표현했다. 유신은 “일찍이 천상에서 배운 것이지, 어찌 인간세상에서 나온 것이랴(已曾天上學, 詎是世中生)”(<和詠舞>)라고 춤추는 모습의 아름다움을 형용했는데, 두보는 이를 음악의 비범함을 찬미할 때 사용하여, “이 곡은 응당 천상에만 있어야 할 것, 인간세상에서 몇 번이나 들을 수 있을까(此曲只應天上有, 人間能得幾回聞)”(<贈花卿>)라 했다. 유신의 “쌍 폭포의 긴 무지개, 두 부용의 둥근 테두리(長虹雙瀑布, 圓闕兩芙蓉)”와 “나무는 밤새 앵무새를 품고, 꽃에는 벌들이 앉아 자라네(樹宿含櫻鳥, 花留釀蜜蜂)”(<陪駕幸終南山和宇文內史>)는 수사 ‘쌍(雙)’과 ‘양(兩)’을 사용하여 폭포와 부용에 견고한 대칭감을 형성했고, 또 ‘함(含)’과 ‘류(留)’라는 두 동사를 사용하여 새와 벌이 모두 정지 상태에 있음을 나타냈는데, 이로써 동태적인 풍경에 민간의 전지(剪紙) 도안처럼 독특한 장식적 효과를 더하여, 임금의 거둥을 모시는 장면에 화려한 궁정적 느낌을 갖게 할 수 있었다. 이상은의 시 “바라노니 붉은 인끈으로 바뀌어서, 덕행을 지닌 인재를 함께 묶을 수 있었으면(願得化爲紅綬帶, 許敎雙鳳一時銜)” 역시 이 같은 예술적 수법을 이용한 작품으로, 중국 전통공예가 지닌 대칭적 심미효과를 이용하여, 미려하고 정감 있는 상상을 도안해 냄으로써 새로운 효과를 얻어냈다.

유신 작품 가운데에 부(賦)의 수법으로 지어져 표현예술이 독특한 장시가 두 수 있다. <밤에 다듬이 소리를 듣다(夜聽擣衣)>시는 가을밤 다듬이

소리를 들으며 쓴 염려(艶麗)한 작품이다. 전체 시에 다듬이 소리가 가득한데, 섬세한 대구로 가위, 바늘, 실과 같은 바느질 도구를 묘사했고, 다듬질, 마름질 등 일련의 동작을 극도로 미화하며 그리움을 대입시켰고, 거문고나 북 소리보다 빠른 다듬이 소리를 사이사이에 삽입하여 중심 선율을 형성하면서, 섬세한 사물묘사 속에 슬프면서 여운을 지닌 애틋한 마음을 써냈다. 시에는 은유와 상징 및 쌍관어를 많이 사용했는데, 다듬이질과 관련된 전고를 연상이나 비유와 잘 조화시킴으로써, 남조 악부민가에서 상용하는 쌍관법을 크게 복잡화했으며, 전고 사용의 기교를 높였다. 예를 들면 “동심주 죽엽잔에 채울 때는, 두 사람이 함께 주고받으며 가득 부었지(同心竹葉碗, 雙去雙來滿)” 2구는 두 여자가 마주보고 다듬질하는 동작에서, 남녀 두 사람이 함께 죽엽잔에 동심주(同心酒)를 가득 채우는 장면을 연상할 수 있는데, 여기서는 이 연상을 거꾸로 이용해, 두 사람이 함께 다듬질 하는 동작을 비유했다. 이것은 다듬질 하는 사람의, 이별하기 전 부부의 사랑에 대한 아름다운 추억을 기교적으로 기탁한 것이다. “귀밑머리 흘러내리고 눈물도 어지러이 흐르고, 정조를 위해 몸에 찧어 놓은 방망이 자국이 붉구나(花鬢醉眼緝, 龍子細文紅)” 이 2구는 다듬이질 할 때 눈물이 마구 흐르고 머리카락이 헝클어진 모습을 묘사했고, 나아가 다듬이방망이를 통해 방망이로 쳐서 여자의 몸에 찍어두던 붉은 자국(紅守宮)을 연상시킴으로써, 귀한 집의 처첩들이 지조를 지키며 독수공방하는 괴로움을 넌지시 기탁했다. “가을 다듬질 소리 빠른 박자를 조절하여, 어지러운 방망이질이 새로운 소리로 바뀌네(秋砧調急節, 亂杵變新聲)”, “바람과 물소리가 부드러운 울림을 만들어내니, 슬픈 소리가 내마음을 아프게 한다. 새로운 소리는 밤바람을 타고, 돌고 돌아 공중을 가득 채우네(風流響和韻, 哀怨聲凄斷. 新聲繞夜風, 嬌轉滿空中)”, “소리는 광릉산 곡조보다 답답하고, 방망이질은 어양참 곡조보다 빠르다(聲煩黃陵散, 杵急漁陽摻)”

등은 여러 구를 이용하여 다듬이 소리의 리듬과 운율을 반복적으로 표현한 것인데, 비유와 상상을 통해 귀족이나 민간 아낙의 원망을 하나로 엮어냈다. 전체 시는 다양한 내용을 지속적으로 등장시키며 농려(濃麗)하게 열거했는데, 대구를 많이 사용했으며, 시의는 깊이 감추어져 있어 드러나지 않아 암시성이 뛰어나다. 이러한 정서와 표현수법은 후일 이하(李賀)의 <뇌공(惱公)>과 이상은(李商隱)의 <내용을 모방하다(擬意)>, <하양(河陽)> 등의 기초가 되었으며, 중만당 기려파(奇麗派)의 기원이 되었다.

<양류가(楊柳歌)>는 7언 가행이며, 역시 부체시(賦體詩)다. 이 작품은 사부의 규원과 변경의 추위나 고통 등을 자세히 서술하던 양진 가행체의 상투적 방식을 벗어났다. 영류(詠柳)를 주선율로, 한 귀족 소년이 젊은 시절에는 수레를 몰고 노닐며, 변새 지역에서 말을 대닫고, 연산(燕山)에서 공을 세우고, 화목하게 가정을 꾸미는 등 영화를 다 누렸지만, 늙어서는 진(秦)이 초나라 군대를 격파하자 공명을 세우지 못하고 어쩔 수 없이 술에 빠져 삶을 마치게 됨을 서술했다. 주인공의 인생역정에 대한 회고는 은연중에 작자 자신의 신세와도 부합한다. 작자는 이를 빌어, 그가 여러 차례 표현한 적 있는, "반초(班超)처럼 정원후(定遠侯)에 봉해지지는 않더라도, 마땅히 만리후는 되어야 할 터인데(不言班定遠, 應爲萬里侯)", "뜻을 이루지 못했음을 누가 알겠는가(誰知志不就)", "장대했던 의지 이미 다 사라졌구나(壯情已消歇)"(<擬詠襄>)와 같은 감개를 기탁한 것이다. 전체 시에서 경물묘사마다 버드나무와 관련된 전고를 응용했는데, 곳곳에 고향에 대한 그리움을 암시했다. 예를 들어, "무창성 그 버드나무 옮기는 것을 누가 보았으며, 관도 병영 앞의 버드나무는 어찌 알아봐줄까(武昌城下誰見移, 官渡營前那可知)"는 도간(陶侃)이 무창(武昌)에서 버드나무를 심었고, 조비가 관도지전(官渡之戰)에서 종군하며 버드나무를 심었던 두 가지 전고를 사용한 것이지만, 실제로는 남조 강릉의 버드나무에 대한 그리움을 통해 고국에

대한 그리움을 기탁한 것이다. 시에서는 소년 인생의 각 단계가 생동적이고 선명한 화면을 통해 표현되었다. 예를 들어, "준마로 나는 듯 서북쪽 향해 달리고, 좌우로 활을 당겨 과녁을 쏜다. 엽전 무늬 있는 준마 타고 물을 건너 달리고, 백옥의 홀을 똬리 튼 용의 입속에 넣기도 했지(駿馬翩翩西北馳, 左右彎弧仰月支. 連錢障泥渡水騎, 白玉手板落盤螭)"는 젊은 시절 먼 곳에 출정할 때의 의기를 표현한 것이고, "봉황무늬 새 피리는 소사가 불고, 붉은 새 새겨진 봄 창가에는 옥녀가 엿보네. 구름 그려진 술잔은 붉은 마노 잔이요, 햇빛에 반짝이는 식기는 자주빛 유리그릇이라네(鳳凰新管蕭史吹, 朱鳥春窓玉女窺, 銜雲酒杯赤瑪瑙, 照日食螺紫琉璃)"는 벼슬에 오르고 혼인을 할 때의 호화로운 생활을 표현한 것이다. 이와 같이 농염한 문채와 정교한 대구로 동태나 사물, 장면을 서술하는 표현방법, 한 사람의 전반적인 인생 경험을 빌어 흥(興)을 기탁하는 방법, 풍경 묘사나 감정 묘사마다 영물을 중심선으로 하는 결구방식 등은 양진의 가행체보다 발전한 것으로, 수대와 초당 가행체의 기초가 되었을 뿐만 아니라 성당과 중당까지도 영향을 미쳤다. 이는 바로 유신이 표현 예술면에서 커다란 창조적 변화를 일으켰음을 설명한다. 이외에 유신은 근체시가의 형식 발전에도 중요한 공헌을 했다. 그는 시가를 더욱 격률화 변려화했는데, 구수, 장법, 대구, 성률 등에서 이미 당대 5, 7언 율시와 절구, 5언 배율과 장편 가행의 선구가 된 시가 많이 있다. 유신이 얻은 성과는 그가 한위육조 시가의 예술적 성과를 집대성한 대가로 자리 잡게 했으며, 육조를 계승하고 당대로의 발전을 여는 중요한 작용을 하게 했다.

제3절 왕포(王褒)와 노사도(盧思道)

북조 시인으로 유신 외에 왕포와 노사도도 남북의 시풍을 융합하는 데에 나름의 공헌을 했다.

왕포(513~576)는 자가 자연(子淵)이고, 낭야(琅邪) 임기(臨沂, 현 산동성 臨沂) 사람이다. 원래는 양의 중신이었는데, 서위가 강릉을 함락하자 원제와 함께 항복했다. 장안에 온 후 억류되었다가 유신과 함께 중용되었으며, 끝내 남으로 돌아가지 못했다.

역사는 왕포가 북에 머문 후에는 "성은을 입고, 타향이라는 생각을 잊었다(幷荷恩眄, 忘羈旅焉)"고[255] 기록했는데, 유신에 비해 왕포는 고국에 대한 그리움이 크지 않았고, 후기에는 또 도교와 불교를 믿어 현허한 세계관 속에서 여생을 보내면서 정서가 더욱 소극적으로 변했다. 그러나 그의 <양의 처사 주 홍양에게 부치는 글(寄梁處士弘讓書)>과 일부 시가들을 보면, 타향살이로 인한 비개나 고국강토를 그리워하는 마음이 전혀 없었던 것은 아니다. 다만 "쓸쓸하고 의욕도 다 사라진 마음(寂寞灰心盡)"이 "돈도 없고 친한 이들과도 소원해진(財殫密親疏)"(<和殷廷尉歲暮詩>) 슬픔과 원망에 합해졌는데, 유신처럼 통절하지 않았을 뿐이다. 중요한 것은 그가 일부 작품에서 당시의 정치적 부패를 비교적 심도 있게 비판했다는 점이다. <장상난위추(墻上難爲趨)>에서는 매관매직이 성행하는 풍조를 폭로했다. 즉 "말세에는 요행이 많으니, 재상 자리는 누구나 거치는 것. 상서랑은 값이 황금 백 근이요, 재상 보좌는 천만 냥에 구하네. 조정에는 직언이 사라지고, 그 대신 간사함만 남았구나. 정위 관직은 십 년 동안 발령을 내 주지 않고, 장군은 백 번을 싸워도 제후에 봉해주지 않는다네.

---

255) ≪周書≫ 本傳.

밤에 성문에서 상백 노릇 하고 있으면, 양주의 포도주가 절로 생긴다네
(末代多僥幸, 卿相盡經由. 台郎百金價, 台司千萬求. 當朝少直筆, 趨代皆曲鉤. 廷尉十年不得調,
將軍百戰未封侯. 夜伏擁門作常伯, 自有葡萄得凉州)" 이다. 역사 기록에 의하면, 제
후주와 유주(幼州) 때 권세를 지닌 간신들은 "각각 친분 있는 사람이나
집안 사람을 끌어들였는데, 자리에 순서가 없었다. 관직은 돈으로 사고,
송사는 뇌물로 해결이 되었다(各引親堂, 超居非次. 官由財進, 獄以賄成)."256) 이
시는 북주가 북제를 멸망시킨 당시 상황에 맞추어서 지어진 듯한데, 현
실에 대해 비판적이어서 보충 사료가 된다.

왕포는 양조에서 <연가행(燕歌行)>을 짓기도 했다. "변경의 춥고 고생
스러운 상황을 아주 뛰어나게 써내어(妙盡關塞寒苦之狀)", 유신의 <연가행>
과 마찬가지로, 남북 시풍 융합을 위한 초기 실험이었다고 할 수 있다.
이 시는 변방 남자의 상상과 규방의 실제 정경을 서로 교차시키는 방식
을 통해, 먼지바람 부는 사막과 낙양의 봄 경치를 서로 대조시켰는데,
그 전환이 자연스럽기는 하지만 너무 빈번해서 번잡한 느낌을 준다. 그
의 악부시는 대부분 한위 악부고제와 제량 시기에 유행한 영명체를 사
용하여, 전통적인 유협(遊俠)이나 변새 등의 제재를 표현했다. <관산월(關
山月)>을 보자.

關山夜月明　　관산에 저녁달이 밝게 떠올라
秋色照孤城　　쓸쓸한 가을의 변경을 비춘다.
影虧同漢陣　　달이 기울면 한군의 진지에 함께 있고
輪滿逐胡兵　　달이 차면 오랑캐 병사를 쫓는다네.
天寒光轉白　　날씨 추워 달빛 더욱 희게 보이고
風多月暈生　　바람 거세져 달무리가 생겨난다.
寄言亭上吏　　둔영의 관리에게 이르노니

256) ≪資治通鑑≫ 卷172.

遊客解雞鳴   지나는 나그네에게 닭이 울거든 문을 열어주시게.

　이 시는 달을 노래한 신체시로, 역참에 머문 나그네의 눈을 통해 춥고 바람 부는 한밤중의 달빛을 써냈다. 달그림자, 달 모양, 달빛, 달무리에 대한 묘사를 통해 시야를 넓혔고, 비유나 연상을 모두 전쟁의 어수선한 기운을 표현하는데 연결시켰으며, 이를 통해 망망하게 달빛이 비치는 천리 밖 관산의 처량한 의경을 전개해냈다. <음마장성굴행(飮馬長城窟行)>은 한악부 고제를 이용해 그가 군중에서 본 것들을 써냈다.

屯兵戍隴北   병사를 주둔시켜 농북 지역을 지키고
飮馬傍城阿   변성 모퉁이에서 말에게 물을 먹인다.
雪深無復道   눈이 깊게 쌓여 어디가 길인지 알 수가 없고
冰合不生波   물이 얼어 물결도 일지 않는다.
塵飛連陣聚   흩날리는 먼지 수레끼리 모여 피하고
沙平騎跡多   펼쳐진 모래사막 위로 말발자국 늘비하다.
黃昏隴坻月   황혼녘 농 땅 산비탈로 달이 오르니
耿耿霧中河   안개 속에서도 강물이 반짝거리는 구나.
羽林猶角觝   우림군들은 각저무를 즐기고
將軍尙雅歌   장군은 여전히 아가(雅歌)를 즐기네.
臨戎常拔劍   오랑캐에 맞서서 언제나 칼을 빼어 들고
蒙險屢提戈   위험에 앞서서 항상 창을 치켜든다네.
秋風鳴馬首   가을바람은 말머리에 불어오고
薄暮欲如何   해마저 지는데 내 마음을 어찌 추스릴까?

　주 명제(明帝)는 무성 2년 군신들을 모아 각저백희(角觝百戱)를 즐겼었고, 무제 때는 아악을 제작했다. 이 시에서는 흙먼지 자욱하고 빙설로 뒤덮인 농북(隴北) 군영의 겨울 경치, 변경부대인 우림군(羽林軍)은 각저(角觝)를 즐기고 장군은 아가(雅歌)를 흠상하는 분위기 등을 묘사했는데, 북주의 군

대가 소수민족의 강인한 기질을 지녔으면서도 한족의 전통 문화를 앙모하는 상황을 반영했다. 군중의 일상생활에 대한 이러한 묘사들은, 전쟁의 참상을 경험하게 하고, 동화(同化) 시기에 있는 북방인들의 정신적 면모를 어렴풋하게 알 수 있게 한다. 그 외에 <관산편(關山篇)>, <종군행(從軍行)>, <출새(出塞)>, <입새(入塞)> 등의 작품은 투계(鬪鷄)나 말 경주를 하는 장안 젊은 협객들의 의기를 노래하거나, 진(秦) 지방의 험준한 지세에 빗대어 호걸남아를 노래했는데, 대부분 강건하고 힘 있게 쓰였다. <종군행>의 "황폐한 군영에는 버드나무밖에 안보이니, 변경의 성에서는 봄을 느낄 수 없구나(荒戍唯看柳, 邊城不識春)"(제2)는 봄바람도 불어오지 않는다는 각도에서, 오랫동안 고향으로 돌아가지 못하는 협객의 수심을 표현했는데, 비교적 새롭다.

왕포의 악부시는 대부분이 전편에 대구를 사용하여 고체시와 구별되지 않으며, 의미가 복잡하고 독창성이 부족한 결점을 지녀, 새롭고 정취 있는 풍경 소시만 못하다. "강 중간에는 배 그림자 흔들리고, 강가에는 말굽의 먼지가 떨어진다. 잔잔한 호수 위로 여명이 열리고, 가는 버드가지에는 새봄이 펼쳐진다(中流搖蓋影, 邊江落騎塵. 平湖開曙日, 細柳發新春)"(<別陸子雲詩>)는 강변에서 친구를 송별하는 정경을 표현했다. 호수에 구름과 안개가 걷히며 날이 막 밝아오고, 강변 버드나무에는 어린 잎이 초록을 토해내며 봄기운이 돌기 시작한다. 이는 비록 후일 두심언(杜審言)의 "구름과 놀이 바다에서 나와 아침이 오고, 매화와 버들이 강을 건너 봄이 온다(雲霞出海曙, 梅柳渡江春)" 만큼 기상이 웅장하고 화려하지는 못하지만, 확대된 경계로 여명과 이른 봄이 주는 신선하고 밝은 느낌을 표현한 것으로서, 남북조 시에서는 최초의 개척이라 할 수 있다. <숙정을 출발하며(始發宿亭詩)> 역시 새벽의 송별을 쓴 작품으로, 경물묘사가 특색 있다.

送人亭上別	송별하는 사람은 정자에서 이별을 나누고
被馬櫪中嘶	짐 실은 말은 마구간에서 울어댄다.
漠漠村煙起	희부옇게 밥 짓는 연기가 일어
離離嶺樹齊	어둠 서린 산위의 나무와 섞인다.
落星侵曉沒	지는 별은 새벽에 묻혀 사라지고
殘月半山低	남은 달은 산허리에 낮게 걸렸다.

날이 막 샐 무렵, 산촌의 나무에는 아직 채 거두어지지 않은 밤기운이 남아 있어 밥 짓는 연기와 서로 섞인다. 새벽별은 새벽 경치 속에 점점 숨어버리고, 새벽 초승달만 산허리에 낮게 걸려있다. 시인은 말로 설명하기 힘든 이 순간의 경치를 눈에 역력하게 써냈는데, 말로 표현할 수 없는 이별의 아쉬움까지도 언외에 자연스럽게 드러난다. <운거사 높은 곳에서(雲居寺高頂)>는 유신의 <어가를 따라 운거사 탑에 오르다(從駕登雲居寺塔)>와 같은 시기의 작품이다. 유신 시의 "계단 아래로 구름 봉우리가 드러나고, 창 앞에서 바람굴이 열린다(階下雲峰出, 窓前風洞開)"는 탑문(塔門) 안쪽에서 바깥쪽 경치를 바라보아서, 산사가 구름에 닿을 듯이 높은 기세임을 강조할 수 있었는데, 각도가 비교적 독특하다. 하지만 왕포의 이 시만큼 생동적이지는 못하다.

中峰雲已合	산중턱에는 구름이 벌써 뭉쳤는데
絶頂日猶晴	산봉우리에 해가 여전히 맑다.
邑居隨望近	마을이 손에 잡힐 듯 가까이 보이더니
風煙對眼生	바람과 안개가 눈앞에서 인다.

산 중턱과 정상의 날씨가 다른 것을 비교하여, 높은 곳에 자리 잡은 운거사(雲居寺)의 절경을 강조했다. 뒤 2구는 눈앞에 뚜렷이 보이던 마을이 순식간에 구름에 의해 가려졌음을 표현했는데, 운무 속에 있는 환상

적인 느낌을 아주 사실적으로 표현하여 더욱 정취 있다.

왕포는 유신과 같은 깊은 망국의 한이 없고, 크게 감동적인 작품 역시 적다. <황하를 넘어 북으로(渡河北)>는 그가 입북한 후 타향살이의 슬픔과 고국애를 써낸 것으로, 진실한 감정이 가장 많이 담긴 작품이라 할 수 있다.

秋風吹木葉	가을바람이 나뭇잎에 부는데
還似洞庭波	마치 동정호 물결 같구나.
常山臨代郡	상산은 대군에 접해있고
亭障繞黃河	변경의 초소는 황하를 둘러막았네.
心悲異方樂	마음 울적하게 하는 이역의 음악
腸斷隴頭歌	애 끊는 농두의 노래.
薄暮臨征馬	저물녘 먼 길 나설 말과 함께
失道北山阿	북산 자락에서 길을 잃어버렸구나.

이 시는 왕포가 양조가 망하고 황하를 넘어 북쪽으로 갈 때의 작품이다. 가을바람이 불고 낙엽이 지는데 아득한 물결을 바라보니, 시인은 옛날처럼 동정호에 서있는 듯한 착각이 든다. 그러나 대군(代郡)의 상산(常山) 쪽 경계, 강가의 방어공사는 그를 순간의 미망에서 깨어나게 했다. 이러한 환각과 현실 간의 대조가 있음으로 해서, 이역의 음악인 농두가사(隴頭歌辭)는 그의 마음을 더욱 찢어지게 한다. 시인이 길을 잃었다는 탄식은 해질 무렵 산길에서 길을 잃었기 때문인가, 아니면 산하를 마주하니 일어나는 쓸쓸한 실로감(失路感)을 서술한 것인가? 결미가 주는 슬픔은 끝없는 여운을 남긴다.

왕포의 시는 뚜렷한 개성이 부족하고 성취도 유신과는 비교할 수 없지만, 엄아(淹雅)하고 한숙(嫺熟)하여 때로는 좋은 구절도 있어서, 당인(唐人)의 시정(詩情)을 이끌어 낼만한, 북조시인들 중에서는 재걸(才傑)이라 할 수 있다.

노사도(盧思道, 530?~582)는 자가 자행(子行)이고 범양(範陽, 현 하북성 涿縣) 사람이다. 젊은 시절 형소(邢邵)에게 사사하여 재학을 고루 갖추었으며 북제에서 벼슬했다. 제 문선왕(文宣王)이 승하했을 때, 조정의 문사들은 각각 만가(挽歌) 10수를 지어 그 중 우수한 작품을 골라 사용하기로 했는데, 위수 등은 겨우 2수가 뽑혔지만 노사도는 8수가 뽑혀 당시 사람들이 '팔미노랑(八米盧郎)'이라 불렀다. 북제 말 문림관에 참여했고, 오언시로 뛰어났다. 북제 멸망 후 장안에 합류하여, 벼슬이 산기시랑(散騎侍郎)까지 올랐다. 수 개황(開皇) 원년에 생을 마쳤다. 일생 중 문학 활동은 주로 북조에서 이루어졌다.

노사도의 시는 악부냐 고시냐에 따라 풍격이 확연히 구분된다. 악부시는 전반적으로 화미함과 염려함을 숭상했던 제시의 영향을 받아서, 소수의 유선시와 연유시(宴遊詩)를 제외하고는, 대부분 남조의 염정시를 모방했는데, 위수보다 더욱 남조적이면서 원숙하다. 그는 북방에서 나고 자랐으면서도, 이들 시에서는 남방의 풍정(風情)을 표현했는데, '상수(湘水)', '계림(桂林)' 등과 같은 지명조차도 고치지 않고 그대로 사용했을 정도였으므로, 화려하면서 부드럽고 아름다운 풍격은 더 말할 필요가 없다. 하지만 이러한 기초 위에서도 그의 악부시 가운데 유일한 가작이라 할 수 있는 <종군행>을 써냈다.

朔方烽火照甘泉	북쪽 봉화가 감천을 비춰 흉노의 침입을 알리니
長安飛將出祁連	장안의 장수는 기련산으로 향한다.
犀渠玉劍良家子	무소방패와 옥검으로 무장한 양가의 자제
白馬金羈俠少年	백마에 금안장을 한 협객 청년.
平明偃月屯右地	달밤에 언월형 진용으로 서쪽 주둔하고
薄暮魚麗逐左賢	석양에는 어려형 진용으로 흉노왕 쫓는다.

谷中石虎經銜箭　계곡에선 호랑이 같아도 겁 없이 활을 쏘고
山上金人曾祭天　산위에선 천제 지내는 흉노인을 잡는다.
天涯一去無窮已　하늘끝 가도가도 끝이 없고
薊門迢遞三千里　계문은 아득히 삼천리 밖에 있지.
朝見馬嶺黃沙合　아침에는 마령산에 황사를 보고
夕望龍城陣雲起　저녁에는 흉노 땅 용성의 진운을 바라본다.
庭中奇樹已堪攀　마당의 꽃 그대에게 주고자 꺾었건만
塞外征人殊未還　전쟁터에 끌려 간 임은 아직 돌아오지 않네.
白雲初下天山外　흰 구름은 천산 밖으로 흘러가고
浮雲直上五原間　낮게 뜬 구름은 오원지역으로 날아간다.
關山萬里不可越　만 리 밖 관산은 넘을 수 없으니
誰能坐對芳菲月　누구와 꽃향기 가득한 달밤을 함께 하랴?
流水本自斷人腸　저 농두의 물소리는 늘 애간장을 끊고
堅冰舊來傷馬骨　단단한 얼음은 예부터 말을 다치게 했지.
邊庭節物與華異　마당의 경치는 중원과 다르리니
冬霰秋霜春不歇　눈서리 날리는 가을 겨울에 봄은 오지 않으리라.
長風蕭蕭渡水來　바람은 세차게 강을 건너 불어오고
歸雁連連映天沒　돌아가는 기러기는 연이어 저 하늘로 사라지네.
從軍行　군대를 따르리라.
軍行萬里出龍庭　만 리를 종군하여 흉노 땅 용성을 나오니
單于渭橋今已拜　흉노의 수장은 위교에서 화해 인사를 청하는데
將軍何處覓功名　장군은 어디서 공명을 찾고 있는지!

　　<종군행>은 본래 악부고제로서, "모두 군중에서의 괴로움을 표현한 가사다(皆軍旅苦辛之辭)."[257] 남조 시인의 작품은 모두 5언이고, 북주 조왕 (趙王)의 <종군행>만 7언 4구이다. 노사도는 이것을 장편의 7언 가행으로 확대했다. 시의 전반부는 북방의 대표적 지명들, 삭방(朔方), 기련(祁連), 마령(馬嶺), 계문(薊門), 용성(龍城) 등으로 대구를 구성하며, 천 리 밖 넓은

---

257) ≪樂府解題≫.

사막 지역을 동에서 서로 전개했고, 연이은 봉화나 말발굽에 이는 자욱한 먼지 등을 통해 전쟁 분위기를 강조했다. 아침저녁으로 바뀌는 군대의 진용과 산위에서 하늘에 제사를 지내는 흉노인들의 풍속 등을 통해, 여러 해 동안 전쟁이 계속되는 북방의 아득하고 광활한 배경을 강한 기세로 그려냈다. 후반부는 사부(思婦)의 상상에서 출발하여, 변경의 매서운 추위와 규중의 봄 경치를 대조시켰고, 사계절의 교체와 세월의 흐름을 반복해 언급하면서 오래 헤어진 채로 흘러가 버린 정인(征人)과 사부의 청춘을 애석해했으며, 끊임없이 공명만을 추구하는 장군에게는 완곡한 풍자를 했다. "바람은 세차게 강을 건너 불어오고, 돌아가는 기러기는 연이어서 하늘로 사라지네" 2구는 변방의 산천을 가로질러 온 세찬 바람과 하늘가로 사라지는 기러기를 빌어, "만 리 밖 관산을 넘어갈 수 없는" 그리움을 끌어냈는데 여운이 길다. 전체시를 단숨에 이끌어 가면서도 다양하게 전환했고, 내용은 슬프고 처량하면서도 깊은 감정이 길게 이어지는데, 비록 염려(艶麗)한 시어는 없지만, 부드럽고 가벼운 정서가 강건한 기세 속에 내포되어 있다. 유신과 왕포의 <연가행>이 남방의 기려한 어휘와 북방의 황량한 경치가 서로 끼워지거나 더해지는 수법이었던 것과 비교하면, 노사도의 이 시는 남북의 두 가지 풍격을 더욱 자연스럽게 융합한 것으로, 사상적 경계나 예술적 수준면에서 크게 향상되었다.

노사도의 고체시는 증별, 응수, 영물이 대부분이고, 내용상 새로운 것은 거의 없다. 그러나 푸른 산과 낙조, 평야 끝의 먼 산, 빈 정원의 저녁 안개 등과 같은 황량하고 싸늘한 또는 맑으면서 거친 경치를 뛰어나게 표현했다. 예를 들어 "아득한 평야는 구름 덮힌 봉우리와 맞닿고, 먼 산에는 둥근 해가 낮게 걸렸다. 먼지 자욱하여 선두의 깃발 보이지 않고, 바람 세차니 따라오던 말들이 울어댄다(極野雲峰合, 遙嶂日輪低. 塵暗前旌沒, 風長後騎嘶)"(<贈劉儀同西聘詩>)나, "저녁 빈 성으로 새들도 흩어지고, 소슬한 고목에는 연기도 사라졌다(鳥散空城夕, 煙銷古樹疏)”(<遊梁城詩>), “마당은 텅 비었고 들판에는 연기가 합해지며, 둥지가 깊어 저녁이면 새들이 헤맨다네(庭空野煙合, 巢深夕羽迷)”(<贈李若詩>), “거친 풀 벼랑 쪽으로 누웠고, 그 뒤로 비스듬한 봉우리 이어졌네. 무덤은 황폐하여 잡초에 파묻히고, 비석은 부서져 이끼가 짙게 끼었다(疏蕪枕絶野, 邐迤帶斜峰. 墳荒隧草沒, 碑碎石苔濃)”(<春夕經行留侯墓詩>) 등은 모두 푸르고 아름다운 맑고 아득한 풍경 속에 쓸쓸하고 처량한 정서를 느낄 수 있다. 그는 북주에서 양휴지(陽休之), 안지추 등과 함께 <청명선편(聽鳴蟬篇)>을 지은 적이 있는데, 본전(本傳)에 따르면, “노사도의 작품은 내용이 맑고 진실하여 당시인들이 높이 받들었다. 신야 사람 유신은 함께 지은 여러 작품을 두루 보고, 이 작품을 크게 감탄하며 칭찬했다(思道所爲, 詞意淸切, 爲時人所重. 新野庾信遍覽諸同作者, 而深歎美之.)” 이 시는 5과 7언을 혼합한 장편 고시로, 전반수는 매미 본성의 청고함과 울음소리의 비통함을 노래했다. “세찬 바람에 저녁 울음소리 실어 보내고, 맑은 이슬로 아침 식사를 하네. 저녁바람 아침이슬 참으로 적합하니, 가을날 소리 높여 우는 것은 매미뿐이라(長風送晚聲, 淸露供朝食. 晚風朝露實多宜, 秋日高鳴獨見知)”와 “가벼운 몸은 무성한 잎으로 가리고, 나뭇가지 안고 슬프게 운다. 울음소리 끊어졌다 다시 이어지니, 쓰라린 마음도 그 소리를 따르지. 이별한 사람들이 들으면 애가 끊어지고, 나그네에게 들려주면 눈물이 먼저 흐르네(輕身蔽數葉, 哀鳴抱一枝. 流亂罷還續, 酸傷合更離. 蹔聽別人心卽斷, 才聞客子淚先垂)” 이다. 감정은 풍부하게 쓰였고, 음절은 조화롭고 낭랑하며, 분위기는 슬프고 괴롭다. 후반수는 매미소리에서 감정이 일어, 먼지 가득한 옷과 흰머리를 슬퍼하는 실의한 선비와 장안 귀족 가문의 혁혁한 풍채를 서로 대조시키면서, 사람들이 다투어 간알(幹謁)하며 일시적인 공명을 추구하지만, 그러한 출세나 번창도 지나가는 뜬구름과 같음은 생각지 않는다고 탄식한다. 이어 자신은 청산으로 돌아가 국화

따고 독서하겠다는 고상한 뜻으로 결말을 맺는다. 전후의 내용이 표면적으로는 관련이 없어 보이지만, 매미소리의 비통함과 나그네의 슬픈 울음이 더할 나위 없이 비슷하고, 매미의 고결함이 진세(塵世)의 비속함과 확실하게 대조를 이루는 등, 내재적인 연결로 결구를 성공적으로 구성해냈다. 이렇게 영물 혹은 영경(詠景)으로 시흥을 일으키고, 장편으로 길게 감개를 풀어내는 수법은 잡언 가행체의 새로운 창작수법이 되었으며, 후일 이백의 <왕 십이가 추운 밤에 홀로 술을 마시며 감회가 일어 쓴 시에 답하다(答王十二寒夜獨酌有懷)>에서 더욱 발전한다. 전체 시는 변려체 속에 초탈한 기운이 느껴지고, 음조가 낭랑하다. 초당의 노조린(盧照隣), 낙빈왕(駱賓王) 등의 장편 고시 및 가행체의 출발을 열었다.

결론적으로, 북조는 재능과 감정이 풍부한 작가는 비록 적었지만, 유신, 왕포 등과 같은 작가가 남북시풍을 융합하는 과정에서 한위육조의 예술적 성취를 초보적으로 종합했는데, 이는 시가발전사에 무시할 수 없는 영향을 미쳤다.

제10장 | 수시(隋詩)의 과도적 상태

제1절 융합에 얽매여 혁신은 어려웠던 시대

581년 수공(隋公) 양견(楊堅)은 북주 정제(靜帝)를 압박하여 정권을 빼앗고 수(隋)를 세웠다. 589년 진을 멸망시키고 남북을 통일했다. 수대의 정치 문화는 문제(文帝)와 양제(煬帝) 두 부자의 상이한 통치방식에 따라 커다란 차이를 보인다. 수 문제는 정권을 쉽게 얻기는 했지만 그래도 개국조(開國祖)였다. 등극한 후, 감세(減稅)와 감병(減兵), 균전제(均田制) 등 생산을 증대시키고 백성의 부담을 줄일 수 있는 조치들을 취하였다. 10여 년 만에 나라의 인구가 크게 늘고 관가의 창고가 가득 차는 등 경제 번영의 기초가 신속하게 갖추어졌다. 검박함을 숭상한 것이 전기 정치의 큰 특색이다. 역사에서는 그가 "농사와 양잠을 부지런히 장려하고, 요역을 가볍게 하고 세금을 낮추었다. 스스로 봉양을 하며 검소함에 힘썼다. 탈 것이나 쓰는 물건은 오래되어 망가지면 그제야 보충을 했고, 스스로 향연을 열지 않았으며, 고기는 한 가지만 먹었고, 후궁들은 모두 옷을 세탁하여 다시 입자, 세상에서 이를 따라 했다. 개황 인수 연간에, 남자들은 명주로 만든 옷을 입고, 무늬 있는 능기 비단은 입지 못하게 했다. 장식은 구리와 쇠, 동물의 뼈만 사용하고, 황금이나 옥 장식은 쓰지 않았다. 그리하여 의식이 점차 풍족해지고 창고는 차서 넘쳤다. 수를 건국한 초기에 호구는 사백 만이 되지 않았으나, 말년에는 팔백 구십만이 넘었고, 기주만 해도 이미 일백 만 호에 이르렀다(勤課農桑, 輕徭薄賦. 其自俸養, 務爲儉素. 乘輿御物, 故弊者隨宜補用, 自非享宴, 所食不過一肉, 後宮皆服澣濯之衣, 天下化之. 開皇仁壽之間, 丈夫率衣絹布, 不服綾綺. 裝帶不過銅鐵骨角, 無金玉之飾. 故衣食滋殖, 倉庫盈溢. 受禪之初, 民戶不滿四百萬, 末年, 逾八百九十萬, 獨冀州已一百萬戶).”258) 이와 같이 검소함을 추구하는 정치적 수요에 따라, 수 문제는 서위를 모방하여 행정적 수단을 통한 문풍 개혁을 실시했다. 개황(開皇) 4년 명령을 내려, “공적 사적 문장은 마땅히 실제적으로 기록하도록(公私文翰, 并宜實錄)” 했고, 그 해 9월에는 사주자사(泗州刺史) 사마유지(司馬幼之)를 문장의 수식이 화려하다는 이유로 처벌했다. 나중에 이악(李諤)은 “먼 주현(州縣)에서는 여전히 낡은 풍조를 따르고 있다(外州遠縣, 仍踵弊風)”고 여겨, 다시 문풍을 바로잡을 것을 상소했다. 그의 이론은 주로 다음 몇 가지로 정리된다. 첫째, 문장은 교화의 도구다. 즉 “글을 올리고 부를 바치며, 뇌사와 명문을 짓는 것은 모두 덕행을 기리고 어짊을 서술하며, 공훈을 밝히고 이치를 증명하기 위한 것이니, 진실로 악을 징계하고 선을 권장하는 것이 아니면, 의미가 없는 것이다(上書獻賦, 制誄鐫銘, 皆以褒德序賢, 明勳證理, 苟非懲勸, 義不徒然).” 그런데 문학창작을 더욱 숭상하고 5언시를 중시하는 것은, “세상을 업신여기는 허황된 말을 청허라 하고, 감정을 펼치는 것은 공훈을 쌓는 것이라 하며, 유가의 소박함을 고졸이라 하고, 사부를 짓는 것을 군자답다고 하는 것(以傲誕爲淸虛, 以緣情爲勳績, 指儒素爲古拙, 用詞賦爲君子)”으로, 이는 바로 유가의 “희황과 순임금 우임금의 법전, 이윤(伊尹)과 부열(傅說) 같은 상나라 명재상 또는 주공과 공자의 말씀(羲皇舜禹之典, 伊傅周孔之說)”을

---

258) ≪資治通鑑≫ 卷180.

내버리는 것이다. 둘째, "문필이 날로 번다해지며, 그 정치도 날로 어지러워지니(文筆日繁, 其政日亂)", 중문경유(重文輕儒)는 정치적 혼란의 근본원인이다. 셋째, 기미(綺靡)한 문풍은 조위 삼조(三祖)에서 시작되어, 강좌(江左)의 제량에 이르러 그 폐단이 심해졌는데, 그 죄과는 내용상으로는 "달과 이슬을 묘사하는데서 벗어나지 않고(不出月露之形)", "오로지 바람과 구름의 묘사였다(唯是風雲之狀)"는데 있으며, 형식상으로는 "운 하나의 특별함을 다투고, 글자 하나의 기교를 경쟁하는데(競一韻之奇, 爭一字之巧)" 있는데, 게다가 조정에서 "그것을 기준으로 문사를 선발한(据兹擢士)" 것도 이 풍조가 더욱 흥성하게 된 원인이라는 것이다. 또 조정에서 사법적인 수단으로 통해, "가볍고 부허한 것을 몰아내고, 화려하고 허위적인 수사를 멈추게 할 것(屏黜輕浮, 遏止華偽)"을 주장했는데, "이 때부터 공경 대신들은 모두 바른 길을 찾아, 책과 문집을 연구하지 않을 수 없었고, 화려하고 기염한 문채는 끊어지게 되었으며(自是公卿大臣, 咸知正路, 莫不鑽仰墳集, 棄絶華綺)", "선왕의 법령을 찾으면서, 세상에 대도가 행해지게 되었다(擇先王之令典, 行大道於兹世)."259) 행정적 명령으로 화미함과 염려함을 금지하자 일시적으로는 효과를 보였다. 그러나 모든 개혁의 출발점을 복고적이고 퇴보적인 이론에 기초를 두고, 소박함과 화미함이라는 두 문풍의 대립을 유학과 문학의 대립으로 보아, 유학을 법칙으로 문학은 거짓으로 여기며, 한대처럼 문학을 경학의 부용으로 여기던 시대로 돌아가고자 했고, 경학에서 점차 벗어나 독립해가던 위진 이후의 문학에 대해서는 허무주의적 태도를 취했다. 시가(특히 5언시)를 없애는 방법으로 문풍을 바로잡고자 한 것은, 설사 일시적으로는 화미함과 염려함이 전아하고 규범적으로 변했다 해도, 아무 의미가 없는 것이다.

---

259) <隋書・音樂志>.

양제가 즉위할 때 수는 이미 극성기를 맞고 있었다. 정치는 검박함을 숭상하던 경향에서 극도로 사치스럽고 화려한 또 다른 극단으로 치달았다. 양제는 궁궐이나 누각 등 건축사업을 크게 일으키고, 용선(龍舟)을 제작하여 강도(江都)로 이동했으며, 군대를 일으켜 고구려를 침략하고, 서북 변경지역을 주유하며 서역 여러 나라에 중화문물을 자랑하는 등, 역사적으로도 보기 드물 정도로 사치를 부렸다. 이에 따라 기미(綺靡)한 음악소리가 궁정을 채웠다. <수서·음악지>에 의하면, "(양제는) 후에 염려한 작품을 많이 지으니, 문사가 아주 음기(淫綺)했다. 악정인 백명달에게 새로운 노래를 만들도록 명하여, <만세악>, <장구악>, <칠석상봉악>, <투호악>, <무석동심계>, <옥녀행상>, <신선류객>, <척전속명>, <투계자>, <투백초>, <범용주>, <환구궁>, <장악화> 및 <십이시> 등의 곡을 만들었는데, 가리고 누르고 꺾고 숨겨서, 슬픈 노래가 단절되었다(後大制艶篇, 辭極淫綺. 令樂正白明達造新聲, 創萬歲樂藏鉤樂七夕相逢樂投壺樂舞席同心髻玉女行觴神仙留客擲磚續命鬪鷄子鬪百草泛龍舟還舊宮長樂花及十二時等曲, 掩抑摧藏, 哀音斷絶)." 당시 배온(裴蘊)은 양제의 비위를 맞추기 위하여, "전국에서 북주, 북제, 양, 진의 악공 자제를 모아서 모두 악호로 삼고자 상소를 올렸다. 육품 이하에서 서민에 이르기까지 음악에 뛰어난 자 및 백희 기예자들은 모두 태상에 배치되었다. 이 이후로 새로운 기예나 음미한 노래는 모두 악부에 모아졌으며, 박사와 제자를 두어, 서로 가르치며 전수하도록 했는데, 악공이 삼만 명 이상으로 늘어났다(奏括天下周齊梁陳樂家子弟, 皆爲樂戶. 其六品以下至庶民, 有善音樂及倡優百戲者, 皆直太常. 是後異技淫聲, 咸萃樂府, 皆置博士弟子, 逮相敎傳, 增益樂人至三萬餘)."260) 이러한 배경 하에서 남조의 화미하고 염려한 시풍은 아주 빠르게 되살아났다. 바로 <수서·문학전서>에서 말한 대로, "(고조는) 언제나 조탁함을 소박함으로 바꾸고자 하여, 명령과 법

---

260) <隋書·裴蘊傳>.

령을 내려, 부화함을 모두 제거했다. 그러나 당시의 문장은 여전히 지나치게 음려했으므로, 사법관청에서 법을 집행하자 (부화한 시문을 지은) 신하를 탄핵하는 글이 빈번하게 올려졌다. 양제는 처음에 문장을 배울 때는 가볍거나 화려하지 않은 글도 지었으나, 즉위하고는 그 풍조가 바로 바뀌었다(每念彫雕爲朴, 發號施令, 咸去浮華. 然時俗詞藻, 猶多淫麗, 故憲臺執法, 屢飛霜簡. 煬帝初習藝文, 有非輕側之論, 曁乎卽位, 一變其風)." 이것은 또 수대 전기에 법률 집행과 유가경전에 의거하여 화미하고 염려한 문풍을 제거하고자 했던 것이 근본적으로 효과가 없었음을 설명한다.

수대 시인들은 그 내원이 아주 복잡하다. 서위, 북주 출신 시인이 있었고, 북제, 북주를 거쳐 온 시인도 있으며, 양, 진에서 수조에 합류한 시인도 있었다. 북제, 양, 진에서 온 시인들은 대부분 가볍고 염려한 경향을 지녔고, 서위, 북주에서 온 시인들은 비교적 소박하고 전아했는데, 여기에 문제와 양제 두 시기 문풍의 차이까지 더해져, 수시는 복잡하고 통일되지 않은 과도적 풍격을 나타냈다. 현존하는 수시를 보면, 부염(浮艶)한 기풍이 여전히 병폐지만, 많은 염시가 전해오지는 않는다. 양, 진, 북제, 북주의 시에 비해, 보편적으로 우아함에 빠졌고 평범한 것이 더욱 두드러지는 경향이다. 전인들은 수시가 "때때로 흐릿한 몽기를 지니는 것(時有蒙氣)"이 큰 병폐임을 지적했다. 소위 몽기(蒙氣)란 둔감(鈍感)함이기도 하다. 비록 이 시기 시가가 평균적으로 생경하고 서툴렀던 북위 북제 시기보다는 발전했지만, 내용이나 예술적 표현 모두 옛 의경과 내용들을 서로 섞은 것에 불과해서, 고시는 공연(公宴), 응교, 봉화, 영물의 범위를 벗어나지 않았고, 악부는 옛 제목과 내용을 대부분 그대로 따랐기 때문에, 성령과 생기가 부족했고, 명쾌하거나 참신한 풍격은 지니지 못했는데, 심지어는 약간의 발전적 시도조차 나타나지 않았다. 운이나 소재, 제목 등을 제한한 '부득(賦得)' 체 시가 이 시기에 크게 발전했는데, 특히 주목할 것은 대구가 넘쳐난 점으로, 악부체 혹은 고체, 근체를 막론하고, 편마다 또는 구마다 모두 대구를 했다. 제량 이후, 시가의 대구 풍조가 계속 발전했던 것은 당시 각종 문체의 변려화(騈麗化)와 관련 있다. 북조 수대에는 시와 부, 문장이 거의 구분되지 않는 단계에까지 이르렀다. 유신의 수많은 감사장(謝啓)도 이미 시화(詩化)되었고, 소각(蕭愨)은 4·6언의 <춘부(春賦)>를 5·7언으로 바꾸었다. 즉 "낙화는 무수히 날리고, 새는 꽃을 스치며 날아간다. 금원에 부드러운 바람이 불어, 꽃이 흩날리니 온 길에 봄이 가득하다. 바위 앞에는 돌들이 누각처럼 둘렀고, 물속에는 모래가 모여 섬이 만들어졌다. 이월에는 꾀꼬리 소리 끊어질 듯하더니, 삼월이라 봄바람은 어느새 다시 분다. 갈라진 물길 작은 나루를 감아 흐르더니, 웅덩이에 다시 물을 대며 흐른다. 산꼭대기에서 강물과 구름을 바라보고, 강물에서 산과 나무를 본다. 춤이 끝나도 향기는 여전히 있고, 노래는 끝났지만 여운은 그대로 남았다. 보리밭에는 놀란 꿩 한 마리, 마름 연못에는 날아오르는 해오라기 두 마리. 날던 해오라기와 놀란 꿩, 해가 기우니 닫힌 사립문을 지고 있다. 향기로운 바람에 새들이 장막으로 돌아오고, 반짝이는 이슬이 나들이옷에 내린다(落花無限數, 飛鳥排花度. 禁苑至饒風, 吹花春滿路. 岩前片石迴如樓, 水裏連沙聚作洲. 二月鶯聲才欲斷, 三月春風已復流. 分流繞小渡, 塹水還相注. 山頭望水雲, 水底看山樹. 舞餘香尙存, 歌盡聲猶住. 麥壟一驚雉, 菱潭兩飛鷺. 飛鷺復驚雉, 傾曦帶掩扉. 芳飆翼還幰, 藻露挹行衣)"인데, 이 작품은 ≪시기(詩紀)≫에는 <춘일 곡수시(春日曲水詩)>라는 제목으로 되어 있고, ≪초학기(初學記)≫에는 <춘부(春賦)>로 기록되어 있다. 이것은 당시에 시와 부가 형식이나 정서 등에서 이미 구분하기 어려운 정도로 비슷해졌음을 설명한다. 대량의 대구 사용은 수대의 고시가 번잡하고 쓸데없이 긴 단점을 갖게 했을 뿐 아니라, 본래 나열식 서술이 필요한 가행체에까지 그대로 적용되었다. 이 시기 가행체는 대부분 최대한 자세하게 열거 서술하면서, 문채는 화려하고, 기세는 막힌 것 없이 유창하며, 시문의 내용은 번다하게 반복되었다. 수대에서 초당 시기 사이에 대구 중심의 장편 가행이 급속도로 발전한 것은, 시의 변려화와 부의 시화(詩化)로 갈수록 서로 가까워져서 생긴 결과이다. 그러나 일부 작품을 제외하고는, 대부분의 대구들이 전인들이 만들어낸 어휘를 다시 배열하고 조합한 것에 불과하다. 게다가 수대 전기의 문풍이 순박함과 고아(古雅)함을 추구했고, 응조, 봉화, 공연시가 대부분 서진의 단조롭고 전아한 대구방식과 질박하고 무거운 시어를 흡수했을 뿐, 구법의 변화가 적었던 까닭에, 더욱 무거워져서 자연히 '몽기'감에서 벗어나기가 힘들었다.

수시는 전반적으로 창조적 정신이 부족한데, 이는 작가 대부분이 조정 신하들이어서, 전기에는 문제의 유가적 교조의 압박을 받았고, 후기에는 자신은 평범하면서 재능이 뛰어난 사람을 인정하지 못하는 양제의 압박 속에 놓여 있었던 것과 관련 있다. 선왕의 법령과 옛 성현의 전적을 받드는 복고적 분위기 속에서, 성정과 감정의 기려한 표현은 바로 죄로 다스려졌으므로, 진실한 감정을 표현한 작품이 나오기는 당연히 힘들었다. 양제는 비록 문학을 즐겼다고는 하나 재능이 뛰어나지는 않았다. 역사에 의하면, 그는 "시문을 잘 지었고, 다른 사람이 자신보다 뛰어난 것을 원치 않았다. 설도형이 죽자, 황제는 '빈 들보에 제비가 진흙을 떨어뜨린다'와 같은 시구를 다시 지을 수 있는가?'라 했다. 왕주가 죽자 황제는 그의 좋은 시구를 읊으며, '마당의 풀을 마음대로 푸르게 할 수 있는 이는 없다 이런 시구를 다시 지을 수 있을까?'라고 말했다(善屬文, 不欲人出其右. 薛道衡死, 帝曰, 更能作空梁落燕泥否. 王冑死, 帝誦其佳句曰, 庭草無人隨意綠, 復能作此語邪.)"261) 양제의 시가 평론 역시 종종 부정적 작용을 일으켰다. 예를 들

---

261) ≪資治通鑑≫ 卷182.

어 왕주(王胄)의 <연회를 하사하다 시에 받들어 화답하다(奉和賜酺詩)>는 아주 단조로운데, 양제는 "기질이 고원하다(氣致高遠)"고 평가했고, 또 왕주, 우세기(虞世基), 유자직(庾子直) 세 사람의 작품이 가장 뛰어나다고 여겨, "이것을 넘어서면 가히 시라고 말할 수 없다(過此未可言詩也)"고 했다. 왕주는 우작(虞綽)과 나란히 거론되는 인물인데, "당시 후진들은 모두 이 두 사람을 표준으로 삼았다(於時後進之士, 咸以二人爲準的)."262) 양제가 시단에 미친 악영향이 부염함을 제창한 것뿐만 아니라, 시에 평범함과 우둔함을 증가시키기도 했음을 알 수 있다.

수시가 보편적으로 '몽기'를 지닌 것은 이 시대의 작가들 대부분이 재주나 감정이 뛰어나지 않았기 때문인데, 비교적 수준 있는 시인들조차도 뛰어난 능력이나 도전적 기백이 부족했다. 일부 수시는 가볍고 맑고 아름다웠던 양진 시가에 비해, 청원(淸遠)하며 노련하고 약간의 씩씩한 기운도 지니고 있었지만, 단지 남북시풍을 융합한 데 그쳤을 뿐, 이를 토대로 커다란 창조적 변화를 이루어내지는 못했다. 남조의 송제 시가는 사상이나 내용이 평범하고 깊이가 부족하기는 했지만, 예술적 표현면에서는 개척정신이 풍부하여, 좋은 구절이나 의경의 대부분이 새로운 창조에서 나왔다. 그러나 수시의 좋은 구절이나 의경은 전인들의 작품 속에서 비슷한 의경이나 구절을 걸러낸 것이어서, 많은 시인의 작품에서 청신한 싯구가 보이긴 해도 서로의 풍격이 지나치게 비슷하다. 예를 들면, 손만수(孫萬壽)의 "해가 비끼니 산의 공기 차가워지고, 바람이 다가와 나뭇가지 소리 쓸쓸하다(日斜山氣冷, 風近樹聲秋)"(<行徑故園詩>), 양제의 "이슬 짙어져 산의 공기 차갑고, 바람이 세차 매미소리 구슬프다(露濃山氣冷, 風急蟬聲哀)"(<悲秋詩>), 설도형(薛道衡)의 "높은 산과 맑은 먼 경치, 가을 기운이 매

---

262) <隋書 · 王胄傳>.

미소리에 스미다(高山澄遠色, 秋氣入蟬聲)”(<夏晚詩>), 이효정(李孝貞)의 “날씨 추워져 가을물 급히 흐르고, 바람 매서워 밤 원숭이울음 슬프다(天寒秋水急, 風精夜猿哀)”(<巫山高>) 등이 수시 중에서 좋은 구라 할 수 있지만, 제량시에서 이미 본 듯한 느낌이다.

따라서 수시의 과도적 상태는 견고한 제량 시가의 영향 속에서 체현되었을 뿐만 아니라, 조탁 풍조를 질박한 풍조로 유도한 수초(隋初)의 개혁을 거쳐 청신하고 강건한 북조 시가와 아정(雅正)한 서진 시풍이 융합하는 과정 속에 체현되었는데, 이는 또 초당시가의 풍모 형성에 기초가 되었다. 다만 이 시대의 시인들 대부분이 재주와 골기가 부족하고 사상과 감정이 결핍되었던 까닭에, 융합에 얽매여 창조적 변화가 어려웠는데, 이것은 수시의 과도기적 특징이라 할 수 있다. 그렇지만 일부 작가의 작품은 표현예술면에서 새로운 탐색을 시도하며 당시로의 진화적 추세를 보여주었다.

제2절 양소(楊素)와 설도형(薛道衡)

양소(544~603)는 자가 처도(處道), 홍농(弘農) 화음(華陰, 현 陝西) 사람이다. 일찍기 북주에서 전쟁에서의 공로로 고위관직에 올랐다. 나중에 진을 평정하는데 공을 세워 월국공(越國公)에 봉해졌고 정사를 장악했다. 성격은 방종하고 권력을 위한 계략을 잘 꾸몄다. 본래 문학적 재능이 있었지만, 일생동안 무공(武功)을 일삼았고 명장으로 이름을 날렸다. 이러한 경력과 기질은 그의 시가가 “골기가 높고 노련하며(骨格高老)” 필력이 거침없이 힘찬 특징을 갖게 했다. 유명한 <출새> 2수는 한나라의 장수가 변경 지역을 휩쓸었던 공적을 가영했는데, 기세가 웅건하다. 제2수는 회포를 그대로 서술했는데, 감개가 비교적 깊다.

漢虜未和親	한나라와 오랑캐 아직 화친하지 않았으니
憂國不憂身	나라를 걱정할 뿐 자신은 돌보지 않는다.
握手河梁上	강 위 다리에서 악수하고 이별한 후
窮涯北海濱	북쪽 바닷가까지 오게 되었구나.
據鞍獨懷古	말 위에서 홀로 옛날을 회고하고
慷慨感良臣	강개한 마음으로 어진 신하들을 떠올린다.
歷覽多舊跡	지나는 곳 대부분 옛 유적지이니
風日慘愁人	바람과 햇살이 사람을 근심스럽게 한다.
荒塞空千里	황량한 변새 천 리 넘어 펼쳐있고
孤城絕四隣	외로운 성은 사방과도 단절되었구나.
樹寒偏易古	차가운 나무 쉽게 옛 모습으로 바뀌고
草衰恒不春	시든 풀에는 영원히 봄이 오지 않을 듯.
交河明月夜	교하성 달 밝은 밤
陰山苦霧辰	음산의 안개 짙은 새벽.
雁飛南入漢	기러기는 남으로 날아 한나라 땅으로 가고
水流西咽秦	강물은 서쪽으로 흘러 진땅으로 들어간다.
風霜久行役	풍상 속에서 행역 생활 길어지니
河朔備艱辛	북쪽 땅에는 고통만 가득하구나.
薄暮邊聲起	초저녁 변경에 호각 울릴 때
空飛胡騎塵	오랑캐 땅 말발굽에서 부질없는 먼지가 인다.

　　남북조의 변새시는 나라를 위한 입공의 의지를 노래한 소수의 작품을
제외하고는, 대부분 출정하는 장수의 웅건한 기골이나 정인(征人) 사부(思
婦)들의 변경에서의 우수나 이별의 한을 막연하게 노래하는데 불과했다.
이 시는 작가가 총지휘관의 신분으로 오랜 출정과 고통에서 얻은 체험
을 바탕으로, 역사에 대한 비개와 우국의 열정을 북방 변경의 황량하고
차가운 풍경 속에 융합해냈다. 경물묘사는 대구를 이용해 전면적으로 나

열하면서 서술하는 것이 북조와 수시의 상투적 수법이지만, 여기서는 변경 생활에서의 처참한 여러 정경을 집중시키고, 각각의 장면마다 완전한 경계를 만들어냄으로써, 비량하고 강개하면서도, 쓸데없이 차곡차곡 쌓았다는 느낌은 들지 않는다.

양소는 평소 설도형을 가장 아껴, 그에게 써 보낸 시가 가장 많으며 또 모두 좋은 작품에 속한다. <설 파주에게 주다(贈薛播州)> 14수는 5언시로, 세태의 변천, 왕조의 교체 등에 대한 자신의 관점에서 시작하여, 그가 전란으로 인해 설도형과 만나기 어려웠던 상황, 개국 이후 조정에서의 만남, 함께 어울려 즐기며 서로를 격려했던 우정 등을 회고했다. 설도형의 뛰어난 재주와 좋은 문장, 굳은 지조 등을 칭찬하고, 먼 파주(播州)에 부임한 설도형에 대한 무한한 그리움을 표시했다. 동시에 벗이 떠난 후 쓸쓸해진 자신의 적막한 심정도 서술했다. 또 수조가 천하를 통일하기 전의 상황에 대해서, "낯선 변경에는 오랑캐 말이 가득하고(生郊滿戎馬)", "함곡관은 막혀 길이 없으며, 장안과 낙양은 흙으로 변해간다(函關絕無路, 京洛化爲土)"라고 전란 속 북방 사회의 현실을 어느 정도 반영했으며, 또 수공(隋公)의 찬위에 대해서는, "무력은 임금의 명을 거스른 것과 다르고, 읍양이 가장 공정한 것도 아니다(干戈異革命, 揖讓非至公)"라는 논리를 공공연하게 제기했다. 마지막 두 구는 비흥수법을 사용하여, 봄, 가을, 겨울 이 세 계절의 경물에 대한 생각, 먼 곳을 바라볼 때의 슬픈 심정 등을 썼다. 비록 대구가 많지만, 한위의 고의(古意)가 남아 있고, 성음은 이미 당대 5언고시에 가깝다. 당시 사람들은 이 조시가 "시문의 기운이 크게 일어나고, 풍류와 운치가 빼어나서, 역시 시대적 대표작이다(詞氣宏拔, 風韻秀上, 亦爲一時盛作)"라고[263] 했다.

---

263) <隋書·楊素傳>.

양소는 지위와 권세가 비할 데 없이 높아 정치적 위세와 복록을 누렸고, 정치적 음모에도 뛰어났다. 그러나 재예(才藝)에 아취가 넘쳐, 그의 시는 세속을 초월한 격조를 지니면서, 정치생활 이외의 또 다른 성정 면모를 표현해냈다. 예를 들어 <산재에 홀로 앉아 설 내사에게 주다(山齋獨坐贈薛內史詩)> 2수 중 제1을 보자.

居山四望阻	산에 사니 사방이 산으로 막혀 있어서
風雲竟朝夕	바람과 구름 속에서 아침 저녁을 보낸다.
深溪橫古樹	깊은 계곡엔 고목이 가로 자라고
空岩臥幽石	하늘가 암벽에는 바위가 조용히 누웠구나.
日出遠岫明	해가 솟아 먼 산봉우리 밝아오고
鳥散空林寂	새가 흩어지니 빈숲 적막하다.
蘭庭動幽氣	난꽃 핀 뜨락엔 그윽한 향 퍼지고
竹室生虛白	대숲 앞 방에는 대 그림자 비친다.
落花入戶飛	떨어지는 꽃잎 창문으로 날아들고
細草當階積	어린 풀은 섬돌 앞에 쌓인다.
桂酒徒盈樽	계화주로 부질없이 잔을 채워볼 뿐
故人不在席	함께 할 벗이 자리에 없구나.
日暮山之幽	날 저물고 산도 어두워지는데
臨風望羽客	바람 쐬며 함께 할 은자를 기다리네.

이 시는 아침에서 저녁으로, 먼 곳에서 가까운 곳으로, 밖에서 안의 순서로, 산과 뜰, 산장의 경치를 묘사했다. 고목이 계곡에 가로 누워 자라고, 바위가 산에 누웠으며, 해가 먼 산등성이를 비치고, 빈 숲에 새가 흩어지는 이 원경의 구도는, 깊은 산장이 산으로 둘러싸여 세상과 단절되어 있는 듯한 느낌을 만들어냈다. 난이 그윽한 향기를 풍기고, 대나무는 그림자를 흔들고, 꽃잎이 창문 안으로 떨어지고, 어린 풀이 섬돌에 쌓이는 것 등은 빈 뜰의 적막함, 인적이 드물 때의 그윽함을 써낸 것이

다. 마지막은 술이 있어도 함께 할 사람이 없음과 날이 저물고 산도 어
두워짐을 이용해, 설도형에 대한 그리움을 이끌어냈다. 산장에 사는 사
람의 유연자적(悠然自適)한 즐거움 속에 벗이 오지 않는 슬픔을 은근히 드
러내어, 풍치가 청원(淸遠)하고 유아(幽雅)하며, 필세가 노련하고 고졸하다.
제2를 보자.

岩壑澄清景	바위계곡 맑은 물엔 비친 풍경도 맑고.
景清岩壑深	경치가 맑으니 바위계곡도 깊구나.
白雲飛暮色	흰 구름 석양 속에서 날고
綠水激清音	푸른 물은 맑은 소리가 급하다.
澗戶散餘彩	골짝의 집 위로 남은 놀 흩어질 제
山窓凝宿陰	산속의 창문에는 저녁 한기가 엉겼다.
花草共榮映	꽃과 풀 함께 무성히 조화롭고
樹石相陵臨	나무와 바위는 서로 키를 뽐낸다.
獨坐對陳榻	홀로 손님 맞을 걸상 앞에 앉았지만
無客有鳴琴	손님은 없고 거문고만 있구나.
幽幽深山裏	적막하고 적막한 깊은 산 속에
誰知無悶心	세속에 욕심 없음을 누가 알아주랴!

만약 앞의 시가 산을 바라보며 벗을 생각하는 내용이라면, 이 시는 물
가에서 손님을 그리워하는 내용이다. 첫 두 구는 회문시(回文詩)와 유사한
구법으로, 물속에 비친 그림자가 실제의 풍경과 전혀 구분되지 않을 만
큼 맑음을 표현했는데, 장난스럽기는 해도 재미가 있다. 이어서 떠다니
는 구름과 빠른 물소리를 조화시키고, 석양녘 노을과 계곡가의 서늘함을
대조했는데, 비록 조용하고 그윽한 경계를 표현했지만, 색조가 맑고 선
명하며, 필세가 날아 움직이듯 생동적이어서, 후대의 풍경시에서 난(暖)으
로 냉(冷)을 나타내고, 동(動)으로 정(靜)을 표현하는데 유용한 지침을 제공

했다. 그의 <설 내사에게 주다(贈薛內史詩)>는 민가적 어조로 설도형에 대한 그리움을 썼는데, 구조가 비교적 독특하다.

耿耿不能寐	생각 또 생각에 잠들지 못하니
京洛久離群	경락에서 헤어진 지 오래구려.
橫琴還獨坐	거문고 펼쳤다 또 덩그러니 앉았고
停杯遂待君	술잔 멈추고 결국 그대를 기다린다오.
待君春草歇	그대를 기다리다 봄풀 시들고
獨坐秋風發	홀로 앉은 사이 가을바람 이는구려.
朝朝唯落花	아침마다 오직 꽃이 지고
夜夜空明月	밤마다 달랑 달은 밝은데
明月徒流光	밝은 달은 부질없이 빛을 비추고
落花空自芳	지는 꽃은 하릴없이 향기만 보내지요.
別離望南浦	이별하고 남포를 바라보고 있거늘
相思在漢陽	그리운 그대는 한양에 있구려.
漢陽隔隴岑	한양은 농산 너머에 있는데
南浦達桂林	남포는 계림에 닿을 듯하니
山川雖未遠	산천이 비록 멀지는 않건만
無有得寄音	그대 소식을 받을 수가 없구려.

전체적으로 4구마다 운을 바꾸고, 운을 바꾼 곳마다 정침격(頂針格)으로 이어 내려갔는데, 봄꽃에서 가을바람으로, 낙화에서 명월로의 전환 속에서, 기다리는 사람이 오지 않는 슬픔을 완곡하게 반복적으로 호소했다. "이별하고 남포를 바라보고 있거늘" 4구는 이별한 사람과의 거리를 역참 단위로 나누어, 각각의 노정마다 산이 멀고 물이 아득해서 그리움을 전할 수 없음을 표현했는데, 구의 리듬과 성음의 느낌을 정서표현에 사용한 신선한 시도라 할 수 있다.

양소의 시는 언어는 맑고 음조는 우아한 수시의 경향을 전형적으로 반영해냈는데, 그의 노련한 기골, 신선한 장법 등의 장점이 그가 자신의 풍격을 만들어 낼 수 있었던 주요 이유다.

설도형(薛道衡, 539~609)은 자가 현경(玄卿)이고, 하동(河東) 분음(汾陰, 현 산서성 萬榮縣 榮河鎭) 사람이다. 젊은 시절 북제에서 벼슬을 하며 이름을 알렸다. 북주나 진의 사신을 자주 맞이했는데, 진의 사신 부재(傅縡)의 증시(贈詩) 13운에 화답하는 작품을 지어 남북 모두의 찬사를 받았다. 북제의 문림관에서 관직을 하며 노사도 등과 명성을 쌓고 우의를 다졌다. 북제가 멸망한 후 북주로 합류했고, 수가 세워진 후에는 진에 사신으로 간 적이 있다. 작품을 지을 때마다 남방인들이 음송하지 않은 것이 없었다 한다. 수가 남북을 통일 한 후에도, 설도형은 오랫동안 주요 직위에 있었고 명성은 더욱 알려졌으며, 양소의 총애를 받기도 했다. 후에는 양제의 미움을 받아 처형되었는데, 그의 나이 70세였다.

설도형은 북조에서 태어났지만, 북제에 있을 때 가볍고 화려한 시풍의 영향을 받았고, 남조 사신을 여러 차례 접대했으며, 또 오랫동안 진에 외교사절로 가기도 했으므로, 다른 북조 시인에 비해 남조 시가의 예술적 기교를 잘 수용했다. <출새(出塞)>의 "끊어진 사막에 늦가을이 저무니, 강한 음기가 만 리에 인다. 차가운 밤 피리 곡조 애달고, 서리 내린 하늘에는 기러기 소리도 끊겼다(絶漠三秋暮, 窮陰萬里生. 寒夜哀笛曲, 霜天斷雁聲)"나, <소군사(昭君辭)>의 "호풍은 가을 달을 몰고 오고, 말울음 소리는 호가 소리와 섞인다(胡風帶秋月, 嘶馬雜笳聲)" 등의 시구는 정교한 대구로 소슬한 변경의 풍경을 표현했는데, 슬픔 속에서도 웅건한 기운을 담고 있다. <달밤에 군악을 듣고 지은 작품에 받들어 화답하다(奉和月夜聽軍樂詔)>의 "달빛이 차가워 마치 가을밤인 듯하고, 산이 추우니 여름 서리가 내린다. 먼 하늘로 석양이 맑은데, 맑은 경치 속에 황혼이 퍼진다(月冷疑秋夜, 山寒落夏霜. 遙空澄暮色, 清景散餘光)"는 착각을 비유로 삼아 달빛의 청량하고 교교함을 표현했는데, 대구 속에서도 약간의 고의를 지니고 있다. 유사한 내용을 지닌 그 당시의 많은 작품들과 비교하면, 간명하면서도 의미가 깊고 감동적이라는 점에서 약간 앞선다. 그의 주요한 성과는 남북의 시풍을 융합한 기초 위에 자신의 풍격을 창조하여, 새롭고 정교한 구상과 신선한 예술적 형상을 갖춘데 있다. 특히 악부는 고제와 고의를 답습하던 당시의 풍조에서 벗어나, 비교적 큰 진전이 있었다. 예를 들어 새로운 곡조로 염정을 표현한 <석석염(昔昔鹽)>은 양제의 질투를 받기도 했던 절세의 가작이다.

垂柳覆金堤	늘어진 버들가지는 금제를 덮고
蘼蕪葉復齊	미무의 잎 다시 가지런히 자랐네.
水溢芙蓉沼	부용 연못에 물이 넘치고
花飛桃李蹊	도리나무 길에 꽃잎이 날리네.
採桑秦氏女	뽕잎 따는 진 씨 집 아가씨
織錦竇家妻	비단 짜는 두 씨의 아내.
關山別蕩子	탕자와 관산에서 이별한 후로
風月守空閨	바람과 달빛 아래서 빈 규방을 지킨다네.
恒斂千金笑	천금의 미소는 완전히 사라졌고
長垂雙玉啼	두 눈에는 옥같은 눈물만 늘 흐르니
盤龍隨鏡隱	거울의 용 문양은 먼지 덮혀 사라졌고
彩鳳逐帷低	오색 봉황 수는 휘장 따라 낮게 드리웠네.
飛魂同夜鵲	떠도는 혼은 밤 까치와 함께 하고
倦寢憶晨雞	피곤한 잠자리에서도 새벽닭을 생각한다.
暗牖懸蛛網	어두운 창에는 거미줄이 걸려있고
空梁落燕泥	빈 대들보에는 제비집 진흙이 떨어진다.
前年過代北	지난해에 대북을 지나갔는데
今歲往遼西	올해는 요서 지방으로 갔다 하네.
一去無消息	한 번 떠나간 후 소식이 없으니
那能惜馬蹄	말발굽소리 애석타 한들 또 어찌하겠느냐!

이것은 비록 화려하며 가볍고 부드러운 염정시이나, "어두운 창에는 거미줄이 걸려있고, 빈 대들보에는 제비집 진흙이 떨어진다" 연으로 제량의 상투적 시어나 의경을 넘어섰다. 장협(張協)의 <잡시(雜詩)> 이후, 황량하고 쓸쓸한 정원풍경을 빌어 정인(征人)을 그리워하는 여인의 적막함과 무료함을 표현하는 것은 사부시(思婦詩)에서 애용되던 표현수법이었다. 섬돌에 이끼가 깊고 풀이 우거지며 거울에 먼지가 쌓인다는 것도 전인들이 많이 사용했던 것이다. 설도형은 섬세한 관찰을 통해, 신선하면서도 더 강한 설득력을 지닌 각도를 포착해 냈다. 어두운 창문에 거미줄이 가득하다는 것은 여자가 집안을 청소할 마음이 없는, 심지어는 창문에 기대어 기다릴 마음조차 없는 무력함을 나타낸다. 이것은 발자국이 보이지 않는다는 것보다 더욱 깊이 있게 내면적 절망을 드러낸다. 봄날 제비가 쌍쌍이 나는 것을 빌어, 부질없이 청춘을 보내는 여자의 고독함을 나타내는 것은 제량시에서도 자주 보인다. 이 시에서는 가을에 제비가 떠나간 빈 기둥에는 몇 점의 둥지흙만 남았다는 사소한 내용에서 착안, 봄에 제비가 짝을 지어 돌아온 것을 본 사부의 안타까운 부러움까지도, 늦은 가을 제비가 떠난 후의 슬픔 속에 담았다. 결미 "지난해에 대북을 지나갔는데, 올해는 요서 지방으로 갔다 하네"는 민가식의 자연스러운 어조로, 시간과 공간을 정제된 대구로 연결해내어 전쟁이 여러 해 동안 쉬지 않고 계속되었음을 표시했다. 전체가 염려한 어휘로 원망스러운 감정을 거듭 표현하다가, "말발굽소리 애석타 한들 또 어찌하겠느냐"라는 탄식으로 전환하여, 정인(征人)이 "한 번 떠나간 후 소식이 없음"에서 벗어났는데, 원망스럽지만 분노하지 않아서 단번에 은은함과 잔잔함을 남겨준다. 시는 악부 고제이지만, 세 곳에서 실점(失粘)한 것을 제외하고는, 전편이 모두 평측을 지킨 우수한 오언 배율이라 할 수 있다. <예장행(豫章行)> 역시 규원시인데, 정서와 구상이 모두 새롭다.

江南地遠接閩甌　　강남땅은 멀고멀어 민구에 가까운데
山東英妙屢經遊　　산동의 예쁜 여인은 몇 해째 홀로 지내지요.
前瞻疊障千重阻　　첩첩의 산은 천 겹이나 가로 막고
卻帶驚湍萬里流　　격랑 치는 물결은 만 리를 흐르니
楓葉朝飛向京洛　　아침이면 단풍잎 경락 쪽으로 불어오고
文魚夜過歷吳洲　　저녁이면 잉어는 오주를 헤엄쳐 가지요.
君行遠度茱萸嶺　　그대는 멀리 떠나 수유령을 넘고
妾住長依明月樓　　저는 오래 명월루에 기대어 있지요.
樓中愁思不開嚬　　근심으로 이맛살을 펴지 못하다가
始復臨窓望早春　　처음으로 창가에서 이른 봄 경치를 내다본다오.
鴛鴦水上萍初合　　원앙이 헤엄치니 부평초가 합해지고
鳴鶴園中花倂新　　학이 뜨락에서 울어대니 꽃이 더욱 새롭구려.
空憶常見角枕處　　뿔베개 함께 바라보던 일 부질없이 추억하니
無復前日畫眉人　　이제는 그때처럼 눈썹을 그리지 않는다오.
照骨金環誰用許　　귀한 거울이나 금환을 누구를 위해 사용하겠소?
見膽明鏡自生塵　　거울은 자연히 먼지로 덮여가지요.
蕩子從來好留滯　　탕자들은 원래 타향에 잘 머무는데
況復關山遠迢遞　　하물며 관산은 아득히 멀기까지 하군요.
當學織女嫁牽牛　　견우에게 시집가 맘 변치 않았던 직녀를 배우고
莫作姮娥叛夫婿　　남편 배신한 항아는 배우지 말아야 하리.
偏訝思君無限極　　그저 그대를 그리워하는데 끝이 없으니
欲罷欲忘還復憶　　그만 두려 해도 잊으려 해도 또다시 그리워진다오.
願作王母三靑鳥　　서왕모의 사신인 삼청조가 되어서
飛來飛去傳消息　　이리저리 날아서 소식을 전하고 싶구려.
豐城雙劍昔曾離　　풍성의 쌍검도 옛날에는 헤어졌지만
經年累月復相隨　　몇 년이 지나 서로 만나게 됐었다지요.
不畏將軍成久別　　그대와 오래 떨어져 있는 것은 두렵지 않으나
只恐封侯心更移　　공후에 오른 후 그대 변심할까 걱정이라오.

양진 시기에 규원시(閨怨詩)는 점점 변새시와 융합하여, 변새의 지독한

추위와 경락(京洛)의 봄을 대조시켜 사부의 원망과 슬픔을 부각시키면서, 비량(悲凉)하고 기미(綺靡)한 정서를 추구하는 것이 공통적 특징이었다. 수조가 천하를 통일하고 동남 지역을 수복함으로써, 문인들에게 새로운 시야를 열어 주었다. <예장행>의 여주인공이 그리워하는 대상은 북방에 출정한 소년 협객이 아니라, 멀리 강남의 민(閩) 월(越) 지역으로 내려간 정인이다. 바로 새로운 시대적 상황이 규원시에 반영된 것이다. 혹자는 설도형이 일찍이 방령표(防嶺表)로 강직되었다가 다시 양주총관(襄州總管)으로 나간 적이 있었는데, 모두 남방지역이어서, 이 시가가 실제로는 사부의 탄식을 빌어 쫓겨난 신하의 감정을 기탁한 것이라고 보기도 하지만, 이것은 하나의 창작 동기일 뿐이고, 전체 시가의 내용으로 보아 규원시로 보는 것이 타당하다. 시의 앞 6구는, 산동과 강남 지역이 첩첩의 산과 수만 리의 거센 물결로 나뉘어져 있어, 오직 단풍잎과 잉어만 가볍고 자유롭게 왕래할 수 있다고 상상한다. 이것은 단풍잎이 날아갈 수 있는 거리와 잉어가 헤엄쳐 갈 수 있는 범위를 과장한 것인데, 두 곳에 헤어져 있어 전할 수 없는 그리움을 기탁했다. 형상의 선택이 새롭고 미려하며, 상상도 천진하고 특별하다. 이하의 시구는 사부의 시선을 따라 정인이 남기고 간 여러 가지 흔적을 찾아낸다. 실외의 봄기운으로 실내의 쓸쓸함을 부각했고, 두 사람의 옛날의 애정을 나타내주는 작은 소재들을 찾아내어, 탕자(蕩子)에 대한 참을 수 없는 그리움 및 평생을 함께 하겠다는 맹세를 강조했는데, 이것은 결미의 "그대와 오래 떨어져 있는 것은 두렵지 않으나, 공후에 봉해진 후 그대 변심할까 걱정이라오"처럼 사부의 치정(癡情)이 근심과 의심으로 바뀌는 신선한 내용을 부각하기 위한 것이다. 그저 오랫동안 떨어져 있는 것이라면 희망이 있겠지만, 공을 세우고는 변심해 버리면 그것이 바로 진정한 이별의 비극이 된다. 이것은 한층 더 깊이 있게, 봉건사회 여인들이 처한 슬픈 처지를 통해서 사부의 깊고 깊은 이별의 한을 표현한 것이다. 결구가 깊이 있고 힘이 있어서 커다란 예술적 효과를 만들어냈다. 이 시는 대구 사이에 많은 허자(虛字), 예를 들면 '시복(始復)', '공억(空憶)', '무복(無復)', '황복(況復)', '당학(當學)', '막작(莫作)', '불외(不畏)', '지공(只恐)' 등을 사용하여 유수대(流水對)를 만들어냄으로써, 전환이 거침없고 기세가 유창해졌다. 비록 수사가 농염하고 나열식 서술이 화려하지만, 주제를 부각시키는 작용을 함으로써, 진대 수대의 가행체에서 흔히 있는 번다하면서 반복적인 병폐는 보이지 않는다.

설도형의 고시는 대부분 응수 봉화의 작품인데, <양 부사가 산재에서 홀로 앉아 지은 시에 정중하게 화답하다(敬酬楊僕射山齋獨坐)>시에서 그의 응대(應對) 기술을 볼 수 있다.

相望山河近	서로 바라보면 산하는 가까운데
想思日夕勞	그리움에 아침저녁으로 괴롭습니다.
龍門竹箭急	용문의 물길 댓화살처럼 빠르고
華嶽蓮花高	화악의 연꽃 높이 피었지요.
嶽高嶂重疊	바위 높고 가파른 산 겹겹이라
鳥道風煙接	새의 길만이 구름에 맞닿아 있답니다.
遙原樹若薺	먼 들판의 나무 마치 냉이같이 작고
遠水舟如葉	먼 강물의 배는 나뭇잎 같은데
葉舟旦旦浮	일엽편주 종일 떠있고
警波夜夜流	급한 물결은 밤새 흐른답니다.
露寒洲渚白	이슬 차가우니 물가 하얗고
月冷函關秋	달빛 차가워 함곡관이 근심스럽군요.
秋夜淸風發	가을밤 맑은 바람 일 때
彈琴卽鑑月	거문고 타며 달을 감상하렵니다.
雖非莊舄歌	비록 장석의 노래는 아닐지라도
吟詠常思越	노래하며 언제나 월 땅을 그리워하겠습니다.

양소가 설도형에게 준 시는 감정이 풍부한데, 설도형은 양소와 지위가 다른 까닭에, 응답의 작품은 감정은 진지하면서 예의도 잃지 않아야 하므로, 결코 쉽지 않다. 이 시의 뛰어난 점은 이 두 가지를 오히려 장점처럼 잘 처리했다는데 있다. 작자는 용문(龍門), 화악(華嶽) 등의 명승을 빌어, 첩첩산중이라 오를 수 없고 오로지 새의 길만 서로 이어진다고 과장함으로써, 산재(山齋)가 있는 곳의 험준함을 표현했는데, 그 속에 '존경과 앙모'의 의미도 넌지시 담았다. 조각배가 하루 종일 아득한 물 위에 떠 있고, 거센 물결이 밤새도록 멈추지 않고 흐르는 풍경 묘사 속에, "그리움에 아침저녁으로 괴롭습니다"는 우의를 담았다. 말구는 양소가 조국공(趙國公)에 봉해진 일을 빌어, 월인(越人) 장석(莊舃)이 초에서 벼슬을 하며 월을 그리워했던 전고를 응용했는데, 정교하다. 전체적으로 대구 속에 정침격(頂針格)을 끼워 넣었던 양소의 표현수법을 모방했고, 구의 조탁이 정교하며, 음조가 유창하여, 수대 응수시의 높은 수준을 대표한다. 그는 또 유희를 소재로 한 배체시(俳體詩) <허 급사 선심의 공연장에서 운을 바꾸며 지은 시에 화답하다(和許給事善心戲場轉韻)>가 있다. 장안 낙양 일대의 새해맞이 공연 장면을 묘사했는데, 배우(俳優), 강가(羌歌), 호무(胡舞), 가면(假面), 기마술, 칼춤, 도환(跳丸) 공놀이, 동물 춤(獸舞), 금희(禽戲), 후희(猴戲) 등의 각종 백희(百戲)를 나열하여, 수대 전성기에 국가와 백성이 부유하고 백희가 흥성하던 사회풍속화를 펼쳐냈다. 이 작품은 당인들이 사회문화와 풍속 세태를 반영할 수 있는 새로운 소재를 발굴해 내는데 영향을 미쳤으며, 또 후인들이 이 시대의 희극 발전 양상을 연구하는 데에 일차적 자료가 되고 있다.

<인일에 고향을 그리워하며(人日思歸)>는 설도형의 가장 유명한 소시이다.

入春才七日　　봄으로 들어선지 이제 겨우 이레째
離家已二年　　고향 떠나온 지는 어느덧 두 해.
人歸落雁後　　사람은 기러기보다 늦게 돌아가는데
思發在花前　　그리움은 꽃도 피기 전에 생겨난다.

이 시는 설도형이 진에 사신으로 갔을 때 지은 작품이다. 첫 부분은 입춘 후 7일째 되는 날인 인일(人日)의 의미에 충실했고, 그런 7일과 집을 떠나 온 지 2년 등과 같이, 시간을 나타내는 숫자를 사용하여 대구를 맞추었는데, 확실한 백화다. 그래서 ≪소설전문(小說傳聞)≫의 기록에 의하면, 남인들이 처음 이 두 구를 듣고는 "비웃으며 말하기를, '이 저질스런 언어, 누가 이 자가 시를 지을 줄 안다고 했는가!'(嗤之曰, 是底言語, 誰謂此虜解作詩)"라 했다가, 뒷 두 구를 듣고는 "기뻐하며 말하기를, '이름이 알려진 사람이 과연 이름값 못하는 사람은 없구려' 했다(乃喜曰, 名下固無虛士)"고 한다. 사실 만약 앞 2구의 실수(實數) 대구가 없으면, 뒷 두 구의 '후(後)'와 '전(前)' 역시 어울릴 수 없다. 진에 간 이듬해가 바로 2년이 된다. '봄으로 들어서서(入春)' 기러기는 북으로 돌아갔지만, 꽃은 아직 피지도 않았는데 자신은 "그리움이 꽃도 피기 전에 생겨났건만" 아직 길을 떠나지 못해, '돌아가는 기러기(落雁)'보다 뒤로 쳐졌다. 이 시의 구상이 새롭고 뛰어난 것은, 사람들이 봄이 올 때 갖게 되는 귀향의 소망을, 그리움의 피어남과 꽃의 핌, 사람의 돌아감과 기러기의 돌아감, 누가 먼저고 누가 나중 등의 순서 비교 속에 개괄해낸 데 있다. 유수대(流水對)의 정교함에 힘입은 것임은 당연하다. 그의 <세모 응교(歲窮應敎)>시 중 "지난 세월은 밤을 따라 흘러가고, 새 봄은 새벽을 따라 다가온다(故年隨夜盡, 初春邃曉生)"도 섣달 그믐날 낮과 밤의 교체는 바로 신구(新舊)의 해가 교체되는 것임에 착안하여, 정교한 대구 속에 일정한 철리적 내용을 담았는데, 역시 같은 계통에 속한다. 후일 당인들의 소시는 이 방면에서 사고의 방향을 확대해 나간 것이 많다. 왕만(王灣)의 "바다에 떠오르는 해는 지난 밤의 어둠에서 생겨나고, 강가의 봄은 지난 세월로 흘러간다(海日生殘夜, 江春入舊年)"가 그 일례이다.

설도형의 시는 대다수의 수시와 마찬가지로, 악부에서는 제재를 전통적 제재에서 취하여 자연스러운 나열식 서술를 전개했고, 고시에서는 풍격이 청아하면서 정교하고 화려한데, 경치를 대하고 지은 응조(應詔) 작품이 많다. 그러나 그는 새로운 형상과 재치있는 구상을 통해, 같은 내용과 주제라도 더욱 철저하고 참신하게 표현하는데 뛰어나서, 개괄력도 더욱 뛰어나다. 이것은 몽기로 뒤덮힌 시단에서 찾아낸 하나의 돌파구라 할 수 있다.

수시에는 왕조 교체에 대한 감상과 망국의 슬픔을 표현한 시가 몇 수 있는데, 성정이 다소 반영되어 있다. 원행공(元行恭)의 <고택에 돌아와서 지은 시(還故宅詩)>는 "수많은 전쟁에 성은 기울고, 사방으로 통하는 한길가의 저택도 황폐해졌구나. 전쟁터에서 공을 세우기는 이미 어려운 일, 완 보병은 막다른 길에서 막혔구나. 취대에는 산새가 있고, 노래하던 뜰에는 들벌레가 시끄럽다. 풀이 깊이 자라 샛길은 파묻혔고, 물이 말라 굽이진 연못도 텅 비었구나. 숲 속에는 밝은 달빛 가득한데, 거기도 봄바람이 불어온다. 오직 못쓰게 된 우물만 남아, 오동나무 두 그루를 끼고 있구나(頹城百戰後, 荒宅四隣通. 將軍樹已折, 步兵途轉窮. 吹臺有山鳥, 歌庭聒野蟲. 草深斜徑沒, 水盡曲池空. 林中滿明月, 是處來春風. 唯餘一廢井, 尚夾兩株桐)"이다. 기울어진 고택은 전쟁으로 황폐해진 풍경의 한 측면을 반영하는데, 나라의 멸망과 폐허로 변한 풍경으로 인한 비통감 및 왕조의 교체기에 막다른 길에 이른 듯한 작자의 절망감을 기탁했다. 윤식(尹式)의 <송 상시와 이별하며(別宋常侍)>는 망국의 비통함을 고국에서 함께 신하노릇 하던 사람과의 아쉬운 이별 속에 담았다. 즉 "나그네가 두릉 북쪽으로 떠나니, 한수 동쪽에서 송별한다. 떠나는 사람 남는 사람 할 것 없이, 모두 바람에 날리는 쑥대 같구나. 세어버린 귀밑머리는 서리 빛을 머금고, 늙은 얼굴은 술기운 덕에 붉구나. 이 그리움 가득한 곳에, 까마귀 소리가 밤바람에 섞인다(遊人杜陵北, 送客漢川東. 無論去與住, 俱是一飄蓬. 秋鬢含霜白, 衰顔倚酒紅. 別有相思處, 啼鳥雜夜風)"인데, 타향에서 손님을 송별하는 심정이 철저하면서 침통하게 표현되었다. 대구든 산구(散句)든, 구의 정조나 분위기에 모두 한위의 고의가 묻어있다. "무론(無論)" 2구는 뒤에 왕발(王勃)의 "떠나는 사람 남는 사람 할 것 없이, 모두 몽중인이라(無論去與住, 俱是夢中人)"(<別薛華>)에 이용되었다. 이 시들은 비록 시대상을 어느 정도 반영하기는 했지만, 망국의 슬픔이 대부분 운명과 시대에 대한 애탄 속에 녹아 있는 까닭에, 깊은 현실적 의미는 부족하다. 사회적 현실을 직접적으로 반영하고, 깊은 비판정신을 갖춘 시가는 ≪해산기(海山記)≫에 수록된 민가 <배를 끄는 사람의 노래(挽舟者歌)> 이 한 수뿐인데, 양제가 강남에 갔을 때 들었다는 작품이다.

我兒征遼東	내 아들은 요동으로 징집되어 갔다가
餓死青山下	청산 아래에서 굶어 죽었고
今我挽龍舟	지금 나는 임금 탄 용주를 끌며
又困隋堤道	수제(隋堤) 길에서 고통 받고 있네.
方今天下飢	지금 온 천하가 다 굶주려
路糧無些小	이 여정동안 먹을 식량이 조금도 없구나.
前去三千程	앞으로 삼천 리 길을 가야 하는데
此身安可保	이 몸뚱이 어찌 온전할 수 있겠는가?
寒骨枕荒沙	시린 유골은 황량한 모래밭에 눕고
幽魂泣煙草	슬픈 영혼은 풀 더미에서 눈물 흘리겠지.
悲揖門內妻	집사람과 슬프게 이별을 나누었고
望斷吾家老	늙은 부모는 더 이상 만날 수 없으리.

安得義勇男	어떻게 하면 의롭고 용감한 사나이를 만나서
焚此無主屍	주인 없는 내 시신을 제사 지내고
引其孤魂回	외로운 혼백 불러 들여서
負其白骨歸	백골 지고 돌아가게 할 수 있을까!

≪해산기≫가 비록 수대에 쓰인 것이 아니어서, 이 시도 후인들이 썼을 가능성을 배제할 수는 없지만, 이 시의 문자가 통속적이고 졸박하며, 제1인칭 화법을 사용하여 민가적 느낌이 농후하므로, 아마도 수대 민간에서 나온 것이 전래 과정 중에 문인의 필기(筆記) 속에 삽입된 것으로 보인다. 시는 주인공의 아들이 요동으로 정벌 갔다가 청산에서 굶어 죽은 불행한 운명을 발단으로 삼아, 배를 끄는 섬부(纖夫)가 자식이 전사했다는 이유로 징발되었음을 이끌어 냈다. 또 양제가 백성도 고생시키고 재화도 잃었던 두 가지 사건, 즉 요동 정벌이나 용주(龍舟)를 타고 강남으로 갔던 일을 자연스럽게 연결시킴으로써, 당시 백성들이 기아로 인해 제대로 살아갈 수 없었던 심각한 사회적 문제를 반영해냈다. 화자는 본심을 직설적으로 말했는데, 자신의 추측을 통해 자신의 시체도 거친 모래벌판에 버려질 비참한 운명임을 예시하고, 그 유골만이라도 거두어 혼백이 고향으로 돌아갈 수 있게 해달라고 애원한다. 주인공의 원망과 고통을 절절하게 써냈으며, 황음무도하고 백성의 생사에는 관심을 두지 않는 양제의 죄악을 날카롭게 토로했다. 이 민가는 주인공이 자술하는 방식을 통해, 서정 속에 인물의 운명을 서술했으며, 경물묘사를 이용하여 우수적인 분위기를 만들어 냄으로써, 남북조 악부민가나 한악부의 표현방식과 구별된다. 이 표현예술은 당 장위(張謂)의 <북주의 노옹을 대신하여 답하다(代北州老翁答)> 및 두보, 장적(張籍), 왕건(王建)의 신제악부에 직접적인 본보기가 되었다.

현존하는 수시 중 가볍고 염려한 작품은 수량이 많지 않지만, 취할 만한 구절이 전혀 없지는 않다. 위담(魏澹)의 "주렴을 나가니 작은 제비가 날고, 햇살 비치는 창문밖에는 시든 꽃이 진다(出簾飛小燕, 映戶落殘花)"(<初夏應詔詩>)나, "새로 난 가지는 옅은 초록을 머금었고, 늦게 난 꽃받침에는 옅게 붉음이 퍼진다(新枝含淺綠, 晚蕚散輕紅)"(<詠石榴詩>)는 섬세하고 경일(輕逸)하며, 작은 기교가 정취 있다. 왕신(王脩)의 <칠석시(七夕詩)> 중 "즐거움이 이 밤과 함께 다 갔으니, 근심 속에 왔던 길로 되돌아가리라. 여전히 옛날같이 눈물을 흘리며, 다시 그때의 베틀에 오르겠지(歡逐今宵盡, 愁隨還路歸. 猶將宿昔淚, 更上去年機)" 이 몇 구는 직녀가 견우와 이별하고 돌아와, 하룻밤의 즐거움이 다 끝나 버렸으니 다시 예전처럼 눈물을 머금고 베틀에 오을 것이라는 상상을 표현했다. 이것은 견우직녀의 하늘에서의 만남을 인간화하여, 견우 직녀가 해마다 한 번의 짧은 만남과 긴 이별을 하는 고통을 써냈다. 수 양제는 재주와 감정이 비록 뛰어나지는 않았으나, 상당히 탈속적인 소시 두 수를 남겼다. 한 수는 <춘강화월야(春江花月夜)>다.

暮江平不動	저녁 강 고요히 움직이지 않고
春花滿正開	봄꽃 온통 때맞춰 피었네.
流波將月去	흐르는 물결은 달따라 가고
潮水帶星來	조수는 별을 지고 온다네.

<당서·악지>에 의하면 이 곡조는 진 후주가 지은 곡인데, 현존하는 수 양제의 2수, 제갈영(諸葛穎)의 1수가 모두 아름답다. 이 시는 달과 별이 움직이고 물이 흘러가는 등의 끝없이 순환하는 자연의 규칙을, 흐르는 물이 물에 비친 달과 함께 가고, 조수(潮水)가 별을 이고 돌아온다는 신선한 상상으로 바꾸었다. 해마다 똑같은 봄강물과 달빛을 통해 시공의

영원함과 인생의 무궁함을 연상하게 함으로써, 당 장약허(張若虛)의 <춘강화월야>를 위한 첫 윤곽을 그려내었다. 다른 한 수는 ≪필진(筆塵)≫에 기록된, "겨울 갈가마귀는 점점이 날고, 흐르는 강물은 외딴 마을을 휘감는다. 석양이 떨어지는 그 곳, 바라보고 있으니 나도 모르게 생각이 사라진다(寒鴉飛數點, 流水繞孤村. 斜陽欲落處, 一望黯銷魂)" 이다. 시는 아주 옅은 필묵으로 황량한 마을 싸늘한 근교를 스케치 해내고, 희미한 색으로 석양을 채색했다. 북송 사인(詞人) 진관(秦觀)의 유명한 작품 <만정방(滿庭芳)>(山抹微雲)에서, "석양 너머로, 겨울 갈가마귀가 수많은 점들을 만들고, 흐르는 물은 외딴 마을을 휘감고 흐른다(斜陽外, 寒鴉萬點, 流水繞孤村)"는 이 구를 답습하고, 나그네의 영락감을 삽입해서 만들어낸 천고의 명구이다. 이 두 수의 소시는 모두 눈앞의 경치를 아주 개성적인 경물로 다듬어서 커다란 의경을 창조해냈는데, 정서상 당시에 더욱 가까워졌다. 수 양제는 신성(新聲) 염곡(艷曲)을 많이 지었는데, 가사는 기려하지만, 그 형식은 취할만한 것이 없지는 않다. 현존하는 <용주를 타고(泛龍舟)>, <강도궁악가(江都宮樂歌)> 등은 모두 7언 율시의 원조 작품이다. 시가의 격률이 점점 성숙해가는 상황 하에서, 무명씨의 7언 절구 <송별시(送別詩)>의 출현 역시 필연적이다.

楊柳靑靑著地垂	능수버들 파릇파릇 땅에 닿을 듯 드리웠고
楊花漫漫攪天飛	버들꽃 휘적휘적 하늘 휘저으며 날린다.
柳條折盡花飛盡	버들가지 다 꺾이고 꽃도 다 날아가면
借問行人歸不歸	길 떠난 내 임은 돌아오실런지?

버드나무 가지가 땅에 드리운 것은 가지가 길다는 것을 과장한 것이고, 날리는 꽃이 하늘을 휘저음은 버들개지의 무성함을 과장한 것으로, 사방 가득한 봄 경치와 얼굴에 스치는 봄기운을 강조한 것이다. 이는 또

봄이 다 지나간 후의 풍경과 큰 대비를 형성하는데, 그 전환이 예상을 뛰어넘는다. 이렇게 많은 버들가지와 버들꽃이 다 꺾이고 다 날아가 버리고 나면, 길 떠난 내 임은 돌아오실까? 생각은 순진하고, 물음은 어설프다. "오로지 그리움은 봄빛과 같아, 강남 강북 길목마다 그대를 배웅하노라(唯有相思如春色, 江南江北送君歸)"(왕유 <送沈子福歸江東>)와 같은 절묘한 상상은 바로 이렇게 어디든 없는 곳이 없는 버드나무의 봄빛에서 온 것 아닌가? 당시의 어디든 등장하는 춘의(春意)는 바로 여기에서 싹튼 것이 아니겠는가?

한, 위, 진, 송, 제, 양, 진, 수 이 8대는 총 824년 이다. 장기적인 분열로 안정기보다 혼란기가 많았고, 왕권 찬탈도 빈번했으며, 사회가 혼란했는데, 문학적 발전도 이에 따라 복잡한 양상을 보였다. 하지만 이 팔대 시가의 전반적 발자취에서도 일정한 규칙을 찾아낼 수 있다.

1.

엄격하게 말해서, 시가의 번영은 수량의 많음과 수준의 높음이라는 이두 방면에서 이해되어야 하는데, 팔대의 시 가운데 번영기라고 감히 일컬을 수 있는 것은 건안시에 불과하다. 한말의 대동란을 거쳐, 건안 후기에 북방이 통일되고 경제가 회복되자, 조조 집단은 혼란을 경험하고 웅지를 지닌 문인집단을 업하(鄴下)로 불러들여, "수레를 이어 달리며 행차를 하거나, 자리를 나란히 하고 앉는(行則連輿, 止則連席)" 창작환경을 제공하며, 시인들에게 직접 목도한 전쟁의 참상과 오랜 인생의 감회를 풀어내도록 하여, 인재가 구름처럼 몰려들고 오언시가 크게 발전하는 국면을 형성했다. 건안시인들이 작품 속에 반영해 낸, 풍속이 쇠하고 원망이 서렸던 시대는 주로 한말 동탁의 난과 군벌의 혼란이 배경이다. 그들이 천하 평정이나 청명한 정치 등의 희망을 표현할 수 있었던 것은, 조조의 천하통일 과정 중에 시대를 구제하고 공명을 세울 수 있는 가능성을 보았기 때문이다. 이것은 건안시의 번영이 사회가 분열에서 상대적으로 안정되어가던 특수한 역사적 조건 하에서 출현했음을 설명한다. 건안시 외에, "문학이 크게 발전했던(文雅大備)" "성세(盛時)"라고 일컬어지는 시대는 대부분 작가가 많이 배출되고 시가의 질보다는 양이 우세했던 번영국면이다. 일반적으로 이러한 번영은 종종 단기적인 사회 안정기에 출현하는데, 제왕이나 귀족들의 문학제창이 번영을 이끌어 낸 주요 배경이 된다. 예를 들면, 서진의 태강(太康) 원강(元康) 시기에는 이륙(二陸), 이반(二潘), 삼장(三張), 좌사(左思) 등과 같은 문인들이 대거 출현했는데, 이들은 대부분 문학을 애호했던 권신 가밀(賈謐)의 주위에 있던 문인들이다. 유송의 작가는 '원가지치(元嘉之治)' 기간에 집중적으로 출현했는데, '원가 3대가'라고 불리는 안연지, 사령운, 포조도 이때 출현했다. 이 역시 송 문제 및 유씨 종실이 전반적으로 문학을 숭상했던 분위기와 관련 있다. 제량 시기는 비록 안정기라고 할 수는 없지만, 남방은 비교적 전란이 적었다. 제 영명 연간의 안정 국면은 경향(京鄕)의 인사들 간에 문학 담론 풍조를 촉발시켰으며, 경릉팔우를 중심으로 문화적 학술적 중심을 형성하기도 했다. 율시의 전신인 영명체는 이 시기에 탄생된 것이다. 특히 48년간의 양무제 통치기간은 남북이 기본적으로 안정되었던 시기다. 황제나 번왕(藩王)들이 대부분 재능과 감정이 풍부한 작가이기도 해서, 양대의 시가 수량은 팔대시가의 거의 반을 차지한다. 북위 북제의 문학은 비록 남조와 비교할 수는 없지만, 북위는 효문제에서 효명제까지의 3대에 작가가 집중되었고, 북제는 후주가 문림관을 설치했던 시기에 작가가 집중되었다.

이러한 사실은 문학의 흥성이 사회적 안정 및 당시 황제의 문학 중시와 얼마나 밀접한 관계가 있는가를 잘 설명한다. 상대적으로 안정된 정치적 상황은 문인들에게 창작에 종사할 수 있는 안정된 환경을 제공했고, 통치자의 문학 애호와 제창은 문인 재사들이 모일 수 있는 기회를 조성함으로써, 문화적 학문적 교류 및 예술적 기교의 절차탁마에 도움이 되고, 자연히 그 시대 시가 예술의 평균적 수준이 상승하게 된다. 따라서 안정된 사회는 팔대문학의 흥성 발달을 촉진하는 기본적 조건이다.

팔대시가의 번영을 불러왔던 이러한 기본적 요소들은 각 시기 시가의 질량적 불균형을 초래했다. 대체적으로, 진송 이전의 시가는 언지와 술회에 편중되었고, 제량 이후에는 응수와 오락에 편중되었다. 따라서 풍골로 인정받는 작품들은 대부분 진송 이전에 탄생했다. 그러면 이러한 우수작을 관통하고 있는 기본 정신은 무엇일까?

한악부와 한말 문인시는 사회적 문제와 인생의 의미 탐색이라는 이 두 가지 기본 주제를 집중적으로 표현했다. 건안문인은 더 나아가 이 주제들을 통일시켜, 동한 문인의 소극적이고 퇴폐적인 인생관을 적극적이고 건강한 인생관으로 변화시켰다. 인생의 짧음과 세월의 빠름에 대한 탄식, "영원한 업적을 세우고, 금석과 같은 공적을 이루어냄(建永世之業, 流金石之功)"에 대한 추구를, "시대를 사랑하며 앞으로 나아가고(愛時進趣)" "세상이 혼란스러움을 걱정하는(世憂不治)" 원대한 포부로 융합해 냈는데, 그것들과 끊임없이 지속되는 사회적 혼란이나 쇠하고 원망서린 풍속과의 현실적 모순이 바로 건안시가 "강개함을 의기에 맡겼던(慷慨以任氣)" 이유가 된다. 이것은 풍간(諷諫), 자핵(自劾), 술조(述祖), 계자(誡子)를 시가의 기본적 기능으로 본 한대 유가의 관념을 타파했다. 문학은 더 이상 경학의 부용이 아니라, 작가의 "이름을 후세에 알릴 수 있는(聲名自傳於後)" "불후의 위대한 일(不朽之盛事)"이 되었다.264) 이 이후로 입공(立功)의 이상과 제세(濟世)의 웅지를 노래하고, 인생의 궁극적 가치를 탐구하며, 이상과 현실 간의 모순 속에서 시대상과 사회상을 반영해 내는 것이 진보적 문인시를 관통하는 중심사상이 되었는데, 이것이 바로 건안풍골의 본질이다. 이러한 기본정신은 훗날 완적, 좌사, 도잠, 포조 등에게 계승되었다. 즉 "명성에 후세에 알려져, 기개와 절조가 영원하리라(垂聲謝後世, 氣節故有常)",265) "유유히 세월 지나 백세가 지나도, 영명한 이름은 사방에 알려지리라(悠悠百世後, 英名擅八圖)",266) "곤궁 속에 지킨 절조가 아니고서, 어찌 후세에 이름을 전하리오(不賴固窮節, 百世當誰傳)",267) "세월은 조금씩 멀어져 가는데, 가슴 속에 품었던 포부는 날마다 가라앉는구나. 인생살이가 진실로 내게는 힘이 드는데, 하늘의 도는 누구와 함께 하는지(年代稍推遠, 懷抱日幽淪. 人生良自劇, 天道與何人)"268) 등이다. 그들의 사회적 현실에 대한 풍자나 폭로는 주로 이러한 인생 이상에서 출발한다.

당연히 각 시대와 작가에 따라 건안풍골은 다양한 내용으로 표현된다. 삼조(三曹), 건안칠자, 완적, 혜강, 도연명은 모두 신구 왕조가 교체되던 시기의 인물이다. 삼조와 칠자는 동란의 종결, 천하 통일, 이상 정치의 실현 등과 같은 사명을 지고, 시대적 운명을 책임질 주체적 지위에 있었다(조식 후기의 특수한 상황은 별도로 보아 언급하지 않는다). 따라서 그들 시에서의 호기(豪氣)와 투지는 다른 시대의 시인들과는 절대 비교할 수가 없다. 그런데 완적, 혜강, 도연명은 군신(君臣)이 뒤바뀌는 시대에 살아서, 구왕조의 필연적 쇠망을 경험했을 뿐만 아니라, 신정권의 권력 찬탈도 간파했다. 젊은 시절 지녔던 입공의 이상은 완전히 무너졌고, 극변하는

---

264) 曹丕 <典論・論文>.
265) 阮籍 <詠懷> 제38.
266) 左思 <詠史> 제4.
267) 陶潛 <飮酒> 제2.
268) 鮑照 <代蒿里行>.

시대 속에서 자신의 자리조차 찾을 수 없었으므로, 시대에 대한 회의 내지는 철저한 부정은 그들의 시가에 강렬한 비판정신을 갖게 했다. 각각의 시대 환경 속에서 명분과 절의를 보전할 수 있는 처세 방법이나 처세 원칙을 찾는 것이 그들의 공통적 특징이었다. 정시 시기 고압적 정치 환경과 현풍의 영향 하에, 완적과 혜강의 시가에는 화복은 예측할 수 없다는 우려나 성쇠의 변화무쌍함에 대한 탄식이 교차되고, 인생에 대한 근심 속에 당시의 사회상이 완곡하게 반영되어 있다. 도연명은 은거 생활을 통해, 인생은 직접 농사짓는 것을 우선으로 하여 자연의 이치를 따르는 유위(有爲)적 삶을 추구해야 한다는 인생 진리를 깨닫고, 농촌 서민의 소박한 유물론적 세계관을 통해 유가와 도가 사상을 개조했으며, 진실한 풍조가 사라지고 거짓이 크게 흥하는 사회를 전반적으로 부정하고, 동시에 오랜 생산활동을 통해 체득한 인생의 이치를 사회와 인생에 연관지어 고찰하여 도화원의 이상을 탄생시켰다. 좌사와 포조는 태강지치(太康之治)와 원가치지(元嘉之治)라는 단기적 안정기에 성장했으며, 모두 한문 출신이다. 그들이 인생의 목표를 추구하데 있어서 최대의 장애는 바로 문벌사족제도였다. 조비 시절 확립된 구품관인법(九品官人法)이 서진에 와서 거의 완비되고, 남북조 시기에는 더욱 공고해져서, 재주와 품덕이 아닌 문벌에 의거하여 사람을 뽑는 불합리적인 사회적 현상이 생겨나게 되었다. 이는 재능과 포부를 지닌 한문 출신 문인들의 반발을 불러일으켜, 회재불우로 인한 울분 속에 현실비판이 담겨지게 되었는데, 주로 호족문벌에 대한 멸시로 표현되었다. 그러나 좌사, 포조의 불평지명(不平之鳴)은 문벌제도가 아직 완전히 공고해지기 전이라는 시대적 조건에 의해 생긴 것이다. 서진의 문벌 등급은 후대처럼 그렇게 엄격하지 않았고, 경상(卿相) 반열에 오른 한사 역시 적지 않았다. 또 유의(劉毅)와 같은 현귀(顯貴)도 '상품에는 한문 출신이 없고, 하품에는 사족 출신이 없는(上品無寒門, 下品無

土族’ 현상에 반발하여 구품중정제를 없앨 것을 상소하기도 했다. 좌사의 불평지명은 물론 좌사 자신의 개인적 조우에서 나온 것이지만, 실제로는 이러한 사회적 분위기를 반영한다. 포조는 한문 출신인 유씨가 정권을 잡아 양진(兩晉)의 구사족들이 전반적으로 억압을 받던 시대여서, 그에게 한사도 임용될 수 있다는 희망을 갖게 했고, 기회를 잡아 뜻을 펴겠다는 환상을 자극했다. 훗날 그는 글재주로 이름을 날려, 송 효무제가 "마음과 눈과 귀를 둘 수 있었던(委寄心腹耳目)" 중서사인(中書舍人)이라는 요직을 맡기도 했다. 사실, 정치적 풍파에 당당히 맞서지 못하는 두려움 및 잔인한 벼슬길에 대한 증오 등이, 그가 적극적으로 세상에 나가 활동하느냐 위험을 피해 몸을 사리느냐 하는 갈등 속에서 주저했던 중요한 이유이다. 좌사와 포조가 문벌사족제도에 대해 비판할 수 있었던 원인도 바로 당시의 정치적 기후, 사회적 배경이 이러한 객관적 환경을 제공했기 때문임을 알 수 있다. 사족제도가 완전히 고착화되었던 동진과 양진(梁陳) 시기에는 오히려 불평지명을 들을 수 없었는데, 이것은 어떤 사회적 제도에 대한 비판이 문학작품에 일단 반영되었다는 것은, 이 제도가 이미 어떤 변화를 맞고 있거나 또는 최소한 느슨해졌다는 의미임을 설명한다. 완적, 혜강, 좌사, 도연명, 포조 등 우수 작가의 작품에서 다음과 같은 점을 알 수 있다. 그들의 현실에 대한 강렬한 불만과 부정은 원대한 인생 이상을 추구하는 과정에서 투사되어 나온 것이며, 그것이 출사는 말할 것도 없고 은거나 방황이더라도, 모두 인생의 의미에 대한 진지한 고민 혹은 길이 이름을 날리겠다는 목표를 출발점으로 하고 있다는 점이다. 이것이 건안풍골의 기본 정신이고, 진송 이전의 '한위흥기(漢魏興寄)'의 핵심적 내용이다.

　건안풍골이 진송 이후 사라진 것은 사인들의 전반적인 정신 상태나 심리상태의 변화와 관계있다. 서진 이후 문단을 독점했던 사람은 제왕(帝

王), 종실, 귀족, 사족들이다. 사족 계층의 특권 의식은 그들의 사상적 감정적 공허함과 결핍을 초래했다. 육기, 사령운, 왕융 등의 작가들이 "세월 지나도 공적을 세우지 못했거늘, 시간은 흘러 세월이 음기를 실어온다(日歸功未建, 時往歲載陰)"는[269] 감개를 표현하거나 "고상한 지조 어찌 옛 사람만의 것이랴, 나도 번민 없애 지금 증명 할 수 있으리(持操豈獨古, 無悶徵在今)"와[270] 같은 깨끗한 지조를 토로하기도 했지만, 그저 그들의 특권이 신정권에 의해 침해를 받게 된 것에 대한 탄식에 불과해서 감동력이 부족하다. 한문 출신 문인들 가운데 자신의 신분적 비천함으로 인한 불평을 노래한 사람은 좌사와 포조 등 극소수에 불과해서, 전체 계층의 보편적 외침을 형성해 내지는 못했다. 육조 문벌제도의 고착화도 당연히 중요한 원인의 하나이지만, 찬탈의 빈번함 및 제왕의 문학적 애호가 한문 출신 문인들의 심리에 미친 영향도 무시할 수 없는 원인이다. 먼저 역대 제왕, 종실의 문학 애호로, 문학적 재능을 지닌 한사가 특별한 대우를 받는 경우가 종종 생겼는데, 특히 남북조 시대가 심했다. 심약과 강엄은 출신이 외롭고 빈천한데도 제량 시기에 각각 후백(侯伯) 등의 작위에 올랐다. 오균, 하손 등은 가세가 기울어 가난했지만, 시문에 뛰어나 무제의 총애를 입고 뜻하지 않은 행운을 얻었다. 북조도 문벌 등급이 엄격했지만, 온자승은 문학적 재능에 힘입어 마구간에서 노비들을 가르치다가 산기상시(散騎常侍)라는 고위직에 올랐다. 따라서 그들은 비록 한문 출신이라 하더라도, 현실에 대해서 좌사나 포조와 같은 그런 예민한 감정은 없었다. 오균과 하손이 설사 빈천에 대한 불평을 토로 하기는 했지만 아주 미약하다. 둘째로, 양진(兩晉)의 구사족들은 송제 양대(兩代)에 타격을 받았고, 유씨(劉氏) 소씨(蕭氏)는 황권을 쟁취한 후 새로운 특권계층

---

269) 陸機 <猛虎行>.
270) 謝靈運 <登池上樓>.

을 배양하기 시작했기 때문에, 한문 출신의 문인들이 정치적 기회를 잡아 고관의 지위를 얻을 수 있었다. 강엄은 제 고제에게 송조를 찬탈할 것을, 심약, 범운은 양 무제에게 제조를 찬탈할 것을 권했고, 모두 그 찬탈에 참여한 공로를 인정받아 조정 중신이 되었다. 한 해에 세 번씩 황제가 바뀌던 시대에, 문인들은 그 정변에 익숙해져서 무감각해지기 시작했다. 한문이든 사족이든 더 이상 인생의 의미나 사회적 책임에 대해 고민하지 않았으며, 부귀영화에 대한 추구나 자신에게 재앙이 미칠까봐 두려운 것이 대다수 문인들의 정신적 갈등 요소였는데, 심지어 정치적 변란 속에서 부귀영화를 도모하기도 했다. 남북조 문인들은 보편적으로 이런 정신 상태에 있었고, 육기나 사령운 식의 고민조차도 없었으므로, 건안풍골의 계승은 더 말할 필요가 없었다. 이는 그들이 건안시의 "풍월을 사랑하고 연못과 동산에서 노닐며, 연회의 모습을 서술하고 은혜와 영광을 노래하는(憐風月, 狎池苑, 敍酣宴, 述恩榮)" 내용만 편면적으로 발전시키고, 그 중 인생 의미의 탐색과 같은 정수는 빼버리게 만들었으며, 진송 이전에는 언지 술회에 치중되었던 서정시를 응수, 오락 작품으로 바뀌게 만들었다. 그리하여 제왕의 연회나 유람을 보좌하며 지은 응조시나, 신변 잡사를 가영한 작품, 달, 이슬, 바람, 구름같은 자연물을 묘사한 한정시(閑情詩)가 남북조 시가의 주류가 되었다. 이때 충절관념이 완전히 없어지지 않은 소수의 문인이, 왕조 멸망 후 왕조 교체의 슬픔이나 고국애를 노래한 작품을 지어 시대상을 어느 정도 반영해 냈는데, 유신이 이러한 문인들의 대표이다. 이상으로 양진남북조의 정치 사회가 문인들의 정신 상태에 미친 영향을 고찰했다. 문벌사족제도에 의해 만들어진 한사의 차별이라는 이 커다란 특징은, 결코 무시할 수는 없지만, 시대와 문인에 따라 이러한 사회현상에 대한 심리적 반응이 서로 달랐기 때문에, 그것을 각 역사적 단계의 치란(治亂) 변화라는 구체적 배경과 연결시켜야만 전면적인 해석을 얻을 수 있다.

건안풍골의 형성은 인생의 의지를 표현하는 것을 특징으로 하는 이상주의적 전통을 확립하여, 한위에서 성당 간 우수한 서정시를 탄생시켰다. 그러나 건안풍골의 쇠퇴는 육조 시가가 질보다는 양이 우세한 결과를 초래하는 기본 원인이 되었다.

2.

위진 이후, 유가가 쇠미하고 현학과 불교가 흥성했다. 육조 학술 사상의 대세는 비록 그러했지만, 문학적인 면에서는 한대의 유가적 시교(詩敎)가 서진 이후 통치집단의 문예관념에 절대적인 영향을 미쳤으며, 그것은 동진 초기부터 성행하기 시작한 현리, 불리와 함께 시가의 아화 및 의론화를 촉진하는 주요 원인이 되었다.

양한 유가의 시가이론의 핵심 사상은 문예가 정교의 흥폐, 풍속의 후박(厚薄)과 관련 있으므로, 음악과 시는 정교의 도구로 사용되어야 한다는 것이었다. 즉 소위 "아송의 음악이 다스려지면 백성은 바르고(雅頌之音理而民正)", "치세의 음악은 편안하고 즐거우며(治世之音安以樂)", "난세의 음악은 원망하고 분노하며(亂世之音怨以怒)", "망국의 음악은 슬프고 그리워하고(亡國之音哀以思)",271) "안정과 평화가 무너지면 칭송하는 노래가 가라앉고, 왕의 은택이 메말라 시가 지어지지 않는다(成康沒而頌聲寢, 王澤竭而詩不作)"272) 등 이다. 비록 한대 유가가 음악은 사람의 마음을 감동시키고 풍속을 변화시키는 작용을 할 수 있다고 강조했지만, 그래도 정치적 성쇠가 아악의 흥폐를 결정한다고 여겼으므로, 음악과 정치의 관계가 아직은 뒤바뀌

---

271) ＜史記・樂書＞.
272) 班固 ＜兩都賦序＞.

지 않았다. 동시에 교화적 목적을 달성하기 위해서, 한대 통치자들은 시가의 미자풍유(美刺諷諭)적 기능을 강조하고, "고대의 채시관(古有采詩之官)" 제도를 모방하여 악부를 설립, 민간의 "슬프거나 기쁜 감정이 일어, 사건에 따라 노래한(皆感于哀樂, 緣事而發)" 시가를 채집하여, 슬프고 풍자하는 노래도 찬송하고 찬미하는 작품과 마찬가지로 시사를 풍자하고 풍속을 관찰하며 정치적 득실을 알 수 있는 작용을 하도록 했다. 따라서 시교설의 근본적 목적이 원래 봉건적 통치를 위해 봉사하는 것이기는 하지만, 이러한 이론을 근거로 한 양한의 채시제도가 많은 실천을 해내면서, 한 악부민가의 흥성을 촉진하여 시가에 힘을 보탰다. 한악부민가는 사람들의 희노애락이 자연스럽게 표현된 것이어서, 비록 통치자들은 잘못된 정치를 징계하고 풍속을 인도하고자 하는 목적에서 출발하여, 그것을 악부에 수집한 후 정교를 위해 봉사는 하는 도구로 최대한 변질시켰지만, 그 내용의 객관성 자체는 강렬한 비판정신을 지니고 있다. 이러한 정신은 건안 이후 진보적 문인들의 작품 속에서 다양한 양상으로 체현되었다. 하지만 문인들의 현실 비판은 대부분 개인의 감정이나 이상에 대한 서술을 통해 완곡하게 반영되어 나오는 것이었고, 미자풍유와 같은 명확한 목적의식이 없었으며, 자각적으로 유가의 시교설에 따라 창작을 하는 것도 아니었다. 서진 시기 사마 씨 집단의 핵심 인물들은 동한 이래의 유학 대족 출신이 적지 않았다. 사마 씨는 권력 찬탈이 하늘의 뜻이었음을 증명하기 위해서, 특히 "성황께서 제위를 이어받음은, 성덕이 하늘의 뜻에 부합하는 것(言聖皇受禪, 德合神明)" 등과[273] 같은 송사(頌詞)가 필요했다. 그들은 유학을 장려하고 예악을 제정했으며 의례를 다듬어 갖추었는데, 당연히 시교설의 내용에도 뚜렷한 변화가 생겼다. 서진 통치자들은 사건

---

273) <晉書 樂志>.

에 따라 노래하거나 슬프고 원망하는 민간의 노래에는 관심이 없었고, 교화와 정치의 완성을 상징하는 송미지음(頌美之音)만 듣고자 했다. 그리하여 '자(刺)'의 내용은 시가에서 배제되었고, 시단에는 전아한 소리만 남게 되었다. 위로는 종묘의 아악가사에서부터 아래로는 문인들의 응수 증답까지, 송(頌)을 최고의 아름다운 형식으로 여기게 되었다. 문인들은 전반적으로 "우아한 소리는 4언이 올바른 것(雅音之韻, 四言爲正)"으로 여겼고, 그 나머지는 모두 "바른 소리가 아니었다(非音之正也)."274) 그래서 성덕을 늘어놓는데 적합한 4언 아송체와 "노래하지 않고 낭송하는(不歌而頌)" 대부(大賦)가 범람하기 시작했다. "문장은 반드시 아주 아름다워야 하고(文必極美)", "가사는 반드시 아주 고와야 한다(辭必盡麗)"는275) 관념과, 시는 "아송을 바르게 한다(正雅頌之名)"는 관념이 상호 보완적으로 서진 이후 시교설의 핵심 사상이 되었다. 한대 유가에서 말하는 풍유 작용이 원망하고 풍자하는 소리를 황제까지 듣게 하여, 통치자가 정치적 득실을 고찰할 수 있도록 하는 것까지 포함했다면, 서진 유가가 말하는 풍유란 그저 "교화와 관련하여 타이르고 훈계하는 것에 바탕을 둔(紐之王敎, 本乎勸戒)"276) 공허한 설교(說敎)와 잠규(箴規)만 가득한 것이어서, 진정으로 시대적 병폐에 영향을 미칠만한 실질적 내용은 없었다.

　시교설이 서진 시기에 이러한 변화를 보인 후, 송, 제, 양, 진 등 여러 조대에 왕권 찬탈의 변란이 빈번해지면서, 통치계급들은 공덕을 찬양하는 전아한 소리가 더욱더 필요해졌고, 따라서 왕정에 대한 찬미가 곧 시의 정성(正聲)이라고 여기는 관념이 더욱 견고해졌다. 수대에 와서 왕통(王通)이 "변풍 변아가 지어져 왕의 은택이 메말라 버렸다(變風變雅作而王澤竭)"

---

274) 摯虞 ＜文章流別論＞.
275) 皇甫謐 ＜三都賦序＞.
276) 皇甫謐 ＜三都賦序＞.

고277) 하면서, 마침내 "전대의 흥망은 실제로는 음악에서 말미암았다(前代興亡, 實由于樂)"며278) 극단적으로 발전하게 되고, 그 영향은 당대까지 지속되었다. 시교설은 미자겸중(美刺兼重)에서 송미(頌美) 위주로의 인식 변화 과정 속에서, 시가의 아화, 경직화를 이끄는 요인이 되었다. 설사 남북조시기라 하더라도, 이러한 이론은 부미한 문풍을 비평하는데 어떠한 실천적 의미를 갖지 못했을 뿐만 아니라, 오히려 시가 발전의 장애요인이 되었다. 첫째, 시교설에 의하면, 문장은 "인의를 드러내고, 공덕을 알리며(敷顯仁義, 發明功德)", "성령을 도야하고 풍간을 하는데(陶冶性靈, 從容諷諫)" 사용되어야 하고, "흥취를 높이 내세우고 성령을 이끌어내는데(標擧興會, 發引性靈)" 사용되어서는 안 된다. 따라서 정통 유가적 관점에서는 문인들의 불후의 공적 추구나, "마음은 구천을 날고, 기개는 천 년을 얕보는 것(神勵九霄, 志凌千載)" 같은 의기는 모두 "절조를 지키는 데는 소홀하면서, 나아가 공명을 취하는 데는 과감하고(忽於持操, 果於進取)", "재주를 드러내고 자기를 자랑하는(露才揚己)", "경박함에 빠졌다(陷于輕薄)"는 표현이었다.279) 그 문인들이 추구하는 것이 권세든 진리이든 상관없이, 정치적으로 어느 정도 성취가 있기만 하면 낭패를 면할 수 없었는데, 그 화근은 바로 문장이 문인들로 하여금 유가적 예의를 존중하는 신념을 팽개쳐버리게 한다는 인식에 있었다. 이 기준에 의하면, 건안풍골의 기본정신은 유가적 시교설에 위배된다. 따라서 시교설에서는 굴송(屈宋)에서부터 건안 이후의 다양한 사상을 지닌 문인들을 한데 묶어 이야기 했고, 재능을 갖춘 황제는 혼군이든 명군이든 상관없이 모두 일괄적으로 '경박(輕薄)'이라는 두 자로 부정했기 때문에, 시가 속에서 정화(精華)나 조박(糟粕)을 제대로

---

277) 文中子 <中說>.
278) <唐書 · 音樂志>.
279) 이상 <顏氏家訓 · 文章篇>.

구분해 낼 수가 없었고, 원대한 희망이나 인생 의의를 노래하거나 진실한 감정을 담은 우수한 작품조차도 모두 압살되었다.

둘째, 아송을 정성(正聲)으로 하는 시가 기준에 따라, 모든 슬프거나 풍자하는 작품은 왕의 은택이 쇠하고 마르는 표현으로 여겨졌다. 육조 정통 시론가들은 심지어 한대 통치자들처럼 채시를 통해 풍속을 관찰하고 사회적 진실을 직시할 수 있는 용기조차 부족했다. 따라서 그들의 문풍 개혁은 서고(誓誥)나 ≪상서(尙書)≫식의 설교로, 정감의 흐름에 따르고 고운 어휘를 쓰는 시부(詩賦)를 대체하는 것이었으며, 심지어 남조의 부미(浮靡)한 문풍도 건안문학에서 기인했다고 보았다. 예를 들면 왕승건은 강남 "집집마다 다투어 새로운 노래를 부르고, 사람들이 민요 풍속을 좋아하여(家競新哇, 人尙謠俗)", "전아하고 단정함은 배척하고 음란함을 받들면서(排斥典正, 崇長煩淫)", "슬프고 그리워하는 노래가 널리 퍼졌던(哀思靡漫)" 청상 소악부는 "위씨 삼조가 풍류를 즐겼던(魏氏三祖, 風流可懷)"280) 동작대(銅雀臺)의 음악에서 기원한다고 여겼다. 유협과 같은 대문예이론가도 유가사상의 제약을 받아서, "가사가 슬프고 그리워하는 내용에서 벗어나지 않는(辭不離於哀思)" 건안악부를 "소하악과 같은 음악에 비하면 정곡(韶夏之鄭曲)"으로281) 보았으므로, 서진 이후의 시교설은 절대로 한위 악부의 현실비판적 정신을 크게 발양시킬 수 없었고, 전아하면서 규범적이며 교조적이고 기계적인 시풍 밖에 조장하지 못했음을 알 수 있다.

셋째, 남북조 유가는 문학을 경학의 부용으로 여겼던 한대 유가의 진부한 관념을 고수하고, 위진 이후 문학의 점진적 독립 및 학술과의 분리를 부정하고, 제량 문인들이 "육예를 떨쳐버리고 성정을 읊조리는 것(擯落六藝, 吟詠情性)"을 기미(綺靡)한 문풍이 흥성하게 된 근원으로 보았으므로,

---

280) ＜樂表＞.
281) ＜文心雕龍・樂府＞.

그저 문학 고유의 특징에 대한 인식을 방해할 뿐이었다. 학술계에는 오래된 착각이 하나 있는데, 즉 소위 음미(淫靡)한 문풍이란 바로 주로 제량의 궁정색정문학을 의미한다는 인식이다. 사실, 남북조나 수당의 유가들이 말하는 음미는 그 범위가 아주 넓어서, 성령을 음영하고 슬픔과 그리움에 연연한 것, 기려(羈旅), 음연(飮宴), 강산이나 명승, 달 이슬 바람 구름 등을 묘사한 것 등 왕정을 찬미하는데 도움이 되지 않거나 육경의 주지에 부합하지 않는 내용이면 모두 비평의 대상에 포함되었다. 그들은 심지어 소박함과 화미함이라는 이 두 문풍의 대립조차 유학과 문학의 대립으로 보았다. 예를 들어 제량의 배자야(裴子野)는 <조충론(雕蟲論)>을 저술하여, 송 명제가 문장을 두루 즐기자 "온 세상이 그 풍조를 쫓아, 사람마다 수식을 하여 꾸미면서, 벌레를 새기는 듯한 보잘 것 없은 재주가 당시에 성행했다(天下向風, 人自藻飾, 雕蟲之藝, 盛于時矣)"고 질책했다. 이것은 비록 시폐를 잘 지적하기는 했으나, 그 출발점은 오히려 당시의 "학자들이 시가의 비흥을 급선무로 하고, 경전의 장구에는 전적으로 미숙하고, 음란한 문장으로 경전의 내용을 해치는 것을 공치사로 하는(學者以博依爲急務, 以章句爲專魯, 淫文破典, 斐爾爲功)" 풍조를 비판하면서, 학자들이 문장을 지을 때는 유가경전의 장구를 기본으로 하고, 시가는 "관현악 연주에 맞추고(被於管絃)", "유가적 예의만 반영하여(止乎禮義)" 정치에 유익하게 할 것을 요구하는 것이었는데, 그의 이러한 관점은 줄곧 비교적 커다란 영향을 불러 일으켰다. 후일 소강은 <상동왕에게 보내는 글(與湘東王書)>에서 "배씨는 뛰어난 역사가의 재주를 지녔고, 시편의 아름다움은 없으며(裴氏乃良史之才, 了無篇什之美)", 그 문장은 "질박하여 따를 만하지 않은데(質不宜慕)", 당시인들은 시를 지으면서 "배시를 배우는데 그 장점은 버리고, 오직 그 단점만 얻었다(師裴則蔑絶其所長, 唯得其所短)"고 지적했었다. 배자야의 이론이 문학창작에 사필(史筆)과 시재(詩才)가 섞이도록 만들 수밖에 없었음을 설명한 것이다. 서위 우문태는 소작에게 <대고>를 지어 표준 문장 작법을 정할 것을 명령했는데, 극단적인 방식으로 이 이론의 본질이 복고적이고 퇴보적임을 증명한 것이다. 수대 이악(李諤)은 더욱 나아가 "글을 올리고 부를 바치며, 뇌사와 명문을 짓는 것은 모두 덕행을 기리고 어짊을 서술하며, 공훈을 밝히고 이치를 증명하는 것(上書獻賦, 制誄鎸銘, 皆以褒德序賢, 明勳證理)"인데, "문학창작을 높이 받들며, 5언시를 먼저 짓고(更尙文詞, 先制五言)", "유가의 소박함을 고졸이라 하고, 사부를 짓는 것을 군자답다 하는 것(指儒素爲古拙, 用詞賦爲君子)"은 바로 유가의 "희황과 순임금 우임금의 법전과, 이윤(伊尹)과 부열(傅說) 같은 상나라 명재상이나 주공 또는 공자의 말씀(羲皇舜禹之典, 伊傅周孔之說)"을 버린 것이라 주장하며, 육경으로 사부(詞賦)를 대신하고 오언시를 없애버리자고 했다. 이는 거짓되고 허황된 문풍을 비판하는 동시에 시가라는 이 형식조차 모두 부정한 것이다. 설사 이러한 방법이 화미하고 염려한 문풍을 일시적으로 전아하게 변화시켰다 하더라도, 아무런 의미가 없는 것이다.

만약 유가적 시교설이 주로 공리적 문예관념을 통해 시가의 제재와 내용에 직접적으로 영향을 미친 것이라면, 노장학설은 주로 문인의 처세 철학에 영향을 미쳐 시가의 심미적 정취를 파고들었다. 정시 시기 완적의 시가가 지닌 현원(玄遠)적 풍격 및 서진 시기에 현거(玄居)를 가영한 초은시(招隱詩)에서 이미 그 시초가 보인다. 그러나 아송을 정성으로 인식하는 유가관념으로 인해 서진시풍은 아주 빠르게 아화되었고, 당시 4언 시가의 범람 및 교조화 의론화 경향은 철리적인 현언이 시가에 대거 진입하는데 충분한 온상이 되어주었다. 동진에 유행했던 현언시는 시가의 급격한 경직화 추세 속에서 현리, 불리와 서로 결합하여 나온 산물이며, 현학화된 불학을 전파하는 도구가 되었다. 본질적으로 보면, 그것은 시가를 다시 정교일치의 시대로 후퇴시킨 것이고, 그저 당시 유행하던 4언의 정치교과시(政治敎科詩)를 4언과 5언의 철학교과시(哲學敎科詩)로 바꾼 것에 불과하다. 따라서 일정 기간 동안 아음(雅音) 송성(頌聲)을 대신했던 현리와 불리가 다시 시가 발전의 장애 요소가 된 것이다. 그러나 현언시는 산수와 자연과의 관계를 집중적으로 탐색했기 때문에, 오히려 서진 시기에 이미 싹텄던 산수시가, 현언이 문학에서 물러난 후 집중적으로 발전할 수 있게 했다. 송제 이후, 유학, 현학, 사학, 문학의 분리 및 시가의 본질적 특징에 대한 인식이 점진적으로 심화되면서, 아송체와 현언시가 시단을 휩쓸었던 양진(兩晉) 시기와 같은 국면은 다시 나타나지 않았지만, 설교나 의론이 시가에 유입된 후유증은 아직 다 아물지 않았다. 양대에 불교가 성행하면서, 불리나 불교적 계율을 설파하는 시가가 또 대거 출현했는데, 비록 현언시가 시단을 독점하던 시기와는 비교할 수 없지만, 질보다는 양적인 면에서 두드러졌던 양대 시단에서 적지 않은 비중을 차지한다. 이처럼 성정에 대한 음영 대신, 경전이나 역사, 현리, 불리를 표현한 모든 시가는 모두 양진남북조시가의 역류(逆流)였지만, 당시에는 많건 적건 간에 정교적 목적과 연결시켜, 역대 통치자들에게는 정성으로 인식되었다. 이것은 물론 숭유(崇儒), 숭현(崇玄), 숭불(崇佛)을 통치사상으로 하고자 하는 통치계층의 수요와도 관련이 있지만, 문학이 유학, 현학, 사학에서 분리되어 나올 때 어쩔 수 없이 거쳐야 하는 과정이기도 하다. 비록 시가는 시사(詩史)가 될 수도 있고, 철리를 표현할 수도 있고, 흥망의 교훈을 종합할 수도 있으며, 공리적 목적을 지닐 수도 있지만, 반드시 외재적 목적을 객관적 사물에 대한 개성적이며 깊이 있는 시인의 감상으로 바꾸어, 내면적 정감이 자연스럽게 표출되어 나와야만 한다. 만약 그저 시가를 정치적 설교 혹은 철리의 전달 수단으로 여긴다면, 사상의 고명함 여부를 떠나, 시가의 경직화를 초래하게 된다. 하물며 이렇게 찬탈이 빈번하고 전란이 잦던 시대의 유학, 현학, 불교는 종종 통치계급에 의해 현실을 분식하고 가리기 위한 사상적 도구로 사용되기도 한다. 시가가 이러한 도구로 변질되어 버린다면, 그 본질적 가치는 완전히 상실된다.

이상과 같이, 위진남북조 시가에는 두 가지 전통이 존재한다. 하나는 인생의 이상에 대한 표현을 중심으로 하는 건안풍골, 하나는 왕정에 대한 찬미를 아정(雅正)함으로 여기는 시교 관념인데, 양자는 서로 배타적이어서 하나로 통일될 수가 없었다. 남북조 유가는 부미함의 근원을 건안에 두고, 한위의 흥기(興寄)와 같은 우수한 전통까지 말살했으며, 동시에 초성당 문학이론에서 노출된 풍골과 아정 관념 간의 모순까지도 조성했다. 그리고 건안풍골이 진송 이후 사라질 때, 시교설이 비록 화미하고 염려한 문풍을 극력 반대하긴 했지만, 양자의 대립이 시가의 거짓됨과 허황됨을 몰아내는 데에는 어떤 실천적 의미가 없었다. 뿐만 아니라, 공연히 시단에 사상적 가치뿐만 아니라 예술적 가치조차 없는 철리시(哲理詩), 잠규시(箴規詩), 술덕시(述德詩) 등이 크게 늘어나게 만들었다. 따라서 아정 관념의 발전도 육조의 시가 질보다 양을 우세하게 만들었던 중요 원인 중의 하나이다.

3.

전인들은 팔대의 시가를 논할 때, 대부분 진송을 이 시기 시운(詩運)의 전환기로 보았다. 내용면에서 진송 이전은 언지 술회에 편중되고, 진송 이후는 응수와 오락에 편중된다. 격조면에서는 진송을 전후로 고금(古今)과 후박(厚薄)의 차이가 있다. 이것은 비록 대체적인 느낌에 따른 구분이기는 하지만, 한위양진과 남북조 이 두 시기 시가의 상이한 풍모를 기본적으로 설명하고 있다. 이 차이의 원인을 분석하려면, 먼저 이 두 시기 문인시의 발원지인 한악부민가와 남북조 악부민가의 차이를 알아야 한다.

중국문인시의 모든 신체재는 모두 민가에 대한 모방과 가공이라는 단계를 거쳐 탄생되었는데, 그것이 민가 속의 생활양분이나 새로운 형식, 어휘 등을 충분히 흡수하게 되면, 또 점차 아화되거나 경직화 된다. 이러한 규율이 팔대시의 변천 과정에 아주 뚜렷하게 나타난다. 한악부민가와 남북조 악부민가는 각각 한시와 진시의 정체기에 출현해서 문인시를 기사회생시켰다. 《시삼백》은 원래 대부분 민가에서 나왔지만, 선진 사대부의 정리와 한대 유가의 해석을 거치면서 일찌감치 경전화되었다. 굴원(屈原) 송옥(宋玉)의 <초사> 역시 민가 형식을 흡수하여 창조된 문인시로서, 한대에 점차 과장과 열거를 추구한 대부(大賦)로 발전했다. 《시경》, <초사>가 창조한 4언시와 소체시(騷體詩)는 한대 문인에 의해 풍유, 권계(勸誡), 자핵(自劾), 술덕(述德) 등으로 이용되면서, 사상면이나 예술면에서 모두 경직되었다. 이때 일부 문인들이 한악부민가의 신선하고 풍부한 내용과, 생동적이고 자유로운 5언체나 잡언체 및 질박한 언어를 학습하고, 《시경》 <초사>의 표현예술을 흡수하여 민가적 풍미가 있는 고시를 창조해냈다. 대대로 "악부와 고시는 확실히 다른 두 가지 형식(樂府古詩較然兩體)"이라고 여겨져서, 악부는 서사에 고시는 서정에 편중되기는 했지만, 최초의 차이는 역시 음악의 유무에 있다. 한악부 서사시는 종종 생활 속의 어떤 상황이나 사건 가운데, 부분적 이야기나 단락을 집중적으로 묘사하면서, 농후한 서정적 어조를 지니는데, 한위 문인시도 대부분 어떤 이야기나 생활 속의 상황을 통해 서정 언지를 전개하므로, 한악부의 그러한 특징의 영향을 받은 것이 확실하다. 건안문인들은 악부고제로 시사(時事)를 표현하고, 《시경》의 일창삼탄(一唱三歎) 및 반복 중첩하는 장법, <고시19수>의 "부드럽게 사물을 접근하고 슬프게 감정에 부합하는(婉轉附物, 怊悵切情)" 비흥수법을 결합하여, 다양한 단계의 복잡한 감정을 표현하면서, 감정을 직술하고 있는 그대로 다 드러내는 서정방식을 형성했다. 훗날 고시나 문인 의악부에서 주인공의 어떤 경험이나 느낌, 동작을 묘사하면서, 서정과 의론을 삽입하고, 수미(首尾)의 완정함, 다수의 비흥, 층차의 명확함, 반복 순환 등을 강구하는데, 이러한 기본적 표현방식은 바로 한위의 고시에서 그 기초가 형성된 것이다. 완적은 5언 고시를 집중적으로 창작하면서, 민가를 모방하던 것을 민가의 표현예술을 흡수하는 쪽으로 바꾸어, 시가의 비흥과 상징 수법을 발전시켰고, 오언고시로 하여금 여항(里閭) 가요의 본질에서 벗어나 사언시를 대신하여 서정시의 주요 체재가 되도록 발전시켰다. 오언시는 이때에 와서 민가를 학습하고 개작하는 단계를 기본적으로 마무리 하고, 문인들이 자각적으로 예술적 창조를 전개하는 시기로 진입했다. 서진 문인들은 "송은 시 가운데 아름다운 것이다(頌爲詩之美者)"는 관념에 따라 창작하면서, 조조와 혜강에 의해 한 차례 활기를 얻었던 사언시를 다시 아주 우아하면서 기계적인 아송체(雅頌體)로 바꾸었다. 동시에 그들은 조식 시에서 이미 등장한, 대구와 수사를 추구하는 경향을 집중 발전시켜, 전아하면서 규범적이고 정교하고 화려한 시풍을 추구했으며, 악부와 오언고시를 전반적으로 아화시켜, 초기의 악부와 고시가 지닌 소박하면서 통속적이고 평이한 특징을 상실하게 했다.

　서진 시기 의악부 의고시의 대거 출현은 중국 문인시에 의고적 전통을 확립시켰고, 제재와 주제상의 계승성이 팔대시가의 주요 특징이 되게 했다. 의악부와 의고시는 고제(古題)와 고의(古意)를 그대로 계승하고, 중요한 비흥 형상이나 전고까지도 모두 그대로 사용한다. 예를 들면, 장사(壯士)에 대한 가영을 빌어 공을 세워 나라에 충성하겠다는 의지를 서술한 작품으로, 조식의 <백마편(白馬篇)>, 완적 <영회> 중 <장사하강개(壯士何慷慨)>, 좌사의 <영사> 제1, 포조의 <의고> 제3과 <대출자계북문행(代

出自薊北門行)>이 있고, 왕후귀족의 호화로운 생활과 한사의 절박한 근심을 대비시킨 작품으로, <고시19수> 중의 <청청릉상백(靑靑陵上柏)>, 좌사의 <영사> 중 <제제경성내(濟濟京城內)>, 포조의 <영사> 중 <오도긍재웅(五都矜財雄)> 등등이 있다. 흘러가는 구름(浮雲)과 외롭게 떠도는 쑥대(孤蓬)로 나그네의 마음을 비유한 것, 빈 뜰의 가을 풀로 사부(思婦)의 마음을 쓴 것 등은 고시에 더욱 자주 보인다. 위진 고시의 제재상의 개척은 바로 의고의 기초 위에 천천히 진행된 것이다. 서진의 문인 부현, 장화, 육기, 반악, 좌사, 곽박, 장협, 유곤 등은 각각의 성격, 기질, 생활 경험 등에 따라, 한위 시가에서 개척된 행역(行役), 영사(詠史), 유선(遊仙), 규정(閨情) 등의 제재범위 내에서, 어떤 한 내용을 선택하여 내실화했고, 그것을 경물묘사, 서사, 서정 등의 방면으로 더욱 깊이 있고 섬세하게 발전시켰으며, 또 영회적 전통과 결합시킴으로써, 후대 시가 제재의 분화에 기초를 다졌다. 그들은 예술적 혁신면에서 상술한 각종 제재의 기본적 표현방법을 확립했다. 진송 이후 저명한 시인들은 대부분 특정한 제재의 개척에 독창적 성취를 이루어냈다. 예를 들면 도연명의 전원시, 사령운의 산수시, 포조의 변새시와 같은 경우 인데, 어떤 제재가 일단 개척되면, 후인들의 지속적인 모방이 이어졌다. 팔대시가 제재의 이러한 창조성과 계승성은 신기하게도 잘 융화되어 영구적인 주제를 형성했으며, 예술적 기교의 발전을 자극했고, 동시에 시가의 아화를 촉진했다. 유사한 내용과 주제를 반복적으로 표현했기 때문에, 예술적 표현면에서의 창조적 변화는 필연적이었고, 따라서 구상의 공교함을 추구하지 않던 고시는 더더욱 쉽게 언어의 조탁화 경향을 형성했다. 한위에서 진송까지 시가 예술 발전의 대세는 질(質)에서 문(文)으로의 발전이었다. "마음속의 생각을 서술하고 일을 표현함에서도 섬밀한 기교를 추구하지 않고, 수사를 구사하여 사물의 형상을 그려내는 데에도, 오로지 명석한 능력만을 추구했던 것(造懷指事, 不求纖密之巧, 驅辭逐貌, 唯求昭晰之能)"에서 "무늬를 새기는 것을 뛰어나다 여기고(柵文以爲妙)", "유미함으로 아름다움을 갖추는(流靡以自艶)"쪽으로,282) 풍격은 고직(古直)함과 혼박(渾朴)함에서 전아함과 공정(工整)함으로, 구식은 각각 개별적이던 구와 연을 대우를 강구하는 쪽으로, 감정표현은 감정을 직접 서술하던 방식에서 경물에 감정을 기탁하는 방식으로, 사물묘사는 윤곽 스케치에서 상태묘사에 색채까지, 비흥은 각종 산만한 의상의 조합에서 비유를 통한 완전한 경계의 구성까지, 전고는 기존의 어구를 그대로 옮겨와 사용하던 것에서 고사를 열거하거나 전고를 경물화하는 쪽으로 발전했다. 비록 이러한 변화가 몇 단계를 거쳐 이루어졌고, 진송 시기에는 시가 언어가 전아하고 장중한 서면어로 바뀌기도 했지만, 열거된 경사(經史)의 고어(古語)들은 여전히 한위 시대의 언어여서 한위악부의 고박(古朴)하고 혼후(渾厚)한 어조와 그대로 일맥상통하는 점이 있었다. 이 외에 격조의 중후함, 서정의 언필진의(言必盡意), 내용상의 완성도 추구, 경물묘사에서의 흥유(興喩) 등도 진송 이전의 고시와 악부의 공통적 특징이다. 이것이 바로 역대 시론가들이 말하는 '고조(古調)'의 실제적 의미이다.

오언시는 일종의 신흥 시가 형식으로서, 그 자체가 커다란 발전 잠재력을 갖고 있었다. 그러나 막 성숙되자마자 서진 아송체와 동진 현언시의 충격을 받았고, 또 유송 문인들에 의해 경전과 사서의 고어가 많이 삽입되는 바람에, 당시 구어에서 크게 벗어나, 아주 빠른 속도로 생경하고 어려우며 전아하고 심오하여 끝까지 다 읽기가 어려울 정도로 경직되었다. 비록 진송 문인의 시가에도 구어 같은 시어가 소수 출현해서, 이 딱딱한 껍데기를 벗어내고자 하는 그들의 노력을 보여주고는 있지만,

---

282) ＜文心雕龍・明詩＞.

그 효과는 크지 않았다. 이때 시가언어와 예술형식의 전면적인 개조만이 문인시에 전기를 가져올 수 있었다. 남조 악부민가는 이러한 중요한 전환기에 문인들의 주목을 끌었다.

남조 악부민가는 진송 교체기에 탄생했고, 사용 언어는 명백하고 유창한 당시의 구어였다. 대부분이 남녀 간의 애정생활에서의 그리움이나 원망, 혹은 기쁨이나 고통 등의 정서를 포착한 것들이고, 비흥, 상징, 쌍관어들을 운용하여 짧은 민가를 만들어냈는데, 감정적 기조는 완약(婉約)하고 경쾌하며 활발하고, 인물의 배경이나 사건전개에 대한 묘사는 없어 수미 간의 완전함을 강구하지 않았다. 심약, 사조를 대표로 하는 제량 문인들은 진송시가 극단적으로 회삽하고 경직되었을 때, 당시 민가 속에서 새로운 시어를 제련해내는 것만이 문인시가에 새로운 생명을 불어넣을 수 있다고 여겼다. 그들은 또 한위 문인들처럼, 줄곧 속되고 보잘것없는 형식으로 여겨온 당대 민가를 모방하는데서 시작하여, 어조와 풍격의 변환을 시도했는데, 천이(淺易)하기만 하고 시적인 맛이 없거나 아니면 깊고 얕음이 서로 섞이는 등의 우회로를 지나왔지만, 마침내는 단기간에 민가의 단순 모방 단계에서 발전적으로 가공하는 단계의 변천을 다 거쳤다. 뿐만 아니라 어조가 쉽고 언어가 쉬운 남조민가의 특징과 진송 이후의 대구를 결합하고, 당시 구어에서 성률의 규칙을 제련해내서 근체시의 추형인 영명체를 만들어냈다. 제량 문인들은 "내용을 알기 쉽고, 글자를 알기 쉽고, 송독이 쉬워야 한다(易見事, 易識字, 易誦讀)"는 표준을 제시하며 남조 악부민가를 학습하여, 시가의 난(難)에서 이(易)로, 심(深)에서 천(淺)으로의 변혁을 완성했다. 그들의 의악부는 이미 진송 이전의 의악부고시처럼 "그 내용을 따르고 그 제목을 쓰던(因其事用其題)" 격식을 답습하지 않았으며, 종종 한위 악부고제 혹은 자작 신제(新題)를 채택하여, 남조악부민가의 감정기조를 표현했는데, 내용은 염정이 많고, 풍격은 경쾌하고 자유로우며, 정취는 맑고 완약하며, 언어는 평이하고 얕다. 고시처럼 감개를 단계적으로 심화시켜 가며 끝없는 감동을 남기도록 서술한 것은 아주 적고, 한 순간의 깨달음이나 산발적인 느낌을 표현하는데 열중했는데, 민가식의 유창한 어조에 힘입어 작품을 완성도 있게 했다. 이러한 특징은 남조 악부의 영향을 받은 것이 확실하며, 위진 의악부의 혼후(渾厚)한 격조와는 아주 다르다. 영명체는 상당 부분이 의악부 성률화의 산물이어서, 감정기조는 남조악부와 아주 비슷하다. 예술적 표현에서는 대구의 공교함을 추구했고, 일상적인 언어와 쉬운 글자만을 사용했다. 전고는 진송시에서 사용했던, 비슷한 내용을 늘어놓거나 경전이나 사서의 내용을 열거하는 방식을 바꾸어, 사물 정태의 사실적 묘사나 서정, 사상 등의 완곡한 표현 속에 전고를 삽입하여, 일목요연할 뿐 아니라 전고의 흔적조차도 보이지 않는다. 의악부와 영명체의 영향으로, 심지어 한위 이후 지속되어 온 고시의 격조도 전반적으로 장중함에서 가벼움으로, 깊고 전아함에서 청천(淸淺)함으로 변했다. 양 대동 연간 이후, 소강, 소역, 소자현을 대표로 하는 문인들은, 시가를 더욱더 "어휘는 가볍고 특이함을 숭상하고, 감정은 슬픔과 그리움을 많이 담는(詞尙輕險, 情多哀思)" 방향으로 이끌어 가서, 응조시, 영물시, 염정시 등이 빠르게 발전했는데, 산수나 기려, 연못이나 뜰에서의 놀이, 풍월을 놀리고, 화초를 희롱하는 것이 양진(梁陳) 시가의 중심 내용이 되었다. 청려(淸麗)한 언어와 길게 늘어지는 성음, 새롭고 기교적인 구상으로 얕고 번세(繁細)한 내용을 표현하는 것이 양진 시인들이 보편적으로 추구했던 예술적 풍조였다. 자구에 대한 조탁을 통해 사물을 아주 섬세하게 묘사하거나, 극도의 새로움을 지닌 각종의 율시 구식들이 점차 형성되었다. 율시에 가까운 5언 8구체와 5언 4구의 소시체가 대량으로 출현하여, 12구 이상의 중편 고시를 대신했다. 진송 시기까지도 여전히 속체(俗體)라고 여겨지던 7언시나 5, 7언

가행시는 점점 발전하여 오언과 대등한 형식으로 발전했다. 아정한 4언 시는 기본적으로 시단에서 퇴출되어 소수의 공연시(公宴詩)나 교묘가사에만 남았다. 진수(陳隋) 시기에는 대구 풍조가 변문과 더불어 극도로 발전하여, 신체시 고체시 모두 변려화되었다. 대량의 대구 사용은 고시에는 번잡하고 길이가 길어지는 폐단을 만들어냈지만, 7언 가행의 발전을 촉진하여, 수시(隋詩)에는 대구를 맞추지 않은 구가 없는 상황이 되었다. 5언은 모두 미완성의 율시 같았고, 7언은 미완성의 가행체 같았다. 역대의 시론가들이 근체에 고의(古意)가 모두 사라졌다고 한 지적은 바로, 제량시가 남조악부민가에 대한 학습을 통해, 고아(古雅)하면서 전아하고 회삽한 진송 시풍을 변혁하고, 당시의 구어에서 청신하고 자연스러운 시가 어휘를 제련했으나, 양진 시기를 거치며 재차 아화 되었던, 내용과 형식, 격조상에 발생한 이러한 변화를 가리킨다. 이러한 변화는 제량에서 성당까지 2백 년 간의 시가언어의 기본적 풍모 및 표현예술상의 중요한 특징들을 결정했다. 전인들이 시는 사조에서부터 당풍(唐風)을 지니기 시작했다고 하는 것도 이러한 각도에서 이해되어야 한다.

한위양진(漢魏兩晉)과 남북조수(南北朝隋), 이 두 시기 시가의 예술 풍모의 차이는, 그들이 각각 시대가 다른 민가에서 기원했다는 것과 관계가 있다. 이 시기 시가의 아(雅)에서 속(俗)으로, 속에서 아로 변화 과정을 통해서, 소위 고(古)와 금(今), 아와 속의 구별이 원래는 상대적이라는 것을 알 수 있다. 새로 생긴 시가 형식이 막 민가에서 탄생되었을 때는, 언어가 모두 비교적 평이하고 통속적이며 명백하고 자연스러워 구어적 특징을 지니고 있으며, 또 남녀의 애정과 같은 전혀 장중하지 않은 내용을 표현하는 데만 사용된다. 5, 7언은 처음에는 모두 유자(遊子) 사부(思婦)를 묘사하는데 사용되었고, 청상악부에서 나온 5언 소시와 7언 소시도 최초에는 염정을 표현하는데 주로 사용되었기 때문에, 처음에는 모두 통속적이고 보잘것없는 형식으로 인식되었다. 5언은 4언과 소체(騷體)에 비해 상대적으로 속체였지만, 그러나 그것이 문인에 의해 아화되어 언지 술회에 사용되고 엄숙한 내용을 표현할 때는, 7언이 또 5언에 비해 속체가 되었다. 한위의 청상악이 남북조 시대의 문인들에게는 아음(雅音) 정성(正聲)이었지만, 그 당시에는 그저 속요(俗謠)이고 신성(新聲)이었던 것과 같은 이치이다. 제량의 청상소악부도 당시에는 정통 유가에 의해 정위지음(鄭衛之音)으로 배척되었지만, 수당에는 정통의 정성(正聲)이 되었다. 따라서 소위 '아정(雅正)'이라는 것은 내용상 술덕(述德), 언지(言志), 인의(仁義)의 선전 등을 우선으로 하는 것 외에도, 반드시 고어(古語), 고조(古調)에 부합해야 하고, 언어적 전아함을 숭상하고 체재는 오래되었을수록 우아한 것이다. 팔대 시가의 예술적 발전은 '아정'이 시가 경직화의 병적 근원이며, 속체가 시가의 희망이 존재하는 곳이라는 것을 증명한다.

4.

팔대의 시운(詩運)이 진송 시기에 전환했다는 또 다른 표지는 "성정이 점차 가려지고 성색은 크게 펼쳐졌다(性情漸隱, 聲色大開)"는 것이다. "성정이 점차 가려졌음"은 두 방면에서 볼 수 있다. 하나는 진송을 전후로, 시가가 정(情)과 경(景)의 관계를 처리하는 방식이 달라졌다는 것이다. 진송 이전의 시는 우의를 위주로 성정을 대부분 나타내며, 감정을 끝까지 다 드러내는데, 부드럽게 돌려 펼쳐내고, 하나의 내용으로 전체를 이끌어간다. 비록 위진 이후로 경물묘사가 점차 증가하기는 했지만, 경물은 시인들의 주요 심미대상이 아니라, 비흥 기탁의 매개였을 뿐이다. 설령 도연명이 전원생활을 묘사한 시가에서, 시인의 고결한 품격을 상징하는 비유물, 예를 들면 청송(靑松), 방국(芳菊), 고운(孤雲), 귀조(歸鳥) 등이 이미 시인의 자연미에 대한 감상과 완전한 표현수법이 하나로 융합된 것이라 할지라도, 그래도 우의가 중심이다. 사령운의 산수시에서 처음으로 자연경물 자체가 감상의 가치를 지닌 예술적 대상이 된다. 제량에 와서 산수시는 기려, 행역과 더욱 발전적으로 결합함으로써, 사람들의 자연에 대한 심리적 정신적 체득 및 미묘한 느낌과 정서가 시가의 중요 내용이 된다. 이것은 서정시가 객관적 형상과 감정 그 자체에서 아름다움을 찾는 시대로 전환된 것이다. 풍경과 사물에 대한 묘사가 더욱 섬세하고 정교해졌을 뿐만 아니라, 관찰과 표현의 각도, 내용의 완곡한 표현, 수사 전고의 기교 등에서 다방면의 개척이 이루어졌다. 많은 시가들이 사물을 자세하게 묘사하고 새로움을 열심히 추구해서, 아름다운 풍경묘사만으로도 예술품이 되었다. 영명체 탄생 이후, 편폭의 축소, 구법의 제련 등에 따라 구상방식에도 뚜렷한 변화가 발생했다. 정과 경의 관계를 처리하는 과정에, 즉경(卽景) 서정, 감정의 경물 융입(融情於景), 상외(象外)에 무한한 감흥과 의미를 기탁하는 것 등의 특징이 나타나기 시작했다. 그 예로 사조의 ＜옥계원(玉階怨)＞, ＜왕 주부의 유소사에 화답하여(同王主簿有所思)＞ 등의 궁원시(宮怨詩)나 규정시를 한위 이래의 사부시(思婦詩)와 비교해 보면 쉽게 알 수 있다. 고시는 일반적으로 사부의 내면적 감정이 발전해 가는 단계를 차례차례 다 나열하는데, 신체시는 전형적인 하나의 장면만을 골라 완전한 의경을 창조해 냄으로써, 감정이 어떤 구체적이고 특정한 하나의 정경 속에서 자연스럽게 표현되어 나오도록 한다. 양진(梁陳) 시기의 음갱과 하손의 산수시는 경물 속에 서정주인공의 형상을 삽입하는 사조의 표현법을 계승하고, 더 나아가 특정 시각의 경물의 특징을 포착하여 분위기를 강조함으로써, 각종의 다양한 정서와 의경을 표현했다. 설사 유자(遊子), 사부(思婦)를 제재로 하는 장편의 가행체라 할지라도, 위진 고시처럼 감정과 사상을 그대로 서술하지 않고, 화려한 어휘들을 대량으로 운용하여 사부의 거소(居所), 가구배치, 용모, 복식 등을 묘사하면서, 세심하게 선택한 경치와 사물에 아주 강한 암시성을 갖게 하고, 성색(聲色)에 대한 묘사 속에 감정을 은근히 담아둠으로써, 함축적인 맛을 증가시켰다. 이것은 진송 이전의 고시가 감정을 그대로 드러내던 것을 감정을 완곡하게 표현하는 쪽으로 변화시킨 것이다. 이런 점에서 보면, "성정이 점차 가리워지고, 성색은 크게 펼쳐졌다"는 것은 표현예술에서의 진보라고 보아야 할 것이다.

"성정이 점차 가려졌다(性情漸隱)"의 또 다른 함의는, 진송 이후 시인의 의기나 인격, 진실한 감정을 충분히 표현한 작품이 갈수록 줄어들었다는 것이다. 시가 성정을 음영한다는 관점은 <시대서(詩大序)>에 이미 명확하게 표현되었다. 그러나 서진 이후 시교설의 점진적 공리화에 따라, 정통 유가들은 진실된 성정을 표현한다는 시가의 본질을 완전히 배척하고, "성령을 이끌어내는 것(發引性靈)"을 '경박(輕薄)'하다고 배척하며, 성정을 유도하여 유가적 예의에 머물도록 하는 시가의 작용만 단편적으로 강조했다. 또 양진(兩晉) 시기에는 아송체와 현언시의 유행으로, 많은 경사(經史)의 고어(古語) 내지는 괘사(卦辭) 등으로 감정을 직접적으로 드러내는 것을 대신했는데, 사실상 이미 시가를 나라를 다스리는데 쓰이는 실용문, 덕을 찬술하는 문장, 상소문 등과 구별하지 않는 것이며, 성정을 음영한다는 시가의 특징을 부정한 것이다. 제량 문인들은 이러한 문학상의 복고적 퇴보 현상에 대해서, "무릇 성정을 읊조림에 있어서, 오히려 <내칙>편을 모방하고, 붓을 잡아 뜻을 써냄에 다시 <주고>를 모방한다는 것은 들어보지 못했다(未聞吟詠情性, 反擬內則之篇; 操筆寫志, 更摹酒誥之作)"고 제시하며, 시가는 마땅히 "말을 토해냄이 하늘에서 뽑아낸 듯 자연스럽게 나오며(吐言天拔, 出于自然)",283) "언어는 쉽고 명료하고, 건조하지 않고 완곡하고 진실하고, 민가를 참고하여, 읊조리는데 가볍고 쉽고, 아하거나 속되지 않으면, 오로지 마음을 잘 표현해낼 수 있다(言尚易了, 滋潤婉切, 雜以風謠, 輕脣利吻, 不雅不俗, 獨中胸懷)"고284) 주장했는데, 실제로는 민가와 같은 경쾌하고 유창하며 명확하고 쉬운 어조로, 성덕을 찬양하고 예교를 찬술하느라 가려졌던 성령을 이끌어내려는 것이었다. 다만 그들이 말하는 성정은 진송 이전의 언지 술회가 아니라, 일상생활 속의 한가함, 우수 등의 감정, 가정사, 남녀의 감정, 친구 간의 우정 등이다. 소강 등은 "고향 생각에 슬퍼지고, 장대한 마음이 일었다 사라지며(鄕思凄然, 雄心噴薄)", "마음속에 원망을 담은 채 높은 누각에 오르고(高樓懷怨)", "문 앞에 서서 눈물을 흘리는 것(長門下泣)" 또는 짧은 봄, 아쉬운 가을에 대한 감상, 가족 친구와의 이별 등은 "모두 성정이 아주 탁월한 것이고, 새로움이 아주 특별한 것이다(皆性情卓絶, 新致英奇)"라고285) 제기하며, "슬픔과 그리움에 이끌리는(流連哀思)" 문학적 재능만 있으면 심령이 움직일 수 있다고 여겼는데, 즉 시가로 성정을 표현할 것을 요구한 정확한 주장이다. 그러나 그들은 사상적 감정적 빈곤함으로 인해, 장대한 마음이 일고 사라지는 작품은 써낼 수가 없었다. 그래서 진송 이후 시가에서 사라진 성정은 주로 고상한 의지나 호매한 기개였고, 점점 두각된 것은 사람들이 일상생활에서 느끼는 보편적 감정이었다. 이러한 성정은 일찍이 진송 이전의 유자사부, 행역, 증별류와 같은 제재에서 나타났었지만, 제량 시기처럼 그렇게 광범위하게 확대되지는 못했었다. 달 이슬 같은 자연물이나, 강과 산 등의 절경이 수시로 시인들의 섬세하고 예민한 상상을 자극하면서, 일상생활이 보편적으로 시화(詩化)되었다. 사람들은 순간의 정서나 소소한 즐거움을 "성색이 크게 펼쳐진(聲色大開)" 묘사를 통해 표현해냈는데,

---

283) 蕭綱 ＜與湘東王書＞.
284) 蕭子顯 ＜南齊書・文學傳論＞.
285) 이상 蕭綱 ＜答張纘謝示集書＞, ＜答新渝侯和詩書＞.

한편으로는 사람과 대자연의 조화를 촉진했지만, 또 한편으로는 제량 시가에 풍골 부족, 시야 협소, 번세(繁細)한 수사, 화려하게 조탁한 어휘 등과 같은 다양한 병폐를 가져다주었다. "성색이 크게 펼쳐진 것"은 시가의 표현 각도를 내면의 감정 세계로부터 외부의 구체적 정경으로 바꿈으로써, 평범했던 시인들에게 사상적 감정적 공백을 가릴 수 있는 좋은 조건을 만들어주었는데, 자연히 선명한 개성이나 강렬한 감정은 표현하기 어려워졌다.

"성정은 점차 가려지고, 성색이 크게 펼쳐졌다"는 남조 문풍의 기본적 특징이다. 바로 이 점으로 말미암아 남조문풍은 중국문학사에서 음미(淫靡)한 문풍의 대명사가 되어버렸다. 그러나 상술한 분석을 통해, 이러한 문풍이 사족문학의 부패한 내용에 의해 만들어진 것이기는 하지만, 시가의 예술적 특징에 대한 정확한 이해를 포함하고 있음을 알 수 있다. 정통 유가들은 종종 아정 관념을 핵심으로 하는 시교설을 내세워, 부미한 문풍을 제거하고자 했지만 효과를 보지 못했다. 이는 비록 사족 사회에 전반적으로 음미한 풍조를 숭상하는 분위기가 아주 견고했던 배경과도 관련 있지만, 더욱 중요한 것은 시교설 자체가 예술 규율의 이론에 위배되어, 시가의 특징에 대해 깊이 있게 인식하려는 사람들의 흐름을 막지는 못했던 데에 있다. 남조 시가의 제재상의 개척과 표현예술상의 혁신은 그 잠재적인 생명력을 보여주는 것이며, 이것이 바로 그 발전적 기세가 시교설의 편견으로 인해 꺾이지 않을 수 있었던 근본적 이유다.

남북시풍의 융합은 남북조의 시가 예술적으로 상호 흡수한 결과일 뿐 아니라, 실제로는 한진(漢晉) 시가와 제량 시가의 성취가 종합된 것이기도 하다. 북조 악부민가는 팔대시사의 보물인데, <위서·장이진(張彝傳)> 등의 사료를 통해, 북위에 채시제도가 시행되었고, 이는 이들 민가의 채집이나 보존과도 관련이 있음을 알 수 있다. 그러나 북조의 문인시가 현존하는 수량도 적고 성취도 높지 않은 것을 보면, 북위의 시인들은 북조 민가의 정화를 제대로 학습하지 못했고, 기본적으로 서진 이전 중원문학의 전통을 계승했음을 알 수 있다. 남북조 상호 간에는, 문학적 재능이 가장 뛰어난 사신을 파견하여 외교를 전개했고, 일부 남방 문인들이 전란 중 북방으로 유입되었으며, 북위는 남음(南音)을 악부에 포함하고 북조 악부민가가 남방으로 유입되면서, 남북조 문학의 교류를 대대적으로 촉진시켰다. 남북조 시가는 예술적 수준의 현격한 차이로 인해, 남조 문인들이 북방 민가를 흡수하는 능력이 북조문인들보다 현저하게 뛰어났다. 변새 제재와 사부시(思婦詩)의 결합은, 남조 시인이 남북시풍을 융합한 최초의 시도가 되었다. 북제 시가는 제량시를 단순 모방하면서 완전히 남조화(南朝化)되어, 자신들의 특색을 상실했다. 서위 북주시기에 유신, 왕포가 입북하여, 그들의 뛰어난 시가 예술로 북방의 생활을 반영하고 고국애를 서술함으로써, 북조 시가가 비로소 남조 시가를 단순 모방하는 단계에서 벗어났다. 왕포는 한위 악부고제와 제량에서 유행했던 영명체를 이용하여, 전통적인 제재인 협객과 변새를 표현해냈다. 유신은 비흥을 운용한 위진의 영사술회시와 제량의 전고 운용 기교나 경물묘사 기교를 하나로 융합하여, 청려함과 교건(矯健)한 풍격을 통일시켰다. 또 경사의 고어를 많이 사용하던 진송의 수법을 흡수하고, 거칠고 꾸밈없는 언어를 섞어, 삽(澁)으로 활(滑)을, 심(深)으로 천(淺)을, 졸(拙)로 수(秀)를, 후(厚)로 박(薄)을 다스렸으며, 창로(蒼老)하고 고고(高古)한 심미적 정취로 지나치게 연미(軟媚)하고 선려(鮮麗)한 양진(梁陳) 시의 편향성을 바로 잡고, 청신(清新)하고 노련하면서, 구름을 찌르듯이 힘찬 필세의 기본풍격을 형성함으로써, 남북시풍을 융합하고 한위육조 시가를 집대성하여 최고 수준의 창작을 해냈다. 따라서 소위 남북문풍의 교융(交融)은 실제로는 남조문학을 북방의 자연환경과 생활토양 속에 이식한 결과이며, 한진(漢晉) 문학과 제량

문학이 서로 결합한 산물이기도 하다. 북주 후기와 수조 시단에 출현한 청신하고 강건하면서 우아해진 시풍은 이러한 융합의 보편성을 잘 나타낸다. 북주 수대 시인은 대부분 재능과 기세가 부족하여, 융합에 얽매여 창조적 혁신은 어려웠던 과도적 상태를 보인다. 그러나 유신, 설도형 등의 몇몇 시인들은 융합의 기초 위에 열심히 탐구하여, 장편의 5언 배율, 7언 가행, 5언 7언 율절(律絶) 등 신시체의 표현예술에 비약적 발전을 보여 당시(唐詩)의 선구가 되었다.

종합적으로 한위육조는 각 시대별로 문학적 성취가 달라서, 시가의 발전이 우회로를 걸었지만, 각 시대별로 소수의 최고 수준의 작품을 보면, 앞 시대의 수준에서 다소의 돌파가 있었고 창조적 혁신도 있었다. 또 다음 시대의 시가는 앞 시대의 돌파구를 계속 개척하여, 앞 시대의 미미했던 원류를 뒤 시대의 커다란 흐름으로 만들어냈다. 이러한 발전 방식은 중국 고대 시가의 예술 발전의 큰 특징이 되었다. 팔대 시가는 그 개척성 성과로 당시(唐詩)의 기초를 닦았으며, 제재, 내용, 풍격, 형식 등의 각 방면에서 귀중한 창작 경험을 축적했다. 이렇게 풍부하게 축적된 상류가 있었기에, 중국 시가는 웅장하고 드넓은 물결을 지닌 긴 역사적 강물을 만들어낼 수 있었다.

引用書目

《周易》 四部叢刊本
《禮記》 四部備要本
《大戴禮記解詁》 王聘珍 中華書局 1983
《老子》 四部備要本
《莊子集釋》 郭慶藩 上海古籍出版社 1995
《列子》 四部備要本

《史記》 司馬遷 中華書局 1959
《漢書》 班固 中華書局 1962
《後漢書》 藩曄 中華書局 1965
《東漢會要》 徐天麟 文淵閣四庫全書本
《三國志》 陳壽 中華書局 1960
《晉書》 房玄齡 中華書局 1974
《宋書》 沈約 中華書局 1974
《南齊書》 蕭子顯 中華書局 1972
《梁書》 姚思廉 中華書局 1973
《陳書》 姚思廉 中華書局1972
《南史》 李延壽 中華書局 1975
《魏書》 魏收 中華書局 1974
《北齊書》 李百藥 中華書局 1972
《周書》 令狐德棻 中華書局 1971
《隋書》 魏征・令狐德芬 中華書局 1973
《舊唐書》 劉昫 中華書局 1975
《通典》 杜佑 中華書局 1984
《資治通鑒》 司馬光 中華書局 1956
《後漢書集解》 王先謙 中華書局 1984

《中論》 徐幹 叢書集成初編 商務印書館 1935
《人物志》 劉劭 四部叢刊本(縮印宋刊本)

≪昌言≫ 仲長統 續百子全書第4冊 玉函山房輯佚書影印本 北京圖書館出版社 1998
≪世說信語箋疏≫ 余嘉錫 中華書局 1983
≪昭明文選≫ 李善 注 上海古籍出版社 1986
≪金樓子≫ 蕭繹 中國子學名著集成珍本初編 中國子學名著集成編印基金會 1978
≪顏氏家訓集解≫ 王利器 上海古籍出版社 1980
≪風俗通義≫ 應劭 中國子學名著集成珍本初編
≪高僧傳≫ 慧皎 中華書局 1992
≪玉台新詠≫ 徐陵 編 吳兆宜 注 成都古籍書店影印
≪文心雕龍注≫ 劉勰 著 範文瀾 注 人民文學出版社 1958
≪詩品注≫ 鍾嶸 著 陳延傑 注 人民文學出版社 1961

≪全漢賦≫ 費振剛·胡雙寶·宗明華 輯校 北大出版社 1993
≪全上古三代秦漢三國六朝文≫ 嚴可均 中華書局 1958
≪詩集傳≫ 朱熹 中華書局上海編輯所 1958
≪楚辭集注≫ 朱熹 上海古籍出版社·安徽教育出版社 2001
≪曹集詮評≫ 丁晏 文學古籍出版社 1957
≪魏文帝魏武帝詩注≫ 黃節 香港商務印書館 1961
≪典論≫ 曹丕 叢書集成初編 商務印書館 1935
≪阮籍集≫ 阮籍 上海古籍出版社 1978
≪嵇中散集≫ 嵇康 四部叢刊影印明嘉靖刊本
≪陸機集≫ 陸機 中華書局 1982
≪陶淵明集≫ 逯欽立 校注 中華書局 1979
≪謝靈運集校注≫ 顧紹伯 中州古籍出版社 1987
≪鮑參軍詩注≫ 黃節 人民文學出版社 1957
≪庾子山集注≫ 倪璠 中華書局 1980
≪樂府詩集≫ 郭茂倩 中華書局 1979
≪漢魏六朝百三家集≫ 張溥 四庫全書本
≪先秦漢魏晉南北朝詩≫ 逯欽立 緝校 中華書局 1993

≪李太白集≫ 王琦 中華書局 1977
≪王右丞集注≫ 趙殿成 上海古籍出版社 1984
≪杜詩詳注≫ 仇兆鰲 中華書局 1979
≪古文苑≫ 章樵 注 中華書局 1985
≪藝文類聚≫ 歐陽詢 上海古籍出版社 1982

≪初學記≫ 徐堅 中華書局 1962
≪太平禦覽≫ 中華書局影印本 1960

≪滄浪詩話校釋≫ 郭紹虞 人民文學出版社 1961
≪詩藪≫ 胡應麟 上海古籍出版社 1979
≪歷代詩話≫ 何文煥 編 中華書局 1981
≪歷代詩話續編≫ 丁福保 輯 中華書局 1983
≪漢魏六朝百三家集題辭注≫ 張溥 香港商務印書館 1961
≪古詩源≫ 沈德潛 中華書局 1973
≪古詩歸≫ 鍾惺·譚元春 上海古籍出版社 1995
≪采菽堂古詩選≫ 陳祚明 康熙45年(1706)蔣氏刻本
≪六朝選詩定論≫ 吳淇 北大圖書館藏書陳君錫·華玉森刻本(康熙巳酉春種周亮工序)
≪古詩評選≫ 王夫之 民國22年(1933) 上海太平洋書店鉛印本
≪船山古詩評選≫ 王夫之 民國6年(1917) 湖南官書報局石印本
≪夕堂永日緒論內編≫ 同治4年(1865)金陵湘鄉曾國荃刻本·民國22年上海太平洋書鉛印本
≪古詩鈔≫ 吳汝綸 民國17年(1928) 武疆賀氏刻本
≪多歲堂古詩存≫ 成書 道光11年(1831) 多歲堂刻本
≪陶元亮詩四卷≫ 黃文煥 析義 南京圖書館藏明末刻本
≪野鴻詩的≫ 黃子雲 上海古籍出版社 1995
≪詩比興箋≫ 陳沆 上海古籍出版社 1981
≪陶公詩評注初學讀本≫ 孫人龍 乾隆13年(1748)刻本
≪古詩賞析≫ 張玉谷 上海古籍出版社 2000
≪日知錄≫ 顧炎武 萬有文庫本 商務印書館 1929
≪四庫全書總目提要≫ 永瑢 等 萬有文庫本 商務印書館 1931

≪中國之美文及其歷史≫ 梁啓超 台北中華書局 1959
≪詩品講疏≫ 黃侃 (范文瀾 ≪文心雕龍注≫ 인용)
≪金明館叢稿初編≫ 陳寅恪 三聯書店 2001
≪漢魏兩晉南北朝佛教史≫ 湯用彤 中華書局 1955
≪樂府詩選≫ 余冠英 人民文學出版社 1955
≪漢魏六朝詩論叢≫ 余冠英 香港棠棣 1952
≪選堂詩詞集≫ 饒宗頤 新雅印務有限公司 1978
≪樂府詩論叢≫ 王運熙 古典文學出版社 1958

　‘문화대혁명’ 기간 동안, 나는 거의 모든 책과 교과서를 잃었다. 베이징대학을 떠날 때, 나에게 남은 전공 책이라곤 ≪송사선(宋詞選)≫과 ≪위진남북조문학사 참고자료(魏晉南北朝文學史參考資料)≫ 하권이 전부였다. 신장(新疆) 방초호(芳草湖) 농장의 석유램프 아래에서, 나는 중학생한테 빌려온 ≪당시삼백수(唐詩三百首)≫를 베껴 썼다. 허베이(河北) 신룽(興隆)현 문화관의 고서 더미 속에서, 나는 관장의 묵인 하에, 곧 제지공장으로 보내질 ≪고문관지(古文觀止)≫와 ≪중국문학발전간사(中國文學發展簡史)≫를 골라냈다. 1978년이 되어, 베이징대학 중문과 회로반(回爐班)에 응시할 때, 시험공부를 하면서 보았던 ≪중국문학사(中國文學史)≫ 역시 빌린 책이었다. 그때, 나는 정말로 상상하지 못했다. 내가 쓴 단대(斷代) 시가발전사가 세상에 나오는 날이 있을 줄을.

　1978년 베이징대로 돌아와, 어느새 꼭 칠 년이 되었다. ‘10년동란(문화대혁명)’ 기간 동안 공부하기가 얼마나 어려웠던가를 생각해 보면, 다시 얻은 이 공부의 기회가 더할 나위 없이 소중해진다. 베이징대 도서관의 넓고 환한 열람실에 앉아, 순수하고 자유로운 학술의 공기를 마음껏 들이쉴 때마다, 모교의 임원진과 스승님들에 대한 깊은 감사함이 벅차오른다. 중문과에서 운영했던 회로반은 이미 오래전 희미해져버린 학업내용을 짧은 시간 안에 보충할 수 있게 해주었다. 나 같은 옛 3회 졸업생들이 학교로 돌아올 수 있도록 애를 쓴 학과장 샹징지에(向景潔) 선생님은, 그 자신이 ‘문혁’ 기간 동안 겪었던 고통은 전혀 아랑곳하지 않았는데, 우리 몇몇 학번 중의 일부는 이전(문혁 기간)에 그의 온몸에 죽과 먹물을 잔뜩 끼얹었던 바로 그 ‘혁명소장’들임을 분명 아실 것이다. 대학원 과정 삼 년 동안, 나의 지도교수인 천이신(陳貽焮) 선생님은 한쪽 눈이 거의 실명된 상황에서도, 돋보기를 쓰고 내 사오십만 자의 학습보고서를 다 읽어주셨는데, 그 빽빽하고 촘촘한, 여백이라곤 조금도 없어 보이는 내 노트에, 체크를 하고, 동그라미를 치고, 평가 의견을 적어주셨으며, 의미 있는 새로운 견해들을 찾아내어, 내가 한 편 한 편씩 논문을 써낼 수 있도록 지도를 하셨다. 하지만, 내가 문장 말미에 자그마하게 감사의 내용을 적는 것은 끝내 허락하지 않으셨다. 십 년 늦깎이인 이 후배에게 학술계 대선배 학자들께서는 얼마나 많은 심혈을 쏟으셨던지! 린껑(林庚) 선생님, 펑쭝원(馮鍾芸) 선생님, 진카이청(金開誠) 선생님과 학과의 많은 선생님들께서도 나의 성장을 줄곧 지켜보셨고, 쉬쭝위(徐中玉) 선생님, 호우민저(侯敏澤) 선생님, 쟝싱위(蔣星煜) 선생님께서도 자세한 지도를 해주셨다. 특히 훠쑹린(霍松林) 선생님, 아직까지 한 번도 뵙지 못한 이 분은 그저 내 논문 몇 편을 읽어보시고는 바로 천이신 선생의 추천을 흔쾌히 받아들여, 《팔대시사》를 편찬할 임무를 나에게 맡기셨고, 또 우편을 통해 여러 가지 격려를 해 주셨다. 이러한 모든 일들은 나로 하여금 선배 학자들의 후배 학자에 대한 간절한 기대를 수시로 느끼게 했고, 그래서 더욱 감히 게으름을 피울 수가 없었다. 이제 이 부끄러운 글을 세상에 내어놓으며, 이 기회를 빌어 사심 없이 청년학자를 지원해온 모든 스승님들께 작은 감사의 마음을 바친다. 동시에 학술계 동학들에게도 비평과 질정을 바란다.

천이신 선생님께서는 모든 원고를 자세히 검토하시고 많은 소중한 의견을 주셨으며, 또 서문까지 써주셨다. 이에 특별히 깊은 감사를 드린다.

1985년 5월 옌위엔(燕園)에서
거샤오인

역자 후기

　이 책을 번역하겠다고 마음먹은 것은 아주 오래 전인, 박사과정 유학시절이었다. 이제야 완성되었으니, 게으름이 십여 년을 넘겼다. 그동안 강의준비에 쫓기고 논문에 밀려 번역은 뒷전이었지만, 돌이켜 생각해 보면, 원서의 내용을 더 깊이 알고 번역하는데 지난 십여 년의 세월이 전혀 무의미하지는 않았으리라 생각한다.

　한국어 번역이 저자의 수려한 문장을 제대로 살리지 못한 점이 아쉽다. 원서는 저자의 섬세한 감성과 풍부한 어휘 구사, 특유의 수사미가 두드러지지만, 번역서는 이를 제대로 표현해내지 못했다. 물론 중국어와 한국어는 상대적인 차이가 있다고 핑계를 대더라도, 내 한국어 표현력이 부족함을 인정하지 않을 수 없다. 번역을 하면서 가장 아쉬웠던 점이다. 저자의 학문적 성과에 누를 끼친 것은 아닐까 조심스러울 따름이다.

　유학시절, 내 박사 지도교수인 저자는 이 불민한 유학생의 독서보고서를 매달 꼬박꼬박 챙기셨다. 입학 무렵 전공 관련 필독서 목록을 주시고, 차례로 읽어내려 가면서, 새로 느끼는 바가 있으면 독서보고서를 적어내도록 했다. 말이 독서보고서지, 유학생에게는 그야말로 논문 이상의 부담감으로 다가왔다. 겨우겨우 독서보고서를 제출하면 바로 다음날 나를 불러 독서보고서를 돌려주셨는데, 중간 중간 체크 표시를 하고 거기에 추가 설명과 평가, 앞으로 심화시켜야 할 연구방향에 대한 글이 빽빽이 적혀 있었다. 아마도 당신이 스승에게서 받았던 지도방식이리라. 그 넘치는 애정과 격려에, 미욱한 내 자신에 대한 부끄러움에 앞서 감사함이 컸던 기억이 아련하다. 그리고 어느 문장 한 끝에 적혀있던, '이렇게 꾸준히 해 나가면, 언젠가는 혼자 힘으로 날아오를 수 있으리라’는 격려의 글귀가, 끝도 보이지 않는 인문학의 길에서 힘들고 지칠 때 큰 힘이 되어주었다.

　이 한국어판 번역을 통해 스승의 학문적 성과를 조금이나마 알릴 수 있다면, 그것이 한국의 중국문학 연구에 일조할 수 있다면, 그것으로 부족한 제자의 작은 보답이 될 수 있다면 더 이상 바랄 것이 없겠다. 끝으로 이 책의 출판을 흔쾌히 맡아주신 도서출판 역락 이대현 사장님과 편집부 여러분께 감사드린다.

2012년 10월
강필임 삼가 씀

저자 거샤오인(葛曉音)

1946년 8월 상해 출생이며, 1968년 베이징대학교 중문과를 졸업했다. 베이징대학교 중문과 교수, 홍콩 Baptist University 중문과 교수 및 도쿄대학 대학원 교수 등을 역임했고, 제10회 전국인민대표, 제10회 북경시 정협위원 등을 역임했다. 주요 연구분야는 위진남북조 및 당대의 시가이며, ≪한위진남북조시사(원제 : 八代詩史)≫, ≪漢唐文學的嬗變≫, ≪山水田園詩派研究≫, ≪詩國高潮與盛唐文化≫, ≪先秦漢魏六朝詩歌體式研究≫ 등 20여 편의 저술 및 백여 편에 가까운 논문을 발표했다.

역자 강필임(姜必任)

성균관대학교 중어중문과를 졸업하고 베이징대학교에서 박사학위를 받았으며, 현재 세종대학교 중국통상학과 교수로 재직 중이다. 주요 연구분야는 위진남북조 시가이며, 문인집단 등 문화사 방면에도 관심을 갖고 있다. 저·역서로는 ≪백화문학사≫, ≪악부시집≫, ≪나 이제 흰 구름과 더불어(백거이 한적시선2)≫(공역), ≪매여 있지 않은 배처럼(백거이 한적시선1)≫(공역), ≪시문을 따라 떠나는 중국문학유람≫(공저), ≪신공략중국어≫(공편) 등이 있고 다수의 논문을 발표했다.

한위진남북조시사(漢魏晉南北朝詩史)

초판 인쇄 2012년 12월 24일
초판 발행 2012년 12월 31일

저 자 거샤오인
역 자 강필임
펴낸이 이대현
편 집 이소희
펴낸곳 도서출판 역락
        서울 서초구 반포4동 577-25 문창빌딩 2층
        전화 02-3409-2058(영업부), 2060(편집부)
        팩시밀리 02-3409-2059
        이메일 youkrack@hanmail.net
        등록 1999년 4월 19일 제303-2002-000014호
ISBN 978-89-5556-019-0 93820
정 가 45,000원

* 잘못된 책은 교환해 드립니다.